外国文学学术史研究

主编

陈众议

贝娄研究文集

Saul Bellow: A Collection of Criticism

乔国强 编选

译林出版社

图书在版编目(CIP)数据

贝娄研究文集/乔国强编选. —南京：译林出版社，2014.9
(外国文学学术史研究/陈众议主编)
ISBN 978-7-5447-5059-2

Ⅰ.①贝… Ⅱ.①乔… Ⅲ.①贝娄，S.(1915～2005)-人物研究 ②贝娄，S.(1915～2005)-文学研究 Ⅳ.①K837.125.6 ②I712.065

中国版本图书馆CIP数据核字(2014)第229332号

书　　名　贝娄研究文集
编 选 者　乔国强
责任编辑　王　维
出版发行　凤凰出版传媒股份有限公司
　　　　　译林出版社
出版社地址　南京市湖南路1号A楼，邮编：210009
电子邮箱　yilin@yilin.com
出版社网址　http://www.yilin.com
经　　销　凤凰出版传媒股份有限公司
印　　刷　江苏凤凰扬州鑫华印刷有限公司
开　　本　718毫米×1000毫米　1/16
印　　张　25.75
插　　页　4
字　　数　373千
版　　次　2014年9月第1版　2014年9月第1次印刷
书　　号　ISBN 978-7-5447-5059-2
定　　价　58.00元

总序

在众多现代学科中，有一门过程学。在各种过程研究中，有一种新兴技术叫生物过程技术，它的任务是用自然科学的最新成就，对生物有机体进行不同层次的定向研究，以求人工控制和操作生命过程，兼而塑造新的物种、新的生命。文学研究很大程度上也是一种过程研究，从作家的创作过程到读者的接受过程，而作品则是其最为重要的介质或对象。问题是，生物有机体虽活犹死，盖因细胞的每一次裂变即意味着一次死亡；而文学作品却往往虽死犹活，因为莎士比亚是"说不尽"的，"一百个读者就有一百个哈姆雷特"。

换言之，文学经典的产生往往建立在对以往经典的传承、翻新乃至反动（或几者兼有之）的基础之上。传承和翻新不必说，即使反动，也每每无损以往作品的生命力，反而能使它们获得某种新生。这就使得文学不仅迥异于科学，而且迥异于它的近亲——历史。套用阿瑞提的话说，如果没有哥伦布，迟早会有人发现美洲；如果伽利略没有发现太阳黑子，也总会有人发现。同样，历史可以重写，也不断地在重写，用克罗齐的话说，"一切历史都是当代史"。但是，如果没有莎士比亚，又会有谁来创作《哈姆雷特》呢？有了《哈姆雷特》，又会有谁来重写它呢？即使有人重写，他们缘何不仅无损于莎士比亚的光辉，反而能使他获得新生，甚至更加辉煌灿烂呢？

这自然是由文学的特殊性所决定的，盖因文学是加法，是并存，是无数"这一个"之和。鲁迅谓文学最不势利，马克思关于古希腊神话的"童年说"和"武库说"更是众所周知。同时，文学是各民族的认知、价值、情感、审美和语言等诸多因素的综合体现。因此，文学既是民族文化及民族向心力、认同感的重要基础，也是使之立于世界之林而不轻易被同化的鲜活基因。也就是说，大到世界观，小到生活习俗，文学在各民族文化中起到了染色体的功用。独特的染色体保证了各民族在共通或相似的物质文明进程中保持着不断变化却又不可淹没的个性。惟其如此，世界文学和文化生态才丰富多彩，也才需要东西南北的相互交流和借鉴。同时，古今中外，文学终究是一时一地人心世道的艺术呈现，建立在无数个人基础之上，并潜移默化、润物无声地表达与传递、塑造与擢升着各民族活的灵魂。这正是文学不可或缺、无可取代的永久价值与恒久魅力之所在。

于是，文学犹如生活本身，是一篇亘古而来、今犹未竟的大文章。

此外，较之于创作，文学研究则更具有意识形态和上层建筑属性，因而更取决于生产力和社会形态、社会发展水平。这也是马克思主义的基本观点之一。如是，我国现代意义上的文学研究起步较晚，外国文学研究更是如此。虽然以鲁迅为旗手的新文学运动十分重视外国文学，但从实际成果看，1949 年前的外国文学研究却基本上属于旁批眉注、前言后记式的简单介绍，既不系统，也不深入。因此，我国的外国文学研究几乎可以说是在新中国成立以后全面展开的，而系统的外国文学学术史研究，这还是第一次。

一

学术史研究也是一种过程学，而且是一种相对纯粹的过程学。不具备一定的学术史视野，哪怕是潜在的学术史视野，任何经典作家作品研究几乎都是不能想象的。

然而，后现代主义解构的结果是绝对的相对性取代了相对的绝对性。于是，许多人不屑于相对客观的学术史研究而热衷于空洞的理论了。在一些人眼里，甚至连相对客观的真理观也消释殆尽了。于是，过去的“一里不同俗，十里言语殊”，成了如今的言人人殊。于是，众声喧哗，且言必称狂欢，言必称多元，言必称虚拟和不确定。这对谁最有利呢？也许是跨国资本吧。无论解构主义者初衷如何，解构风潮的实际效果是：不仅相当程度上消解了真善美与假恶丑的界限，甚至对国家意识形态，至少是某些国家的意识形态和民族凝聚力都构成了威胁。然而，所谓的“文明冲突”归根结底是利益冲突，而“人权高于主权”这样的时鲜谬论也只有在跨国公司时代才可能产生。

且说经典在后现代语境中首当其冲，成为解构对象，它们不是被迫

“淡出”,便是横遭肢解。所谓的文学终结论也正是在这样的背景下提出来的。它与其说指向创作实际,毋宁说是指向传统认知、价值和审美取向的全方位的颠覆。因此,经典的重构多少具有拨乱反正的意义。

正是基于上述原由,中国社会科学院外国文学研究所于2004年着手设计“外国文学学术史研究工程”计划,并于翌年将该计划列入中国社会科学院“十一五规划”。这是一项向着重构的整合工程,它的应运而生,标志着外文所在原有的“三套丛书”(即20世纪60至90年代——“文革”时期中断——的“外国文学名著丛书”、“外国古典文艺理论丛书”和“马克思主义文艺理论丛书”)等工作的基础上又迈出了新的一步,也意味着我国的外国文学研究已开始对解构风潮之后的学术相对化、碎片化和虚无化进行较为系统的清算。

于是,关乎经典的一系列问题将在这一系统工程中被重新提出。比如,何为经典?经典是必然的还是偶然的?经典重在表现人类的永恒矛盾(用钱锺书的话说是“两足动物的基本根性”)呢,还是主要指向时代社会的现实矛盾?它们在认知方式、价值判断、审美取向方面有何特征?经典及经典批评与时代社会的生产力和生产关系、经济基础和上层建筑等关系何如?批评及批评家的作用(包括其立场、观点、方法及其与时代社会的一般和特殊关系)又如何?此外,经典作家的遭际与性情、阅历与禀赋,经典的内容与形式、继承与创新,以及文学的一般规律和文学经典的特殊性等诸如此类的问题,都将是本工程需要展示并探讨的。

且说世界文学一路走来,其规律并非羚羊挂角,无迹可寻。童年的神话、少年的史诗、青年的戏剧、中年的小说、老年的传记是一种概括。由高向低、由外而内、由强至弱、由大到小等等,也不失为一种轨辙。如是,文学从摹仿到独白、从反映到窥隐、从典型到畸形、从审美到审丑、从载道到自慰、从崇高到渺小、从庄严到调笑……终于一头扎进了个人主义和主观主义的死胡同。小我取代了大我,观念取代了情节;“阿基琉斯的愤怒”变成了麦田里的脏话;“路漫漫其修远兮,吾将上下而求索”变成了“我做的馅饼是世界上最好吃的”;诸如此类,不一而足。是谓下现实主义。当然,这不能涵盖文学的复杂性和丰富性。事实上,认知与价值、审美与方法等等的背反或迎合、持守或规避所在皆是。况且,无论“六经注我”还是“我注六经”,经典是说不尽的,这也是由时代社会及经典本身的复杂性和丰富性所生发的。

二

众所周知,文学是人类文明的重要组成部分。马克思主义的经典作家向来重视文学,尤其是经典作家在反映和揭示社会本质方面的作用。马克思在分析英国社会时就曾指出,英国现实主义作家“向世界揭示的政治和社会真理,比一切职业政客和道德家加在一起所揭示的还要多”。恩格斯也说,他从巴尔扎克那里学到的东西,要比从“当时所有职业的历史学家、经济学家和统计学家那里学到的全部东西还要多”。列宁则干脆地称托尔斯泰是俄国革命的一面镜子。这并不是说只有文学才能揭示真理,而是说伟大作家所描绘的生活、所表现的情感、所刻画的人物往往不同于一般抽象的概括、数据的统计。文学更加具体、更加逼真,因而也更加感人、更加传神。其潜移默化、润物无声的载道与传道功能更不待言。站在世纪的高度和民族立场上重新审视外国文学,梳理其经典,展开研究之研究,将不仅有助于我们把握世界文明的律动和了解不同民族的个性,而且有利于深化中外文化交流,从而为我们借鉴和吸收优秀文明成果、为中国文学及文化的发展提供有益的“他山之石”。胡锦涛前不久说过,“我们必须准确把握当代世界和中国发展变化的大势,坚持立足国情,同时又吸收世界文化的优秀成果;坚持立足当代,同时又大力弘扬中华民族优秀文化传统”。这和“洋为中用”、“古为今用”思想一脉相承。

“观乎天文以察时变,观乎人文以化成天下”;文学作为人文精神的重要基础和介质,既是人类文明的重要见证,同时也是一时一地人心、民心的最深刻、最具体的体现,而外国文学则是建立在外国各民族无数作家基础上的不同时代、不同民族的认识观、价值观和审美观的形象反映。研究人心自然不能停留在简单抽象的理念上,因此,走进经典永远是了解此时此地、彼时彼地人心、民心的最佳途径。换言之,文学创作及其研究指向各民族变化着的活的灵魂,而其中的经典(包括其经典化或非经典化过程)恰恰是这些变化着的活的灵魂的集中体现。

如是,“外国文学学术史研究”立足国情,立足当代,从我出发,以我为主,瞄准外国文学经典作家作品和思潮流派,进行历时和共时的梳理。其中第一、第二系列由十六部学术史研究专著、十六部配套译著组成:第一系列涉及塞万提斯、歌德、雨果、左拉、庞德、高尔基、肖洛霍夫和海明威；第二系列包括普希金、茨维塔耶娃、康拉德、狄更斯、哈代、菲茨杰拉德、索尔·贝娄和芥川龙之介。

三

格物致知，信而有证；厘清源流，以裨甄别。“外国文学学术史研究”中的经典作家作品学术史研究系列，顾名思义都是学术史研究（或谓研究之研究）。学术史研究既是对一般博士论文的基本要求，也是一种行之有效的文学研究方法，更是一种切实可行的文化积累工程，同时还可以杜绝有关领域的低水平重复。每一部学术史研究著作通过尽可能抽丝剥茧式的梳理，即使不能见人所未见、言人所未言，至少也能老老实实地将有关作家作品的研究成果（包括有关研究家的立场、观点和方法）公之于众，以裨来者考。如能温故知新，有所创建，则读者幸甚，学界幸甚。相配套的经典论文翻译，则遴选有关作家作品研究的阶段性和标志性成果，其形式类似于外文所先前出版的“外国文学研究资料丛书”。

此次面世的“外国文学学术史研究”中的每一部学术史研究著作将由三部分组成。第一部分为经典作家（作品）的学术史梳理。这是相对客观的，但其中的艰难也不可小觑。首先，学术史梳理既不像平素泛舟书海，拾贝书海，尽意兴而为之的俯拾由己和随心所欲；其次，牵涉语种繁多，而且经过20世纪的形形色色的方法论和批评思潮的浸染，用汗牛充栋来形容经典作家作品研究成果已不为过。因此，要在浩如烟海的研究史料中攫取最有代表性的观点和方法，实在是件考验耐心和毅力的事情。战战兢兢，生怕挂一漏万，自不待言，且挂一漏万在所难免。因此，我们只能择要概述，甚至把侧重点放在经典作家的代表作上。不然纵使篇幅再大，也难以涵括浩瀚的文献资料。换言之，去芜杂的枝蔓和重复的敷衍，留精粹要义和真知灼见是必然的，但也是不容易做到的。它考验我们涉猎的深度和广度，而且也是检验我们学术水准和价值判断的重要环节。

第二部分研究之研究何啻是一大考验。都说20世纪是批评的世纪，在经历了现代主义的标新立异和后现代主义的解构风潮之后，在各种思潮、各种方法杂然纷呈的情况下，如何言之有物、言之成理、不炒冷饭，殊是不易；如何在前人的基础上有所发现、有所前进，就更是难上加难。反过来看，正因为文化相对主义的盛行和批评的多元，也才有了我们展示立场、发表见解的特殊理由和广阔余地。举个简单的例子,解构主义针对二元论的颠覆虽然是形而上学的,却不可谓不彻底。其结果是相当一部分学者怀疑甚至放弃了二元思维,但事实上,二元思维不仅难以消解,而且在可以想见的未来仍将是人类思维的主要方法。真假、善恶、美丑、你我、男女、东方和西方等等实际存在,并将继续存在。与此同时,作为中国学者,面对西方话语,我们并非无话可说。总之,从文学出发,关心小我与大我、外力与内因、形式与内容、反映与想象、情节与观念,以至于物质与精神、肉体与灵魂、西方与东方等诸如此类的二元问题,以及经典在民族和人类文明进程中的地位和作用,依然可以是我们的着力点。当然,二元论决不是排中律,而是在辩证法的基础上融会二元关系及二元之间所蕴藏的丰富内涵和无限可能性。毋庸讳言,改革开放以来,学术界解放思想,广开言路,但日新月异中不乏矫枉过正、时髦是趋。比如大到存在与意识、物质与精神的辩证关系,小到客观与主观、客体与主体等等,都大有乾坤倒转、黑洞化吸之势。至于意识形态"淡化"之后,跨国资本主义的一元化意识形态更是有增无已;真假不辨、善恶不论、美丑混淆的现象所在皆是;个人主义大行其道,从而使抽象的人性淹没了社会性;普世主义势不可挡,以致文化相对主义甚嚣尘上。文学从大我到小我,从外向到内倾,从摹仿到虚拟,从代言到众声喧哗;真实给虚幻让步,艺术向资本低头;对妖魔鬼怪和封建迷信津津乐道,任帝王将相和无厘头充斥视阈,能不发人深省?然而,经典作家是说不尽的,以上的任何一位作家都是无法穷尽的。用巴尔加斯·略萨的话说,伟大的经典具有"自我翻新"的本领。至于何为经典,虽然也是个说不尽的话题,但用简单的方式综观前人的观点,也许可以用两句话来概括:一是它们必须体现时代社会(及民族)的最高认知和一般价值(包括人类永恒的主题、永恒的矛盾);二是其方法的魅力及审美的高度不会随着岁月的更迭而褪色或销蚀。当然这是将复杂问题简单化的一种说法。而本课题便是关乎经典其所以成为经典的一种较为复杂的论证方式。需要说明的是,经典不等于市场。用桑塔亚那的话说,经典不在于一时一地喜欢者的多寡,而在于喜欢者的喜欢程度。如果在此基础上再加上一个历史的维度,那么这话也就更加全面了。

学术史研究的最后部分为文献目录。它在尽可能详尽的基础上,还要有所选择。不然,展示一个经典作家的学术史,光文献目录就可以编辑厚厚的几大本。因此,去粗存精,是为重要或主要文献目录。

最后需要说明的是,“外国文学学术史研究”的中长期目标是在作家作品和流派思潮研究的同时,进行更具问题意识的学术史乃至学科史研究,以期点面结合,庶乎“既见树木,又见森林”;若能密切联系实际,促进中华学术的繁荣、发展和创新,则读者幸甚,我等幸甚。无疑,此工程面向全国高校及科研机构,希望有志于外国文学学术史研究的同仁踊跃加盟、不吝赐教。

陈众议

2010年1月

目录

第二辑　贝娄专题研究

第三辑　贝娄作品研究

编选者序

这部根据中国社会科学院外国文学研究所“外国文学学术史研究”工程要求编辑的《贝娄研究文集》，选译了半个多世纪以来有关贝娄研究的一些较有代表性的文献资料。选译资料的作者包括从事贝娄研究多年的世界著名学者约翰·J.克莱顿、L.H.戈德曼、马尔科姆·布拉德伯里、格洛丽亚·L.克罗宁、埃米莉·米勒·布迪克、朱迪·纽曼等。另外，除了英美两国学者的文章或著作节选外，我们还选译了2010年诺贝尔文学奖获得者、秘鲁著名作家马里奥·巴尔加斯·略萨的研究文章及西班牙、日本等国学者的一些研究文章。

从1936年在美国左翼刊物《灯塔》上发表第一篇文学作品《那真不行》起，到2000年出版最后一部长篇小说《拉维尔斯坦》为止，贝娄的创作时间绵延了半个多世纪，创作文类有小说、戏剧、游记、随笔等。有关贝娄研究的文章著述，主要是随着他在1944年出版的第一部长篇小说《晃来晃去的人》而出现的，迄今已有60余年。粗略统计，有关贝娄的学术专著有上百部，文章数千篇。其中，早期和中期论述多围绕贝娄作品中的人文主义主题思想展开；晚期评论开始出现质疑：主要是批评贝娄作品中频繁出现的冗长议论。另外，针对贝娄在最后一部长篇小说《拉维尔斯坦》中披露朋友隐私的批评也占据了相当的比例，给贝娄造成了一定的负面影响。

从选译的资料来看，有针对贝娄的创作进行综合论述的，如约翰·J.克莱顿撰写的《贝娄的文化背景》、L.H.戈德曼撰写的《索尔·贝娄的犹太视角》、马尔科姆·布拉德伯里撰写的《索尔·贝娄与当代小说》、何塞·巴斯克斯·阿马拉尔撰写的《索尔·贝娄》等；也有具体讨论贝娄某一作品或某一具体问题的资料，如罗伯特·F.基尔南撰写的《赫佐格》《院长的十二月》、乔纳森·威尔逊撰写的《洪堡的礼物》、埃米莉·米勒·布迪克撰写的《论美国文学作品中以色列的地位：对索尔·贝娄的〈往返耶路撒冷〉的思考》、艾伦·L.伯格撰写的《铭记与忘却：索尔·贝娄〈贝拉罗萨暗道〉中的大屠杀及美国犹太裔文化》等。

选译的资料中，约翰·J.克莱顿撰写的《贝娄的文化背景》一文译自他的贝娄研究专著《索尔·贝娄：捍卫人类》一书。他文章的开篇即做出了著名的判断，即"犹太经验和美国经验两大文化潮流的汇合，孕育了索尔·贝娄捍卫人类的思想"。在某种意义上说，这篇文章中的许多观点为随后的贝娄研究定下了基调。另外，马尔科姆·布拉德伯里撰写的《索尔·贝娄与当代小说》一文也应引起足够的重视。布拉德伯里认为，"贝娄是一个具有现代意识和国际思想的作家，他的文学创作是处理当代最尖锐的艺术问题和人们焦虑状态的典型"。同时，他还把贝娄视为一位在二十世纪五十年代前后欧洲小说创作出现重大变化之际，不仅"仍然能够毅然决然地站在这种紧张局势的风口浪尖上"，而且还能独享"创作风格上的特权"的作家。在他看来，贝娄的"美国犹太小说的创作模式代表了一条基本的创作道路；而这条道路无论在形式上还是道德伦理上都有别于现代主义的潮流"。他赞美贝娄"乐观的性情、对创作风格和历史的关注"，同时对贝娄"对出现的逻辑原理和在社会中占重要地位的'现实指引者'（用一个颇具贝娄风格的短语来说）进行挑战"的姿态颇为欣赏。

本文集选译的文章仅为研究者提供我们认为重要的一些资料。选译主要依据以下的四个原则：(1)选译有代表性的重要评论文章或著作节选；(2)选译的文章或节选尽量涵盖贝娄的主要作品或贝娄研究的主要问题；(3)选译的文章或著作节选尽量包括英美以外的一些国家；(4)《贝娄学术史研究》一书中未做梳理，但具有代表性的评论文章或著作节选。简而言之，这本文集选译的文章或著作节选从几个不同方面讨论了贝娄的创作及其意义，论题宽阔、见解深入、论证具有说服力，对国内从事贝娄研究的学者也许会有所帮助。

乔国强

2012年3月

第一辑

贝娄总体研究

贝娄的文化背景

作者 [美国] 约翰·J. 克莱顿
译者 高莉敏

一

犹太经验和美国经验两大文化潮流的汇合,孕育了索尔·贝娄捍卫人类的思想。

贝娄在加拿大蒙特利尔的一个贫民窟里长大。他是一名犹太人,他的家庭也是一个标准的犹太传统家庭。贝娄曾经说过,他的母亲“完全生活在十九世纪,她唯一的期望就是我能像家里其他人一样成为一名塔木德学者”[①]。贝娄幼时就读于犹太儿童宗教学校,系统地学习了希伯来语。贝娄在家里说意第绪语(还有英语和法语)。他不仅能讲一口流利的意第绪语,还翻译了为数不少的意第绪语故事,其中包括辛格的短篇小说《傻瓜吉姆佩尔》。他还曾经为一个犹太短篇故事集写过序言。

犹太背景对贝娄的影响在他的作品里清晰可见。《受害者》中的故事情节大都围绕犹太人的受迫害意识和他们对兄弟情谊的渴望而展开。《奥吉·玛琪历险记》[②] 开始的几个场景描绘了城市里的犹太穷人与中下层人的生活。《抓住时日》[③] 里的人物形象是典型的纽约犹太人。《赫佐格》[④] 中

① Nina A. Steers: “Successor to Faulkner?” *Show*, IV (Sept. 1964), p.38.
② 又译《奥吉·马奇历险记》。——编注
③ 又译《只争朝夕》。——编注
④ 又译《赫索格》。——编注

既有对犹太童年的描写，也有对犹太家庭情感的浓重渲染。在贝娄的作品里，我们注意到一种日益明显的意第绪风格，这一风格体现在他作品的句式结构和他试图调和世俗与理想的思想中。

贝娄的文化背景如何影响了他对人类的信仰和对生活的忠诚呢？可以说贝娄对人类的信仰深深地植根于犹太文化的土壤中，事实上也本该如此。历史上犹太社区遭受过无数的打击和重创，犹太人的信仰曾经帮助他们抵御了种种绝望情绪。莫里斯·塞缪尔[①]曾用过一个意第绪语单词“bitochon”，意为肯定、信念和信仰。他写道，“bitochon”代表的是“各种形式的生命都拥有的本能信仰，它是生存必不可少的条件之一”[②]。这种信仰在犹太社区的流传是否比在其他农民村社更广泛实际上并不重要，关键在于犹太人的“附和”（yea-saying）意识贯穿于犹太文学的整个发展过程中。这种“附和”意识与贝娄希望在文学作品中表达的“爱命运”（amor fati）的思想极为相似。

面对严酷的历史事实，犹太人怎么还能不断地说“是”、一味地表示赞同呢？事实上，犹太人早已意识到理想的世界存在于日常点点滴滴的生活中，而不是在它的外部。理想的世界不是那个神圣超凡的耶路撒冷，而是现实中耶路撒冷的再现。犹太人回到了故土，他们不再是一个个的游魂，而是活生生的人。天国就是这个被救赎了的世界。因此，在现实世界与理想世界之间存在着巨大的张力，而这两极又直接地呈现在了人们的面前。正如现代意第绪语文学之父门代尔[③]写的那样：“犹太人是各个非犹太民族的第欧根尼[④]，他高昂着头，深思着上帝及其创造的奇迹，而他自己却住在一个木桶里……”[⑤]这话恰好解释了罗森伯格[⑥]所谓的“犹

① 莫里斯·塞缪尔（Maurice Samuel,1895—1972），出生于罗马尼亚，犹太知识分子，代表作是《你们这些非犹太人》。—— 译注

② Maurice Samuel: *The World of Sholem Aleichem*, New York: Knopf, 1956, p. 43.

③ 门代尔·莫切尔·塞弗里姆（Mendele Mocher Seforim, 1836—1917），俄国裔犹太作家，被称为“意第绪语文学之祖”，最负盛名的作品是《便雅悯三世的旅行与历险》。—— 译注

④ 第欧根尼（Diogenes，412B.C.?—323B.C.?），古希腊哲学家，犬儒学派的代表人物。—— 译注

⑤ 转引自 Irving Howe: “Introduction”, in *A Treasury of Yiddish Stories*, New York: Viking Press, 1954, p. 51。这 74 页的序言包含了我所见过的对意第绪语文学的最好见解，我在此有所借鉴。

⑥ 哈罗德·罗森伯格（Harold Rosenberg, 1906—1978），美国作家、教育家、哲学家、艺术评论家，代表作有：《新一代的传统》、《艺术的去定义》等。—— 译注

太人的迷惘”。犹太人徘徊在平凡的现实世界和即将到来的神圣世界之间[①]。布贝尔[②]、赫舍尔[③]以及其他一些犹太思想家曾经指出，与这个超凡的神圣世界相对应的就是安息日。在这一天，人世间获得救赎后呈现出这样的意象：快乐与神圣在这世上永驻。犹太人渴望最后安息日的到来，因为这意味着救世主的降临，因此，他们热切地迎接着安息日。根据哈西德文化传统，犹太人拥有一种能力，那就是通过日常行为方式来使自己的一举一动神圣化。那些正直而道德的犹太人通过束鞋、洗盘子、跳舞等活动诠释并传达了犹太律法的内容。哈西德主义认为日常生活本身也可以变得神圣而不可侵犯，它可以被塑造成它本来的样子。犹太人的虔诚最终会使救世主降临。这种二元性解释了为什么在犹太小说中既有对日常生活的现实主义描绘，又有狂热的理想主义色彩。艾萨克·罗森菲尔德[④]把忒威[⑤]描绘成一个桑丘·潘沙式的人物。在桑丘心目中堂吉诃德就是上帝，或者说这个上帝是桑丘和堂吉诃德的结合体。[⑥]

贝娄曾经说过他内心的“犹太情感”帮助他抵制了二十世纪世界末日说的影响[⑦]，并使他躲避了人类即将终结、世界必将毁灭的思想的干扰。整个世界是神圣而不可侵犯的。因此，我们看到为生计奔波忙碌的忒威（肖洛姆·阿莱赫姆作品中的人物）不仅没有诅咒贫困，反而在歌颂贫穷；吉姆佩尔（《傻瓜吉姆佩尔》中的主人公）因为妻子的不忠行为

① Harold Rosenberg: “Pledged to the Marvelous”, *Commentary*, Ⅲ (March 1947), p.150. 在这里我所说的犹太文化仅仅指没有被同化的东欧文化和贝娄深受影响的美国贫民窟文化。

② 马丁·布贝尔（Martin Buber, 1878—1965），出生于维也纳，犹太宗教哲学家、翻译家、教育家，主要作品有《我和你》等。——译注

③ 亚伯拉罕·乔舒亚·赫舍尔（Abraham Joshua Heschel, 1907—1972），出生于华沙，犹太教神学家、哲学家，代表作有《世界属于主》、《人并不孤独：宗教哲学》等。——译注

④ 艾萨克·罗森菲尔德（Isaac Rosenfeld, 1918—1956），美国犹太批评家、作家，代表作品有长篇小说《离家》、文学评论集《极恶的年代》、短篇小说集《始与终》。——译注

⑤ 忒威（Tevye）作为俄国犹太作家肖洛姆·阿莱赫姆（Sholem Aleichem, 1859—1916）多部作品中的主人公为广大读者所熟知，这些作品包括《忒威和他的女儿们》（*Tevye and His Daughters*）或称之为《牛奶商人忒威》（*Tevye the Milkman*）等。——译注

⑥ Isaac Rosenfeld: *An Age of Enormity*, Cleveland: The World Publishing Company, 1962, p. 77.

⑦ Nina A. Steers: “Successor to Faulkner?” *Show*, Ⅳ (Sept. 1964), p. 38.

而蒙羞，但他把这份苦难转化成了对生活的认可和对上帝的颂扬。吉姆佩尔仅仅是那些赞美生活的犹太傻瓜群中的一员。沉默的邦特沙（佩雷茨[①]作品中的人物）在现实生活中从来不抱怨，即使是在天堂里也只要求每天早上能吃到一个面包卷和一块黄油。这还包括我们后面将要看到的摩西·赫佐格。在平斯基[②]的作品《后来他哭了》中，作者歌颂了克制忍耐的精神。在这部作品中，一个穷人意外地毁坏了家里的财产——一张床，却调侃自己运气不佳（虽然后来当他的妻子发怒并哭泣时，他的笑容也变成了眼泪）。在赖森[③]创作的关于犹太穷人的故事里，犹太人虽然生活贫困却仍然高高地昂起头，决不向困难屈服。这同样是在颂扬普通的现实生活。

所有的东欧犹太人都经历过这种日常生活，但它并没有因此受到诋毁。事实上，犹太人心目中的世界是靠三十六位神秘圣人高尚而圣洁的操守来支撑和维持的，但这三十六位圣人对自己的身份一无所知，他们作为乞丐、皮匠、商人生活在这世上。因此，任何乞丐都可能是先知以利亚的降世，也正因为此，每个乞丐都应该受到和先知一样的款待。普通人的神圣感并不仅仅存在于犹太文化传统里，它在中世纪中期被隔离的犹太社区里持续的时间比在信仰基督教的东欧持续的时间更久。拉比平哈斯曾经对他的妻子说过（布贝尔语）："在赫谢利（一个运水工）面前我总是很激动，因为他是一个如此可爱而珍贵的人儿。"[④]由于这一文化传统，贝娄说道："这些面包师傅的女儿们同样会获得启示。"[⑤]因此，当傻瓜忒威在祈祷过程中被一匹马拖走时，他仍然保持着高贵的仪态，"在绝望的乱麻中，忒威试图纺出理性的线丝"。[⑥]他是作为一名有德之人，而不是以一个可怜的罪人的身份与上帝进行对话的。

在犹太文化传统里，没有关于"空心人"的文学作品。犹太人是《旧约》中英雄人物的后裔，这不是象征意义上的，而是实实在在的。当弥赛

① I. L. 佩雷茨（I. L. Peretz, 1852—1915），意第绪语作家、戏剧家。邦特沙是他的作品《沉默的邦特沙》中的主人公。——译注

② 戴维·平斯基（David Pinski, 1872—1959），意第绪语作家、戏剧家。——译注

③ 亚伯拉罕·赖森（Abraham Reisen, 1876—1953），多产的意第绪语诗人、短篇小说家，他的作品表达了对犹太人民和犹太社区的深厚感情。——译注

④ Martin Buber: *Tales of the Hasidim: Early Masters*, New York: Schocken Books, 1961, p. 127.

⑤ Eric P. Goldman: "A Profile of Saul Bellow", *The Open Mind*, NBC, June 6, 1965.

⑥ Maurice Samuel: *The World of Sholem Aleichem*. New York: Knopf, 1956, p. 11.

亚降临时，犹太人就会进入《旧约》中的情境，那时在他们身边的也许就是扫罗、摩西。正如罗森伯格所写："犹太人有三千年的寿命。"[①] 在逾越节的守夜仪式上，每个犹太人都认为自己亲身经历了祖先逃出埃及的遭遇：就像当时一样，也许我们现在是奴隶，但将来我们不会成为奴隶，因为我们是上帝的选民。因此，一代又一代的犹太作家从不贬低人类，因为他们心里明白，即使否定上帝，人类也像一个神圣而深奥的谜。犹太教传统中的精神遗产 —— 一种充满惊奇与赞美的情感[②]，帮助他们克服了人类低微渺小的悲观情绪。美国犹太小说家伯纳德 · 马拉默德在接受美国全国图书奖并致辞时说的话几乎与贝娄在接受同一奖项时的演说辞一模一样。这并非是一种巧合。马拉默德说道：

> 我对当今那些恶意地诋毁人类的论调感到十分的厌烦，不论出于何种原因：或是因为在战火连天的国际形势下，生命显得无足轻重；或是因为极权主义的成功麻醉了我们的思想，让我们陷入人性堕落的卑怯信仰中；或是因为身为创造者的人类使社会变成了由物支配的奴隶……总之，无论出于什么样的原因，人类曾经发明的那些用以描绘自我的词汇现在却刻画出了人类自以为是的堕落状态：分裂的、畏缩的、驯顺的、缺乏个性和自主性的人类；而用那些曾经形容过人类的词来说，人类是一种提喻式 —— 以局部代表整体讽刺的受害者。这种诋毁之所以能够长盛不衰，是因为人类从不辩驳反抗，而是全盘接收。[③]

犹太文化从本质上说是乐观向上的。欧文 · 豪写道："这些作家，让我们称他们为亲切可爱的作家，他们并没有把邪恶作为形容人类的最后词语…… 他们没有把自己降格为普通人，也没有嘲笑普通的家庭情感，更没有认为英雄品质与谦卑恭顺是无法融合的…… 面对严酷的社会现实，这些文学大师，如肖洛姆 · 阿莱赫姆、佩雷茨，他们的文学表达满载了

① Harold Rosenberg: "Pledged to the Marvelous", *Commentary*, III (March 1947), p. 149.

② Abraham Heschel: Qtd. Irving Malin: *Jews and Americans*, Carbondale: Southern Illinois University Press, 1965, p. 104.

③ Granville Hicks: "His Hope's on the Human Heart", *Saturday Review*, Oct. 12, 1963, p. 32.

道德信念，他们那充满爱的语调一次又一次地打动了我们。”[①]

欧文·豪所写的可能正是关于索尔·贝娄的评论。马克斯韦尔·盖斯马[②]认为贝娄的“爱命运”思想是其期望达到的目标，而不是他业已取得的成就，这一观点未必完全错误[③]。贝娄继承了乐观向上的犹太文化传统，并且他强烈地意识到了这一点。他明白，面对苦难，犹太作家已经用肯定的语气做了回答，而他也同样渴望对此表示赞许。因此，与之前的意第绪语作家，甚至视传统为自己肌肤的当代作家辛格相比，贝娄与传统的关系也更为复杂。

犹太文化饱含了希望与期待。艾萨克·罗森菲尔德在《养育我的人》中塑造了一个孤立的作家形象，他是一个“背井离乡”的犹太人，一个完全被异化了的人。他开诚布公地写信给一个三年前一见钟情的女子。这里的关键在于，即使在这样一部继承了异化传统的作品中，主人公仍然满怀希望并始终相信快乐幸福的人生结局。我们可以感受到在作品过于理智冷峻的论调背后，有一种充满爱与希望的精神支撑着一切。在拉梅德·夏皮罗[④]的作品《拉比和他的妻子》中，拉比夫妇渴望能有个儿子。虽然他们一天天变老，却始终没有放弃希望。即使在他们死后，房间的空气中似乎仍然回荡着他们充满希望的声音。犹太文化饱含了希望与期待。但是，犹太人不仅向前看，还总是回顾过去，这也是千真万确的。如同罗森伯格所说，犹太人“努力向前奋斗，却是为了回到往昔的犹太会堂里”[⑤]。

这一现象起源于犹太人在外散居的历史事实和各种虚构故事。现在它有了更广泛的含义：犹太人如果不是犹太传统的奴隶就是其忠实信徒；犹太社区和“隔都”一经形成就发挥了巨大的作用，而维持它们旺盛生命力的正是它们自己的社区文化。我们必须牢记，首先，对于那些严厉刻板、

① 转引自 Irving Howe: “Introduction”, in *A Treasury of Yiddish Stories*, New York: Viking Press, 1954, pp. 37–38。

② 马克斯韦尔·盖斯马（Maxwell Geismar, 1909—1979），美国作家、评论家。——译注

③ Maxwell Geismar: “Saul Bellow: Novelist of the Intellectuals”, in *American Moderns*, New York: Hill and Wang, 1958, pp.216–217, p.221.

④ 拉梅德·夏皮罗（Lamed Shapiro，1878—1948），出生于乌克兰，1906 年移居纽约，以意第绪语创作。—— 译注

⑤ Harold Rosenberg: “Pledged to the Marvelous”, *Commentary* Ⅲ (March 1947), p.150.

拘泥于传统的犹太教教徒来说,他们对律法字面含义的热情超过了对其精神实质的关注,但哈西德派所强调的“自发性”(spontaneity)对他们来说不是一项规范准则,而是一剂解毒的良药;其次,哈西德派强调的“自发性”绝不意味着违背犹太传统,它给向业已存在的犹太传统注入了流淌着神圣与欢乐的精神血液。与非犹太人相比,犹太人与民族传统的关系更为紧密,这在很大程度上解释了为什么人们对美国犹太小说和意第绪语小说感兴趣①。当西方人的价值观和传统失去凝聚力、社会的流动性不断加强、人们赖以生存的精神中心逐渐消失时,犹太作家为人们提供了一个至少可以临时顶替的传统。作家如辛格、马拉默德为我们呈现了这样一个世界,在这个世界里苦难是有意义的;他们塑造的人物也都是些有灵魂的人。贝娄写道:“我认为犹太情感帮助我抵制了浪漫主义情怀,坚持了古老的历史事实和社会现实。”② 贝娄对人类的价值持积极肯定的态度,而正是这些古老的历史事实和社会现实为贝娄这一认识的形成奠定了基础。

犹太文化和犹太小说的核心是对人类的道德关怀,这种道德严肃性甚至渗透在喜剧作品中。欧文·豪解释说,艺术从来不是“为艺术而艺术”。美与德是不能分开的,“我们谈的不是美的事物,而是美的行为和活动”③。而智慧至少从理论上讲也不能与道德分开:作为一名塔木德学者,他的学识绝不仅仅意味着聪明的头脑。在许多传奇故事中,那些聪敏的学者,如深谙禅意的神僧,抛下所有的学识,遁入冥思苦想中。事实上,有头脑的学者更可能娶拉比的女儿为妻,不过这其中也有对德行的考虑。拉比平哈斯曾经说过:“在智慧与虔诚之间我选择虔诚,但如果智慧和虔诚都不可得的话,我希望做一个有德之人。”④ 这种对德行的公开探讨在贝娄的作品里随处可见。约瑟夫认为他唯一的才能就是德行;阿萨 认识到了美德的意义;汤米渴望成为一个有德之人。在这里,我们所要求的不是具体的行动,而是一颗有德之心和对他人的真诚坦率。犹太作家在作品里不断地表现和突出这一品质:马拉默德小说《新生活》中主人公敏感

① David Daiches: “Breakthrough?” *Commentary*, XXXVIII (Aug. 1964), pp. 61–64.

② Nina A. Steers: “Successor to Faulkner?” *Show* IV (Sept. 1964), p.38.

③ 转引自 Irving Howe: “Introduction”, in *A Treasury of Yiddish Stories*, New York: Viking Press, 1954, p.30, p.8。

④ Martin Buber: *Tales of the Hasidim: Early Masters*. New York: Schocken Books, 1961, p.131.

而有责任心；在《最后的莫希干人》[1] 中，菲蒂尔曼从难民苏斯金德那儿得到了教训；在弗里德曼[2] 小说的最后，傻瓜斯特恩心中的爱情之花终于绽放出了美丽的花朵；辛格作品中的老学者最终感受到了富有人性的爱，他对自己那位代表理性的偶像斯宾诺莎说道："神圣的斯宾诺莎啊，原谅我吧。我已经变成了一个傻瓜。"[3] 这个傻瓜是一个像圣徒一样的傻瓜，就像自我原谅的摩西·赫佐格。

犹太人对他人的道德关怀以及作家对其笔下人物的道德关怀（见贝娄，《谈谈小说家的职责》）都是与犹太人对社区的信仰分不开的。如果说犹太人是典型的异化人，那么他们也同样深受社区生活的影响。欧文·豪注意到犹太人既疼爱自己的孩子，也鞭打他们，最终把他们变成了年轻的正派人，他们从来都没有忽视过孩子[4]。犹太人紧密的家庭关系和强烈的社区意识为我们揭示了这样一个事实：与贝娄同时代的犹太人或许会感到绝望，或许会满怀童年时期的内疚感，但他们绝不像贝克特笔下的"难以命名者"那样是一个个孤立的空心人。

存在于肯定与可能之间、平日与安息日之间的张力突出了"选民"的可笑性。犹太人是上帝的选民，却遭受了巨大的苦难；他们地位尊贵，却生活在社会的最底层。赫佐格的父亲是一个高尚而有尊严的人，却遭到抢劫者的追打，赫佐格对此困惑不已。在《赫佐格》和《奥吉·玛琪历险记》中，人们以为自己很伟大的想法与事实上愚蠢、衰老、贫穷的现实情况形成了巨大的反差。这一反差带来的绝不仅仅是一种喜剧效果，而且极具讽刺意味。"警察打了我的儿子，还把他遣送到了西伯利亚。但他能写流畅的希伯来语。"这种笑话在《奥吉·玛琪历险记》中频频出现。我们一定对小说中的最后一个场景记忆犹新：玛琪家的女仆杰奎琳 —— 一个乳房下垂、静脉曲张、伤痕累累的女人对奥吉说："啊，我一生的梦想就是能

---

① 马拉默德的作品，发表于 1958 年。—— 译注

② 布鲁斯·杰伊·弗里德曼（Bruce Jay Friedman, 1930— ），出生于纽约，是美国二十世纪六十年代黑色幽默文学运动中的主要人物之一。他的小说大多取材于下层犹太人的生活，代表作有《斯特恩》、《母亲的吻》等。—— 译注

③ Isaac Bashevis Singer: "The Spinoza of Market Street" in *The Spinoza of Market Street*. Martha Gilicklich and Cecil Hemley (trans.), New York: Farrar, Straus, and Giroux, 1962, p. 24.

④ 转引自 Irving Howe: "Introduction", in *A Treasury of Yiddish Stories*, New York: Viking Press, 1954, pp. 41–42。

去墨西哥！”[①] 如评论家马林所说，贝娄的主人公“行走在梦想与现实的交界线上，嘲笑着自己飘摇不定的处境。他们是犹太讽刺家”[②]。

梦想与现实之间极具讽刺意味的反差以及严肃道德的传统，为我们解释了为什么在犹太小说中，具有现实意义的细节描写总是伴随着寓言和各种荒诞古怪的故事。在卡夫卡和他的学生美国犹太作家艾萨克·罗森菲尔德的作品中，他们写寓言是为了阐明各种形而上的道德问题。罗森费尔德的《所罗门王》讽刺了现实与理想之间的差距。作品塑造了一个人到中年、大腹便便的所罗门形象。这就是那个聪慧机敏的人吗？所罗门的智慧表现在了一个笨手笨脚的人的身上。在这个故事中，作者把俚语与具体的细节描写融合在一起，关注人类的伟大与失误。从《塔木德》到卡夫卡的《乡村医生》，再到布贝尔重述的《哈西德派教徒的故事》，我们发现具有现实色彩的寓言属于犹太文化传统的一部分。当然这其中也包括那些荒诞古怪的故事。意第绪语文学中的一个类型是鬼神故事，而它的现代版本则是艾萨克·辛格创作的那些稀奇古怪而又充满人情味的鬼神作品。佩雷茨利用民间材料创作了作品（如《假人》），马拉默德创作了《犹太鸟》、《莱文天使》和关于人死后痛苦难过的小说《发发慈悲》，还有卡夫卡的《乡村医生》和《木桶骑士》，以及肖洛姆·阿莱赫姆撰写的卡夫卡式的故事：一个小镇上的人死而复生，搬运东西（《死镇》）。在这些作品中，荒诞古怪的故事总是随处可见。但是，即使没那么稀奇古怪，犹太文化传统也有它超现实的一面。马克·夏加尔的想象更多地源自他的犹太童年，而不只是所受的同时代人的影响。我想到韦斯特[③]的《蝗灾之日》和亨利·罗斯的《就说是睡着了》中接近尾声时的超现实主义场景。可以说在创作这两部作品的时期，主观臆断与奇思妙想已在美国小说的创作中过时。我想到海勒的荒诞讽刺小说《第二十二条军规》和弗里德曼的《斯特恩》。在极具西方特色的场景——疗养院里，想象主导了一切：“‘是的。’斯潘塞太太说道。斯潘塞太太是斯特恩想象出来的一个皮包骨头的女人，她早已厌倦了丈夫那虽有尊严却盲目崇拜的做爱要求。”[④]

---

① Saul Bellow: *The Adventures of Augie March*, New York: Compass, 1960, p. 535.

② Irving Malin: *Jews and Americans*, Carbondale: Southern Illinois University Press, 1965, p. 132.

③ 纳撒尼尔·韦斯特（Nathanael West, 1903—1940），美国犹太作家，代表作有《鲍尔索·斯奈尔的梦幻生活》、《寂寞芳心小姐》等。——译注

④ Bruce Jay Friedman: *Stern*, New York: Simon and Schuster, 1962, p.13.

与弗里德曼相比，贝娄的作品中没有太多荒诞离奇的故事，在这一点上他与菲利普·罗斯较为相似。但是，他从美国文化和犹太传统中获得一种乐趣，这种乐趣存在于半真实、半具有象征意义的想象中：主人公或与一个可怜的女百万富翁在墨西哥猎杀大蜥蜴，而这个女富婆竟然把钱存放在冰箱里；或成了非洲某个部落的"桑哥"，见到了非洲的部落头领；或在救生艇上讨论人生的烦恼，并给死去的哲学家写信，这些信措词激烈，却从来没有寄出过，他还在电视上表演关于个人问题的心理剧，观众中既有科学家也有企业家，而协助其表演的既有他那过"寄生"生活的儿子，还有他的前妻和现在的情人，以及之前的一个捕鼠者。在贝娄的作品中，比荒诞古怪的故事更为重要的是寓言，它揭示了那些形而上的道德真理。这些寓言通常以梦的形式出现在作品中，而这些梦又往往具有道德和心理的双重意义。

事实上，这基本上概括出了贝娄小说的特点：它们都是道德小说；它们不是纯粹关于创作风格或是心理探索的作品；它们关注的是形而上的道德问题，如：关于责任的区分（《受害者》）和个人与权力世界的关系（《赫佐格》）等。贝娄的作品总是在试图追问"为什么"。它们关注德行的问题——一个富有同情心的人的成功与失败。它们相信人类，相信在普通生活中一样潜伏着神圣的欢乐，一样存在着一种有意义的生存方式。从这一层面上来说这也是犹太小说的特点。

二

贝娄九岁时来到芝加哥，他的时间大都花在了芝加哥的图书馆里。他想要成为一名"印第安人"——芝加哥唯一的一名犹太印第安人，他说道[①]。因此，虽然贝娄是一个犹太教徒，但他逐渐开始接受美国文化。刚开始时，贝娄就读于芝加哥大学（由芝加哥大学校长罗伯特·哈钦斯带头的"伟大的经典著作"计划[②]后来付诸实践），后来转到西北大学，获人类学和社会学学士学位。在经济大萧条时期，贝娄效力于美国公共事业振兴署，参与了联邦作家计划，撰写篇幅较短的美国作家传记。在芝加

---

① Anon: "Saul Bellow", *Current Biography*, XXVI(Feb. 1965), p.3.

② 该计划旨在通过阅读经典名著提高通识教育水平。——译注

哥的一个师范学院任教四年后他转向了小说创作。这样，贝娄就成了一名特殊的美国人——一个具有人道主义精神的世界主义学者。

美国文化传统对贝娄小说的影响是巨大的。这一文化传统深受十八世纪启蒙运动的人文主义思潮和十九世纪浪漫主义思潮的影响，同时在许多方面还与犹太文学传统有相似之处。

贝娄作品中体现出来的美国精神在很大程度上就是他一直想要捍卫的个人精神——强调个体的重要性与自由。这样说似乎很奇怪，因为自莱斯利·菲德勒[①]的《美国小说中的爱与死》(受劳伦斯的《美国经典文学研究》的影响)发表后，人们普遍认为美国文学是一种集神秘的恐怖、孤寂的情感以及潜藏在儿童读物中的惊悚和死亡于一体的文学[②]。如菲德勒在《等待结束》中所说："是那种把流放当作自由的想法成就了美国；但是同时，又是这种把流放当作噩梦的经验铸就了美国人的自我意识。"[③]在"希望之乡"的梦想背后是直面死亡的噩梦、荒谬的现实和灵魂深处的潜伏力量。

菲德勒是对的，但还有一点也是真的，那就是贝娄捍卫人类尊严的思想极具美国特色。因为美国文学仍然在维护人类的尊严，虽然一方面它又在不断地否认这一点。如菲德勒在《爱与死》的序言中所说，当西方人的灵魂摆脱了上帝和理智的统治后，哥特传统中的恐怖也获得了"自由"。霍桑在小说中对品钦家族[④]进行了恐怖的诅咒；坡在作品中设计了哥特式的环境，并描写了人精神崩溃的过程；比耶尔斯[⑤]的创作中少不了恶毒的嘲讽；福克纳的小说中有对童年的恐怖经历和成年阉割的想象，也有对未掩埋的尸体和腐朽的社会的幻想；韦斯特的作品中充满了超现实主义的噩梦(这些噩梦几乎变成了现实)，这其中既有一群不满于现状的人摧毁了洛杉矶的幻象，也有残缺的、不完美事物的影子，还有一个充斥着虚妄与死亡的虚伪世界；卡波蒂[⑥]的创作表现出堕落颓废和神秘莫测

① 莱斯利·菲德勒(Leslie Fiedler, 1917—2003)，美国文学评论家，《美国小说中的生与死》是他的代表作。——译注

② Leslie Fiedler: *Love and Death in the American Novel*, New York: Stein and Day, 1960.

③ Leslie Fiedler: *Waiting for the End*, New York: Stein and Day, 1964, p. 84.

④ 霍桑小说《七个尖角阁的老宅》中的品钦家族。——译注

⑤ 安布罗斯·比耶尔斯(Ambrose Bierce, 1842—1914)，美国记者、作家，尤以短篇小说闻名。——译注

⑥ 杜鲁门·卡波蒂(Truman Capote, 1924—1984)，美国作家，代表作为《冷血》。——译注

的特点；艾里森[①]在工厂化的医院里设计了精神分裂的场景；在约翰·霍克斯[②]的作品中，噩梦变成了现实，毁灭的意象重复出现，引起读者的焦虑，最终这种焦虑演变成了恐怖……我们可以这样继续地罗列下去。但这种哥特传统并没有与尊崇个体的信仰背道而驰；事实上，也只有那种不断强调个体重要性的文学才能积淀出这一传统。

与此相似的还有美国文学中的那些“总是唱反调的人”（naysayers）。海丝特·白兰和亚哈[③]与命运抗争，却因此赢得了尊严。在加缪的《反抗者》中，美国主人公拒绝任何来自社会现实和超自然的不公，说道：“好吧，那么，让我下地狱吧。”这不是噩梦中虚幻的假象，也不是一堆陈词滥调，更不是一个游魂的声音。美国文学中有温柔优雅的女子：书中的海丝特·白兰和写书的艾米莉·狄金森；有总是“宁愿不做”什么的巴特尔比[④]们；还有“无形人”的祖父，他告诉他的孙子：“你要在险境中周旋。希望你对他们唯唯诺诺，叫他们忘乎所以；对他们笑脸相迎，叫他们丧失警惕；对他们百依百顺，叫他们彻底完蛋。让他们吞食你吧，要撑得他们呕吐，要胀得他们爆裂。”[⑤]这些社会现实和超自然的反抗者从某种意义上说是环境或者说是海神疯狂行径的受害者。他们天真无邪，反抗一切。[⑥]在我们的文学传统中，那些具有反抗精神的天真无邪之人与冷漠、残酷、充满敌意的世界进行抗争的故事屡见不鲜。从奈蒂·班波到比利·巴德，再到黛西·米勒、尼克·亚当斯和霍尔顿·考尔菲德，[⑦]我们文学作品中

① 拉尔夫·艾里森（Ralph Ellison, 1914—1994），美国当代著名的黑人小说家，代表作为《无形人》。—— 译注

② 约翰·霍克斯（John Hawkes, 1925—1998），美国后现代小说家，代表作为《第二层皮》。—— 译注

③ 海丝特·白兰和亚哈分别是美国作家霍桑的小说《红字》、麦尔维尔的小说《白鲸》中的主人公。—— 译注

④ 巴特尔比（Bartleby）是麦尔维尔的短篇小说《书记员巴特尔比》中的主人公。—— 译注

⑤ Ralph Ellison: *Invisible Man*, New York: Random House, 1955, pp.19—20.（此处译文参考任绍曾等人的译本《无形人》第 15 页。南京：译林出版社，1998。—— 译注）

⑥ 这里的“天真无邪”，即伊哈布·哈桑在《激进的天真》（*Radical Innocence*, Princeton, 1961）中坚持的“纯真”，在小说传统中随处可见。但是，在美国小说，而不是其他国家的小说中，这也包括俄国小说，那种敢于说“不”的主人公所表现出的“纯真”更加受到推崇。

⑦ 他们分别是美国作家库珀的“皮袜子故事”系列、麦尔维尔的《比利·巴德》、亨利·詹姆斯的《黛西·米勒》、海明威的《尼克·亚当斯故事集》和塞林格的《麦田里的守望者》中的主人公。—— 译注

的这些主人公要比他们周围混浊的世界清白纯洁得多。

从华盛顿·欧文到库珀，再到现在的作家，从他们的作品中我们可以看出恐怖和异化是构成美国小说必不可少的一部分，但是同时，这些作品又都强调个体的重要性。在构成美国小说的组成部分中，还有一点就是回归社会和对人类前景的乐观态度，但菲德勒和哈桑[①]却没有对美国文学的这一特点给予足够的重视。海丝特·白兰身上代表“通奸的女人”（Adulteress）的字母A变成了“天使”（Angel）的象征。亚哈走了，以实玛利却回来了，恢复了身心健康。《瓦尔登湖》里的梭罗行走于湖畔和小镇之间，徘徊在独居与社区生活中间，就像是哈克贝里·芬。马库斯·克莱因在《异化之后》中说道，当代美国文学同样在两极之间摇摆：异化与融合；作品中的主人公们既害怕丧失自己的身份，又渴望融入社会[②]。那些局外人并不希望被排除在外。在《无形人》的最后，主人公选择回到社会，扮演一个“对社会负责任的角色”，而不是孤立自我，或者是用保护性的伪装把自己武装起来，像赖因哈特[③]一样不停地转换角色。鲍德温[④]回国参与了民权斗争，其小说《向苍天呼吁》中的主人公与他生活的社区融为一体；而在《另一个国家》的结尾，身处机场的埃里克和伊夫重新走到了一起——他们回到了伊甸园，这一切发生在美国，而不是其他什么地方。

或许在美国文学史上最彻底的妥协者同时也是最热情的个人主义斗士：惠特曼既颂扬那些具有自觉能动性、不墨守成规的个人，也希望这些个人主义者融入社会爱的海洋中。而美国就是伊甸园。

显然贝娄是属于这一传统的。在这一传统的影响下，他在小说中塑造了高贵的个人主义者：超验主义者对个体的尊崇以及小说史上的哈克和亚哈们共同造就了奥吉·玛琪（哈克）和汉德森（亚哈）。哈桑写道：“美国小说的作用就是调和主人公的疯狂梦想与道德伤感之间的关系。”[⑤]奥

---

① 伊哈布·哈桑（Ihab H. Hassan, 1925— ），出生于埃及，后移民到美国，文学评论家、作家。哈桑已出版大约15部著作，其中大部分是关于后现代主义的评论，如《后现代主义的转向》等。——译注

② Marcus Klein: *After Alienation: American Novels in Mid-Century*, Cleveland: The World Publishing Company, 1964.

③ 卢克·莱因哈特（Luke Rhinehart）既是作家乔治·科克克罗夫特（George Cockcroft）的笔名，也是其多部作品中的人物。《掷骰子的人》是他的代表作。——译注

④ 詹姆斯·鲍德温（James Baldwin, 1924—1987），二十世纪美国最著名的黑人作家之一，代表作有《向苍天呼吁》、《另一个国家》等。——译注

⑤ Ihab Hassan: *Radical Innocence*, Princeton: Princeton University Press, 1961, p. 329.

吉·玛琪，一个“哥伦布式的”[1] 人物，在寻找伊甸园未果后，他集中自我的力量与愚痴般的顽固进行抗争；汉德森反抗死亡，他的内心不停地呼喊：“我要，我要。”他们都是典型的（确切地说是自觉的）美国人。

在《奥吉·玛琪历险记》及之后的作品中，贝娄试图捕捉到美国精神的要义所在，他的这一动机在美国文学的传统中有迹可循。这可以追溯到爱默生关于“美国的学者”的演讲，更具体一点地说，这表现在那些善于运用色彩的画家身上，突显在惠特曼宣扬的与美国认同的主张中，体现在努力创作“伟大的美国小说”的传统上，以及那一部部经典名著中，如：《嘉莉妹妹》、“美国”三部曲和《愤怒的葡萄》。对于这些作家中的大多数来说，美国精神代表了一种富有活力的生命特质和公开坦率的品性。而文学史上那些最伟大作品的形式从来都是散漫、甚至是无章可循的，像《自我之歌》、《白鲸》、《哈克贝里·芬历险记》和“美国”三部曲。这些作家的创作风格似乎追寻了印第安人的传统，他们的作品透出一种原始美，没有过分修饰的痕迹。贝娄说道：“德莱塞没有用形式来主导作品的现实主义内容。”[2] 毫无疑问，贝娄是一个非常自觉的文体家，但他写作的风格是粗犷不羁的，似乎带有一种“美国特色”。奥吉·玛琪说道：“我是一个在芝加哥出生的美国人，我做事情就像我所告诉自己的那样，随心所欲……”与此相似的是，贝娄创作第一部小说运用了日记的形式，第二部小说采用了陀思妥耶夫斯基风格，而在《奥吉·玛琪历险记》和《雨王汉德森》中，他又使用了传奇式流浪冒险故事的松散结构，这种结构体现了生命的活力，具有美国特色。

马尔科姆·布拉德伯里解释了贝娄是怎样继承了德莱塞和美国自然主义者的创作传统，又是怎样超越这一传统，转向豪放的风格和形而上的思考的。[3] 这一点是真的。《抓住时日》（还有《受害者》）从更广的意义上来说是一部自然主义的小说，但当我们颂扬汤米·威尔海姆试图打破自然主义小说的界限这一举动时，我们同时感受到了一种冷酷无情的尖锐力量。哈桑曾经提到过贝娄的“宇宙困惑观”，贝娄也在自己提出的一

---

① Saul Bellow: *The Adventures of Augie March*, New York: Compass, 1960, p. 536.

② Saul Bellow: “Dreiser and the Triumph of Art”, *Commentary*, XI (May 1951), p.503.

③ Malcolm Bradbury: “Saul Bellow’s *The Victim*”, *Critical Quarterly*, V (Summer 1963), pp. 127–128.

些问题中表现出了这种超自然的关怀。贝娄提出的这些问题可以说是小说家和所有的艺术家都必须面对的问题，如："我们为什么要出生？我们来这里做什么？我们将要去哪儿？在这些不朽而又朴素的话语中，所有的事物都插上了想象的翅膀。"[①] 这些问题显示出，虽然贝娄是一个"经验崇拜"者，但他仍然渴望能够找到那些神化的人来破解这些谜团。在此贝娄既表现出了他的犹太性，也表现出了美国性——他从霍桑、麦尔维尔、坡、惠特曼和超验主义者那里继承来的形而上的传统。

爱默生歌颂人类，认为神圣的真理来源于人类，人具有神性：依靠自我就是依靠神，因为每个人都是神的一部分。贝娄与美国浪漫主义作家颇为相似，特别是在他们运用象征和比喻的手法把现实主义描写与寓言融合在一起这一点上。这种融合起源于试图"调和高高在上的理论与现实状况之间的关系"的动机上，而且贝娄发现这一问题基本上在美国作家的作品中都有所呈现，特别是在爱默生、梭罗和惠特曼的作品中[②]。而这也是贝娄自己所关心的问题。

三

犹太人道主义与美国人道主义这两大思想潮流的汇合，在当代美国知识分子的作品中得到了体现。他们信奉世界主义的信条，而且他们中的大多数是犹太人，为《党派评论》等杂志撰稿。在《党派评论》上，贝娄发表了最初的两部作品：《两个早晨的独白》和《墨西哥将军》。自此之后，贝娄的许多作品都发表在这份杂志上。

在二十世纪四五十年代，《党派评论》的团队包括了贝娄、莱昂内尔·特里林、威廉·菲利普斯、菲利普·拉夫、德尔莫尔·施瓦茨、贝娄的朋友人艾萨克·罗森菲尔德、华莱士·马克菲尔德和保罗·戈德曼。实际上，这一团队成员的论调并不一致，正如菲德勒所说，大家并不喜欢被称为一个团队[③]。戈德曼是一个鼓吹思想和行动自由的社会主义者，而莱

---

① Saul Bellow: "Distractions of a Fiction Writer", in Granville Hicks (ed.) , *The Living Novel*, New York: Macmillan, 1957, p.19.

② Saul Bellow: "The Writer as Moralist", *Atlantic Monthly*, CC XI (March 1963), p. 58.

③ Leslie Fiedler: *An End to Innocence*, Boston: The Beacon Press, 1956, p. 204.

昂内尔·特里林是一个温和的自由主义者，他们思想上的共同点并不多；而在一段时期里，施瓦茨、贝娄、罗森菲尔德和戈德曼（戈德曼是“格式塔疗法”的建立者之一，这一疗法的提出深受赖希思想体系的影响）接受了威廉·赖希[①]的思想，但特里林对此并不感兴趣。当然，他们在许多方面也有一致的地方，如一些重要的国际思想；一种严肃的政治关怀，这已经超过了《党派评论》早期对马克思主义的热情；道德理智论，这一思想更多的是受犹太传统而不是马修·阿诺德[②]的影响；排斥唯美主义，倾向于融道德于一体的艺术；关注深层心理学；相信人类和人类文明。

苏珊·桑塔格[③]在一篇论“坎普”[④]的文章中说道：“现代性中有两股先锋力量，一是犹太人的道德严肃性；一是同性恋的唯美主义和讽刺。”当苏珊·桑塔格提到犹太人的道德严肃性时，她一定是想到了《党派评论》，因为她在这一刊物上发表了文章[⑤]。总之，《党派评论》，这个贯穿整个“新批评”的盛行期的刊物，极力反对从纯粹美学角度出发的艺术观和生活观。特里林反对关于第二环境的美学态度和其与创作风格的关系；同时他也反对那种使艺术脱离生活的文学批评，因为这种文学批评从来不会在意作家是否要发表什么重要的言论。特里林用大家在贝娄演讲时所产生的诸多反应来举例说明，他写道：“几乎可以肯定的一点是没有人能够仅凭推论来判断那些话是对是错……我们必须回到那场关于第二环境的不寻常的谈话中。在那里我们可以判断一个人的品质，判断那些判定对错的人是通情达理还是胡搅蛮缠。”与这个琐碎平凡的小例子相对，特里林举了塞奇威克的例子。当塞奇威克注意到密尔[⑥]思想体系中个人主义与利他主义之间的矛盾时，“他条分缕析地探讨了权利与义务之间的

① 威廉·赖希（Wilhelm Reich, 1897—1957），奥地利精神病学者、精神分析学家，专注于人格结构研究，作品包括《性格分析》、《性革命》等。——译注

② 马修·阿诺德（Matthew Arnold, 1822—1888），英国维多利亚时代的诗人、评论家。其代表作有抒情诗集《多佛滩》、叙事诗《苏赫拉布和鲁斯图姆》、论著《文化与无政府主义》等。——译注

③ 苏珊·桑塔格（Susan Sontag, 1933—2004），美国著名的作家、评论家、政治活动家，代表作包括《反对阐释》、《论摄影》、《在美国》等。——译注

④ “坎普（camp）”是一种现代美学范畴，其特点是对非自然之物的热爱，对技巧和夸张的热爱。——译注

⑤ Susan Sontag: “Notes on Camp”, *Partisan Review*, XXXI(Fall, 1964), p. 529.

⑥ 约翰·斯图亚特·密尔（John Stuart Mill, 1806—1873），英国哲学家、经济学家主要作品有《逻辑方法》、《政治经济学原理》、《论自由》、《功利主义》等。——译注

关系”，这样他就可以采取相应的行动了[①]。威廉·菲利普斯曾经攻击过新批评的形式主义和新非道德论者的唯美主义，他提倡一种受道德约束的文学批评和艺术。保罗·戈德曼的作品，不论是关于社会学、文学，还是建筑学、教育学的，都涉及了激发和培养人的能力的问题，这样人类就可以在一个各方面都更加完善的世界里过上充实的生活，而这种生活是以自由和共有制为基础的。戈德曼在随笔、演讲和小说中所表现出的态度与他在政治事业上的立场是基本吻合的，他是一个具有奉献精神的作家。莱昂内尔·特里林没有把艺术与国家的命运分割开来。他的作品《旅行的中途》与贝娄的《晃来晃去的人》相似，塑造了一个思想处于崩溃边缘的人物形象。在小说开始，拉斯基尔刚刚患过猩红热，正在复原阶段，而这既是他身体上经历的一场苦难，同时也包含了政治上的意义。在康复过程中他发现，他是一个只会用人道主义的道德观来指导自己的自由主义者。特里林的小说与贝娄的《赫佐格》相似，在思想上又与菲利普·拉夫在《美国式书写中的经验崇拜》中提出的观点雷同。事实上，拉夫在《先驱论坛报》上针对《赫佐格》所进行的评论也同样适应于特里林的小说："这部小说散发出理性的光芒……"[②]《旅行的中途》试图找出一种集政治含义和道德寓意于一体的生存方式来适应战后生活的要求。特里林的短篇小说《另一个玛格丽特》讲述了成长的苦恼和道德复杂性的教训。这一主题与《旅行的中途》所表现出来的思想大体一样，但两部作品的基调却大不相同。艾萨克·罗森菲尔德详述了一种寓言，它融合了塔木德和拉比著作里的那种热烈而复杂的思想感情，以及城市知识分子的个人魅力和世故，最终被用来研究道德责任感。在他的作品里，如《乔治》，探讨的也是关于道德生活的问题。这部小说讲述了一个世俗的哈西德派教徒，在一个聚会上，因为反对他那些知识分子朋友带有自我毁灭性质的丑恶行径而越过窗户跌落在街道上（摔坏了一条腿）的故事。与贝娄一样，罗森菲尔德也崇尚德行和善举。我们仍然记得部落头领达弗所说："汉德森先生，你深受美德的影响。"[③]

显然，贝娄是这些人中的一员。在《赫佐格》中，他反对现代作家仅

① Lionel Trilling: "The Two Environments", *Encounter*, XXV (July 1965), p. 13, p.8.

② Philip Rahv: "Bellow the Brain King", *Book Week*, *The Sunday Herald Tribune*, Sept. 20, 1964, p.1.

③ Saul Bellow: *Henderson the Rain King*, New York: Compass, 1965, p. 149.

仅从“美学角度对现代历史的批评”[①]。没有人比贝娄更适合成为道德严肃性的代言人，桑塔格曾经把这一道德严肃性与当代唯美主义思想进行了对比。像在《佩普博士的训诫》和《古雷·麦克道韦尔的演讲》中那样，贝娄常常取笑自己乐于说教的嗜好，而他笔下那些古怪的人物也经常朝“疯人院”广场上的行人和芝加哥“过气”俱乐部中的人群发表说教演说。实际上，佩普博士反对感伤的理想主义，古雷也厌恶那种促进人类进步的想法，但他们却又同时在为人类的兴盛而对他人进行说教。与此相似，当贝娄开始创办杂志时，杂志的名字不是《芝加哥文学评论》，而是《高尚的野蛮人》。贝娄与其他人一样，反对唯美主义。

特里林写道，贝娄表现出了“绝对的现代性”，但却转向文学，寻找一种道德冲动，而这种道德冲动也正是塞奇威克和阿诺德所要探寻的。接着，特里林写道：“传统的捍卫文学研究的观点认为，在研究文学作品时会产生一种情感，这种情感具有流动性和自由化的特点，它可以升华人的理智，特别是那种涉及到道德生活的理智。”[②] 在理智与道德生活都已经过时了的时代，贝娄作品中的赫佐格写信给院长说道：

> 瞧，史密特斯，对于开新课，我真的有个好主意。……来上夜校的人，表面上只是追求文化知识，事实上他们所渴望的，最需要的，是良好的辨别能力、分析能力和掌握真理——即使一点一滴也好。一天过去了，一个人要是没能带点真正的东西回家，是会渐渐地死去的——这绝不是比喻，是事实。你只要看看他们多么乐于接受那些极其荒唐的胡言乱语就知道了。史密特斯啊，我的小胡子老兄！在我们这个富裕的国家中，我们所负的责任有多大！想想，美国对世界有多重要。[③]

在现代的版本中，有马修·阿诺德在《拉格比教堂》中提到的道德严肃性。贝娄像阿诺德一样，希望能找到真理和美德的根源（事实上，这些话让人感到难以启齿，也许这一点也恰恰说明了它们是多么不合时宜）。

① Saul Bellow: *Herzog*, New York: Viking, 1964, pp. 74–75.

② Lionel Trilling: “The Two Environments”, *Encounter*, XXV (July 1965), p. 4.

③ Saul Bellow: *Herzog*, New York: Viking, 1964, p. 28. 此处引文参考宋兆霖翻译的索尔·贝娄作品《赫索格》，第 37 页。桂林：漓江出版社，1985。——译注

他曾经称十九世纪的作家为“灵魂的理疗师”，也曾经为他们没有恪守自己的职责而感到遗憾。但贝娄自己却没有忘记这一职责。

《党派评论》逐渐失去了党派性，先是脱离了共产党组织，接着又在二十世纪四十年代早期与大众战线划清了界线。索尔·贝娄似乎也经历了一个与此相似的变化过程。年轻时，贝娄是一个“圆脸的空想家”，我甚至猜测在《晃来晃去的人》中，约瑟夫与共产党组织决裂的事件是贝娄青年时期经历的影射。在谈到贝娄作为一名小说家的成长过程时，我想要说明的一点是，从最初两部作品的悲伤基调到《奥吉·玛琪历险记》所表现出来的喜悦之情——一种自觉的喜悦之情，贝娄的这一创作走向与特里林和《党派评论》的发展轨迹是极为相似的。在1952年，也就是在这部乐观向上的《奥吉·玛琪历险记》出版之前，《党派评论》同样举行了一次论调颇为积极的专题讨论会，展望美国文化中的个体、特别是艺术家的光明前景。

显然，在那些生活在城市的美国犹太知识分子的身上，犹太经验与美国经验实现了融合，它们积淀成了贝娄创作的传统：捍卫人类的尊严，并对人类的未来充满希望。

John Jacob Clayton: “Bellow's Cultural Context”, in *Saul Bellow: in Defense of Man*, Bloomington & London: Indiana University Press, 1968, pp. 30–46.

编后记

约翰·J. 克莱顿（John J. Clayton），美国现代文学教授、小说家。1969年起任马萨诸塞大学阿姆赫斯特分校的名誉教授，同时担任蒙特荷约科女子学院的客座教授，现任教于罕布什尔学院。他的短篇小说曾获欧·亨利短篇小说奖，美国最佳短篇小说奖等。他的作品集《光辉》（*Radiance*）获得俄亥俄州立大学短篇小说奖,并入围美国全国犹太图书奖。克莱顿的著作《索尔·贝娄:捍卫人类》获得了文学评论界的赞誉。

本文选自《索尔·贝娄:捍卫人类》一书,第30—46页。在此文中,克莱顿分析了影响贝娄一生的两大元素:犹太传统和美国经验,在这两大文化潮流的孕育下,贝娄表现出了捍卫人类的思想。

绝望中的肯定

作者［美国］约翰·J. 克莱顿
译者 王丽艳

索尔·贝娄是美国在世的小说家中最重要的一位。他每一部小说都折射出人性的慈悲与怜悯，他关注的也正是我们的文化所关注的——他非常明白我们的处境。他出色的写作技巧令人惊叹，尤其是他用人类语言表达经验，表达出人类生活在道德上、哲学上的复杂性，同时又不偏离生活的本质。如果说索尔·贝娄没有炮制约翰·霍克斯梦魇般的世界，也没有尝试先锋派的革新，那是因为，他是当代文化的代言人，是西方文化传统的辩护者。他能够描述黑暗却不会陷入黑暗，他审视但却不会陷入文化虚无主义。

不过，这是真的吗？如果说贝娄是当代文化的代言人，他表达了当代文化的不确定性、复杂性，甚至当代文化中的悖论，那么谁是我们的代言人呢？

索尔·贝娄的小说包含了三个相互关联的矛盾体。首先，贝娄反对二十世纪的文化虚无主义，其中包括达达主义、精神荒原，以及对现代人类生活的诋毁。但实际上贝娄很悲观。他也和尤内斯库一样，为现代生活的空虚而惊惶。

第二，贝娄摒弃现代文学中的异化传统。他的小说强调手足情谊和社团价值，然而他作品中的人物大都是性受虐者和异化者。

第三，贝娄尤其痛恨现代文学中对“生命个体”的贬损。他对个性的重视直追爱默生。但是，在一部又一部小说中，他被迫放弃了个性，不仅因为在可怕势力面前个性显得微不足道，还因为个性是令人不快的，是一种让人与爱相疏离的负担。他的主人公所追求的优雅风度毫无特色，完全不同于贝娄所热爱并且乐于维护的个性。但是，正是这种优雅风度使贝娄对人类、对自己与其他人的和谐相处抱有信心。

我们可以通过理解贝娄刻画的人物角色来更好地理解这些矛盾的根源。贝娄的人物有内疚感，觉得自己不配活着；他们为人类辩护，以此来为自己辩护。因此黑暗和摆脱黑暗的挣扎与其说描述了人类的生存状况，不如说描述了贝娄主人公的心理境况；与其说贝娄是一位社会小说家或道德发言人，不如说他是一位心理小说家。关于个人主义矛盾的解决方法是哲学的而不是智力的。也就是说，主人公们发现，只有摆脱了内疚感，体会到"人类共同的处境"，他们才能有信心活下去。

二

奥吉·玛琪在墨西哥想起了大自然的凶残，想起了"难以谋生的自然环境"，想起了女神提亚驯化的鹰的雄姿，想起了鹰高高翱翔在火山口上空。贝娄把鹰与金牛座 α 星毕宿五——那颗阿兹特克族神父通过观察它来判断"生命是否将循环下去"[①] 的闪亮星星联系起来。"奥吉"这个名字出自"augury"，也就是拉丁语"augur"，这个词被用来命名通过观察鸟类的飞行来获得关于未来的神启的古罗马神父。因此奥吉既像通过星辰来占卜的阿兹特克族神父，又像通过鸟类预测未来的罗马神父。和贝娄所有的主人公一样，奥吉是贝娄用来决定生活能否继续下去的一个代表。这是困扰贝娄的主要问题，他在极度痛苦中给出了肯定的回答。在《作为道德家的作者》一文中贝娄争辩道："有人想要生命继续下去，有人不愿意生命继续下去……如果我们想要生命继续……什么样的生命才能证明它自己值得继续？"对这个问题的回答正是贝娄的道德职责所在[②]。

显然，这正是贝娄在小说里承担的职责。贝娄肯定了有意义的个人生活是可能的，但是他清楚其中的困难和代价。他知道阿兹特克族神父"收到天象启示之后，剖开祭祀活人的胸膛，取出心脏，在其中重新搭造

① Saul Bellow: *The Adventures of Augie March*, New York: Compass, 1960, p. 38.

② Saul Bellow: "The Writer as Moralist", *Atlantic Monthly*, CCXI (March 1963), p. 62.

炉火”[①]，似乎杀戮是文明持续的代价。贝娄毫不隐瞒地说，他相信布莱克所说的必须“将大车和耕犁碾过死者的尸骨”。他并不假装相信我们行驶在高速公路上。通过佩普博士（《佩普博士的训诫》）这个形象，他指责人类用汉堡和炸肉饼来掩饰食用的动物尸体；他明白我们是依靠其他物种的死亡存活下去的。他同情地写到乔伊斯·卡瑞的作品：“它使人坚信强大的、原始的自然界依然存在，天才不是神话，奋斗不一定是偏执。幸福并未消失，希望是有理由的。”[②]不过，贝娄是从逆境中锻造希望。他的朋友阿尔弗雷德·卡津说道，贝娄从一开始就是“一位古希腊角斗士”[③]，现实对于贝娄来说，“是人与强大势力的竞争”。菲德勒曾称贝娄被中产阶级乐观主义收买了[④]。贝娄通过斗争来获得希望，恰好证明了菲德勒是错误的。中产阶级只看到生活中宜人的一面，他们的乐观主义用不着斗争。

但是，如果贝娄要证明在现代美国有价值的个人生活是存在的，他面对的也是发生了变化的生活。如果生活果真引发了绝望的情绪，如果个人既是这种生活的产品又是它的制造者，那么个人必须得到救赎，通过个人的救赎来获得社会的救赎。因此，与赫尔曼·沃克不同的是，贝娄所证明的不是现今的个人和社会，而是一种可能的状态。正因为贝娄拒绝说谎，拒绝简单地处理救赎这个难题，所以他的小说的结局是不确定的。每一部小说都有同样的形式（《奥吉·玛琪历险记》是个例外）：主人公试图应对并摆脱最糟糕的情况，试图扔掉阻止他作为一个人活着的往昔生活[⑤]。

贝娄狂野的独幕剧《破坏者》就是这样一种不同寻常的喜剧版本。[⑥]主人公的廉价公寓即将拆迁，他搬出来可得到一千美金的市政府补贴。

---

① Saul Bellow: *The Adventures of Augie March*, New York: Compass, 1960, p. 338.

② Saul Bellow: “Personal Record”, *New Republic,* CXXX（Feb. 22, 1954）, p. 21.

③ Alfred Kazin: “My Friend Saul Bellow”, *Atlantic Monthly,* CCXV（Jan. 1965）, p. 21.

④ Leslie Fiedler: “On the Novel Today”, *YMHA*, March 28, 1965; also see John W. Aldridge: “The Complacency of *Herzog*”, in Irving Malin (ed.): New York, 1967, pp. 207–210.

⑤ Marcus Klein: *After Alienation*, Cleveland: The World Publishing Company, 1964, pp. 47–51. 其中讲到贝娄的主人公丢掉重担；也可参阅 Irving Malin (ed.): “Seven Images”, in *Saul Bellow and the Critics*. New York, 1967, pp. 142–146。

⑥ Saul Bellow: *Seize the Day*, New York: Compass, 1965, pp. 193–211. 该书包括四个短篇及这部短剧。

但他拒绝了这笔钱，自己摧毁了住房。他不仅拒绝屈服于只关心功效不关心人民的行政者的推土机，更重要的是，他需要粉碎生活的负担，从似乎已经渗透进墙壁中的欺骗和痛苦中解放出来。因此他粉碎了那堵墙。抱着玩世不恭的态度和赖希式行动疗法，他毁掉了这个他与妻子有过痛苦与争吵的地方。这位丈夫争辩道：他们必须从过去挣脱出来，“不能将沉重的历史拖在身后”[①]。他的岳母认为他疯掉了；他的妻子赌咒说，如果他毁掉卧室，她就离开，因为那意味着她的失败。但是当挥起斧头，她也发觉这是一种解脱，她变得比丈夫更急于毁掉这间卧室，因为她一直痛恨卧室的天花板。现在轮到他感到有点伤心，但他们并肩将旧的生活劈成了碎片，开始新的生活。更重要的是，贝娄把这种个人解放行为看成是文化解放行为。这位丈夫把自己比作神庙里的参孙，他把自己看成一个民族英雄：“如今我是做过伟大业迹的人，就像《荷马史诗》中的英雄，是一个为人类解放做出贡献的人。”[②]

看似孤僻的行为实际上上演了社会的真实情景。在《晃来晃去的人》、《抓住时日》、《雨王汉德森》等很多贝娄小说中，都能看到异化的主人公挣扎着摆脱象征重担的过去（通常是内心的重担，所以不像“破坏者”那样富有戏剧冲突），以此来拯救他自己生活，引申来说是拯救大众的生活。压在主人公身上的重担常常是他的自我，也就是他过去经历的累积。奇怪的是，贝娄的主人公都像勒·让·琼斯，绝望的否定论者（贝娄对这个人物没什么同情）。勒·让·琼斯问道：

什么人……
……在他散乱的人生道上，
能够继续相信自己的尊严和学识。
什么人在抱怨……
我人生中的每一次行动，直到死亡的到来。
原因就在他们自己。他们是塞在我口中和耳中的石块，
是整个额头压在我的肩膀上。

这就是贝娄的主人公的实质。这就是为什么阿萨在纽约热浪下呻

① Saul Bellow: “The Wrecker”, in *Seize the Day*, New York: Compass, 1965, p. 203.
② Ibid., p. 197.

吟，汤米将自己看作一只河马，“负载着自己这副重担”[1]。重担必须卸下，这样代表世人的主人公才能得到救赎，个人的生命才可能变得美好，变得有价值。正是斗争本身证明人的生命不是“无价值的无关之物”[2]，在废墟中反而可以重获人的尊严。和贝娄后期作品《雨王汉德森》、《赫佐格》一样，《破坏者》中人的尊严被类比于传统民族英雄的尊严。但《破坏者》的结局大不相同：它更体现出意第绪文学传统中宗教愚人的尊严。

在喜剧的外表之下，《最后的分析》中的前捕鼠人伯特姆从伯米奇准备的文件中读到“完全否认个性就是虚无主义，这一点并不怪异。但假如我们都是蠢人，脾气暴躁、身患残疾，我们从心底里瞧不起衣不蔽体的穷人，假如我们沾染了所有人类的恶习，愚蠢、自大、骄纵、发狂 —— 假如我们再要寻找与生俱来的男子气概”[3]。的确，虽然《最后的分析》主要是嘲笑超越自我的努力，但我们发现，每一个对伯米奇冷嘲热讽的、自私自利的奉承者最终都渴望做真正的人。如果说贝娄像大多数现代作家那样，描写的是重负下异化、无助的人，那么他深信人“至少应该有足够的能力来克服堕落，使自己拥有完整的生命，那么他的苦难、软弱、奴役也就有了意义”。贝娄不避讳人类的异化和绝望，但他认为，通过描写异化和绝望，想象的力量“应该揭示人类的伟大之处”[4]，他认为人类“不是神灵，不是野兽，而是原始人类，拥有某种遭到破坏却依然未曾灭绝的高贵”[5]。他要求作家像德莱塞那样，为了“忠于生命”而付出代价[6]。

这种代价并非要求坚信某种特别的生命理念，贝娄抨击了持这种想法的 F. R. 利维斯。贝娄通过对人物的关注来表达自己的信仰。“相信人类存在就是爱”，他引用西蒙 · 维尔的话来说明作家的工作就是展示这种爱[7]。在小说家眼里，他的人物都是真实的、重要的人物。同样道理，世人也应该把彼此看作是真实而重要的人。这种爱自身便确立了人类的价值。《多拉》描写了一个女裁缝照顾幼儿之后，回到自己的单人卧房，听到了

---

① Saul Bellow: *Seize the Day*, New York: Compass, 1965, p.39.

② Eric Goldman: “A Profile of Saul Bellow”, *The Open Mind*, NBC (June 6, 1965).

③ Saul Bellow: *The Last Analysis*, New York: Viking, 1965, p. 97.

④ Saul Bellow: “ Distractions of a Fiction Writer”, in Granville Hicks (ed.): *The Living Novel*, New York: Macmillan, 1957, p. 14.

⑤ 虽然未签名，但很有可能是贝娄所言，见 “Arias”, in *The Noble Savage*, IV, Chicago: Meridian, 1960, p. 5。

⑥ Saul Bellow. “Dreiser and the Triumph of Art”, *Commentary*, XI (May 1951), p. 503.

⑦ Ibid.4, p. 20.

一声重击。隔壁的"普通人",一个她从未与之交谈的人,中风了。在惊讶于此人的无亲无故之余,女裁缝发现,自己独身的空虚正是邻居遭遇的一个缩影。对她来说,邻居代表了半夜从不知名的窗口传来的哭喊,这哭喊令她不寒而栗。她想道:"一个人死了,但他不是以一个人的身份死去,而是以社会保障系统的一个号码而消失的,太可怕了……如果你不在意这其中的区别……一个人倒下去还不如一棵树倒下去。"[①] 因为不愿意这样目睹个人生命的毫无意义,女裁缝在堂吉诃德般的狂热中每天穿戴整齐去医院看望他,尽管他一直处于昏迷中她也不在乎。完全与世隔绝,也没有社会交往可以让她接受现成的社会价值,女裁缝被迫通过关心邻居来创造存在的价值。

贝娄所有小说的核心都是对人类的关怀,这种关怀在主人公的成长转化中体现得尤为明显。《晃来晃去的人》中约瑟夫涌起对妻子的温情的时候,是他唯一感到了真实的重要时刻。《受害者》中阿萨的故事是关于学会关心他人 —— 也就是他的兄弟和他的敌人阿尔比 —— 的故事。他能够叫妻子回家,说明了他的转变。奥吉在《奥吉·玛琪历险记》中自始至终都歌唱着爱之歌。在小说的转折点上,奥吉发现自己从没有被人真正爱过。汉德森在发现真理的那一刻高喊:"我听见一个声音说我要!我要?我?它应该告诉我她想要,他想要,他们想要。此外,是爱造就了现实。反之,恨造就虚无。"[②] 赫佐格在故事中认识到他人的真实存在,认识到了他对女儿的爱。克服障碍,超越自我,学会关怀他人,构成了贝娄小说的主要精髓。贝娄和他创造的角色一样为"忠于生活"而付出。

二

说到相信人类生命能够继续,贝娄觉得与其说他是在与现代生活的洪流抗争,倒不如说是在与现代文学的潮流抗争。确实,莱昂内尔·特里林把贝娄称为反抗他所谓的"第二环境"文化的代言人。特里林解释说,通过塞奇威克和阿诺德时代的文学教育,年轻人学会了在某些价值观的基础上超越自己的时代。如今,"青年人面临另一种'环境',可以肯定的

① Saul Bellow: "Dora", *Harpers Bazaar*, LXXXIII (Nov. 1949) , p. 199.

② Saul Bellow: *Henderson the Rain King*, New York: Compass, 1960, p. 286.

是这是较为令人满意的环境"[①]。这是艺术和自由的环境，其道德规范以时尚为基础。特里林肯定想到了苏珊·桑塔格关于"坎普"的文章（发表于《党派评论》），其中她谈到时尚和品位是观念、人类以及道德价值的评判标准[②]。特里林肯定也想到了让·热内关于道德"高雅"的标准。在"新不道德者"中，威廉·菲利普斯声称他"不会因为任何美学立场放弃道德"[③]。在这一点上特里林与他这位同事意见一致。特里林引用济慈的话说："在真实面前，雄鹰也黯然失色。"[④]特里林和菲利普斯担心"第二环境"缺少道德核心；这个"第二环境"是作为低俗社会的对立面而创造出来的，但特里林像谴责低俗社会一样谴责这个环境的琐碎化。

正如特里林所说，贝娄绝对不是平庸之辈，他也反对琐碎化。任何作家，如果相信现代社会残酷可怕，抹杀了人性中任何纯洁的东西，并且相信现代社会是一座荒原，是一个噩梦，贝娄就会"敬而远之"[⑤]。在贝娄看来，这代表了琐碎化，因为这本质上是一种文学态度："几个世纪以来，文学一直都有其特有的源泉"：即源自浪漫主义的文学态度。贝娄在1963年国会图书馆的演讲中说：

> 作家从本世纪的伟大篇章和小说中继承了一种怨恨的笔调，大都是悲叹一个更为稳定、美好的时代在工业和都市社会的入侵下一去不返。都市社会的群众，或者说是穷人，经过了种种突变，在勇敢面对新世界和人类末日的同时被官僚统治和寡头政治所驯服……有的现代小说家理所当然地认为这一切都是人类固有的、经过了充分证实的。他们在写作中抱怨不已，带着怨恨来看待现代社会。不过对现代社会他们自己都还没来得及给以一个清晰的名称。我要说的就是这种不应该有的怨恨。[⑥]

伊甸园般的过去、当下的荒原世界、将来的人类末日。雷蒙德·威廉斯揭示说，这种现代化始于工业革命，体现在伯克和布莱克的作品中，发

① Lionel Trilling: " The Two Environments", *Encounter*, XXV (July 1965), p. 11.
② Susan Sontag: " Notes on Camp", *Partisan Review*, XXXI (1964), pp. 515–530.
③ William Phillips: "The New Immoralists", *Commentary*, XXXIX (April 1965), p. 67.
④ Ibid. 1, p. 13.
⑤ Ibid., p. 12.
⑥ Saul Bellow: *Recent American Fiction*, Washington: Library of Congress, 1963, p. 7.

展于卡莱尔和米尔、纽曼和阿诺德、普金、巴赫金和莫里斯，在二十世纪又出现了劳伦斯、艾略特和奥威尔等拥护者[①]。《城市可怕的夜晚》成为艾略特的"虚无之城"，成为《一九八四》的设计，成为杰克·凯鲁亚克的《镇与城》的模仿对象，成为居住在由意识控制的钢筋玻璃世界里的人民的梦魇。康拉德埋藏在非洲腹地和人心深处的恐惧变成了巴勒斯的生物幻想系列和城市怪兽系列（《裸体午餐》）中的梦魇，成为了塞尔比残酷的现实丛林和吸毒后的精神错乱（《布鲁克林黑街》），成为约翰·瑞奇的怪异、无情的同性恋淫乱和空虚的抱怨（《夜城》），成为在吉尔伯阐释下毫无意义的生命——一大群人在嗜毒的孤独绝望中无聊度日，直到他们通过海洛因、烈酒和凯迪拉克"获胜"（《接头毒贩》）。金斯堡在"加利福尼亚超市"中描写的不是"美国之爱的丧失"，而是巨大的乡村双车车库；其中同性恋与政治混乱、社会荒芜的意象混杂出现。米勒和梅勒开创了衰落社会中的性超人（《殉色三部曲》、《鹿野苑》和《她的时间》）。对爱德华·多恩来说，西雅图附近有"一个高山上的陌生世界"，曾经的男性消失不见后来到这个陌生世界里了：

> 妇女购买洗剂，在山顶的巨大敞篷车里，在清新的微风里。黑暗是什么？是美国，是藏在帽子下面的一切。热带地区炎热的下午传来绝望的呻吟。正懒洋洋地待在去往大洋洲的威风凛凛的船上。带来了灰白色清晨的不适。天空正在醒来，眨着眼睛，慢慢泛白，但天还没有放亮，耳中却已听到了巨大低沉的钟声，提示你街上行走着完全不同种族的男性，卸下一车车你自己都不知道的货物，慢慢地你会需要它们的。[②]

二十世纪的文学虚无主要是文学上的吗？我不这么认为。莱斯利·菲德勒看出了一些端倪，他说道："西方的无力厌倦削弱了社会主义和资本主义、民主和专制之间的斗争；对人文主义的厌倦成为所有当世活动的出发点，还有对挣扎着做人的厌倦。"伯罗斯派预言说，人类终结的标志不是末日论调，而是人类对一切的征服。贝娄反对这种颓废的观点；他不愿意相信这是"崩溃危机的巅峰"。

---

① Raymond Williams: *Culture and Society: 1780–1950*, New York: Passim, 1960.

② Edward Dorn: "First Avenue", in LeRoi Jones(ed.), *The Moderns*, New York: Corinth Books, 1963, p. 57.

但是贝娄并非特里林所谓第一环境（低俗环境）的主要代言者。他对表达文化荒芜论或文化衰亡论的绝望情绪或持此种观点的艺术作品猛烈攻击，其实反映了他本人对我们文化的绝望。这么说并非言过其实。贝娄宣称："人文主义留下来的遗产之一便是尊严，促使人们对自身的荒谬之处进行深入的思索的尊严。"①他说的其实是自己关于尊严的看法和他自己对于荒谬的理解。谁能比《抓住时日》的作者，这位描绘世人的贪婪与无情的贝娄，更加明白城市生活的破碎、孤立和物化呢？写下如下这段文字的正是贝娄，而非亨利·米勒：

> 在现代奢欲的力量之下，有大批服务人员和工程人员；物质、产品高高在上，人根本无法与它们的巨大数量相比。还有，永无止尽的热水供人无数次洗热水澡，无数的空调房间，技艺精湛的机械。没有什么能与之相比……②

在《谈谈小说家的职责》中，贝娄说出了小说家们面临的困境：

> 有时，走在街上他会感觉人类的力量都被吸到了大众活动、工业和钱里面去了。中午，在美国一个城市，你会感觉到一座座房屋空洞洞的，你会听到房屋下面厨房里的肥皂剧发出的靡靡之音。……有时会认为也许是斯多德巴克尔汽车公司，抑或是邦迪克斯工程公司吞噬了人类的至高能力。难道是有智力、有艺术感、有道德感的天才人类走到了尽头？不可能。航天工程师刚刚向人们显示，四十五小时不间断的飞行可以绕地球一周。这就是天才——将人类和金属物质送上天空环绕地球。在这样的成就面前，没有人有理由觉得无聊，没有人有理由觉得孤独。一个并非庙宇（暂时的）的世界里的战栗和空虚无关紧要。黑暗楼梯上的啤酒味不值一提，人与人之间缺少交流也只是暂时的。打字机上描写从未发生的对话的纸张只是放在某些神祇的圣坛上的祭品，这些神祇现在正好不在。③

---

① Saul Bellow: "Sealed Treasure", *Times Literary Supplement*, July 1, 1960, p. 414.

② Saul Bellow: *The Adventures of Augie March*, New York: Compass, 1960, p. 238.

③ Saul Bellow: "Distractions of a Fiction Writer", in Granville Hicks(ed.), *The Living Novel*. New York: Macmillan, 1957, pp. 10–11.

这段文章不仅对丢失了才智、灵魂和团体精神的文化表示深深的绝望，而且还显示出贝娄对自己有多少东西要修复有清楚的认识：最后一句话反复提到“这些神祗”，说明贝娄明白他要确立人生价值的决定是一个需要坚定决心的决定。

从《龚萨格手稿》中可以看出，极尽反讽的面纱之下掩藏着贝娄的绝望。[①]这个故事模仿詹姆斯的《阿斯彭文稿》，叙说一个年轻学者到西班牙去寻找故去情人未发表的诗篇，这位情人曾使他重获了对生命、对普通生活和人际交流的信心。但是他没有找到这些诗篇。这位学者发现（与格索格的信仰相反）原来人与人之间的交流只是误解；每个人对自己的担忧和每个人独特的眼光使得误解无可避免。在最后的尝试失败后，这位学者希望从女诗人的侄儿手中拿到女诗人为侄儿写的诗歌。但这侄儿却认为学者是来购买铀矿股份的，因为对西班牙人来说，所有美国人都代表了扔在广岛的原子弹。学者遭到一次又一次的误解。经过了很长一段时间的误会之后，这个西班牙人偶然之中说出，诗歌都埋在了女诗人的墓中。

诗歌的埋葬象征着诗人、这位学者和贝娄所坚持的对人类的希望也随之而去。《谈谈小说家的职责》中，贝娄又再次写到了这种希望。格索格的老朋友想把对格索格的诽谤、或者说是对人类的诋毁讲给学者。学者非但没有得到理解，反而遭到了猜疑（警察搜查了学者的行李）和情感上、学术上的孤独。诗歌的埋葬也象征着欧洲文化的死亡：西班牙人没有时间关注民族历史。较之诗歌，他们对原子战更感兴趣。高贵尊严已经堕落为一群嘲笑美国以及本国死去的军人的庄严的嘻笑之徒。这位学者怀着对诗人被忽略的诗歌的爱，怀着对高贵人性和诗人忠实灵魂的信仰。他看起来和多拉一样，或者说和贝娄自己一样，是堂吉诃德般的人物。在《谈谈小说家的职责》中，贝娄表达出对小说家是“时代错误”的担忧[②]。不管像不像堂吉诃德，他还能怎么做呢？贝娄明白（如同在《尘封的宝藏》中），大众社会里人们的生活是以购物为中心的。他承认，在“巨大的公众压力”面前个人无足轻重，他写道：“人类盲目乐观到了愚蠢的地

① Saul Bellow: *Seize the Day*, New York: Compass, 1965, pp. 161–192.

② Saul Bellow: “The Writer as Moralist”, *Atlantic Monthly*, CCXI (March 1963), p. 20.

步，将希望的标准提高，在一片否定声中尖声呼喊着‘是，是’。”[1] 正如他在国会图书馆的演讲中所说的：“人们会问萨特、尤内斯库、贝克特、巴勒斯、金斯堡，‘裸体之后还有什么？’、‘荒诞之后是什么？’”[2]

三

贝娄心怀希望。有些作家感到了公众领域对私人的侵入，在作品中表现出“绝望的力量”，贝娄对他们进行了抨击：“不管是为自己还是为伙伴，他都不曾直接、猛烈地攻击权力和不公。他只是维护自己的情感。”[3]

自小说作为一种文体出现以来，小说就开始描述异化的主人公。实际上，是在英雄的理想和现实的冲突中衍生出了小说。近来，美国小说中出现了受骗的天真孩子、孤独的年轻人、无根的黑人、陷入内疚和自我背叛的犹太人、怪人、地位低下的人、失去人权的美国人等等被边缘化、被驱逐的人物。贝娄写道：“美国小说中的个人常常是作为一个被送到偏远地区的殖民者……出现在我们面前，譬如阿拉斯加……感性的作者认为只有探索个人和个人内心世界的发展是可能的，并同意公众和个人永恒对立的观点。”[4] 但贝娄并不认可单纯的个人生活，反而为之感到羞耻（《赫佐格》大都是写这种情感）[5]。他也许相信有权势的人是“某种意义上的野蛮人”[6]，但他也相信个人必须尝试把自己与权力机构联系起来（但他也说明这样不是默许暴徒行为。）

很清楚，贝娄拒绝让自己陷入浪漫主义的避世传统。而且，他还谴责装腔作势的避世者；所以，他一边称赞梭罗离群索居亲近自然[7]，一边攻击梭罗在二十世纪的传人杰克·凯鲁亚克。凯鲁亚克跑到加利福尼亚海滨深山中培养他孩子气的自我（《大苏尔》）。贝娄攻击凯鲁亚克的做作，就像他攻击厄普代克沉浸到了文体和情感中去一样（《鸽子的羽毛》）。

---

① Saul Bellow: *Recent American Fiction*, Washington: Library of Congress, 1963, p. 2.
② Ibid., p. 7.
③ Ibid., pp. 8–9.
④ Ibid., pp. 5–6.
⑤ Eric Goldman: “A Profile of Saul Bellow”, *The Open Mind*, NBC (June 6, 1965).
⑥ Ibid.
⑦ Ibid. 1, p. 11.

他坚信伟大在于"诅咒众神,不在于诅咒我们的袜子"[①],他嘲笑美国作家常常"觉得自己是普罗米修斯,而实际上他们不过是发了一场脾气","异化的强烈声明"和"多样的性行为并不能产生伟大的艺术作品"[②]。

四

我们见证了贝娄对末日文学的攻击;我们也见证了他对装腔作势的浪漫主义悲观和异化的攻击,对夸大"独立个人"的不幸的作家的攻击。另外,贝娄攻击的第三个焦点在于,他认为过于担忧自我是因为觉得自己无足轻重。

塞缪尔·贝克特的每一部小说都描写了与世隔绝的内心世界,既有对自我的过分担忧,也有对自我的过分低估。如果如贝娄所说,"乔伊斯穷尽了对话的艺术"[③],贝克特的作品里则没有对话。莫洛伊和莫兰正在一动也不动地等待死亡。不知名者已经死去。彻底与世隔绝的结局便是毁灭。但这种毁灭不同于拿脑袋去撞不出声的空洞洞的墙的存在主义者亚哈的毁灭,这是后英雄主义之后的退化——怀利·塞尔弗对此进行了类比[④]。佛教禅宗对人类的经历进行类推说,如果没有月亮,水就不能发光。因此,十九世纪末对于个人独立的担忧导致了个性的消失。曾经,普罗米修斯式的存在主义英雄在雷鸣电闪中高喊"不",如今却让位于荒诞派主人公。用查理斯·格里克斯伯格的话说,他们"在广垠的万物系统中承载着自己的卑微"[⑤]。莫里亚克在《所有女性必死》中的"我"也许比贝克特与世隔绝的主人公更能说明个人价值的贬低:

> 我们拒绝与众不同。十六岁的时候,我以为是不可替代的一个

---

① Saul Bellow: "The Writer as Moralist", *Atlantic Monthly*, CCXI (March 1963), p. 61.

② Saul Bellow: "The Thinking Man's Wasteland", *Saturday Review*, April 3, 1965, p. 20. 在贝娄接受全国图书奖演讲辞的基础上成稿。

③ Nina A. Steers: "Successor to Faulkner?" *Show*, Ⅳ (Sept. 1964), p. 37.

④ 这里我得益于塞尔弗教授不同寻常的书:《现代文学与艺术中迷失的自我》(1962) 尤其是第 58—86 页的内容。

⑤ Charles Glicksberg: *The Self in Modern Literature*, Pennsylvania: Pennsylvania State University Press, 1963, p. 107.

人，其他任何人也都是不可替代的。十九岁时的某天清晨，正值八月，我悟到了自己生命的虚无。站在草编椅上，我望着窗外棕色屋顶环绕的圣日耳曼德佩教堂蹲伏的尖顶。黑蒙蒙的天空渐渐泛白，正是寂静的黎明时分，一个女人躺在我的身后。伊薇特在我生活中的价值只在于睡梦中的她是我的一个见证人。我所受的教育使我相信自己与众不同，但是芸芸众生中我没有什么过人之处。这是陈腐简单的道理，但令人难以接受，所以直到那一刻我才领悟到这一点。幸福不重要，痛苦也不再重要。我不再做任何冒险的事。从那天开始，死亡不再令我感到厌恶。那么多人正在走向死神，还有什么理由要活下去。①

法国新文学诋毁个性，认为所有人都基本相似，因此将人物从小说中赶了出去。贝娄对此颇为厌烦。他认为：

现代文学不满足于摒弃老式的浪漫主义自我，而且还要把它撕碎、消灭。现代文学宁可挑起狂乱无序也不愿意接受它认为是错误的生命理念。但是，毁灭了自我之后怎么办？②

纳塔莉·萨罗特并不"咒骂"自我；但她的小说中也排除了人物，因为她完全不相信自我。她这样写陀思妥耶夫斯基的人物："每个人都知道自己只不过是偶然的、多多少少是来源相同的元素的巧妙组合。"如果人开始变成"简单的道具"，如果人变得普遍化，变成了 K 或者 HCE（Here Comes Everybody），最终人物将彻底消失。"尤其是……他丢失了最为珍贵的独具的人格，而且常常连自己的名字都忘掉。"萨罗特继续说："读者看到，曾经将人物分隔开来的无懈可击的隔板坍塌了，主人公变成了一个任意的局限物，用普通质地构成的死板人物。"③因此，萨罗特的小说中没有摩西·赫佐格这样的人物，只有他、她、他们、我，这些人物混合在一起，

---

① François Mauriac: *All Women Are Fatal*, New York: Grove Press, 1964, p. 26.

② Saul Bellow: *Recent American Fiction*, Washington: Library of Congress, 1963, p. 11.

③ Nathalie Sarraute: *The Age of Suspicion*, New York: Bantam Books, 1963, p. 36, p. 40, p. 55, p. 62.

难以分辨。

贝娄写道："瓦莱里、乔伊斯、劳伦斯质疑个体经历的可信性……使得我们全都认识到了独立个体……只是一件伪造品……"[①] 黑塞的《荒原狼》显示了自我的多变性。荒原狼在魔幻剧院中将自我撕成了碎片。他，他身上不止有两个部分——人性与狼性，而是有千百个部分，这千百个部分就像棋子一样，有无穷尽的组合方式。哈里·哈勒尔心目中的人性自我最后变成了微不足道的中产阶级折衷物。其中隐含了集体的自由，而不是个人的自由。

巴勒斯的《裸体午餐》中自我瓦解得更加彻底。菲德勒写得也许有些夸大其词："'让聚焦的意识与无边的夜晚混为一体……'，就是巴勒斯教给人们的经验。"[②] 如果说《裸体午餐》是二十世纪二十年代超现实主义的衍生物，那么它是一个非常极端的衍生物。弗洛伊德的格言"哪里有本我，自我就应该在哪里出现"，在巴勒斯这里，变成了"哪里有自我，本我就应该在哪里出现"。

自我碎裂了，或者像尤内斯库、莫里亚克和罗伯-格里耶所说，自我是无特征的。由此推断，人也是无特征的；不再有个体的存在。这个推断正是贝娄攻击的对象。在国会图书馆的演讲中，贝娄说起德国现象学是攻击自我的肇始者。诚然，胡塞尔的现象学缩影法将自我和单纯的意识区分开来。自我是一个建设物，它不再是本性。海德格尔的思想主要受胡塞尔的影响。他区分了本性和人格之间的关系，认为本性是人格的基础，是一件物品；人格其基本性质是关联性而不是物质性，它凸显于物之上。与之类似，萨特认为自我是自由意识创造出来的，是逃离自由的一种方式。他攻击基本本性的观点，论证说人类行为的出发点不是基本本性，而是绝对的自由——或者说（另一种说法）是虚无：意识创造了生命，却没有生命。那么，什么是个体呢？他似乎是一个面具，被制造出来保护他内心的虚无。本性只是一个假象。

纳塔莉·萨罗特深受如上提到的现象学分析方法的影响。在《一个陌生人的画像》中匿名的"我"说他发现托尔斯泰小说中的人物比他实际生活中认识的人更"真实"，更清晰。"而且，和我们最熟悉的人——甚至离我们最近的人——一样……每一个人物都是完整、理想的人物，

① Saul Bellow: "The Writer as Moralist", *Atlantic Monthly*, CCXI (March 1963), p.61.

② Leslie Fiedler: *Waiting For the End*, New York: Stein and Day, 1964, p. 168.

每一个方面都无懈可击，是坚固的整体，没有一丝裂缝……”但是这本书中叙述者所要认识的人物并非如此，而是“颤抖的影像……鬼魂……”。的确，对叙述者来说，最终没有一个人物有明确的轮廓：

> 偶尔，当这些“活生生”的人或人物屈尊来到了我身边，我所能做的也只是在他们周围徘徊，带着狂热的热情来寻找裂缝、细微的裂口、弱点，像婴儿的囟门一般脆弱的地方，从中我似乎看到有个像几乎难以察觉的跳动一般的东西突然增强，并开始轻轻搏动。我紧紧地守住它，用手去压它。然后，我感到了一种奇怪的物质从中无休无止地流出来，像淋巴液一样没有特性的物质，抑或是像血液，流过手掌的无味的液体泼溅出来……这些“活生生”的人，他们结实、红润、温和的肌肉是一种没有形状的灰色遮盖物，在肌肉下面所有的血液都已经流干了。①

这种人们企图藏在坚硬面具之后的没有特征的物质与萨特的纯粹存在和自发意识相关联。但更进一步说，它也是每个人都有的无特征的液体生命。

约翰·巴思的人物很清楚自己的荒谬可笑，带有明显的萨特思想的痕迹。主人公雅各布·霍纳在《路的尽头》开篇说：“从某种意义上说，我是雅各布·霍纳。”在霍纳朋友的妻子伦尼看来，霍纳是一个密码，伦尼这样对他说：“杰克，你知道我想起什么吗？我想你根本就不存在……不只是因为伪装……你消除了自己。”有些时候霍纳自己也明白：“除了在毫无意义的新陈代谢这个层面上，雅各布·霍纳根本不存在，因为我没有性格，没有个性，没有自我，没有我。”②

最为清楚地表现出萨特存在主义影响的是让·热内创作的人物。让·热内的每一个人物都努力寻求安全和自我辩护。虽然“露台”是个妓院，却是个“幻想妓院”：顾客花钱来扮作将军、法官或者是大主教，来享受万众瞩目的特权，他们穿上选定人物的服装进入悲剧的场景，使得自己高高凌驾于人类之上。他们是无特征的自我伪装成的个体。

---

① Nathalie Sarraute: *Portrait of a Man Unknown*, New York: Braziller, 1958, pp. 67–69.

② John Barth: *End of the Road*, New York: Doubleday, 1960, p. 31, p. 55.

个性丢失的情况不仅出现在文学中;还出现在布努埃尔的电影中,出现在对禅宗个性消失的兴趣中,出现在毕加索的立体派画作中。更明显的是,近年来艺术界出现了试图将个体观点排除的艺术手法,用更极端的方式将艺术家排除在作品之外,其方法是福楼拜、乔伊斯、詹姆斯根本想象不到的。机器画的画,轮胎印痕画作,视觉艺术绘画,在这些画作中创作者的思想被有意抹掉了。同样缺乏个性特征的还有杜布菲的《风景》。杜布菲认为自己只是泥土和墨水的介质,是自然界自我表现的一种方式。同样,波普艺术接受了社会外观。艺术家被流行文化所淹没,最终像安迪·沃霍尔那样,拒绝在自己的作品上签名:始于十三世纪的艺术潮流至此到了末路。波普艺术可能像罗伯特·印第安纳那样,生产出一个符号;或者像罗伊·利希滕斯坦那样,生产出一幅漫画;再或者,像沃霍尔那样,复制出照片的丝网印刷品,而不是由独特个体创造出独特的作品。

在某些当代文学写作方法上也能发现这种无特征状态。格特鲁德·斯泰因的自主写作法演化成金斯堡在仙人掌和致幻剂下写的诗歌,演化成巴勒斯的拼贴技法。巴勒斯解释说,"我把某一本书中的一页折起,放到另一文本中某一页的中央(我自己的书或者其他人的),拼起来的文本一半来自这本书,一半来自另一本书……"[①] 注意,所选文本不一定是作家本人的作品。这种方法(及其不同的形式)并非新创:达达派早就开始使用这种方法,但现在这方法获得了新的活力和权威;而且,它比在二十世纪二十年代受到了更严肃的对待。不管巴勒斯等人的理论阐述是否如贝娄所说的那么"枯燥"或者"荒谬"[②],有一点贝娄是正确的,那就是:他们代表了一种文化潮流。贝娄要与这种潮流进行斗争,寻求恢复文明自我的新方法。

贝娄要与之斗争的正是个性的丧失和个人生活的"虚无"感受。他谴责个体生活的贬值,从阿申巴赫(托马斯·曼的《威尼斯之死》)到亨伯特(《洛丽塔》)——他同样的深情被沦为笑谈,到理查德·莫里斯的威尼斯教授(《去往何方》),贝娄注意到人类堕落得有多深。他明白这些生

① William Burroughs: "The Cut-Up Method", in LeRoi Jones (ed.), *The Moderns*, New York: Corinth Books, 1963, p. 345.

② Saul Bellow: "The Thinking Man's Wasteland", *Saturday Review*, April 3, 1965, p. 20. 在贝娄接受国家图书奖演讲辞的基础上成稿。

命的卑微，并取笑托马斯·曼式的短篇小说[①]。在一个戕害了数百万人的生命、只留下了他们的头发、金牙和骨灰的时代，在一个所有人类都为了"维护民主"或建设社会主义而牺牲的年代，贝娄感到要重塑人类的威严是多么艰难[②]。他认识到十九世纪的自我意识已经过时，只是一座"亮丽的里程碑"，一个"文明对……温顺公众的需要……所带来的粗糙的、已经被耗尽的、大量生产的角色"；贝娄似乎同意劳伦斯的看法，认为表面"性格"是"装满陈旧观念的废纸篓"[③]。他说布努埃尔的电影"陈旧自我追求陈旧的目标［是被看作］……不真实的。在我看来重大的问题是：我们什么时候能看见人类……更有个性，洗脱了痼疾，更深刻地认识到人类的共同之处？"（广播稿《索尔·贝娄论现代小说》）换句话说，在寻求新的个性观念时，一个能够区分表现自我和真实自我的人，不会"放弃"个性。的确，这不仅是贝娄的信仰，这也是贝娄作品的实质。

例如，在优秀短篇小说《寻找格林先生》中[④]，主人公要寻找一个失业的残废黑人给他一张救济支票，却变成了证明普通个人生存价值的历程。意大利店主厌恶贫民窟居民，将他们看得"猪狗不如"，葛里贝顶住了他的冷嘲热讽[⑤]。店主使这位社会福利工作者想起一个"硕大、固执、绝望的结合，一个有头、腿、肚子、胳膊的人车在店里四处滚动"的形象。葛里贝坚信"还是……总有办法找到人"[⑥]，"有一个格林先生，这点很重要"[⑦]，因为他的生活几乎和格林一样处于社会边缘，只有格林存在，葛里贝才能感觉到自己的存在是有价值的。作为一个被击垮的人道主义者，葛里贝似乎不只是害怕老板告诉他的话，即大萧条已经消除了哲学研究的价值，只有最野蛮的行为才有现实性。他也害怕当下世界里对个体的忧虑是犯了时代错误。是这样吗？我们看到斯蒂克在救济办公室里大声索要自己的权益，迫使工作人员为她兑现。斯蒂克，联邦大街上的卖血母亲，可

① Saul Bellow: *Recent American Fiction*, Washington: Library of Congress, 1963, p. 11.

② Ibid., p. 2.

③ Bellow Saul: "Saul Bellow on the Modern Novel", *Radio Lecture*, July 1961.

④ Saul Bellow: "Looking For Mr. Green", in *Seize the Day*, New York: Compass, 1965, pp. 135–160.

⑤ Ibid., p. 150.

⑥ Ibid., p. 151.

⑦ Ibid., p. 160.

以“搞定任何人，甚至包括国家和政府的人”[1]。我们也看到温斯坦·菲尔德，他坚持将自己看作“社会安全名片，救济证书，曼特诺州立医院的来信，退伍海军”[2]。菲尔德宣称，虽然环境恶劣，但我是重要的。“你得知道我是谁”，老人说。葛里贝满怀恭敬地听他说起帮助黑人致富的计划，然后怀着更大的决心去找格林。故事末尾最清楚地表达了故事的主旨：“如果你有名字，别人根据你的名字找不到你，那要名字几乎没什么用。名字代表不了什么。他还不如没名字。”[3] 这个诉求感动了格林的一个邻居，邻居告诉了他格林的住处。虽然葛里贝最后不得不把支票给了一个裸体的醉酒女人，他也仍然感到胜利的喜悦：“不管她是谁，她代表了格林。”[4] 格林是作为独立个体存在的，因此，葛里贝也是如此（两人名字的相似象征了两人境况的相似）。个体生命是有意义的。

五

贝娄希望赫佐格是“非凡的赫佐格”[5]；他愿意把人类看成“稍逊于天使”而不是卑微或无个性特征的人。有人觉得普通生活琐碎平庸、机械死板；也有人觉得人类过着非原始的、不真实的生活，没有自发性；有人并不觉得自己的生活到了穷途末路，反而感到洋洋自得；有人觉得普通生活陷入了平庸；贝娄对这一类态度都不赞成。《赫佐格》中贝娄质问说：“亲爱的海德格尔教授、博士，我想知道，您说‘普通生活陷入平庸’是什么意思？什么时候陷入的？陷入的时候我们站在哪里？”[6]

尤内斯库就是一个把普通生活看作平庸的，甚至不真实的人：《秃头歌女》中的无聊对话，《椅子》中的空椅子，《屠杀游戏》第二幕前十五分钟街上传来的空洞声音，《犀牛》中对一致性的轻易顺从。在荒诞派剧作家之前，这种态度可见于赖斯的《加数器》，赫胥黎的《美丽新世界》和艾

---

① Saul Bellow: “Looking For Mr. Green”, in *Seize the Day*, New York: Compass, 1965, p. 149.

② Ibid., p. 152.

③ Ibid., p. 157.

④ Ibid., p. 160.

⑤ Saul Bellow: *Herzog*, New York: Viking, 1964, p. 93.

⑥ Ibid., p. 49.

略特的早期诗歌中。实际上，这种态度来自于十九世纪的存在主义传统（克尔凯郭尔的《在人群中还是真实中》中的人类）、十九世纪的浪漫主义和维多利亚时代对“下层民众”的厌恶。对陈腐题材做了出色处理的哈罗德·品特的喜剧，还有《洛丽塔》之类把美国写得陈腐俗艳的小说，《糖果》之类把那些“真挚的”、忠实于弗洛姆作品的、致力于实现自我的女大学生看作舶来思想包裹下的蠢笨自私内核的戏仿小说，这些虽然在内容上和形式上与十九世纪《包法利夫人》不同，却是同类。在《包法利夫人》中，人类之间的关系，尤其是用语言表达的关系，都是没有价值、没有意义的。这里有一个例子，摘自《杰克》，又名《屈服》：

罗伯特二世：我城堡里的地窖里，一切都是猫……

杰克：一切都是猫。

罗伯特二世：我们用来指涉事物所需要的只是一个词：猫。猫叫作猫，食物：猫，昆虫：猫，子：猫，你：猫，我：猫，屋檐：猫，数字一：猫，数字二：猫，三：猫，二十：猫，三十：猫，所有的副词：猫，所有的介词：猫。这样讲话简单多了。

杰克：是的！现在谈话简单了……实际上，根本不需要谈话。[①]

人们认为普通生活中缺少才智，而且（不同于十九世纪的先驱者）才智在真实存在面前毫无用处。因此，荒诞派喜剧充斥着仪式场景、闹剧和陈腐场面，但明显的主题不多。生活被看作一个弹球游戏或者乒乓游戏；不止是在十九世纪二十年代，1965年的生活也是用咖啡匙量出来的。企图从平庸生活中逃脱的人发现，自己拽不动门把手；整夜的桥牌和假释委员会会议使得自己没法去赴幽会（理查森《绞刑架下的幽默》）。

贝娄不否认，普通生活对于塑造人类尊严没多少作用。他同意托克维尔[②]的说法，“民主政体下，人们的语言、服饰、日常行为与理想中的不一致”，“理想中的社会在现代大众社会中无迹可循，也没有语言表达，没有使它们为人所知的……典礼”。不过，他认为：“我们还是能够看到人类的伟大……我们属于同一物种。如果不是天生具有悲悯之心，也就不可

① Eugene Ionesco: *Four Plays*, New York: Grove Press, 1958, p. 109.

② 托克维尔（Alexis de Tocqueville, 1805—1859），法国历史学家、社会学家，代表作有《论美国的民主》、《旧制度与大革命》等。—— 译注

能看得懂莎士比亚和塞万提斯的作品。”[①] 贝娄肯定普通生活中仍然有希望，他讲到小说家从未写过的俄克拉荷马州和堪萨斯州的普通人民时说：“他们是人，和摩西、苏格拉底一样的人。”他认为，这些人的生活中除了早餐桌上的平庸小事之外，肯定还有更多内容。他相信，“面包师的女儿也可能受到神启”[②]。

六

贝娄斥责对个体普通生活的诋毁，他试图在作品中表现出从普通生活中寻找意义的可能性。虽然生活在一个剥夺人性的社会里，贝娄所有作品中处于中心地位的依然是他对人类尊严的维护和对人类的希望。这里有三个例子。

《晃来晃去的人》中主人公约瑟夫是一个业余哲学家。他转变之前就已经在写关于狄德罗及其他启蒙主义哲学家的散文。看到这里，我们已经明白这又是一个像摩西·赫佐格一样的人类辩护者，也看出了小说的道德指向。约瑟夫对斯宾诺莎引经据典，对歌德有颇多见解。约瑟夫相信理性，相信人类潜在的美，是一个人文主义者。他的崩溃可以说是人文主义作为审视人类生活的方式的失败。“我有信念还不够，信念不能够维护我。”[③] 人文主义的任何传统派别，包括马克思主义（约瑟夫曾是一名共产党员）都是不够的。他望着芝加哥城（奥吉·玛琪的“忧郁之城”），看到了贫民窟，“仓库、广告牌，下水道，白花花的电光标志，停泊的汽车、穿行的汽车，间或看到一棵树光秃秃的轮廓”[④]。他眼看着“人潮拥挤却没有真正的人”[⑤]，凄凉的绝望使他发问：“有什么曾在什么地方、任何地方曾经为人类呼吁过？”[⑥]

他的人文主义在芝加哥行不通，但小说中的他自始至终都在努力维持人文主义。他寻找普通人性的迹象，他这么做是因为“我和人文主义

① Saul Bellow: “The Sealed Treasure”, *Times Literary Supplement*, July 1, 1960, p. 414.

② Robert Alter: “The Stature of Saul Bellow”, *Midstream*, Dec. 10, 1964.

③ Saul Bellow: *Dangling Man*, New York: Meridian, 1960, p. 123.

④ Ibid., p. 24.

⑤ Ibid., p. 153.

⑥ Ibid., p. 24.

相关"[1]。如果人类受到了惩罚，那么他也是一样。于是，他维护传统人性价值观——更确切地说是西方价值观——个性、诚实道德、人与人之间的兄弟情谊：被爱的纽带连在一起的个体和人性。

"他是一个人，"约瑟夫这样写他自己，"非常关注摆脱羁绊来保持自我意识，保持自我的重要性。"在这个不管平民还是军人都身着制服的世界上，他也"穿着合乎时代的制服"，只是为了"把全副精力用来保卫内心的不同，那才是真正重要的"[2]。他想要保持自我的尊严和自由，所以他常常提到斯宾诺莎；当然，这一从未中断的传统可追溯到文艺复兴时代的人文主义者，从斯宾诺莎开始直到十九世纪的重要作家，包括贝娄谴责的存在主义者，到美国的爱默生和梭罗。爱默生和梭罗都看到了"人民大众过着寂静绝望的生活"，他们都和惠特曼一起歌唱"纯朴独处的人"：

> 我为自己赞颂，我为自己歌唱
> 你所想正如我所想
> 因为每一粒微尘属于我也属于你

惠特曼能用两种措辞歌唱，他能够同时赞颂自己和人性，因为他用诗歌把这两者结合起来，使它们成为了一体。《晃来晃去的人》中贝娄没有展现出惠特曼那样的魅力，约瑟夫虽然想结束孤立的状态，却无力做到，这又一次印证了"美德不是在孤立中获得，而是在其他人的伴随中用爱浇灌出来的"。如果约瑟夫不能整个地融入社会，他是不是至少能成为"社会精神群体或者遵守契约，禁止怨恨、血腥、残忍"的人之中的一分子[3]。他没有找到这样的群体，因为重点不是他能否找到，而在于他渴望找到。贝娄无疑也是这样。

《奥吉·玛琪历险记》的中心思想是为美国人的生活辩护。确实，贝娄写这本书是一个肯定生活的自觉行为。后面我会分析贝娄的肯定背后隐藏了虚无和绝望，奥吉生气勃勃的歌咏之中隐藏的作者的声音还出现在《受害者》和《抓住时日》中。关键是贝娄肯定了生活——通过奥吉表达喜悦和希望的方式，他不受任何自然俗规约束的自由生活，他充实的

---

① Sau Bellow: *Dangling Man*, New York: Meridian, 1960, p. 25.

② Ibid., p. 27.

③ Ibid., p. 38.

流浪汉生活。虽然奥吉同意卡欧·奥博马克所说，“每一个人的选择都有其辛酸之处”[①]，他却仍然抱有希望：“任何地方都可能出现上帝。”[②]他维护人类幸福的希望，对愤世嫉俗的咪咪讲述自己的生活是“多么美好”[③]。和贝娄一样，他抵制莫顿诋毁人类生活的观点，莫顿喜欢“展示邪恶、凄惨的事物以及构成世界统一体的废物”[④]。潘蒂拉告诉奥吉：“如今最大的研究是一个人有多坏，而不是一个人有多好。你落伍了。”[⑤]奥吉不相信只有低级电影才能激发罗素和马克思这样的人。[⑥]也许他不赞同比彻神父所说，“告诉会众，‘你们是上帝，你们是水晶，你们的脸在闪耀！’”，但他“随时都准备出发去冒险”[⑦]。正如克莱门所说：“你想要人字大写，……噢，国王大卫！噢，布鲁达克和塞尼加！噢，勇士，噢，阿伯特·苏歇！噢，斯特洛奇宫，噢，魏玛！噢，唐璜！噢，满足的欲望！噢，神一般的人！告诉我，伙计，我变得热了没有？”[⑧]

奥吉对此供认不讳。他相信人类的伟大，至少对伟大人性满怀渴望。实际上，小说很大程度上都在或明或暗地把现在和伟大过去做比较，以此来赞美现代人性。

要理解这些对比的重要性，你必须体会它们的积聚。他的“祖母”是众多“马基雅维利”中的一个[⑨]。他的母亲和一个游历的人生了三个私生子，奥吉写到母亲时，将她与“宙斯化身为兽与之结合的女人……”相比[⑩]。克雷夫人“像一个主教，随意给予赦免和特许”[⑪]。奥吉说西蒙“想要把我带在身边，就像拿破仑对待他的兄弟那样”[⑫]。当劳希奶奶锁起大门，“主要成规发生了改变”。她在选举日的失败被称作“选举日失败”，显然“她感到了新时代把旧政体抛在了身后，就如同部长和顾问看到了荣

---

① Saul Bellow: *The Adventures of Augie March*, New York: Compass, 1960, p. 260.
② Ibid., p. 260.
③ Ibid., p. 254.
④ Ibid., p. 336.
⑤ Ibid., p. 431.
⑥ Ibid., p. 329.
⑦ Ibid., p. 76.
⑧ Ibid., pp. 434–435.
⑨ Ibid., p. 4.
⑩ Ibid., p. 10.
⑪ Ibid., p. 35.
⑫ Ibid., p. 53.

耀的末日，瑞士士兵和执政官的卫兵脱了缰”[1]。后来，“西蒙取代奶奶，像她以前那样照看公共财产”[2]。奶奶去老年公寓的时候，“她退休是因为遭到了驱逐。章程上的蜡还未冷却，刚刚组建的共和党人就给了被废黜者最后的苦痛的忠诚。当王子和王室说完了不公正历史上的最后一句话，众人默默地送走了豪华轿车”[3]。同样，艾因霍恩也被用来与凯撒、尤利西斯、马基雅维利和亚历山大教皇相比。他教给人们“权力的经验和理论”[4]。“经济危机是艾因霍恩的小居鲁士，银行倒闭是他的火葬燃料，弹子房是他逃离丽迪亚和康比斯强盗的避难所……”[5] 他成功欺骗了大鼻子莫契克，是“典型的胜利，他想要取得越来越大的同样的胜利”[6]。后来，在小说中露西被拿来与希神菲德拉相比，鹰被冠以古罗马皇帝卡利古拉的名字，奥吉和西娅的关系被比作莱斯特与伊丽莎白女王，小说末尾奥吉把自己比作哥伦布。小说中类似的比较还有很多，不能一一列举。贝娄热爱伟大人物，崇拜伟大人物。《奥吉·玛琪历险记》中从头至尾都在说明当代人类也可以是伟大的。

《抓住时日》又一次肯定了人类的希望；又一次确定“推销员”不一定非得死，不一定非要过别人让他过的生活，不必用自我虐待的方式来保持童真。

这种希望在假心理学者塔姆金博士呈给汤米·威尔海姆的诗歌中表现得最为清楚：

> 机械论对功能主义对自私，
> 如果你自己知道，
> 你现在和将来是多么伟大崇高，
> 你会感到欢欣、美妙、神魂颠倒。
> 大地、明月、海洋正在听从你的号召。
> 你为什么耽搁迟延，
> 只让自己食用干面包？

① Saul Bellow: *The Adventures of Augie March*, New York: Compass, 1960, p. 55.
② Ibid., p. 93.
③ Ibid., p. 96.
④ Ibid., p. 98.
⑤ Ibid., p. 106.
⑥ Ibid., p. 118.

又为何不把地面剥光?
趁世界万物由你掌握?
去追求你尚未到手的东西,
让自己躺在自身的荣耀之上。
看吧,你权力无限。
汝为国王。汝正年富力强。
面对现实,张目细看。
天平山脚下,
便是你永生的摇篮。[1]

当汤米问塔姆金"这个你是谁?"的时候,塔姆金告诉他,"是你"[2]。他解释说:"我创作的时候一直想着你。诗歌的主人公是一个病态的人,如果他肯睁开眼睛,他一定是伟大的。"[3]汤米代表了所有人。解决汤米的问题意味着有可能治愈人类的痼疾,有可能确立人类的伟大。这种人类的伟大取决于个人的转化,贝娄的小说中没有哪一本能比《抓住时日》更清楚地表达这一点。死亡、洗礼和复活:这种转化是以宗教皈依的形式表现出来的。

汤米问道:"对,但是我怎么和这个扯上了关系?"他的意思是问,这首诗和他有什么联系;但从广义上来看,这个问题是问,他怎么变成了潜在的国王?他怎么能达到"你现在和将来是多么伟大崇高"?诗歌给出了虚夸浅薄的答案:排斥生活中无关紧要的事情,夺取真正的战利品,这战利品只要睁开眼睛就能容易地得到。睁开眼睛,你就会恢复童真,不用努力就可以获得"永生"。

这首诗歌是对布莱克、赖希、戈德曼等格式塔治疗学家的拙劣阐释。布莱克相信人类现世的神性和永生,赖希相信人类因为性格盔甲而盲目,如同《听着,渺小的人》所表现出来的;戈德曼等格式塔治疗学家相信当时当下的生活。贝娄把这些思想做通俗化处理,对它们漠然置之。他一直都对贬低伟大思想感兴趣。通过把伟大思想通俗化,他能够提出解决痼疾的观点而不至于显得夸夸其谈,因为他提出的真的是解决问题的观

① Bellow, Saul: "Seize the Day", in *Seize the Day*. New York: Compass, 1965, p. 75.
② Ibid., p. 76.
③ Ibid., p. 77.

点。贝娄提议说人类可以是伟大的，连汤米这个认为自己更像荷马的普通人都可以是伟大的：他只需要睁开双眼。

贝娄说，如果现代作家伪称个体不存在，那么他们便犯下了罪行，“这样的话小说家的主题都是不可知的。神秘性增强了，随着文学样式的衰亡，神秘性不会有丝毫减少。象征主义、现实主义或敏感性在衰退，而不是人类的秘密在减少”。[①]

编后记

本文译自约翰·J. 克莱顿的《索尔·贝娄：捍卫人类》一书，第3—29页。作者剖析了索尔·贝娄在人性遭到贬损的时代对人类尊严的维护和对人类的希望。

① Saul Bellow: *Recent American Fiction*, Washington: Library of Congress, 1963, p. 12.

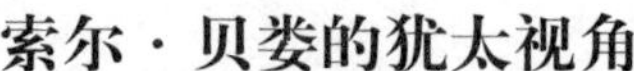

索尔·贝娄的犹太视角

作者 [美国] L. H. 戈德曼
译者　刘克东

一

虽然索尔·贝娄的作品浓缩了犹太世界观的有机组成部分 —— 道德视域,但是评论家们不愿承认贝娄对于自己传统的继承。贝娄本人在某种程度上应对这种情况负责任,因为他含糊其辞地坚持说他不是"犹太"作家,而是一名刚巧是犹太人的美国作家[1]。然而,在基拉坦·库尔什莱斯塔的访谈中,他(贝娄)说:"在我一生中最敏感的时期我是一个彻头彻尾的犹太人。这是上帝的赋予,是谁都不会抱怨的好运。"[2] 他也承认他的犹太教思想是"我的创作从中汲取力量的基础之一……毫无疑问,它存在于我内心深处,正如每个艺术家都对儿时的事件记忆深刻一样"[3]。

虽然批评家们忽视了这一领域,但是贝娄对犹太传统的使用是随处可见的。这体现在两个层面上:一是意识层面上,包括他的作品不可或缺的取材 —— 人物、主题、人物关系等;二是潜意识层面上。犹太教思想根植于他的童年心智并成为他成年后的一个视角。充斥于他作品并影响了

---

① Esther Fuchs: "What Will a Jew Do Without Humor? A Conversation with Saul Bellow", *Maariv*, Jan. 1978, p. 37.

② Chirantan Kulshrestha: "A Conversation with Saul Bellow", *Chicago Review*, 23.4–24.1 (1972), p. 15.

③ Ibid. 1.

他对人、生命和整个宇宙的普遍哲学属于后者。

二

贝娄在他所有作品里都呈现了始终如一的犹太哲学观。这表现为一种伦理乐观主义精神，其基本精神是利奥·贝克所表达的伦理乐观主义。贝克解释说：

> 现已传播给全人类的犹太教的特殊性恰是其对世界的伦理肯定：犹太教是一个富有伦理乐观主义精神的宗教……在犹太教中，这种乐观主义表现为对人类英雄主义的需求，对人的道德意志的抗争的需求。这是一种努力在实践中实现道德的乐观主义……犹太教的乐观主义包括对上帝的信仰和因此而对人的信仰、对人类的信仰。[①]

贝娄观点并非源自犹太哲学思想的主要支持者——在他的作品中，对犹太哲学家的指涉少之又少——而是源自于其儿时的源泉，也就是《圣经》。贝娄曾说过，在他四岁时，他就觉得亚伯拉罕、以撒、雅各等祖先是他生活中的"活生生的人"。

确实，这些祖先的生活成为他的作品主题的范例。贝娄作品的创新性体现在他对大家惯写主题的回避——放逐、流浪、疏离。他喜欢用两个犹太教的《圣经》的典故来表达他作品的主要思想：亚伯拉罕砸碎他父亲的偶像和雅各与天使摔跤。从亚伯拉罕的故事中，贝娄看到了自己作为一名作家所应采取的破除旧习的立场，而雅各的故事成为他的主人公的原型：蹒跚前行，和生活中的隐形敌人——也是生活的本质——抗争并取得胜利。这就是贝克所说的"人类的英雄主义"。贝娄的伦理乐观主义是初级的，却又是崇高的；它抓住了犹太思想的关键，同时也暗示了历史进化过程中的失落。

① Leo Baeck: *The Essence of Judaism*, New York: Schocken, 1948, p. 86.

三

尽管如此，许多读者对遍布贝娄作品的近乎附属品的犹太内容感到失望。虽然贝娄的整体视角是犹太的，每部小说的背景却大都是和宗教无关的。贝娄的主人公关心选择的自由、社会责任、好人的生活方式及人类个性、尊严和特点的保留。尽管这些具体的忧虑在一个人满怀负罪感、感到无价值或感到悲观时可能会非常压抑，在贝娄的小说里却不是这样。贝娄的主人公以作者的犹太世界观对待生活，这种世界观是乐观的、以人类为中心的，并且认为生活中的快乐也是上帝创造的。

尽管贝娄的作品呈现了一幅美国犹太社区的生活画面，但是犹太人物和犹太背景的细节却很难评判。我们知道贝娄的主人公是犹太人。他（贝娄的小说，除了近期的中篇小说《偷窃》外，主人公都是男性）通常以回顾童年生活的方式揭示这种传承。书中主人公的境况是典型的被同化了的美国犹太人：移民父母努力奋斗，养活孩子并使他们接受教育。这种背景为众多在黄金国度寻求庇护的移民所共有。另一典型情况是他们都热衷于被美国化，这一热情导致他们摒弃了和旧世界相关的一切。首先被放弃的是指导这些东欧犹太人数百年的传统，有些是基于法律的，有些是犹太社区民俗的一部分。这些法律和俗律（民俗）完全交织在一起，而新移民们从未企图将它们分开。在新世界里，他们将这些传统一股脑儿地扔掉，取而代之的是移民们认为是“美国的”思想。对于移民们来说，“美国的”和“现代的”是同义词。

然而，即使是在这儿，移民们也是满怀困惑地进行这一过程的。由于想和同族人生活在一起，移民们大多定居在从同一地点来的移民聚居的地方，从而建立起同乡会（侨联会）以便认识更多同胞并和他们探讨遇到的相同问题。这样一来，移民们在步入美国社会的初期保留了过去的一部分（经常只是话语）。然而，他们的孩子被美国主流生活所同化。他们接受了美国文化的洗礼，同时保留了一种犹太视角。这种犹太视角是他们不经意间从父母那里学来的。然而，他们和犹太教思想的联系多是属于怀旧的：一种记忆中的传承——颇有价值，却不可挽回。美国犹太作家在描写这种现象时将他们与旧世界的一种奇怪的联系带入了文学视域。他们主张基本的价值观，却又暗示这些价值观不再相关，也不再有效。

索尔·贝娄就属于这种情况。

然而,贝娄的主人公企图在一个新旧世界交替的框架里行使功能。他是一个彻头彻尾的现代犹太人,具有“现代”这个词的所有内涵意义。他对犹太事务不感兴趣,对以色列也不感兴趣;他不加入任何犹太会堂、圣堂或任何犹太教教育机构,不庆祝犹太节日却总是庆祝圣诞节;他总是给他的孩子取“美国”名字,尽管他自己的名字是源于《圣经》(阿图尔·赛姆勒除外;他给女儿取名苏拉,可能是苏拉密的简称);他不让孩子接受犹太教育,总是和他的犹太妻子处在离婚的边缘(如果不是已经离异)并且和非犹太女性有婚外恋。然而,他的朋友和同事通常是犹太人,他懂得意第绪语——因为他在一个双语家庭长大——而且对《圣经》超乎寻常地熟悉。这种熟悉程度无法解释。他经常提及、引用《圣经》,其得心应手的程度俨然一个《圣经》专家。在这个普遍的建构中,贝娄笔下的主人公,总是被使人窒息的个人问题所困扰。他们行走于世——有时蹒跚而行——有时笑,有时哭,但永远都是打不败的一名社会成员。生活是奇妙的经历,应该在友人的陪伴下好好地享受生活。这就是贝娄主人公的指导原则。

四

伦理和道德问题是贝娄作品的核心。他说:“我相信……每个人心中都有一种永恒的平衡……他知道孰对孰错。”[①] 贝娄的虚构人物,从约瑟夫开始,试图回答这个问题:“一个好人应该如何生活?”当然,答案是贝娄论文《关于近期美国小说的几点说明》中所说的更大的谜团的一部分。贝娄在该论文中说:“不可否认,人并不是他一个世纪前所想的那样。然而,问题依然存在。他一定是有身份的。但是,他是什么呢?”[②] 贝娄上面的这段话包括了对个体的肯定和生活中的无限多的神秘。

批评家们欣然承认贝娄的乐观主义精神和人道主义精神,但是他们

---

① 转引自 Jim Douglas Henry: “Mythic Trade: The American Novelist Saul Bellow Talks of Jim Douglas Henry”, *Listener*, May 22, 1969, p. 706。

② Saul Bellow: “Some Notes on Recent American Fiction”, *Encounter*, Nov. 21, 1963, p. 23.

不认为这些特征是犹太人的基本特性。即使他们这样想,他们也不愿意将研究贝娄的犹太性作为一种批评方法。结果,他们将贝娄对生活的肯定态度和许多其他的文学表达联系起来。丹尼尔·富克斯暗示说:"贝娄是早期现代主义作家的传人,是浪漫主义的传人,而不是极端现代主义的传人。"[①] 阿兰·查夫金认定英国浪漫主义作家影响了贝娄。马尔科姆·布拉德伯里声称贝娄在描写人类的生存境况时是一名"玄学小说家",而他的"艺术兴趣……从某种程度上将他和美国自然主义作家联系在一起"[②]。理查德·蔡斯认为贝娄的作品体现了自然主义和超验主义的杂合。[③]然而,内森·A. 司各特说贝娄不属于"美国自然主义的最末端"而属于"现代主义小说[家],其探寻的主要领域是自我人格的现象学"[④]。格洛丽亚·L. 克罗宁认为贝娄的立场明显是反现代主义的。还有些批评家借用帝国主义或哈西德教义来解释贝娄的世界观。切斯特·艾辛格在一部早期作品中说贝娄"是一个世俗的哈西德,不管他自己是否知道这一点"[⑤]。当然,贝娄不是信教的哈西德,也不是世俗的哈西德,但是这种说法让我们看到贝娄研究的深度和广度及其华而不实。贝娄的生活乐趣表达了根深蒂固的犹太倾向。无可否认,贝娄了解各种各样的文学潮流,他甚至在虚构作品和非虚构作品中都嘲弄过这些潮流。然而,贝娄是一个有犹太传承的美国作家,他从他的独特视角出发平衡了所有的因素。在一次访谈中,他说道:

> 我对我的历史一直都很忠诚,我从来都没有采取过对它不合适的态度。我不是一名熟知古典文化的白人盎格鲁-撒克逊新教徒、也不是绅士黄金时代迷失在现代深渊中的迷途后代或与之相关的任何其他东西。那不是我。我不会采用那样的视角。我的犹太历史给了我

---

① Fuchs, Daniel: "Saul Bellow and the Modern Tradition", *Contemporary Literature*,15 (1974), p. 75.

② Malcolm Bradbury: "Saul Bellow and the Naturalist Tradition", *Review of English Literature*, 14 (1963), p. 91.

③ Richard Chase: "The Adventures of Saul Bellow: Progress of a Novelist", *Commentary*, April 1959, p. 326.

④ Nathan A. Scott, Jr.: *Three American Moralists: Mailer, Bellow, Trilling*, Notre Dame: University of Notre Dame Press, 1973, p. 105.

⑤ Chester E. Eisinger: *Fiction of the Forties*, Chicago: University of Chicago Press, 1963, p. 343.

全新的定位……一名作家没有别的选择，只有忠实于自己的历史。[①]

五

丹尼尔·富克斯对“贝娄信仰的性质”提出质疑，并暗示答案应该在“埃里克·弗洛姆关于独裁宗教与人性宗教的区别”中找到。富克斯解释说前者“涉及自我贬低、个体对于较高目标的服从……相反，人性宗教却‘以人及其力量为中心’”[②]。然而，在我看来，宗教可以同时具有独裁的和人性的特点。对基督教学术也有深刻影响的著名犹太哲学家迈蒙尼德曾说过犹太教义是哲学精神和已揭示的规律的融合[③]。犹太教及其所有的仪式和附带细节都是以人类为中心的，因而是人性化的。其大多数的戒律是关乎人与人之间的关系的。公元一世纪的犹太圣人希勒尔，当有人要他单脚站立解释整个《摩西五经》时，说：“对你来说可憎的事情不应施于你的邻居，这就是《摩西五经》的全部。其他的都是评论。”同时期的阿吉瓦博士持同样观点，他说《摩西五经》中的基本原则和全面教义即“爱你的邻舍，有如爱你自己”。更确切的翻译（正如伴随《马索拉抄本》的吟诵所示）应该是“爱你的邻舍，因为他和你一样”，即均以上帝的模样所造。每个人都是根据上帝的模样所造这一事实既证明了人的威严，也证明了人的卑微；既证明了人的力量，也证明了人的弱点。贝娄承认了这一点，因为他让阿图尔·赛姆勒在《赛姆勒先生的行星》中肯定地说：“每个人心中都有一个永恒的核心。”[④] 在《洪堡的礼物》中，他让查理·西特林宣称：“我们的义务……就是和天使们合作。他们出现在我们心中。”[⑤] 施洛斯伯格在《受害者》中说：“‘不像人不好，超乎人也不好’。”[⑥] 一个人的力量有可能是不可衡量的，但不是无限的。然而，个人是所有事物的度量这种浪漫主义的观点（而且弗洛姆还提出了一种浪漫的宗教观）

① Rockwell Gray: “Interview with Saul Bellow”, *TriQuarterly,* 63 (1985), p. 648.

② Daniel Fuchs: “Bellow and Freud”, *Philosophical Dimensions of Saul Bellow's Fiction*. Special issue of *Studies in the Literary Imagination*, 17 (1984), pp 67–68.

③ 转引自 David Hartman: *Joy and Responsibility: Israel, Modernity and the Renewal of Judaism*, Jerusalem: Ben-Zvi-Posner, 1978, p. 164。

④ Saul Bellow: *Mr. Sammler's Planet*, New York: Viking, 1969, p. 424.

⑤ Saul Bellow: *Humbolt's Gift*, New York: Avon, 1976, p. 293.

⑥ Saul Bellow: *The Victim*, New York, New American Library, 1974, p. 133.

恰恰是贝娄所告诫的。

六

尽管主要批评家有这些发现，贝娄还是有浪漫主义的嫌疑。这种浪漫主义特许了极端行为，这在《雨王汉德森》中对卢梭式的浪漫主义的戏仿中和在《赫佐格》中神经质的神学浪漫主义中都显而易见。赫佐格最终拒绝了他关于基督教和浪漫主义的观点。这两个理念构成了二十世纪思想的基础，是与人文主义相对立的。他们寻求人类的完美，用贝娄的话说，就是一种对于个体的“重新发明”。贝娄的主人公们在他们的探求中代言了他对这种思想的批判，他们企图通过探求与他们自己的本质达成和解，因为他们所在的世界否定了他们自己的本质，因为这个世界企图超越人类而不是在人类世界内部寻求卓越。贝娄在一次访谈中阐释浪漫主义的负面效应时说：

> 我认为西方国家的人一直喜欢浪漫主义。他们甚至不知道浪漫主义是什么，但是他们喜欢浪漫主义。他们认为活着的正确方式是高度兴奋，欣喜若狂，生活应该是充满了无限的可能性的，个体应该是完全自由的，他的主要责任应该是完善自我，最大限度地实现自己的欲望……当有很多人以某种形式颓废了，那就像一个梦魇。这可绝对是一件浪漫的事。[①]

在同一次访谈中，贝娄也说过纳粹主义是一次“极端浪漫的运动”[②]，它导致了集中营的产生。浪漫主义——无论是在英国还是在德国——都暗示了向前犹太时期的田园牧歌时期的回归，那时的生活不仅仅是“高度兴奋的”，还是“个人从集体生活中的脱离”[③]。这不是人文主义。即使是，也只是最低级的人文主义。在犹太教的人文主义中，每个人都是和

① 转引自 Sanford Pinsker: “Saul Bellow in the Classroom”, *College English*, 34 (1973), p. 976。

② Ibid., p. 977.

③ Ibid., p. 976.

其他人一起生活的。

贝娄在他的第一部小说《晃来晃去的人》中强调了有关人文主义的这一观点的重要性，他说疏离是“傻子的恳求”；感觉被孤立无可厚非，但是不应该把感觉当成教义。他更喜欢“晃来晃去”这个词，这个词包含了孤立和疏离的意思，但暗示一个人的问题不会通过脱离社会得到解决。晃来晃去的人不是在地狱的边缘；晃来晃去是需要绳子的，绳子的另一端一定是系在某一物体上的。通过使用这个词，贝娄暗示当婴儿出生时脐带被剪断，将婴儿和母体的给养连结分开的一刻起，这个人就和宇宙通过某种联系紧密地连结在一起了。这既是和血与肉的人文主义联系，又是和宇宙的神圣灵魂的联系；个体因而和世界的道德及文化诫命联系起来。贝娄的第一部小说表明了人们对归属感的需要，表明了当他们感觉自己不再是社会有机组成部分时所感到的失落感。他后来的作品继续刻画这一游移于生活之中并渴望建立有意义的关系的男主人公形象。

贝娄所有的主人公都是将独处当作诅咒的社会人。因此，他的大多数小说以主人公如愿以偿地重新融入社会结尾：约瑟夫很高兴能够结束他的晃来晃去的人的身份，期待军人生涯的开始；阿萨最终摆脱了他的死敌柯比·阿尔比，欣喜地要他的妻子回到他的身边；奥吉，贝娄笔下最善于交际的人物，身边从来没有少过人的陪伴；赫佐格，尽管退隐到路德维尔，却期冀着他的爱神雷蒙娜的到访；赛姆勒在小说情节开始前就重新步入社会；尤金·汉德森在故事结尾时在纽芬兰等待一架飞机送他回家，和家人团聚；西特林从西班牙的幽居中走出来，将他的朋友和导师洪堡重新埋葬，从而确定了他跟人与神的契约；艾尔伯特·科尔德迫不及待地从罗马尼亚极权政权强加给他的退隐中走出来；肯尼思·特拉奇顿伯格发誓离开在法国的软弱无用、不负责任的父亲，决定去美国找跟他亲密的叔叔。

七

第二次世界大战的征兆预示了统领和谐世界的诫命和社会联系的全然丧失。二十世纪中叶，犹太教的伦理价值受到了希特勒和他的纳粹哲学的严重攻击。希特勒和纳粹思想的支持者认识到他们对犹太人发起的战争也是对二十世纪人文主义的战争，他们的目的是要将其根除。1936年，一名希特勒主义的哲学教授，厄尔斯特·克里克在海德堡宣读论文时称："人文主义思想……是十八世纪的哲学原理，是由当时的具体情况促成的。它对我们不具有任何约束力，因为我们生活在完全不同的环境中和命运中。"[①] 纳粹主义哲学史清晰界定的思想体系是和作为西方人文主义基础的犹太教哲学截然相反的。在力图根除犹太人的同时，它也企图将人文主义作为一种世界观根除掉。

人文主义者和神学家们面临着在后大屠杀时期调和以神为中心的宇宙和二十世纪灾难性事件这二元对立的挑战。艾丽·维塞尔说："如果说我们从过去得到了一个教训的话，那么这个教训就是经历了戏剧性事件还不够，我们一定要学会分享这些经历并将它们变成正义之举。"

贝娄的作品对抗了这种后奥斯维辛的训令。他的作品出现在纳粹企图抹杀人文主义之后，再一次肯定了生命的神圣，并通过保留世界对道德的需要、对重返犹太教的人文主义的需要来努力重建社会基础。通过他的作品，他力图重新建立人与人之间的联系，重新创建诸如"好"、"人性"、"尊严"、"义务"等词所体现的博爱主义精神。这些词语构成了被称为"人道"（德语为"Menschlichkeit"）的欧洲犹太文化，并构成了犹太教的伦理乐观主义的一大部分，也就是反对纳粹哲学的那种属性。

贝娄对陷于时下主要道德窘境的个体的敏感彰显出了他小说中的人文主义。他亦正亦谐的写作方式对这些窘境的刻画非常有效。然而，多数情况下，他蹒跚于人性弱点的喜剧之中的雅各形象都被幽灵似的大屠杀梦魇所困扰——大屠杀就像烧焦在人类形象上最具破坏性的烙印——也被反犹主义的反常心态所奚落。

在一部有趣的风格剧中，贝娄使用了约翰·巴思所谓的"极简主义"和"极繁主义"的技巧。他的人物，正如每一个典型的意第绪人一样，几乎在谈及每一个领域时都口若悬河，但只要涉及大屠杀便三缄其口。这里，贝娄采用了此处无声胜有声的手法，恐怖的程度不言自明。因此，贝娄的态度是一种神圣不可侵犯的节制，仿佛在说："一直无辜并处于安全境地的美国人对大屠杀有多少了解呢？又有什么发言权呢？"尽管如此，

---

① 转引自 Max Weinreich: *Hitler's Professors: The Part of Scholarship in Germany's Crimes against the Jewish People*, New York: Yiddish Scientific Institute–YIVO, 1946, p. 21。

在他的很多作品中，贝娄本人对当代世界和反犹主义相当敏感，对充满杀戮的希特勒时代充满幻想，而他深深的人文主义关怀则作为这种敏感和幻想的相关物而显现出来。在一次访谈中，贝娄陈述了他的文学立场：

> 我不喜欢《荒原》，因为它将很多事物升级，对很可能从来就不存在的事物怀旧；因为它渴望卓越，而这种卓越将很多人排除在外，他们将永远没有资格获取这些卓越。我知道有关资格的规定。我读过亨利·亚当斯、斯宾格勒的书及艾略特的《基督教社会思想》。我很清楚在那种文明中我这样一个犹太人将永无用武之地……我不能让那些身为白人盎格鲁-撒克逊基督徒的成功人士将我压迫得无立足之地，所以我拒绝接受上述的任何思想。相反，我认为"传统主义"是向虚无主义大坑的进一步堕落。"传统主义者"带着他们的法西斯主义思想和反犹主义思想已经深入人类之夜了。[①]

《晃来晃去的人》写于德国猛烈攻击欧洲的时候，讲述了一个陷于战时生活的变幻无常的美国男性的个人问题。作品也表现了贝娄对于浪漫主义作为纳粹主义的起源的关注。作品开始和结尾都提及歌德。贝娄提到这位德国诗人是有目的的。截止到 1944 年 —— 小说出版之时 —— 大部分欧洲基督教地区已经被魔鬼所占领。歌德的作品影响了西方思想和表达。他的戏剧也是纳粹们最喜欢的 —— 他们将这些戏剧扭曲，以达到他们自己的目的。尽管歌德并没有赞同德国社会任何放宽对犹太人限制的措施，犹太人也并没有太引起他的兴趣。然而，命运就是如此之怪，后现代文明可能并非因为歌德的诗歌而记得他；更多时候，人们会因为位于他热爱的魏玛的布痕瓦尔德集中营想起他，会因为点缀在这个邪恶的地方的那棵被纳粹们自豪地命名为"歌德橡"而被精心保护、并向公众展示的美丽橡树而想起他。

贝娄在约瑟夫的幻想中再一次呈现了浮士德意象。当约瑟夫还是个孩子的时候，他深受外来的德国反犹主义的折磨，一个同学的母亲称他为"魔鬼"。在典型的反犹主义修辞中，受害者与施害者被混为一谈。成年约瑟夫被欧洲的大屠杀和铁衫军的野蛮杀戮的噩梦惊醒。最终，他参加

① 转引自 Rockwell Gray: "Interview with Saul Bellow", *TriQuarterly*, 63 (1985), p. 648。

了战争，宁愿加入军队也不作为晃来晃去人被孤立。尽管他最后轻淡视之，但是无论如何这还是一种出于良心的举动，而且他很清楚风险是什么。

《受害者》是一部关于社会责任的作品。这部作品写于战后，当时大屠杀火焰的灰烬刚刚被熄灭。《受害者》是一部更加彻底地分析反犹主义现象的作品，暗示了纳粹德国及其政治文化来源。阿萨·利文萨尔与柯比·阿尔比的相遇引出了被纳粹宣传机器有效利用的反犹主义的残忍行径：血统污蔑、锡安山长老协议、一磅肉，等等。贝娄也影射了纳粹的排犹法律和1935年的纽伦堡法案。作品中，阿尔比告诉一名在聚会上唱黑人圣歌的犹太女孩，说她应该只唱犹太歌曲，而不应该唱别的歌。在纳粹统治的开始，犹太人被排除在德国文化生活之外，在纽伦堡法案中这种隔离被官方化。

阿萨和他的朋友们在吃午餐时总爱讨论被英国民众当成外国人的第三代英国人迪斯雷利。其中反犹主义的辩证逻辑和积习溢于言表，但他们忽略了维多利亚女王也来自汉诺威。这种态度在欧洲社会是非常典型的，他们将犹太人当成他们当中的另类——虽然犹太人在欧洲的根源可以回溯到两千年前，他们在德国的历史比德意志共和国还要长。希特勒说决定某个人是否另类是个感知问题，跟他生在何处关系不大。在讨论中，哈克维说俾斯麦对犹太人很好，因为他减轻了他们的负担。哈克维似乎并不具备他的朋友利文萨尔所具有的知识——尽管俾斯麦作为影响欧洲启蒙主义的一部分“在德国引领了犹太人的解放”，他还是心甘情愿地服从于当时的紧急需要。1881年，反犹主义是赢得中下层阶级支持的“必不可少的武器”。俾斯麦的默许使得德国的反犹主义成为体面的事情，而且这种体面在德国持续到了二十世纪中叶。

关于《奥吉·玛琪历险记》，贝娄说：

> 这不是一本真实的书，不是完全真实的……我还记得一九四八、四九年之交我在巴黎写这本书的情形，当时我完全清楚纳粹刚刚离开这一事实。我知道当我深呼吸时，我吸入的是空气中仍然弥漫的焚尸炉的气体，这比我对三十年代芝加哥的回忆更加直接……我全然不知如何处理更具挑战性的现代主题。我的美国性太深了，以至

于做不到这一点。[①]

贝娄的立场解释了他为何将奥吉刻画成脱离现实、天真无邪的形象。他对邻家波兰年轻人的反犹主义不往心里去，而且成年后也再没遇到过类似事件，如此说来是不现实的。和约瑟夫一样，奥吉也参加了战争，全然不顾自己对所发生的事件的个人感受。小说结尾时，战争即将结束，奥吉在欧洲。他对欧洲犹太人大批被杀只字未提，对饱受战争蹂躏的乡村和精神被摧残的欧洲民众也只字未提。他奇怪地提到和一个“曾在达蒙为他从德国提供牙医货源”的人的会面，他在短篇小说《莫斯比回忆录》中也反复提及这一事件。关于这件事的叙述只有一句，但还是暗示了奥吉与劫掠文明事件之间的距离。贝娄说：“对罪大恶极的视而不见是美国化的结果或者重要副产品之一。作为一个国家，我们更喜欢温和的、模糊的视角。”[②] 这一点在战后的十年可能还是真实的——在贝娄写《奥吉·玛琪历险记》时——但是在二十世纪八十年代，情况就不一样了。在美国对于大屠杀研究迅速膨胀的兴趣毫无疑问地反驳了贝娄的观点。

贝娄后来的作品《赫佐格》和《赛姆勒先生的行星》更深入地探讨了纳粹主义意识形态和德国浪漫主义的问题。他的主人公不再像奥吉·玛琪那样天真，也不像“因他珍爱的理想的死亡而哭泣”的汤米·威尔海姆那样无邪[③]。赫佐格战后在波兰待了一段时间，空想时还回忆波兰褐色的土地和“仍然遗留着战时屠杀的血腥味的石头”。他还多次拜访贫民窟废墟，尽管他从未告诉我们是什么原因驱使他去波兰和贫民窟。

在《赫佐格》这部“受过教育的人的弱化形象的喜剧肖像”中[④]，贝娄将他最尖锐的攻击对准了纳粹思想的祖先和支持者。当赫佐格发现他受到的教育“无非是个玩笑”[⑤]，因为它并不能满足他生活的需要时，他最终指责德国深受欢迎的哲学家弗里德里希·尼采和马丁·海德格尔。他同时抨击了基督教和浪漫主义，并肯定了他自己的犹太教思想及他和奠定

① 转引自 Rockwell Gray: “Interview with Saul Bellow”, *TriQuarterly*, 63 (1985), p. 646。

② Ibid., p. 647.

③ Ibid.

④ Matthew C. Roudane: “An Interview with Saul Bellow”, *Contemporary Literature*, 25.3 (Fall 1984), p. 269.

⑤ Ibid.

西方伦理及道德原理的摩西准则之间的关系。

尼采的作品，尤其是《权力意志》和《查拉图斯特拉如是说》，对德国的国家机器产生了重要影响。在这两部作品中，他道出了对旧秩序的价值（西方文明的那些装饰）的极大鄙视。他的思想被重新阐释，以适应新浪漫主义，或称正在进入德国社会的民众革命。尼采的哲学成为国家社会主义用来使一个国家堕落的神话的基础。他绝不是民主的热爱者，他的作品为德国知识分子提供了具有吸引力的口号，“力量即是权力”、“金发碧眼的条顿野兽”、“超人”。当这些口号被断章取义、扭曲、盗用时，就成为纳粹主义的武器。

尼采不是一个种族主义者，他在种族主义伪科学出现之时告诫他的追随者不要参与“虚假的种族骗局”。尽管如此，他关于优越的、“征服一切的雅利安种族”、“黑发野人”的书面言论以及他敦促对腐朽之流的阉割，都被种族主义者所利用，转变成成熟、全面的种族主义理论[①]。

赫佐格在他最后的信件之一中，通过提供实用的建议结束了他和尼采的战斗，“任何一个想和人类保持联系的哲学家都应该事先将他自己的系统歪曲一下，以便提前看到它被采用数十年后究竟会是什么样子”[②]。他不仅抵制尼采，也抵制了所有“告诉你恐惧如何对你好，如何让你不分心，给你自由，让你真实”的德国存在主义者们[③]。他反对的人里面包括马丁·海德格尔。他给海氏写信要求他解释“坠入日常”这一说法[④]，是对海氏的名作《存在与时间》的指涉。海德格尔直接卷入纳粹主义。在他担任弗赖堡大学校长一职期间——他从1933年开始任这一职务——和纳粹合作。作为国家社会主义德国教师协会的九名教授成员之一，他发表了一份“誓言”，阐述了如下思想：

> 获得知识对我来说：即合理对事物拥有权力，并准备好行动……国家社会主义革命不仅仅是另一个足够大的政党攫取一个国家中已经存在的政权，这场革命指的是对我们德国存在的一场彻底

① Walter Kaufmann: “The Master Race”, in *Nietzsche: Philosopher, Psychologist, Anti-Christ*, 3rd edition, New York: Vintage, 1968.

② Saul Bellow: *Herzog*, New York: Viking, 1964, p. 319.

③ Ibid., p. 271.

④ Ibid., p. 49.

的革命……嗨！希特勒！[①]

当将犹太文职人员免职的《职业文职人员复位法》颁布时，海德格尔在弗赖堡大学颁布了一项规定，剥夺了该校的犹太研究员的津贴[②]。尽管他于1934年辞职，海德格尔却从来没有否定过和纳粹主义的联系或者他对理想的国家社会主义的信仰。即使是在大屠杀之后，即使国家社会主义预示着人类行为准则的中断，他也从来没有否定过这些思想。乔治·斯坦纳，以其典型的知识分子的诡辩术断言，海德格尔不是一名反犹主义分子，但是他开始对纳粹暴行的赞成和后来在其罪大恶极面前的沉默，"相当于同谋"[③]。一个人除了给纳粹当同谋还需要做更多才会被称作"反犹分子"吗？

赫佐格对于浪漫主义的反对是建立在浪漫主义与极权主义或法西斯主义的密切关系的基础上，这种抵触清楚地反映在小说后半部他写给夏皮罗的一封信中。赫佐格评论过夏氏关于浪漫主义的作品。他告诉夏皮罗他被知识分子误导了，尤其是被虚无主义的教授们误导了。确切地说，他是指"荒原论者"和斯宾格勒关于进步和文明的最终衰败的理论。浪漫主义，他向夏皮罗指出，已经被刚发生的事件所批判。在一段冗长的幻想中，他谈及大屠杀及其后果。"但是，人的生命，"赫佐格得出结论，"比其他任何个体都要更微妙，即使是这些别出心裁的德国人。"

我真的相信博爱使人称之为人……当恐怖的牧师们告诉你别人只能扰乱你获得非物质的自由时，你务必不要听他们的。真正的、也是基本的问题是我们被别的人雇用，别的人也被我们所雇用。[④]

赫佐格得出的这个人道主义的结论，肯定了全人类之间的联结，"没有这些联结人就不再称之为人"。纳粹心理蔑视的正是犹太教的这种思想。希特勒时代的国家社会主义拒绝承认个体天生是不完美的，是和不完美的人类联系在一起的，也拒绝社会的吻合关系——即一个人不能单

① Max Weinreich: *Hitler's Professors: The Part of Scholarship in Germany's Crimes against the Jewish People*, New York: Yiddish Scientific Institute–YIVO, 1946, p. 14.

② Joel E. Dimsdale: *Survivors, Victims and Perpetrators: Essays on the Nazi Holocaust*, New York: Hemisphere, 1980, p. 8, p. 48.

③ George Steiner: *Martin Heidegger*, New York: Viking, 1978, p. 124.

④ Saul Bellow: *Herzog*, New York: Viking, 1964, p. 333.

独存在的思想。这些是创造一个可行社区的规则。

《赛姆勒先生的行星》写于1969年，在犹太人再一次受到灭亡的威胁之后，这次威胁来自六日战争之后巴勒斯坦解放组织的成立。在这部作品中，贝娄攻击了“魏玛知识分子的愚蠢思想”[①]。赛姆勒说：“在涉及德国人时，他从来都不怎么相信他的判断。魏玛共和国对他来说毫无吸引力。”[②]在两次战争之间的那段时间中，魏玛知识分子为“国家社会主义的胜利”做出了贡献。这些知识分子将自己看作“社会最终价值的守护神，他们在法西斯主义中看到了实现这些价值的途径”[③]。他们支持一个“精神统一代替了阶级斗争和人类孤立的社会，一个秩序与激进主义相和解的社会，并呈现了一个终极价值终将胜利的世界”[④]。对于很多知识分子来说，法西斯主义提供了“一个抗拒现代性的合谋威胁的武器”。知识分子在构成国家社会主义的基础中起到一定作用，为其提供了种族主义理论、大众理论、音乐、艺术、语言。然而，最终希特勒对所有知识分子产生怀疑，转而选择了大众取向。

在《赛姆勒先生的行星》中，阿图尔·赛姆勒是大屠杀的一位幸存者，被他的侄子带到了美国，正在纽约和他的蠢亲戚一起生活。他关于当时的地区疯狂病的想法和专题论文语气睿智，是以战时被抓，注定要死的欧洲犹太人的经历为基础的。但正是深深卷入罪行的赛姆勒——世纪兽行和掏兜的轻微犯罪——肯定了生命的神圣，抵制了汉娜·阿伦特的“平庸的恶”理论。对于他来说，德国知识分子的罪行是多重的。首先是他们参与令人发指的罪恶行为，然后是他们企图通过语义学“废除良心”。赛姆勒，作为道德仲裁者，承认“每个人都知道的”协议的条款：“人们知道善良与邪恶的区别……有一种固有的知识，如果不是永恒的，也是非常古老的。人们真心分享这种知识，如果他们将关系建立在这种知识的基础上，生活可能被改变。”[⑤]

赛姆勒的大屠杀经历和他在纽约与半疯亲戚的生活都暗示了作品的主题：疯狂。在赛姆勒居住的疯狂世界里，文化和教育与人们的生活方式

① Saul Bellow: *Mr. Sammler's Planet*, New York: Viking, 1969, p. 22.

② Ibid., p. 23.

③ Joel E. Dimsdale: *Survivors, Victims and Perpetrators: Essays on the Nazi Holocaust*, New York: Hemisphere, 1980, p. 79.

④ Ibid., p. 81.

⑤ Ibid.1, p. 21.

没有关系。与此类似，产生若干有史以来最伟大的思想家的德国也传播了“对神圣生命的阴谋”。然而，和贝娄的大多数主人公一样，赛姆勒相信混乱不能决定人的命运。混乱和疯狂可能是无处不在的，但是，最终每个人，如艾丽娅，都履行他或她和生活签订的人类的卑微契约。

在《洪堡的礼物》中，贝娄继续攻击极权主义和德国对人文主义的清洗。在这部作品中，他将两个作者并置，又一次拒绝了现代主义的陈腐思想[①]。这次的攻击多少带有一些讽刺意味。查理·西特林的好朋友乔治·斯威贝尔在评论查理破旧不堪的奔驰车时说：“那些德国人只会谋杀犹太人和制造机器。”[②] 对于汽车的攻击是整体幽默风格的一部分，引发了作品中的其他幽默行为。然而，奔驰车的损毁使人们想起了德国汽车业，包括奔驰公司在大屠杀中扮演的角色：使用犹太苦役并且不愿对幸存苦役提供赔偿[③]。小说中，角色调换了过来，暴徒里纳尔多·坎特拜尔残酷地击打着德国汽车。贝娄还以细腻的讽刺笔触让查理因为一件美的物品被亵渎而痛哭，而大家都知道没有人哀悼德国国家机器在奥斯维辛毁掉的生命。（有趣的是，在《赫佐格》中，一辆大众卡车撞了摩西的猎鹰款福特车，导致了一场车祸，使得摩西和他的女儿都进了警察局。）

查理解释说洪堡对于德国人和德国本身的焦虑是他病态心理的一部分，“他害怕自己会被前纳粹主义者或苏联国家政治保安总局的间谍绑架”[④]。洪堡在一个反犹主义不合时宜的时候惧怕反犹幻影。尽管西特林不像洪堡对反犹主义那样警惕，大屠杀仍然是他意识的一部分。查理不像洪堡那样为恐惧所困扰，他思考哈里·胡迪尼是否“有了大屠杀的暗示，正准备想办法逃离死亡集中营。啊！欧洲的犹太人要是知道他在想什么就好了”[⑤]。空穴来风！荒唐臆测！贝娄一定意识到一个二十世纪二十年代的美国人（胡迪尼于1926年去世）是不会有“大屠杀的暗示”的。这只能是西特林的天真美国人角色的表现。

---

① Melvyn Bragg: “ ‘Off the Couch by Christmas’: Saul Bellow on His New Novel” , *Listener*, Nov. 1975, p. 675.

② Saul Bellow: *Humbolt's Gift*, New York: Viking, 1973. Rpt. New York: Avon, 1976, p. 35.

③ Benjamin B. Ferencz: *Less Than Slaves: Jewish Forced Labor and the Quest for Compensation*, Cambridge: Harvard University Press, 1979.

④ Ibid. 2, p. 33.

⑤ Ibid., p. 436.

然而，贝娄在《洪堡的礼物》中的口气是平和的。他对法西斯主义和国家社会主义的先驱的态度仍然未变，但在这部作品中，他将对于亲犹德国人的回忆调和进来。例如，他将查理·西特林的导师和恩人奇怪地命名为冯·洪堡·弗莱谢尔。这是贝娄亦正亦谑模式的鲜活例证。西特林的叔叔，瓦尔德玛·瓦尔德说："洪堡！我的傻姐姐是用中央公园的一尊雕像给他命名的。"[①] 然而两者之间的密切关系要复杂得多。洪堡虽然有一个德国名字，却对德国表达了一种病态恐惧。他说："不，不！德国很危险。我可不想去德国冒险。"[②] 然而，洪堡这个名字来自来启蒙主义时期的两个颇具影响的德国贵族兄弟，威廉(1767—1835)和亚历山大·冯·洪堡(1769—1859)。兄弟俩都是人文主义者，也都是亲犹人士，他们在事业早期都结交了知名的赫兹家族，并经常光顾德国犹太社交名流的知识分子精英沙龙。洪堡兄弟俩都是"交谈艺术的莫扎特"。亚历山大是个博物学家，是腓特烈·威廉四世的心腹和科学顾问。威廉是位语言学家、大使、朝臣和政治家，他于1909年建立了柏林大学，并在将其向犹太学生开放的过程中起到过积极作用。他是犹太人的朋友，也是在维也纳国会极力推崇犹太人权利的倡导者。兄弟俩都强烈反对当时的反犹主义，并在宫廷里有力地表达了自己的观点。贝娄将他的人物命名为洪堡，实际上是将两兄弟的人格(两人确实非常相像)融为一体，并将它们供奉在瓦尔哈拉的不朽神殿中，该神殿也是冯·洪堡·弗莱谢尔所选定的最终安息之地。这种提升之举，承认了开明的亲犹人士的独特性，同时也是作者的一种调和的姿态。

在《院长的十二月》中，贝娄继续探索极权政府对生命的亵渎，但是转向了东欧的"监狱社会"[③]，从而关注罗马尼亚这个卫星国家中个体价值的贬损。贝娄永恒不变的人文主义关怀在这个双城记故事中聚焦在无处不在的、可怕的"感觉失败或道德想象力的失败"上。

即使在晚期作品《更多的人死于心碎》中，贝娄的主人公肯尼思·特拉奇顿伯格对美国和欧洲的反犹主义也很敏感——尤其是法国和俄罗斯。他的父亲是一个"美国亲法分子"，纯粹出于浪漫的原因于战后在巴

---

① Saul Bellow: Humbolt's Gift, New York: Viking, 1973. Rpt. New York: Aoon, 1976 p. 333.

② Ibid., p. 121.

③ Pierre Dommergues: "An Interview with Saul Bellow", *Delta*, 19 (1984), p. 5.

黎定居。然而,肯尼思有些伤感地说:“他可能是受法国人精神错乱的反犹主义的影响,或者回忆起了德雷福斯案件时期……针对‘毒害法国的意第绪人’的暴乱。”[①] 他自己是一个“俄罗斯专家”[②],在他早期的幻想中,思考了苏维埃制度的罪恶及其向公众隐匿政府的重大罪行,从而使他们保持纯真幸福的政策。特拉奇顿伯格争论说:“各民族的纯真是全世界政客共同捏造的。很可能没有人是纯真的,人民大众实际上和他们的统治者有着同样的玩世不恭……就像希特勒和德国民众讲同样的语言一样。”[③] 至于他自己的人性,肯尼思说:“毕竟和整个人类现实的内在交流是我真正的职业。这是一个竞争不激烈的领域,没有几个人从事这一行业。我从事这一行是因为我坚信这是唯一一件值得做的事……除非你将自己的生活变成转折点,否则,你没有理由生存于世。”[④]

贝娄的犹太性的“性质”是不容置疑的。索尔·贝娄的视角是确凿无疑的犹太视角。在他的全部作品中,包括他的“颂歌中的颂歌”,他的人道主义声音吟诵了他传承的以人类为中心的关怀。

编后记

L. H. 戈德曼(L. H. Goldman),1980年获得博士学位,同年创办《索尔·贝娄期刊》并长期担任其主编,她还是国际索尔·贝娄研究会的主席,是《索尔·贝娄的道德视角》的作者,与人合编了《二十世纪八十年代的索尔·贝娄》,发表了多篇关于索尔·贝娄及其他美国作家的论文。

本文选自《索尔·贝娄:马赛克》(《二十世纪美国犹太作家》第三卷),第3—19页(“The Jewish Perspective of Saul Bellow”, in *Saul Bellow: A Mosaic*, New York: Peter Lang Publishin, Inc., 1992, pp. 3–19)。作者认为贝娄的作品集中体现了犹太世界观中不可或缺的一部分——道德愿景,并认为该愿景在两个层面上起作用:(1)有意识的层面,即他选择的、成为他的作品有机组成部

---

① Saul Bellow: *More Die of Heartbreak*, New York: Morrow, 1987, p. 24.

② Ibid., p. 16.

③ Ibid., pp. 21–22.

④ Ibid., p. 188.

分的素材——人物、主题、关系等等;(2)无意识的层面,即从小就在他的心里植根的犹太教思想,该思想的影响在他成年以后也一直未见衰减。他的作品中充斥的普遍哲学和他对人物、生命、宇宙的态度就属于第二类。戈德曼总结说,贝娄的犹太性是毋庸置疑的,在他的所有作品中,他的人文声音都吟唱着对传统的人类中心主义关怀。

索尔·贝娄与当代小说

作者［美国］马尔科姆·布拉德伯里
译者　高莉敏

小说由少量的真实印象加上大量的虚假印象组合而成，后者即是我们的生活。它告诉我们，每个人都有多种多样的生存方式，单一的生存方式本身就是一种幻觉。这些多种多样的生存方式代表了某种意义、某种倾向、某种价值，给我们以真理、和谐、正义上的满足。

——诺贝尔文学奖获奖演说

众所周知，我们生活的时代是一个小说的时代：小说种类丰富、数量繁多，但其发展前景难以预料。这个时代要求我们对从过去保守的经验世界里继承的形式进行新的发掘和探索。本世纪的头五十年见证了小说经历的一场特殊的改革，小说成了表现结构变化的形式和样本，而这些变化是极为隐秘和深奥的，我们至今都仍在发掘并试图领会其中的含义。第二次世界大战是一个转折点，小说的走向似乎又发生了变化。我们慢慢地见识了新一代作家的实力，他们在战争期间及之后开始崭露头角。对于小说的发展方向，我们仍然无法理出头绪。但是，有一点是非常清楚的，如同二十世纪早期的那些小说家们试图在风云变幻的历史时期找到一种新的美学表达一样，这种促进小说发展的雄心壮志或者说是决心延续了下来。小说家们希望小说能够深入到当代人类经验的构成中，渗透到为小说命名并使之存在的语法和语言中，而这种深入和渗透是引人深思的。小说自我探索的品质使之保持了旺盛的生命力。

小说的发展前景难以预料。二十世纪三十年代，小说界的两大发展潮流分别是现代主义的极端美学形式和政治自然主义的迫切宣言。在二十世纪四五十年代出现了反对这两大潮流的运动。在法国,存在主义小说面世;在英国和美国,一种新的自由现实主义运动逐渐形成。这一文学潮流具有阴郁黯淡的品质,体现了黑色存在主义和荒诞主义的特点,同时强调道德诉求。到二十世纪六十年代,小说的发展方向似乎又发生了变化,一种二十世纪后期的小说形式逐渐浮出水面。在这种小说形式里,充斥着关于小说自身的身份地位、中心主题的死亡、现实主义的瓦解、历史和新闻报道的非真实性、故事力量的减弱,以及小说自身的文本性质和小说的形成过程等问题。荒诞主义和黑色幽默不断发展,具有了物本主义的特点和反身性。反历史性、荒诞性、前景文本艺术、自我的意识过程属于最具有探索品质的小说叙事形式的种类。在小说的发展过程中,现代主义影响并形成了小说的实验性方向,但是,因为自身的特点,小说的这种走向区别于现代主义的发展潮流。像塞缪尔·贝克特、弗拉基米尔·纳博科夫、豪尔赫·路易斯·博尔赫斯这些作家,他们不仅吸纳、而且丰富了现代主义的各种思想,创造出了一种新的美学格调。这些思想与二十世纪六十年代青年文化中一种新的多属性的不稳定倾向和知识分子的修正主义思想融合在一起。这些知识分子自觉他们的修正主义思想远远超过了马克思和弗洛伊德提出的伟大理论。一种新的风格上的多样性——从法国新近的小说家提出的极简主义到像托马斯·品钦等作家大量使用重复的创作手法在作品中不断集聚各种主题思想来消解小说的单一含义;从拉丁美洲小说家,如加西亚·马尔克斯、胡里奥·科塔萨尔、阿莱霍·卡彭铁尔开创的魔幻现实主义到约翰·巴思、伊塔洛·卡尔维诺提出的元小说——使我们很难对小说的发展走向下一些单一的定义。就像在艺术领域一样,这些定义需要一种新的创造意识和一种新的阅读方式。

小说的这种走向是否决定了它与现代主义的决裂,这种具有创造性的方向变化是否标志着一个新的关于艺术行为和形式的概念的出现,这些问题在相关的讨论中逐渐显露出来。小说创作似乎正在被重新定义中,一些新的变化慢慢表现出来。“那些深深地扎根于生活、融入生活中的当代作家必须要从头来过了:现实消失了,时间消失了,个性也消失了”,美国实验主义小说家罗纳德·苏肯尼克说道。在他的作品《小说之死及其他》(作品的名字与苏肯尼克的上番论述相契合)中,苏肯尼克宣布了故事的死亡及其继续存在的虚妄。世界各地的评论家都保持了乐观的态度,唯独英国的评论家颇为消极。因而,现在世界上存在着两种关于当代小说境况的不同论调,争论不断。一方认为,二十世纪是传统、保守的对象和旧体小说消亡的时代。小说的各种形式、存在的历史原因等莫名其妙地消失了,经验主义和现实主义的历史策略逐渐在逻辑上引退了,由人物、社会行为与结构、历史事实与合适的对象构成的结构叙事的方法也丧失了功能。我们生活在一个残酷的世界中,这里没有人道主义的关怀;没有哲学理论,也缺少能形成一种文类的共识;能指与所指处于割裂的状态。我们生活在一个语言焦虑的历史时期,在一种神话缺失的状态下对故事充满了渴望。我们明白这些事实,但我们仍然选择前进。如我们所知,小说正处于溺毙的状态,但它必须像其他东西一样复活:一种新的叙述方式,后现实主义,后人文主义,以及——如果现代主义意味着一种依靠重要形式的现实化从而实现对无形的现代世界的救赎——后现代主义。一种新型的、具有修补作用的后小说、元小说、超小说成为了我们的逻辑艺术。我们没有得到启示,却仍然在前进。

另一方持有对历史的中庸态度,却有更强烈的美学要求。他们认为小说并没有死亡,这只是小说呈现方式的多元化体现,是小说展现其风格上多种可能性的开端,是小说存在形式的多种表现方式,是当今小说形式混乱的反映。小说没有丧失确定、显示、约束道德情感的权力。虽然当今现实主义的表达手法中渗透了现代主义各种复杂的、让人困惑的表现方式,但它没有走上末路。小说探寻人、人与社会和历史关系的主题没有过时,引发我们绝望情绪和疏离感的“小说主题已死”的论断也不是绝对的。在其他认知方式和科学理论的见证下,小说的想象能够重新活跃起来。小说道德人文主义的精神虽然暂时遭到了挫败,但它绝不可能从此一蹶不振。如索尔·贝娄在1976年诺贝尔文学奖获奖演说中所强调的,小说就像是“现代社会的一间小披屋,一个心灵栖息的小茅舍”。小说中可能涉及黑暗的现代历史,但它的主题不会是自我之死,也不会是相关对象的崩溃瓦解。在演说中,贝娄明确批评了法国新小说派,特别是其代表作家阿兰·罗伯-格里耶关于小说人物已死的观点(格里耶认为:“人物为主体的小说已属过去,它成了一个时代的标志,这个时代的特征是个人至上”)。接下来,贝娄暗示了在我们这个时代,许多理论和方法阻碍了我们认识个人的复杂性,因此,小说必须担负起这一职责。

在当代小说界，持不同观点的双方都十分活跃。在那些最优秀的小说作品和最出色的小说家身上，我们会发现各种论述（关于魔幻现实主义，关于小说家在现实性与虚构性之间的摇摆不定、关于当代小说中的荒诞和怪诞理论、关于弗拉基米尔·纳博科夫、艾丽丝·默多克、彼得·汉德克、约翰·福尔斯等不同风格作家的作品）之间的密切联系。这种联系具有一种奇怪的、诡辩式的色彩。争论是十分必要的，这种争论表明了我们关于小说的种种不确定性的判断。这些不确定性体现在语言和文本的身份识别，以及风格表达的方式上，我们或许可以从一个作家对美学和历史的敏感性上看出其风格上的表达方式。那些恰当而严肃的原因可以解释艺术的空虚和抽象，不幸的非人格化和解构的自我，没有故事的故事和非神话的神话，以及情节的模糊化、偶然性和自我意识化。艺术领域的变化与世界其他领域及政治、理性、语言学方法上的变化相对应，通过这些方法我们可以解释这些变化。艺术领域的变化绝不单纯是一种经验的记录，艺术需要在风格上不断地进行自我实验。艺术的成功，除了要有最好的艺术实践者之外，还需要一种深刻的历史现实化。当我们谈论风格并希望这种风格不仅仅意味着一种个人的品位而是渗透到了时代的历史和文化积淀中时，这就是所谓的历史现实化。在现代作品里，我们发现能指与所指割裂开来，结构主义和后结构主义为历史事件提供了后马克思主义和后弗洛伊德主义的世纪末理论。

如贝娄所说，小说作为一种认知方式拥有自己的一套见证策略和挑战必然主义理论的能力。作家有特权创作极富想象力的作品，而他也必须这样做。他的创作也许让批评界感到望尘莫及，也许超越了基本的创作原则；但不管他在这样的道路上走得有多远，作为一个时代的思考者，他的创作必须要有意义。在艺术领域及文学创作中，我们最为珍视的创作原则之一就是作家对历史的敏锐感，但这一点往往不为人所知。对于批评家来说，判断何种创作风格具有历史层面上的真实可靠性是他们的任务之一。我选择索尔·贝娄作为研究的对象，原因之一就是在发生了一连串的事件之后，贝娄仍然能够毅然决然地站在这种紧张局势的风口浪尖上。贝娄的经验使他在二十世纪五十年代和六十年代的早期享受了创作风格上的特权。那时，他的美国犹太小说的创作模式代表了一条基本的创作道路；而这条道路无论在形式上还是道德伦理上都有别于现代主义的潮流。在二十世纪六十年代后期和七十年代，随着当代小说发展方向的变化,贝娄的小说创作受到了重大挑战。但是,面对小说的转向,贝娄在作品中对此做出了反应并有所表现。通过贝娄的九部作品,我将探讨随着小说走向的变化贝娄的创作风格发生了怎样的变化:他乐观的性情、对创作风格和历史的关注、对出现的逻辑原理和在社会中占重要地位的“现实指引者”(用一个颇具贝娄风格的短语来说)的挑战。贝娄在当代小说界仍然占据着重要位置,他站在小说改革运动的前沿。而自二十世纪八十年代早期开始的改革运动一如小说过去的那些发展变化,充满了变数。贝娄是一个具有现代意识和国际思想的作家,他的文学创作是处理当代最尖锐的艺术问题和人们焦虑状态的典型。

1976 年,美国建国两百周年之际,索尔・贝娄获得了诺贝尔文学奖。贝娄是一名美国犹太小说家,出生于加拿大魁北克省拉辛的一个俄国犹太移民家庭,从小在蒙特利尔的贫民窟里长大,9 岁时随全家来到了芝加哥。贝娄获得诺贝尔文学奖时已经 61 岁,他留下了一长串作品:七部长篇小说,一部中篇小说,数量众多的短篇小说,还有几个剧本和一些散文。贝娄创作跨度逾三十五年。作为美国战后一代小说家的领军人物,贝娄在许多方面都享有盛誉。这一奖项的颁发,无疑是承认了美国小说,特别是在战后这一段时间,主宰了小说这一文类的国际发展趋势。考虑到这一奖项的精神实质,该奖项的颁发意味着承认:当小说形式的人道主义发展趋势遭到质疑时,贝娄愿意表达和宣扬诺贝尔奖的人道主义精神。之前获得过诺贝尔文学奖的美国小说家有辛克莱・刘易斯、威廉・福克纳、欧内斯特・海明威和约翰・斯坦贝克。这四位获奖者作品中的人道主义精神依次呈递增趋势,这也描绘出诺贝尔文学奖的发展轨迹。

诺贝尔文学奖的获得者提醒了我们要获得并保持这一奖项绝不是一件轻而易举的事,特别是对美国作家而言。部分原因在于在美国的文化环境下,这一奖项与文化市场的经济运行是密切相连的。在这种文化体系下,名望既有很大的功用,也具有自我毁灭的性质(如贝娄在《洪堡的礼物》中的挖苦)。美国第一位诺贝尔文学奖获得者辛克莱・刘易斯在经过艰苦的游说拉票后于 1930 年获得了这一奖项。据报道,刘易斯在获悉自己得到这一奖项时说:“这太意外了,我无法相信这一切。”福克纳在 1950 年得知自己获得诺贝尔文学奖时说:“我已经五十多岁了,我的创作激情正在逐渐消退。……创作了三十年,我认为在我身后留下的这些作品并不值得我把它们从密西西比带到瑞典,就像我认为这些作品并不值得获这个奖一样。”海明威在 1954 年获得诺贝尔文学奖时抱怨说：“我早就应该得这个奖了，我正在考虑告诉他们取消这个奖呢。”接着他又说道：“没有哪个作家在获得诺贝尔文学奖后还能再创作出什么好的作品。”斯坦贝克于 1962 年获得该奖项，他在一封信中说道：“如果我要死了，或者我要成为一名牧师了，或许这会让我觉得不错。”在另一封信中他说道：“福克纳的最后一部小说是很多年之前创作的，海明威处于一种歇斯底里的混沌状态，刘易斯因酒精中毒和愤怒而倒下，这实际上已经演变成一篇墓志铭。”一次又一次，诺贝尔文学奖变成了一场针对作家整个创作事业的挑战，一个体制化的时刻，在这一刻作家享有了无尚的荣誉，却失去了灵活性和中肯的态度[①]。

与此相似，诺贝尔文学奖获奖演说也往往成了危险的障碍。两次世界大战之间的美国文学取得了巨大的成就，美国自然主义与世界性的现代主义和谐发展，美国小说享有了国际声誉并具有了现代形式，这些作家为美国小说的繁荣做出了自己的贡献。他们皆受负面情绪或虚无主义的影响：刘易斯在《大街》中批判地讽刺了美国式生活；福克纳的小说艺术中充满了历史危机感和倒塌的意象；海明威的小说中论及了“迷惘的一代”的存在主义简化论；面对美国的经济大萧条，斯坦贝克提出了政治上的异议。但这些作家在后期普遍表现出了乐观向上的人生态度，这与诺贝尔文学奖的精神是一致的。福克纳在获奖演说中宣布，他拒绝“接受人类的灭亡”。海明威说道：“一个作家应该把他必须要说的话形诸笔墨，而不只是说说而已。”当海明威发现只有他后期的作品得到了褒扬，前期作品因为被认为是“野蛮的、愤世嫉俗的、无情的”而没有被理会时，他愤怒了。因此，海明威没有参加诺贝尔文学奖颁奖典礼，只是把获奖演说送到了斯德哥尔摩。诺贝尔文学奖精神的一部分就体现在乐观向上的人生态度上，因此，毫无疑问，这个奖项与超验主义者的联系远远大于与美国小说中的现代虚无主义者的联系。

---

① 详见 Mark Schorer: *Sinclair Lewis: An American Life*, London: Heinemann, 1961, pp. 343–367; Harrison Smith (ed.), *From Main Street to Stockholm: Letters of Sinclair Lewis, 1919–1930,* New York: Harcourt Brace, 1952, pp. 262–302; Joseph Blotner: *Faulkner: A Biography*, 2 vols, London: Chatto & Windus, 1974, pp. 1337–1374; Carlos Baker: *Hemingway: A Life of Story*, London: Collins, 1969, pp. 619–623; Elaine Steinbeck and Robert Wallsten(eds.), *Steinbeck: A Life in Letters*, London: Heinemann, 1975, pp. 742–764。

在第二次世界大战后的美国作家中，贝娄是第一个获此殊荣的小说家。虽然贝娄作品的结局往往深沉厚重，但他的作品遵循了诺贝尔文学奖乐观向上的精神传统。许多贝娄的评论家都如此解读他，而他在斯德哥尔摩的获奖演说也散发出了乐观向上的人道主义光芒。同时，贝娄的话中又透着一种怀疑精神。他对一位记者说道："虽然我已经在小说创作的道路上走了接近四十年的时间，但我觉得自己仍然像个学徒或者是熟练工。"面对另一位记者，贝娄说："获得诺贝尔文学奖让我感到有点儿难为情，因为我觉得自己还没有全身心地投入到小说创作中。"他又说道：

> 我认为是时候写写与时代的洪流展开激烈抗争的那些人了……我不是说作为一个小说家我突然变得雄心万丈了，根本不是这样。我说的是我认为自己该行动了。[①]

这种"激烈抗争"以及贝娄近期作品、包括他在获得诺贝尔文学奖后出版的小说《院长的十二月》（1982）中的沉重主题，是贝娄在获奖演说中不断提及的问题。这个主题是关于在危机四伏的年代里艺术家的职责，虽然在对危机的解释上还有一些容易让人产生误解的地方。面对现代事件、现代暴力和现代思想，贝娄的作品常常被一种悲天悯人的阴郁情绪所笼罩。但是，艺术家所面对的问题是他的艺术创作中用了什么方法从而既能深入又能超越这些现代主题。如贝娄在演说中所说：

> 始于第一次世界大战的无尽危机循环圈已经造就了一种人，他们经历过可怕怪诞的事情，心中已减少了偏见，抛却了令人失望的空论，有能力忍受各种疯狂的行径，非常渴望人类能够获得某些持久的幸福——比如真理、自由，或者智慧。

贝娄希望小说能够担负起重新发现基本真理的责任。他的这番话（如他在其他地方的发言一样），展示了贝娄作为一名小说家迫切追寻问题答案的精神："对于人类是什么，我们是谁，生活的目的是什么等问题

---

① W. J. Weatherby: "The Interview", *The Guardian*, Nov. 10, 1976.

寻求一个更广泛、更灵活、更完整、更连贯、更全面的解释。”①

然而，就像他在演说中所暗示的那样，我们不能忽视那些“可怕怪诞的事情”，现代的洪流不仅反对自我，而且反对任何关于人的超验的观点。语言表达受到了威胁。贝娄作品中的人物——经常是知识分子、作家，还有他在《受害者》中称之为的“过着古怪生活”的人——面对接连不断的苦难和失败。作为一个对现代的世界末日论持批判态度的作家，贝娄自己的作品反而被一种历史的末日观所主宰。在贝娄的作品中，这种具有毁灭性质的历史重压十分强大，形成了它自己的直觉和形式。因此，贝娄的作品迫使我们接受它们的形式、内容，及其对形式与内容的批判。贝娄超验主义的意图——这往往在他小说的结尾处显现出来，许多评论家称之为一种不相称的修辞灵感的显现——是他小说的基本方向，也是我们所能感受到他小说力量的部分哲学思想的体现。同时，这也是对他的个人意识、非凡的创作力，以及我们所生活的历史困境的展现。在当代人的意识自觉中，受迫害意识、疏离感、阴郁的历史记忆、植根于心灵深处的灾难发挥了巨大的作用，这也是贝娄式论调的真正意图。近来，评论家强调作为超验主义者的贝娄及其追寻的深层次的暗示。但是，在贝娄的作品中我们发现，当种种举动趋向于肯定的意义、新奇感和生活的希望时，这些举动生发的环境往往是充满了各种困难和生与死的悖论，尤其是在时间与历史的背景中——这种历史越来越被认为是一个充满悲剧因素的系统过程，而在这一点上贝娄并没有给予充分的重视。如果说贝娄曾经批评其他的小说家，认为他们作品中充满了悲观绝望的情绪，他们关注四面楚歌的自我，拒绝对人类的本质给予高度评价的话，那是因为他忽视了我们生存的历史环境，没有深入地探寻这些问题。如贝娄在他的小说中，特别是在《院长的十二月》中所强调的那样，我们生活在黑格尔的哲学体系中，它告诉我们，从本质上说我们时代的精神就是我们的精神，如果我们希望寻求一种纯粹而诗意的超脱，这是不可能的。事实上，来自历史环境的压力不断地影响并决定了贝娄小说的本质，使他的小说呈现出了不一样的姿态，具有了一种历史敏锐感和形式上的变化。但是，这些作品无一例外地深入到焦虑的历史时代中，探究这一时代的问题。简而言之，贝娄的作品是不断发展变化的。

① Bellow Saul: “The Nobel Lecture”, *The American Scholar*, 46 (Summer 1977), pp. 16–25.

贝娄的作品既具有现代特色，又扎根于业已形成并在当代小说发展中不断被修订的种种趋势、动向和认识中。贝娄是一个聪明的作家，他的文学借鉴意识严肃而明确，而且这些借鉴的对象很多。其中非常明显的一点是贝娄受惠于爱默生、麦尔维尔等美国超验主义文学家（贝娄在作品中经常或直接或隐晦地提到他们，如在《赫佐格》结尾处的直接提及），并继承了欧洲浪漫主义的文化遗产。贝娄创作中另一个明显的借鉴对象是德莱塞和自然主义传统，其既阴郁又乐观的文学创作样式深深地影响了美国小说的发展。贝娄经常提及传统，它具有讽刺性的一面和生机勃勃的一面（特别是在《奥吉·玛琪历险记》中）。他赞赏德莱塞——另一位芝加哥小说家，因为他使美国小说面对了直接的权力较量、美国生活中赤裸裸的现实，以及美国城市中压倒一切的混乱力量。这一借鉴的影响是巨大的，它决定了贝娄与宿命论传统的持久抗争。从贝娄的作品中，我们可以看出环境的影响。各种条件的限制使得生活演变成一场势均力敌的斗争，不断释放和压制活力。作为一名小说家，贝娄面对的是一个城市化、机械化的混乱世界——在这个世界里，社会主流和社会生存原则嘲讽、背离、削弱了自我；在这里，苦难是真实的，肯定自我、重视自由意志或人道主义价值是一个持久的问题。贝娄对自然主义学说的继承大都是在二十世纪三十年代期间，在三十年代后期贝娄开始了小说创作。但是，始终贯穿于贝娄的创作生涯并使他的作品具有了广泛的影响力的是已经渗透到他作品中的欧洲现代主义思潮，特别是那种更具历史敏锐性、后浪漫主义和人道主义精神的现代主义形式。

贝娄不同于刘易斯、福克纳、海明威、斯坦贝克、詹姆斯·托马斯·法雷尔这些作家。不过，也许他们的创作方法不同，但他们的作品都与美国小说的主流趋势保持着一定的关系。而美国小说正是二十世纪主要的表达方式之一。贝娄作为一名小说家，他的作品摆脱了美国牧歌式的结局，属于美国和世界历史新秩序中的一部分。

作为一个俄国犹太移民家庭的孩子，贝娄的社会和种族背景把他与二十世纪二十年代到三十年代间的新现代主义犹太写作紧紧地联系了起来，从巴别尔[①]到辛格，从布鲁诺·舒尔茨到卡夫卡。在经济大萧条期，政治活动异常活跃，但贝娄把伴随着第二次世界大战而来的政治纷争搁

① 伊萨克·巴别尔（Isaac Babel，1884—1940），俄国犹太作家，代表作是短篇小说集《红色骑兵军》。——译注

置在一边，开始了自己的创作生涯。他的第一篇小说《两个早晨的独白》于1941年夏天发表在《党派评论》上。这一刊物以纽约为中心，主要发表犹太作家的作品，是前马克思主义知识分子的刊物。在这一时期，这一刊物发生了转向，从信奉二十世纪三十年代的托洛茨基主义转变到崇拜自由的现代主义精神，并对人在历史发展中的作用持消极悲观的态度。在贝娄的小说发表之后，发生了日本袭击珍珠港事件。这一事件把美国卷入了战争，不仅震荡了二十世纪三十年代的政治圈，也把美国与现代世界史的阴郁和血腥联系在了一起。在这段历史时期，美国左翼力量自由进步的希望化为了泡影，自然主义作为一种政界关注的语言受到质疑。面对一个充满了极权主义和种族大屠杀的世界，艺术应该如何回应的问题也逐渐提上了议程。贝娄的反应是在作品中塑造一个美国人重新面对历史。在存在主义和荒诞主义的绝望情绪，以及战争苦难、城市化、物质主义和焦虑心态的影响下，他颇受担负起世界责任的折磨。但他努力在各种乌托邦和进步思想的混沌状态中汲取生存的意义和道德的力量。

所有的这些都在《晃来晃去的人》中得到了体现，这部小说是贝娄的第一部长篇小说，1944年面世，此时第二次世界大战进入了尾声。这部作品体现了现代欧洲小说创作中的浪漫主义困惑，同时，在这部作品中，我们也看到了陀思妥耶夫斯基、康拉德、萨特、加缪的影子。我们不难把贝娄小说中的人物和陀思妥耶夫斯基笔下那些精神痛苦的主人公们联系在一起，他们在文化崩溃的状态中进退两难，文化已经碎裂成城市中的疏离感、政治上的无序和信仰上的缺失，它与生存的欲望进行着殊死搏斗。贝娄笔下的世界与康拉德笔下的世界何其相似，文明像一张薄板，上面镶嵌的是混乱和无序，由此导致的是荒谬的存在式的肯定。贝娄的想象与卡夫卡的想象有莫大的关联，在这里，自我穿过了一个强大却让人无法理解的历史世界。似乎这一切已经演变成一种传统，使贝娄觉得他有力量来改变和修正它们，呼吁人道主义精神。这与他的犹太背景密切相关，犹太力量成了促使贝娄作品欧洲化的另一主要力量。

或许艾萨克·巴希维斯·辛格比卡夫卡更能说明贝娄的种族背景，贝娄曾经翻译了辛格的短篇小说《傻瓜吉姆佩尔》。辛格的作品中充满了遭受苦难和受迫害的意象，但其中也闪耀着超验主义和神秘主义的希望之光。获得重生的受害者和遭受苦难的傻瓜是贝娄作品中的两类主要人物。其他基本的创作主题还有人与人之间的联系，这使得贝娄的创作转向了后来的人道主义精神和一种新的礼仪。事实上，正是这种与受迫害经历和生存之道相结合的礼仪，使贝娄在战后成为了一个中心人物。这个战后时代是指后大屠杀、后原子战时期，一个城市化、物质化时期，进步的自然主义和纯真的自由主义退出了历史舞台的时期。

贝娄成了时代的主音。在这个时代，美国犹太作家定居城市，保持着历史敏锐感，他们试图从冷漠、物质化、被侵蚀的社会现实中汲取道德的力量和人道主义精神。在这个社会中，所有真实的意义似乎都隐藏了起来，演化成了美国式写作的中心内容。如莱斯利·菲德勒所说，犹太人物在苦难与生存、迫害与适应中经受了磨练，成了典型的现代人，他们是“自由自在的大都市人，但在这里他们感受到的不是舒适惬意的城市生活，而是屡遭侮辱和羞耻的现实”①。这是一种充满焦虑的新式写作，具有虚构的色彩，它所探讨的重大问题是人的本性反抗美国生活中物质化和墨守成规的一面，个人主义者从中得到了回报，但这种回报建立在妥协和让步的基础之上。在贝娄、伯纳德·马拉默德、德尔莫尔·施瓦茨、菲利普·罗斯及其他作家的作品中有迷茫的人、文化暴发户、城市中的陌生人、徘徊在过去与现在之间的流浪汉。这些作家想要证明文化中是否闪耀着人性的光辉，这已经成为混乱时代美国小说的中心主题。

贝娄像其他作家一样，从分歧和犹太形而上学的思想中汲取力量，试图在世界中寻找联系和道德责任。而这个世界或是坚持漠然的社会化，或是私人化，如贝娄所说：“一道精神价值的围篱。”② 贝娄想要证明，大多数犹太人渴望能在黑暗的世界中找到一种生活的礼仪，发现人类的信仰。“世界就在你的身后……”《晃来晃去的人》中的主人公约瑟夫是一个迷茫孤僻的聪明人，他在精神上与这个强制的社会保持着一定的距离，并遁入了冥思苦想中，“无论你做什么都无法回避它”。新的人道主义思想是很难创造出来的，因为这里面充斥着怀疑和恐惧，包括现代经验和现代主义写作中不连贯的含义，现代极权主义力量的严重威胁，世界末日想象中的审判，弗洛伊德和其他思想家关于文明与欲望间不平衡关系的警告，这种警告让人颇为担忧。

① Leslie Fiedler: *Waiting for the End: The American Literary Scene from Hemingway to Baldwin*, London: Cape, 1965, p. 84.

② Saul Bellow: “Some Notes on Recent American Fiction”, in Malcolm Bradbury(ed.), *The Novel Today: Writers on Modern Fiction*, London: Fontana, 1977, p. 56.

作为一名作家，贝娄事业的发展阶段恰是其风格和美学趋势以及政治思潮的形成时期。这一时期，自由主义重新振兴，反对极权主义的运动此起彼伏，这导致了其与纳粹主义的会战及纳粹主义的最终垮台，并引起了超级强权间的新冷战。自由主义的政治和美学是多元主义和民主复苏的重要体现。但是同时，战后社会秩序及其物质主义、趋向整合的压力、走向大社会的趋势都严重威胁了自由主义本身。反对极权主义模式的运动构成了美学和形式上的选择，现代主义和自然主义学说，特别是二十世纪三十年代政治社会的现实主义形式屡遭质疑。二十世纪五十年代是一个渴望后政治的政治、后意识形态的意识形态的时代，在这一时期，对文学和文化的关注成了理性活动的核心。现代文学，带着嘲讽、疑虑、道德混乱的腔调，持有对现代焦虑和暴露的阴郁观点，逐渐代替了那些意识形态色彩强烈的作品，特别是二十世纪三十年代的马克思主义作品，上帝隐退了。随着对政治问题的暂时搁置，大家的焦点集中在对道德人文主义思想的重新发现上。这种思想可以把人从苦难与毁灭中救赎。文学成了探索道德寓意和形而上学思想的方式。

带着传统的异化和疏离感，以及他们与大屠杀的深层联系，犹太作家意识到传统的自由主义思想的缺陷不足以应付雷茵霍尔德·尼布尔[①]称之为的“关于人自身邪恶的基本宗教问题”，因此，他们将注意力转向想象的精神实质上来。特里林称之为“自由的想象”，认为其核心存在于小说中。在这个具有实验性质的领域里，理想成了偶然与真实间的媒介，意识形态与“文化的嘈杂声”交汇，历史与个人邂逅[②]。

从形式紧凑的《晃来晃去的人》(1944)、《受害者》(1947)到结构松散的流浪汉冒险小说《奥吉·玛琪历险记》(1953)和《雨王汉德森》(1959)，贝娄的创作体现出自由体小说复苏的趋势，这一小说形式在现代和现实主义时期经历了一段紧张的历史。自由体小说是辉格党时期的小说。在那一时期，个体与社会具有相同的需求；个体与外部世界建立联系，实现真实化、礼仪化和成熟化；道德扩展和道德发现存在着极大的可

---

① 雷茵霍尔德·尼布尔(Reinhold Niebuhr, 1892—1971)，二十世纪美国最著名的神学家、思想家，美国基督教现实主义的奠基人。——译注

② Lionel Trilling: *The Liberal Imagination: Essays on Literature and Society*, New York: Viking Press, 1950. 特里林的作品可以看作是对贝娄知识分子背景的解读，记录了他从创作“道德”小说到现实主义作品的转变，而且作品还表达了这样一个观点：弗洛伊德思想的本质是与感性的敌人，即我的对立面抗争。

能。因此，个体与社会的历史受到关注，它们具有相同的真实性，都有一份合乎情理的成长纪录。贝娄的作品像是对自由体小说形式的一种拯救。它们通常以人物为中心，而这种人物中心化的程度在现代小说中并不常见，作品中主人公的名字往往就是小说的名字。小说主人公一般是一位男性，且是犹太人，是名作家或者是知识分子，怀着对自我的焦虑，关注内心的渴求和思想，这种思想既有可能是救赎之道也有可能是苦难的源泉。同时，他内心的欲望驱使他认清与他人、与社会、与存在的本质、与自然和与宇宙的关系。在这些争斗中存在着重要的暗示：人终有一死，我们必须考虑死亡的现实；从生物学上讲，人是一个存活体，是自然的一部分，我们必须找到自己的位置；人是有意识的，意识存在于历史中；人是真实存在的，处于历史演化中的世界也是如此，但这两大实体回避了这种可以理解的关系。因此，我们陷入极度异化、浪漫主义人格、世界末日意识的思想中，同时我们明白我们处于后浪漫主义的世界中，以及充满战争与革命的列宁时代，我们的生存条件是不可回避的。社会和历史的存在与想象和形而上的存在不断地争斗，但没有哪一方能压过另一方，最后它们必须达到和解。这一结局在贝娄的小说结尾处经常显现，它往往采用自我与世界的关系重建的形式，这种重建具有复杂的契约性质。尽管我们对自我与世界常常怀有批判的怀疑态度，但这样的结局不是一种虚夸的解决方案，而是一种悬而未决的焦虑，它经常在贝娄接下来的小说中重现。

贝娄的作品探寻当代小说的发展前景，这种探寻来源于世纪之交的那些作家，他们使幼稚的现实主义充满了疑问。在亨利·詹姆斯稍后的时期，小说被象征性地驱赶回了原处，探索思想意识和外部物质世界的联系。在德莱塞的小说中，物质性是一个过程、一个体系，比其所能决定的思想意识更加广阔，思想意识只是事物的一个方面。对于现代作家来说，空间——贝娄在《洪堡的礼物》中所谓的“它”与“我们”之间——成了探索的基本领域。在贝娄的小说中，思想意识与历史不断争斗，在这个世界里，如约瑟夫在《晃来晃去的人》中所说，人们对好与坏之间传统的形而上的关系进行了重新调整，“但在这一调整中，只有历史能够做出回应”[①]。然而历史指向某种障碍物、虚无，或者是拜占庭治疗术式的自我赞扬，这是一种流行的现代性的体现，无视自身的虚幻和衰落。一方面，在个人与

① Saul Bellow: *Dangling Man*, New York: Vanguard, 1944. Rpt. London: John Lehmann, 1946, p. 73.

社会大众之间、在科技、系统的无限发展和抽象的社会关系之间缺乏一种和谐的关系；另一方面，有一种隐藏的行政力量、真理和现实，使我们的内心活动成为了整个过程的一个方面，这种内心活动试图分裂自己。因此，异化成了虚假的浪漫主义唯我论的体现，决心成了虚伪的默认的表现。贝娄的小说及其人物的问题就是发现这些空间和地方，它们既是无条件的，折射出了人性的光芒，又是客观存在的。

因为贝娄的小说是一种历史的呈现，因此在其四十多年的创作生涯中，他的作品始终保持了旺盛的生命力。对于许多与贝娄同时代的作家来说，他们很难承受掌握当代美国经验的压力。二十世纪六十年代那种历史极端主义（《第二十二条军规》、《五号屠场》）或无历史意义感（《V.》）的小说代替了二十世纪四十年代和五十年代的美国犹太小说。如莫里斯·蒂克斯坦在《伊甸园之门》（1977）中所说，伴随着一种新的临时激进主义挑战了战后“新自由”的综合学说，“情感深层的某个变化改变了整个道德形势”[①]。二十世纪五十年代小说的道德牵制让位于黑色幽默、反文化的暂时性、非理性主义和暴力美学。后现代主义小说的语言复杂，意义不明确。美国二十世纪六十年代的极端主义社会现实本身就是一部荒谬的小说。散文体小说建立在这个基础之上，与新的小说性相关。这对二十世纪四五十年代作家的影响显而易见。塞林格那种脆弱的道德救赎感，似乎代表了一种基本的形而上学的可能性，伴随着他的格拉斯家族，归入选择的美学沉寂中。诺曼·梅勒从一种形式化的自然主义转向创作具有深厚历史底蕴的小说，成为时代精神的发言人。他是一位具有冒险精神的表演家，不断表演现代情感中关于同类相残的剧目。马拉默德的后期小说展示了存在于艺术理想和一种让人气馁的现代政治意识之间的张力。菲利普·罗斯从其前期小说中亨利·詹姆斯式的道德控制转向了后期小说中自由形式的忏悔。

贝娄作品中的平衡和本质同样发生了变化。在二十世纪五十年代，贝娄探索了宏大的史诗体裁，考验人类是否能在历史中享有充分的自由。到二十世纪六十年代，这种探寻变得小心翼翼，体现在《赫佐格》（1964）复杂的结构形式中，历史呈现成了一种疯狂的形式。《赛姆勒先生的行星》（1970）中的冷漠讽刺，现在看来不是对新的激进主义的一种苦涩的

---

① Morris Dickstein: *Gates of Eden: American Culture in the Sixties*, New York: Basic Books, 1977.

攻击，而是对隐藏在现代历史中的邪恶因素进行新一轮探寻的开始。在现代美国社会，在后文化的标签下，出现了一种新的无根的野蛮状态，美好的前景与畸形的丑陋争夺灵魂的归属。贝娄的作品越来越难理解。它们变得更加具有冥思、哲学和超验的意味。如内森·司各特所说，我们不能把它们仅仅看成是自然主义的表现形式，在这些作品里，自我的表现无法预料。它们展现了一些重要的场景：主人公“摆脱了环境的直接压力和社会主体的各种限制条件，自我探寻关于人性本质的问题”——这个问题在不断地被回答，司各特暗示道，最终归入平静，潜伏于多层次的神秘存在中[①]。贝娄持续关注人类契约的本质、我们的永存性、我们在这个冷酷并充满历史困惑的地球上生存的价值等问题，这种关注的范围不断扩展，而且变得越来越复杂。同时，贝娄对新时代的定义、这个世纪的灰暗生活、权力与大众的强大机制、思想意识的焦虑表现等问题显示了过度关注的倾向。

用现在比较流行的词来说，贝娄不是一个“后现代”作家，也不是一个“实验”小说家。他不质疑自己作品的小说性，也没有接受黑色幽默中的虚无主义思想。贝娄的作品与外部世界的主流现实保持一致，这种主流现实是一种变化的过程、一个体系、一种权力的表现。这些作品继续探索思想意识与权力的斗争，试图找到人生的意义、内心世界的呈现、个人的直观感受，以及关于宇宙世界本质的知识。思想意识与历史环境的斗争继续上演，但它们之间表现出一种强制性的、不断变化的关系。由于贝娄的作品探讨的都是那些已知的主题、强化了各个要素的作用并展开了深入研究，因此他的作品呈现出很大的不同。贝娄对自然、物质、历史环境压力的感知逐渐趋向于对后文化时代新美国的认识，这特别表现在他对从小长大的城市芝加哥的态度上。芝加哥是一个“缺少文化气息但却充满思想精神的城市”；这里的生活发生了天翻地覆的变化；新出现的开发者改变了原来的环境和陈旧的生活方式；犯罪和恐怖活动渗入到这个城市的精神中，并影响了城市居民的思想；治安混乱，一种带有暴力倾向的现代契约规约了中产阶级的生活。在这种情况下，芝加哥变成了思想和小说世界相互妥协的中心意象。贝娄对思想意识的感知迫切需要正确情感的引导，因为在追寻知识并希望得到满足的过程中，这种感知正在迷

① Nathan A. Scott.: *Three American Moralists: Mailer, Bellow, Trilling*, Notre Dame, Ind.: University of Notre Dame Press, 1973, p. 105.

失方向，它找不到出路，只能从历史的长河中找寻现实的版本。

当一个小说家在作品中极大程度地表现现代生活的巨大压力，以及关于存在的特别意识时，贝娄的回应通常是体现在形式上的变通和多变上。贝娄的作品跨越了四十年，从历史和美学的角度记录下了美国四十年生活的变化，小说的形式成了调解外部现实世界与内心思想意识关系的重要方式。当灵魂感受到自身的存在，并滋生出对生存价值的渴求时，它迫切追寻现实感与人性，但是，作为一名持有世界末日说的评论家，贝娄显得更加悲天悯人；作为一名理性怀疑论者，贝娄表现得更加不现实，让人无法理解。身为道德自由主义的发言人，贝娄显得非常保守，从一种广泛的意义上来说，他成了一个探讨具有文化连贯性的过去与后文化时代的现在之间的差异的作家。作为一名捍卫人道主义思想的小说家，他比大多数小说家更显示出探讨后人文主义世界、挑战小说探索此问题极限的能力。他的作品，特别是近期作品，塑造了一些不断做出努力尝试的作家，展示了他们对各种解决方法的质疑，以及这些方法的不确定性。从某种意义上说，正是这种不确定性，促成了贝娄的每一部新作品。贝娄不仅过去是，现在也仍然是美国最重要的作家之一。在这部书里，我既要研究他在文学创作上灵活变通的方法，又要探究他在事业上的一贯性作风。

编后记

马尔科姆·布拉德伯里（Malcolm Bradbury,1932—2000），英国著名作家、学者，出生于英国谢菲尔德。1953 年他从莱斯特大学本科毕业，两年后获得伦敦大学硕士学位。1959 年，布拉德伯里完成了自己的第一部小说《吃人是错误的》，并于三年后获得曼彻斯特大学博士学位。随后他来到英国的东安格利亚大学，开设了举世闻名的创意写作课，开始了教学和写作的双重生活。因为在文学上的巨大成就，布拉德伯里于 1991 年获得了大英帝国勋章，并在 2000 年的新年荣誉颁奖中封爵。

本文译自他的著作《索尔·贝娄》一书，第 15—34 页（“Saul Bellow and the Contemporary Novel”, *in Saul Bellow*, London & New York: Methuen,

1982, pp. 15–34)。在此文中,布拉德伯里既对小说这一文学体裁进行了总体上的评述,又结合贝娄的社会背景对其小说创作进行了较为详细的分析,为我们从总体上了解贝娄的写作特点奠定了基础。

索尔·贝娄与人文主义

作者 [英国] 迈克尔·K. 格伦迪
译者 王丽艳

“我的主题之一是美国人对真正现实的否认、逃避现实的策略以及拒绝面对再明显不过的事情。”[①] 索尔·贝娄这样评价自己的小说《院长的十二月》(1982)。他所指的现实以及他提出的美国文化中有一种逃避到非真实世界的渴望,是他写作的主要美学宗旨和道德宗旨。他说过:“没有艺术,就不可能阐释现实……艺术和语言的衰退导致判断力的衰退。”[②] 除了查尔斯·奥森曾说过的“可怜的、卑躬屈膝的、保险精算的‘真实’”,美国文化对其他任何事物都无动于衷,因此,贝娄的小说越来越关注美国真正现实的“大出血”[③]。贝娄认为“对什么是真实的事情、什么是重要的事情”,小说家必须“找到持久的直觉力。虽然被扭曲、被蒙蔽,小说家的职责仍然是找到能够认知苦难或幸福的持久直觉力”[④]。过去二十五年来,关于现实性质的哲学怀疑论一直是后现代主义文学艺术的特征,但在贝娄思想中不见一点踪迹[⑤]。现实对贝娄来说不存在哲学上的问题,而是可以认识的,对追求与现实真正联系的人来说“太容易理解

① Matthew C. Roudane: “An Interview with Saul Bellow”, *Contemporary Literature*, 25 (1974), p. 270.

② Ibid., p. 280.

③ Charles Olsen: “Letter to Elaine Feinstein”, in Donald Allen(ed.), *The Human Universe and Other Essays*, New York: Grove Press, 1967, p. 96.

④ Saul Bellow: “The Writer and the Audience”, *Perspectives*, Autumn, 1954, p. 12.

⑤ 对后现代美学及其独特的小说表现的更简洁清楚的讲解请见 David Lodge: *The Modes of Modern Writing: Metaphor, Metonymy, and the Typology of Modern Literature*, London: Edward Arnold Ltd., 1977, pp. 220–245。

了"。贝娄的小说明确关注的是进入现实的途径和发现现实本质的需要。

贝娄通过小说来批判美国文化中被看作现实的东西。他以小说作为手段来揭示日常生活中的虚假,也就是主宰美国生活的现实体制。这个体制被商业、科技和企业的狡诈所驱使,人文主义思想和感情屈服于科学理性主义。贝娄不否认这种注重实效的经验主义价值体系有它存在的空间,但是他在小说中却认为这种价值的流行压制了取决于情感和精神的释放、取决于 E. M. 福斯特所谓的"心中很少触及的柔软的部分"的生存竞争模式[①]。贝娄相信:"有灵魂,做一个整体,这是如今对既定信念的革命性反抗。"[②]他预见人类的未来取决于人类的亲密交往和诚实的情感交流。我研究贝娄小说的结论是,他对公共伦理的新生不抱多少希望。只要美国人暴露在不负责任的、下贱卑鄙、胡言乱语的媒体机构集团中,只要信息文化和娱乐文化(这些经常是难以分辨的)促进大规模的"艺术和语言衰退",贝娄的主人公们就必须面对醒悟状态的孤独。

贝娄在《往返耶路撒冷:私人报道》中有一段文字控诉媒体轻视存在这个基本事实:

> 我们的媒体用新闻制造无聊的危机话题,给我们脑子里灌输真实事物的紧张幻影,赫尔辛基峰会,埃及条约,印度宪法危机,联合国投票,纽约金融崩溃……更可怕的是,还有事情在不断地发生,不让人喘口气。是事实还是歪曲的事实,即媒体阴险的陈词滥调(令人痛苦,因为掩盖的事实巨大可怕),都难以被筛选出来。[③]

我们生存其中的折磨神经的新闻业无处不在。贝娄后期的人物在战略上从卑下现实中隐退,其隐退的背景就是新闻业。贝娄曾经说过:"现代社会改革不再是机器改革,而必须是内心世界的改革。"[④]自从《雨王汉德森》以来,他的人物越来越多地以这种革命者的面目出现。他们提高生活现实的努力促使他们勇敢地再次定位。我们想起查理·西特林陷入

---

① E. M. Forster: *A Passage to India*, Harmondsworth: Penguin, 1961, p. 177.

② Rockwell Gray, Harry White and Gerald Nemanic: "Interview with Saul Bellow", *TriQuarterly*, 60 (Spring– Summer 1984), p. 14.

③ Saul–Bellow: *To Jerusalem and Back: A Personal Account*, London: Martin Secker & Warburg Ltd., 1976, p. 21.

④ Rosette C. Lamont: "Bellow Observed: A Serial Portrait", *Mosaic*, 8 (1974), p. 252.

通神论，艾尔伯特·科尔德在《哈泼斯杂志》上不顾一切地抨击芝加哥恶习。关于查理·西特林，贝娄试图向一个“矮胖的”记者解释是什么引起了西特林对冥想和神秘主义的兴趣：

> 总之，对任何查理认为是基本常识的、审慎的、正常的事情的赏识，包括他的野心、婚姻、风流韵事、财产、商业联系，都是一堆蠢话。“这是严肃的人类生活?！你一定是开玩笑！”远离这个世界上对物质恶魔般的专注，他转向了另外一个他认为可以找到自我本质的看不到的世界。“科学”加上现代哲学的帮助——我们称之为乐观的前景——将“看不见”赶到了启蒙说它应该待的黑夜里……查理·西特林不肯被科学的尊崇地位所吓倒。①

我们再一次发现了对建立在科学思想和建立在过分理性思想基础上的限制性现实的批评。西特林排斥正常的世界，这使人颇为质疑将作者宣告为强硬派人文主义者的严重批评。和赫佐格、科尔德及最近的《更多的人死于心碎》(1987) 中的本·克拉德一样，西特林决定从构成当代美国生活的“一堆蠢话”中脱身，暗示着贝娄摒弃了人文主义后注重人类社会必需力量和他对超自然物的怀疑性关注。

贝娄的作品当然吸引了大量评论。大多数敬慕者一致认为他是弥合人文主义伤疤的作家，赞扬他创作的作品强化并弘扬了终极高尚和完美的人类本性，认为这种人类本性对社会、对人类物质控制得到改善的前景抱有不言自明的信心。确实有一个强有力的批评传统认为他的小说本质上怀有希望并有约束力②。丹尼尔·富克斯在最近出版的书的绪论部分引用了这种人文主义意见，告诉读者贝娄“希望生活中也有艺术。当作为艺术家的人物寻求孤独的时候，贝娄的主人公则追求社会群体”③。富克斯又一次坚决地将贝娄放在人文主义类别中，因为他发现“贝娄的人

① Rockwell Gray, Harry White and Gerald Nemanic: “Interview with Saul Bellow”, *TriQuarterly*, 60 (Spring–Summer 1984), p. 34.

② 此类评论太多，不能一一赘述，在该书中将在适当的地方加以引用。马尔科姆·布拉德伯里在他写的《索尔·贝娄》(London：Methuen & Co. Ltd., 1982, p. 22) 中接受了这一传统。

③ Daniel Fuchs: *Saul Bellow: Vision and Revision*, Durham, North Carolina: Duke University Press, 1984, p. 9.

文主义……是关于文明前景的人文主义”：

> 对贝娄来说，总体上有一个文明政治，有比断断续续的舆论更多的希望，有依附于社会外部的中心。这个社会是一个常常令人恼怒却始终是高雅的社会，它代表了值得保存的文明。[①]

正如我们关心的那样，富克斯对小说的描述显示“人文主义者在平常中寻找尊严”[②]，与珍妮·布兰姆发表于1984年的研究成果相呼应。珍妮·布兰姆也强调贝娄作为人文主义斗士这一点，她在介绍中详述了对献身于共产主义道德伦理的作家的一致判断，“对贝娄来说，个人生活在隔离状态不能体现出他的基本特征；要获得意义，人必须要与社会、单位和社会价值相联系”[③]。

和富克斯一样，布兰姆也将贝娄介绍为对“社会‘普通生活’”有“深信不疑的信念”的小说家[④]。但是，富克斯更严密、更一针见血的研究似乎显出了这种判断的缺陷。富克斯提到贝娄后期的作品，将《院长的十二月》描述为我们看到贝娄在其中“玩弄人文主义者终极游戏”的作品[⑤]。但是这样的观点很少见。《文学想象研究》期刊专门出了索尔·贝娄专刊，在被称为“迫使人接受人类社会的竞赛”的整个作者作品中，编辑特别评论了最后几部作品[⑥]。马尔科姆·布拉德伯里承认战后的世界“这种新的人文主义难以形成”，但是他也把这看作贝娄的奉献，因为他是“成为美国文学中心的……致力于从冷漠的、物欲的侵蚀性现实中提取道德精华和可能存在的人文主义的……美国犹太作家的一个主要代言人”[⑦]。我选取如下一段作为对贝娄作品受到一致接受的准确总结：

---

① Daniel Fuchs: *Saul Bellow: Vision and Revision*, Durham, North Carolina: Duke University Press, 1984, p. 23.

② Ibid., p. 27.

③ Jeanne Braham: *A Sort of Columbus: The American Voyages of Saul Bellow's Fiction*, Athens, Georgia: University of Georgia Press, 1984, p. 2.

④ Ibid.

⑤ Ibid. 1, p. 308.

⑥ Eugene Hollahan: "Editor's Comment", *Studies in the Literary Imagination*, 27 (Fall 1984), p. 4.

⑦ Malcolm Bradbury: *Saul Bellow*, London: Methuen & Co. Ltd., 1982, pp. 27–28.

> 贝娄不同于许多其他当代美国作家的地方在于他努力营造现实世界和他对人类信心之间的张力。他作品中也涉及自己看到的暴力的、混乱的、堕落的和危险的世界；他的人物深深植根于这样一个世界。但是，他并不把这个世界描述为无望和荒谬的，他也不认为历史必然走向最终的灭亡。他不喜欢讽刺挖苦和虚无主义。对贝娄来说，理性、人类理性仍然极为重要，因为理性使得人类有理解力……因此，个人在贝娄的小说中被看作与社会、与自我相冲突的人。但是贝娄仍然遵循人文主义传统。他确实明白世界的混乱和文明世界的专制本质……但是，除了继续前行，他看不到人类有什么其他的选择。他认为逃避和拒绝是不可能的，也是不切实际的。①

乔纳森·威尔逊评论贝娄的专著《贝娄的行星：黑暗面的解读》开始修正这种观点。这项研究试图解释为什么大多数评论都认为贝娄"仍然宣扬人文主义美德，宣扬社会价值的天启论战场上的孤独声音"代表了"某种程度的重大错误"②。虽然我同意这个观点，而且很赞同威尔逊的论证，因为他的论证挑战了对贝娄一致评论的最基本的前提，但是，我还是不能接受他对贝娄小说的解读。威尔逊提出贝娄小说在人文主义理想和烦扰现实之间之间摇摆，贝娄乐于自我虐待的主人公"不断地抨击他们渴望的东西，在行为上与怀抱的理想相抵触"。因此使得小说变成了"静态的辩证法"③。他最后声称，贝娄小说有一种显而易见的"停顿的力量"④；他的主人公在他们的现实生活中不能够实现证实生命的人文主义，"通过回到智力和想象力来支撑自我"⑤。贝娄批评家忽视了这种停顿的程度，强调小说中渴求的而不是已经完全实现的人文主义。最终，威尔逊承认了那部小说中的人文主义维度，但却坚持认为那只是一个安全阀，通过它主人公可以暂时逃离现实：

① Edmond Schraepen and Pierre Michel: *Notes to Henderson the Rain King*, Place Riad Solh, Beirut: Immeuble Esseily, 1981, pp. 7–8.

② Jonathon Wilson: *On Bellow's Planet: Readings From the Dark Side*, Cranbury, New Jersey: Associated University Presses, 1985, p. 18.

③ Ibid., p. 19.

④ Ibid., p. 23.

⑤ Ibid., p. 22.

淹没在这样一个粗糙、陌生的世界里，贝娄的主人公一直梦想更好的世界……他们否认自己在世界上的失败经历有任何客观的真实性，主人公幻想真实、有序、和谐、友爱的世界，他们渴望这样的世界，迷恋这样的世界，但是他们从来都找不到这样的世界。[①]

这样解读的话，可以说贝娄批评家受到了这个人文主义理想国土的吸引，创造了一个完全不可靠的作者的世界。威尔逊的分析最终使得贝娄对美国现实的反应显得琐碎浅薄，他认为贝娄的主人公不肯面对现实（“否认自己在世界上的失败经历有任何客观的真实性”）；他们在庄重而绝望的唯我论中找到了满足。威尔逊进而毫不含糊地将作者和他的主人公与隐退和遁世联系在一起，认为《院长的十二月》中“吸引科尔德和贝娄的不是人世间的呼喊，也不是‘现实天堂……的压力’，而是他头脑中的压力”[②]。

人们常常将人文主义与贝娄的世界观联系在一起，但是，他们既没有在思想意识传统上得到令人满意的界定并将其应用于贝娄的作品，同时这些思想意识对确立贝娄声誉的二十世纪四五十年代里贝娄和贝娄评论家的历史要求也没有给以明确的界定。尽管如此，我觉得似乎大多数贝娄评论家都认为贝娄的人文主义思想受后文艺复兴思想的影响很深。后文艺复兴被定义为“将人类幸福作为其中心的道德体系，对超自然现象和超验现象持怀疑态度”[③]。但是雅克·马里坦的经典作品《真实的人文主义》使我们想起人文主义思想的历史含混性，虽然现代人文主义倾向于理性主义和世俗化，我们仍然有必要“区分两种人文主义”：

一种以上帝为中心的人文主义，或者说是忠实的基督教，还有一种是以人类为中心的人文主义……第一种人文主义认为人类的中心是上帝，含有基督教关于人犯了罪同时又获得救赎的观念……第二种人文主义认为人类是自己的中心，因此，人类也是所有事物的中

---

① Jonathon Wilson: *On Bellow's Planet: Readings From the Dark Side*, Cranbury, New Jersey: Associated University Presses, 1985, p. 19.

② Ibid., p. 38.

③ Peter Faulkner: *Humanism and the English Novel*, London: Barnes & Noble Books, 1976, p. 1.

心。它含有人和自由的自然主义观念。[①]

贝娄的人文主义在很大程度上是第二种。但是，正如我说的那样，没有一个评论者联系他的作品来定义贝娄的人文主义，也没有人承认马里坦所说的两种人文主义传统。如果有人这么做了，无疑他们中有些可能更愿意将贝娄描述为遵循了犹太教与基督教共有的传统，认为贝娄的玄学体系是有神论人文主义。[②]虽然如此，马里坦又认为现代社会的世俗化影响了人文主义思想。这种发展促成了对人文主义事业的世俗理解，将贝娄誉为人文主义者的评论家利用了这种世俗理解（但很含糊）。现代人文主义"本质上倾向于把人描绘为更真实的人，通过赋予他任何能够使他在种类上和历史上更丰富的东西来表现他伟大的创造性。这要求人类利用他拥有的所有潜力、他的创造力和理性的生活，努力使现实世界的力量变成他获得自由的工具"[③]。当然，这是唯一被弗洛姆《社会主义的人道主义》专题讨论会供稿人认为可靠的对二十世纪人文主义的解读；对他们来说，人文主义价值作为当代思想中可敬且理性的组成部分只能在"科学地建立在人类社会知识上的理性程序……和构成个人与社会综合体的社会程序的一致性、精确性和历史准确性的基础上"才能被理解。[④]

虽然如此，不管贝娄评论家是把他理解为世俗的还是有神论人文主义者，这两者的基本人文主义思想特征是相同的。A. 詹姆斯·赖克利在他的调查《美国社会生活中的宗教》中实际地说道："世俗人文主义和有神论人文主义在个人自由评估、正义传播、公民参与社会决策和社会秩序等方面一致。"[⑤]这两种人文主义都强调个人潜力的公有制和社会性含

---

① Jacques Maritain: *True Humanism*, M. R. Adamson(trans.), London: Centenary Press, 1938, p. 19.

② 相关资料来源见 Judie Newman: *Saul Bellow and History*, London: Macmillan, 1984, pp. 1–4。

③ Ibid. 1, p. 12.

④ Umberto Cerroni: "Socialist Humanism and Science", Erich Fromm (ed.), *Socialist Humanism: An International Symposium*, London: Doubleday, 1967, p. 119; Paul Kurtz(ed.), *The Humanist Alternative: Some Definitions of Humanism*, London and Buffalo, New York: Prometheus Books, 1973. 这两部分提供了人文主义流派概观；A. J. Ayer(ed.), *The Humanist Outlook*, London: Pemberton in Association with Barrie & Rockliff, 1968 中收录的文章也有帮助。

⑤ A. James Reichley: *Religion in American Public*, Washington, D.C.: The Brookings Institution, 1985, p. 344.

义。对有神论人文主义来说，“他们对自己试图在美学上、有时在道德上加以改变的文化是依恋而不是逃避”[1]展现了这种必然性。世俗人文主义更加关注相互依存和社会职责，因为“在这样的公式下个人自由通过参与大众意愿而获得”[2]。人文主义在分享权益、互相作用中找到力量，主张人类的尊严和人类人道的感受只有通过社会规约才能实现。

正是这种人文主义常常被视为贝娄小说的主要部分。他卓越的学术在很大程度上是因为他作为“权力机构的宠儿”[3]的地位，这个名声主要基于人文主义评论家认为他对悲观主义过激论的排斥。例如，莱昂内尔·特里林赞扬贝娄与“认为现代社会是可怕的、严酷的、敌对于任何纯洁人性并且认为现代社会是一个荒原、是一个噩梦的作家”分道扬镳。[4]贝娄倾向于人类的人文主义被当作倾向于美国人以及美国希望和再生的神话而受到欢迎，尤其在他于 1953 年发表《奥吉·玛琪历险记》之后。纽约犹太知识分子团体有时被称作“家庭”。特里林只是其中有影响的人之一，他因为政治和文化的原因支持年轻的贝娄，将他视为他们在小说界的未来之星。贝娄于 1941 年夏在纽约期刊《党派评论》发表他第一个故事《两个早晨的独白》，从而开始了写作生涯。贝娄很自然地倾向于并且受到反斯大林主义左翼知识分子的影响。二十世纪三十年代早期，他在高中和芝加哥的大学里积极地参与托洛茨基团体的活动。1937 年他与安妮塔·高什金结婚，而她也是一个托洛茨基分子。[5]到 1938 年底，《党派评论》的主要编辑菲利普·拉夫、威廉·菲利普斯和美国大多数左派人士一样在莫斯科公审后退出了共产党，成为热心的托洛茨基分子。

莫斯科公审和托洛茨基被暗杀之后，社会主义人文主义的理想陷入了困境。拉夫的短文《思想的审判》表达了美国马克思主义者的深刻绝望：

---

① A. James Reichley: *Religion in American Public*, Washington, D.C.: The Brookings Institution, p. 52.

② Ibid., p. 344.

③ Melvin J. Friedman: “Dislocations of Setting and Word: Notes on American Fictions Since 1950”, *Studies in American Fiction*, 5 (Spring 1977), p. 88.

④ Lionel Trilling: “The Two Environments”, *Encounter*, July 25, 1965, p. 12.

⑤ Alan Wald: *The New York Intellectuals: The Rise and Decline of the Anti-Stalinist Left From the 1930s to the 1980s*, Chapel Hill: University of North Carolina Press, 1987, pp. 246–247.

我们没有想到失败。在马克思主义传统的支持下，我们对未来理所当然地满怀信心。在马克思主义传统中我们看到了科学和人文主义的结合。如今，在极度的惊讶中，还有谁去重申自己的信念，去逾越自己曾受过愚弄的感情？人害怕自己的恐惧。不久以后就会清楚无误地排除一切希望吗？①

二十世纪四十年代初期，虽然贝娄切断了与左派政治团体的所有联系，但是，很容易就能看出，在三十年代末期和四十年代初期的政治气候下，支持他的纽约犹太知识分子都急切地读他的早期小说。他们希望"他们的"天才作家——也即这个家庭中的一员——贝娄的作品能维持至少某些人文主义的主张。

但是，贝娄能够在历史主义危机下成功地把握住人文主义主张，对于仍然在努力寻求融入美国主流的美国犹太文化来说也很重要。美国犹太小说家创作出小说，找到自己的声音，发现了文化移入，这是向往社会解放的美国犹太人的大胆之举。相信个人和社会融合、人类和自然融合的人文主义思想包含了并且给美国犹太文化移入的理想提供了合法的道德基础。基于我提到的这两点原因，可以说贝娄陈述这样的思想很重要。实际上马克·克拉普尼克在最近的特里林研究中表示，纽约知识分子指望贝娄来解决美国摆在他们面前的"冲突"：

从二十世纪五十年代中期开始，在纽约第一代知识分子中，向往社会主义社会与献身文化移入、献身成功的美国精神之间存在着冲突。这种欧洲的理想和美国的现实之间的冲突，传统和现代之间的冲突，政治和艺术之间的冲突，在某种程度上促成了特立林那一代人的卓越成就，如米耶·沙皮罗，哈罗德·罗森伯格，菲利普·拉夫，克莱门·格林伯格以及索尔·贝娄……特里林这一代人作为美国知识阶层、西方人文主义传统的继承者、现代主义者，他们付出的代价是很高的。②

---

① Philip Rahv: "Trials of the Mind", *Partisan Review*, April 4, 1938, p. 3.

② Mark Krupnick: *Lionel Trilling and the Fate of Cultural Criticism*, Evanston, Illinois: Northwestern University Press, 1976, pp. 188–189.

在贝娄开始写作生涯的时候，人文主义在美国政治和文化中处于特别的压力下。就在这个历史时期出现了认为贝娄是人文主义者这种被一致认可的观点。诺曼·波德霍雷茨，最近才来到纽约知识界的人，写道："感觉一整个时期的美国经历的正确性似乎取决于贝娄到底是不是一个伟大的小说家。"[①]《奥吉·玛琪历险记》发表后，似乎有许多人觉得贝娄证明了所有的希望。特里林和德尔莫尔·施瓦茨等人喜出望外地肯定这部小说，认为它开启了美国犹太人在美国小说界独特的声音。不过，这个声音似乎更加自信地表现了生活无穷尽的活力。在纽约知识分子中间，只有波德霍雷茨觉得贝娄小说中有问题，他敏锐地发现了贝娄语气上的弱点，"一整个时期的美国经历"不可能在小说中得到确立。贝娄在对待这样重大的期待上做得过了头：

> 我所指的阶段……是第二代"家庭"接受美国的时期，他们在这个时期脱离了"疏离"而转向了……什么呢？从未有明确的答案，就因为不明确，所以产生了《奥吉·玛琪历险记》中的问题：一厢情愿的虚空希望的特性在散文体矫揉造作的自发行为中呈现出来（我在评论中对此的看法很正确）。菲利普·拉夫所谓的家庭的"亲美国化"……在五十年代初期受到了太多的疑问、犹豫和不确定的困扰，产生了一个比一厢情愿的虚空希望更复杂的东西，这些都在《奥吉·玛琪历险记》中反映了出来，同时揭示了"家庭"要实现自己希望、渴望、却如此不可企及的状态还有很长的路要走，评论家会说明性地将其总结为"超越疏离"。[②]

我写《奥吉·玛琪历险记》的章节说明我在很大程度上与波德霍雷茨有同样的疑虑。如果说小说中贝娄提供的不是对人文主义希望的实质，起码他提供了对人文主义希望的雄辩；这样一来，他就能够使得特里林、拉夫和施瓦茨等如此渴望人文主义希望的实质的人相信了。当然，《奥吉·玛琪历险记》的成功与它出现的历史时期有关，它受到二十世纪五十年代左派自由主义的喜爱，向那个年代危险的保守派提出了挑战。贝娄摈弃了前两部小说在文体上的保守性，即"逼真的清教徒后裔风

① Norman Podhoretz: *Making It*, New York: Random House, 1967, p. 165.

② Ibid.

格”[①]，调制了一份有颠覆性力量的文化档案。奥吉的格言可能是没有恐惧，无论是谁，如果知道使冷战期间精神停滞的令人不安的胆怯，都会喜爱奥吉的冒险精神。三十年后，说《奥吉·玛琪历险记》是一部有很多缺陷的小说，应该更加恰当。在最近的采访中，贝娄承认这部小说有某些缺陷，他最透露内情的话，尤其是与波德霍雷茨的观点相关的话，是供认了小说重大的阴险一面："我对黑暗的了解比我自己承认的要多得多……我无意解释为什么要做这样天真的人，我喜欢做天真的人，就这样。"[②]

贝娄了解的黑暗在极为严酷、极为感人的小说《抓住时日》中得到了最集中的表达。这部小说夹在《奥吉·玛琪历险记》和《雨王汉德森》之间，总让人觉得年代发生了错位。《奥吉·玛琪历险记》和《雨王汉德森》这两部小说都在搬上舞台之后又被加以虚假浅薄的表演。在贝娄的小说家生涯中，这两部小说现在看来似乎是堂吉诃德式的怪物。我们能从这两部小说看出贝娄正处于发展的关键时期，能够看出一种寻找位置的急躁，一种寻找位置的风格。尤其是《雨王汉德森》的结尾出现了明显的无聊和歇斯底里，因为贝娄和他孤立的主人公准备回到美国的黑暗中。在《赫佐格》及其后的伟大小说中，人物都能够更坦率地面对这种黑暗。

我要说的是，这种坦率的面对在很大程度上与贝娄对人文主义道德的排斥密切相关。贝娄的主人公都是愿望落空的人文主义者，他们被违反基本人性需求的美国精神所排斥、所摧毁，被迫采取了各种退隐的策略。从赫佐格开始，我们发现他们虽然越来越绝望却依然可敬地努力从美国明显的不公正现实中获得解脱，从美国低劣的人性和精神匮乏中获得解脱。《受害者》中的阿萨·利文萨尔和奥吉·玛琪不在此类。阿萨·利文萨尔完全受到低劣现实和精神怯懦的奴役，对此他自己既是受害者又是贡献者。贝娄描绘了一幅神经质的、道德薄弱、人性枯竭的城市居民生活图，提供了他描述为"散播疯狂和毒害的灵魂的不知不觉的勾结"的最细致的心理戏剧[③]。利文萨尔是向这些力量妥协后必然随之而来的神经衰弱的一个病理学样本。他激烈地、常常是狂暴地躲避阿尔比干涉的斗

---

① Norman Podhoretz: *Making It*, New York: Random House, 1967, p. 162.

② Matthew C. Roudane: "An Interview with Saul Bellow", *Contemporary Literature*, 25 (1984), p. 279.

③ Saul Bellow: *Mr. Sammler's Planet*, London: Weidenfeld and Nicholson, 1970, p. 135.

争在某种程度上是光明和黑暗之间的斗争。这让人想起《往返耶路撒冷：私人报道》中的一节，其中贝娄描述了那些有着更好的但却深藏的本能的人，他们突然的恨意被刺激成短暂的华丽展示：

> 经常有人告诉我说……俄语这种语言是人类心灵的一个避难所……即使宣判死刑，这种天才的语言也迫使你用慈爱的词汇来说出死亡的判决。这好像是光明和黑暗之间用母语进行的斗争，也许俄罗斯历史在一定程度上是对这些慈爱表达的反抗，"现实"的人们因此感到自己被背叛了。他们说着慈爱的词汇，可能感到慈爱激发的头脑很危险。危险调动了防御，然后你走向谋杀，因为你的思想被搅动了。[①]

阿尔比使得利文萨尔不知不觉中进入了对光明的背叛。不过，利文萨尔的精神痛苦在于生活在"现实"人群中的他受制于恐惧，如同《晃来晃去的人》中的约瑟夫，恐惧是他"最难以识破的部分"、"心灵周围极少被扰动的灌木丛"[②]。我认为奥吉·玛琪与利文萨尔非常相似，他的冒险最终代表了虚无而不是希望，因为他接触到真理才不过很短暂的时间。他是又一个表现了"对美国真正现实的否定"的人。

我相信，现在已经到了对贝娄的视野坦率地进行重新评估的时候了。很久以来，他一直被描述为人文主义传教士，他的艺术要求"道德人文主义的重新发现"[③]。虽然我在前面的章节质疑这个观点，不过在《赫佐格》出现之前，这个观点是成立的。但是，随着《赫佐格》和之后每一部小说的出现，贝娄对二十世纪六十年代后美国的描述揭示了一个道德和精神都崩塌了的文化以及金钱驱使下的极度市侩的现实，他的主人公被迫在这样的现实面前沮丧地引退。贝娄称自己最新的一本小说《更多的人死于心碎》是"一个悲叹——对所有人来说"[④]。当然，《赫佐格》之后的所有小说中都有悲叹，悲叹的对象是所有"关掉通往心理大门"的所有人

---

① Saul Bellow: *To Jerusalem and Back: A Personal Account*, London: Martin Secker & Warburg Ltd., 1976, p. 29.

② Saul Bellow: *Dangling Man*, Harmondsworth: Penguin Books, 1971, p. 56.

③ Malcolm Bradbury: *Saul Bellow*, London: Methuen & Co. Ltd., 1982, p. 28.

④ Susan Crosland: "Bellow's Real Gift", *Sunday Times*, Oct. 18, 1987, p. 57.

物[①]。在一个"个人领域屈服于公共压力……生活中必不可少的最伟大的东西已经萎缩和退却"的文化里，人文主义者的努力在道德和精神匮乏的环境中根本没有出路。[②]

后面的研究以每十年为一个章节分别介绍贝娄的小说。虽然我认为在《赫佐格》中作者终于承认了如上所说的分离危机，后面分析贝娄前期作品的章节中指出这些前期作品并非没有歧义的安慰，尤其是在《受害者》和《奥吉·玛琪历险记》的理解上还有普遍的误读。最后的章节包括短篇小说，尤其提到了贝娄最近的短篇《他讲错话及其他故事》，这些研究以对贝娄最新作品中篇小说《偷窃》的评论结束。

编后记

迈克尔·K.格伦迪(Michael K. Glenday)是英国开放大学文学系研究员，《斯科特·菲茨杰拉德评论》联合主编。主要著作有《索尔·贝娄和人文主义的衰落》、《诺曼·梅勒》、《菲茨杰拉德》、《美国神话：当代文学论文集》等。

本文选自《索尔·贝娄和人文主义的衰落》，第1—13页("Introduction: Saul Bellow and Humanism", in *Saul Bellow and the Decline of Humanism*, Basingstoke, Hampshire RG21 and London: The Macmillan Press Ltd., 1990, pp. 1–13)。格伦迪对早期评论家认为贝娄"宣扬人文主义美德"的观点表示质疑，主张重新评估贝娄的视野，认为贝娄的作品描绘了在道德和精神都已崩塌的文化中人文主义者的困境。

① Susan Crosland: "Bellow's Real Gift", *Sunday Times*, Oct. 18, 1987, p. 57.
② Saul Bellow: *Humboldt's Gift*, London: Secker and Warburg, 1975, p. 250.

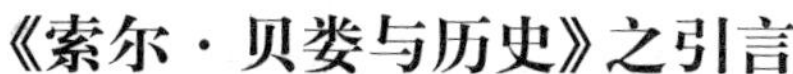

《索尔·贝娄与历史》之引言

作者 [英国] 朱迪·纽曼

译者 黄芙蓉

尼采认为我们时代的历史感是这个时代的第六感，盛行于现代社会的哲学、艺术和文化之中。[①]然而，对于多数读者来说，索尔·贝娄小说中的第六感则更容易令人联想到超验的现实，即柏拉图的理想家园、斯坦纳式的静观以及关于不朽的暗示。众多评论家都一致认为贝娄是书写普遍意义而不是个别现象、关注永恒主题而非历史语境的作家。即使人们发现了贝娄小说的历史因素，他们通常也认为这仅仅是小说的次要内容。这种论述以及由此产生的研究重点失于偏颇，因而容易招致质疑。本研究的目的也正是质疑忽略文本历史因素的做法。尽管贝娄小说中的超验主义倾向是一个相当重要的内容，我仍主张其小说的历史性以不同形式出现、随处可见，支配着情节、人物和主题的动态发展。

目前，索尔·贝娄小说的评论众多，也有整本书长度的评论专著书目出版发行。[②]大量评价不断涌现，而且观点惊人地一致。所有权威性的评论都认定小说中超验和宗教视界至关重要，都强调其中的心理层面而非社会层面，强调非时间性而非历史特性。基思·奥普达奥将贝娄创造的世界定义为“基本上是超验的和宗教的，超越了历史现实，关注更广泛

① Friedrich Nietzsche: “Beyond Good and Evil”, in Oscar, Levy (ed.), *The Complete Works of Friedrich Nietzsche*, London: Foulis, Allen & Unwin, 1909, p.13, p. XII, p.167.

② Francine Lercange: *Saul Bellow: A Bibliography of Secondary Sources*, Brussels: Center for American Studies, 1977; Marianne Nault: *Saul Bellow: His Works and His Critics*, New York: Garland, 1977; Robert G. Noreen: *Saul Bellow: A Reference Guide*, Boston: G. K Hall, 1978.

的普世问题"[1]。他认为，贝娄的主人公一直处于寻找宗教超验的过程中，在那里，邪恶被假定为一种精神的力量。在他的写作生涯中，贝娄逐渐从社会学发展到心理学，他的主人公也渐渐地陷入消极境地，这意味着"让自己在历史中随波逐流"[2]。约翰·J. 克莱顿进一步强调了心理因素，采用了心理分析的理论。克莱顿强调了贝娄笔下令人沮丧的生活图景，他认为"贝娄首先是心理小说家，然后才能说是个社会小说家或者道德代言人"[3]。奥普达奥和克莱顿都在贝娄的想象世界中发现了无法解决的矛盾，即贝娄徘徊在怀疑和信念之间，无法说清超验到底是怎样的状态。

M. 吉尔伯特·波特[4]站在形式主义的立场，采用了新批评的方法，在贝娄的小说中发现了从存在主义到超验主义的发展脉络。罗伯特·T. 达顿则坚称贝娄将人类刻画成次天使的形象，是以上帝的形象为模板的、在一系列的生命形式中占据中等位置的生命。他注意到《赛姆勒先生的行星》中的历史循环理论，尤其是汤恩比和斯宾格勒的理论，但是这些最终被埋没于超验主义的解读中。因此，在小说结尾处，读者：

> 业已准备就绪，和赛姆勒一起回到历史的起点，回到十三世纪，即我们第一次放弃了人的崇高本性的那一刻，那时科学和宗教还处于未决的争斗中，最终，宗教机构重新解释了《圣经》，使两种力量达到了平衡。[5]

托尼·坦纳对贝娄的超验视界给作品文学性带来的影响心存疑虑，他对小说中缺少真正的对话感到遗憾，文本中一意孤行、形而上的思辨取代了人与社会的戏剧化的辩证关系。[6]坦纳争辩说，这样的思辨使小说缺乏情节、必要的戏剧化冲突以及连续情节的冲击力。布里吉特·希

① Keith M. Opdahl: *The Novels of Saul Bellow: An Introduction*, London: Pennsylvania State University Press, 1967, p. 6.

② Ibid., p. 26.

③ John J. Clayton: *Saul Bellow: in Defense of Man*, Bloomington, Indiana: Indiana University Press, 1968, revised in 1979, p. 4.

④ M. Gilbert Porter: *Whence the Power? The Artistry and Humanity of Saul Bellow.* Columbia, Missouri: University of Missouri Press, 1974.

⑤ Robert R. Dutton: *Saul Bellow*, Boston: Twayne, 1971, pp. 163–164.

⑥ Tony Tanner: *Saul Bellow*, Edinburgh: Oliver & Boyd, 1965.

尔·沙茨勒[①]也提出了类似的质疑，对小说缺乏富有感染力的系列情节表示惋惜。

霍华德·哈珀的角度略有不同，他争辩说贝娄的小说呈现了两个世界和两个主题，即“人类漂泊在他没有参与创造的世界中，渴求着超验的力量”[②]。因此，哈珀的解读偏重小说中的时间因素，描述了《雨王汉德森》中塑造的“人类历史的镜像”[③]，并主张贝娄塑造的主人公意识到生活的全部意义就在此时此地。超验发生时本质上是理性的，之所以这样说，是因为人类的理性思考能力使其能够超越生命的限制。哈珀将小说的特征归结为存在主义的和荒诞的，即在没有意义的世界里寻找意义。尽管欧文·马林[④]也认为时间是贝娄小说中最基本的主题，他强调的是其神圣意义，并把贝娄对于时间的关注归为作为历史宗教的犹太教的影响。然而，马林的评论侧重于神话解读而非历史，特别是永恒回归的神话。因此，小说《晃来晃去的人》中的约瑟夫学会过一种深谙神话、仪式和永恒意义的生活，阿萨和奥吉反对“决定论”来解释历史，于是汉德森走上了神话中的寻求之旅，其中雨王桑哥这个角色使他摆脱了时间的束缚。

通常说来，期刊上的评论也倾向于从神话与宗教两个角度来分析小说。一些学者盛赞小说中的超验主义倾向，另一些学者则把这点看作是文本的主要缺陷，但是无论怎样，双方都认为这一点至关重要。欣赏文中超验倾向的学者都或多或少地将小说描述为形而上的追寻[⑤]，或者作为精神困境的代表性宣言[⑥]，或者看作对生命神秘性的歌颂[⑦]。亚伯拉罕·查

① Brigitte Scheer-Schazler: *Saul Bellow*, New York: Ungar, 1972.

② Howard M. Harper: *Desperate Faith*, Chapel Hill: University of North Carolina Press, 1967, p. 7.

③ Ibid., p. 50.

④ Irving Malin: *Jews and Americans*, Carbondale: Southern Illinois University Press 1965; *Saul Bellow's Fiction,* Carbondale: Southern Illinois University Press, 1969.

⑤ Jeff H. Campell: "Bellow's Intimations of Immortality: *Henderson the Rain King*", *Studies in the Novel*, 1, No.3 (Fall 1969), pp. 323–333; Robert Fossum: "The Devil and Saul Bellow," *Comparative Literature Studies*, 3, No.2 (1966), pp. 197–206; Herbert Gold: "Fiction of the Fifties", *Hudson Review*, 12 (Summer 1959), pp. 192–201; Anthony Quinton: "The Adventures of Saul Bellow", *London Magazine*, Dec. 6, 1959, pp. 55–59.

⑥ Robert Detweile: *Saul Bellow: A Critical Essay*, Grand Rapids, Michigan: Eerdmans, 1967.

⑦ Ihab Hassan: "Five Faces of a Hero", *Critique: Studies in Modern Fiction*, 3, No. 3 (Summer 1960), pp. 28–36.

普曼认为主人公承受了众多的精神考验之后的灵魂使他突破了存在的两极对立[①]。贝娄的主人公被描述为耶稣式的人物[②]，或是好静思的人，总是用宗教手段突破两难境地[③]，或是一类精神活跃的人[④]。也有评论勾勒出其主人公与布莱克[⑤]和卡夫卡[⑥]形而上的以及精神上的亲缘关系。在研究某个特定文本的时候，其宗教性被牢牢把握。《晃来晃去的人》与神秘主义相关[⑦]。奥吉、汉德森和赫佐格都被看成亚当式的人物[⑧]；《赫佐格被比作《圣经》中的摩西[⑨]。《抓住时日》被认为是描述了真伪灵魂之争[⑩]。赫佐格》被认为是现代的《复乐园》[⑪]，或是伊甸园的[⑫]，或是清教的寓

---

① Abraham Chapman: "The Image of Man as Portrayed by Saul Bellow", *College Language Association Journal*, June 10, 1967, pp. 285–298.

② Irwin Stock: "The Novels of Saul Bellow", *Southern Review*, 3, No.1 (Winter 1967), pp. 13–42.

③ Robert D. Crozier: "Theme in *Augie March*", *Critique: Studies in Modern Fiction*, 7, No.3 (Spring 1965), pp. 18–32.

④ Albert J. Guerard: "Saul Bellow and the Activists: On *The Adventures of Augie March*", *Southern Review*, 3 (Summer 1967), pp. 582–596.

⑤ Max F. Schulz: *Radical Sophistication*, Athens, Ohio: Ohio University Press, 1970, pp. 110–153.

⑥ Helen Winberg: *The New Novel in America: The Kafkan Made in Contemporary Fiction*, Ithaca, New York: Cornell University Press, 1970, pp. 29–54.

⑦ Joseph Baim: "Escape From Intellection: Saul Bellow's *Dangling Man*", *University Review*, 37, No.1 (October 1970), pp. 28–34.

⑧ Steven M. Gerson: "Paradise Sought: The Modern American Adam in Bellow's *Herzog*", *McNeese Review*, 24 (1977), p.78, pp.50–57; "*The New American Adam in The Adventures of Augie March*", *Modern Fiction Studies*, 25, No. 1 (Spring 1979), pp. 117–128; Donald W. Markos: "Life Against Death in *Henderson the Rain King*", *Modern Fiction Studies,* 17, No.1 (Spring 1979), pp.117–128; David Noble: *The Eternal Adam and the New World Garden*, New York: Braziller, 1968, pp. 216–223.

⑨ Sanford Pinsker: "Moses Herzog's Fall into the Quotidian", *Studies in the Twentieth Century*, 14 (Fall 1974), pp.105–116.

⑩ Ralph Ciancio: "The Achievement of Saul Bellow's *Seize the Day*", in Thomas F. Staley and Lester F. Zimmerman(ed.), *Literature and Theolgy*, Tulsa, Oklahoma: University of Tulsa, 1969, pp. 49–80.

⑪ Nathan A. Scott: *Adversity and Grace: Studies in Recent American Literature*, Chicago: University of Chicago Press, 1968, pp. 27–57.

⑫ Franklin R. Baruch: "Bellow and Milton: Professor Herzog in His Garden", *Critique: Studies in Modern Fiction,* 9, No.3 (1967), pp. 74–83.

言[①]，或是正统基督教的[②]，或是爱默生思想体系中的超验人性[③]，或是表达哈西德教派的神秘主义[④]。赛姆勒被看作是与埃克哈特有极强亲缘性的神秘主义者[⑤]，或是奥丁[⑥]，或是人类精神枯竭危机的代表人物[⑦]。评论中，作者所描绘的末世景象被强调[⑧]，海德格尔的"自然的存在"（人类屈从于存在的神秘）也被发掘出来[⑨]。《洪堡的礼物》则是从人类学角度来解读的[⑩]，并被描述为一部形而上的滑稽剧[⑪]。

较少部分学者认为凸显超验是贝娄艺术的瑕疵。珍妮弗·M. 贝利[⑫]认为贝娄试图将赫佐格神话化并将赛姆勒经典化的尝试并不令人信服。马克斯韦尔·盖斯马[⑬]抨击了贝娄具有半宗教性质的哲学以及他对主人公的定义。他认为两者都否认了小说中犹太人传统的历史感。西奥

---

① James D. Boulger: "Puritan Allegory in Four Modern Novels", *Thought*, 44, No.174 (Autumn 1969), pp. 413–432.

② Robert F. Capon: "Herzog and the Passion", *America,* 112 (March 27, 1969), pp. 425–427.

③ Harold Kaplan: "The Second Fall of man", *Salmagundi*, 30 (Summer 1975), pp. 66–89.

④ Chester E. Eisinger: "Saul Bellow: Love and Identity", *Accent*, 18 (Summer 1958), pp. 179–203; Irving Malin: *Jews and Americans*, Carbondale: Southern Illinois University Press, 1965; Nathan A. Scott: *Adversity and Grace*, Chicago: University of Chicago Press, 1968; Dan Vogel: "Saul Bellow's Vision beyond Absurdity: *Jewishness in Herzog*", *Tradition*, 9 (Spring 1968), pp. 65–79.

⑤ Robert Boyers: "Nature and Social Reality in Bellow's *Sammler*", *Critical Quarterly*, 15 (Autumn 1973), pp. 251–271.

⑥ Blanche Gelfant: "In 'Terror of the Sublime' Mr. Sammler and Odin", *Notes on Modern American Literature*, 2, No.4 (Fall 1978), unpaginated.

⑦ Stephen R. Malonery: "Half-way to Byzantium: *Mr. Sammler's Planet* and the Modern Tradition", *South Carolina Review* 6, No.1 (Nov. 1973), pp. 31–40.

⑧ James N. Harris: "One Critical Approach to *Mr Sammler's Planet*", *Twentieth Century Literature*, 18, No.4 (Oct. 1972), pp. 235–250.

⑨ Nathan A. Scott: *Three American Moralists: Mailer, Bellow, Trilling*, Notre Dame: University of Notre Dame Press, 1973, pp. 99–150.

⑩ Herbert J. Smith: "*Humboldt's Gift* and Rudolf Steiner", *Centennial Review*, 22 1978, pp. 478–489.

⑪ Malcolm Bradbury: "The It and the We: Saul Bellow's New Novel", *Encounter*, 45, No.5 (November 1975), pp. 61–67.

⑫ Jennifer M. Bailey: "The Qualified Affirmation of Saul Bellow's Recent Work", *Journal of American Studies*, 7, No.1 (April 1973), pp. 67–76.

⑬ Maxwell Geismar: *American Moderns: From Rebellion to Conformity*, New York: Hill and Wang, 1958, pp. 210–224.

多·罗斯[①]反对将小说做基督教解读的倾向，因为这种解读用戏剧化的书写表现历史现实。金斯利·威德纳[②]认为自然力量的衰落是源于神话意识的兴起。约翰·厄普代克认为《洪堡的礼物》中对精神世界的执著使贝娄小说情节的面纱略显褴褛[③]。在最近出版的一本评论文集综述中，斯坦利·特拉亨伯格哀叹评论界对贝娄救世主般的敬仰[④]。然而，他认定贝娄在最近出版的小说中更倾向于从形而上的层面而非社会的角度去解释人类的行为，而且超验主义的影响有时使贝娄陷入了被动与疏离的状态。而特拉亨伯格在批评综述中几乎避而不谈历史性评论的发展趋向。

然而，在这众口一词的评论中也夹杂着零星的异议。尽管寥寥无几，这仍表明评论界对无时间性的超验观点并非一味地赞同。例如，C.J. 布洛克认为关于贝娄作品的评论在相当程度上并未成功。究其原因，是评论的角度一直追随美国评论界的理论思潮变化。二十世纪四五十年代，美国对当时小说的批评大多受到阿诺德道德观的影响。这一思想善于找出人类和社会的联系，却不愿做理论上的解释或政治意识形态的分析。欧文·豪、莱昂内尔·特里林和阿尔弗雷德·卡津等评论者没能接受现代小说的历史特性。

> 目前这潮流的首要弱点就是过于轻率地给当代小说贴上“形而上”的标签。[⑤]

二十世纪六七十年代，评论文章多数集中在小说的预言性、心理因素和存在主义因素，而非其中的政治因素。其中，有代表性的评论学者如大卫·加洛韦、伊哈布·哈桑和海伦·温伯格[⑥]，他们研究文本中的荒诞主

---

① Theodore J. Ross: “Notes on Saul Bellow”, *Chicago Jewish Forum*, 28 (Fall 1959), pp. 21–27.

② Kingsley Widner: “Poetic Naturalism in the Contemporary Novel”, *Partisan Review*, 26, No.3 (Summer 1959), pp. 467–472.

③ John Updike: “Draping Radiance with a Worn Veil”, *The New Yorker*, 51, No.30 (Sept. 15, 1975), p. 122, pp. 125–130.

④ Stanley Trachtenberg(ed.): *Critical Essays on Saul Bellow*, Boston: Hall, 1979, p. ix.

⑤ C.J. Bullock: “On the Marxist Criticism of the Contemporary Novel in the United States”, *Praxis*, 1, No.ii (1976), p. 190.

⑥ David D. Galloway: *The Absurd Hero in American Fiction*, Austin: University (转下页)

义英雄、激进的率真以及卡夫卡式的主人公。布洛克将这后来的思潮与现代主义的主导性相联系，如乔治·卢卡契所描述的，一种认为人本质上是反社会、反历史的，这与多数伟大的现实主义小说中倾向于把人看作是社会的人截然相反。布洛克认为贝娄是一个批判现实主义者，致力于反映社会问题。在贝娄的文本中，主人公的行动总是处于两难境地，因为其行动目标不是形而上的王国，而是在市场价值为主导的社会中寻找不存在的人类社会性的特质。尽管这问题与主题相关，而且也与对小说的形而上学和非时间性的解读相对立，但是其最终结论存有缺陷，因为其解释框架是僵化的马克思主义意识形态。尽管小说试图让人领会历史特性，但这在一个刻板的特定理论框架中是无法实现的。

其他评论者则谨慎地触及贝娄小说的社会历史背景。桑福德·平斯克尔宣称：

> 在索尔·贝娄最近的一部小说中，作为主要人物的历史学家占据舞台中心，而不受传统历史小说关注的问题所主导。我是说，历史成为个体感性的载体，一方面为了文化的发展需要将历史综合，同时历史也必须被超越才能满足内心最深层的需要。①

然而，平斯克尔认为主人公的性格总是向超验发展。赫佐格学会了“用祈祷代替争端，用超验取代历史”②，赛姆勒知道了获取知识不需要“笨拙地引用历史”③，而西特林的性格发展的极点是“在一个神秘主义的健身房里接受令人筋疲力尽的精神训练，再加上富有活力的有氧运动”④。此类对贝娄主人公的研究中，并未关注小说中动态的时间。

目前只有一篇从时间角度分析的文章⑤。亚历山大·毛罗科达托分析

(接上页) of Texas Press, 1966; Ihab Hassan: *Radical Innocence: Studies in the Contemporary American Novel*, Princeton: Princeton University Press, 1961; Helen Weinberg: *The New Novel in America.* Ithaca, New York: Cornell University Press, 1970.

① Sanford Pinsker: “Saul Bellow’s Cranky Historians”, *Historical Reflections*, 3, No.2 (1976), p. 35.

② Ibid., p. 38.

③ Ibid., p. 43.

④ Ibid.

⑤ Alexandre Maurocordato: “Les quatre dimensions du Herzog de Saul Bellow”, *Archives des Lettres Modernes*, No.102, 1969.

了赫佐格中精确的时间体系。他详细地描述了各种写作技巧，如闪回和闪前等，并将其规律用三个同心圆表示，分别代表最近的、遥远的和永远逝去的过去。亚历山大·毛罗科达托理清了贝娄小说中的时间结构，但是并没有真正阐明贝娄如此模糊写作的益处。在他看来，如此煞费苦心地操控时间就是为了揭示赫佐格不愿正视未来的心理。否认未来一方面反映了不再相信预言、不彻底的浪漫主义；另一方面反映了犹太教与基督教在对待历史的态度上的对立。哈罗德·J. 莫舍并未过多关注小说中的时间序列，但他也从这两种对立的历史理解来分析《赫佐格》中的过去与现在的综合体[①]。加布里埃尔·约西波维奇[②]认为《赫佐格》的解读可以从其反对"马铃薯式的爱"[③]以及"危机道德"这两个极端来进行，这两点各自代表了对待历史的不同态度，两者都确信法令会改变世界。他指出，赫佐格了解到人类知识的历史还不够。他认为赫佐格通过戏剧的隐喻来思考自我的定义并达到历史层面，从而在这种历史层面上找到非僵化的生存意义的定义。摩西也因此达到了"存在历史主义"状态，和孔德（实证主义）一样认为知识领域必须是真实的现象，而不是形而上地攻击虚无。

贝娄的其他小说的历史角度并没有引起多少关注。[④]詹姆斯·因丁认为贝娄避免使用形而上指导下的各种形式的材料，而是在了解历史洪流的密度和复杂性的基础上组织材料。[⑤]托尼·坦纳强调小说回忆的重要性。[⑥]C.W.E. 比格斯比将贝娄列于自由主义传统的背景中，而不是作为一个预言者或者荒诞主义者。[⑦]马尔科姆·布拉德伯里认为《洪堡的礼物》中渗透了一种历史的动向。[⑧]布莱恩·韦争辩说《奥吉·玛琪历险

① Harold J. Mosher: "The Synthesis of Past and Present in Saul Bellow's *Herzog*", *Wascana Review*, 6, No.1 (1971), pp. 28–38.

② Gabriel Josipovici: *The World and the Book*, London: Macmillan, 1971, Chapter 9.

③ "马铃薯式的爱"（Potato Love），源自《赫佐格》中主人公反对的那种普世的、纯朴天真的爱。——译注

④ James M. Mellard: "Consciousness Fills the Void: Herzog, History and Hero in the Modern World", *Modern Fiction Studies*, 25, No.1 (Spring 1979), p. 86.

⑤ James Gindin: *Harvest of a Quiet Eye: The Novel of Compassion*, Bloomington: Indiana University Press, 1971, pp. 305–336.

⑥ Tony Tanner: *City of Words: American Fiction 1950–1970*, London: Cape, 1971, Chapter 13.

⑦ C.W.E. Bigsby: "Saul Bellow and the Liberal Tradition in American Literature", *Forum*, 14, No.1 (Spring 1976), pp. 56–62.

⑧ Malcolm Bradbury: "The It and the We", *Encounter*, 45, No.5 (Nov. 1975), pp. 61–67.

记》中的时间二元性在叙事方法中提供了即刻闪回的方法是戏剧化表现历史的方式。[①]罗伯特·奥尔特赞赏小说以创新性的闪回的方法作为一种戏剧化的实现方式。[②]然而，对贝娄小说中的历史因素或者小说戏剧冲突所在的时间框架并没有系统的评论。

近年来，评论上众口一词的境况并无明显改变。1977年举办的名为"索尔·贝娄和他的作品"[③]的学术研讨会上，众多与会者都强调超验主义的视角。在一篇名为《〈洪堡的礼物〉：超验主义与逃离死亡》的文章中，约翰·J. 克莱顿认为小说提出了一个问题：人类会被拯救吗？

> 在俗世中——即自我和社会的自我活动的世界里，此问题的答案为否。但是在贝娄小说中一直存在着另一个世界：爱的世界、寻找上帝的光与意志的世界，这里并无愚人、或圣者愚人，这里的灵魂（并非自我或个性，而是真正的，深层次的自我）值得被上帝拯救。[④]

克莱顿认为，贝娄的主人公是从柏拉图的哲学世界中逃离出来的，却被困在了一个充满诱惑的世界。记忆只是一种心理纪念[⑤]，一种试图通过保持对死者价值观的忠诚来保留纯真世界的内核。克莱顿认为《洪堡的礼物》和贝娄任何其他小说相比，都更彻底地表现了对于超验的渴望。而且，他认为小说的题目含义之一是"不朽的宣言"[⑥]。

M. 吉尔伯特·波特在《贝娄的超验主义视界》中强调贝娄的主要思想源于美国本土的超验主义，尤其是梭罗、爱默生和惠特曼。他认为贝娄笔下的人物明白与超验生活的联系。

> 知识就是超验的，其特性是直觉的和本能的，其不朽的特性直接

① Brian Way: "Character and Society in *The Adventures of Augie March*", *British Association for American Studies Bulletin*, No.8 (June 1964), pp. 36–44.

② Robert Alter: "The Stature of Saul Bellow", *Midstream*, 10, No.4 (Dec,1964), pp. 3–15.

③ **论文集后来正式出版。** Edmond Schraepen(ed.): *Saul Bellow and His Work*, Brussels: Centrum voor taal-en literatuurwetenschap, Vrije Universtiteit, 1978.

④ Edmond Schraepen(ed.): *Saul Bellow and His Work*, Brussels: Centrum voor taal -en literatuurwetenschap, Vrije Universtiteit, 1978, p. 31.

⑤ Ibid., p. 43.

⑥ Ibid., p. 48.

来源于自然和人类的内心，它是在一种反逻辑分析的认识论。[①]

而布里吉特·希尔·席兹勒则主张认识论是小说的一个主要叙事策略，肩负着了解知识起源和性质的作用。和克莱顿一样，席兹勒在贝娄小说中同样看到了两个世界。知识的概念是基于对现实的二元认识，一个是抽象的现实，一个是静观中的现实。后者代表了“真正的人类进取心”[②]。席兹勒注意到小说中回忆型人物，并认为对过去的迷恋是由于认为过去是可以用来解决问题的实用手册。她总结说：“贝娄试图在特殊性中发现普世的信念，这反映了他对超验主义者认识论的探索。”[③]

评论文章中也有对贝娄风格的详细分析。尽管凯斯·奥普达尔认为贝娄的风格是现实主义的，并褒奖其“用文学的细节刻画来描述超验的现实”[④]。他赞誉贝娄的风格清新、明晰，能够“激起读者审美情感，类似于宗教上的敬畏”[⑤]。在他看来，贝娄的文本因其宗教主题而鲜明生动，他独具个性的与深刻性的幻象描写都得益于他超验特性。在关于小说《赫佐格》中人物形象的范式的论述中，埃德蒙德·施雷彭也有类似的观点，在超验的体验中，特定的形象造就了赫佐格与宇宙的“无限融合”[⑥]。施雷彭注意到赫佐格倾向于将昔日的时光作为对抗内心困扰的一个补充策略。在给大会论文集撰写的综述中，他承认评论者的确需要更仔细地研究贝娄对神话和历史的使用。

在那次会议上，有两个与会者也提出了这一问题。厄尔·洛维特描述了贝娄小说中从受害者到生还者的人物形象的发展，他们指出贝娄在小说《受害者》之后，其小说的时间序列发生了重大的改变。其后的小说叙事结构是“杂乱无章的、片段性的，以恶棍为主题的角色身上发生着无时间顺序的事件”，并且大致围绕着神话中的永久流浪、尤其是永久漂泊的犹太人的主题[⑦]。与西方传统中的寻求型人物不同，这个流浪者永远不

---

① Edmond Schraepen(ed.): *Saul Bellow and His Work*, Brussels: Centrum voor taal- en literatuurwetenschap, Vrije Universtiteit, 1978, p. 85.

② Ibid., p. 106.

③ Ibid., p. 118.

④ Ibid., p. 62.

⑤ Ibid., p. 63.

⑥ Ibid., p. 125.

⑦ Ibid., p. 95.

会到达与目标灵肉交融的一刻。相反，他留在这个由时间主宰的俗世一步一步地走向无情的死亡。[①] 流浪的犹太人与贝娄主人公一样，无力左右历史。他肩负着世界历史的沉重，只能作为无能为力的目击者活在当下。[②]洛维特指出此时此刻的重要性。在他看来，记忆具有特殊的道德意义。这是因为：

> 贝娄的生还者竭力用活在当下的心理反抗时间的模糊，对每一时刻都全心回应，并且完整地保存在头脑中。[③]

马尔科姆·布拉德伯里延续了这种对现实世界而非其他某个域界的重视，他认为贝娄的小说遭遇了历史上的混乱与偶发事件，仍然留在历史和实验的连续体中。尽管他承认贝娄一直寻找超验主义的启示，这种主张其实是发生在一定时间和历史之中。尽管超验主义的倾向延续在小说中，同时也认识了现代世界的力量，其中，个体的经历与进程和历史相比相形见绌。布拉德伯里将贝娄的小说与辉格式历史联系，其中有个体与社会的共同发展，认为小说偏重于将历史看作是向前发展的、连续的过程。布拉德伯里颇具洞见地强调贝娄小说中普遍存在的历史脉动，以此来解释结局的含糊性。小说的结局是敷衍的，在某些方面来说不尽如人意，因为这历史脉动存在于一个不休止的、连续的历史语境中[④]。布拉德伯里也将贝娄置于另一个文学传统中，他指出对于美国文学神话性的解读往往忽视了经典美国小说家在关注空间、田园与超验性的同时，同样关注历史、历史学与历史主义。

在会议论文集的总结中，托尼·坦纳以反对超验的解读开始。

> 在娴熟、恰当的引言中，人们的确可以在贝娄小说中找到“超验”主义的陈述，但是，他没有读过谁的作品，又没有引用过谁的话呢。[⑤]

---

① Edmond Schraepen(ed.): *Saul Bellow and His Work*, Brussels: Centrum voor taal-en literatuurwetenschap, Vrije Universtiteit, 1978, p.96.

② Ibid., p. 97.

③ Ibid., p. 100.

④ Ibid., p. 16.

⑤ Ibid., p. 131.

坦纳认为，正是因为这样的写作，贝娄可以与陀思妥耶夫斯基或德莱塞比肩。在他看来，贝娄的文本中：

> 与说服别人接受某个超验的现实存在的渴望相比，他描述了一个经历苦难、过度活跃、纷繁困扰、熟谙一切的世界，去感知一个已知世界更具吸引力，也更令人信服。[①]

然而，坦纳也不赞同一些与会者从历史角度分析小说。他认为贝娄的小说没能包括对历史发展动力的分析。小说中超验的微光其实是主人公逃避理解历史的去处。他们或是成为被动承受历史重负的牺牲者，或是逃避历史的幸存者。无论怎样，他们都无法理解历史。尽管坦纳认为贝娄了解历史的问题，他仍主张这些问题没能与小说功能性地融合。[②]而且，贝娄小说中的滑稽冲动令人产生疑问。坦纳怀疑人们能否接受一个作家承认了"历史对他来说太过复杂，无论准确与否，分析和理解正在发生的事件的努力仅能用滑稽或滑稽剧来表现"[③]。我们是否可以接受一路笑着远离历史，仅仅作为形而上的喜剧家存在于历史无情的摇摆之间？坦纳发现，在大会发言中很少有人关注《往返耶路撒冷》中贝娄试图直面并理解现代历史最棘手的问题。但是这一努力似乎有瑕疵。在《往返耶路撒冷》中，贝娄将具有引起变化潜质的诗歌[④]看成是临时的、可以暂时缓解时间和历史重负的避难所。因此，艺术和历史貌似互不相容，而贝娄的艺术作品则只是一个逃避历史的容身之所。

本研究另辟蹊径，从不同视角解读贝娄的小说，认为其文本是对历史特殊性的一种反映，并包含了对于不同历史学理论的微妙理解。不同理论和特定事件之间的相互作用对应一种叙事形式，其中时间是极其重要的一环，制约着逻辑和情节的反讽。本文是文学研究而不是历史哲学的论文，尽管也恰如其分地关注了小说中引述其思想的文化历史学家。这

---

① Edmond Schraepen(ed.): *Saul Bellow and His Work*, Brussels: Centrum voor taal-en literatuurwetenschap, Vrije Universtiteit, 1978, p. 131.

② Ibid., p.135.

③ Ibid., p.134.

④ Saul Bellow: *To Jerusalem and Back*, London: Secker & Warburg, 1976, p. 80.

个名单上的人物数不胜数，其中包括黑格尔、马克思、尼采、奥特加、雅斯贝斯、布克哈特、弗洛伊德和海德格尔。当然，这里每一个人都在意识形态的领域各得其所。在做文学批评时，本文引述了黑格尔和弗洛伊德等人的不同理论。和贝娄一样，本文论述受到选择性的限制。囿于篇幅，本研究不可能包括这些哲学家之间的辩争，而仅仅是阐述他们的思想在小说中的作用，并详细引述了某些对理解文本起到重要作用的思想。我坚持认为贝娄的小说中并不仅是简单引用他们的思想，也包含了一系列的时间以及相关的行动，这也说明了这些文化历史学家理论的适用性。某本特定小说中的具体时间都对应历史上的普世理论家，而读者的时间则是在思考的哲学家遥远的视野里。因此，对于历史的关注说明了一种对其动态机制的分析，同时也允许历史在文本的形式上起作用。

若要仔细研究小说中贝娄书写时间特殊方式的重要性，就要求我们必须仔细地研究每一本小说。因此，本研究章节安排中，每一章都独立地研究某部小说，以便揭示历史感是如何生动地体现在情节之中。而且，详细的分析还要求专注于历史因素占主导的小说。众多的学者评论认为贝娄自《奥吉·玛琪历险记》出版而始风格有明显的转变[①]，对此，本文将给出详细的论述。这本书体现了贝娄小说形式上的明显改变，从紧凑、有控制、短小精悍、空间有序的《晃来晃去的人》到后期小说松散的、臃肿的大部头，如《受害者》。后者显示了历史进程的偶然性，并呈现了一个更广阔的历史背景。在《奥吉·玛琪历险记》之后，贝娄出版了一个偏长的中篇，这部小说一般被看作是对于形式诗学小说的回归。在一次访谈中，贝娄称早在1951年就着手写作该部小说[②]，并承认这是“属于和《受害者》一类的小说”[③]，也就是说和他最初两部小说是一类。

然而，贝娄对于历史的兴趣彰显于其写作生涯之初。贝娄发表的第二个短篇《墨西哥将军》[④]是关于一个伟人在历史上的作用，马克思主义

---

① 贝娄自己也评价了小说中出现的变化。参见 Gordon Lloyd Harper: “Saul Bellow: The Art of Fiction. An Interview”, *Paris Review*, 9, No.37 (Winter 1966), pp. 49–73。

② Alice Albright Hoge: “Saul Bellow Revisited, At Home and At Work”, *Chicago Daily News*, Feb. 18, 1967, p. 5.

③ Chirantan Kulshrestha: “A Conversation with Saul Bellow”, *Chicago Review*, 23–24 (Spring-Summer 1972), p. 12.

④ Saul Bellow: “The Mexican General”, *Partisan Review*, 9, (May–June 1942), pp. 178–194. 参见 Judie Newman: “Saul Bellow and Trotsky: *The Mexican General* ”, *Saul Bellow Newsletter*, 1, No.1 (Fall 1981), pp. 26–31。

历史观以及自然和历史的对立。通常被认为是荒诞小说的《晃来晃去的人》以第二次世界大战为背景，《受害者》的篇幅被压缩，其手法遵循文学规则，其主题是反犹太人特征和幸存者的愧疚心理。在《抓住时日》中，汤米·威尔海姆试图活在此刻，不受过去和未来的影响，但是发现原来这也是美国经济社会的信条。他的一天变成了"悔过"的一天，包含了他整个人生经历并再次显示其重要性。短篇小说如《离开黄房子》、《陈旧的系统》、《龚萨格手稿》以及《莫斯比回忆录》[①] 都是关于在个性的、家庭的和文化的方面与过去达成妥协的文本。然而，贝娄放弃短篇小说这一形式，究其原因，可能与对历史越来越深入的了解之后发现长篇小说这种形式更为适合书写历史。因此，本书将重点放在长篇小说上，研究其形式和主题两个方面。

编后记

朱迪·纽曼(Judie Newman)，诺丁汉大学教授，曾获阿瑟·米勒奖，曾任英国美国研究会主席。其论著涵盖美国文学和后殖民文学，包括：《索尔·贝娄与历史》、《约翰·厄普代克》、《美国小说：全球帝国的叙事》以及《当代美国小说中的乌托邦与恐怖》等。

本文选自《索尔·贝娄与历史》一书，第1—11页(“Introduction”in *Saul Bellow and History*, London: Macmillan Press, 1984, pp. 1–11)。在对索尔·贝娄小说的研究做了全面而深入的回顾与总结之后，作者认为尽管贝娄小说中的超验主义倾向是一个相当重要的内容，贝娄小说的历史性的研究不容忽视。其小说的历史特征以不同形式出现、随处可见，并支配着情节、人物和主题的动态发展。

① Saul Bellow: *Mosby's Memoirs and Other Stories*, London: Penguin, 1971.

《贝娄的行星》之引言

作者 [美国] 乔纳森·威尔逊
译者 栾述蓉

阿基罗库斯有句名言："狐狸知道很多事情，刺猬只知道一件大事。"以赛亚·伯林在他关于托尔斯泰历史哲学的著名评论集《刺猬和狐狸》中，引申了这句话，并从这句话的寓意出发，把作家和思想家划分为两类：

> 一类人把所有的东西都贯穿在一个单一的中心见解之内，他们的所知、所思、所感……最后全都归结到一个或多或少连贯而明确的系统。与之相对……另一类人追求许多无关甚至相反的目标，这些目标之间如果有任何联系的话，也仅仅是事实上的联系……第一类人的学术和艺术性格是刺猬型的，第二类则是狐狸型的。从这个意义上我们可以说，但丁属于第一类，莎士比亚属于第二类；柏拉图、卢克莱修、帕斯卡、黑格尔、陀思妥耶夫斯基、尼采、易卜生、普鲁斯特，在不同程度上都是刺猬型；希罗多德、亚里士多德、蒙田、伊拉斯谟、莫里哀、歌德、普希金、巴尔扎克、乔伊斯都是狐狸型。这个分类并不是刚性的，我们也不过分担心会有异议。[①]

索尔·贝娄的小说广泛讨论了种种看似芜杂无关的事件，从表面上看似乎接近狐狸型，在我看来却应归于刺猬一类，因为和伯林所列举的刺猬型小说家陀思妥耶夫斯基以及普鲁斯特一样，贝娄的小说勾勒出一个

---

① Berlin Isaiah: *The Hedgehog and The Fox*, New York: Simon & Schuster, 1951, reprint in 1966, pp. 1–2.

系统，表达了一种单一的世界观。

贝娄所知道的“一件大事”是什么呢？贝娄的世界观与弗洛伊德在《文明及其不满》一书开篇所显露的观点很近似。那本书勾勒出了弗洛伊德对人类所处困境的颇为悲观的看法。弗洛伊德书中所了解的和贝娄小说中生动再现的“大事”就是处于文明世界中的人类，痛苦而不可避免地会陷入价值和欲望的夹缝中。不管是在贝娄的虚构世界中还是在弗洛伊德的真实世界中，文明的酬劳——法律、秩序、整洁和“文明”的举止，都是以个人的挫折感为巨大代价的。事实上，贝娄的主人公心理有些时候看起来似乎与弗洛伊德的论断如出一辙，那就是现代人为了安全和保障，牺牲了太多本来可以让他们感觉幸福的事，包括性冲动和好斗冲动的发泄。尽管贝娄抨击过弗洛伊德（在他的戏剧《最后的分析》中这种抨击最为猛烈），但如果我们把他的主要人物看成是弗洛伊德理论的活例子，那么我们就可以更好地理解和评价他们。贝娄的主人公在大多数情况下，过着相当舒适、“正常”的生活：他们既非穷困潦倒、重病缠身，也非异常孤独，甚至连伤心悲痛都谈不上。然而他们全都表现出一种挫折和愤怒感，这只能用人类的处境就是受罪的观念来解释，否则难以理解。

弗洛伊德所预见的文明和不满、秩序和无序、清洁和肮脏之间的激烈冲突也是贝娄小说中所表现的主要对立。比如，我们想一下奥吉·玛琪对定居乡下的渴望，还有他同时感到的犯罪的诱惑，就可以体会他（和他所处社会）在秩序和无序、限制和自由之间的挣扎。同样，当我们看到尤金·汉德森在他乡下的地产上建了一个养猪场，“污染”了周边地区，而同时又渴望着上医学院，我们会深思他跟这个有序的文明世界的矛盾关系。贝娄主人公的经历有相当大的部分是用来展示或反映一种更深层的冲突。

在这个方面，贝娄（又一次）与陀思妥耶夫斯基相似，那就是通过创造一个能佐证他观点的世界来反映他的世界观。陀思妥耶夫斯基的小说世界充满了变态者、疯子、酒鬼、妓女和杀人犯。这不是因为圣彼得堡到处都是这样的人，而是陀思妥耶夫斯基的主导思想需要这样的人物存在以证实他的观点。贝娄同样如此。贝娄不会也不能想象一个智慧的人会不性情古怪，或没有多多少少犯过罪，就像陀思妥耶夫斯基不会也不能想象一个妓女会没有金子般的心或是一个杀人犯会不可救药。

弗洛伊德、陀思妥耶夫斯基和贝娄，每个人对待他们所设想的世界都采取了迥然不同的态度，这抵消了他们之间的相似（深层的相似）。贝娄的世界观是灰暗的，但绝不悲观或可怕。这一点我相信是由于贝娄所知道的深刻的“事”并不总是他想要知道的。与弗洛伊德不同，贝娄尽管对人性富有洞察力，但却似乎能置身其外，或至少他允许自己的人物这样。这就使得贝娄的主导思想，尤其是在他后期的小说中，经常是缥缈和不真实的（这也是他跟陀思妥耶夫斯基的不同所在）。

对于陀思妥耶夫斯基而言，他在诸如罪与罚之间所建立的辩证对立是一种巨大的力量，对于他的人物来说至关重要，对于作者本人的重要性也显而易见。与之相对，在贝娄自《赫佐格》之后的小说中，那种暗含的认为世界难以居住并无法逃脱的观点对主人公已不再起主导作用。赫佐格（像赛姆勒、西特林和科尔德一样）冷漠地视他自己在这世界上的存在为“他”者，甚至可以保持一种讽刺的距离来看待自己分裂的性格。贝娄在小说中表现出的智慧、讽刺和对待艰辛的日常生活那种喜剧性的冷静之所以能让人感到愉悦是因为它不带有刺痛。

因此，贝娄的小说自相矛盾地缘着一种实为“静态辩证”的对立而发展：秩序和混乱或限制与自由之间无法解决的冲突。结果读者就被这盘旋和围绕于“静态辩证”的智力之舞所吸引或分神，这种舞蹈表面上看给了小说以意识和创作的广度，并且使我们误把贝娄归为“狐狸”[①]类。贝娄在《巴黎评论》的访谈中跟乔伊斯的争论颇有意思。尽管他尊敬乔伊斯，但在小说艺术方面他与乔伊斯的观点迥然不同。他说“《尤利西斯》是混乱的现代杰作”，并评论说：

> 在其中，头脑无法抵制经验。各种各样的经验，快乐或令人恐惧的，像海水流过海绵一样流过布鲁姆的大脑。海绵是无法抵御海水的，他不得不接受海水带给它的一切，注意到每一个流经它的微生

---

① 罗伯特·舒尔曼在评论《奥吉·玛琪历险记》和《赫佐格》的一篇文章中说道：“贝娄……显然传承了拉伯雷、伯顿、斯特恩和乔伊斯的衣钵；他们作品共有的特点是卖弄才智、具有喜剧效果以及文体规模宏大。”（Robert Shulman: “The Style of Bellow’s Comedy”, *PMLA*, 83 (March 1968), p. 110.）

托尼·坦纳把贝娄与惠特曼和德莱塞相比，认为他们都“对身边形形色色的事物表现出近乎贪婪的欲望，习惯于就这些事物罗列出长长的名单，这不应仅仅被当作是在列目录，而应当看出它的实质——令人敬畏的累积……沉浸在惊人丰富的创造中的狂喜”。（Tony Tanner: *Saul Bellow*, Edinburgh: Olive & Boyd, 1965, p. 13.）

物。有时看起来头脑因过量的经验而陷入瘫痪。①

与乔伊斯不同，贝娄希望能更多地控制流经他主人公头脑的经验，因为他更感兴趣的是诠释而不是记录经验。贝娄的人物，尽管表面各不相同，但（除了两个例外）全都来自贝娄想象的一个有着高度意识的个体形象：一个总是面对充满敌意世界的人（不像乔伊斯小说中的变化多端的世界），一个总是无法调节他跟世界之间固有矛盾的人。贝娄人物的经历表面上看似千差万别，实际上用意都是为了说明同一套主导思想体系。这使得贝娄的小说表面上看模仿了一个多极化的世界，其实这不过是误导读者的表象。

在此我必须说明，本书是对贝娄小说的重新评价。要做到这一点，不可避免地要与评论界的流行观点发生正面冲突。那种观点认为贝娄首先是个生活态度积极的作家。如果我说得没错的话，贝娄小说中无法解决的"静态对立"会与许多评论家在他作品中发现的关于人类无尽的潜能之间产生根本矛盾。把贝娄称之为"生活态度积极的小说家"，我认为不管是对作为作家还是作为思想家的贝娄来说，都是不公平的。尽管跟评论家争执一个作家是否"生活态度积极"可能显得我有些固执，但我这样做是因为我坚信这是对贝娄的误读，会掩盖贝娄创作上的复杂性，并且误解他作为当代美国作家的真正重要性所在。值得指出的是贝娄本人在某种程度上误导了对他小说主题和关注点的解释。

大部分贝娄的评论家（就像贝娄不断提醒我们的那样，我们现在已是一个军团）认为在预言的战场上，贝娄是个孤军奋战者，因为他仍然相信人类的美德、群体的价值，坚持与各种各样的绝望斗争②。在我看来，这

① Saul Bellow: "Interview with Gordon Lloyd Harper", in *Writers at Work: The Paris Review Interviews*, 3rd Series. New York: Viking, 1967, p. 196.

② 托尼·坦纳的薄书《索尔·贝娄》，是第一部全面评论贝娄的作品，该书创立了一种评论模式，在过去的十八年中，这种模式极少被打破。在总结贝娄的世界观时，坦纳说道："对于当今世界，贝娄既不屈从，又不摈弃。他作品中的冒险都界于这两种极端、僵化的反应之间。他对现代社会腐败和破坏性的一面有充分认识，却拒绝陷入悲观主义。他对乔伊斯·卡里作品的评价也适用于他自己：'他接受现在的时代，坚持现代人具有发展可能，不认为我们的现状糟糕透顶或者我们和时代一起受到诅咒。'"（Tony Tanner: *Saul Bellow*, Edinburgh: Olive & Boyd, 1965, p. 15.）

约翰·J. 克莱顿关于贝娄的书似乎在某种程度上成了美国评论家们的试金石。书的首章标题就是"绝望中的肯定"。克莱顿认为贝娄"拒绝贬低作为个体的（转下页）

种观点主要基于三个方面：第一方面与贝娄的作品形式有关①；第二方面是他主人公所谓的“肯定态度”②；第三方面则是贝娄在他的访谈、演讲和散文随笔中对自己和他人作品的评价③。

贝娄的小说大体上属于现实主义小说的范畴。与品钦、巴思作品混乱和断裂的结构不同，那种结构有意挫败读者对叙事支点的寻求，贝娄的小说似乎很容易被标上“传统”的标签。长期以来，后现代形式被看成是对一个错乱宇宙的神经错乱的回答，一个分解为无数主观幻象的世界的

（接上页）人的平凡生活，力图在小说中展示在这种生活中发现意义的可能性。在他所有作品中，占主导地位的是他对人类尊严、人类发展可能性的捍卫，即便是在一个非人化的时代”。(John J. Clayton: *Saul Bellow : in Defense of Man*, Bloomington: Indiana University Press, 1968, p. 24.)

在有关贝娄的评论中，“肯定”是个不时出现的关键词。伊哈布 · 哈桑称贝娄的小说是“对现实的肯定”。(Ihab Hassan: *Radical Innocence: Studies in the Contemporary American Novel*. New York: Harper & Row, 1961, reprint in 1966, p. 290.)

而 M.G. 波特则发现贝娄小说的特点可以说是“赞颂的肯定语气”。波特书的题目准确显示了他对贝娄世界观的评价。(M. Gilbert Porter: *Whence the Power? The Artistry and Humanity of Saul Bellow*, Columbia: University of Missouri Press, 1974, p. 196.)

更近期的马尔科姆 · 布拉德伯里把贝娄的小说置于“同样具肯定性的传统中：如福克纳的晚期作品，海明威、斯坦贝克和辛克莱 · 路易斯”。(Malcolm Bradbury: *Saul Bellow*, London and New York: Methuen, 1982, p. 22.)

① 霍华德 · 哈珀认为：“贝娄的[每]部小说都构思独特而精彩。每一部都对人类处境提出了独到见解。在这些作品中，形式自身具有了意义。”(Howard Harper: *Desperate Faith: A Study of Bellow, Salinger, Mailer, Baldwin and Updike*, Chapel Hill: University of North Carolina Press, 1967, pp. 62–63.)

② 贝娄的主人公“朝着某样东西前进……欢快而肯定”，见 Tony Tanner: *Saul Bellow*, Edinburgh: Olive & Boyd, 1965, p. 7。马库斯 · 柯莱恩对此有相似的看法：“贝娄的人物……非常相似……他们都面临着许多问题，而这些问题可以归结为一点，那就是如何以强烈的自我意识去面对社会环境要求的自我牺牲。必须适应异化、隔离感和无法统一的身份。”在柯莱恩关于贝娄的章节中，“适应”一词与坦纳的“肯定”几乎同义。(Marcus Klein: *After Alienation*, New York: World Publishing, 1970, p. 34.)

更近期来，尤西比奥 · 罗德里格兹试图证明贝娄的主人公如何“总是在探索人性”以及“小说如何清楚显示了它们是贝娄自身朝向真正的人性不懈攀登的投影”。(Eusebio L. Rodrigues: *Quest for the Human: An Exploration of Saul Bellow's Fiction*, East Brunswick, N.J., London and Toronto: Associated University Presses, 1981, p. 10.)

③ 大多数评论家都援引贝娄的演讲、访谈和散文随笔来佐证他们对贝娄小说的诠释，认为它们具有“积极的生活态度”。例如 Tony Tanner: *Saul Bellow*, Edinburgh: Olive & Boyd, 1965, pp. 2–15; John J. Clayton: *Saul Bellow : in Defense of Man*. Bloomington: Indiana University Press, 1968, pp. 3–29; Howard Harper: *Desperate Faith: A Study of Bellow, Salinger, Mailer, Baldwin and Updike*, Chapel Hill: University of North Carolina Press, 1967, p. 63; Keith Opdahl: *The Novels of Saul Bellow: An Introduction*, University Park: Pennsylvania State University Press, 1967, p. 24。

主观幻象。与此相反，传统现实主义小说形式则象征着一个有序的可掌控的世界。由此贝娄的现实主义看似是对有序世界的模仿，他的叙事则在仿效他小说迫切要肯定的秩序和真理。贝娄的小说要求我们跟随它们来看待人物或并发挥最大的想象去创造一个名叫奥吉·玛琪或尤金·汉德森的人物。

从这个意义上来说，以现实主义方式写作，本身就是一种肯定，暗示了对一个有序世界的准确模仿。在此同时，如果小说的内容被认为是在维护秩序与和谐时，效果就加倍了。可是贝娄的缺点在于他似乎与选择的形式背道而驰。作为当代现实主义作家，他的世界观却是粗鲁或"分裂"的。

贝娄的人物一直被认为具有积极的生活态度。他们在面对普遍的绝望时强调希望，他们抨击那些持末日论的哲学家和荒原思想的鼓吹者，一致倡导平凡中的不平凡，责任与义务的价值，民主人的"贵族性"，大众的个性，还有生活本质上无可置辩的意义。每一个主人公都在不同的时刻表达出各自积极向上的信念。"混乱并不是全部，"汉德森说，"这不是一场仓促的令人不快的旅行，无助地从梦境到湮灭，不，先生。"[①]"我们有任务，"赛姆勒说，"感情、对外的沟通、表达、善良、还有心——这些人类可贵的东西现在因为想法奇怪地改变，让人们感觉反而成了不当的行为。"[②]"现实必得是粗暴的吗？"[③]赫佐格这样问道。他不能接受这"陈腐的荒原观、这异化的廉价的精神刺激以及无聊之人谈论虚假和孤独时，那一派伪善之词和瞎喊乱叫"，这一切"愚蠢的乏味"[④]。而对于奥吉·玛琪来说，他的"真理、爱情、和平、慷慨、有用、和谐的中轴线任何人任何时候都可以获得"[⑤]。从《晃来晃去的人》中的约瑟夫，到《院长的十二月》中的艾尔伯特·科尔德，每个人都坚持一套积极的价值观，逆潮流地向末日论者脸上吐口水。

贝娄的主人公们就这一主题想说的话都由他们的作者在访谈、演讲和随笔中给予说明了。"有一些真理是我们在这世间的朋友。"贝娄在

① Saul Bellow: *Henderson the Rain King*, New York: Viking, 1959, p. 175.

② Saul Bellow: *Mr. Sammler's Planet*, New York: Viking, 1970, p. 303.

③ Saul Bellow. *Herzog*, New York: Viking, 1964, p. 218.

④ Ibid., p. 303.

⑤ Saul Bellow: *The Adventures of Augie March*, New York: Viking, 1953, p. 454.

1965年《巴黎评论》的访谈中这样说道。在诺贝尔获奖致辞中，他也流露出同样的感情。在贝娄的作品中充斥着对存在主义的批评。像他的人物一样，贝娄没有或极少有时间来进行他所称的“抱怨、禁欲和虚无主义的愤怒”①。

> 萨特、尤内斯库和贝克特或是我们的同胞威廉·巴勒斯和艾伦·金斯堡等作家是站在对抗自我的前线上的几个活跃斗士，这个战线正在缩小。我们不禁想问一下我们这些同代人：“在脱光了之后，还有什么？”“在荒诞之后，还有什么？”②

与此相对，贝娄认为自己的小说反对乔伊斯、塞林纳、托马斯·曼等人作品中所展示的人类已经到达了终点的观点。这一观点是“本世纪主流观点”之一。他认为自己所问的问题更倾向于肯定回答和可能性：“人该如何抵制这个庞大社会的控制而不必变成无政府主义者，不必荒唐又空洞地反叛？”还有其他的更温和的抵抗和自由选择的形式吗？根据他自己的定义，他“不自觉地偏向于问题更令人宽慰、更向善的一面”③。

评论家对小说的反应，加上作者作品外的言论，合力打造了贝娄为自我的意义和价值而奋战的角斗士形象。这样一种对贝娄的解读在我看来是严重的错误。我认为贝娄的小说所投射的世界在本质上是与人类敌对的，充斥着伪善者、自私者、古怪的骗子、专制主义者和心肠冷酷的现实主义者。尽管贝娄的小说中确实存在着“善”，通过像安吉拉·格鲁纳（《赛姆勒先生的行星》）或卢卡斯·阿斯弗特（《赫佐格》）这样的“好”人体现出来，这种善却常常因表现为古怪的形式而受到质疑、削弱和损害。贝娄“最好的人”通常都是极度怪异或罪恶较小的犯罪分子。

---

① Saul Bellow: “Interview with Gordon Lloyd Harper,” *Writers at Work: The Paris Review Interviews*, 3rd Series, New York: Viking, 1967, p. 196; “The Nobel Lecture”, *The American Scholar*, 46 (Summer 1977), p. 325; “Some Notes on Recent American Fiction”, in Malcolm Bradbury(ed.): *The Novel Today*. Manchester and London: Manchester, University Press and Fontana, 1963, 66.

② Saul Bellow: “Some Notes on Recent American Fiction”, in Malcolm Bradbury(ed.), *The Novel Today*. Manchester and London: Manchester University Press and Fontana, 1963, p. 62.

③ Saul Bellow: “Interview with Gordon Lloyd Harper,” *Writers at Work: The Paris Review Interviews*, 3rd Series, New York: Viking, 1967, pp. 195–196.

深陷在冷酷和不通融的世界中，贝娄的人物坚持想象一个更好的世界。尽管被同胞迫害、欺骗、背叛和羞辱，贝娄的人物仍不顾所有事实坚持认为积极和肯定的价值体系对世界运转至少起一半作用。他们否认自身负面经历的客观有效性，幻想一个充满真理、秩序、和谐和友爱的世界。这个世界是他们心灵的渴望和情感的维系，但他们却永远不能抵达那里。

评论家之所以认为贝娄具有特别积极向上的生活态度，部分原因是由于贝娄倡导这些仁慈价值的中心性并坚持其主导作用。正如莱昂内尔·特里林在《诚与真》一书中指出的那样，认为生活的准则应为"秩序、和平、荣誉和美"的观点通常与莎士比亚而不是跟预示灾难的二十世纪小说家联系在一起。在特里林看来，贝娄的积极言论几乎是绝无仅有的，作为读者我们对他的立场感到震惊，以至于"我们（对小说）的反应颇为窘迫不安"[①]。

如果说读者确实感觉不自在，我的看法是可能另有原因：那就是他们对贝娄主人公的优柔寡断和"晃来晃去"的反应。这种"晃来晃去"让他们陷入不安的两难境地。而且看起来这是贝娄和他笔下主人公共同患有的先天性毛病。

贝娄的主人公是他小说的关键。他们几乎都有相同类型的问题和性格特征。他们一方面需要生活的秩序，另一方面又倾向于制造混乱；他们呼唤自由，却又恐惧无政府主义；渴望安定又担心会麻木。明明是自己所渴求的东西，他们却不断进行抨击；明明是自己最推崇的观点，行动上却自相矛盾。《晃来晃去的人》中的约瑟夫，想要自由却去报名入伍；《洪堡的礼物》中的查理，百般尝试欲超脱于世界之外，却陷入犯罪和色情的混乱中；贝娄最新作品中的主人公艾尔伯特·科尔德，似乎一生致力于确保自己得不到自己想要的东西。在贝娄的作品中，凡想寻求心灵宁静者必倾心于一个注定会把他的生活搅乱的人，比如摩西·赫佐格；凡想安定者，不可避免地要无休无止漂泊，比如奥吉·玛琪。

这种"晃来晃去"的效果就是加强了贝娄所有主人公身上都具有的"不在场"的感觉。评论家毫无例外都注意到了这点，但却极少试图加以阐释。这种疏忽部分还是由于认定贝娄是"具有积极生活态度的"小说家而不愿面对这一论断内在的矛盾。一个"不在场"的主人公，不管他的

---

① Lionel Trilling: *Sincerity and Authenticity*, London: Oxford University Press, 1972, pp. 39–41.

"不在场"是由于淹没于内心的矛盾,还是由于创作者只赋予他以头脑而非形体,很难证明积极的生活态度。

"当我们想到贝娄时,我们所想到的是一个确定的声音。"[①] 加布里埃尔·约西波维奇很好地留意到这点。大多数评论家对这个"脱离"问题的回答是分析人物的意识,好像这个人物仅仅存在于思想领域。比如赫佐格,经常被大家看作只是自身各种念头的综合、一个空容器、一个意识实验的熔炉,但却没有人们所熟悉的十九世纪伟大小说中的主人公通常具有的"个性"。对托尼·坦纳来说,他"更多的是一种存在,而不是一个人",对欧文·豪而言,他"根本不是传统意义上的小说人物"[②]。从这个角度来看,贝娄小说中的一个矛盾得到了解答:作品中的中心人物尽管激烈谴责持僵化观点者,认为这些系统的结论性观点很荒唐,但他们却不得不依赖于这些观点以获得自我感知。

矛盾的根源不在于贝娄或他的主人公们对思想的兴趣,而是在于他们性格中一些本质的东西。这种东西以各种方式把他们联成一体。作为男人,贝娄的主人公努力压制他们好斗的冲动(还有在较小程度上包括他们的性冲动)。他们或者把自己设想为、或者被叙述者设想为性情狂野的人,为了符合文明的规范而不得不控制自己的行为。他们所屈从的行为模式使得他们否认自己最深沉的情感。

贝娄的主人公通常都感到挫败,总是在寻求新的生活,但并不总是清楚是什么让他们感到挫败和愤怒。答案似乎在于他们或多或少(取决于他们的智力和洞察力)都意识到无法在现时的成人生活中成为自己理想中的人。

因为既无法按自己的方式行事,又不能拥有他们渴望的世界,贝娄的一些主人公(利文萨尔、威尔海姆)养成了一种孩子似的任性,很多时候这种任性表现为个人的痛苦和愤怒。贝娄主人公标志性的性格特征之一就是他们几乎压抑不住的暴力倾向。四个主人公:利文萨尔、奥吉、威尔海姆、赫佐格心中都暗藏杀人的冲动,小说中他们的暴力行为时不时发作。约瑟夫袭击房东和房东的侄女;利文萨尔把阿尔比支使得团团转;奥

---

① Gabriel Josipovici: *The Lessons of Modernism and Other Essays*, London: Macmillan, 1977, p. 64.

② Tony Tanner: *Saul Bellow*, Edinburgh: Olive & Boyd, 1965, p. 106; Irving Howe: *The Critical Point*, New York: Delta, 1973, p.123.

吉准备杀害他女朋友的情人;威尔海姆用手掐自己喉咙,事实上我们可以推定他很想对他妻子这样做;汉德森的大嗓门能杀人(也确实杀死了人);赫佐格搞到了一把枪,准备杀掉他的前妻马德琳和她的情人格斯贝奇。在所有例子中,主人公都明白暴力和凶杀是极度“不文明”的,是对自身的诅咒。他们意识到自己的本能卑鄙可耻,因而需要压制,这在很大程度上造成了他们的痛苦和挫折感。

因为压抑自己的冲动而焦虑,因为得不到想要的足够的爱而痛苦,贝娄主人公在挫折中苦苦挣扎。他们突出的一个性格特征就是他们对爱的极度渴望:兄弟的爱,父母的爱或是一个无意爱他的女人的爱。奥吉和他的兄弟西蒙,查理和他兄弟朱利叶斯,汤米和他父亲艾德勒医生,赫佐格和他的前妻马德琳之间的关系都清楚地表明了主人公孩子似的固执,要求他所爱的人即使不能更多但至少要对等回报他的爱。

贝娄的主人公近乎顽固地确信暴力是罪过,爱情如囚牢。他们无法表达自己的愤怒,无法获得想要的那种程度的爱;总是表现为长不大的男人,在天真和世故的两个世界间游走。他们既是布莱克所说的土块,又是石子。

贝娄小说中反复出现的一个模式就是其主人公在深陷个人危机时会试图对自己的处境做一番估计。他们毫无例外好像被囚禁在可怕的个人监牢中,居住在一个充满敌意的社会里。他们背负着日常生活的重担,通常面临财政危机,受到苛求的妻子的折磨,看似无处可逃,但实际上他们几乎所有人都靠着才智和想象而支撑自己。摩西·赫佐格宣称:“他以自己的戏来娱乐自己。”[①] 像他一样,贝娄唯我论的人物转向自己的内心以寻求精神安慰。跟司汤达的自我主义者不同,他们的自我尽管像普罗特斯那样变来变去,却不断通过行动来塑造自己。贝娄的主人公通过关注自己头脑复杂的思想来转移注意力,以弥补身份的缺失。

我们所理解的是贝娄的主人公并不仅仅是一些观点的综合体。他的头脑,混合了记忆、幻想和创造性想象,连同他的观点一起成为小说的核心。这是独特个体的头脑。贝娄小说中的主要人物宣称“不知道自己是谁”。他们因此很容易成为各种观点的容器,并且会不断尝试不同的生活和身份来试图解决他们自身的身份或生活困惑。

---

① Saul Bellow: *Herzog*, New York: Viking, 1964, p. 208.

随着小说的进展，主人公内心的空洞会反复地被填满又倒空，各种观点被生吞下去又被吐出。自然，主人公想的越多，他的观点就越多，但是这些观点在他的意识中出出进进，而他本质上并未改变。通常在小说的进程中，主人公会经历某种个人危机，但缺乏令人信服的迹象能表明他们打破了模式。他们对卢梭或托尔斯泰或美国总统的看法，并不能说明他们自己是怎样的人。

贝娄的主人公离世索居，而且大多是深刻的思想家，但奇怪的是他们没有成为艺术家或作家。他们不属于传统上常与异化和文化挫折感联系在一起的群体，但是他们遭受的折磨不比许多二十世纪小说中的艺术家主人公少。他们精力充沛，经常看似具有创造的潜力，但却普遍缺乏艺术的才能。贝娄早期小说中的主人公(特别是奥吉和约瑟夫)缺乏行动能力，这可能是因为他们没有能力扮演在别的小说家的作品中我们通常会期待他们扮演的角色。异化而无力，他们看起来就像任何浪漫主义的艺术家一样，但是艺术家这个角色和其他诸如医生、罪犯、商人、学者和系主任等角色一样，让他们深感受到威胁，感到自己扮演起来太艰难。

贝娄后期小说中的主人公，赫佐格、赛姆勒、西特林、科尔德与他们的前辈相比，更满足于担任美国社会传统艺术家一职。但是跟乔伊斯的斯蒂芬·迪达勒斯和普鲁斯特的马塞尔不同，他们没有可取的艺术观。被驱逐排斥又无足轻重，他们在复杂的思想中需求慰藉。更多也更值得注意的是，他们比贝娄其他主人公都更能意识到个人危机对他们的启示。他们的这种“洞察力”部分来自于个人危机带给他们的刺激。他们的能量几乎可以被定义为麻痹的能量。阿图尔·赛姆勒说：“他多亏了发生的事才有了敏锐的视觉。”[①] 这一点适用于所有贝娄的主人公，不管他们自己是否喜欢这种提升的观察力。无法找到自己的位置(也不情愿去找)，无法解决自己的危机，无法拥有自己想拥有的世界，贝娄的主人公(有意识或无意识地)在某种程度上靠麻痹带来的近乎自虐的快乐来支撑自己。

对贝娄的主人公来说，危机给他们带来刺激：使得他们不仅体验到“一阵阵激动”和“恶魔似的激动”[②]，而且由此产生的“麻痹”可以使得他们暂时摈弃各种成人的义务。

在贝娄的小说中，读者总会在某个阶段发现主人公深陷在与专横的

① Saul Bellow: *Mr. Sammler's Planet*, New York: Viking, 1970, p. 43.

② Saul Bellow: *The Dean's December*, New York: Harper & Row, 1982, p. 151.

妻子、情人、伙伴或亲戚的关系当中不能自拔，这种关系令他丧失行动能力。小说经常会使读者领会到主人公选择的这种关系损害了他自己的利益。对待由此造成的自己的被动处境，主人公态度矛盾、不置可否，但是他明显地从被命令、被照看、被支使中获得了某种乐趣。像奥吉·玛琪一样，贝娄的主人公在屈服于“别人的安排”时最感自在。大多数时候，他屈服于某个父亲式人物的安排：兄长，比如《奥吉·玛琪历险记》中的西蒙，《赫佐格》中的威尔，《洪堡的礼物》中的朱利叶斯等；怪人或疯子，比如《雨王汉德森》中的达弗或《抓住时日》中的塔姆金；或是罪犯，比如乔戈曼（《奥吉·玛琪历险记》）和里纳尔多·坎特拜尔（《洪堡的礼物》）。有意思的是这些父亲式的人物吸引主人公的原因之一就是他可以借他们而逃出母亲式人物的控制。

贝娄作品中的问题女人可以分为两种类型：一类是女巫型的，她们折磨贝娄的年轻主人公，比如《晃来晃去的人》中约瑟夫的岳母，《受害者》中年迈的意大利祖母，《奥吉·玛琪历险记》中的劳希奶奶；另一类是恶妇型的，她们使那些更成熟的人物生活痛苦，比如西娅·芬彻尔（《奥吉·玛琪历险记》）、玛格莱特（《抓住时日》）、弗朗西斯（《雨王汉德森》）、马德琳（《赫佐格》）、丹妮丝（《洪堡的礼物》）。在后一类中，芬彻尔比她的后来者显然要好许多，可能是因为她从未引诱小说中的男主人公进入令人窒息的婚姻。

对贝娄“成熟”的男性主人公而言，他们逃离苛求、专横女人的方式往往是跟另一个女人发生长期和复杂的关系。然而所有这些情妇——斯黛拉（《奥吉·玛琪历险记》）、奥莉维（《抓住时日》）、莉莉（《雨王汉德森》）、雷蒙娜（《洪堡的礼物》）都是潜在的妻子，都有可能像他们的竞争对手——男人的现任妻子那样，变得具有破坏性，具有支配欲，并最终使他们丧失男子气概和能力。[①] 与此相比，贝娄的主人公和同性在一起要安全得多。他们会受到父亲型人物的控制，但那些人对他的要求相对女人来说要少得多，并且减轻了他们作为成年人的压力，因此他对自己麻痹的事实既感痛苦又不乏快乐。

---

① 这条规则的例外是米娜·科尔德，她是艾尔伯特·科尔德，《院长的十二月》中男主人公的妻子，是贝娄所创作的唯一一个感情稳定、忠实、富有爱心又可爱的妻子形象。男主人公也例外地没有被迫去寻找情人。在我关于《院长的十二月》一章的注释中，我对这一贝娄式男女关系中罕见的例外给出了原因。

一些评论家在贝娄人物的困境中发现了典型的美国式的处境。马尔科姆·布拉德伯里就是如此看待赫佐格的困境的。赫佐格无力决定他是否在“塑造”或是“被塑造”,是“必要的渺小”,还是能够达到“自我的实现”[①]。贝娄的小说关注“历史和环境决定论的相对状态”,还有它对“个人自我概念”的影响。在布拉德伯里看来,正是这种本质表明和揭示了贝娄小说的“根”。以《赫佐格》为例,布拉德伯里认为,小说“深深地植根于美国都市社会,而这个社会又更深地植根于其产生的历史和意识中”[②]。

对于托尼·坦纳来说,贝娄的主人公是典型的美国人。他们困窘不安地在两种欲望中挣扎:对自我身份的渴望和对社会模式可能提供给他们的自由的渴望。贝娄的主人公夹在“稳定和流动”中,有追求。或借用坦纳的话称之为“弹性”。由此他们暗合了美国的一个基本旋律:包含了焦虑和传统的恐慌,那就是“造就你的东西同时也限定了你”[③]。

在我看来,问题在于贝娄古怪的主人公在何种程度上可以被看作典型的美国人。贝娄在主人公刻画方面的古怪处之一就在于他似乎想让读者既把他的主人公看作是典型的“美国中部人”(一个“纯粹的芝加哥人”),又把他看成主流之外的人。如果贝娄的主人公们是具有代表性的美国人,他们最能代表的就是思想状态。像这样的一个“丧失行动能力”的人物,既害怕自己生活其中的社会,更恐惧其他可能替代的社会,却如此大受欢迎,由此可以衡量出美国中产阶级的生活。如果说贝娄的作品反映了美国,那也只是某些人(自由主义者?)的美国,这些人设想现实不至于太严酷,结果却发现现实严酷得令他们难以忍受;他们沉浸在自己无法实现的幻想中而无法接受现实。

贝娄的作品在开初可能试图讲述有关美国的伟大事件,或关注一些特定的美国问题,但如果它们在结束时也是如此的话,那是因为这些在小说中的缺席。因为贝娄的小说越来越显示出其对个人怪癖、个体头脑的思考更为关注。倘若在写作《奥吉·玛琪历险记》时,贝娄还试图创作“伟

---

① Malcolm Bradbury: “Saul Bellow’s *Herzog*”, *Critical Quarterly*, 7 (Autumn 1965), p. 271.

② Ibid., 278.

③ Tony Tanner: *City of Words: American Fiction 1950–1970*, London: Jonathan Cape, 1971, p. 17.

大的美国小说”的话，他很快就放弃了这项工作，转而写作更局限的《雨王汉德森》和《赫佐格》，上述作品被归为美国伟大的小说之列但却不是“伟大的美国小说”。

我认为贝娄的小说最终告诉我们更多的是关于它们的作者而不是作者所生活的国家。贝娄是一个思想复杂的作家。在创作中，他的作品越来越具有自传性。作品所刻画的一系列生动的人物，是对美国生活的个案研究。随着贝娄年纪的增长，毫无疑问，他最感兴趣的是他自己。我们对他作品的反应最终取决于我们在何种程度上分享他的幻想。我们应当准备好追随他的主人公游历世界，但可能无法通过他的主人公认识世界。

编后记

乔纳森·威尔逊（Jonathan Wilson）是美国当代著名作家与文学批评家，现任教于美国塔夫茨大学，为英语系教授和人文中心主任。主要创作有小说《藏身之屋》、《巴勒斯坦之恋》和短篇小说集《救护车在路上：困境中的人的故事》等。其中《巴勒斯坦之恋》入围美国全国犹太图书奖，并获得《纽约时报》2003 年度杰出图书奖。学术著作主要有《赫佐格：思想的局限》、《贝娄的行星：黑暗面的解读》等。

本文译自《贝娄的行星》一书，第 13—26 页（“Introduction”in *On Bellow's Planet*, London & Toronto: Associated University Presses, 1985, pp.13–26）。在此文中，威尔逊分析了贝娄所塑造的“晃来晃去的”人物，探讨了他们“不在场”的本质，对前人认为贝娄是积极的“肯定主义者”的观点提出了质疑。

索尔·贝娄

作者［墨西哥］何塞·巴斯克斯·阿马拉尔
译者 卢云

索尔·贝娄凭借他最好的小说《赫佐格》获得 1965 年的福明托文学奖。他完全配得上这项殊荣。这个事件迫使人们把注意力转到这个已经被他的同乡评论家们坚持认为是具有“几乎完美的写作艺术”——朱利安·摩纳汗在美国的《纽约时报》如是说——能力的最优秀的小说家。《赫佐格》把贝娄置身于当代那些利用一个具有明显地域色彩的典范——这次是一个犹太血统的美国教授——来给我们提供一个合乎当今时代常规的主人公的小说家之列。这个主人公是个优柔寡断的演员，与其说是被他周围精力充沛的人物不如说是被他那个时代的特征所推动，任何时刻都表现出一副犹犹豫豫、哈姆雷特式的样子，程度之深简直让读者看得怒气冲天，他们也许本想寻找一种类似于超人或者蝙蝠侠那样的正面激励。

索尔·贝娄之所以值得读者一定的关注和细致的分析还有另外一个很重要的原因。贝娄代表了美国犹太移民的文学创作的最高水平。虽说贝娄出生在加拿大，但是作为小说家，他却是纯粹的美国制造，美国犹太人，这个身份定义也许有些限制意味，无疑给他贴上了标签而使他在同行之中显得与众不同。

据说，如果一个人不知道纽约这座城市犹太人所占的巨大比重，他就不是纯粹的纽约人，也不能被称作纽约通。这话很有道理。因为在这座钢铁巴比伦里，说意第绪语的犹太人或者有犹太血统的人至少占其总人口的百分之二十五。在纽约通行的语言里有数不清的意第绪语词汇，比如“schmuck”（白痴）、“schlamil”（笨人）、“knish”（炸饼）、“shicksa”（非犹太姑娘）等等。这些词汇构成了纽约人日常用语的一部分，但也许他们本人并没有意识到这些词汇是犹太人的“行话”。某一些语调不仅仅是布朗克斯区、昆斯区、布鲁克林区或者曼哈顿的犹太人所特有的，也是所有纽约人特有的，甚至是那些被纽约这个大城市的熔炉“同化”的波多黎各人所特有的。索尔·贝娄在他大部分的作品中，尤其是在《赫佐格》、《抓住时日》、《受害者》和《晃来晃去的人》里都是典型模子刻出来的纯粹纽约人，因为他具有最高规格的要成为纽约人所必须具有的犹太印记。也许可以这么说，就算曾经一度是纽约警察标志的爱尔兰裔美国人也不像犹太人那样，无论是中产阶级还是穷人抑或富人阶层，成为这个城市必不可少的组成部分。虽然有将近三百万的黑人和波多黎各人，但是这个日益增长的数字也只不过更加显示了纽约城这个人类大熔炉规模上的庞大而已，丝毫谈不上有构成这个城市某些特征的意义。如果明天哈莱姆黑人区的黑人或者是波多黎各人消失了，纽约依然还会是老样子，人们甚至都觉察不到从炮台公园到曼哈顿第一百二十五大街的地铁由于这些人的缺席而变得不那么脏了。因此可以这么说，索尔·贝娄是纽约犹太人最好的小说家，当然，个别涉及到芝加哥时，依然是。无论是《赫佐格》还是他最长的小说《奥吉·玛琪历险记》，都如实反映了当代美国大城市的生活，正如我们通过费尔南多·德罗哈斯的《塞莱斯蒂娜》了解到十六世纪的西班牙社会一样。

跟贝娄相关的另外一个具有可比性的方面是他与流浪汉小说之间毫无疑问的渊源关系。无需多说，《奥吉·玛琪历险记》就是典型的流浪汉小说；索尔·贝娄在这部小说里模仿了这类小说的形式和技巧，比如插曲式结构，荒唐怪诞的风格，第一人称的叙事视角。可以这么说，如果寻找一种相似性的话，《奥吉·玛琪历险记》就是美国犹太人的《斯塔兹·朗尼根三部曲》。《斯塔兹·朗尼根三部曲》是爱尔兰裔美国作家詹姆斯·法雷尔的作品，它是一部信奉天主教的爱尔兰裔美国人在这个主要以新教的信仰和伦理观为根基的国家寻找他们得以安身立命的地方的传奇史。《奥吉·玛琪历险记》以及贝娄其他所有的小说，除了《雨王汉德森》，从这个意义上来说，都是同样主题的犹太裔美国人传奇史。

在像贝娄和法雷尔这样的作家出现之前，美国的小说只关注“虚构人”，这些被过分理想化的人物，看起来很不真实。赫佐格、奥吉·玛琪以及斯塔兹·朗尼根这样的主人公向我们展示了尽管这个大熔炉单纯地吹嘘自己有多么完美，但是组成它的各个成分的那些信奉不同宗教（犹太教、天主教和新教）的美国人之间还是有着巨大的、惊人的差异。

无论是在1499年的西班牙，还是在二十世纪中期的美国，犹太裔的作家们借助流浪汉小说的形式来描述哪些是相似或相异的情形，把他们同信仰的教友们从这个或那个国家的其他人之中区别出来而使其显得与众不同。这个现象依然值得我们做各种细致的分析和思考。而无论是先锋派的作家，比如亨利·米勒，杰克·凯鲁亚克和威廉·巴勒斯，还是遵循传统的规范的作家，比如贝娄，他们都不约而同地选择用同一种方式来宣扬他们各自时代的艺术现实，这个现象就不那么有趣了。

《奥吉·玛琪历险记》

索尔·贝娄最长的小说以独白开场，所有的读者都知道这种方式是西班牙流浪汉小说的典型特征。

> 我是个美国人，出生在芝加哥——就是那座灰暗的城市芝加哥——我这人处事待人一向按自己学的一套，自行其是；写自己的经历时，我也离不开自己的方式：先敲门，先让进。有时候这样做出于天真，有时候就不完全是那么回事了。不过，赫拉克利特说过，一个人的性格就是他的命运。到头来，怎么也没法掩饰敲门的性质，不管是门上装有门铃，还是手上戴着手套。[①]

然后，在克莱斯特出版社的长达557页的版本中，奥吉·玛琪以托美思河的小拉撒路[②]或者堂巴勃罗斯[③]同样的方式讲述了他的生活。随

---

① 引自宋兆霖翻译的索尔·贝娄作品《奥吉·马奇历险记》（《索尔·贝娄全集》第二卷），第11页。石家庄：河北教育出版社，2002。此篇以下有关该书引文的翻译均属此种情况，不再另注。——译注

② 《托美思河上的小拉撒路》（*La vida de Lazarillo de Tormes y de sus fortunas y adversidades*，汉译《小癞子》），出版于1554年，是西班牙流浪汉小说的代表作，作者不明。——译注

③ 《流浪汉的榜样，无赖们的借鉴，骗子堂巴勃罗斯的生平》（1603），作者为西班牙作家克维多（Francisco de Quevedo, 1580—1645）。——译注

着玛琪故事的结束，贝娄也以一种全新的方式向已经习惯把美国人当成是上帝或者大自然的宠儿——正如斯宾诺莎所说的那样——的读者们展示了极其广阔的纽约和芝加哥的另一种美国人的生活。也就是说，这部主人公玛琪的传奇史的创新之处在于它向我们展示了一个不一样的陌生的美国，在其中生活的主人公不再是具有先天超能力的强大超人，而是在湍急的历史、经济变革的洪流中感到无能为力、苟延残喘的小人物，尤其是从1929年大萧条开始直到第二次世界大战初期。

在他荒唐怪诞的经历中，奥吉·玛琪，像所有典型的流浪汉那样，先后有好几个主人，为了糊口，什么都干过：偷玩具、偷书，也做过走私贩子，他给一些富有的运动员卖衣服，然后认识了一个墨西哥人马努阿尔·帕迪利亚，此人教他怎么去偷买不起的书来继续自己的学习。贝娄不仅给我们介绍了在美国的大城市那些少数族裔，墨西哥人、黑人、波兰人以及犹太人，他们在这里活着、在这里受苦、在这里死去，另外还给我们揭示了如果没有对金钱的力量怀抱狂热的激情，很难成为美国有钱又有权的阶级，成为工业和商业大亨。为了金钱，人们得掐去任何个人主义思想的萌芽，凡是不以金钱利益为基础的价值观体系都得牺牲。但是，尽管奥吉受不幸和艰难的生活所迫，什么都敢去做：偷盗、通奸、走私，但是让人奇怪和无法理解的是，那些真正恶劣的行为他却从来都不碰，更让人惊奇的是，在来自各方旨在让他无法抗拒地投降的巨大压力之下，奥吉依然以他自己的方式高举着个人主义的旗帜。

对于美国的西班牙语国家尤其是墨西哥裔的读者来说，也许《奥吉·玛琪历险记》这部小说令他们最感兴趣的是其中发生在墨西哥的奇妙故事。正如杜鲁门·卡波蒂和杰克·凯鲁亚克那样，贝娄把占全书七分之一的故事背景放在墨西哥。另外，应该指出，在当代作家和“垮掉的一代”的作家如海明威、多斯·帕索斯等之间重要的差异之一正是这种对墨西哥和西班牙语美洲的关注和认识，尽管大部分情况下都是表面的、纯理论性质的。不过不管怎么说，这不仅表达了北美作家对美洲大陆其他的国家，也就是那些说西班牙语、葡萄牙语和法语国家的一种更坦诚的态度，也是他们日趋成熟的一种征兆。海明威，我们不妨举个例子，众所周知他最终定居古巴，还喜欢在打猎和钓鱼时喝冰镇龙舌兰酒，但是他从来没有接近过西班牙语美洲的内心，他的那一套只是欧化的“西语风情”。

在这部小说里，各式各样的流亡者因为不同的原因来到墨西哥，而尽管在这 85 页中，贝娄描述的主人公奥吉的墨西哥冒险经历跟该国的人民并没有多大的关系，但显而易见的是他确实让人惊讶，用墨西哥人的说法就是，着实让人“吃”了一“惊”。也就是说，虽然贝娄没有和墨西哥人打过更多的交道，但他却抓住了这个国家最主要的特质。小说中这一描述为证：

不过，这座城市很美——尽管肮脏、贫困、到处乱涂抹——气候也很温暖，这使我得以活下去。我心里常常抱怨，精神上感到很懊丧，可是我没有一直处于极端的绝望之中……

不管怎样，我现在感到墨西哥对我已经产生了某种影响。我对之已经不再能加以抗拒，还是回美国去的好。

犹太人的洞察力确实尖锐：从耶稣基督到马克思、弗洛伊德、爱因斯坦，希伯来人开辟了一条西方世界应该延续的道路。如果我们说索尔·贝娄，这个美国犹太人，是当今美国最具代表性的作家，也丝毫不足为奇。《奥吉·玛琪历险记》描述的不仅仅是二十世纪中期一个普通美国人的冒险经历，也展示了一幅当今美国生活的波澜壮阔的画卷。要想了解十五、十六、十七世纪的西班牙，就应该从各种各样的流浪汉题材的作品看起，从《塞莱斯蒂娜》一直到弗朗西斯科·克维多对垂死的西班牙帝国的深刻剖析。而从一定程度上来说，要了解美国，索尔·贝娄，以他迄今为止（1964 年 9 月）出版的六部小说，也是必不可少的源泉。可以这么说，如果说不了解纽约城的两百万犹太人就不能了解这个城市一样，那么如果不读索尔·贝娄，也就不能形成一个关于美国的完整清晰的画面。

这个犹犹豫豫的犹太人的哈姆雷特，每走一步都要停下来对自身进行思索和反省的知识分子“赫佐格”，在《奥吉·玛琪历险记》中，对个人的信念却是非常的坚定：

人生的轴线必须是直的，要不你的一生只是一场丑角的表演，或者是见不得人的的悲剧。我一定是从小便有这种在轴线上生存的感觉，所以我像一个执迷不悟的人一样，对所有想要说服我的人都回答一个“不”字。这只是凭着我对这些轴线的顽强记忆，并不是完全清楚的。但是最近我又感觉到了这些令人激动的轴线。当奋斗停止时，这些轴线仍会像一种天赋一样存在着。刚才我躺在这张长沙发上，这些轴线突然一下子笔直贯穿我的全身。真理、爱情、和平、慷慨、有益、和谐！而一切杂念、隔阂、歪曲、饶舌、困惑、勉力、奢望，全都像虚幻的东西似的烟消云散了。我相信，任何人任何时候都可以回到这些轴线上来，即使是一个不幸的私生子，只要他能静静地等待它的出现。我一直怀着的某种特别突出的雄心，只不过是一种自负自夸而已，它把这种比幼发拉底河还要古老，比恒河还要悠久的最古老悠久的认识，从根本上给歪曲了。任何时候生命都能重振，人都能获得新生，不一定非得是神或者像奥西里斯那样为共同繁荣每年裂身一次的公仆。人自身虽然生命有限，可以度量，但仍可以回到轴线上来。他会被带到中心点上。他会活得真正快乐，就连他的痛苦，只要它们是真的，也会化为快乐，即使无依无助，也夺不走他的力量，就是四处流浪，也不会使他彷徨迷茫，哪怕社会对他开个大玩笑，搞个大骗局，也未必能使他变得荒谬可笑，纵令一再失意，也不见得能剥夺他的爱情。如果生活没有使他觉得可怕，那么死亡也就吓不倒他。别人真情实意的拥抱会使他消除对风云骤变和生命短促的恐惧。

这里有很多为了适应生活而做出的理智的调整，但是这种聪明的调整并不意味着他在面对其生存环境的力量时有丝毫卑躬屈膝的消极被动。在这一点上，奥吉·玛琪无疑和托美思河上的小拉撒路有着坚实的姻亲关系。卡洛斯五世在经过血腥的战争之后在西班牙建立了所谓有组织的和平制度，拉撒路在这样的盛衰兴败中，颂扬自己的恩主，也认可自己人生的枯荣沉浮。但是两部小说主人公的本质区别在于，拉撒路不加区分地接受他所身处其中的社会现实，也就是说，从头至尾，他都是一个反英雄；而奥吉·玛琪在各方面都不尽如人意的现实面前却坚持要成为一个堂吉诃德式的人物。上文奥吉·玛琪的那段陈述，完全堪与堂吉诃德在羊倌、客栈主和其他骑士面前的演讲相媲美。就我们目前所知，在美国的当代小说里与此类似的宣言或信条再无其他。有必要指出贝娄这段宣言的积极坚定的特征，因为，除了《雨王汉德森》，在贝娄其他的小说里表现出来的都是一种程度极深的负面情绪，简直都让人觉得他哀叹得有些过分了。

《晃来晃去的人》和《受害者》

尽管在这两部小说刚刚出版时,美国和英国的评论界对其充满了溢美之词,但是我们认为,读者在这两部作品里很难找到担得起如此赞美的地方。这并不是说两部小说很差劲。只是——对于评论界来说——它们处在一个很难界定的边缘,介于平庸和优秀之间。

《晃来晃去的人》篇幅不长,只称得上是一部"微缩小说",图章出版社 1965 年的版本只有 126 页(尽管其文学版权一开始于 1944 年授予先锋出版社)。它无疑是索尔·贝娄的第一次文学冒险,也看得出他在技巧上和此次"试飞"过程中急切的摸索和试验。对于是否能够成功起飞并且在空中保持一定的时间以让自己的能力得到认可,贝娄心里不是特别有底。这部小说里,可以看出日后在贝娄的作品中大放异彩的所有优点,虽然不多但是都很明确;当然也有这类初出茅庐但是精力充沛、颇有些才能的作家身上易于出现的所有缺点。正如我们上文所说,这部小说刚问世时评论界的溢美之词不仅让人想起我们西班牙语美洲评论界的恶习。幸好,贝娄也逐渐成熟完善,如今也不负当年因为《晃来晃去的人》而对他赞赏有加的评论界的殷切希望。美国著名的文学杂志《星期六书评》里有这么一段话:"据说贝娄是当今美国最伟大的小说家,是福克纳和海明威的合法继承人。"当然,此番定论只是在他写了《奥吉·玛琪历险记》,取得辉煌成就之后才出现的。

然而,必须指出,在这部《晃来晃去的人》里,确实可以看出贝娄是一位很有潜力的作家。就写作技巧而言,贝娄借用了最容易也最老套的一种形式:日记。然而这部日记,让读者非常信服,觉得就像是真实的人类日记文献。然而这部日记却不是随便什么时间就可以写出来的,它同时还是整个人类在那个痛苦的年代的一个共同的日志。《晃来晃去的人》是一个年轻人在第二次世界大战中的日记,时间跨度从他知道自己即将应征入伍的那一天到他应该正式到部队报到的那一天为止,在这段不安的、令人精神紧张的暂时停顿期,小说的主人公约瑟夫,这个"晃来晃去的人",被挂在他人生中两个不可调和的极端之间:一个是在自由体制下享受着西方民主的自由公民,一个是在任何一个军队体制下都要受纪律约束的士兵。小说描写了他在这个对于所有的人——即使他们没有经历这段令人窒息的等待——来说都是动荡不安的年代中的日益发展或者说看起来好像在发展变化的经历和感受。《晃来晃去的人》其实就是对一个即将上角斗场并且也许会在那里永远失去我们任何人只拥有一次的宝贵生命的角斗士的"致敬"[①]。

贝娄利用这个不管是对于主人公还是对于整个处于临战状态的社会来说都是特殊的时刻，描述两个不同的世界之间的尖锐对立和反差：一个是在一场规模庞大的战争中搏斗着或者即将奔赴沙场的士兵们，一个是生活在这场穷兵黩武的大冲突范围之外的平民百姓。这种精神上的狂热状态被贝娄借来使他的主人公以一种非常直接的方式去思考和行动。而如果它放在一个平常环境下生活的平常人身上，就产生不了这样的效果。《晃来晃去的人》的主人公，就是一面反映了处于临战状态的整个美国社会的锃亮镜子，但是这种反映不会太过激烈和失控，因为刀兵相见的战争本身在距离主人公在日记里所描述的事情很远的地方进行。

《晃来晃去的人》，我们说，它的重要性其实在于让人发现了一个对于美国小说界来说极具潜力的作家。因为贝娄表现出一种非同寻常的能力，在描述他任何作品中出现的主人公时，都能不仅反映出这个人物有血有肉的形象，也能刻画出他精神上的本质。在这第一部小说里，贝娄的那种思辨的、哲学的倾向也初露端倪，这一点我们在分析小说《奥吉·玛琪历险记》时已经讲过。在《晃来晃去的人》这部小说中，主人公对于生命的脆弱做出了如下的思考："我们知道我们是在被人寻觅，而且在等待被人发现。这个杀人犯，他能变出多少花样呢？坦白，单纯，或者城府很深，或者平庸乏味，毫不出众，然而他就是那个杀人犯，那个陌生人。有一天，他会收起礼貌或习惯的笑脸，向你晃动手里的屠刀，这就是置你于死地的工具。他就是在街道上和楼梯口打量你的那个人。如果你闭上眼睛睡着了，在黑暗的房间里可能会忽略了他的存在。他就是用最后的无情举动把你带进虚无的那个代理人。谁不认识他呢？谁不敞开大门恭候他呢？童年过后，当他光临时，谁能想到逃跑、抵抗或者按住他的肩膀呢？你伸出去的手除了表示啼笑皆非，抑或表示欢迎外，还有什么用意呢？时刻任他挑选，他也许是在极度欢乐或极度悲哀的时候来到；也许就像一个修收音机或水龙头的人那样不出声地走来；也许打个招呼，玩上一把牌；或者不叙

① 原文为拉丁语"Morituri te salutant"，意为"赴死者向你致敬"，古罗马时期角斗士开始比赛之前，向皇帝表达敬意的短语。——译注

客套，怒形于色，伸出一只杀人的手；或者假装镇静，催促你快咽掉最后一口气，那是你断断续续叹息着，从他的阴影中吸进去的。”

《受害者》，贝娄的第二部小说，完成于 1947 年，图章出版社于 1965 年第一次出版，这部小说标志着作者叙事水平的一次飞跃。小说以一小段简短的话开篇，一下子就抓住了读者的心，让读者不忍释手，直到读完 256 页故事结束的那一刻为止。以这样的长度来说，《受害者》已经不再像第一部《晃来晃去的人》那样，而称得上是一部真正的小说了。对评论界以溢美之词来欢迎这部小说，好像它绝对比美国这么多年来涌现的所有作品都要优秀，我们不免要再一次表示不敢苟同。比如 V.S. 普利切特就在《纽约书评》上如此评论：“《受害者》是所有无论美国还是英国这一代作家写出的最好的小说。”也许格兰威尔・希克斯在《星期六书评》上说的这段话才是最中肯的：“贝娄是当今美国文学界的一个主要人物。”

《受害者》的开头如下：

> 有些夜晚纽约就像曼谷一样热。整个大陆仿佛脱离了自己的位置滑进了赤道似的，阴森森、灰沉沉的大西洋好像变得绿茵茵的，具有了热带的风光。人们在街道上熙熙攘攘，宛如一群粗野的阿拉伯农民挤在一座座神秘莫测的、宏伟惊人的纪念碑中间。纪念碑上的灯光密密麻麻叫人眼花缭乱，无止尽地向酷热的天空攀爬。[①]

在 256 页的篇幅中，贝娄描述了一系列简单、平庸得过分的事件。小说的主人公是一个中年的纽约犹太人，阿萨・利文萨尔，他的妻子因为要到南方去看母亲而仅仅离开他几个星期而已，他很快就觉得自己无比思念她，发现了自己身上这种根深蒂固的、乌纳穆诺[②]曾经在某刻给我们讲述过的所谓的“高贵的习惯”。一个女人对一个男人所有的这种特殊的人类情感的缺失在利文萨尔不得不去解决自己弟媳遭遇的麻烦事时变得异常尖锐和突出。他弟媳的一个孩子得了重病，利文萨尔想要救他，可是

---

① 引自蒲隆翻译的索尔・贝娄作品《受害者》(《索尔・贝娄全集》第九卷)，第 159 页。石家庄：河北教育出版社，2002。此篇以下有关该书引文的翻译均属此种情况，不再另注。——译注

② 乌纳穆诺 (Miguel de Unamuno1864—1936)，西班牙作家、哲学家。代表作有《堂吉诃德和桑丘的生活》(1905)、《对生活的悲戚感情》(1913)，《战争中的和平》(1897) 等。——译注

为时已晚。侄子的死让利文萨尔特别抑郁,觉得仿佛是自己直接引发了这场悲剧。在利文萨尔徒劳地想要救侄子命的同时,在他身上发生了另一件非同寻常的事情。一个他已经记不起来是谁的男人跑过来指责他,说都是因为利文萨尔才造成了他现在这种身体上、精神上和道义上的悲惨处境。一开始,利文萨尔想装傻来个撒手不管,但是最终还是承担起了这个失败者归咎于他的责任。这个失败者完全掌控了他的意志,更有甚者,还差点把他从自己的家里给赶出去。贝娄有如此的叙事能力,从而使读者产生一种像看莎士比亚的《哈姆雷特》时那种热切和专注:一种想要让主角从他的犹豫不决中解脱出来的愿望,一种在观看表演或者阅读的过程中会情不自禁产生的这种类似的愿望。这种犹豫不决把主人公困住,使他无法动弹,无法奋而抵抗,一下子解决这个凶手。最后,利文萨尔终于把这个游手好闲的家伙打出了家门。在这个令人满意的高潮之后,事情又重归它们原本的道路,就像噩梦后的难以入眠一样。不仅缺席的妻子回来了,令阿萨高兴万分,而且,作为后记,凶手阿尔比之后又和利文萨尔重逢。彼时的他已经在计划新的人生,这对于曾经想杀了利文萨尔并自杀的他来说,真可算是一大成功。

尽管有着老套的欢乐大结局,贝娄的《受害者》也还是一大成功。在这部小说里已不再有任何的试验。贝娄从内而外描述了一个人血淋淋的经历。这个人被毫无先兆、毫无理由地突然拖入一系列看起来跟他一点关系都没有的事件里。当然,这在某种程度上让人想起卡夫卡笔下的荒诞噩梦。但是贝娄笔下的这场噩梦却如第八大街的地下快铁、布鲁克林大桥或者林肯隧道那样清晰和真切。贝娄用他X射线一样的视线发现在纽约这个钢铁巴比伦里有无数会让我们掉进残忍噩梦陷阱的可能性,这个陷阱一旦落入,将万劫不复。

《抓住时日》

从时间顺序上来说,《奥吉·玛琪历险记》的写作时间要晚于《受害者》,我们认为,之前也说过,值得一再重申《奥吉·玛琪历险记》是贝娄最好的小说。在这之后,贝娄在1956年写了《抓住时日》。正如我们可预见的那样,作者的本职技术日臻完美,也因此小说的主人公威尔海姆,是一个无论从哪一面看都真实可信，无论从哪个角度说都比他以往任何小说的主人公（除了奥吉·玛琪）更胜一筹的人物。

正如奥吉是个不折不扣的芝加哥人那样，《抓住时日》里用蚀刻画给我们描绘的是另一个难忘的人物典型，一个住在纽约百老汇大街上区的犹太人。贝娄将我们置身于一群男男女女的老年人中间，他们住在从威尔第广场直到哥伦比亚大学鳞次栉比的宾馆里等待着死亡。这些老人什么身份什么背景都有，但是，毫无疑问，其中萃取的大多数还是犹太人。汤米·威尔海姆，一个来自中产阶级的中年犹太人，他把我们领进这群风烛残年的老人的世界，这个世界对于任何仍然期待着在人生有所作为的人来说都是无比压抑的。但是威尔海姆是那种未及年老就已经早早打了败仗的人。无论是作为丈夫还是父亲，他都是一个失败者，而且面对做人这场战争，他也面临失败，因为他非但没有能力赡养年迈的父亲，反而希望从父亲那里得到情感的保护和物质的帮助，当然，父亲拒绝了他。

贝娄用汤米·威尔海姆来揭示两类不同的纽约犹太人之间的反差，一类是已经度过大半生并且小有积蓄、不用依赖儿女们赡养，也不必依靠公共慈善、无所欲也无所求的人，一类是一些日复一日、年复一年过着朝不保夕生活的可怜虫。对于这些老年人来说，只有一个残酷的现实在对他们说，死神即将来临了，最好的办法就是等待它的到来，对于那些无关本质的不快不用再觉得痛苦。而对于那些已到中年依然一事无成的人来说，比如威尔海姆，关不关乎本质对于生活来说也无足轻重，因为他们目前正忍受的痛苦是吃了这顿没下顿，生活难以为继。被一个我们周围经常能碰到的那种精明的家伙一番天花乱坠、甜言蜜语的哄骗，汤米在一宗股票交易中被骗走了唯一的那点钱。最后他来到了一个陌生人的葬礼，这个人他虽然不认识，但却觉得在他那张呆滞的死人脸上表达出了最无助的无依无靠和最无法排解的痛苦。贝娄让汤米以一场在这个陌生人葬礼上的痛哭流涕来解决他所经历的所有失败、痛苦和无依无靠。

《抓住时日》给我们展示了一个对于我们这些仍然没有科技化的发展中国家的人们来说几乎完全陌生的世界。这里的“个人”被分裂成原子，被压缩成一个毫无人类意义的纯粹的数字。这个“个人”是《孤独的人群》里的“个人”，他已不配使用“个人”这个词，因为就“个人”这个意义来说，在他身上只剩下生物学上的一个单位。正如上文所说，《抓住时日》是一部社会学的小说，但同时也深深震撼了读者，使我们意识到我们也是、或者将是这个非人的社会的一部分。这部小说,带给我们的,是警示和预言。

《雨王汉德森》

在《抓住时日》两年之后,贝娄写了这部小说。这是一部贝娄所有的作品里最愉快的小说,因此也是最不贝娄式的。也许在汉德森这个令人难以置信又气质十足的美国人身上出现的快乐气息是因为这部小说是献给作者的儿子格里高利的。

尤金·汉德森,又一次,是个美国犹太人。他出生于一个久居美国的名门望族,并且家缠万贯。强大的经济实力使汉德森可以随心所欲,肆无忌惮,而名门之后的身份又让他可以做事匪夷所思、独断专行,无论行为多荒唐,都不会给他带来多大的惩罚。汉德森是典型的公民凯恩那种阶层的人物:很有行动力,思想离经叛道。他跟贝娄在几乎其他所有的作品里所描写的软弱人物完全不同。汉德森是所有非同寻常的局势的引发者,他不会让这些局势来左右自己。所有在他身上发生的事都是他的主动行为。作为故事的主人公,由自己来主导自己的行为,从这个意义上说,汉德森就是美国的堂吉诃德,他希望他置身其中的世界符合自己事先预想的样子,而不是被动接受它现有的样子。我们知道,堂吉诃德的悲剧和伟大在于他不仅想在现在和未来"扶弱"和"扬善",还要"锄强"和"惩奸",也就是说,要"破坏"或者"重做"已经做好的东西。换句话说,我们所谓的"英雄"只是"一半英雄",因为他们只在跟他自己的生存发展并行的现有的、特定的环境之下去实现英雄的行为。而像堂吉诃德这样的"超级英雄",他们对于法律上所讲的所谓"正当行为"置之不理,而把自己的行为放在自己高级的、绝对的法庭,这个法庭"具有追溯效力",类似于"最后的审判"。尤金·汉德森属于那种神圣的、低级别的疯子,这是迄今为止所有跟塞万提斯有渊源关系的小说都不得不把握的一个度。

关于这部小说,有人说汉德森是一个符合传统的流浪汉式的主人公,他浑身充满了勇敢、英武的力量,无论跟奥德修斯还是堂吉诃德都有相似之处。在他身上也展示了所有流浪汉式的主人公们所特有的逍遥学派的特质。他不满足于在自己的家乡康涅狄格州做出各种疯狂的举动,渴望着粗野的非洲大陆能够做他的舞台。而在如此原始的地方，置身于如此未开化的原始部落里，这个庞然大物，这个扬基犹太佬，当真找到了适合自己大风格的环境。在这里，这个单纯到惊人的主人公，利用自己同样惊人的体力，最终成为土著部落的神——“雨王”。

汉德森，当着一个遥远偏僻的非洲部落的面，完成了他的丰功伟绩，堆起巨大的石头柱子象征能够降下瑞雨的山和神。完成这个奇迹之后，扬基犹太佬就变成了非洲原始部落的雨王。但是之后不久他就发现，谁要是成为神圣的雨王，谁就得当部落的酋长，而当了酋长就意味着要把自己献祭给部落的图腾——狮子。也许，汉德森明白了，无论是非洲的部落，还是特拜的希腊城邦，俄狄浦斯都得成为神的祭品，因为是神给了我们生命、健康和赖以生存的一切。普通人一旦踏上通往“超人”的道路，就得准备好，一旦到达目的地，只有通过一种被希腊人称为“sparagamos”的撕裂自身的行为才能被尊奉为神。

汉德森无意中成为了瓦里里部落的雨王。但他还没有疯狂到要飞蛾扑火的地步。当他得知成为雨王就得做瓦里里部落的酋长，就得葬身狮口，被它的尖牙和利爪撕成碎片，这个扬基犹太佬那依然管用的实用主义的头脑使得他在被钉上十字架之前及时逃离生天。汉德森是成年人的汤姆·索亚。各个年龄段的读者对他在康涅狄格州和非洲大陆的种种奇妙的冒险故事都产生了跟读《堂吉诃德》时相似的兴趣。但是，尽管《堂吉诃德》使我们震惊、让我们悲伤、逗我们发笑、引发我们思考并且有时候让我们想哭，这部小说还没有达到那样的程度，它让我们大笑、微笑，并且引发我们稍微思考了一下当代美国人的奇怪现状，作为也将成为历史的现代人，竟然还不能接受在这场整个人类的喜剧表演中饰演一个悲喜剧龙套角色，这个角色希腊人、罗马人、西班牙人都已经扮演过。

《赫佐格》

这部小说堪称是他那一代作家所写出的最成功的文学作品。该小说1964年获得了美国全国图书奖，它也完全配得上国际文学奖的殊荣。这是一部让读者把所谓的文学准则放到一边而专注于作品本身的那种天马行空、有浩瀚丰富的内容的小说。也就是说，《赫佐格》是个人独白，是我们每个人在做真正的自我忏悔时的独白。小说的主人公时而矛盾，时而犹豫不决，荒谬、悲观、可笑、困惑、乐观、失望……

尽管不愿承认，读者仿佛无时无刻不在小说的主人公身上看到了自己。因为赫佐格，正如所有我们这些出生于二十世纪初的人那样，是两次世界大战的幸存者。经过这两次大浩劫，人们发现自己内心所有的价值观、乌托邦和梦想无非都是虚无缥缈的空中楼阁罢了。

摩西·赫佐格，大学教授，出身卑微的犹太人，如今担当起了阿哥斯城的赫卡同刻伊瑞斯[①]的职责，用他的一百只眼睛、一百只胳膊、五十个脑袋想要看清、触摸和思考现代人所有的一切，他们居住在这个巨大的蚁穴之中，看起来已经没有出路并且面临毁灭的危险。关于这部小说，朱利安·摩纳汗在《纽约时报书评》上这样说：

> 《赫佐格》讲的是摩西·赫佐格的故事，他满心痛苦，举止不那么庄重，特别爱发牢骚，被妻子戴了绿帽子但也不失其迷人之处，总之，他就是我们这个年代的人。他认为自己不仅仅是个人灾难的幸存者，也是整个时代的灾难的幸存者，所以他不断地提出他自己所谓的“尖锐”的问题。而他找到的答案不仅对他本人关系重大，也跟我们每个读了这部小说的读者休戚相关。

小说的情节非常简单老套。赫佐格是个大学教授，娶了一个年轻、漂亮、热情、聪明的女人。这个女人很快就吸收或者说想要吸收他丈夫丰富的学识，而且从某种程度上来说她也办到了。她从赫佐格那里也得不到身体的满足，因为有个隐痛折磨着我们的主人公：早泄，并且只有和妻子一起时才犯这种病。凡此种种，使得自己的老婆和以为是自己最好朋友的人合起伙来给他戴绿帽子这种事也不足为奇了。随之而来的个人悲剧也就自然而然了。贝娄以此作为必要的引子，给我们谋划了这一场交织着荒谬和痛苦的事件的忏悔录，让小说里的反英雄逐渐显露他的真实面目，赤裸裸地向他的同类展示他这一场流浪悲喜剧。

贝娄在描述当代纽约城人文和社会环境的细节方面，堪称是所有作家——无论美国的还是其他国家的——里最成功的。作者刻画的是上

---

① 古希腊神话中的百臂三巨人。——译注

等中产阶级的学术、艺术氛围，由此可见我们读者有幸看到的装饰插曲也都是上等货。在这里有一种我们在《纽约客》的专栏“城中话题”里经常看到的、已经让人倍感厌倦的幽默讽刺风格，尽管我们知道这样的对比肯定会让贝娄惊恐万分。不过，我们可以换一种可能更经典、更确切的说法，贝娄这部小说里冷嘲热讽的插曲，以它们的高品质应该更接近于拉丁语讽刺诗里的警句风格。

贝娄爱好思索的倾向在《赫佐格》这部小说里变现得淋漓尽致，尤其是当主人公回忆起在他的乡村别墅里举行的一次聚会时。那个时候他还很幸福，还没有被戴上绿帽子。回想起他妻子和他的一位来拜访的朋友之间的对话，赫佐格做了如下思考：

> 是不是所有的传统都已经走到穷途末路？信仰是否已经破产？群众的意识是否尚未成熟？尚未为下一步发展做好准备？这是不是毁灭前的最大危机？道德沦亡，良心堕落，对自由、法律、公德心等等的尊重，都已沦为懦怯、颓废、流血——这种肮脏的时刻难道已经来临了么？我们不能忽视蒲鲁东对黑暗和罪恶的看法。但是我们不应忘记，天才人物的见解，有时很快就会变成知识分子的口头禅的。斯宾格勒的“普鲁士社会主义”、“荒原文化观”之类的陈词滥调，“隔离”之类的廉价精神兴奋剂，无聊之徒挂在口边说着、叫着的“虚伪”和“孤独”——我实在受不了这种愚蠢的闷棍。我们现在谈的是整个人类的生存。这题目太大了，太深了，容不下这些弱点和缺点。这题目真是太渊太博了……
>
> 但是，我并不以为我的处境安适。在这个时代里，我们都是幸存者，深知我们付出过的代价，因此各种关于人类进步的理论不适合我们的身份。认识到你是个幸存者，你会感到震惊；认识到这就是你的命运，你会潸然泪下。死者上路时，你想叫他们一声，可是他们脸色阴沉，灵魂抑郁地离你而去。他们在灭绝人类的焚尸炉烟囱里化为团团烟雾，源源而去，你却留在历史成就——即西方历史成就——的光华之中。然后你怀着愤激的心情了解到，人类正在取得胜利，取得辉煌的胜利，虽然鼎沸的怒吼声震耳欲聋。我们在可怕的战争中得到统一，我们在畜生般的愚蒙中受到种种革命的教育，受到“思想家”所导演的人为饥馑的教育，因此作为现代人类（到底是不是呢），

我们也许已经做了本来几乎无法做到的事情——学到了一点东西。你知道，文明不因古老而衰落泯灭。古老帝国虽然崩溃了，同样那样昔日的列强都强似以往任何时候。我不是说人们看到德国的繁荣心里很舒坦，可它如今确乎繁荣，希特勒那魔鬼般的虚无主义断送德国还不到二十年呐。法国又如何呢？英国呢？不，古典世界在衰亡方面的相同性对我们并不适用。另外一些东西正在产生出来，它们比较接近于孔德的想象（经过合理组织的劳动的产物），而非斯宾格勒的相像，斯宾格勒对古老的资产阶级欧洲进行了标准化，在这一标准化的全部罪恶当中，最大的罪恶可能就是斯宾格勒一伙自己的被标准化的学究式学问——这种粗劣刻毒的货色在大学预科里炮制出来，又在人为的训练中由守旧的官僚强加给人们。

我打算在乡下给浪漫主义史再加写一章，把它作为现代欧洲卑贱的妒忌和野心的表现形式。各种粗俗的新兴阶级所孜孜以求的，首先当然是食物、权力和性的特权。可是它们还在拼命继承旧政权的贵族式尊严，而在现代社会里，这种尊严就可能包括谈论衰落问题的权利。在文化领域里，受过教育的诸新兴阶级引起了美学评价与道德评价之间的混乱。它们先是因工业玷污风景而感到愤懑（罗斯金的英国"坦佩谷"），后来忽略了罗斯金等人陈旧的道德观点，最后又近乎否定那些工业化了的和"迂腐化了的"民众的人性。荒原派将自己等同于极权主义是轻而易举的，但这些艺术家的职责还有待人们去评说，比如认为语言的退化和劣化等于失去人性的论断，便会直接导致文化法西斯主义。[①]

在《赫佐格》这部小说里有很多作者深刻思考的段落。我们之前说过，贝娄不仅仅是用当代最完美的写作技巧来写作的人，而且他作品里的主人公们都是实实在在有血有肉的人物，是我们这个时代"爱沉思默想的人"[②]：他们疑惑，害怕，有过确信坚定的时候，也有迷茫困惑的时刻，时而忧伤，时而狂热，忽而乐观，忽而又悲观起来。有着"伟大的作家"——不仅仅是伟大的小说家——的特质的贝娄，确实称得上是福克纳和海明

① 引自宋兆霖翻译的索尔·贝娄作品《赫索格》（《索尔·贝娄全集》第四卷）第102—104页。石家庄：河北教育出版社，2002。——译注

② 原文为拉丁语：Homo cogitabundus。——译注

威的合法继承人，不过，就我们看来，他比他的这些先辈们的翼展更为宽广。

编后记

何塞·巴斯克斯·阿马拉尔（José Vazquez Amaral, 1914—1987），墨西哥人，西班牙文学批评家。1947—1982年在美国罗格斯大学担任西葡语系系主任。本文选自《词与人》第43期，第423–439页（"Saul Bellow", *La Palabra yel Hombre*, No. 43, pp. 423–439）。

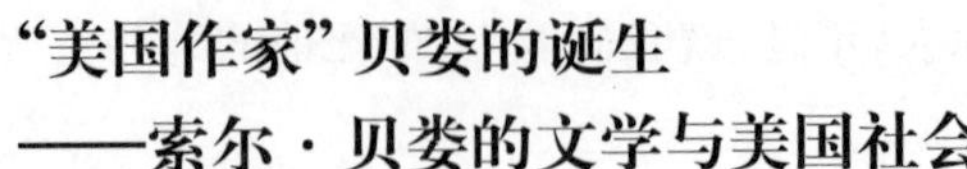

“美国作家”贝娄的诞生
——索尔·贝娄的文学与美国社会

作者 [日本] 坂口佳世子

译者 何建军

像索尔·贝娄这样如此长久地从各种视点观察美国社会，并不断把它写进作品的作家一定为数不多。1915 年，贝娄作为一名来自俄国的犹太人的儿子出生于加拿大的拉辛，9 岁时跟随父母来到芝加哥。10 岁时立志成为一名作家，开始阅读杰克·伦敦和欧·亨利的作品，并模仿他们的创作风格。高中毕业后进入芝加哥大学求学，但认为那里的教育不太适合希望成为作家的他，所以在两年后转人西北大学攻读文化人类学，并希望能进入大学院英语系学习，以便更好地写作。但是，当时的系主任威廉·布赖恩认为贝娄作为俄罗斯血统犹太人的儿子，缺少盎格鲁－撒克逊人的传统，即缺乏对英语的“感觉”，因此拒绝了他的要求。贝娄继续学习文化人类学，但中途退学。之后，先后在佩斯特罗兹－弗罗贝尔师范学院、纽约大学、芝加哥大学任教，现在仍一边在波士顿大学执教，一边写作。

贝娄作为一名作家所拥有的独特视角，正是来源于他的经历。他既是犹太裔移民，又是大学教授，而且还是作家。他的作品通过边缘人物、知识分子、艺术家和世界公民的视角描写了美国社会，即以所谓的“少数派”的立场，让我们看到了美国社会的另一面。到他的最新作品《拉维尔斯坦》(2000) 为止，一共出版了 19 部作品，而最值得大书特书的正是他这几十年不变的创作活动。正因为如此，我们可以通过他的作品概观二十世纪的美国社会。因此，本文将根据年代顺序分析美国社会在贝娄作品中的折射，从而考察他的文学独特性以及创作态度。

二十世纪二十年代的美国社会享受到了前所未有的大发展。大量生产、大量流通和大量消费这三大要素造就了大众文化的繁荣，形成了大量消费型社会。收音机以及各种各样的电器产品、汽车等产业获得发展，使美国社会不断走向繁荣。奠定这种繁荣的基础和以后的产业资本主义社会基础的正是亨利·福特所发明的大量生产方式，即"福特制"。同时，他又提出了提高工资和缩短劳动时间的劳资共荣精神，即所谓的"福特主义"。乍听上去，这对劳动者而言可以说是福音。而承担这种大量生产的单纯劳动的工人，就是那些十九世纪九十年代至二十世纪二十年代的世纪转换之际，来到美国的大量移民。他们因为欧洲的人口增加和贫困，或者为了逃避宗教迫害而来到美国。他们与十九世纪来自于西欧和北欧的旧移民不同，主要出生在南欧和东欧，他们中的大部分人既不会说英语，也没有一技之长，信仰的宗教也是在所谓的"白人社会"的美国明显会受到歧视的天主教或犹太教之类。但是，正是他们这些贫穷的工人在纽约和芝加哥等大城市支撑着美国的繁荣。

贝娄的《奥吉·玛琪历险记》(1953)以二十世纪二十年代充满了收音机和汽车等各种物质的美国社会为背景，描写了芝加哥的移民们。贝娄自己作为来自俄国的犹太人移民的儿子，于1924年9岁时来到芝加哥的经历，让他得以生动描写了居住在这个城市中的移民们的生活，同时也在作品中体现出了移民们的坚定和顽强。

进入二十世纪三十年代后，因为1929年纽约证券所股价暴跌而发生大危机，美国社会从二十年代的富裕一泻千里，进入了一个可谓是资本主义危机的黑暗时代。而首当其冲的正是社会的弱势群体，即那些贫穷又得不到社会保障的工人们。1933年的失业者据说有1200万或1300万人，遍布全国各地。据称这次大危机的原因，是财富的不分配所导致的生产和消费的差距，以及股票投资的不健全与政府经济政策的不完善。"追求自由、平等、幸福这些不可剥夺的权利"的建国理念本应赋予全国民众，这次大危机却使关于这个建国理念的历史矛盾凸显出来，那就是阶级之间的贫富差距和"两个美国"的存在。

《奥吉·玛琪历险记》生动地描写了美国社会这种"光与影"的对比，

以及美国对各个政治阶级的区别对待，让读者认识到了辛克莱的“热带丛林”社会，即弱肉强食的美国社会。并且这部作品还预告了伴随着科技发展，将出现高度管理化的社会。这篇小说作为贝娄的第三部作品，人们屡屡指出其作品风格发生的变化，即运用了自由轻松的“说话语气”。而更值得注意的是他在这部作品中确立了自己的创作视角，从作品题目也可以发现，他或许是模仿了《哈克贝里·芬历险记》。正如马克·吐温通过一名边缘人物的孩子的眼睛描写了当时对黑人的歧视，贝娄以犹太人移民这样一个边缘人物的视角，揭示了二十世纪二三十年代美国社会存在的矛盾。

二十世纪三十年代的大萧条中，罗斯福总统用被称为“资本主义向左转”的新政，致力于挽救美国社会和一般民众。从结果来看，使经济完全恢复的是第二次世界大战的爆发以及伴随着参战带来的军事费用的增加和军需产业的大发展。众所周知，美国因为日本1941年12月7日袭击珍珠港而决定参战。但是，关于这一次参战美国其实曾在孤立主义和国际主义之间摇摆不定。第二次世界大战爆发之际，美国立刻宣布不参战，表明了不介入的立场。由于巴黎不战条约的失败、大危机导致的国内问题日益严峻、社会危机感、为了民主主义而参加的第一次世界大战没有带来理想的结果、有报告认为参加第一次世界大战是军需产业策划的结果、与反战局势的结合等一系列的原因，舆论强化了反对参战的立场，美国政府从二十年代的威尔逊国际主义转变为孤立主义，推行门罗时期的睦邻外交政策，采取与中南美各国进行共同防卫的对策。但是，广大民众特别是罗斯福总统本人认为必须对以日德意为首的世界法西斯势力进行打击，并以援助同盟国武器的形式表明了立场。而具有讽刺意义的是，让在反战与为了国际和平参战之间摇摆不定的美国毅然决然参战的竟然是珍珠港袭击。

美国在战争与孤立主义式的和平之间的纠葛，在《晃来晃去的人》中象征性地描写了出来。主人公犹太人后裔约瑟夫在征兵检查中合格，并辞去工作放弃研究，一心等待入伍通知书。但他因为是加拿大国籍而一直拿不到通知书，处于一种悬空状态。他没有工作，靠妻子养活，看着同伴们为了国际和平在战斗，渐渐地产生了犯罪感，除了吃饭闭门不出，把自己孤立了起来。但是，正如他所说的，“善要在社会中用爱来实现”，这是形成“完整的自己”不可或缺的要素，因此觉得自己处于堕落状态。以前的他对于"善良的人应该如何生存"这个问题,认为答案在于建设一个"通过规章禁止怨恨、暴虐和残虐的集团"、即"精神的殖民地"的计划之中,但如今他认识到了这个计划的无效。最终让他终止这种悬空状态的是他在银行无法证明自己,像"移民、黑人或孩子"一样被人用名字称呼,自尊受到了严重伤害。之后,他以放弃现在的自由这种自我牺牲方式,消除了死亡的恐惧,决定采用自我意愿这种最不希望的方式加入到战争的暴力当中。这种选择尽管伴随着各种各样的问题,但是与美国决定作为国际社会一员为了世界和平参战的选择其实是相通的。然而,双方都是因为自尊心受到了伤害,以及从天而降的灾祸而痛下决心,这一点似乎有些嘲讽意味。此外,也可以看出对那些不直接关系到自己的问题,人们所采取的消极态度。

贝娄在这第一部作品中,揭示了犹太移民约瑟夫内心的自卑感,最终抛弃了通过反省寻找答案的方式,选择了海明威式的态度,显示出通过行动打破现有闭塞状态的开拓者精神。这意味着他显示出希望与美国社会同化的姿态,开始作为一名美国人作家启程。同样在二十世纪四十年代完成的《受害者》(1947)中,贝娄虽然坚持揭露美国社会反犹太主义的真实情况,但也指出了犹太移民过度的受害者意识,并对真正的受害者究竟是哪些人这一问题,提出了具有普遍意义的解答。

约瑟夫因为被人"像称呼移民、黑人或孩子一样"不是用姓而是用名字称呼,而丧失了理性。从中我们可以看出种族歧视问题是美国这个移民国家和多民族国家建国以来的历史性问题。在《受害者》中非常明确地描写了反犹太主义,暗示了人类内心普遍存在的歧视本能。美国白人歧视南欧、北欧人,意大利人歧视犹太人。黑人因为肤色的原因更容易成为歧视的对象。贝娄作为犹太移民尤其关注这个问题,这也形成了他作为少数派的带有局外人性质的边缘人物视角。

如前所述,这部作品中有众多反映反犹太主义的场面,看起来作品的主题似乎是反犹太主义。但是,贝娄本人说明这部作品谈论的是"移民、想要归属于美国社会却不被接受、被挡在门外的人们,以及我们当中所有的局外人"。有人认为这部作品讲述的是主人公犹太人利文萨尔和白人阿尔比之间的关系所反映出的人类在成为受害者的同时,不知不觉中也成为了加害者这一具有普遍意义的主题。但是,贝娄在小说中又提出了真正的受害者究竟是哪些人这个问题,认为孩子、局外人或者因为某些理由被社会排除在外的人，即在某个体制内无法明确主张自己的人们才是真正的受害者。这不仅限于美国社会，而是整个人类社会普遍的结构。

不过，贝娄虽未涉及女性歧视问题，但在作品中却明确描写了对女性的歧视。利文萨尔从远处目击了在两名男人面前因为恐惧而说不出话来的一名女性，并认定这是其中一名男性的妻子，是“妓女”；自己订婚以后怀疑妻子与原来恋人之间的关系，虽说是偶然但发生了暴力行为，并剥夺了她说话的权利；尽管两人丝毫不相像，却把阿尔比带回家的妓女误认成管理人的妻子，她是当时被贴着“妓女”标签的波多黎各女性。这些都明确表示出一种女性歧视意识。她们无论在事实上还是“说话”方面都被男人用暴力剥夺了话语权，无法辩解、无法主张，她们是“真正的受害者”。这不仅在当时的美国，也反映了大部分父权社会中的女性歧视现象。可以说揭示歧视现象的贝娄本人作为一名男性，不知不觉之中也站在了歧视者的立场上。

二十世纪五十年代的美国被称为“财富时代”，因为大量生产技术的发展以及国民生产总值的上升，迎来了大众消费社会。电视机和汽车等广泛普及，人们在享受丰富物质的同时，也享受着娱乐和休闲。中产阶级为了躲避城市的喧嚣而移居到郊区的独家住宅，享受着周围堆满电器产品的舒适生活。但是支撑这种富裕的除了汽车、住宅和电器产品的需求增加所带来的产业发展以外，还有占据联邦政府预算 50%~60% 的军事费用带来的原子能、飞机、导弹、电子机械等新兴军需产业的发展。众所周知，这种“军产复合体”自第二次世界大战至今，在各种意义上影响着美国政治。但是，这种新兴产业的发展导致了人均国民生产总值从二十世纪四十年代的 595 美元急速增加到 1960 年的 2263 美元，并稳定了就业率。经济的稳定对于经历过大危机时代的人们而言极具魅力，自然也不愿得而复失。因此，他们希望维持现有体制，并导致了所谓的“顺应体制型社会”的诞生，外部虽然面临着冷战、朝鲜战争、印度支那问题等各种矛盾，但国内保守情绪高涨，是一个相对安定的时代。

但是，与白人中产阶级在郊区的富裕生活形成鲜明对比的是城市中心部以黑人为首的少数派的贫困生活。美国社会的这种“光与影”再一次浮现，不平等现象日益加剧。南部农业劳动人口不断减少，移居到东北部和西部大城市的黑人们在城市中心构成了社会底层。因此，美国大城市开始面临各种城市问题，并随着时代的发展而日渐严峻。

二十世纪五十年代看起来是一个安定的时代，但是也发生了一些预见到六十年代动荡的历史性事件。在种族问题方面，黑人因为战争或者体验了与白人的共同生活而开始对自己所身处的种族隔离状况产生疑义，并引发了 1954 年最高法院判决公立学校中的种族隔离违法的布朗判决，以及 1955 年亚拉巴马州的"抵制巴士"事件，并且出现了二十世纪六十年代的公民运动领袖马丁·路德·金牧师。

在一个追求效率和财富的社会，为了获得丰富的物质，白人中产阶级心甘情愿在一个大规模的组织中充当可有可无的角色，被千篇一律化，并失去了自我。对他们的生活方式最早提出的疑问来自于文学，来自于"垮掉的一代作家"。他们是二十世纪六十年代的反主流文化的先驱，阿伦·金斯堡成为嬉皮士之父。

贝娄在他的《雨王汉德森》中反映了这种文学局势，主人公尤金·汉德森让人联想起在《老人与海》里批评了美国物质文明主义的海明威。贝娄在这部以美国为舞台的作品中，刻画了文明社会中非人性的压抑现状，并设计了象征着狮子的人物——达弗国王来试图唤起人们内心原始的反抗精神。同时，他又把这种粗野的反抗精神与纽约移民劳动者的精神结合在一起，提醒当权的白人们，他们中的大部分人的祖先是因为反抗英国教会而来到了新大陆，是他们的祖先反抗英国的压迫而获得了独立。在西方文明中，作为文化的少数派，美国人的反抗精神在白人汉德森身上得到了体现，并被成功地唤醒。在这部小说中，贝娄还对美国社会中的科学技术信仰和西方文明至上主义提出了疑问，认为应该承认各种文明的价值并加以吸收。这其实是指应该承认以犹太人为首的各种少数派所拥有的文化，也预言了六十年代以后的后现代社会中文化的多元化，以及少数派公民运动的兴起。

在以前的作品中也曾经出现过这种站在种族少数派立场上的视角，而在这部作品中则能看出贝娄站在一名美国社会艺术家立场上的创作态度。在充满物欲的美国社会里，不从事生产，不对繁荣物质做出贡献的艺术家是所谓的边缘人物，受到排挤。但是，正如二十世纪五十年代的"垮掉一代运动"所揭示的，正因为他们是边缘人物，所以对体制社会的矛盾十分敏感，并发挥了通过作品对社会发送信息的作用。前文所提到的海明威在体验非文明社会以后，对西方文明进行了批评。此外，金斯堡等众多作家也走向世界，接受各种文化的价值。贝娄在这部作品里利用他的种族少数派视角以及文化人类学知识，仔细观察美国社会，并通过作品对社会发送信息。可以认为，他非常强烈地意识了到自己作为一名作家的职责。

二十世纪六十年代的美国洋溢着社会改革的热情，从诞生历史上最年轻的总统肯尼迪开始，到 1968 年马丁·路德·金牧师遭到暗杀，再到 1969 年的华盛顿反战大集会，其实是一个由明至暗的动荡时代。虽然肯尼迪总统的接班人约翰逊总统在种族问题、贫困问题和社会保障问题等方面进行了多样化的改革，但到了后期，由于正式参与越南战争并陷入泥潭而引发了反战运动。虽然通过了《民权法案》，但因为黑人频频暴动等，社会陷入一片混乱。再者，以黑人解放运动为诱因，其他少数派的解放运动、女性解放运动、学生运动等也此起彼伏。年轻人则借鉴五十年代垮掉一代的运动潮流，诞生了反对现有体制的反主流文化，其象征就是嬉皮士的出现。

贝娄在《赛姆勒先生的行星》（1970）中概括了这样的二十世纪六十年代。他在书中描写了赛姆勒这位第二次世界大战后来到美国的七十多岁的犹太人知识分子。与之前的作品不同的是，他完全以一个外国人的眼光观察美国社会，并进行分析。前一部作品《赫佐格》（1964）的主人公也是一名知识分子，但时刻处在反省之中。赛姆勒则不同，他作为外国人与美国保持一定的距离，并以社会学者和历史学家的视角进行冷静的观察和分析。在这部作品中，贝娄以纽约这个大城市为背景，揭露了美国社会剧烈的贫富差距和犯罪多发的大城市实态。黑人解放运动中“黑就是美”的概念因为黑人小偷的犯罪和威胁而受到玷污，伴随着女性解放运动的性解放运动，则因为一些受过高等教育的上流社会女性的放荡而受到歪曲，并被认为是美国社会性堕落的原因。对父母的现有价值观进行反抗的反主流文化精神，也被那些一面在经济上依靠父母，一面反抗父母的年轻人“发扬光大”。提出言论自由的学生运动也暴露了社会活动家们在集会中的粗暴言论和知识水平的低下，显示了学生运动临阵磨枪式的肤浅。

看到这些情景，赛姆勒认为美国处在了面临着崩溃的末日状态。但是，对美国的强大了如指掌的贝娄，在作品中引入了宇宙开发的主题，显示出其独特的观点。能解救美国于末日的是美国高度的科技水平和财富，这一点在作品中以宇宙开发计划的形式出现。1969 年阿波罗 11 号在人类历史上首次成功登月，美国向全世界显示了其经济能力和科技水平。

在小说中，把这种新开拓者的意义与美国历史上的开拓者的意义结合起来进行阐述的，竟然是印度科学家，可谓具有讽刺意味。美国的西部是开拓者、即美国梦的根据地，正因为如此才成为东部劳动者的发泄对象，尽管并没有发展到革命运动的程度。社会福利预算因为阿波罗计划遭到削减，对此也有不少批评意见，但贝娄却表示出了拥护。作品反映了能够解决黑人暴动和贫困等各种问题的是这种新开拓者所象征的科学技术，以及通过科技的发展与技术专家政治，为美国带去经济的繁荣与社会的稳定这一美国科技至上主义。此外，印度科学家的存在一方面显示出美国的同化力，同时也体现了科技信仰已经扩大到世界范围。不过，赛姆勒并未完全认可宇宙开发的意义，而是认为要打破现状首先应该找回正义，并对科技信仰提出了疑问。

贝娄在这部作品中，通过一名体验过大屠杀的犹太老人赛姆勒，以各种局外人的视角，对社会进行了透彻的观察和分析。尽管如此，也不可否认这部作品因为比较晦涩难懂，所以与前面的作品相比难以得到读者共鸣。或许其原因之一在于叙述和结构、人物设定等小说技巧的不同。

二十世纪七十年代的美国迎来了建国两百周年这一值得纪念的日子。但是，水门事件导致总统任期中途辞职，成为美国历史上的大污点。通货膨胀和经济的不景气又导致财政问题不断扩大，越南战争导致国际威信和领导能力下滑……此时的美国笼罩在一片沉闷的气氛之中，这与一个世纪前百年大庆时截然不同。虽然二十世纪六十年代的民权运动看似沉寂，社会似乎恢复了平静，但是，城市问题日益恶化，城市的贫困和治安问题十分严峻。二十世纪五十年代中产阶级开始移居郊外，现在则是以黑人为首的边缘人物所形成的贫民窟不断增加。企业搬迁到周边地区也导致法人税收入减少，而福利费用却不断增加，这导致城市财政陷入危机。实际上纽约在 1975 年因为联邦政府的援助才得以避免破产。二十世纪七十年代以后，城市的犯罪问题日益严重，暴力犯罪中有三分之一发生在大城市。一般认为其原因是吸毒人员的增加、武器购买便捷、持续的警力不足等，但究其根本原因，恐怕还在于黑人或边缘人物等下层阶级的高失业率等导致的贫困问题。

关于这些城市问题，贝娄显示出了他作为“美国作家”的实力。因为他的作品背景大多是纽约或芝加哥这两大城市，并聚焦于边缘人物，因此，他的作品显著地反映出了城市问题的严峻性。例如在《赛姆勒先生的行星》中，就真实地描写了纽约的治安问题、警力的持续不足现象，反映了问题的严重性。

贝娄在其后的作品《洪堡的礼物》（1975）中把城市问题作为了主题之一。这部小说的背景是芝加哥，自认为是“芝加哥出生的作家”的主人公查理·西特林回到阔别多年的故乡时，看到自己深爱着的芝加哥的颓废面貌感到惊愕。但是，他无法抛弃留有无数记忆的芝加哥，并相信它会重生。因为他相信，既然城市由一个一个的人构成，只要人没有改变，总有一天芝加哥也会回到原来的芝加哥。贝娄在这部作品中把问题的解决寄托到了未来，提出了所谓的“希望辩证法”这种犹太式的问题解放方式。这是一种犹太式的想法，认为现在的确处于最坏的状态，但未来一定会恢复原来的光彩。贝娄为了吸引读者对这一概念的兴趣，在作品中设计了查理的前女友拿俄米·路得，让读者联想到《圣经·路得记》里的拿俄米，促进了这一犹太独特概念的认识和理解。

到了二十世纪七十年代，六十年代开始的女性解放运动继续发展，虽然最终因为得不到州政府的批准而没能制定男女平等法案，但是，男女平等权修正条款在联邦议会两院获得了认可。女性权利日益扩大，并逐步进入政界和专业领域。另一方面，离婚率快速上升，单亲家庭急剧增加，并出现了多个男女以及同性组成家庭这一新型的家庭形态。这种社会状态也在贝娄作品中得到了反映，对结婚这一传统的社会形态提出疑问的同时，也出现了受到强势女性压制的贝娄的主人公形象。

此外，在这部被认为是他最杰出作品的诺贝尔获奖作品当中，贝娄涉猎了多个主题。不仅传递出具有深刻含义的信息，还反省了前一部作品的失败。为了加入娱乐读者的娱乐性要素，他充分考虑了小说人物的设定、并运用了套匣结构的叙事技巧，在多方面进行了努力。其中尤其值得注意的是喜剧手法的运用，使一些难懂的主题和信息让读者轻而易举地接受。这种喜剧手法的运用，反映了美国文化贫瘠的社会状况。艺术家因为不能对物质繁荣做出贡献而得不到理解，他们对不能被社会接受感到绝望。同时，也显示了贝娄本人的认识，即如果作家希望通过作品对社会传递信息的话，就必须获得大众的认可和理解。这表明了他作为一名“美国作家”的创作态度。在长达三十年的创作活动后，贝娄终于对美国作家的存在意义做出了最终的解释。

二十世纪八十年代的美国在里根总统的就职中拉开了序幕。他的口号是让“强大的美国”复活。为了这个强大的美国复活，就需要增加军事力量，而这使美国的经济陷入了财政赤字当中。结果只能对老人医疗费和其他福利政策进行压缩。这些财政政策使城市问题和贫困问题日益恶化。进入二十世纪七十年代后，黑人地位逐渐上升，黑人市长显著增加，可以看到他们不断进入政界，且大量占据专业职位与管理职位，经济状况也不断获得改善。但是，富裕的中产阶级和极其贫困的“底层社会”之间的分化仍日渐显著。黑人贫困线以下家庭的比例在二十世纪八十年代占全部家庭总数的约 30%，是白人的 3.5 倍。

贝娄在《院长的十二月》(1982) 中，延续着前两部作品的基调，继续描写了城市问题，特别是把目光聚焦在大城市的黑人底层阶级的生存状态上。贝娄在这部小说中除了描写芝加哥黑人社会的无秩序和崩溃的悲惨状况，还提出了打破这种闭塞的自生自灭状态的救赎政策。封闭状态和黑人社会内部的反常状态（文化混乱状态）导致他们陷入窘境，而靠他们自身的力量很难摆脱出来，但美国社会似乎在等待着他们的自生自灭。贝娄认为他们最需要的是能够领导他们的指导者，即领袖式的人物。在这部作品中，作为领袖式的人物，贝娄安排了“芝加哥的道德主动权的代表性人物”、典狱长瑞德帕斯，以及杀人犯、曾经的瘾君子，现在自费经营戒毒中心，为黑人贫民社会提供服务的温思罗普，让他们两人作为黑人的救世主出场。

此外，贝娄认为共产主义统治下的罗马尼亚的布加勒斯特受到监视、缺乏自由的社会的封闭性与黑人社会的封闭性是相似的，认为要打破这种局面，首先应该解放这样的社会，即必须暴露这种社会的真实状态，而起到解放者作用的是主人公科尔德。他因为在《哈泼斯》上刊登了报道黑人社会的实际状况以及称赞瑞德帕斯和温思罗普的文章而遭到媒体围追，同时受到担任院长的那所大学当局的压力，不得不辞职。通过这件事情，他认识到了被称之为“美国企业”的宣传媒介的真实状态和被管理化了的大学现状。他辞职后作为记者，沿着“哈泼斯”的方针自由撰稿，决心揭露这个“封闭社会”的本来面目。故事的结尾也因为两名黑人领袖的存在以及追求自由的科尔德的笔杆子的力量，而给黑人社会的窘境带去了一缕光明。

贝娄通过这部作品再一次明确表现出前一部作品中所显示的创作态度。他认为把美国社会的真实状况告诉人们，即解放“封闭的社会”是自己作为一名作家的职责。也就是说，二十世纪七十年代以后，在不断陷入保守和管理化的美国社会，不屈服于社会与组织的压迫，通过自由言论以及传递真相来实现“追求自由、平等、幸福”这一理念，期待美国新生，发挥一名“美国人作家”的作用，才是自己创作活动的意义所在。作为“城市作家”，贝娄的确十分称职。城市不仅面临着各种现代文明社会的问题，也是美国各种问题与矛盾的缩影，因此，描写城市其实就是在描写整个美国社会。

以上通过贝娄的第一部作品《晃来晃去的人》至第九部作品《院长的十二月》，简单回顾了二十世纪二十年代至八十年代的美国社会，并论述了他作为一名“社会解放者”的作家的作用与意义。从中可以清晰地看到作家贝娄的独特性，即他对社会的敏锐的洞察力，以及虽然千变万化却不离其宗的边缘人物视角。他作为犹太移民，作为知识分子，作为艺术家，以自己敏锐的目光观察美国社会，特别是被幽闭起来的阴影部分，并揭露其中的矛盾，进而努力寻找问题的解决方法。他运用自己作为边缘人物的视角与智慧，永不厌倦，坚持不懈地坚持着创作活动。而且，作为“社会解放者”，作家贝娄最终所做到的是像科尔德一样拿起笔，科尔德的决心其实也是他自己创作理念的体现。在这里我们可以看到曾经因为不理解盎格鲁-撒克逊人的传统而被关闭创作之路的贝娄，终于确立了“美国作家”的地位。他的创作活动不仅对美国社会理想的实现做出了贡献，也让我们重新认识到最近不断被轻视的“文学”的价值。

编后记

坂口佳世子（Sakaguchi Kayoko），日本索尔·贝娄协会会员。本文选自宫崎大学《教育文化系学报·人文科学》第10期（2003），第9—18页（「アメリカ人作家」ベローの誕生——ソール·ベローの文学とアメリカ社会，『宫崎大学教育文化学部紀要·人文科学』第10号（2003），pp. 9—18）。

本文论述了贝娄的文学创作根植于美国社会，通过他一生的创作活动，展现了现代文明、美国社会的各种问题与矛盾，并努力寻找解决之道。

第二辑

贝娄专题研究

“洗脱我粗俗的出身”：论索尔·贝娄小说中的男权精英化语言

作者［美国］L. H·戈德曼
译者 李英

在他的第三部小说《奥吉·玛琪历险记》(1949) 中，索尔·贝娄宣布他从白人新教徒谚语的限制中解放出来，这一举动成为他日后著作的一个里程碑。大约在二十年后的一次采访中，在对他以往著作评论时，索尔·贝娄说：

> 我想，当我写下这些早期作品时我是胆小的。我觉得自己简直厚颜无耻，竟向世界（部分是白人新教徒世界）宣称我是一个作家、一个艺术家。我不得不……证明我的能力，对正式请求表达我的敬意……。我害怕让我去……。当我开始写《奥吉·玛琪历险记》时，我抛弃了很多限制。前两本书写得很好…… 但并不让我觉得舒服。一个作家应该能够轻松、自然地表达自己……我为什么要强迫自己写得像一个英国人或一个《纽约客》的撰稿人？……我要补充一点，处于我这种位置的年轻人也会有社会禁忌。我有足够的理由担心，我会被看成是一个外国人，一个无照经营者。早在我在大学攻读文学的时候，我就清楚了作为一个犹太人、一个俄国犹太人的儿子，我永远不会对英文单词、对盎格鲁-撒克逊文化有正确的体会。[①]

① Gordon L. Harper: “Saul Bellow” in Rovit, Earl(ed.), *Saul Bellow: A Collection of Critical Essays*, Englewood Cliffs, New Jerscy: Prentice-Hall, 1975, p. 9.

贝娄已经告别大学时代很久了。没有任何人,哪怕是最挑剔的婆罗门,也没有质疑过他对英语语言的敏感。贝娄在他的短篇小说《狗嘴吐不出象牙》(1983)里讽刺了这种盎格鲁-撒克逊的仇外心理。对于瓦利施对他行为的谴责,肖穆特反驳道:

> 我必须告诉你瓦利施在信中把这笔生意交给我了。为什么,他问,人们交谈时我总是急于炫耀卖弄,说着他们想不起来的成语,帮他们把话说全?瓦利施断言我是炫耀,想要洗脱我粗俗的出身,证明犹太人也可以——像艾略特曾梦想的那样——(勉强)受到基督教社会的认可。①

但是,他的写作从《奥吉·玛琪历险记》开始有了明显的改变。不仅题材变得更宽松、更广泛、更富有情节,语言本身也变得更有活力。大部分的活力与贝娄使用意第绪语有关。意第绪是他的第一语言,他运用自如,大概在同一时候,他出色地翻译了辛格的《傻瓜吉姆佩尔》——一个美妙而令人痛心的故事。 而正如莫里斯·塞缪尔所说:"纯粹、简单的意第绪语,只有在对撒克逊词语的谨慎挑选下,才能在英语中重现它的温柔。"②

作为掌握几种语言的大师,贝娄与辛格在诺贝尔奖讲话中的观点不谋而合:"人们可以从意第绪语和意第绪精神中找到虔诚的喜悦,对生命的欲望,对救世主的渴望,对人类性格耐心而深刻的解读。"③ 或者,又如辛西娅·奥兹克所说:"Mamaloshen [母语] 不会孕育'荒原'。没有疏远异化,没有虚无主义,没有达达主义。没有破坏而带来的痛苦!没有不和谐!"④

贝娄在他的第一部作品中就宣布了对盛行的盎格鲁-撒克逊文学传

① Saul Bellow: "Him with His Foot in His Mouth", in *Him with His Foot and Other Stories*, New York: Harper & Row, 1984, p. 11.

② Maurice Samuel: *The World of Sholom Aleichem*, New York: Schocken, 1943, reprint in 1965, p. 198.

③ Isaac Bashevis Singer: "Nobel Prize Speech", reprinted in *Yiddish*, 6, No. 2 & 3, (Summer-Fall 1985), p.172.

④ Cynthia Ozick: *The Pagan Rabbi and Other Stories*, New York: E.P. Dutton, 1961, reprinted in A Dutton Obelisk Paperback, 1971, p. 82.

统及哲学观的蔑视与决裂。又一个十年过去了,《晃来晃去的人》(1944)标志着他在语言风格上已与前者分道扬镳。各色作家评论着贝娄对意第绪语文学传统的使用。贾德说,这种内心独白:

> 所赐予《晃来晃去的人》和《赫佐格》[以及他后来的作品]的大部分力量来源于一种古老的犹太形式。这是一直以来东欧研究犹太法典的方式,学者用单一的节奏对着自己大声背诵,先是第一个人的观点,然后是争论者,然后轮流表演每一个角色。①

芭芭拉·基特恩斯特恩在她的《索尔·贝娄和意第绪文学传统》中就贝娄对意第绪文学传统的使用提出了更彻底的讨论。而贝娄本人在他的短篇小说《狗嘴吐不出象牙》中隐晦地提到了肖洛姆·阿莱赫姆,他让肖穆特思考:"游荡在温哥华的这个冬天,我曾考虑过是否编辑一部难听话选集。"② 肖洛姆·阿莱赫姆的第一部作品——那时候他还是个年轻人——是一本关于他继母说的脏话的字典。

然而,贝娄对意第绪语的使用往往模棱两可。一方面,他建议打破人们所接受的、风格正式的盎格鲁-撒克逊传统。然而,他又很在意他的听众的反应,包括犹太人和非犹太人。因此他的意第绪语试图做到两者兼顾:或成为美国犹太文学新兴领域的一部分,拥有现成的知识分子观众和热心的读者;或成为超越此类别的精英团体的一部分(因此他反复强调这一概念,他不是美国犹太作家,而是一位美国作家,一位碰巧是犹太人的美国作家)。这么说吧,他想"洗脱他粗俗的出身",并同时"提高和充实美国白话"③。他通过使用男权精英化的意第绪语来完成这个目标,这一意第绪语被认为既充满智慧又精炼,但它同时也是对阶级和性别的歧视。

从《奥吉·玛琪历险记》开始,读者注意到一个健谈的主角被不断复制。但健谈并不是犹太人的专利,贝娄在定义"贫民窟的笑声"中提到:

① Judd L. Teller: *Strangers and Natives*, New York: Delacorte P, 1968, p. 266.

② Saul Bellow: "Him with His Foot in His Mouth", in *Him with His Foot in His Mouth and Other Stories*. New York: Harper & Row, 1984, p. 57.

③ Michael Allen: "Idiomatic Language in Two Novels by Saul Bellow", *Journal of American Studies,* 1.2 (1967), p. 275.

冗长乏味、无能为力和幽默感是犹太精神的一部分,而这些都与他们的语言使用相关。他说:

> 在贫民窟的犹太人发现自己被卷进了一个巨大的玩笑中。他们被神圣地指定为伟大的人,但他们却像老鼠一样。历史事件只是发生在他们身上,而非他们创造。各国创造了历史,而他们,犹太人,只得忍受。但是所有发生了的历史都属于他们。……最普通的意第绪语谈话都充满了最盛大的历史、神话和宗教典故。创世记、人的堕落、大洪水、出埃及记、亚历山大大帝、提图斯皇帝、拿破仑、罗斯柴尔德,这些圣人和法律可能会出现在关于一颗鸡蛋、一条晾衣绳,或一条裤子的讨论之中。这种对古今中外所有伟大贡献了如指掌的生活方式,因为贫穷和对选择的无能为力,让贫民窟显得十分荒谬。无力感迫使人们说话。[①]

在此段引文中,贝娄暗示了话语的力量与行动的瘫痪之间的关系。他指出在乡村生活中,犹太人能够通过信念的力量来克服他们立场上的弱点。如果说他们仅仅是利用手中的权力去抱怨,至少他们做得很出色。自上帝授摩西十诫以来,犹太人的力量被赋予在他的脑中、他的心中,而不是他的肌肉中(《撒迦利亚书》第4章第6节)。事实上,屋顶上的提琴手在他的雄辩中才变得伟大。语言表达成为了犹太人的特性之一,人们越来越娴熟地运用它,直到它成为权力的来源。语言让犹太人从弱者变成了帝王——前者是社会对他们的定位,后者来自于他们自己的感受。我们确实看到,贝娄的人物力量正表现在口头表达上的灵活。例如,奥吉作为一个人的不足,被他雄辩的口才、言论的力量所取代,因此,即使他无法以"历险"来征服我们,至少他流利的语言刺激了我们,激起了我们的好奇心。这同样适用于其他无能的主人公(通常是男性),贝娄将他们的职业设置为能最佳利用语言技能的那一类:教师、记者、作家、院长。

然而,贝娄的小说里的主人公和第二主人公在使用意第绪语上有着明显的不同,男性和女性在这方面也同样存在着差异。一般来说,主角讲的是更加完善、更显学识的意第绪语;他们使用《圣经》里的典故,为发言

① Saul Bellow: "Laughter in the Ghetto", review of "The Adventures of Mottel the Cantor's Son" by Sholom Aleichem, *Saturday Review of Literature,* May 30, 1953, p. 15.

增色，即使这似乎对他们而言并不恰当。而次要人物——包括妇女——说着一口被利奥·罗斯滕称作“‘意第绪英语’的土话，即在白话英语中说的意第绪语”[1]，如“kibbitzer”(乱出点子的观众)、“shnook”(容易上当的人)、“shamltz”(伤感)、“yenta”(长舌妇)、“meshuggah”(发疯的)等。在他的小说中，贝娄延续了东欧犹太社会对男人和女人的态度，即学识和精神活动属于男人的事，而世俗的琐事则由妇女来负责。在现代意第绪文学兴起之前，人们普遍反对意第绪语的使用，因为它曾是民间用语：妇女和没有受过教育的男人才会讲。严肃写作是用希伯来文完成的。当时，妇女的贱民地位根深蒂固，这在十六世纪波兰学者雅各布·本·艾萨克·阿什肯纳兹的 *Tseno Ureno* 中得到了加强，这是一本意第绪语的《圣经》译本，较之以往的希伯来文版本，它综合了更丰富的评注、传说和训诫。意第绪语文学既来自哈西德主义，又来自犹太启蒙运动——前者提高了普通人对意第绪语的使用，后者将文学更加世俗化。二十世纪纳粹时代之前，意第绪文学在中欧和东欧大陆蓬勃发展，虽以男性作者居多，却是面向女性读者。意第绪语散文大师肖洛姆·阿布拉莫维奇（门代尔·莫切尔·塞弗里姆）和肖洛姆·拉宾诺维奇（肖洛姆·阿莱赫姆）在创作初期时用的是希伯来文，但当他们意识到无法获得更多的读者时，他们转向了意第绪语。然而，他们用了日后流芳千古的笔名，以避免来自文坛的打击、报复。事实上，肖洛姆·阿莱赫姆在自己的墓志铭上写道：

这里躺着一个犹太人，一个简单的人，
他用意第绪语为妇女写作，
对他的乡亲们来说，
他是一个幽默家、一个作家。[2]

贝娄出生在一个讲意第绪语的环境中。在他接触到母亲的乳汁的同时也接触到了意第绪语。这是他的母语。贝娄对意第绪语的使用是有意识且深思熟虑的。由于意第绪语文学史在阶级、性别方面的差异众所周

---

① Leo Rosten: “Preface”, in *The Joys of Yiddish*, New York: Washington Square Press, 1968.

② Mark Zborowski and Elizabeth Herzog: *Life Is With People: The Culture of the Shtetl*, New York: Schocken, 1952, p. 127.

知，我们可以认为贝娄对这一事实有着清醒的认识。通过在男性角色上施加一定的语言技巧，并从女性人物身上剥夺类似的权利，贝娄巧妙地用语言延续着东欧性别、阶级的偏见。在贝娄的小说中，意第绪语从对语言本身的使用转向了对已成为美国谚语的部分单词和短语的使用。讲话模式遵循着东欧的原型，反映了男女受教育的不同限制。妇女讲英语时混杂着东欧的意第绪语方言；男主人公则在讲话中掺杂着《圣经》里的典故。然而有时这些典故不符合他们的生活方式，或干脆就是使用不当。

举一个早期的例子，在《奥吉·玛琪历险记》中，奥吉·玛琪既是一个贪婪的读者，又是一个长篇大论的啰嗦鬼。他自学成才，在讲话中不断暗示他的博学程度。不过，他对《圣经》的很多引用非常晦涩，这暗示着他对《圣经》有很深的钻研，而这种钻研要花费多年的时间。这显然与他流浪汉般充满插曲的生活不沾边。而另外一些对《圣经》的引用则明摆着是故弄玄虚，还有些是两者兼具。

例如，在描述安娜·考布林因儿子离家出走而伤感时，奥吉说："在以夏娃和哈拿为首的饱受苦难的母亲队伍中，她有一个殉教者在乐园里扛着血肉模糊的头颅直到世界末日的决心。"[①]"殉教者扛着血肉模糊的头颅"的提法可以说是出自于希腊神话珀尔修斯和美杜莎的故事，或者说是出自于《圣经·士师记》第4章中关于雅亿和西西拉的描述。但是"以夏娃和哈拿为首的饱受苦难的母亲队伍"则完全出自对《圣经》的引用。夏娃的典故比较简单，虽然夏娃的名声更多来自于她的不服从而非她的痛苦。夏娃一直在哀悼她被杀的儿子——亚伯。但对哈拿的引用却不同，她亲眼目睹了自己七个儿子被杀。这个故事并没有出现在《圣经》中，但收录在伪经和希伯来文学中（参见《马卡比书》的第4书，《耶利米哀歌》第1章第16节，以及《巴比伦法典》，短文《吉特林》）。这是关于一个传统的犹太家庭在光明节的故事。然而，奥吉接受的犹太教育并不传统。没有什么节日庆祝活动，只有在考布林的房子里还有一些所谓的仪式，而光明节还不在这些被纪念的节日中。奥吉将夏娃和哈拿放在一起是异端而深奥的。

并非奥吉引用的所有《圣经》里的故事都是在故弄玄虚，但它们确实让他的发言看起来颇为自负，并与他无忧无虑的生活方式格格不入。奥

① Saul Bellow: *The Adventures of Augie March*, New York: Viking Press, 1953, p. 19.

吉不说弗丽德·考布林口齿不清，而是说：“弗丽德有天使指点摩西用炉灰医治的那种口吃。”[①] 他形容艾因霍恩的好色是“像一位老酋长或一只老海狮那样以所罗门似的睿智来鉴赏女性”[②] 。当伦林夫人对来本顿港看望奥吉的西蒙嗤之以鼻时，奥吉说：“我和她，多少有点像摩西和法老女儿的味道。不过不管从哪种意义上说，我都不是藏在蒲草箱中的婴儿。”[③] 他还在拜访西蒙的母亲时，把西蒙自大的咆哮比作巴兰“错误的祝福和咒骂……但没有任何外部力量来推翻他……”[④]。

虽然奥吉采用一种高度风格化的语言，一种充满《圣经》典故的语言——但这只是作品的一半，随着他的不断成熟，语言也变得越来越不那么华丽和自命不凡了——他很少在讲话中使用意第绪语。与此相反，贝娄让次要人物说意第绪语，并以此来表明其移民身份的低俗地位。劳希奶奶是个来自俄罗斯的寄宿者，掌管着玛琪家，凭自己的本事受过高等教育，读过很多书，除英语外还掌握了俄语、波兰语、意第绪语、法语和德语五种语言，却从不引用《圣经》来丰富她的语言。当需要强调自己的观点时，她经常选用一些简单的意第绪单词或短语。她告诉奥吉：“没有人要求你爱整个世界，只要诚实就好，正直 (ehrlich)。”[⑤] 这个建议是在她教奥吉如何在药房帮妈妈取得免费眼镜之后提出的，这让她劳希奶奶的形象显得更加矛盾或者说讽刺。她对乔治说：“嘿，你，孩子，聪明的小伙 (junge)，你喜欢奶奶……？”[⑥] 或者，她告诫玛琪说：“到我死了，躺在坟墓里的时候，奥吉，你都别忘了我这话 (Gedenk, Augie, wenn ich bin todt)！”[⑦] 安娜·考布林，奥吉的亲戚，也用意第绪语来表示强调。当谋划着让奥吉娶她的女儿弗丽德时，她说：“听着，奥吉，你以后就是我的儿子，我要把女儿嫁给你，我的乖孩子 (mein Kind)！”[⑧] 意第绪语在为这两个女人的形象增添了戏剧色彩的同时也降低了她们的身份。

在这一作品中，男配角用意第绪语来表达他们的粗俗。例如，凯伦

---

① Saul Bellow: *The A dventures of Augie March*, New York: Viking Press,1953, p. 17.
② Ibid., p. 77.
③ Ibid., p. 153.
④ Ibid., p. 235.
⑤ Ibid., p. 8.
⑥ Ibid.
⑦ Ibid., p. 40.
⑧ Ibid., p. 18.

德尔，一个玛琪的老邻居，问到奥吉的性生活："你碰壁了吗 (Schmeis du schon)，奥吉……你不是我的儿子……这引不起他的兴趣。你不是太年轻，对吧？我曾经比你还年轻，还可怕 (gefarlich)。"[①] 还有很多其他的例子，但让我们进入《赫佐格》——贝娄最具犹太色彩的作品，他在十多年后才写成。

贝娄告诉我们赫佐格接受过犹太教育，在日常用语中使用《圣经》典故和希伯来语，一些是从他的犹太儿童宗教学校学来的，一些引自犹太教圣典《哈加达》。后者以恰当的、犹太人的角度，提出了赫佐格自身处境的意义：他心理上的奴役和他的终极自由。与奥吉相比，他对希伯来语的使用更具有学术倾向。他也跟姨妈齐波拉和黛西的母亲波利娜说意第绪语，但我们从来没有看到这样的一个例子。至于泽尔达姨妈 (实际上是马德琳的姑妈)，他说人们仍然认为她是个"好伙伴 (heimish)"[②]。然而通常当他确实使用意第绪语时，也只是在他自己的幻想中，而非与他人沟通中。他把他早期的零星作品称作——用他母亲的话说就是——"大错铸成后所讲的悔不当初的自谴自责语 (Trepverter)"[③]。回想自己年轻的时候，拉维奇还与他们住在一起，他叫他"酒鬼(shicker)"[④]。反过来，是瓦伦丁·格斯贝奇，马德琳的跛脚情人，制定了混说意第绪语的规矩。他告诉赫佐格："有一件事你可以放心，好兄弟 (bruder) ……我们就不必搞什么小噱头 (shtick) 了吧……去他妈的，我们还扯那个干吗 (Hob es in drerd)？……她父亲讨人厌，母亲又爱啰嗦 (kvetsch) ……"[⑤] 但赫佐格对语言十分敏感，曾一度再也无法忍受格斯贝奇的装腔作势和粗俗不堪，当格斯贝奇告诉赫佐格说："你是个郡主 (ferimmter mensch)。"摩西纠正他说："是君子 (berimmter)。"格斯贝奇立即回答道："郡主，君子，(Fe-be) 谁在乎。"[⑥] 这就定下了配角使用意第绪语的语气：矫揉造作、粗暴庸俗，且不时犯错。

辛金和希梅斯坦都是律师，他们的发言基本上是负面的，经常使用如

① Saul Bellow: *The Adventures of Augie March*, New York: Viking Press, 1953, p. 87.

② Saul Bellow: *Herzog*, New York: Viking Press, 1961, p. 35.

③ Ibid., p. 3.

④ Ibid., p. 135.

⑤ Ibid., pp. 60–61.

⑥ Ibid., p. 61.

"schmuck"、"shmegeggy"、"schnook"、"macher"、"dreck"等街头意第绪语来强化他们的粗鲁无礼。

女性意第绪语的使用者是上一辈人，贝娄将他们的英语混入意第绪语，来强调他们的移民身份。摩西回忆起到姨妈齐波拉（他父亲的妹妹）家拜访的经历，那时他们住在加拿大。她是一个富有的女人，有房产，在战争中赚了钱，但她痛恨赫佐格妈妈的优雅。齐波拉对赫佐格的妈妈说："我现在还记得你们从哈利法克斯来的火车上下来时的样子，个个盛装打扮，从一堆新来的外国人中间脱颖而出。我的天哪！(Gott meiner!) 鸵鸟毛衣服，丝绸的裙子！穿鸵鸟毛的新移民（Greenhorns mit strauss federn）！"[①] 摩西的妈妈说："我已然忘记仆人。我就是一个仆人。那些都像是一千年以前的事了（Die dienst bin ich.）。"[②] 齐波拉还就乔纳·赫佐格的财务失败责怪说："怪你自己太软弱……只能怪你自己没用，你能怪谁呀（Az du host a schwachem natur, wer is dir schuldig）？……你什么都讲究派头、排场（alle sieben glicken）。"[③] 她拒绝了他借钱的请求。

另外，主人公带有错误的意第绪语里还存在这样一个问题，它的结构部分是希伯来语。这样的错误实在不胜枚举（其中许多可以在我的书《索尔·贝娄的道德理想》及我的文章《索尔·贝娄在〈赫佐格〉中对希伯来语和意第绪语的滥用》中找到）。但一些例子可以说明这一点。当摩西在雷蒙娜的公寓里洗手时，他回忆起："在犹太教法典（Haggadah, Rachatz）中有这样的词语，'你应当洗涤'，并记起'当你从墓地（Beth-Olam——众人安息之所）回来后，你必须洗刷一番'。"[④] 贝娄混淆了希伯来文 olam，意思是"永恒的"和意第绪语单词 oylem，意味着"众多"（如莫里斯·塞缪尔在他的讽刺性文章《我的朋友，已故的摩西·赫佐格》中提到的那样[⑤]）。然而，这并不是一种混合语，部分希伯来文和部分意第绪语。这是意第绪语完整地借用了一个希伯来语词，并继续在意第绪语版本中使用的一个例子。正确的意第绪语应该是"bes-oylem"，直译为"永恒的家"。

---

① Saul Bellow: *Herzog*, New York: Viking Press, 1961, p. 142.

② Ibid.

③ Ibid., p. 144.

④ Ibid., p. 181.

⑤ Maurice Samuel: "My Friend, the Late Moses Herzog", *Midstream,* 12.4, (April 1966), p. 11.

另一个错用的例子发生在摩西拜访他的继母，老太太陶贝时。他勾起了她对第一任丈夫——卡普里斯基的回忆："先夫（alehoshalom）卡普里斯基总是事事照顾周到，我连看都不必看一眼。"[①] 贝娄用意第绪语来表达希伯来语的"愿他安息"（olov hashalom），但没有哪个讲意第绪语的人会像贝娄这样翻译它。贝娄一直试图保留一些希伯来语，但老太太陶贝使用的应该是意第绪语而不是希伯来语，她可能会说"olevesholem"，把这个短语说成一个单词。

贝娄将部分希伯来语和部分意第绪语混合起来表达错误的一个例子，出现在泽尔达姨妈的讲话中。摩西回忆起泽尔达姨妈："她相信诅咒的力量，她说：'诅咒那些布尔什维克主义者，他们想让整个世界毁灭（horav）。'"[②] 意第绪语的表达是"chorev machen"，荒芜或破坏之意（意第绪语的完整表达是"zey viln khorev makhn di velt"）。泽尔达用她的东德英语会说"他们想让整个世界毁灭（khorev）"，或者是"他们想毁灭（khorev）整个世界"。

最明目张胆的误用出现在主角的名字里。他多次提到自己是摩西·埃尔卡纳·赫佐格（Moses Elkanah Herzog）。但是，当他用希伯来语时，他说是"摩西·哈纳（Moshe-Hanan）"[③]。然而，埃尔卡纳（Elkanah）和哈纳（Hanan）是不同的名字。它们不能互换。一个并不是另一个的简写。埃尔卡纳（Elkahah）的意思是"上帝创造"，而哈纳（Hanan）（或Khanan）是一种流行的以色列人用的名字，意思是"优雅"。摩西可能印象中认为，哈纳（Hanan）是埃尔卡纳（Elkahah）的意第绪版本，但事实并非如此。给他起名为埃尔卡纳（Elkahah）的父亲决不会叫他哈纳（Hanan）。我们只剩下一个连自己的名字都含糊不清的主角。虽然这种含糊其辞似乎很符合赫佐格的性格，但这绝不是贝娄有意为之。因此，这仍然只是一个没有准确使用希伯来文与意第绪语的例子。

《赫佐格》之后，贝娄减少了对《圣经》典故的引用，但不至于完全抛弃它们。他仍然使用男权精英化的意第绪语，仍旧对其一致性和适当性持开放态度。他的意第绪语更像是意第绪英语，这已转换成一种美国语言，成为犹太人和非犹太人日常用语的特点之一。也许是为了再次讽刺

---

① Saul Bellow: *Herzog*, New York: Viking Press, 1961, p. 247.

② Ibid., p. 143.

③ Ibid., p. 94.

盎格鲁–撒克逊式的一丝不苟，也许是为了再次强调英语的混杂性，贝娄在他后期的作品《更多的人死于心碎》中塑造了本 · 克拉德的非犹太妻子，具有贵族气质的玛蒂尔达 · 拉亚蒙，她说的英语中夹杂了意第绪英语。例如，当她谈到罗阿诺克，计划把那里重新装修成一个舒适的住处时说道："这看起来既宏伟又肮脏（schmutzig）。"[①] 或者如她告诉肯尼思说："你喜欢把自己当一个局外人，一个绝对的生手（a greener）。"[②]

贝娄是放弃了男权精英的姿态了吗？并非如此。在他后来的作品中，引用《圣经》典故从来不属于一个女性角色语言的一部分。《圣经》的知识，以及其伴随而来的所有祖先的智慧，仍然是家长式的。对于贝娄来的那样，意第绪语基本上仍是他名副其实的母语。贝娄在短篇小说《狗嘴吐不出象牙》对语言女性化的描写中强调了这一点，他安排肖穆特给罗斯小姐写了一封道歉信：

> 您可能已经听说意第绪语迷人、有魅力，又多愁善感了，但意第绪语是一种强硬的语言，罗斯小姐。意第绪语是严肃的、毫不仁慈的。是的，它有时微妙、可爱，但它也可以充满爆发力。[③]

意第绪语的使用，虽然不多，但这是为了表明一种世俗而又积极的态度，这也是贝娄不断突破盎格鲁–撒克逊体系的一个表现。他在翻译中公开使用意第绪语的表达，而不将它们转化为美国谚语，如肖穆特所说："他从来没让我把头稳当地枕在病床上。"[④] 这暗示了贝娄对这门语言的热爱，这门他最一开始听和说的语言：意第绪语。

---

① Saul Bellow: *More Die of Heartbreak*, New York: William Morrow, 1987, p. 152.

② Ibid., p. 125.

③ Saul Bellow: "Him with His Foot in His Mouth", in *Him with His Foot in His Mouth and Other Stories*, New York: Harper & Row, 1984, p. 16.

④ Ibid., p. 34.

编后记

本文选自美国学术期刊 *Melus*, 1989—1990 春季第 16 卷第 1 期, 第 33—42 页 ("Shuffling out of My Vulgar Origins", The Masculinist-Elitist Language of Saul Bellow's Fiction, *Melus*, Vol. 16 No.1, Spring 1980–1990, pp. 33–44)。在此文中,戈德曼分析了贝娄在作品中男性人物和女性人物对意第绪语的运用,进而表现了贝娄对意第绪语以及这门语言所代表的犹太文化的热爱。

一间他自己的房间:独白者与男子同性交际

作者 [美国] 格洛丽亚·L.克罗宁
译者 王玲

文明的第一个举动就是拿起镜子来审视客体,但是这个客体的影像只是看似反射其中;实际上这个客体本身就是镜子,而主体就是在这面镜子里被自己的错觉给欺骗了。

——让·鲍德里亚,《论诱惑》

无可争议,贝娄笔下的主人公是十八、十九世纪浪漫个人主义者的后代。如果把时间推得更近一些,他们则是维多利亚时代伟大的男性自传作家的继承者。当这些独白者(贝娄的主人公无一例外都是独白者)投身于唯我主义的形而上的追求时,他们呈现出自给自足的自学成才者的状态。在以自己的意识世界为原型来描绘外部世界的同时,这些自恋者又一举两得地构建起他们的男性主体性。不管怎样,贝娄这个执著的知识史学家特别着意于揭示他的主人公的宗谱。这些主人公往往以这一传统的具有喜剧色彩和讽刺效果的继承者形象出现。贝娄作品的喜剧色彩很大程度上来源于他对这些人物怀旧而又嘲讽式的去除神话色彩的处理。

贝娄笔下的主人公以阿诺德和爱默生作品中的英雄为原型。当这些生活在二十世纪晚期的美国梦想家们不再自言自语或与他人交谈的时候,他们或者从"祸水"女人身边逃之夭夭,或者策划各种半僧侣式的隐居生活。他们中的每个人都非常善于自省,堪与十九世纪的精神追求者相提并论,总是陷入对其男子气质的思考和极少对其存在给予关注的时代之中，无法自拔。通过刻画这些人物，贝娄创造了许多男性中心文本。用米哈伊尔·巴赫金的术语来说，这些文本起到了“单音独鸣”的作用。其中，叙述者的声音展示了一个男子同性交际的世界。贝娄似乎会勉强赞同歌德当年常发的感慨——人类是真正的自恋者，因为他们把整个世界都当成了自己的镜子。

典型的贝娄主人公是一个踯躅于书房之内的精神孤独的人。在不止一种意义上，这间书房是完全属于他自己的。拥有这样一间房间的第一个主人公就是约瑟夫。这个启蒙运动和浪漫主义文学的热心读者通常待在租来的公寓房里和自己密切谈心——他写日记，还抱怨自己再也无法与妻子、家人或男性朋友交谈。接下来的一个主人公是阿萨·利文萨尔。他一个人幽居在公寓里，为自己的妄想狂倾向所折磨。奥吉·玛琪主要过着流浪汉的生活。他四处游荡，内心里很少合群，虽然不是完全封闭在自己的世界里，却也从不愿与人为伍。汤米·威尔海姆在格老瑞安纳旅馆里租了一个房间。就在这个擅长毁灭父亲的险恶之地，他被逼得几近崩溃。尤金·汉德森逃出他的房间，前往非洲，并在这个高度男性化的世界里开始了他那海明威式的冒险。小说结尾处，他独自和一个波斯孤儿在北极散步。摩西·赫佐格则在书房里度日，潜心撰写他关于浪漫主义的巨著。无论在小说的开头还是结尾，他都没有妻子、孩子、情人、家人和朋友陪伴在侧，只是与一些老鼠和猫头鹰分享那个荒废已久的花园。查理·西特林和冯·洪堡·弗莱谢尔自始至终都在为他们之间痛苦而不可靠的结拜兄弟的关系而倍感烦恼。大多数时间里，两个人都是形单影只。最后，年老的洪堡疾病缠身，孤苦伶仃地蜗居在廉价公寓里；查理则在马德里的旅馆客房里练习倒立，而所有他在意的人都已了无踪影。绰号“瘦子”、彬彬有礼、具有学者气质的赛姆勒先生第二次世界大战前生活在处于现代社会早期阶段的欧洲。他通常也是孑然一身，权衡十九世纪男性知识分子传统对自己的影响——他并不像自己希望的那么富于人性。尽管他意识到真爱是维系自己和亲属之间关系的最好纽带，在小说的结尾处，他向往的却是躲在自己的房间里享受安静的隐居生活，阅读爱克哈特的著作，倾听《圣经》里先知的声音。住在位于布加勒斯特的米娜童年的家中，科尔德院长通常独自待在房间里，哀叹法西斯主义和军事暴力在东西方造成的某些人文主义价值观的丧失。与上述情形相比更具喜剧色彩的是，本·克拉德和肯尼思·特拉奇顿伯格这两个浪漫的理想主义者——一对愚笨的好朋友——大多在本舅舅的具有典型男士俱乐部风格的单身汉家中亲密地谈心。当克莱拉·凡尔德和以西尔·瑞格勒独处一室——以西尔仔细研究他的高风险文件,而克莱拉除了一双木底鞋之外一丝不挂地为他做饭。此时,他们之间的关系似乎达到了顶点。当《贝拉罗萨暗道》的不知名的叙述者向我们讲述索莱拉·范斯坦——他那非凡的记忆中的一个出色人物——的去世给他带来的意义重大的情感和精神损失的时候,我们意识到他是孤身一人待在自家的书房里。《偷窃》中的哈里·特莱尔曼也感到了同等程度的精神上的损失。相比之下,拉维尔斯坦和齐克更合群一点。他们更喜欢跟对方待在一起,其次就是在教室里给学生上课了。拉维尔斯坦责怪齐克总是喜欢独处,在这一点上他亟需别人的帮助。同他们的前辈——罗斯金、丁尼生、卡莱尔、阿诺德、纽曼、斯蒂文森、狄昆西、高斯、刘易斯和罗塞蒂等维多利亚时期的男性自传作家——一样,贝娄笔下的自传作者在自己的房间里创造的不是客观的外部世界,而是西方男性知识分子生活的世界。

通过这些半日记式的、充满沉思冥想的第一和第三人称的内心独白,贝娄文本创造的不仅仅是一些著名的独白者,还有一种半单音独鸣。[①] 这种半单音独鸣展示了一种类型独特的男性气质与女性气质的性别构建。[②]

① M. M. Bakhtin: *The Dialogic Imagination*, Michael Holquist (ed.), Caryl Emerson (trans), Austin: University of Texas Press, 1981, p. 12. 我这里使用的术语"单音独鸣"、"众声喧哗"和"话语混杂"都归功于巴赫金。特别是他的第四篇论文《小说中的话语》对于下列解释尤其有帮助。

② Ibid., 24. 巴赫金描述了独白者文本的叙事效果。他比较了诸如贝娄文本中的单音独鸣和众声喧哗之间的根本差异。众声喧哗不受男性独白者的主导声音的限制,相比较而言,在语意上具有开放的对话形式(两个或多个声音)。单音独鸣则总是否认主体的分裂和性别特性,试图——尽管并不总是能成功,压制其他的声音。巴赫金的理论针对的主要是小说。小说与诗歌不同,诗歌呈现的是单音独鸣的幻象,使用统一的单个声音的语言。而小说则是多声音的,表现出话语混杂和众声喧哗。对于巴赫金来说,语言,尤其是小说的语言是"对话式的",意味着在文本内部,总是一个人对另一个人在讲话。众声喧哗是决定巴赫金基本理论立场的主要修辞。他写到相信某种单一、整体性的语言具有确定的意义范畴,这一点是原始的错觉,因为经验是无限的和多元化的。词语的预存意义和历史以及社会语境自动构建了他性。在这些方面,语境总是先于文本存在。对话中另一方的意图也构成了他性。巴赫金有时用众声喧哗来表示"有漏洞的词语"。在小说这一题材之内,总是至少有两个人在对话,一个是 Suoj(自己的)视角,另一个是 Uzoj(对立面或地点、占有位置以及人的他性)。小说总是存在着对话,因为 Uzoj 使得对话成为可能。他宣称小说是最具有他性的文学艺术形式。诗歌文本(edinogolosnoe slovo)中的声音是单一的,它是说话的个性或是意识,在其之(转下页)

我希望运用巴赫金的单音独鸣模式和他的术语一方面加以肯定，另一方面又来批驳他关于小说的观点。虽然在某种意义上，即使独白也包含向心声音与离心声音碰撞的可能性；但在另外一种意义上，其实并非如此。也就是说，虽然独白里可能本来就伴有男性的众声喧哗，但这只是一种刻板的、带有性别色彩的对话。当独白中男性话语占主导地位的时候，处于他者地位的女性成分就不易辨别，而且不会得到完全的表达。在这种特别的意义上，以男性为中心的、独白式的小说从语言上不易反映出女性作为他者的情况。它以巴赫金认为属于诗人的单一声音的单音独鸣的方式运行。

在用第一和第三人称半直接引语呈现某一具体男性人物内心独白的男性作家的文本里，完全的众声喧哗是不容许出现的。在诸多基本方面，女性是被消音、被排斥在外的。我了解到女性的声音如何在男性独白里被间或感知，这一点在后文会有所证明。然而，有一点是确切的，即由独白和内心独白组成的以男性声音为主的小说里，女性的声音严重模糊，出于各种实际目的的需要，甚至消失。贝娄创作的文本大多是以单一男性声音为主，而不是从语言上就能反映出女性声音和具体的女性人物的声音的众声喧哗。

贝娄文本中的女性人物更多的是充当谈话的对象或谈资，而非发表己见者，是被人观察的对象而非主动的观察者，身处边缘而非中心舞台。像维多利亚时期的男性自传一样，独白式的贝娄文本是一种单音独鸣，几乎从来没有向对话形式或其他声音开放过。像维多利亚时期的男性作家的自传一样，贝娄文本中加入女性人物不过是为了使她们物化和失音，使她们在上述的两种情形中变成男性幻想和敌意的超定的对象。[①]

（接上页）后存在着一种意志、一种自己的欲望、一种音色和特别的弦外之音。这是诗人的声音。而散文，则存在着两个声音（dvugolosnoe slovo）。众声喧哗是把语境置于文本之上的一种状况。因为所有的言辞都是由多种复杂的无法历史性恢复的状况产生的，从这个意义上讲，言辞都是异音的。因此当一种文化对另一种文化闭锁或是装聋作哑时，是因为每种文化都自认自己是绝对的。而当一种语言借助于另一种语言来审视自己时，“异性”（众声喧哗）就产生了，所导致的结果就是受到教育或是启蒙。众声喧哗是向心力和离心力碰撞的结果。语言世界的先存性决定了语言的使用者有对话的需要，这就排除了专一的独白的可能性。这些小说接近于他所说的 apannemoneumata，即回忆作为“当代人之间真正谈话的记录；另一特点是说话和谈话的男人是这个体裁的中心意象”。

① Luce Irigaray: *Speculum of the Other Woman*, Gillian C. Gill (trans.), Ithaca （转下页）

以男性为中心的单音独鸣贯穿整个西方文化史，但是，正是维多利亚时期的男性自传成了距贝娄小说时间最近的先辈和榜样。独白性话语及其相关策略不可避免地与十九世纪的个人主义及其变体——距今更近的二十世纪晚期的美国资产阶级个人主义——密切联系。贝娄主人公和伟大的维多利亚男性自传作家共享的神话证明了他们之间的宗谱关系。贝娄的男性人物大多赞成那些老掉牙的、经常具有毁灭性的见解，不管它们是多么滑稽且富于自我嘲讽的意味，即天才一定要独处，内省等同于自由，天才必然行为怪异，以及持有这些观点导致的必然结果——他们要生活在男性的“具有一致性特征的社会”[①]里。因此，这个独白者是一个视域局限、怀旧、远离社会的典型厌女者的形象，他通常只参与以几乎完全男子同性交际为模式的小群体活动。

贝娄一直对描述美国男性经验极其感兴趣。想想他曾试图多么广泛地勾画男性的权力争斗史：江湖骗子、疯子、残忍之徒、疯狂的诗人、性情温和的梦想家、狡猾的知识分子、伪装的宗教界人士、世界知名的知识分子、难民、假冒记者、极端自我主义者、金融广告员、作家、受法律包庇的窃贼、黑手党成员、律师、移民，还有旧街区的邻里们。他笔下旧时代的男性人物和男性知识分子来自于不同的社会阶层：上层社会、政府、黑社会、少数民族街区、国际舞台、各种不同的职业群体、政治上受排挤的团体、同性交际和同性恋者群体。他们受教育的程度各不相同，宗教信仰方面就更不须提——有的生活在新教世界，有的生活在犹太社区。

（接上页）: Cornell University Press, 1985, p. 2. 在这个位置上，她成为被排除在外的社会的代表，这个社会不仅仅包含着自我生成、自我维持、独立存在的男性，而且包含着一系列的社会力量，包括支撑着男性的那些力量。单音独鸣由于可以展现出几乎天衣无缝的男性视角，因此特别适合生产出似乎是自我创造、自我维持的男性同性社交性。后者表面上看抹去了借自女性的东西，并把女性边缘化。

男性自恋是浪漫个人主义者的鲜明印记。露西·伊利格瑞的《他者女人的反射镜》(*Speculum of the Other Woman*) 和《这种性别不是单一》(*This Sex Which Is Not One*) 两部作品对此做出了详尽的叙述。在这两部作品中，她描述了男性中心主义在西方文化中的历史发展。自恋的男性注视着自我指涉的平镜，无穷无尽地复制出同一的男性。对此，伊利格瑞建议，最好照一下内窥镜而不是平镜，观看者在凹形内窥镜中将不仅能看到意想不到的女性，而且能看到多余的、过剩的和多样性的超乎想象的男性。她并且提示说对于那些选择单音独鸣和独白者的作家来说，这样做是因为他们试图驾驭控制混乱的偶然力量。

① Martin Danahay: *A Community of One: Masculine Autobiography and Autonomy in Nineteenth-Century Britain*, Albany, New York: SUNY Press, 1993.

通过在小说中聚焦貌似自足的男性文化、独白声音和不可避免的男性自恋症，贝娄可以创造出美国男性主体性的不计其数的交响乐变体。至于展现超越一系列可悲得习以为常却可在小说中信手拈来的文化刻板形象的女性气质，贝娄根本没把这当作自己的分内事。

贝娄笔下的男子同性交际的世界可以通过露西·伊利格瑞和伊芙·塞奇威克提出的男子同性交际的模式来加以考察。她们理论的基本概念是女人是围绕着男性欲望建立起来的男性经济体制下作为交换的对象。伊利格瑞在《对称旧梦的盲点》[1]中揭示了向往一致性的男性欲望的活动过程——"渴望自己……相同……男性"[2]。她推断道："一切分歧最终都将变成'能够归之于一致性的比例、功能和关系'。"[3]

尽管西方文化在书写女性谱系与女性关系方面基本空白，它却不断地描写和赞美父子关系。而且，随着时间的推移，这种父子关系被不同版本的男性同一性谱系不断地加以复制。伊利格瑞把这种现象称为"静态重复"。在这个过程中，再现的场景总是具有相似性特征。谈到普世神话，她指出西方文化中的真理与现实是翻版的再翻版："后代，拷贝，赝品"[4]。

---

① Luce Irigaray: *Speculum of the Other Woman*, Gillian C. Gill(trans.), Ithaca: Cornell University Press, 1985, p. 26. 露西·伊利格瑞在此把西方形而上学的象征性的建构描述成男性同一经济的发展。在这种发展中，两性在文本中的反映体现了根本的社会变动。她指出，在西方文化中，男性主导着表象经济，创造出"对同样、同一、一样的自我的欲望"。

② Ibid.

③ Ibid., p. 247. 通过盲目、对称和逻各斯中心主义的镜面反射作用，存在的母性基础、对母性身体的负债被抹去，有意义的女人与女人的关系缺失，这些确保了逻各斯中心主义的延续。尽管定期地会有象征性的动荡，在动荡中，会出现一些多余的、残存的或其他"不一样"的女性的迹象，但是男性象征性经济很快就把它消灭"在场"。在这个同义反复的圈子内，所有与母亲、母亲与女儿之间，与姐妹们、与不同代的女人们之间的关系都被噤声和消解于无形。伊利格瑞论述说，西方文明的奠基时刻不是杀父而是杀母，父亲向儿子掩盖了他对母体的负债。

④ Ibid., p. 254. 从这儿到她最具争议性的解构——同性恋不过一步之遥：在伊利格瑞的系统中，男性对男性的欲望建立在男性同性社交性或父权制内部。这是同性恋欲望的本源，因为男性与男性权利关系是它最主要的特点。换句话说，逻各斯中心主义自身就是同性性欲的。它的欲望藉由男性自我而建立，而它的社会作用则是确保巩固、加强男人和其他男人的关系。对女人的厌恶态度是由对女人和女人之间关系的边缘化发展而来的，其目的是使男性同性社交具体化。

这种男性同我的构建反过来创造了具体化的男性与男性关系，那就是男人以附属的、实用的女性人物作为身体媒介，通过三角关系表达对于男性谱系关系的欲望。这种父权制和异性性爱内的男性欲望机制坚持男人爱彼此胜过爱女人，但同时又通过强制的异性爱阻止任何生殖器官的接触欲望或实际的性表达。处于男性欲望经济（转下页）

伊芙·塞奇威克在颇有影响的著作《男人之间：英国文学和男子同性社会的欲望》① 中，根据克洛德·列维-斯特劳斯② 和盖尔·卢宾③ 的学说完成了目前我们拥有的最详尽的关于男子同性社交的动态变化的描述。我意识到塞奇威克的描述首先是建立在对英国公学男性气质的研究的基础上的英国范式，但它在这里确有其用。塞奇威克认为，如果公正地解读十九、二十世纪的英国文学，就会发现，它们不仅揭示了异性恋建构同性恋的过程，而且还揭示了实现的或压抑的同性恋欲望如何出现在文本之中，尽管（或因为）使异性恋成为可能的同性社交连续体遭到了破坏。

（接上页）中的妇女，其女性气质被贬低和抹杀；她的边缘化 —— 如果不是完全消失的话，永远地抹去了她的存在，使得女性气质无从体现。

① Eve Sedgwick: *Between Men: English Literature and Male Homosocial Desire*, New York: Columbia University Press, 1985. 我特别感兴趣的是她对于男性异性爱世界中作为他者的同性社交动态的描述，而不是辨别贝娄男性人物中压抑的同性社交欲望。后者可以留待日后进行另外的性别批评的探讨。

回顾男性同性社交性的经典特点能够帮助我们理解贝娄的男性同性社交世界的动态。根据塞奇威克的描述，这些特点包括：(1) 男性唯我论和离世隐居；(2) 不可避免的男性竞争伙伴，他们之间的关系不断恶化（经常是另一个我或是兄弟）；(3) 主人公害怕受到其他男性偏执的迫害，为此忧心忡忡；(4) 超负荷的男性关系的存在；(5) 踏着被毁灭或被驱逐的女性“尸体”而缔结的男性纽带；(6) 夸大其词的异性性爱征服；(7) 背离常规的异性爱，比如同性恋、性虐待、恋物癖、同性恋恐惧症；(8) 男人的快感和社交享有特权；(9) 男性等级制的建立；(10) 男人之间存在的暴力和极度的憎恨，通奸作为实现男性政治统治的一种主要手段被包括在内；(11) 不可避免地把女性气质投射到失败的男性对手身上，或者相反，投射到受人爱戴和尊敬的男人身上；(12) 对同性恋欲望的压抑；(13) 厌女症；(14) 由许多男性主人公在剩余的男性朋友和男性家庭成员中建立起的伪父权制家庭；(15) 偶尔存在的萨满式、女性化的、双性恋男人作为男性与女性关系中的调停者；(16) 对“诗意的想象”的双性指派；(17) 男人对于持久男性友谊的欲望持续受到挫败；(18) 女性性吸引力作为惩罚手段而存在，缺乏形而上的价值。显然，上述特点和机制并不全部适用于贝娄的文本，而我也不想在阅读时，不顾个体的差异和复杂性而强求一致。

② 斯特劳斯描述了在原始文化中，女人如何成为男人之间的交换品，从而从人类学角度提出了男性同性社交的原始模式。这一概念性模式首见于他的著作 Claude Levi-Strauss: *The Elementary Structures of Kinship*, Boston: Beacon, 1969。

③ Gayle Rubin: “The Traffic in Women: Notes Toward a Political Economy of Sex”, in Rayna Reiter (ed.): *Toward an Anthropology of Women*, New York: Monthly Review Press, 1975, pp. 157–210. 卢宾提出：父权制下的异性爱（比如以男子为中心的单音独鸣中所反映出的）可以最好地理解为不同形式的交换妇女。妇女被当成了可供交换的象征性财产，用来加强男人间的联系。这个论点的预设是男人之间的关系构造了父权制文化内的男性欲望，因此成为了所有异性关系的首要动机。比如，婚姻被视为两大群体男人之间的交换，在此女人所起的作用是作为交换的物品而不是伴侣。新娘成了三角关系的媒介，在这种关系中，新郎所获得的真正的伴侣是个男人或是一群男人。显然，卢宾的理论建立于克洛德·列维-斯特劳斯的著作《亲属制度的基本结构》基础上。

贝娄主人公与十九世纪男性自传作家及其他浪漫个人主义者的共同特征首先是他们的唯我倾向和选择隐居生活的倾向。虽然贝娄笔下的二十世纪的梦想家们偶尔尝试与异性之间的性爱冒险，他们基本上总是或者形单影只，或者与其他男人打交道。在他们独特的思考能力被粗鲁的世界或祸水女人破坏之后，他们寻求离群索居，以便再度进行精神探索。就像马丁·达纳黑在著作前言里对十九世纪的“书房中的查尔斯·里德”的经典描绘一样，贝娄的主人公也经常寻找“一间自己的房间”。在这个房间里，他独自一人进行形而上和人文主义的思考；在他的周围，几乎见不到一丝起到背景或配角作用的女人的影迹。

《晃来晃去的人》中的约瑟夫成了贝娄许多其他主人公的原型。当他试图回避以战争和征兵为主要事件的外部世界的时候，他通常一个人待在和上班的妻子合住的小公寓里自言自语。虽然他偶尔会接触其他家庭成员，但男性家庭成员才是他更喜欢与之交谈的对象，特别是他和艾娃不再彼此信任以后。在公寓外面短暂逗留期间，他主要和男人们谈话。之后，他大多独自阅读启蒙运动时期的思想家们和浪漫个人主义者的著作。尽管他对自身内在的才力是否足以为他提供必要的精神支持表示怀疑，他仍然相信人能够在内心世界找到真理，仍然认为他应该回避充满肮脏经验的世俗世界。至于性爱事件，他与旧情人的那次调情不过是无聊之时的一个短暂的间奏而已。这之后他又心情愉快地回到了自己的房间里。

阿萨·利文萨尔也是大多一个人住在房间里，身边没有妻子陪伴。几乎从小说的开头到结尾，他的妻子一直因探望双亲而离家在外。阿萨怀疑弟媳和她母亲迷信，对他怀有敌意，而且还有可能精神失常，因此尽量避免与她们交谈。从那以后，他主要和男人们谈话，其中包括他的死对头柯比·阿尔比。在由男人组成的工作环境中，他很少心情愉快，但却十分愿意和侄子菲利普一起外出散步。虽然他并不一定寻求和珍惜无人陪伴的机会，但是他会选择这样的场合，因为他幻想着外部世界会在身体和感情上对他造成伤害。在小说的结尾处，阿萨怀着如释重负的心情欢迎他的妻子回到家里，而这并不是贝娄后期作品中的主人公的特征。

奥吉是一个唯我而浪漫的梦想家。尽管他置身于不断变化的当代流浪汉的男性世界里，但他不受人控制，不依附别人，在情感上是独立的。他将在某种程度上参与到世俗世界之中，但是，他不会像利欲熏心的哥哥西蒙那样执着于物质利益。表面上与同代人无异,实际上他早已找到了一个与俗世隔离的空间。

汤米·威尔海姆是一个唯我主义者,但是,他更是一个与养育他的成人世界失去个人联系的儿童型男人。由荒诞主义的异化伦理统治的、笃信霍布斯哲学的资本主义世界几乎把天性敏感的他逼到了绝境,可是,他最终与像他一样乘坐纽约地铁的普通人产生了心理共鸣,还参加了一个完全陌生人的葬礼,从而找到了属于自己的空间。

尤金·汉德森把他周围所有的女人(他的妻子、前妻、情人、女儿、管家)大肆辱骂之后,离开了美洲大陆,前往想象中原始、单纯、未经污染的非洲,为的是摆脱无法满足的内心深处的呼唤"我要,我要"。在小说中,他一直设法摆脱各种各样的烦恼。最初在家的时候,他渴望挣脱情人、妻子和家庭的束缚。后来,他和当地的搬运工结账,把多余的人手打发走,前往非洲大陆腹地。再后来,他失去了达弗和阿蒂,同时也对超越意识基本失去了希望。最后,在北极的冰盖上,他与收养的个头矮小的卷发波斯孤儿快乐地跳舞,也可以说几乎就是独自一人。虽然他急切地盼望回到莉莉和孩子们的身边,但是,我们认为我们已经看到他作为一个孤儿,独自在北极达到了社会实现的顶点。

摩西·赫佐格很像约瑟夫,对浪漫主义和浪漫个人主义也颇有研究。可是,大多数情况下,他远离家庭和邻里,或者在城里四处奔走,或者一个人疯狂地给去世的和未去世的思想家写信,直到他摆脱了朋友、前妻和情人等所有的人,回到他那早已废弃的、宁静的路德村的房子。在这里,他是不再具有浪漫主义思想的现代梭罗,心满意足地和猫头鹰共享生存空间,睡在室外的旧吊床上,感慨着星空的壮观。赫佐格的隐居帮助他摆脱了现实生活中社会关系的纠缠、做学问的困难和经济上的烦恼。

查理·西特林和他那些唯我主义的前辈是从同一个模子里刻出来的。在诗情几近丧失之际,他回想起洪堡被毁灭的过程,企图摆脱那些以合法或非法方式从他手里攫取钱财的窃贼和骗子法官的纠缠。最后,查理甩掉了他那吵闹而混乱的灵魂——以他的二重身里纳尔多·坎特拜尔和像莱娜达一样具有致命诱惑力的性感女人为代表,独自在马德里一家旅馆的房间里练习倒立。被母亲抛弃的小男孩罗杰的存在反映了他的精神状态。此时,查理既要使这个孩子摆脱心理的无助状态,还要充当他的保姆。小说结尾处,查理试图从尚在人世的、童年时期的冒牌家庭成员——曾在他家寄宿的食客身上找回当初的男子同性家庭。

阿图尔·赛姆勒是贝娄笔下最能固守住“自己的房间”的主人公。可以说,除了纳粹大屠杀时期的经历外,赛姆勒的一生都是在书房中度过的。甚至在大屠杀期间,他的许多时光也是一个人躲在没有光照的坟墓里捱过的。后来,尽管赛姆勒知道安吉拉·格鲁纳等人是善良的,并且认识到应该在社会交往中寻找真理,但是,由于历史先贤和个人习惯的影响,他还是不得不独自一人在房间里研读爱克哈特和《圣经》先知的著作。此前,他也只喜欢和英俊的、男子气十足的、充满智慧的阿尔金一起交谈。他从肮脏的女人身边逃开是厌女的表现,而远离残暴的、同类相残的男人则是厌恶人类的表现。

除了年纪轻些,厌恶人类的倾向弱些,艾尔伯特·科尔德院长似乎就是赛姆勒先生的翻版。像大多数人文科学出身的学者一样,他为所在时代的暴行而感到恐怖,期望成为一个浪漫的个人主义者。我们看到他大多独自一人待在他和妻子米娜的房间里,一边把她的毛毯盖在身上取暖,一边思考着铁幕两边由男性法西斯者统治的世界(在政治、科学和刑法方面的)。这期间,他的周围有许多女人,但无论从性爱角度还是从社会交往的角度来看,他都是孤独的。小说的结尾,他独自驱车沿湖畔行驶。我们看到他在审视自己,就像面前摆着一面镜子一样。

本·克拉德舅舅和肯尼思·特拉奇顿伯格也是有隐居倾向的学者,他们也需要在自己的房间里进行形而上的思考。肯尼思仍然和研究生一起住在集体宿舍里,而本舅舅的居所如今是个点缀着植物和皮革家具的单身汉的世界。这两个人物可以归到贝娄一贯青睐的美国梦想家的行列。对于他们而言,性爱、经济和社会交往方面的投入会破坏他们形而上的思考能力。当然,这两个单身汉都最喜欢和对方待在一起,不然他们也会躲开为人所害或害人的女人,一人独处。《更多的人死于心碎》是一部实实在在的关于浪漫理想主义和男子同性社会的综合性论文。在这部小说里,贝娄把目光转向四十年前写《晃来晃去的人》的时候所关注的问题:如何在处理性爱、女人、历史和外部社交世界的需求等问题的同时保持精神上的完整。小说结尾处,本·克拉德逃往北极,去研究他心爱的苔藓。由于挚爱的老师已经逃走,特丽基又不会嫁给他,肯尼思即将和蒂塔结婚。

因为把克莱拉作为《偷窃》里的中心人物,所以表面上看起来贝娄似乎打破了浪漫个人主义男主人公的模式。然而,以西尔·瑞格勒对克莱拉浪漫理想主义的否定在整部中篇小说中占据支配地位，从而为离群索居和知识分子的特殊性这种传统的贝娄主题增加了一个变体，而这正是作者笔下个人中心主义的男主人公的特点。克莱拉可以被看作是一个性别被颠倒的浪漫个人主义者，而以西尔，尽管结婚、恋爱多次，却基本上把精力都投入到了工作和华盛顿特区的男性权力经纪人的世界。

《贝拉罗萨暗道》里的不知名的叙述者必须从混乱而污浊的人与事之中脱身，才能进行历史的、伦理的和形而上的思考。他基本上也是独自待在房间里用超凡脱俗的记忆力重构过去，因为对于生命中的重要人物，如今他大多只能记得当初他与他们之间的关系可能是什么样的。像所有的前辈一样，他为自己的天赋和独立付出了惨痛的代价。他孤身一人的沉思是典型的贝娄主人公的姿态。《真情》中的哈里·特莱尔曼掩饰自己的感情和情感上的失败，作为倾听者和观察者在一边旁观。哈里正在从隐居生活中逐渐走向社会。拉维尔斯坦主要通过配电盘和他从前的学生保持联系，而齐克过的则是作家和学者式的孤独的情感生活。在小说《拉维尔斯坦》里，拉维尔斯坦责怪齐克性格内向，亟待拯救。

除了孤独，上述的每个文本都颇为清晰地描写到两个互相较量的男人及他们之间愈演愈烈的关系。这个主题是通过下列形式得以呈现的：父子关系、双重自我关系、结拜兄弟关系、血亲兄弟关系、男性朋友关系、男性生意伙伴关系、柏拉图式的对话伙伴关系——但是所有这些关系皆归于失败。从作品发表时间看，依次表现为下面几对人物之间的关系：阿萨·利文萨尔与柯比·阿尔比、汤米·威尔海姆与艾德勒医生、汤米·威尔海姆与塔姆金、奥吉与西蒙、赫佐格与他的哥哥舒拉、赫佐格与瓦伦丁·格斯贝奇、查理·西特林与他的哥哥朱利叶斯、查理·西特林与冯·洪堡·弗莱谢尔、查理·西特林与里纳尔多·坎特拜尔、查理·西特林与皮埃尔·塞克斯特、肯尼思·特拉奇顿伯格与本·克拉德、本·克雷德与拉亚蒙医生、哈里·特莱尔曼与西格蒙德·艾德勒茨基、齐克与拉维尔斯坦。这些不过是其中的一部分。当然，只有哈里·特莱尔曼与老艾德勒茨基、拉维尔斯坦与齐克最后仍然保持着朋友关系。

显然，这些成对的男性伙伴现象揭示了不同贝娄文本中男主人公渴望与同性伙伴进行交际的愿望以及这种愿望的落空。有趣的是，尽管这种同性伙伴关系大多归于失败，它给贝娄男主人公带来的痛苦亦可与异性恋失败的后果相抵，甚至更加严重。然而，他们对同性交往的失败却要宽宏大量得多。相反，异性恋的失败却可能造成与其重要程度远不相配的愤怒、退隐和猜疑。

幻想自己会被他人迫害是贝娄笔下男主人公的另一大特点。约瑟夫和他的男性朋友们关系疏远，对他们充满了猜疑和敌意，并因此表现出明显的妄想狂症状。等到我们接触阿萨·利文萨尔与柯比·阿尔比的时候，我们清楚地知道贝娄是在描写程度更加严重的妄想狂。许多贝娄主人公身上都显示出这些症状并非偶然，因为贝娄在《赫佐格》里表明，他对这种疾病的临床定义非常熟悉。在试图理解马德琳的所作所为时，赫佐格说，妄想狂的典型症状就是"骄傲、愤怒、过分'理性'、同性恋倾向、喜欢竞争、不相信情感、不能忍受批评、充满敌意的心理投射和错觉"①。查理·西特林将所有的企业家和律师视为社会的最低阶层，即使用群狼战术的芝加哥男性流氓团伙的最下层。他把汤姆齐克、斯罗尔、平斯克、厄本诺维奇、弗朗萨利、科夫里兹和斯特朗森之流比作企图从心理、精神和金钱方面肢解他的秃鹰。他相信斯罗尔"愿意用法律这把利刃将他剁成碎块"②；卡尼贝尔·平斯克是个纯种的牲口和"顽强的对手"③。赛姆勒先生对黑人扒手以及比莱·罗斯对哈里·范斯坦的态度也与此类似。

着墨特多的男子同性关系中有上述讨论的关系失败的负面例子，也有保持好朋友关系的正面例子，比如汉德森和洛米拉尤之间的朋友关系或者汉德森与达弗之间的一本正经的师生关系。尽管赫佐格和瓦伦丁·格斯贝奇之间的关系后来恶化，但最初他们之间的友谊对双方来讲都十分重要。最好的例子是查理·西特林和冯·洪堡·弗莱谢尔。当初，年轻的西特林兴致勃勃地前往纽约拜望可能成为他导师的洪堡。当阿尔金的妻子玛戈特称丈夫为"我的男人"的时候，赛姆勒先生和钦慕他的阿尔金之间的关系使他感到颇为嫉妒和极度恼怒。赛姆勒认为阿尔金是他的人，原因是他们在知识领域拥有共同的兴趣点。另外，当赛姆勒认识到早期导师 H. G. 威尔斯的失败和他对安吉拉·格鲁纳正当的深切的爱，却已经太迟了。他急匆匆地赶到医院，却发现安吉拉已然过世。肯尼思·特拉奇顿伯格的整个生活都围绕他不可思议的舅舅本·克拉德的生活而重新安排。因此，为了保护本免受女人的伤害，也为了把他留下来给

① Saul Bellow: *Herzog*, New York: Viking, 1964, p. 77.

② Saul Bellow: *Humboldt's Gift*, New York: Viking, 1975, p. 222.

③ Ibid., p. 220.

自己做伴和研究形而上学，肯尼思做出了几乎歇斯底里的努力。齐克和拉维尔斯坦是柏拉图式的对话伙伴，知识分子同事和小组协同教学制老师。传记作者和传记对象的身份使他们之间的关系更加亲密。从后一种情况来看，齐克与拉维尔斯坦和拉维尔斯坦与尼基之间的男子同性关系是一个例外。然而，既然拉维尔斯坦去世了，那么这种关系也不复存在了。

在这些文本中，经常有男性联合起来共同对付已经处于窘境的女人。我们还记得赛姆勒先生曾对玛戈特的智力水平感到恶心。他认为，玛戈特的脑子仅仅用来想办法拴住她的丈夫，这在他看来是滑稽而不具男子气度的。他心怀钦佩地把阿尔金打断玛戈特讲话的行为称作“大丈夫气概”的表现，并且很高兴地回忆起他和阿尔金如何合作，用他们出众的男子智力来对付玛戈特。他们两个人都嘲笑玛戈特的“善良”，都因阿尔金侮辱玛戈特的话而狂笑不已——“只要有人从正确的方向瞄准，她可是个第一流的用具”[1]。赛姆勒忍俊不禁地想到阿尔金为了与玛戈特同居一定“被逼得在性爱方面搞过发明创造”[2]。他还饶有兴致地回忆起他和阿尔金谈论后者在亨特学院的女学生时，阿尔金把她们称作“媚人的、愚蠢的、荒谬的女孩子……她们时不时地展现出一种强有力的女性的智力，可是非常爱生气，非常爱抱怨，性的意识太多，这些可怜的人”[3]。阿尔金对玛戈特的不乏蔑视的娇纵、他那“头发半秃的脑袋”和“敏锐的头脑”[4]都使得赛姆勒非常喜爱“了不起的”阿尔金。

但是，这种将女人想象成魔鬼的倾向最为鲜明地体现在肯尼思的身上。厌女倾向十足的他残忍地把女人描述成疯狂、荒淫、诡计多端的人群，说她们威胁着要用她们的情感障碍和性欲把他挚爱的导师毁掉。肯尼思为他和本之间的精神纽带感到骄傲，不愿意把他的地位输给一个女人，“我们俩在各方面相互依赖。除了对方，几乎没有别的什么朋友。”[5]他像淘气的小学生一样想知道本是如何与列娜舅妈相处的——一种企图将本据为己有的典型的青少年想法。他这样描述卡罗琳·庞芝：“个子高大，像旧时的淑女一样举止端庄，但本性放荡；富有，爱打扮，动作慢吞吞

---

① Saul Bellow: *Mr. Sammler's Planet*, New York: Viking, 1970, p. 19.

② Ibid., p. 20.

③ Ibid., p. 16.

④ Ibid.

⑤ Saul Bellow: *More Die of Heartbreak*, New York: William Morrow, 1987, p. 15.

的，喜欢成为众所瞩目的中心人物。”[①] 他指责她用了太多的化妆品，写道她就像“一个喝了锂或盐酸阿米替林的奇怪的妖妇”[②]。在本的面前，他把戴勒·贝岱尔描述成一个好战的、喜欢大喊大叫的、靠喝酒打发周末的女人。他高兴地向读者讲起本如何生平第一次像果戈理小说里的新郎一样从戴勒·贝岱尔的身边仓皇逃跑。肯尼思声称，这使得贝岱尔因性欲得不到满足，心脏病发作而死。在飞往东京的途中，即本第二次类似的逃跑，肯尼思急切地想方设法把本据为己有，于是断然为后者解构女人的特性。他对本解释说他（本）身上的精神气质吸引了那些通常受教育程度过高、被母亲的期望所束缚，却生活在非物质的外围暗处的女人。对于玛蒂尔达·拉亚蒙——最近最有能力和他争夺本的注意力的对手，肯尼思称其为拉帕西尼的女儿[③]，说她的嫁妆箱里装满了可卡因，将可能毒死她的情人。他想象着她早上心情如何糟糕，牙齿如何锋利，性格如何泼辣。肯尼思把本描述成被纵火犯追逐的凤凰。当这些女人威胁着要把本偷走，用她们性爱的力量玷污他们形而上的追求的时候，他抗议道：“作为自封的舅舅的精神保护人，我不得不努力了解她们的动机，争取提前预知她们的计划。”[④]

夸张的异性性爱征服在贝娄的文本中多有体现。《奥吉·玛琪历险记》中有许多例子可以说明夸张的异性恋关系在年轻的主人公的生活中所起的作用。尤金·汉德森自青年时期至中年末期的风流韵事在《雨王汉德森》里也有所描写。首先我们有幸看到在帕勒尔摩他全身赤裸，头发剃得精光，被人五花大绑作为反面例子来警示即将到来的军队。后来我们看到他和多个妻子、情人打交道，直到最后到达达弗的后宫。正是通过对达弗后宫的描述和达弗对自己必须执行夜间任务的解释，贝娄表达了他对这种夸张的异性性爱的极端人类学的例子的看法。

拥有园子和雷蒙娜两位具有异国情调的情人的赫佐格被描绘成人性捉弄才子的滑稽的性爱笑话的受害者。然后是亚历克斯·萨斯马。他对自己的性爱经历不满意，就以代理律师的身份参与到他的诉讼委托人

---

① Saul Bellow: *More Die of Heartbreak*, New York: William Morrow, 1987, p. 75.

② Ibid., p. 79.

③ 美国作家霍桑同名小说中的女主人公，自出生就生活在有毒的环境中，长大之后，美艳无比，同时也剧毒无比。—— 译注

④ Ibid.1, p. 188.

的恋爱和离婚丑闻中来。查理把他和亚历克斯称作“娶印第安女人做老婆的堕落的白人”[1],并且看到亚历克斯“仍然感染有年轻时候在破旧的芝加哥西区生活时就泛滥的性痞疾”[2]。他说亚历克斯当初能够掌握“驾驭漂亮女人的笨拙而又不可动摇的性骑术”[3]。他总结道,他们两个是一对“从哥尔多尼滑稽剧里遗留下来的拜倒在石榴裙下的啰里啰嗦的求爱者”[4]。他责怪自己总是对高个女人过于感兴趣,其实她们和身材矮小、热心肠的他并不相配。洪堡夸张的性爱幻想最为滑稽。当他一大早来到小巷要和妓女发生性关系的时候,他相信自己已经得到普林斯顿大学的系主任职位,并且吹牛说“你不知道你错过了什么。我是个诗人。我有一个大阴茎”[5],而那个女人只是站在门后大笑。出于对凯瑟琳的占有欲和由此引发的忌妒之心,他跟踪她到超市,殴打她,偷她的钥匙,指责她和别的男人幽会,最后竟试图开车把她撞倒;而这期间他一直编造着她被洛克菲勒绑架的骇人听闻的故事。

迈伦·斯威贝尔是查理、亚历克斯和乔治·斯威贝尔追求逾常异性性爱的最早的行为榜样。在他们还是小孩子的时候,他就教导他们,声称自己是靠洗蒸气浴、饮波旁酒、赌博和与女人交往而保持住了性能力。里纳尔多·坎特拜尔长着酷似水貂的小胡子,穿着由尚未出生的小牛犊皮做成的靴子,开着颜色血红的豪华雷鸟车。在追求他的研究生性玩伴或其他女人的时候,他似乎是在实践自己的逾常的异性性爱幻想。他的方法无外乎是:把头脑愚笨的黑手党叔叔作为学习的榜样,光顾市中心不甚时髦的男士服装店并仿效从老掉牙的黑手党电影中学来的行为举止。卢迪·特拉奇顿伯格是最终的放荡者。他的作风如此之差,以至于最后竟把他的妻子逼到非洲去过与世隔绝的日子。肯尼思在描述他父亲的性吸引力和业绩的时候充满了愤怒。他谈起父亲强健的英俊容貌,昂首阔步的仪态和追求女人方面的成功。[6] 肯尼思认为父亲的力量来自于自然,决心要在思想领域“超过他”[7]。

---

① Saul Bellow: *Humboldt's Gift*, New York: Viking, 1975, p. 209.
② Ibid., p. 204.
③ Ibid., p. 207.
④ Ibid. 2.
⑤ Ibid., p. 139.
⑥ Saul Bellow: *More Die of Heartbreak*, New York: William Morrow, 1987, p. 24.
⑦ Ibid., p. 12.

程度较轻的性虐待症、恋物癖、严重的厌女症和明显的同性恋恐惧症也是贝娄男子同性社会的一部分。在《赛姆勒先生的行星》里，他对男人生活的这一侧面进行了最为透彻的描述，同时还从历史角度对此做了详尽的解释。书中描述了赛姆勒早期的导师 H. G. 威尔斯，这个“个头矮小的下层社会的英国佬”[①]。尽管发表了一些令人敬佩的自由主义的见解，对女人却表现出残忍的蔑视，对每个人都加以攻讦和咒骂。此外，老年赛姆勒惊骇地记起威尔斯不相信人可以过独身生活，而且他渴望把性生活延长到老年[②]。他也回忆起维多利亚时期的许多伟人都像威尔斯一样对“女人的酥胸、朱唇和珍贵的性分泌液”感到着迷[③]。他还记得，“老毕加索狂热地着迷于性的裂缝、阴茎。在他那狂烈而滑稽的告别的痛苦之中，他创作了成千上万的也许有好几万的器官。男性生殖器像和女性外阴像”[④]。后来，他又想起有位美国总统曾在内阁面前裸露自己，以示炫耀。

同时，赛姆勒还描述了华尔特·布鲁克对年轻的波多黎各女人的胳膊不可抑制的性恋物癖。他把这称作“过时的”、“维多利亚式的性烦恼”[⑤]。他不时谈论起维多利亚时期的人们由于陷进了“判断精神病的标准”[⑥]的圈套而导致性观念不健全。他不怀好意地告诉布鲁克：“如今再也没有维多利亚时代那种孤单隔绝的性的苦恼了，这不是一件令人愉悦的事吗？每个人似乎都有这类恶习，并且把它们宣告给全世界。如今你有点老派了。你患上克拉夫特病了。”[⑦]赛姆勒断言：“像布鲁克这样的人，在性方面陷入窘境，是某一时候受到抑制的结果，是由那些业已消失的女人和母亲的形象引起的。他自己，出生在上个世纪，而且在奥匈帝国，能够洞察这些变化。”[⑧]

贝娄不仅仅是下意识地呈现这些无论是过去还是现在都不可避免地被认为是维多利亚男子同性交际的一部分的性反常现象。赛姆勒先生显然非常了解克拉夫特·埃宾对维多利亚时期的性病理学病例的分析，特

① Saul Bellow: *Mr. Sammler's Planet*, New York: Viking, 1970, p. 28.

② Ibid., pp. 71–72.

③ Ibid., p. 28.

④ Ibid., p. 66.

⑤ Ibid., p. 60.

⑥ Ibid., p. 45.

⑦ Ibid. 5.

⑧ Ibid.

别是性恋物癖。通过赛姆勒先生，贝娄构建了维多利亚时期禁忌与性病理学的关系史。对于赛姆勒来说，女人是智力上的侏儒、不成功的母亲、阉割者、外来事物或者妓女。她们必须被驱赶到当代西方文化的荒原中去为其赎罪。

对于厌女症的知识、政治和文化根源及其在性与心理文化方面的表现，贝娄的态度十分无私。他特意写到赛姆勒在社会和知识方面的文化移入，称其为古老的圣经式厌女传统在维多利亚晚期的一个典型继承者。简而言之，通过揭示赛姆勒是一个成长于后维多利亚时代、从小倍受宠爱的男性自恋者，贝娄非常痛苦地向读者提供了一份赛姆勒具有厌女倾向的前辈的名单。维多利亚时代刚刚结束的时候，作为世界上最强大的殖民国家，英国和其他欧洲各国的民族家主政体正处于稳固阶段，大英帝国的垮台和第二次世界大战的民主变革还是一些年之后的事情。尊英国和欧洲出身、具有种族主义思想的男性白人为精英的社会等级制度仍然占据主导地位。赛姆勒就出生在这个男权至上时期的特权阶层家庭。

在具有厌女倾向的众多主人公中，最恶劣的是《更多的人死于心碎》中令人惊骇的拉亚蒙医生。这个残忍的、厌女倾向严重的窥淫狂拉着惊恐不安的本穿过外科女子病房，向他展现那些“缝好的伤疤、短小的大腿、温暖闪亮的胫骨、女子的下体和上面稀少的毛发——所有那些光秃秃的下体”[①]。而且，他还向本讲述他女儿少女时期的性爱姿势。他讲述得过于详细，以至于本只能断定他曾花费大量时间来想象女儿的性生活。杰伊·伍斯特瑞恩喜欢玩三人性爱游戏。哈里·特莱尔曼相信杰伊是从哈弗洛克·艾利斯的书中学到这些把戏的。

男性等级划分是贝娄笔下美国男子世界的一大特点。这一点在《雨王汉德森》、《赫佐格》和《洪堡的礼物》里都有鲜明的体现。在《雨王汉德森》中，我们看到包括洛米拉尤、汉德森、达弗和土著脚夫在内的海明威式的男子汉。最缺乏男子气概的要数鲁伊·卢兹。他骨瘦如柴、吸毒成瘾、喜欢抱怨，每天都吵着要喝牛奶。卢兹最终被不光彩地没收了旅行用具并被遣送回家去见他的母亲。

在《赫佐格》里，赫佐格通过撰写热情洋溢的、充满人文气息的信件，将欧洲学术界的威望人士重新排序。他在法庭听政后构想的男子社会等

① Saul Bellow: *More Die of Heartbreak*, New York: William Morrow, 1987, p. 287.

级则更加明晰。最为堕落的是亚历克斯·爱丽丝,一个易装癖者。他堕落得不可救药,但这只是法官滥用职权得出的结论。然后是妓女玛丽·布恩特和她的情人。这个半弱智的女人把自己三岁孩子的脑浆都摔了出来,而当时她的情人就斜倚在床上旁观。另外,摩西·赫佐格把戴着头巾的道德高尚的老赫佐格夫妇与弗洛伊德和罗海姆描述的乌合之众进行对比。在另外一个层次上,有像纳克曼和劳拉一样的浪漫的虚无主义者、像陶贝姨妈和桑多·希梅斯坦一样的其他戏剧色彩较淡的逃避现实者,且不用说像雷蒙娜一样的快乐艺术家和像马德琳一样的妄想狂患者。处于精神病层次的、有信奉新教的弗洛伊德主义者埃德维格医生,后面还依次跟着神经病患者、躁狂症患者和性变态者。

在《洪堡的礼物》中,我们看到两类开发商——一类是身材肥胖、爱炫耀的尤利克和希尔顿,另一类是古巴人。胖子尤利克穿着一件耀眼的蓝色丝绸衬衫,像一条贪婪的鲨鱼一样用熏马林鱼把嘴巴塞得鼓鼓的,还将大把大把的花生扔到车后座上。查理把他描绘成一心只想着"资本主义赋格曲"的"恶魔似的亿万富翁小丑"和长着类似"《商业周刊》版面"的脸庞的橡胶业巨头。非白种人的古巴开发商立业较晚,但却更加圆滑。在打高尔夫球、赛车、驾驶双发动机飞机、讲究服饰和体育能力方面尚属新手。在法律和金融等级最底端的是卡尼贝尔·平斯克的法律流氓团伙——芝加哥流氓团伙的最底层人物,比如汤姆齐克、斯罗尔、平斯克、厄本诺维奇、弗朗萨利、科夫里兹和斯特朗森。在好莱坞演员的队列里,约翰·韦恩以他颇具西部风采的绅士魅力和蒂格勒形成对比。蒂格勒是个愚蠢、卑鄙、禁欲的"侏儒怪"人物,又是一个粗暴、说谎、易怒、持种族偏见、"招摇撞骗"[①] 的牛仔。查理把包括上述人物在内的、他在人生不同阶段认识的人划分为不同的等级。至于洪堡,查理想起他年轻的时候是个肮脏、富有的精英分子,经常谈起皮奇丝和阔佬勃朗宁、哈里·索和艾维林·内斯比特,还有爵士时代,斯科特·菲茨杰拉德以及超级富翁。甚至连亨利·詹姆斯的女继承人,洪堡都十分熟悉。连资本家和政客似乎也依次排班站队。如查理自己所述,在他为人最虚伪的那段日子里,他曾陪同一位美国权力精英"坐着海岸警备队的直升飞机,绕纽约一周。同机还有两个美国参议员、市长、来自华盛顿和奥尔巴尼的官员以及第一流的

① Saul Bellow: *Humboldt's Gift*, New York: Viking, 1975, p. 367.

记者。大家都系着松软的救生衣，每件救生衣上都有鞘刀”[1]。像查理的俄国移民父亲一样的旧世界犹太绅士和像孟纳沙和瓦尔德玛一样如今上了年纪的童年时期的邻居，都被他排在了最高等级，大概因为他们都是品行高洁的君子的缘故吧。

女人方面，查理颠倒了他最近的排序，把青梅竹马的初恋情人内奥米·卢兹排在了高大、金发碧眼、胸脯丰满的女人前面。谈到诗人和作家，他赞颂洪堡的过人天分，但是大男子主义的资本主义美国的等级体系把洪堡的天分毁掉了。查理的精神层次的排序涉及到如今已经没落的诗人和与之相对的离婚诉讼律师、律师皮条客、小贩、体育工作者、房地产大亨和黑手党成员。

在黑手党这个层次内部，查理承认他对举止文雅、颇具绅士风度的黑社会头目兰戈巴迪十分欣赏，但对位于黑手党下层的里纳尔多·坎特拜尔和他的愚笨的叔叔们却颇为不齿。兰戈巴迪是从高贵、文雅的骗子摇身一变而成为绅士的。查理欣赏他是因为他并不亲自参与黑社会活动，而且能够不说粗话。查理满心敬畏地发现兰戈巴迪身上的配有华贵里子的外衣和由佩斯利涡旋花呢做成的背心比任何一个董事长都要考究。查理肯定兰戈巴迪的眼睛“具有潜望镜的功能，能够拐个弯看见东西”[2]。想起童年时期的伙伴巴塔哥里亚斯和骆驼默里，他这样形容兰戈巴迪——“他有男子汉大丈夫的气概，有一股威力。也许他在不动声色地发号施令，制定政策，也许还制定刑罚哩”[3]。与兰戈巴迪相对，天平的另一端当然就是像里纳尔多·坎特拜尔那样拥有衣着浮华的情妇、汽车和大衣的粗俗而贪婪的暴徒了。当坎特拜尔在厕所里解大便、借机羞辱和恐吓查理的时候，查理怀疑他是否怀有“野蛮凶恶的奇想”[4]，还想到了埃及的金字塔和亚述巴尼拔花园。他评论道：“就像水往低处流和万有引力一样自然。”[5] 尽管这些比喻已经相当负面，查理又进一步地认为他只能把坎特拜尔比作科勒、约克斯和儒克曼研究的伦敦动物园的大猩猩——不但属于物种进化的原始层次，而且滑稽而粗野。查理还把坎特拜尔放到了

---

① Saul Bellow: *Humboldt's Gift*, New York: Viking, 1975 p. 112.

② Ibid., p. 69.

③ Ibid.（两者是在童年时期被查理看成是凶暴的儿童。这里查理把他们和兰戈巴迪相比，猜想兰戈巴迪小时候也像巴塔哥里亚斯和骆驼默里一样。——译注）

④ Ibid. 1, p. 83.

⑤ Saul Bellow: *Humboldt's Gift*, New York: Viking, 1975, p. 84.

历史的长河里去评价。他说，从进化的角度看，“他已经达到了十八世纪法国的瘪三、骗子、损人利己之徒和罪犯所达到的地步，也就是有知识、有创见的人和理论家所达到的地步”①。此外，查理还把乔治·斯威贝尔在小时候家附近的俄式公共浴室里实践的古老的男性活力论同黑社会和现代健身俱乐部的体育教练的当代活力论相比较。在这间俄式公共浴室里，东欧犹太移民实践着他们古老的、记忆模糊的男性法则。浴室里的“男人们像石器时代亚得里亚海边的穴居野人一样，赤条条地坐在一起，皮肤像雾中发红的落日”。“蒸汽浴室就像失火的森林里的最后一个避难所。那里，一切敌对的动物将遵守一条休战协定，撕咬扑抓的法则将暂时中止。”② 显然，与西格蒙德·艾德勒茨基这个亿万富翁在一起，哈里·特莱尔曼感觉到文化上的优越感，但在由金钱和智力操控的权力结构方面，他却自叹不如。

在文化指数方面，天平的一端是早年的洪堡和他尚未堕落的学生查理，另一端是皮埃尔·萨克斯特。与洪堡和查理不同，萨克斯特尽管自称为黑格尔和惠特曼赞赏的世界级人物，其实是个假冒的学者，半阴半阳的骗子。

位于学者这个层次的是曾成为查理的“文化君王”的邓沃德。这位是教授的老师，长期以来一直是查理的知识领域的伴侣。如今查理对他和像他这样的“脱了水的”学院知识分子一概不买账。他们不但在诗歌创作方面丧失了才能，而且所作所为比金融界和政界的骗子和小偷还要为人不齿。相对更加积极的一个音符是齐克为拉维尔斯坦的男低音伴奏时奏出的。

在体育爱好者这一层次上，天平的一端是真正的运动员，另一端是个头矮小、气质敏感、经常荒谬地幻想自己具备超人的运动能力的查理。查理不无畏惧地想起他苦吃健康食品和被壁球教练带出球场的经历。教练告诉他打球时要放慢速度。“然而，我还是一连几夜都梦见我成了俱乐部最好的选手，成了一个壁球魔王。我梦见自己反手一击，球就擦过球场左边的墙，准确地掉在墙角里，旋转得那么厉害。我梦见自己正在把所有的优秀运动员连连击败——实际上，那些毛烘烘的、瘦骨嶙峋的敏捷的家伙

① Saul Bellow: *Humboldt's Gift*, New York: Viking, 1975, p. 174.

② Ibid., p. 195.

都在躲着我,因为我的球技太带劲了。”[①]

诗歌相对科学的威力等级也在很多小说中得以体现。“但是诗人不会做子宫切除手术,也无法把飞船送出太阳系。奇迹和威力不再属于诗人。”[②] 义愤填膺之时,赛姆勒先生将男性等级划分倾向在更宏观的政治、社会层次上进行了总结:

> 清教主义的一番苦心,现在行将化为乌有。黑暗的邪恶工厂变成了明亮的邪恶工厂。被上帝摒弃的恶棍摇身一变成了欢乐的宠儿,穆斯林妻妾的闺房和刚果丛林里的那些性的方式,被纽约、阿姆斯特丹、伦敦解放了的群众所沿用。老赛姆勒继续看见稀奇古怪的幻象。他看到启蒙运动在取得节节胜利 —— 自由、博爱、平等、通奸! 启蒙运动、普遍教育、普选权,为一切政府所承认的多数人的权利,妇女的权利、儿童的权利、罪犯的权利,已经确认的各个不同种族之间的团结,社会治安、公共卫生、人的尊严,要求伸张正义的权利 —— 三个革命的世纪正在赢得胜利。与此同时,教会和家庭的封建联系削弱了,贵族的特权(不带任何义务)大大扩大了,民主化了,特别是性的本能的特权,不受任何禁令约束的、自发的权利,小便、大便、打嗝,以一切形式结为配偶,双方的、三方的、三角的、四角的、多角形的,一切以自然的、原始的为高尚,凡尔赛的悠闲奢华的创作才能与萨摩亚群岛芙蓉覆盖之下的色情的闲适相结合。[③]

长期以来,赛姆勒形成了精英主义的阶级意识,他相信社会无政府状态将会导致旧有社会等级的解体。

男人之间的暴力和要命的怨恨也是这些同性交际关系的一部分:阿萨 · 利文萨尔、汤米 · 威尔海姆与塔姆金、赫佐格与格斯贝奇、查理 · 西特林与洪堡、赛姆勒先生、艾森与黑人扒手、莱斯特谋杀案、鲁弗斯 · 瑞德帕斯的故事、上校及东欧法西斯政体中与其地位相当的政客。再有就是拉维尔斯坦以著名的自我树敌的方式培养起来的一切敌人和齐克自我坦白的臆想谋杀。

---

① Saul Bellow: *Humboldt's Gift*, New York: Viking, 1975, p. 109.

② Ibid., p. 118.

③ Saul Bellow: *Mr. Sammler's Planet*, New York: Viking, 1970, p. 33.

贝娄同性交际世界的另外一个特征是被挫败的男性对手或者与之相反受人敬佩的男性身上具备女性或孩童的特质,甚至二者兼备。这两种情况在贝娄的小说里都可以得到同样的证明。汤米·威尔海姆经济上陷入窘境,在家庭财政方面处于劣势,因此在盛气凌人的父亲面前只能低眉顺眼。后来他的钱财又被老谋深算的塔姆金和疾病缠身的拉帕波特洗劫一空。对此他的反应仅仅是抱怨、乞求和哭泣而已。鲁伊·卢兹是贝娄描写的可怜的、不争气的第二、三代犹太裔美国人。他没有能力同社会上迈伦·斯威贝尔甚至汉德森一类的人物竞争。鲁伊在移民外祖父母的少数民族社区里长大成人,不幸地被当地的文化所同化。这个芝加哥出身的骨瘦如柴的瘾君子,放纵成性,曾经被拘留。绝望的母亲让他跟随乔治·斯威贝尔去非洲开矿,希望他能悟到男子在生活中应负的职分。然而,鲁伊的运气不好。乔治是一个不合适的榜样。鲁伊不断地吵着要喝牛奶,吃新鲜水果,总是抢着吃掉最好的食物,还缠着雷欧(一个土著脚夫)询问"不要脸的"这个词用斯瓦希里语该怎么说,甚至对黑人秘密的崇拜仪式充满邪念。他是贝娄版本的波特曼。当乔治拿走鲁伊的旅行用具,准备送他回到母亲的身边时,目睹憎恨母亲的鲁伊买了马赛人的矛打算送给她作为礼物,乔治不禁困惑不解。鲁伊不仅女性化,而且思想行为还像一个未长大的孩子。

里纳尔多·坎特拜尔是引诱猪群致死的女性化的喀耳刻,而皮埃尔·萨克斯特则是个女性化的浮夸的花花公子。萨克斯特是贝娄的代表——一个解放了的、现代的冒牌诗人,一个半调子的戏仿,而不是他希望人们把他看作黑格尔推崇的世界级人物。

华莱斯是愚蠢的、信仰无政府主义的少年巴枯宁。赛姆勒迷惑不解地这样描述他:"他几乎成为一个物理学家,几乎成为一个数学家,几乎成为一个律师……几乎是一个工程师,几乎是一个行为科学博士。……他几乎是一个酒徒,几乎是一个同性恋者。"[①] 为了寻找父亲藏匿的金钱,华莱斯把父亲的房子搞得一片汪洋。此前,他十分巧合地骑马入境俄罗斯,被亚美尼亚苏维埃政府的警察扣留。他父亲先后五次拜访、恳求美国参议员才将他解救出来。科尔德的外甥——蠢笨的梅森和华莱斯属于一类人物。科尔德认为他不仅瘦骨嶙峋,而且毫无风度、情感脆弱、智力低

① Saul Bellow: *Mr. Sammler's Planet*, New York: Viking, 1970, p. 88.

下、言语笨拙。

从肯定的一面看，科尔德院长是令人钦佩的男性人物。贝娄赋予他一些最为积极的女性特征。他对瓦勒丽娅的衰老表示关心和同情，为她即将面临死亡而真心地感到难过，情愿侍候她，而米娜似乎做不了这些。贝娄也赋予查理·西特林许多女性的特征。查理连续几天照顾年幼的罗杰，吃饭时为他切肉，还带他到公园散步。他热情而关切地对待瓦尔德玛和孟纳沙——两个上了年纪的人，还满怀爱心地重新埋葬了洪堡。同样，汉德森虽然曾经赶走瑞西的孩子，后来却能够领养一个波斯孤儿，并把他带回家。从维拉特勒和她的姐妹姆塔尔巴那里，他学会了尊重女人的智慧。从炸蛙塘事件中，他学会了放弃他的恶劣的"丑陋的美国主义"；在向达弗和母狮阿蒂学习的时候，他变得温和了许多。最后，他对女人的态度由侮辱转为尊敬，还改掉了大男子主义的行为。

被压抑同性恋倾向是贝娄文本中男子同性交际的一个特征。里纳尔多·坎特拜尔要求和查理建立同性恋关系以巩固他提出的他们之间的生意伙伴关系，这一情节最明显地体现出上述特征。坎特拜尔强迫查理观看他在公共厕所解大便，以查理拒付赌债为由砸坏了他漂亮的银灰色的梅赛德斯汽车。在这之后，里纳尔多调查出查理为离婚的事而感到苦恼，提出要做查理的经纪人。此事失败后，他主动提出把他的情妇——性感的波莉·帕洛米诺——献给查理享用。看到查理拒绝接受诱惑，里纳尔多夺过他的剃须刀刮起自己的胡子来，刮完后没有清洁就把热乎乎的剃须刀还给了查理。他紧跟着查理到卫生间，并且威胁说："你最好不要拒绝我。"[1]查理对坎特拜尔提议的三人性游戏感到毛骨悚然，称之为"肮脏的性马戏团"。这里欲望的对等物包括性方面的联系、男子结盟、经济上的合作关系。按照查理的说法，这些就是芝加哥人示爱的方式。坎特拜尔的这些想法也表明他希望成为查理的社会阶层的一部分。贝娄通过同类相食这个比喻描绘了现代社会的性爱和资本主义特征。在贝娄的小说中，尼基和拉维尔斯坦之间的关系是被给予最多暗示的同性恋关系。很明显，在这些联合男性权力的交易中，女人只起到交换物的作用。

亚历克斯·萨斯马是查理另外一个靠不住的男性朋友。为查理的离婚案件提建议的时候，他说：

① Saul Bellow: *Humboldt's Gift*, New York: Viking, 1975, p. 183.

> 你的一切成就,你的文才以及你的运气。因为你一直是很走运的。这我有什么办法!你一定要娶西区那个长舌妇。她家里有的是选区小政客,有的压彩赌博,有的开糖果店,有的当阴沟检察员。那个自命不凡的瓦萨女大学生!因为她说起话来就像背教学大纲,你就拼上命要领会,巴不得谈上几句,还以为她很有文化。而我是爱你的,一直爱你,你这狗娘养的笨崽子。从我们十岁起,我就对你一往情深。现在呢,晚上躺下睡不着觉,净想着如何挽救查理,怎样保护他的财产,怎样让他逃避税款,怎样替他做最好的法律辩护,撮合他同好女人打交道。你这笨蛋,你这低能儿,你干吗还不理解这种爱的意义呢![①]

为查理搜罗"物品"、金钱和女人是亚历克斯建立男性联盟的方式。像金钱一样,他为查理介绍的女人所起到的就是加固他们之间关系的交换物的作用。

贝娄作品的另外一个特点是在男子同性交往的关系中经常会出现一个萨满教巫师式的中介者来帮助协调男女关系。这其中包括冒牌的埃德维格医生。他是赫佐格的心理医生,帮助赫佐格调解他和马德琳之间的关系。还有骗子塔姆金。这个长着宝塔似的肩膀的家伙骗起人来非同一般。他在解决汤米的经济问题的同时,还帮他调解与玛格莱特及奥莉维的关系。亚历克斯·萨斯马也属于这类人物。他以离婚案件律师的名义不断想方设法地为他的委托人拉皮条。另外,还有名如其人的瓦伦丁·格斯贝奇。他试图通过给赫佐格戴绿帽子来协调后者和马德琳之间的关系。索诺拉的外国腔和不明的身份使她成为最滑稽可笑的协调者。预言家赛姆勒尝试调解安吉拉和霍瑞克的恋爱关系。然而,最愚笨的模仿萨满教巫师沟通男女关系的中介者非肯尼思·特拉奇顿伯格莫属。他企图介入本和所有女人的关系。索莱拉·范斯坦是一个拥有神秘的精神力量和认真美德的中介人物。她帮助哈里·范斯坦和比莱·罗斯取得联系。毫无神秘色彩的西格蒙德·艾德勒茨基则坚决地充当哈里与艾米的爱情使者。具有重要意义的是,就是拉维尔斯坦成了齐克和罗斯曼的媒人。

---

① Saul Bellow: *Humboldt's Gift*, New York: Viking, 1975, p. 208.

把尚在人世的孤身男人召集起来建立一个冒牌的男性家庭是贝娄笔下男子同性交际的另一个特点。查理同孟纳沙、瓦尔德玛·瓦尔德及死去的洪堡重新取得联系这件事就证明了这一点。显然,查理的女朋友莱娜达在这个男性亲友的老圈子没有任何地位。这个圈子包括乔治·斯威贝尔、瓦尔德玛、孟纳沙,甚至洪堡。

诗意想象的双性特征在《洪堡的礼物》和《更多的人死于心碎》中都有所体现。俄耳甫斯式的浪漫情怀与感受在贝娄的文本里被定义为女性特征。年纪渐长的查理·西特林在思考洪堡和他自己失去诗歌才情的状况之后,逐渐理解正是新教化的大男子主义的美国资本主义制度中断了诗歌领域的发展。通过对众多具有破坏性的第二自我的分类分析,查理认识到这样一种文化已经把诗意想象定义在男性气质之外。因此,像坡、洪堡和查理这样的男性作家为了保存诗情,必须重新找到他们的阿尼玛——他们身上的女性特质。资本主义与诗歌的组合并不适用于洪堡:"他立志当一名神圣的艺术家,步入柏拉图式的空幻的境界。在纽约市立大学,他受到了理性主义和自然主义的熏陶,这同俄耳甫斯的特性是格格不入的。……他想要……证明想象和机械有同等的威力;他既想解救并造福人类,又醉心于一己的名利双收。"[①]

更具戏剧色彩的是,查理观察到洪堡企图把"科尼岛带进爱琴海,把野牛比尔同拉斯普廷联合起来。他要把艺术圣典与工业化的美国作为平等的力量连在一起"[②]。在查理看来,洪堡失败的原因在于他妄图把美国的物质生活与精神生活结合起来,把行动与冥想结合起来,或者从象征的角度讲,把大男子主义世界与被其疏远的女性世界结合起来。但是尽管查理受到典型的芝加哥"性疟疾"的纠缠,面临被人谋财害命、威胁恐吓和阴谋算计的危险,而且还要与离婚诉讼律师、律师皮条客、体育教练和房地产巨头打交道,他认识到美国已经将定义为女性气质的诗歌领域完全摧毁——当个诗人,"要干学者的事,女人的事,教会的事"[③]。参照荣格关于阿尼玛与阿尼玛斯必须和谐的理论,查理·西特林讲述了一个令人引以为戒的故事——一个发达的工业化民族对其民族心理中的女性性格的抹杀,而这一方面被贝娄定义为自然、艺术、冥思、想象、音乐、家庭感

① Saul Bellow: *Humboldt's Gift*, New York: Viking, 1975, p. 119.

② Ibid.

③ Ibid., p. 118.

情、父爱及真正的兄弟情谊。

考虑到男子同性交际的这些特点，渴望永久的男性内部的友谊的愿望自然会受到阻碍。读者只要想想约瑟夫与妻子及交往的所有男人之间的不和谐的关系就知道了。约瑟夫就是个同性交际失败的例子。阿萨也不懂得同性交际的规则，但却吸收了它的价值观。大多数情况下，他与同性交往都会使他受到妄想狂的折磨，以致他无法与同性建立伙伴关系。他对妻子回到家里的感激之情也许能够证明他们婚姻的成功，但更昭示了他在男子世界的失败。阿萨从朋友哈克维那里得到了信任与友谊，可是，他似乎向往一个由远比哈克维优秀的男性组成的世界。他与比他老练很多的哥哥马克斯之间的疏远象征着这种愿望的落空。奥吉最后成功地融入了男性世界，但他决心保住自己独立的个性。

汉德森在男性世界里取得了巨大成功，因为男性世界就是通过他这个人物才得以鲜活呈现的。然而，他和女人之间的关系一塌糊涂，而且还可能继续糟糕下去，因为他把最大愿望寄托在达弗的身上。对他来说，达弗的友谊和爱比女人对他的感情更值得珍惜。他的情况是，死亡使他建立同性友谊的愿望化为泡影。赫佐格对男人世界的残暴大为震惊，既然无法取得成功，他便从中退却了。可是，他也无法适应女性世界。最后我们看到他索性选择远离这两个世界。查理·西特林和其他人的交情从来就无法取代他和洪堡之间未尽的、无法和解的密友关系。他抛弃了一切性爱纠缠，为的是重新找回自己，远点说，也就是找回洪堡。在小说的结尾，查理的愿望是象征性地恢复和洪堡之间业已破裂的结拜兄弟关系，并把洪堡的舅舅瓦尔德玛和童年时期的老街坊朋友孟纳沙再次视为冒牌的男性家庭的成员。他甚至把洪堡的尸体运回旧街坊。洪堡的躯体也许不复存在，但至少他的墓穴可以迁走。

赛姆勒先生没有再婚，但显然也从没学会把死去的妻子和满腹烦恼的女儿真正当回事。他更喜欢男性知识分子（他们中的许多人都已过世）和具有男子汉气概的阿尔金。在小说的结尾，他渴望承认对安吉拉·格鲁纳的敬爱之情。而赛姆勒在世的女儿更多的是引发他对性的思考和从大男子主义角度发出的谴责之辞，而不是那种对安吉拉的深沉的爱和感情，这些都不是一个父亲应有的行为。然而，他在安吉拉身上寄予的希望被死亡击败了。科尔德院长被各种各样的法西斯主义者包围。他和他们之间不可能培养长期的同性友谊。鲁弗斯·瑞德帕斯是黑人，跟他的职业不同。杜威·斯潘格勒泄露未公开的真相;他的外甥梅森是个被社会淘汰的人。此外,就没有其他人可以交往了。他和心事重重的、孩子气的妻子达不到心灵相通,和瓦勒丽娅周围的女人的关系也很一般。他在帕洛马山上用望远镜观察到的景象说明,他最终寄希望于未知的上帝。然而,他看到的只是距他几千光年之远的物体的折射。

肯尼思最初与父亲卢迪·特拉奇顿伯格、再后与本·克拉德进行同性交际的愿望在小说的结尾处宣告落空。同样,他仍旧颇为珍惜的和他父亲交际圈子里知识分子之间的交情也不复存在,因为那些人如今都已过世。出于对蒂塔·斯奇尔茨的同情和对她自虐式的面部整容的勇气的钦佩,他将同她结婚;和蒂塔结婚的另外一个原因是长期以来一直是他个人和形而上的欲望对象的本已经离开,而且还不知道何时归来。

关于男性友谊的失败,贝娄作品中描写得最详细的就是哈里·范斯坦和比莱·罗斯之间的关系。甚至足智多谋、神秘的索莱拉·范斯坦也无法协调他们的关系。在不知名的叙述者对不能与索莱拉·范斯坦进行交往表示遗憾的时候,这种模式才被稍稍打破。他终于意识到,索莱拉比他的任何一位男性朋友都更加值得珍惜。齐克渴望与拉维尔斯坦建立柏拉图式的知识分子伙伴关系,但他的这种愿望最后只有通过与拉维尔斯坦的学生罗斯曼结婚和在拉维尔斯坦去世之后为他写传记来实现了。

贝娄文本中男性同性交际的最后一个特征是女性性爱是具有惩罚性和破坏性的。这一点特别有趣,因为很明显贝娄男主人公的忧伤大多源自同性亲密关系的失败。然而,具有讽刺意义的是,他们的愤怒大多源自女性的背叛。约瑟夫对妻子和情人都缺乏热情。奥吉·玛琪在西娅·芬彻尔的手里备受折磨。后者想把一只猎鹰训练得更加凶猛。当奥吉的训练宣告失败后,她拒绝了他。汤米·威尔海姆的妻子玛格莱特加速了他毁灭的进程。她以“贱女人”的形象出现,我们只看到她威吓汤米,向他索要钱财。赫佐格的前妻马德琳被描绘成一个危险的妄想狂患者。她与格斯贝奇串通起来给赫佐格戴绿帽子。雷蒙娜是赫佐格避之不及的致命的性感大师。查理·西特林受另外一个性感大师莱娜达的引诱,差点出轨。赛姆勒觉得他被一群肮脏的妓女所包围。他恨玛戈特的性感,对侄女安吉拉的性冒险进行谴责,幻想总是拿不定主意的女儿和别人私通。科尔德院长的妻子米娜在他进行心灵探索的关键时刻离开了他,使他倍感受人误解的孤独,甚至有种被米娜当作父亲而招致隔离的感觉。《更多的人死于心碎》中有许多破坏性强、泼辣、性感得危险的女人,比如卡罗琳·庞芝、戴勒·贝岱尔和玛蒂尔达·拉亚蒙。还有像蒂塔和卢迪·特拉奇顿伯格夫人一样的作践自己的女人。后者拒绝性爱,不履行做母亲的责任,却采取过激的行动,在非洲过着修女般的生活。

似乎贝娄的大部分作品都是以男性为中心的单一声音的文本。女性的声音被排除在文本之外。这些男主人公在各自的房间里,拿起镜子审视客体,结果却被自己的自足假象所欺骗。他们出于僧侣式的本能,加之无法维持同女人和孩子的长久关系,因此在追求同性交往的过程中陷入无休止的独白,也就此把他们最为渴望的东西——他们性格中的女性成分——排除在外。

Gloria L. Cronin: "A Room of His Own: Monologist and Male Homosociality", in *A Room of His Own: In Search of the Feminine in the Novels of Saul Bellow* (Syracuse University Press, 2001), pp.11–36.

编后记

格洛丽亚·L. 克罗宁(Gloria L. Cronin),美国杨百翰大学的英语教授,教授美国犹太文学、非洲裔美国文学、妇女文学、二十世纪英美文学、批评理论和英语国家后殖民文学等课程,是《索尔·贝娄学刊》的编辑之一,也是《太平洋研究》的副编辑。她出版的专著包括《美国犹太文学百科全书》、《从二十世纪晚期看美国犹太人与大屠杀文学》等。

本文选自《一间他自己的房间:寻找索尔·贝娄小说中的女性气质》,第11—36页。在此文中,克罗宁分析了贝娄作品中的男性主人公以及他们交际的特点。

毁灭型的妻子和情人

作者 [美国] 格洛丽亚·L. 克罗宁

译者 栾述蓉

女人也许可怕、不洁、疯狂、古怪而神秘、世俗或不正派，但是她对于误入歧途的男性欲望的圆满是绝对必要的。

——雅克·德里达《论文字学》

贝娄小说中的妻子们从被动型到毁灭型、再到女神型成序列存在。前者，我们在小说中见到的有约瑟夫的妻子艾娃（《晃来晃去的人》）、玛丽·利文萨尔（《受害者》）、汉德森的三个妻子：玛格莱特、弗郎西斯和莉莉（《雨王汉德森》）、黛西（《洪堡的礼物》）、故去的安托尼娜·赛姆勒（《赛姆勒先生的行星》）、米娜·科尔德（《院长的十二月》）和肯尼思·特拉奇顿伯格的母亲（《更多的人死于心碎》）。稍后一组如马德琳·波垂特（《赫佐格》）、丹妮丝（《洪堡的礼物》），玛蒂尔达·拉亚蒙（《更多的人死于心碎》）、麦芝·海辛格（《真情》）等则属于性情反复无常，擅于阉割和吞噬男人的一类女人。最令男人憎恨和恐惧的正是这后一组妻子。在贝娄中期和后期的小说中，各个男主人公的目光更为冷峻，更具攻击性，更趋愤怒。而最新的小说《拉维尔斯坦》中，既有一位恶劣的妻子，又有一位圣人似的伴侣。

约瑟夫描写他的妻子艾娃是“一个安静的女子。她身上有一种东西阻碍你跟她交谈。我们不再对彼此倾诉心曲。事实上，有很多东西我都不能跟她提起”[①]。约瑟夫不想工作，为了养家，艾娃不得不放弃诸如衣服

① Saul Bellow: *Dangling Man*, New York: Vanguard, 1944, p. 12. 该处引（转下页）

和娱乐等奢侈品。她为约瑟夫的求知的和形而上的野心提供了母性的基础和支持。约瑟夫以愉快的调子说她对此心甘情愿:“她宣称这对她不是负担。她想让我享受自由,读书和做所有在部队将无法做的快乐的事。”[①] 即便如此,约瑟夫对艾娃并不忠诚。他和凯蒂·杜姆勒有了私情。约瑟夫并不是真的在乎凯蒂,这段私情更多的是出于他对艾娃的恼火:他想改变艾娃,但是艾娃不肯。他得出结论说艾娃对衣服、秘闻、娱乐和时尚杂志的轻薄爱好是“因为女人……没有受到抵制这些东西的训练”[②]。他因为艾娃在宴会上不听他的要求稍微喝多了一点就对艾娃大发雷霆。但是那天晚上稍后,当他看到艾娃没有知觉地裸躺在床上时,不由反思自己的窥阴癖和控制欲是不是跟阿卜特的恶行不相上下,后者用催眠术恶意地对待敏娜。跟艾娃不同,敏娜看上去是个乏味、沉默、冷淡的女人,似乎没有什么同情心。艾娃的慷慨奉献并没能取悦约瑟夫,他嫌她缠人,还嫌她成不了他的“皮格马利翁”或是“被催眠的主体”。

玛丽·利文萨尔在《受害者》中一直没有出场。关于她,我们所知的只有阿萨非常思念她,跟她之间的关系亲密而愉快。当她不在的时候,阿萨陷入偏执。她起到了女性缺场的在场作用——她可能是在贝娄小说叙事中,没有最后被异化的仅有的两三位妻子之一。

至于玛格莱特·威尔海姆,我们只能从汤米的叙述中了解她。她写信给汤米,抗议他未支付孩子和离婚赡养费,指责他严重不成熟,说他的不幸是咎由自取。她用平静、抑扬、颇为动听的声音林林总总地抱怨不停,让他感觉要被她绞杀或击碎。他形容她像鲨鱼或梭鱼,在孩子的赡养费上狮子大开口。

汉德森形容他的第一任妻子不爱与人交往。“就像雪莱的月亮,独自徘徊。”[③] 他说她热衷于写信和读书,对哲学兴趣浓厚,是知识分子女性。莉莉是他的第二任妻子,是典型的受到言语虐待的妻子。他在公众场合

(接上页)文参考了蒲隆翻译的索尔·贝娄作品《晃来晃去的人》(《索尔·贝娄全集》第九卷)。石家庄:河北教育出版社,2001。此篇以下有关该书引文的翻译均属此种情况,不再另注。——译注

① Saul Bellow: *Dangling Man*, New York: Vanguard, 1944, p. 11.

② Ibid., p. 98.

③ Saul Bellow: *Henderson the Rain King*, New York: Viking, 1959, p. 5. 该处引文参考了王敏渚翻译的索尔·贝娄作品《雨王汉德森》。石家庄:河北教育出版社,2001。此篇以下有关该书引文的翻译均属此种情况,不再另注。——译注

对她吆三喝四，在私下骂骂咧咧，当着她闺中密友的面假装不认识她，以此羞辱她。他还在家里开枪吓唬她，让她为他的粗野而惭愧。根据汉德森的描述，莉莉是个高个头、面容甜美、脾气温和的可爱女人，她聪慧、有道德感、爱哭[①]。尽管如此，他还是免不了指责她唠唠叨叨、内衣邋遢、神情疯狂和让他受罪。

查理的妻子丹妮丝是贝娄描写最细致的毁灭型妻子之一。这种描写充满矛盾。查理觉得她得自父系的遗传要远比母系的强烈。他叙述道："在她粗鲁无礼，在她直着嗓子吆喝的时候，你能看出她祖父，那个老片区负责人和窝主的影子来。"[②] 在查理看来，丹妮丝很聪明，但她有的是一种冷酷的智慧。她对他的生死至交——落魄的乔治·斯威贝尔看不上眼，这让查理大为恼火。她憎恨地说："不要把他带进家门。我受不了他的屁股坐在我的沙发上，脚踩在我的地毯上。你就像给惯坏了的赛马一样，必须要在马厩里拴一头山羊才能让你安下神，乔治·斯威贝尔就是你的公山羊。"查理描写她"好斗而激动，声音尖利、亢奋而清晰——一种歇斯底里的高琶音"[③]。她憎恨查理的移民家世背景，厌恶他对老友的忠诚、对旧时居住区的留恋、对洪堡的感情、对粗犷的芝加哥的热爱、还有对埋葬在那里的犹太父辈的深情。查理总结说，欺凌别人让丹妮丝感觉好过吃维生素。[④]

查理对丹妮丝的智力也全无尊重。他记得初次见到她时，她正热诚地像小学女生那样给演员弗维吉做排练场记。查理说丹妮丝什么时候做过头发，他一准知道。因为她在美发厅时总爱飞速地浏览各种新闻杂志，回到家她就张口闭口全围绕着世界重大事件。让查理觉得好笑的是，在参观白宫时，丹妮丝把总统拦住，跟总统也如此这番地聊了一通。他认为丹妮丝无法把个人伤脑筋的事和世界动乱危机区分开来。他半开玩笑地提到既然肯尼迪总统也是从相同的渠道获取消息，丹妮丝满可以给总统当一个不错的国务卿[⑤]。对丹妮丝热衷于请大人物到他们家中做客，查理

---

① Saul Bellow: *Henderson the Rain King*, New York: Viking, 1959, p.6.

② Saul Bellow: *Humboldt's Gift*, New York: Viking, 1975, p.41. 该处引文参考了蒲隆翻译的索尔·贝娄作品《洪堡的礼物》（《索尔·贝娄全集》第六卷）。石家庄：河北教育出版社，2001。此篇以下有关该书引文的翻译均属此种情况，不再另注。——译注

③ Ibid., p.42.

④ Ibid., p.44.

⑤ Ibid., p.57.

嗤之以鼻。他自得其乐地回想起他对那些人的粗鲁和冷淡让丹妮丝非常恼火。尽管她脱光了衣服，坐在床上，梳理着头发，准备履行做妻子的义务，以此平息查理因忧伤和最近邂逅落魄的洪堡而导致的反常和病态，查理却没有感激之意，因为她对查理对逝者所怀的深情毫无同情："啊，你又沉迷于那些事了，你必须停止这种歌剧似的胡言乱语。看一下心理医生吧，你怎么老停留在过去，为些死人伤心。"① 显然，查理虽坦承自己的不足，但更主要的是在批评懊恼的丹妮丝，认为她冷酷、没有感情、总是嘲笑别人。简而言之，查理承认自己的神经质和对妻子过分的要求，但是他把自己描写成深沉的人，而把他的妻子形容为庸俗、浅薄、没有感情的女人，既缺乏同情心也不理解他。他称她是"狂热分子"，说她今天很和善是因为她像揍狗一样痛击了我一顿让她"发泄了情绪"②。他还好笑地提到让她从床上爬起来弄早饭对她称得上是挑战，并且为了某种特殊效果，她总是穿着破洞的长筒袜到法庭③。换句话讲，除了积聚仇恨去爆发以及诡计多端地打动法官外，丹妮丝几乎是个无用之人。

与此相反，查理在凯瑟琳身上感受到了同情，跟她结下了友谊，这在贝娄男主人公中很罕见。查理意识到凯瑟琳"爱上了一个诗人国王，任由他把自己囚禁在乡下"④。对于洪堡偏执的占有欲，查理既伤心又感好笑。他明白洪堡为什么会幻觉凯瑟琳的父亲把女儿卖给了洛克菲勒家族的人。当洪堡在普林斯顿试图用车压死凯瑟琳的时候，查理非常震惊。⑤稍后那天晚上，在利特尔伍德家的晚会上，洪堡开始指责凯瑟琳，查理记得他"以令人吃惊的狂暴，扯住凯瑟琳"⑥，用拳头捣她的肚子，把她拖到后院，揪住她的头发把她拽进别克车，疯狂地碾过草坪开车而去。他让查理联想到莎士比亚笔下狂怒的莱昂提斯王，前者的行为都是学自他所读过的书。查理既为凯瑟琳在罗科餐厅的消失感到难过，又为洪堡试图对马格内斯科动武感到伤心。查理对此评论说："我认为当他进入一个诗人需要进入的境界时，他想要凯瑟琳来保护他。那种随时都可能被美国的高射炮击碎、摧毁的高远梦境便是他需要凯瑟琳为他保存下来的。她

① Saul Bellow: *Humboldt's Gift*, New York: Viking, 1975, p.115.
② Ibid., p.224.
③ Ibid.
④ Ibid., p.25.
⑤ Ibid., p.143.
⑥ Ibid., p.145.

尽力帮助他保持那种魔力，但他永远也得不到足够的梦幻材料来遮盖自己，那是无法覆盖的。然而我看到了凯瑟琳要做的，并为此敬佩她。"[①]

赛姆勒责备安托尼娜做女人不该做的事：在纳粹入侵前夕到欧洲去变卖她父亲的庄园，导致了自己的死亡。她灾难性的死亡是因为她不适当地闯入了男人的世界。至于苏拉·斯拉娃的疯癫，他不怪纳粹和让她加入罗马天主教的修女，而是怪她歇斯底里的母亲。他对安托尼娜的回忆总是哲学和批评式的。他嘲弄又取笑地回忆起跟布鲁姆斯伯里那些有名人士，特别是跟威尔斯的交往让她妻子感到一种社交色情的刺激。在他想起他女儿偷走拉尔的手稿时，他就推断一定是安托尼娜如此的举止使得苏拉·斯拉娃发狂。对于女儿的神智不清，他又一次责怪一个女人而不是纳粹。他甚至毫不愧悔地否认安托尼娜一度对他有一种性吸引：

> 老赛姆勒想起战前住在布鲁姆斯伯里的那些日子里，他领会他妻子那种用手向下一挥的悄无声息的亲密动作表达的含义，动作做得那么微妙，你必须是深知其人才能辨别出那是一种吹嘘自己的手势：我们跟英国最出类拔萃的人物，有着最亲密的关系。这个小小的缺点，几乎是一种营养品、消化剂……使安托尼娜的脸颊更柔润，头发更光滑，色彩更浓艳……这个小女孩实际上可能已经发现只要一提威尔斯的名字，就对她妈妈有一种社交和色情相连的影响。[②]

科尔德的妻子米娜虽然没有像其他女人那样引起人的愤怒，但是她因为缺乏体察别人的能力，所以同样是个失败的妻子。科尔德，这个富有同情心、女性化的男人，把米娜描述成一个事业狂，一个心不在焉、像个小孩似的天才科学家。她的科学天赋似乎使她不适宜夫妻之间温暖而充满人情味的交流。科尔德感觉孤独，对她像父亲对孩子。他发现米娜意识不到自己母亲的健康正每况愈下，把母亲的无私误认为是缺乏个人欲望。[③] 她一直被家人保护着，远离政治现实，生活在科学的世界里。尽管

---

① Saul Bellow: *Humboldt's Gift*, New York: Viking, 1975, P.240.

② Saul Bellow: *Mr. Sammler's Planet*, New York: Viking, 1970, P.28. 该处引文参考了汤永宽、主万翻译的索尔·贝娄作品《赛姆勒先生的行星》(《索尔·贝娄全集》第五卷)。石家庄：河北教育出版社，2001。此篇以下有关该书引文的翻译均属此种情况，不再另注。——译注

③ Saul Bellow: *The Dean's December*, New York: Harper and Row, 1984, p.12. (转下页)

她尝试过，但却无法理解科尔德作品中的人文和道德影响。对她来说，这些作品给她这样重要的科学家留下了印象，就足够了。科尔德批评她是“明星学生”，一个“美丽优雅的女人，每天像女学生一样背着书包，带着铅笔盒出门，从不疏忽大学里任何专业职责，准备讲稿到深夜，直到讲课像音乐会一样”[①]。在科尔德眼里，她做事有规律，井井有条，乃至神奇，但却对瓦勒丽娅生活在的人类感情和心灵的世界毫无准备。科尔德院长必须向她解释她的恐惧、忧伤、愤怒和压抑。“多么天真的人！她研究星球，人类事物是她丈夫的领域。某种劳动分工。”[②] 米娜因为她母亲没有信守诺言活到九十岁而感到绝望。“成熟而极为严肃的女人们会达成这样的协议。而且它会再持续十二年。在这段时间里，米娜继续她的天文学研究，安全地避开了颓废的西方和颓废的东方。”[③] 科尔德评论说。自始至终，米娜都忽略了科尔德在整个事件中感受到的危机，直到后来在准备葬礼时，她才给了他唯一能够的支持：“她信任你……你最后告诉她的话是她最想听到的。”[④] 我们最后看到米娜是在帕洛马山望远镜前，她坐在那里透过镜头仰望，广袤的苍穹在他们两人眼前展开。艾尔伯特·科尔德的描述详尽，充满人文精神、富有诗意和宗教意蕴。而米娜所观察到的，我们猜想则应该纯粹是从科学角度。作为故事的叙述者，科尔德让我们感受到他的女性化：他对人体贴照顾，对人类的痛苦和情感感觉敏锐，而他的妻子则被男性化，根据科尔德的描述，她无法进行很多情感交流，对政治茫然不知，有着女学生的习惯和情绪反应。

卢迪·特拉奇顿伯格夫人被描写成一个逆来顺受的法国太太。她试图对丈夫的外遇装聋作哑，而她丈夫则用出自巴黎最好的设计师之手的漂亮丝绸服装来搪塞她。她最后跟一队义务志愿者一起去了非洲的吉布提，那里成千上万的人死于饥荒。但是她的自我牺牲却让肯尼思有被抛弃之感。他憎恶地描写她的廉价的裙子：“近乎麻袋布。不再穿时髦的开司米和丝绸衣服，不再光顾女装店，不再按照巴黎的习俗和丈夫的女

（接上页）该处引文参考了陈永国、赵英男翻译的索尔·贝娄作品《院长的十二月》（《索尔·贝娄全集》第七卷）。石家庄：河北教育出版社，2001。此篇以下有关该书引文的翻译均属此种情况，不再另注。——译注

① Saul Bellow: *The Dean's December*, New York: Harper and Row, 1984, p. 253.

② Ibid., p.256.

③ Ibid., p.258.

④ Ibid., p.308.

友去参加茶会。”[①] 他不情愿地承认她穿那样的衣服也很优雅，但是仍然谴责她是穿着廉价棉布衣的特蕾莎修女。他完全不能理解作为臭名卓著的通奸者的妻子的她的感受。从她最终选择的生活方式，他看不到利他主义也看不到精神上的价值，只一味谴责她离开他，谴责她在可笑地效仿特蕾莎修女。

玛蒂尔达·拉亚蒙几乎比贝娄小说中的任何一个妻子都糟糕。她父亲称她是个“智多星”，适合去军事学院[②]；一个富有的荡妇，性方面放浪不羁，喜怒无常、诡计多端、吸食大麻、贪婪浅薄、让人烦恼、过于性感、过于美丽、受教育过高。本对她如痴如狂，以至于肯尼思称他是“消极的物神崇拜者”[③]。似乎是突然之间，本开始对玛蒂尔达的牙齿和肩膀感到不满。在一场托尼·伯金的《心理病者》的演出当中，他想象着玛蒂尔达由风韵动人的女子变成了变态的异装癖，先是有着伯金的肩膀，后来又成了她父亲的丑陋肩膀。由肩膀到牙齿再到分得很开的乳房，本解构了自己的海伦，把她由古典、神秘的美女变成了庸俗、富有的荡妇，最后成了造物主。

克莱拉·华尔德是《偷窃》中的主人公，但是小说中心所表现的既不是她的情感也不是她的主观思想。小说的视角和叙事声音都是男性的。我们又一次不得不借助男性的眼睛来看待一个女人，即便这个女人是小说最重要的角色。她被描写成一个轻浮的时尚女王，但原本是来自边远乡区的乡巴佬，道德、情感都不稳定。她是个势利眼和种族主义者，靠钻营进入了新教管理阶层圈子。她有着遗传自北海祖先的大鼻子[④]，大骨架和伊利诺伊州农夫的家庭背景，显然她不是内奥米·卢兹，不是瓦勒丽娅，更不是大美女。“在她身上你可能会猛然看到一个来自边远小镇的姑娘、来自美国屈指可数的某些村镇，科技和城市发展与它们无缘。在那

---

① Saul Bellow: *More Die of Heartbreak*, New York: William Morrow, 1987, p.29. 该处引文参考了姚暨荣、林珍珍翻译的索尔·贝娄的作品《更多的人死于心碎》(《索尔·贝娄全集》第八卷)。石家庄：河北教育出版社，2001。此篇以下有关该书引文的翻译均属此种情况，不再另注。——译注

② Ibid., p.16

③ Ibid., p.26

④ Saul Bellow: *A Theft*, New York: Penguin Books, 1989, p.1. 该处引文参考了段惟本翻译的索尔·贝娄的作品《偷窃》(《索尔·贝娄全集》第十二卷)，石家庄：河北教育出版社，2001。此篇以下有关该书引文的翻译均属此种情况，不再另注。——译注

儿可以看到只有一间教室的学校，乡村警察、用盆盖住的晚餐。”[①] 这种出身的优势让她能跟克利福德那样的下流胚厮混，那家伙后来进了阿提卡监狱；也难怪她会认为绅士风度十足的珠宝商汉密尔顿先生一定是亚美尼亚人。[②] 她和黑手党分子兼亿万富翁和革命者的斯庞蒂尼、江加柯莫两人关系密切。她本人也曾从保险公司那里窃取了一大笔钱。按照她的特别公式，这些全球大盗要远远胜过像弗莱德里克这样的小毛贼，或是像伊谢尔这样的偷心者或是她自己实用主义的偷盗。还有她的四任颇为实用的丈夫，她形容她最近这一任丈夫“高大、英俊、懒惰、不能干还不服气”[③]。概括起来，她是一个性史上有污点的女人，有四任丈夫、试图自杀过、有很多不当的情人、离过四次婚。

像瓦勒丽亚一样，索莱拉·范斯坦也有着独特的经历。她并不躲避那些厌恶女人的男性的注视，但却成为了具有很高道德和哲学水平的神秘女人。叙述者坦承：“他们在我脑海中的形象也许太清晰动人，简直不像是真的。”他并且承认：“原样回忆和情感回忆有区别。”[④] 他刚开始描写索莱拉“是个新泽西女孩子 —— 纠正，女士。个子肥硕，脸上化了妆。脸颊上长着细茸毛，蜂巢似的盘在头顶的发式。戴着一副很少见的无边眼镜。这种刻意的打扮为她凭添了一份戏剧效果。她的目标是给人一种斩钉截铁如权威般的效果。不过她可不是个傻瓜”。[⑤] 但是他立刻承认要搞明白索莱拉和范斯坦当初因何倾慕对方，远远超出了他的想象能力。

> 只要一个女人跷起二郎腿，露出大腿底部，一个像我这样的美国观察者就会，或者说就能，想象出她裸体的样子，并且依仗他的人生经验和艺术修养，把她这一类型归属某一恰当的画家。至于索莱拉在我脑中的画面，我选择勃伦朗的《萨斯琪亚》而不是鲁本斯的裸女……索莱拉的肥胖、蜂巢式的发式还有荒唐的夹鼻眼镜 —— 一位

---

① Saul Bellow: *A Theft*, New York: Penguin Books, 1989, p.39.

② Ibid., p.17.

③ Ibid., p.3.

④ Saul Bellow: *The Bellarosa Connection*, New York: Penguin, 1989, p.3. 该处引文参考了段惟本翻译的索尔·贝娄的作品《贝拉罗莎暗道》(《索尔·贝娄全集》第十二卷)。石家庄：河北教育出版社，2001。此篇以下有关该书引文的翻译均属此种情况，不再另注。——译注

⑤ Ibid., p.6.

装腔作势的贵妇，使我不禁纳闷：这些人怎么了？他们难道是男扮女装的同性恋者？[1]

回顾过去，叙事者意识到索莱拉是个“女强人型的妻子”[2]，没有她，范斯坦的生意可能早就破产了。尽管叙事者仍然困扰于她肥硕惊人的屁股，但是他留意到索莱拉“确实能言善语。我渐渐乐于与她交谈，不光是因为话题本身的兴趣，更因为盼望能听到她的想法”[3]。“能够帮范斯坦申请出专利，并能筹措到资金帮他开一家小厂（起初确实小），与此同时，又把儿子培养成数学天才，这样的人绝不是等闲之辈。她是位精神昂扬、思路清晰的女人。这个身材肥胖的女人实在是见多识广”[4]。

这个索莱拉不是普通的女人。她跟普通两个字毫不搭界。她的肥胖，假定她在心里能接受，恰恰说明了这点。她本来可以下决心减肥的，因为她有坚强的性格可以做到这点。然而她选择接受肥胖的挑战。正如霍蒂尼希望身上打的结越紧越好，箱子上的锁越多越好，逃生的河流越深越好。正如如今人们常说的那样，她是“超越常规”……如果用图表来衡量人的话，她的图形会超出整个图表，占满一面墙。[5]

后来，当叙事者得知她计划用哈密特夫人的记录来胁迫比莱·罗斯就范时，他急忙为她的品格辩护：

索莱拉是个正派人。她并没有在暗示要我往淫秽的路上想。她这个人绝不会跟别人进行邪恶的思想交流。她一生中从没勾引过谁……我可以拿一年的收入打赌。她性格之鉴定可靠就像她长得如此肥硕一样不容置疑。她长裙胸前扇贝形装饰的方块意味着对一切不入流恶作剧的斥责。在我眼中，这些扇贝图案本身就以其弯弯曲

① Saul Bellow: *The Bellarosa Connection*, New York: Penguin, 1989, pp.19–20.
② Ibid., p.21.
③ Ibid., p.26.
④ Ibid., p.27.
⑤ Ibid., p.32.

曲的线条传达了某种信息，它容不得任何古怪的诠释和反常的指证。[①]

他称赞她有一颗跳动的"坚贞不二的心，坚信一段伟大的神秘历史必须延续下去——别让我再详加解释了"。此外他又一次说道："索莱拉是个重量级的人物，她不可能玩任何会惹麻烦的游戏，也不会搞什么小动作。她的眼睛就像通向蔚蓝天空的入口，而映衬这蓝天的部分（如照相机的暗箱）让你想起墨黑的宇宙空间，在那里没有任何物体能反射出这无形光的流动。"[②] 至于她的身材，一直让叙事者惊叹不已："索莱拉的身材……比我初次在胡林镇遇见她时——当时她还是个新娘，又肥胖了许多。我不禁对她体积的扩增思忖起来……我只能说不管底盘有多大（一个糟糕的双关），总是让人感觉很有品位和风度。出色的歌唱家可以让你忘记他们腰背部的脂肪。不仅如此，索莱拉冷静清醒，却能够让我们感受到如同瓦格纳歌剧中亢奋的女高音所带给我们的几近迷醉。"[③]

索莱拉既是也不是贝娄模式的女主人公，同样，她的叙事者既是也不是典型的贝娄男性独白者。尽管他意识到索莱拉的才智和精神价值，但对她的肥胖和性吸引力却一直感到迷惑和古怪。她既是也不是他精神舞台上的女主角。他本能地认识到她的价值，但他却并不总是忠实于自己的本能；甚至于他开始怀疑自己早先的看法，而专注于她体格的庞大以及不时流露出的庄严。他处于能够承认自己幼稚的美国特性和性别价值观的最后阶段，最终意识到自己早先时候认为她所有的真诚和智慧更多的是出于一种施恩和对于她小山似的体格的不成熟的性好奇。在最后的这部小说中，无名的叙事者实质上找到了他所寻求的女性气质。在承认这点之后，他又向我们展示他是如何失去她的。他失去的是索莱拉和她代表的女性气质，这意味着他所赖以生存的东西都被否决了。对这种发现、忽视和因此导致的损失的认识让他承认自己在灯下的顿悟就像摩西看见的燃着的灌木和亚拉伯罕在树丛中发现的公羊一样令人震惊。这个关于失去和存留的意象颇具讽刺。他的顿悟来得太晚，而他在记忆晦暗的树丛中所凝望的正是公羊一般的美国男性自我。文本在此处更清晰地展示

① Saul Bellow: *The Bellarosa Connection*. New York: Penguin, 1989, p. 39.

② Ibid., p.40.

③ Ibid., p.48–49.

了叙述者对于自己的美国男性心理内在蕴涵的认识和自己无可避免的失落。他最后的供述是希望上帝不要忘记他死去的那些亲友，不要忘记索莱拉。“Yiskor Elohim.”[①]

麦芝·海辛格似乎是所有妻子中最具毁灭性的，贝娄在此倒退回了早些时候。事实上，她雇了一个杀手来处理掉她的丈夫博多，并为此被判入狱。她还把热茶倒在客人的膝盖上，当她的受害者躲到浴室时，她又侵犯人家的隐私，跟随进去。艾米·伍斯特林形容她是个“野蛮荡妇”。她在监狱里染上了很多让人吃惊的恶习，包括敲诈勒索。弗朗西斯·杰莉卡像索莱拉·范斯坦一样，也是个上了年纪、身材肥胖却有着可贵品质的女人；她过去“一度是一个温柔苗条的可人儿”。与此相似，尽管艾米饱经岁月风霜，在哈里眼里她仍然那样让人喜爱。在《拉维尔斯坦》中，贝娄则刻画了极其冷漠的维拉和仁慈善良的罗莎蒙德。

贝娄作品中的情妇和情人像那些妻子一样可以归为被动和好斗的两种类别。前一组多是早期作品中的情妇，后一组则激起各色男人最强烈的色欲，同时也是最为可怕、最受憎恨的。

凯蒂·杜姆勒选中了约瑟夫。当时约瑟夫心里正烦闷，是凯蒂旅行社的顾客。他们之间的偷情断断续续，就约瑟夫这面而言，几乎毫无激情可言。他暗示说之所以会跟凯蒂发生关系是因为艾娃不肯轻易屈从他的控制，而漂亮的凯蒂主动向他示爱，大为满足了他的虚荣心。除了她容易到手外，约瑟夫从来没有真正描述过凯蒂的诱人之处，而且好像对她也没有多少性方面的兴趣，不久就厌倦了她；而对于靠妻子养家又背叛妻子，约瑟夫从没有内疚之感。后来他在一天夜晚到凯蒂家欲要回借给她的一本书，发现自己已经被人替代了的时候，感到憎恶：“我走进外厅，心想此刻凯蒂一定又钻进被窝，和她的伴侣（我找寻着措词）重合到了一起。我的侵扰大概更激发了他的欲火。她有权做她想做的事，客观上，我没有反对的理由。但我还是莫名其妙地生闷气，感觉受了侮辱。”[②]

西娅·芬彻尔是贝娄小说中第一位真正的情妇、一个狐狸精。在很多方面，她成为了后来作品中的情妇和妻子的参考模式。她从伦林夫人那里救出了奥吉，并且主动向他求欢。她富有、跟家庭关系疏远、独立、做

---

① 这两个词是犹太人追忆亡灵祈祷词的开头语，意思是必须牢记上帝，接下去请求上帝记住去天国的灵魂。——译注

② Saul Bellow: *Dangling Man*, New York: Vanguard, 1944, p.105.

事全凭兴致、挥霍、浪费、邋遢、没有条理、狡猾、有点疯癫、淫荡嫉妒、时而野蛮粗鲁、喜欢找英俊少年当情人、容易激动、有施虐受虐倾向。除此之外,她还轻浮成性、神经兮兮、自相矛盾、情绪不稳。当她驯养的鹰拒绝袭击和捕食猎物时,她暴露出了自己性格最恶劣的一面:她因为这只鸟缺乏野蛮天性而用石头砸它,继而失望和愤怒地号啕大哭。什么样的女人会把生活的全部都放在训练凶猛的动物上,让它遵命去杀戮?她是贝娄创造的第一例致命色情的女人。她教奥吉狩猎和射击,有趣地颠覆了男性与女性模式。她是一个有强烈控制欲、具毁灭性的虐待狂和淫荡女人,是贝娄所有作品对女人最具敌意的刻画之一,与马德琳和丹妮丝不相上下。

《赫佐格》中的园子是个完美的东方情人。她告诉赫佐格说,他应该带着"孔雀的骄傲、山羊的好色、狮子的激怒和上帝的智慧"来接近女人。[1] 小说描写她经常帮赫佐格洗澡,在他脚上打上肥皂,给他的身体按摩,为他唱歌。她为他留着一切最好的东西;为他煎炸烘烤、沏茶倒酒来讨他欢心。她所给予的是东方的奢华,为的是取悦这个极端的自恋者。赫佐格记得她是个战争难民,喜爱神秘气氛,模仿胖女人取乐,养了几株小银杏树。猫食盘总是不干净。他还记得她有着美丽的身体,散发着麝香,脸上总是精心画过妆。她喜欢讨价还价买便宜货,对他从未说过谎。[2] 尽管他记不起园子什么时候回的日本,但他的记忆中没有懊悔也没有怨恨。她是贝娄作品中少有的没有留给人伤害的情人,讽刺的是,她是许多美国情人中唯一的一个东方人。更重要的是,她是唯一对爱人绝对没有要求的情妇。

与园子不同,雷蒙娜是个美国女生意人,带点外国血统,受过良好教育,擅长烹饪,情场经验丰富。对于她对男人的影响,赫佐格概括为"充满了性挑逗"[3]。他形容她是经典的西班牙情人,身世经历具有国际性,个子不高,但匀称丰满,走起路来大有西班牙卡斯提尔人的风度,走进房间的姿势非常挑逗人,腰肢微微扭动,扮演出粗俗的西班牙下流女人的角

① Saul Bellow: *Herzog*, New York: Viking, 1964, p.188. 该处引文参考了宋兆霖翻译的索尔·贝娄的作品《赫索格》(《索尔·贝娄全集》第四卷)。石家庄:河北教育出版社,2001。此篇以下有关该书引文的翻译均属此种情况,不再另注。——译注

② Saul Bellow: *Herzog*, New York: Viking, 1964, p.167.

③ Ibid., p.17.

色；穿着奢华的叫做风流寡妇的无带黑色紧身胸衣；一个“真正的床第艺术家”[1]。他主要欣赏的是她的身体和性爱本领，而少有其他。他被她的精明、情欲、机敏的眼睛、温暖的性爱气息、胳膊上的茸毛、微弯的双腿和虽然短但却雪白滚壮的大腿迷住了。即便他欣赏她的性爱本领，也仅仅是把她看成是通晓此技的女人而已。她是个俄耳甫斯型的神秘迷人的女人，赫佐格深知对他的精神力量有致命作用。在许多方面，她都是西娅·芬彻尔的传人和莱娜达的先驱。赫佐格最终必须避开雷蒙娜的性魅力，因为她是致命的情欲的化身。她对如何款待男人经验丰富，美酒、鲜花、埃及音乐、脱衣仪式，各种手段不一而足。[2] 赫佐格注意到她的“魅惑的眼睛”、“坚实的胸脯”、“卡门的姿态”和“暗中勾引人”的样子[3]，说她对于秘密和两面把戏有着女人特有的爱好，把她比作“狡猾的蛇”[4]。

查理形容他少年的初恋内奥米·卢兹是“我见过的最美丽、最纯洁的少女，我钟爱她，爱情使我最隐秘的特质焕发出来了。[5] 当我爱着内奥米·卢兹的时候，我感到坦然而快乐，生活充实而有意义……即使是冬天，她也和我在玫瑰园后面亲热。在冰冷的树枝遮掩下，她把我搂在她的浣熊皮大衣里取暖。那里散发着浣熊皮芳香和处女体香混合而成的迷人的气息”[6]。在他中年已过大半之后，查理在马克特公园看见了内奥米，她戴着军帽、胸前打着武装带，正在那指挥行人过马路。他注意到已经看不出她曾经的美好身材，她的乳房和大腿也受到了生活的破坏。“这对于她的朋友汉克来说没什么……汉克和内奥米是一起变老的……但是对于我不一样，我只知道她过去什么样。当时我怎能想象得到她现在的模样。”[7] 后来查理又谈道：“我情不自禁地想如果我和内奥米·卢兹生活在一起，那该是多么幸福呀。如果我搂着内奥米度过一万五千个夜晚，那么即便面对坟墓的凄清单调，我也会微笑以对。至于什么目录学、股票证券和军团荣誉勋章，我就更不需要了。”[8] 他又一次遇见内奥米的时候，内奥米已

① Saul Bellow: *Herzog*, New York: Viking, 1964, p.17.
② Ibid., p.157.
③ Ibid., p.151.
④ Ibid., p.153.
⑤ Saul Bellow: *Humboldt's Gift*, New York: Viking, 1975, p.76.
⑥ Ibid., p.76.
⑦ Ibid., p.297.
⑧ Ibid., p.77.

经五十三岁，结了两次婚，有个让她头疼不已的问题儿子。查理再次感受到跟她的那种亲情联系：

> 她穿着拖鞋、微笑地站在厨房里，胖乎乎的胳膊交叉在一起，表情那样安适。我反复地想如果能和她同床共枕四十年，那该是多么幸福，连死亡可能都会被打败。但是我真能承受这种福气吗？事实是，随着年龄的增长，我变得越来越吹毛求疵了。现在我必须从道义上面对一个尖锐的问题：我真能爱内奥米到老吗？她现在已经不那么好看了，生理上已经是被风吹雨打过的残花败柳了（精神在发展，但是肉体却被损耗）。这是我本应遭到的挑战，我本应这样做的。是的，我想我能做得到。就每一分子而言，她依然是内奥米。那粗壮臂膀上的细胞依然是内奥米的细胞。那如贝皓齿依旧让我怦然心动。那慢悠悠的话语仍然令我动容。人格精灵对她确实十分厚待。荣格所说的"阿尼玛"仍在那里。那另一半的灵魂，阿里斯托芬在《会饮篇》中所描述的失去的一半的灵魂，仍在那里。①

尽管查理不时地看到内奥米的某些女性特质，但是他自己的男性色情癖好却阻止他得到。内奥米意识到这点，她警告查理远离大块头荡妇。很明显，她同情查理那种知识分子崇高却不切实际的谈吐，责怪他不该跟一个大块头荡妇到欧洲去。她告诉查理说他是个怪人但却有真正的灵魂。她说："不要为了向那些大块头婊子证明什么而拖垮自己。记住，你对我有过的浓厚的爱，我只有五英尺高而已。"②

对于黛米·冯格尔，查理描述详尽，称她聪明、风趣、可爱。但她展示出的却是多种模式化和负面形象的综合，令人惊异。黛米是个生活一团糟的富家女。在收费昂贵的布林莫尔学校受过教育，却加入了偷车团伙。她告诉查理说："我的一切都记录在案：偷轮盖、吸大麻、非法的两性关系、赃车、被警察追捕、撞车、住院、假释，这就是全部的活动。但是我能背诵大约三千节《圣经》，听着地狱和天谴之类的训诫长大。"③ 查理把她归为"宗教、道德和社会的受损货物"。他描写她的腿美丽却有缺陷：膝

---

① Saul Bellow: *Humboldt's Gift*, New York: Viking, 1975, p.304.

② Ibid., p.308.

③ Ibid., p.19.

盖外翻，外八字脚。她穿着睡衣的时候，看起来像个乡下女孩，而在她睡着的时候，会受到良心谴责，梦见地狱之火和所有不洁的灵魂。[①] 胡乱吃药、害怕睡觉；经常独自玩到很晚，为的是躲开睡眠中的魔鬼。[②] 查理谈道："黛米哭得很凶，只有相信罪恶一说的女人才会这样哭。当她哭的时候，你不光是同情她，你因为她灵魂的力量而对她起了由衷敬意。"[③] 而我们不能相信查理。他并没有从存在的角度意识到黛米的重要性，而只是把她当成了偏远乡区来的傻丫头，被自己信奉的正统教义毁掉了。

从查理对黛米在利特尔伍德家宴会当晚的变化的描述，我们能够清楚地看清上述这点。前一刻钟，她还穿着黑色薄绸衫，显出她的老练和上过干线区学校的派头；下一刻，她就在睡梦中发出破碎的叫喊，听起来像原始的灵魂在饱受折磨时的呼喊：

> 这种声音表明了她对这一陌生地方、陌生世界的恐惧；对这种离奇现实和生存的恐惧。在这农民的女儿的外表、教师的外表、干线区优雅的女骑手的外表、拉丁文学家，以及穿着黑薄绸衫、长着翘鼻、端着鸡尾酒的有教养的女人的外表下隐藏着本来的黛米。我由着她继续呻吟了一会，以便听个明白。我爱她，也怜悯她。但是不久我就终止了这种局面。我吻了吻她。她知道是谁在吻她。她把脚趾抵在我胫部，用她有力的女性胳膊搂住我，以跟刚才一样低沉的声音喊道："我爱你。"但是她的眼睛仍然紧闭着。我想她从来没有真正醒来过。[④]

查理的解决办法就是性爱。他描写她一度是个肥胖的孩子，不得不接受荷尔蒙和甲状腺素的治疗，使得她乳房上永远留下了细微的皱纹。对于查理来说，她一会儿是个孩子，一会儿又是凡·德·韦登画中的绝代佳人；一会儿是丑女玩偶莫蒂斯纳德，一会儿又是齐格菲尔德女郎。有时，她很乖，制订整整一学期拉丁文授课计划，有时又变成了坏女孩，喝下大

---

① Saul Bellow: *Humboldt's Gift*, New York: Viking, p.20.

② Ibid., p.21.

③ Ibid., p.29.

④ Ibid., p.147.

量的威士忌，歇斯底里，跟暴徒混在一起。[①] 查理告诉我们："她会像仙女那样爱抚他，也会像牛仔一样用拳头捣他的肋骨。"[②] 这里的底线（这个词有双关意味）是性魅惑。他窥探她的裸体："大热天，她脱光衣服跪在地板上打蜡。这时，你可以看见她那健壮的筋骨、细长的胳膊、操劳过度的腿脚；那个器官，在另外一种场合，我认为它小巧玲珑、扑朔迷离、接近时困难重重，而又让人乐不可支，因而无比艳羡，但从后面望去，却像一朵原始花瓣那样引人注目。"[③] 她身上种种矛盾之处始终让他惊异……曲棍球明星、西部烈马驯手、在印花纸上书写热情流利的感谢信。[④] 她是查理心目中的理想女人，他老实承认说："她引导着我的方向，既当我的训练员又当我的管理员，也当我的厨师、情人和助手。她把自己的工作安排得井井有条，忙得要死。"[⑤] 而在最后讲述黛米在非洲丛林中遇难一事之前，查理提到她对"病床、医院、晚期癌症和葬礼"[⑥] 的热衷。他还谈到她不会做算术，却会修复杂的机器。他充满爱意地回忆起他们一起玩牌时，黛米叉开腿坐在床上，赢了摔牌时，像酒吧里的醉汉那样吵嚷着。查理说："是香格里拉的美景让我不能专心玩牌了，黛米。"[⑦] 我们不禁自问黛米究竟是天使还是荡妇？是清醒还是疯狂？有可贵的人品还是没有？我们看到了她身体的各种细微缺陷、心理上的断裂、精神上的创伤和痛苦。她复杂有趣又可爱动人。但是尽管她有种种独特之处，尽管查理似乎深爱她，她只是个巧妙的模式化人物的综合——富有的荡妇、农夫的女儿、男子似的玩牌高手、色情的引诱者、神经质的吸毒者、情绪紊乱的修女、拉丁文老师、有才艺的主干线人士、痛苦而饱受折磨的孩子。

莱娜达是致命的色情女人的升级版。查理调侃地描写自己搂抱着胸脯高耸的莱娜达倒在体型垫上，一边注视着她盛满爱的眼睛，一边为她女性的湿润而神魂颠倒。她是查理所有情人中最丰满性感的一个。她美目微微顾盼，就能让所有男人都臣服；还有她高大、红润、芳香的身体压下来的感觉；魅力之大，让查理不禁心生畏惧。她是个放荡女人，他设法让

---

① Saul Bellow: *Humboldt's Gift*, New York: Viking, p.153.

② Ibid., p.153.

③ Ibid., p.154.

④ Ibid., p.153–154.

⑤ Ibid., p.163.

⑥ Ibid., p.166.

⑦ Ibid.

她的情欲不那么疯狂。莱娜达很清楚自己对查理的影响,也清楚查理对她的感觉。她对查理说过:"你觉得我是个大个子、漂亮的笨蛋,一个蠢女人。你倒要我当你《爱情箴言集》中的梦中女郎。"[①] 查理无意中迎合了她的说法。他把她形容为像豹子和赛马一样完美,一头高贵的动物。[②] 在他眼中,她像戈雅所画的抽雪茄烟的西班牙美女或是华莱士·史蒂文森笔下的焦躁的情人。[③]

安吉拉·格鲁纳看起来跟提、雷蒙娜或是莱娜达只有一步之遥。她的形象完全是通过贝娄典型的患厌女症的主人公 —— 赛姆勒的视角展现出来。他这样评论安吉拉:"在安吉拉身上,你面对着永不减退的色情女人的气质。这种女人气质你闻都闻得见。她穿着古怪新颖的服装,赛姆勒用仿佛来自宇宙另一个部分的、超然的、不带一点偏见的目光打量着她。那双白色的小羊皮高筒靴算是什么?那套紧身衣裤那么薄,可颜色又那么暗,这又算是什么?所有这些想达到什么效果?那种像结霜似的头发!像母狮嘴巴下面的颜色!那种昂首阔步来凸显胸部的自然魅力!"[④] 就像《旧约》里的先知,赛姆勒把娼妓与文明秩序的坍塌并列起来。安吉拉所谓的色情成了现代美国巴比伦和普遍沦丧的人类价值的喻体。赛姆勒在想到安吉拉时,曾说过:"大城市就是一个娼妓。这一点不是人人都知道吗?巴比伦就是一个娼妓。"[⑤] 安吉拉敏锐地察觉到了他的想法,她抱怨道:"所有最古老、最深刻、最恶劣的性偏见都给调动起来攻击我。"[⑥] 他则告诉她:"她代表着种族的现实主义。这种主义始终指明男人身上的睿智、美、荣誉、勇气都不过是虚荣,而她的任务就是粉碎男人这种关于自己的传说。"[⑦] 年迈的赛姆勒对女人做出了最终的病态的斥责:"女性生来容易粗野。身上的气味更大。需要更多的冲洗、修剪、绑扎、剃除、修饰、洒香水和训练。"[⑧] 在赛姆勒眼中,安吉拉是可怕的噬母者、替罪羊、放荡女神、阉割者和娼妓的原型。像任何替罪羊一样,她必须被驱逐,

① Saul Bellow: *Humboldt's Gift*, New York: Viking, 1975, p.191.
② Ibid., p.192.
③ Ibid., p.401.
④ Saul Bellow: *Mr. Sammler's Planet*, New York: Viking, 1970, p.36.
⑤ Ibid., p.163.
⑥ Ibid.
⑦ Ibid., p.187.
⑧ Ibid., p.37.

远离更纯洁的男性力量的王国，到城市的荒野，穿着她绿色的所谓的“性花园”的超短裙，去演练她的异教的性术和做女儿的忘恩负义与不忠。[①]

作为情人，特丽基与早先那些“床笫艺术家”相比，是个不起眼的角色。她称得上性感有魅力，但是属于不同的类型。她个子不高，却很结实，并且从表面上看，很为诸多情人在她身上留下的瘀伤感到自豪。肯尼思自认很严肃，而指责特丽基不严肃，因为特丽基不肯嫁给他。对于肯尼思来说，“亲密关系”意味着“永远结合在一起”[②]。他形容这种亲密关系是两个人有着匹配的粒子和相互平衡的体细胞类型。他承认自己像爱伦·坡一样，喜欢孩子似的女人，但是他不会像坡那样喜欢一个智力迟钝的姑娘。尽管如此，他给我们的印象却是他认为特丽基道德上迟钝，因为她宁肯选择当单身母亲，也不愿接受他的求婚。肯尼思关于亲密关系和细胞类型的谈论很快就淹没在他罗列的色情趣味中：

> 小巧，这一时髦用语指的只是身高，却并不告诉你体型是否丰满，因此略有不足。特丽基的胸脯……堪称第一流，正是我所喜爱的。从一开始，她的曲线体型就特别引起我的兴趣，因为我把它同物理的内容联系到一起……所谓物理的内容，我指的是行星的引力，或者更广义地说，是地球引力——也就是力量与力量的对比……这个孩子般的性感娇娃，我喜欢上了她。喜欢她的小脸蛋，她的微笑，连同她丰满的体态、发育良好的胸脯。她就像个脸色苍白的土著姑娘。[③]

这个种族合格主义者在此暗示了主导他性趣味的一些额外的种族意识。他把所有这些上升为某种高级的星际事务，只是他的自我欺骗。似乎他无法接受自己性方面明显流露出的不成熟，而不得不把它归结为行星的作用。这是他惯常的做法，回避物质世界而跳到乙醚和抽象当中。他跟自己性经验丰富的父亲讨论特丽基，得到如下男性的看法：“我们现在谈的是什么来着：孩子似的成年女子？他一下子就理解了。这种身材娇小类型的姑娘特别喜欢向别人表明自己是个性感女人。她们能制服给自己身上带来累累伤痕的彪形大汉。她们什么男人也不怕，跟任何一个

---

① Saul Bellow: *Mr. Sammler's Planet*, New York: Viking, 1970, pp.300–301.

② Saul Bellow: *More Die of Heartbreak*, New York: William Morrow, 1987, p.63.

③ Ibid.

身高六英尺的瑞典男人或非洲男人一样热切能干。父亲称她们是主宰一切的小人。我们来看看你们两人当中谁说了算。”[1] 他没有告诉父亲自己很喜欢特丽基，担心父亲会劝他打消这种感情，并称他是受虐狂。这当然使得特丽基成了一个颐指气使、专横跋扈的施虐狂，至少在卢迪眼中是这样。他进一步从道德上谴责她，谈论她去世的祖父作为礼物给她的股票和证券，还有她的态度，那就是如果华盛顿权利机构能够给他们自己成百万地搞外快，像她这样的人又为何要认真工作呢？然而，特丽基直率地说出了一些真话，让我们明白了她为何不嫁给肯尼思的原因。她对肯尼思说：“你是个可以完全脱离外界而自立的人，有着自己的生活计划。”肯尼思明白特丽基是在指责他傲慢，“这一点她讲得完全正确。特别是在当今这个年代，一个人除非相信能让自己的生活出现转机，否则就没有生存下去的理由。既有每个人的转机，又有全人类的转机，这需要相当的勇气”[2]。事实上，特丽基责怪的是肯尼思并不真正把特丽基和他们的女儿南希放在心上。他追寻的是形而上的而不是普通人的生活。她很有理由把这看成是傲慢，并因此不考虑把肯尼思作为结婚的对象。无疑，对特丽基来说，这是专横和想支配她的表现，至少是减弱了她的意向。她知道从形而上角度来讲，她在肯尼思心中的重要性远远比不上本舅舅。他相信这些都让特丽基感到反感，并且承认他能看出事情的端倪来。[3] 他承认了自己的错误，最终说道：“这一切关她什么事呢？她又为什么要在乎呢？……因为我的想象力，我头脑中所出现的关于她女性宝藏的性感画面：输卵管像两条大蟒，或像游行乐队中用于长号和短号上可以自动开启的五线谱夹子。”[4] 当特丽基辞掉了退伍军人医院的工作，决定跟罗纳德一起到皮吉特湾有雪上机动车的地方时，肯尼思彻底把她从生活中排除开，认为她极端不负责任。他有些恶毒地想象她随着巡回法庭生活在拖车上，像吉普赛人、流浪的补锅匠、无业游民那样在跳骚市场上讨价还价。有趣的是，特丽基和本舅舅所去的方向大体一致，都是朝向极地冰盖和苔藓。

作为贝娄主要的女主人公之一，克莱拉·华尔德也是通过男性叙述

---

① Saul Bellow: *More Die of Heartbreak*, New York: William Morrow, 1987, p.65.

② Ibid., p.68.

③ Ibid., p.70.

④ Ibid., p.71.

者展现在读者面前。她被描写为一个已婚女人，先后有过四次婚姻，同时还与一个叫以西尔·瑞格勒的男人保持着长期的情人关系。她把自我的身份主要建立在同以西尔的关系上。克莱拉的浪漫意识以及对性的看法仿佛出自典型的男性主人公。像他们一样，她也有些迟钝，无法协调对异性爱与结合的欲望和对理性的渴望二者之间的矛盾。她和以西尔之间，相爱、逃跑轮番上演，一面寻求更高层的意识，一边深陷俗世。最终爱情的神话破灭。以西尔像是男性主人公的女性爱人，无法忍受克莱拉对他过高的期盼。而克莱拉则像男性一样，永远都没有真正弄明白她和以西尔之间爱情夭折的原因。“我们的关系这样密切，这样甜蜜，简直是场灾难。”[①] 她爱的并不完全是以西尔本人，她的爱很大程度上是由于“他那时正以一位核战略天才而声名显赫。如果他不是那么古怪，他也许会青云直上，坐在日内瓦的谈判桌上跟俄国人打交道”[②]。她认为他分析问题有深度，对他的知识面和他写的精辟的报告以及他的声望称赞不已。但是叙事者逐渐向我们揭示出以西尔是个雄心勃勃的华盛顿政客，把事业置于个人生活之上。具有讽刺性的是，克莱拉感觉他们达到了人类异性伴侣的步调一致时，他们在地理位置上恰恰分处两地，通过越洋电话联系。她既像学生又像妻子那样帮他整理和编辑笔记，“成文后很像他的风格。为了能跟他栓在一起，她愿意忘我地工作，用那架不值钱的奥利维迪打字机打了一天又一天，直打到头昏脑涨”[③]。同样具有讽刺性的是克莱拉裸着身子，光脚只穿双木屐在厨房为以西尔做饭的一幕。而以西尔对此似乎全然不觉，伸直身子，躺在床上，“研究他的高风险文件（那么多机密）……即便那些能致人于死命的机密也不会使以西尔直挺挺的侧面脸庞上的表情有任何改变”[④]。克莱拉对以西尔的地理政治和人际关系协调能力的溢美之词往往被文本所削弱。事实上，文本反映出她是个老派的种族主义者、阶级论者、黄蜂似的势利眼，对地理政治事务的权势男人产生了性吸引。她欣赏他那种男人的理性和克制，殊不知，恰恰是这些品质使他不能如她所愿，跟她结成人间伴侣。克莱拉这样谈论过以西尔，尽管说话时，她并没意识到自己话中的隐意：

① Saul Bellow: *A Theft*, New York: Penguine Books, 1989, p.9.
② Ibid., p.17.
③ Ibid., p.20.
④ Ibid., p.23.

> 做这类判断时，他能做到置身事外，仿佛他的灵魂只是陪审团席上听取证词的十二个灵魂之一。如果发现我们无罪当然很好，但是有罪也不足以使他震惊。她于是认定他的道德状况处于危险之中，她有责任把他拯救出来。你无法把爱情和存在分开。你可以存在，即使你独自一人。不过在这种情况下，你只爱你自己，这样一来，别人都是幻影。世界政治也成了一出幻影戏。因此，她，克莱拉是以西尔能找到的理解政治的唯一钥匙。否则的话，他也就没必要为了那些博弈论、意识形态、条约等稀奇古怪的东西把自己弄得头昏脑涨了。[①]

这是贝娄主人公对女性被殖民化的后果所做的最直接的供述，这种后果几近于地理政治灾难——人类伴侣终极的不完整被描写成真正的全球灾难。尽管克莱拉没能正视自己关于男性神秘性的看法中内在的经典矛盾，她最后终于开口指责以西尔“像他的誓言那样凝固了”[②]，还有他“去办公室躲起来，摆弄一下俄国或伊朗问题”。隐含作者对此评论说：“她其实是好比在跟一个被伊文思或谢里曼发掘出来的米诺斯人谈话，或者像是跟一个脸上涂了拉长眼睛怪妆的人谈话，你在无声电影中常见到这种人。”[③] 当她最后一次向以西尔示爱时，“特迪（以西尔·瑞格勒）感动了，目光移向了别处。他没有准备，也许永远不打算准备，进一步发展下去。不，他俩绝不会成为夫妻的。两人站起身来，准备离去时，只是像朋友那样轻轻吻了吻对方”[④]。但是即便在伤心之后，克莱拉仍然相信以西尔是能看见“巨大画面”的人，能为她找到真正的自我提供线索。事实上，她放弃了女性对身份的自我认知，而任由强权的知识男性来主宰她究竟是谁——这是男性身份化了的女性的典型行动。至此，由于以西尔的性格特征被文本所严重削弱，读者不禁怀疑以西尔是否有任何“巨大画面”。克莱拉在所有常规方面都高估了以西尔，与此同时，她大大低估了自己和文本中的其他女人，如她的中国

① Saul Bellow: *A Theft*, New York: Penguine Books, 1989, pp.30–31.

② Ibid., p.43.

③ Ibid., p.55.

④ Ibid., p.80.

朋友翁女士、吉娜·维格曼，还有她自己的女儿。以西尔确实是个涂画着眼妆的米诺斯人，就像克莱拉确实是个“有着遗传自北海祖先的大鼻子，大骨架，来自偏远地区，印第安纳和伊利诺伊州的农夫以及小镇商人，宗教气息浓厚的家庭，在老派的宗教影响下长大”[①] 的那一类型。叙事者告诉我们说：“在她身上你可能会猛然看到一个来自边远小镇的姑娘、来自美国屈指可数的某些村镇，科技和城市发展与它们无缘。在那儿可以看到只有一间教室的学校，乡村警察、用盆盖住的晚餐。”[②]

克莱拉所描述的其他细节证明了她和我们先前谈论过的大多数女人属于同一类，在道德和感情上都不稳定。她跟下流胚克利福德斯混，那家伙后来进了阿提卡监狱；精神崩溃过；和黑手党分子兼亿万富翁和革命者的斯庞蒂尼、江加柯莫两人关系密切；从保险公司那里窃取过一大笔钱；先后有过四任“实用”的丈夫，同时跟以西尔的关系长期暧昧不清。作为白人、新教徒、高级管理阶层的职业妇女，在基督教原教教义和白人中产阶级职业和种族道德规范熏陶下长大，克莱拉浸透了她的阶级和类型的价值观念。同样的模式适用于所有在男性象征体系内投合男性欲望的女性代表类型。这种男性象征体系以各种老派手段贬低女性的价值。更确切地说，是把女性降低为人格类型、情感障碍者以及被贝娄男性自白者和隐含听众所涵化。

还有一些女人没有完全被主人公色情的注视所限制，她们逃入文本，游走在它的边缘；她们具有不同的精神力量和附带的价值观，尽管她们的出现往往很短暂，完全不重要，而且最终被男性同性社交社会所抛弃和遗落。对她们的刻画往往不够清晰和熟练。比如《偷窃》中的艾米·伍斯特林和《拉维尔斯坦》中的罗莎蒙德。

最终，贝娄的主人公在男性同性社交身份的性经济基础上，建立起女人使用价值的等级体系。然而，他会因为对两性动态变化的认识模糊不清，而采用男性色情代码，但最终又因多数归于失败而又摈弃了这个等级体系。然而对这其中的矛盾和冲突，他仅仅是察觉到了一部分，并且基本无力纠正。在某些情况下，他会扩展某些女人的使用价值，或者走向反面，变得更加恐惧和厌恶女性。这取决于他自我意识的程度和走出自恋的能力。

---

① Saul Bellow: *A Theft*, New York: Penguine Books, 1989, p.1.

② Ibid., p. 39.

在以男性为中心的文本中，经典的男性注视利用我们前面讨论过的叙述手段，轻而易举地累积起足够的力量，将我们拖入预设的厌女意图中。贝娄的自白者兼厌女症患者自我中心的注视几乎总是可以分为两半：一半是被注视的被动的女人；另一半是注视着的男人。在这种情形下，女人（注意这里的女人是单数而不是复数）成了作者、叙述者和实际的男性读者三者合并的注视对象。最后总是以被男性主人公驱逐到边缘而告终。男性主人公是小说风景中唯一能自由控制叙述幻景舞台的人。他用自己的思想、关于他男性主体的供述塞满了这舞台或者说纸面；他，只有他自己，对所看到的滔滔不绝地发表演说，并创造出解释机制来操纵这个象征性的女人人物。

但是他看到的是怎样的外观呢？大多数时候，这个外观所呈现的只是传统的男性欲望而已。在贝娄的小说中，女性的形象被投射到小说的屏幕上，被观看、被垂涎、被躲避、被憎恨、被调查、被追逐、被控制、被窃议、被男性观看主体所占有或摧毁遁形。男性作者、男性主人公、抱有同情心的男性叙述者和男性读者的欲望都赋予了这个男性观看主体。只有残存或多余的一点女性气质能逃过这个主宰的视觉经济的禁锢，让我们有惊鸿一瞥的感觉。也只有少数的几个特例中，画面里的女人威胁着要摧毁男性主义和厌女目光的定身术。在这种时候，贝娄的主人公们几乎看到了那种代表着他们各自形而上追求的缥缈的女性气质。

与此同时，我们不禁想问，如果这是文本服务于男性读者的方式，那么它如何服务于女性读者？伊利格瑞说过，处于男性欲望经济中的妇女所遭遇的，就是以这种方式被捆绑起来。对女性气质的贬低和抹杀，对她的边缘化……如果不是完全让她消失的话，永远地抹去了她的存在，使得女性气质无从体现。反过来，这种抹灭创造了具体化的男性与男性关系，而女性人物成了实用的附属，她的作用就是作为身体媒介，让男性主人公以三角的方式发泄他对男性谱系关系的欲望。

最后要说的是，这种注视的力量和男性叙述者的声音来自贝娄的选择。他重复选择男性独自，造成了每一部小说中男性同性社交欲望的雷同模式。随之又产生了无休止的男性（而非女性）“关于追求、捕捉、距离、欲望、回忆和失落的幻想”[①]。这种以男性为中心的叙述机制不仅捆缚住了女性的视野，也同样捆缚住了男性的视野。这对贝娄主人公的影响是深刻的，构成了每一部文本所探索的形而上意识和人类幸福的中心事件。在阅读的短暂过程中，男性读者与男性自白者产生了认同，跟他一起体验了关于爱、恨、占有、失落和哀悼的喜剧性的幻想，结果就是："一种注视，一个世界和一个物体……被按照男性欲望标准来切割，就像切割任何'现实'一样。"[②] 贝娄的小说以这样的方式呈现了一个现实的影像，但这不是即时或中立的影像，而是摆布出的加了边框、置于中心的影像。观众或读者被影像的感觉引入场，作为它的主体完善了影像。男性的观众切切实实地参与到复制的过程中，成为与文本和谐的发言人。这个观众也因此在阅读小说的过程中在某种程度上被固化和控制，就像在一个屏幕前。贝娄让男性主人公绝对控制了文本中男性欲望的构建。用斯蒂芬·希思的话来说，这使得他能够"控制个人主体——被看者和观看者的运动，通过欲望、精力、矛盾的更迭及置入，达到永久的想象的重新综合"。[③]

要做到如上述所说，贝娄的主人公所付出的代价就是内心的强烈矛盾冲突。这种男性的欲望结构在他内心导致了自我被一分为二，表现为男性人物的两极分化，一种是唐璜类型的（洪堡、查理和赫佐格），另一种僧侣似的独身主义者（赛姆勒先生、本·克拉德）。同样的机制造成了男性的厌女症，遮蔽了他的视线，使他无法找到缥缈的女性特质。问题就出在他自己眼睛所戴的镜片上，出在他面向自己举起的男性同一的平面镜中，那个镜子照出的是自我，而不是"非自我"。

我们不可避免地要问："那么女性读者该怎么办？"玛丽·安·考斯提出了复杂的道德和哲学层面的问题，这些问题跟男性中心文本的男性作家和女性读者都有关系。"作为被看者的一员，我们要拒绝看吗？如何看待作为被看者的我们，这整个问题中包含了这样的疑问：在轻松地使用作为他者的女性意象的小说中，我们如何，在何种场合能被认为拥有自

---

① Laura Mulvey: " Visual Pleasure and Narrative Cinema", *Screen*, 16, No.3 (Aug. 1975), p.17.

② Ibid.

③ Stephen Heath: "Narrative Space", in *Questions of Cinema*, Bloomington: Indiana University Press, 1981, p.53.

我？在这种情况下，小说中的女性并不完全是他者，我们也不能假装把她们看做他者。我们被折叠、卷入，甚至是被捆绑在我们的视野中。”[①]

事实上，并不仅仅是女性人物和女性读者被捆绑在视野中，贝娄的男性主人公也被捆绑在他自己的视野中，捆绑在他受到的严重的精神和社会伤害上。在男性同我的平面镜中看不到女性，这意味着他将在失去她踪影的这个反射器具中失去自己。

Gloria L. Cronin: “Destructive Wives and Lovers”, in *A Room of His Own: In Search of the Feminine in the Novels of Saul Bellow*, (Syracuse: Syracuse University Press, 2001), pp. 50–73. Copyright Syracuse University Press and translated with permission.

编后记

本文选自《一间他自己的房间：寻找索尔·贝娄小说中的女性气质》，第50—73页。克罗宁从女性主义视角出发，分析了贝娄作品中的主要女性类型，即毁灭型的妻子和情人形象，指出这种以男性为中心的叙述机制束缚了女性与男性的视野。

① Mary Ann Caws: “The Female Body in Western Culture”, in Sulieman, Susan Rubin (ed), *The Female Body in Western Culture: Contemporary Perspectives*, Cambridge: Harvard University Press, 1986, pp. 268–269.

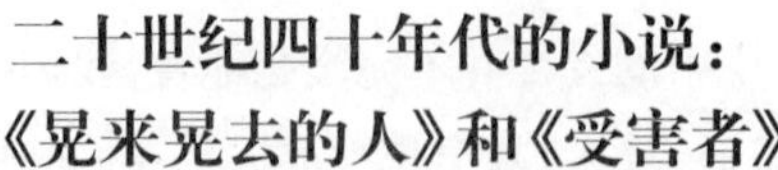

二十世纪四十年代的小说：《晃来晃去的人》和《受害者》

作者［英国］马尔科姆·布拉德伯里
译者 高莉敏

> 他问了自己一个问题，这个问题是我现在仍然想要回答的，即“一个好人应该如何生活？他应该做什么”？
>
> ——《晃来晃去的人》

在多次采访中，贝娄都表现出了与他的头两部小说《晃来晃去的人》（1944）和《受害者》（1947）的疏远。当他介绍这两部作品时，就好像它们是作者胆小、保守的自我借助某种形式和虚构的情感磕磕绊绊创作出来的作品。[①] 作家们经常会表现出这种畏缩，这也说明贝娄作品的题材广泛多变。当然，作为一名小说家，他也本该如此。这两部小说是二十世纪四十年代非常出名的两部作品，它们集中表现了美国小说在那十年里所发生的变化，同时展现了贝娄在此之后创作的理性和情感根基，以及孕育其创作的世界主义思想。两部作品在形式上都呈现出忧郁、单一的特点（并不像贝娄所说的那样具有“福楼拜式的风格”），缺少贝娄后期作品的广度与激情。但是，也正是因为它们的紧凑和封闭使它们与其出版年代的潮流深深地相契合——这是在战争期间及战后的一段时间，痛苦的存在主义和人类荒谬论向外界寻求复苏的可能，责任成了占主导地位的

---

① Gordon L. Harper: “Saul Bellow, The Art of Fiction: An Interview”, *Paris Review*, 37 (Winter 1965), pp. 48–73. Reprinted in Rovit, Earl (ed.), *Saul Bellow: A Collection of Critical Essays*, Englewood Cliffs, New Jersey: Prentice-Hall, 1975, pp.5–18.

理性语言，历史和社会的受迫害意识依然强烈。这些主题把这两部作品与早期的美国犹太小说联系了起来。这一传承关系源于十九世纪九十年代，或许可以说大部分都来自亚伯拉罕·卡恩的《戴卫·莱文斯基的发迹史》(1917)和亨利·罗斯的《就说是睡着了》(1934)，移入的自然主义与具有实验色彩的现代主义交融在一起。当然，还有其他的源头：作品中比较明显的世界主义思想，以及它们对现代欧洲小说的超越。

特别明显的是，这两部小说借鉴了欧洲现代主义作品中更加阴郁、并具有强烈历史痛苦感的形式，而形式下的内容是关于反传统的人物和双重性，没有特点和感情的人，城市中孤独的见证人，遭到攻击的后浪漫主义唯我论者，这些内容探讨了关于现代陌生化的心理状态和小说创作方法。特别是对于《晃来晃去的人》来说，如果没有巴别尔、卡夫卡、萨特的影响，你简直难以想象这部作品会是什么样。在这部小说中，主人公生活在后浪漫主义时代，聪明有才智，具有怀疑主义精神和浪漫主义情调。在小说中，作者运用了荒诞主义的日记形式，让约瑟夫自己讲述自己的故事。这种形式更能表达约瑟夫徘徊在工作与入伍、政治活动与内心需求之间的矛盾心情。作为一个"总之，没有任何特点"的边缘人，约瑟夫遁入了卡夫卡式的封闭和孤独状态中。约瑟夫的情况是典型的"存在主义式的"——他找不到生存的意义——萨特的小说《恶心》(1938)在这一点上与之呼应。小说主人公试图通过发现一条关于责任的相应律法来使本性和良好的信仰回归自我及外部世界，通过自我放任实现自我发现。《晃来晃去的人》被认为是美国最好的战争小说之一，虽然小说的场景远离烽火连天的战场，但小说捕捉到了战争的气氛、不断涌现的危机，这一危机是针对冷战时期发展起来的糟糕的政治信仰、正在兴起的物质主义以及丹尼尔·贝尔[①]称之为的"意识形态的终结"而言的。这部作品具有奇怪的含混性，既坚持又拒绝"异化"——约瑟夫从头至尾都在与这种"傻瓜式的请求"做斗争[②]。贝娄的大部分小说都表现出了双重性，主人公一方面挣扎着想要参与到社会和历史现实中，另一方面又希望能够

① 丹尼尔·贝尔(Daniel Bell, 1919—2011)，当代美国批判社会学和文化保守主义思潮的代表人物，出生于纽约一个东欧犹太移民家庭，代表作有《意识形态的终结》等。——译注

② Saul Bellow: *Dangling Man*, New York: Vanguard, 1944; London: John Lehmann, 1946, p.113.

得到关于人性的永恒认知。

《晃来晃去的人》中的故事背景设置在了1942年的芝加哥，这座早年收留了贝娄的城市。小说主人公辞去了工作，在家里专门等待着入伍，靠妻子养活自己。主人公陷入一种焦躁的痛苦折磨中，这种情况在贝娄之后塑造的人物身上经常可以看到。他生活在这样一个时代，有历史无政治，有集体无个人。在二十世纪三十年代期间，他是一个马克思主义者，用他自己的话说，他是一个人类热爱者，他相信人类的历史能够做出回应。但是慢慢地，他的政治紧迫感和激情消退，他想要向历史施压的想法也抛之脑后了。他一直生活在过去，对他来说，惊奇远远比做出评价更为重要。

> 他重视并加以考察的乃是人们各自不同的情况。有的人麻木不仁，有的人头脑清醒，有的人嫉妒成性，有的人野心勃勃，有的人生性善良，有的人受到诱惑，还有的人特别好奇。总之，人们都处在各自的时代，他们又有各自的习惯，各自的动机，这个世界在人们身上打下各种不同的烙印。因此，可以说世间的事物都是好的，因为它们毕竟存在着；或者不管好与不好，因为它们既然存在，就是不可名状的，而且，正因为如此，也是奇妙非凡的。[①]

约瑟夫对存在有一种尖锐而坦率的认识，同时，他也想了解自我，“想要知道我们是什么，我们追求什么，我们的目的是什么，想要寻找内心的平静”。[②] 所有这些可以看成是贝娄绘制的欲望图，在他的作品里，世界存在于张力中。像贝娄其他小说中的问题一样，这部作品里的问题是：当存在意识与自我认知发生冲突时，会发生什么。

约瑟夫是一个具有人道主义精神的聪明人，挣扎于外部历史现实和内心渴望自由的斗争中，结果发现没有什么合适的法则能够把两者连结起来——这是当代小说的本质焦虑。在小说的开篇，约瑟夫就强调了自我表达的重要性：“从前，人们习惯于经常表白自己，对记录他们的内心

---

① Saul Bellow: *Dangling Man*, New York: Vanguard, 1944; London: John Lehmann, 1946, p.24. 该段引文参照蒲隆翻译的索尔·贝娄作品《晃来晃去的人》（《索尔·贝娄全集》第九卷），第19页。石家庄：河北教育出版社，2002。此篇以下关于该书引文的翻译均属此种情况，不再另注。——译注

② Saul Bellow: *Dangling Man*, New York: Vanguard, 1944; London: John Lehmann, 1946, p.128.

活动并不感到羞愧。”[①] 现在，话语的声音渐渐变弱，羞愧浮出水面。约瑟夫发现内心活动依赖于外部活动，也正因为此，世界日益压制现代秩序和现世状态。在作品中十分明显的一点是，小说的论调由一段具有浪漫主义幻想色彩的引文所主宰，这段引文出自歌德的作品《诗与生活》：

> 人生的一切欢乐都基于外界现象有规律的变化。昼夜的交替，四季的循环，开花结果，诸如此类循环往复的欢乐，我们可以，而且应该尽情享受它们，这就是我们尘世生活的重要源泉。我们越能充分享用它们，生活就越快乐；可是如果对这些千变万化的现象无动于衷，无意笑纳，对一切美好的召唤漠然置之，那就会恶念横生、弊病流行——我们把人生看成可憎的负担。[②]

我们的内心活动与外部世界的浪漫结合，促使现代的大都市带着历史的回应，拒绝了约瑟夫人生是“可憎的负担”的体验，但它却让约瑟夫陷入了自我封闭中。

引起这一负担的部分原因是：在一个自然主义的现代都市里，人们排斥浪漫的前景，环境论者似乎没有发表过什么支持人类的言论：

> 可以肯定，这些广告、街道、铁道、房屋，看起来杂乱无章，但却跟人的内心生活有着联系。然而这里还有疑点，我还是很纳闷：人类的生活就是围绕着这些东西组织起来的，而这些东西，譬如房屋吧，也是人通过高超的手段创造出的东西，是人生的模拟。对这一点，我难以使自己承认。物与人之间，甚至人与他的行为之间，肯定有实质性的区别，肯定有我还未曾弄清楚的区别。否则，生活在这里的人，岂不仅仅成了这些事物的反映了吗？[③]

这就是贝娄作品的本质主题。约瑟夫想要寻找的是一个精神世界，其中包含了对高尚的形而上的思考。像贝娄作品中的其他主人公一样，

---

① Saul Bellow: *Dangling Man*, New York: Vanguard, 1944; London: John Lehmann, 1946, p.7.

② Ibid., p.15.

③ Ibid., p.20.

约瑟夫试图“坚持衡量清正和自由的标准”，虽然“灾难、谎言、道德沦丧、憎恶、过错和痛苦的碎屑不断地冲击着人们的心灵”。他发现只有那些“散落在各个角落、被禁止与外界接触的”人才具有一种“内在的黑暗气质”。这种气质把他锁进了由他自己选择的自由的牢笼中，但这一自治王国游离于社会生活之外，就在他的房间里，“希望隐没在墙上”。在浪漫主义唯我论和显著的宿命论的束缚下，约瑟夫试图寻找理想的自由，“这种自由可以解放压抑的自我”。面对内心的敌人，他发现“在暂时的妥协中，我们可以按照自己的方式生活、前进”。最后，在与自然的交手中，约瑟夫输了，准备投降，他把自己交给了军队，“随时准备入伍”。当约瑟夫意识到常识里那些熟悉的对象背叛了自己时，他服从了强制性的礼仪。小说在约瑟夫自欺欺人式的呐喊声中结束：

> 我不再对自己负责了；我为此而喜悦。我掌握在别人手中，卸下了自决的包袱，自由取消了。为有规律的生活而欢呼！
>
> 为精神监督而欢呼！
>
> 兵团组织万岁！①

小说结尾处的论调十分含混，这对评论家来说是个考验。约瑟夫的呐喊既表示失去也表示得到，还是对自由精神在追逐自我的过程中失败的默认，同时也代表了一种历史情结、强加的集体观念和“时代的整齐划一精神”。这种含混性使这部小说成了一部具有存在主义特点的现代小说，它与之前海明威小说中的独自和解有着很大的不同，是一个转折点。这部小说像是一部关于失败的自然主义作品，背景是充斥着偶然事件的现代都市，在这里“我们承受着巨大的压力，这种压力使我们轻视自己”，由此导致了一种人类多余的观念和自我衰弱的意识。同时，这部作品也是一部典型的犹太小说，在现代世界中追寻着获得救赎的社区。约瑟夫和他们紧紧地联系在一起，“不管我愿意不愿意，他们是我的同代人，我的社会，我的世界，我们就像同一情节中的角色，永远紧紧地结合在一起。我也明白，正是他们的存在才使我有可能存在”②。约瑟夫对这个官僚主

① Saul Bellow: *Dangling Man*, New York: Vanguard, 1944; London: John Lehmann, 1946, p.159.

② Ibid., p.20.

义的、闭锁不全的体系的接受形成了一种黑色悖论，这种黑色悖论在战后美国的小说中常常出现。它就像是破裂的自由主义与现代力量之间的妥协，诺曼·梅勒在另外一部重要的战争小说《裸者与死者》中探讨了这一问题。贝娄作品的一大特色就是他对犹太形而上思想的转化，这与约瑟夫所称的“人类”的想法有很大关联。约瑟夫有关人类的思考是导致一切的终级原因，并引起了他的苦难和自我菲薄。约瑟夫对这个闭锁不全的世界的有限接受表现出了典型的贝娄式风格。

这一主题在贝娄的下一部内容更详尽的小说《受害者》中得到了进一步探讨。这部作品的背景是具有自然主义色彩的纽约，各种起决定性作用的力量交织在一起，呈现出一幅压抑而让人窒息的画面。作品讲述了人们对社会责任的觉悟和被迫接受的过程，在这种情况下，个人完全担负起自我定义的重任。这部小说的意义远远大于其中心人物经历的意义。贝娄放弃了第一人称日记的形式，改用第三人称叙事，讲述了阿萨·利文萨尔的故事。他是一个年轻的犹太人，经历了在杂志出版业从失败到成功的过程。利文萨尔无意中导致了自己的非犹太好友柯比·阿尔比（这个名字具有明显的象征意义）的失业。在小说的大部分章节中，阿尔比，这个令人反感的角色，都在纠缠着利文萨尔，迫使利文萨尔审视这次“偶然”的本质，并决定他所负责任的大小和性质。似乎在这个自然主义的世界里，什么都不存在。“有些夜晚纽约就像曼谷一样热”，小说这样开始了。城市、炎热、人群和都市生活的耗损控制了一切，生活演变成一场战斗，这场战斗不仅是与人之间的，还有那些与人无关的因素以及各种障碍像在小说开篇，当利文萨尔上车时，地铁的门正要关闭；像他要去他弟弟家时，他必须乘渡船到达斯塔腾岛。在冷漠、充满敌意的体系中，人性的光环失去了光芒。利文萨尔的大部分经历都与人群有关，发生在渡船上、地铁上、街道上、餐馆里和办公大楼中。

大部分事情都让人烦恼：爱情没了，家也散了；他的弟弟抛弃了妻儿；利文萨尔的婚姻因为妻子的前情人产生了裂痕。妻子的离去使利文萨尔失去了爱的支撑。城市就是一座大熔炉，充斥着苦难、竞争和各种微妙的关系，神秘黑名单上的人和他们随心所欲的决定控制了城市的运转。利文萨尔是这个大熔炉中孤独的一员，对他来说，人群永远都是一个威胁。他是小资产阶级斗争的幸存者，他已经“摆脱了这一切”却害怕再次陷入其中。利文萨尔的不安全感决定了小说压抑紧张的气氛，在这样一个世界里，每个人都觉得自己是受害者；其中一些人陷入绝境，人们的任务就是确定那不是自己。如阿尔比所说：

> 我们能选择的事情不多。比方说，我们不能选择出生，而且，除非自杀，我们也无法选择什么时候死去。可是，从生到死，如果能有几次选择机会，也就使你觉得没有完全瞎碰。那会让你感到没有枉活一生。世界是个拥挤的所在，如果不是这样那才该死呢。……你需要什么东西吗？……还有成亿的活人需要同一种该死的东西呢。我可不管那是一块三明治或者地铁里的一个座位，还是别的什么。……谁想让这些人待在这儿，尤其要永远待在这儿？①

生活是一场充满变数的斗争，在这场斗争中，极具讽刺意味的是阿尔比教给利文萨尔责任定律，因为他有一种受迫害意识。在这个世界里，没有一种平稳的中庸生活，也没有一个清晰的阶级和等级体系，更没有承诺的誓言，因此，所有种族都有可能遭受迫害。似乎没有什么万能的道德标准，任何个人的正常情况都不断地受到挑战和威胁。如阿尔比认为有一个犹太组织，利文萨尔则感到有一张黑名单，上面列着反犹主义者的名字。被压抑的种族愤怒感和不公正感弥漫全书。正是这种情感刺激了利文萨尔，并导致了阿尔比的解职。反犹主义是这部小说的一个重要主题。这个主题在阿尔比身上也表现出来。阿尔比发现自己在美国社会中的合法地位被取代，连他享有的白人特权也被取消了（他说道："世界已经变了，我就像印第安人，看到火车穿过草原，而原来这里遍地野牛。"②）。反犹主义主题也表现在利文萨尔自己身上。约瑟夫认为自己不受任何客观条件限制，因此变得荒唐可笑起来。利文萨尔与他不同，他像其他人一样，认为自己是受条件约束的，因此他走到荒谬的另一端，一种持久的不安全感贯穿于他与别人的交往中。利文萨尔生活在这样一个世界里，害怕堕落和失败的情感束缚着他的精神。阿尔比构成了危险的主要表现形式，因为他不知道成功和失败是不是理所应当的。但是，这种成功和失败是对他人故意迫害或是纯粹运气的结果。

---

① Saul Bellow: *The Victim*, New York: Vanguard, 1947; London: John Lehmann, 1948, p.159.

② Ibid., p.181.

《受害者》中的一个重要主题是关于偶然与联系、可能与必然之间的关系。小说在塑造无法逃避的陌生人时所表现出来的想象力使我们认清了这一主题。在利文萨尔面对茫茫人海说出“你”之前,阿尔比就站了出来。他宣称他们两个人不是没有联系的,而是密切相关的。他甚至强行向利文萨尔灌输他们之间关系的意义和存在其中的责任,要求他用一种新的世界观看问题。评论家在这部作品中看到了陀思妥耶夫斯基的影子,把这部作品与陀思妥耶夫斯基的小说《永恒的丈夫》和《双重人格》放在一起进行比较。陀思妥耶夫斯基的小说展现了十分重要的双重人格的主题,它不仅对人们产生了心理投射,而且还创造出了苦难和受迫害的典型。表面上阿尔比是受害者,但实际上他的反犹主义思想使利文萨尔成了受害者。他不仅攻击他坚定的情感和对“错误”的认知,还批评他的道德准则:对对与错的坚定信念;对“善有善报,恶有恶报”的不确定态度,这条准则也适应于他自己;他责备自己和他人的冲动;他的怀疑之心和隔离主义思想;他对迫害的敏感觉悟。阿尔比需要别人来指责自己的不幸,从而减轻自己对自己的责备,但他想随便进入边缘状态的想法正是利文萨尔最害怕的。

《受害者》中所涉及的主题都浓缩在了书前的一段引语中了。这段引语取自《一千零一夜》中的一个故事。一个商人在沙漠里吃了一颗枣,吃完枣后他“使劲地”把枣核一扔,一个身材高大、挥舞着利剑的魔鬼出现,威胁要杀死他,因为商人扔的枣核打到了他那看不见的儿子并打死了他。这是一个关于责任的寓言,告诉我们当我们放松、疏忽的时候,就会破坏周围事物的状态。柯勒律治在《古舟子咏》中呈现了这一主题,并给这一主题披上了一层具有浪漫主义色彩的面纱。在这个故事里,水手在参加婚礼的人群中随意地拦下客人,指手画脚。显然,贝娄笔下的世界不是一个鲜活的组织,而是死一般的世界;他笔下的城市就像《晃来晃去的人》里的一样,是一个自然主义的丛林,一个逐渐接近赤道的野蛮地方,这里涌动着生命的活力却也存在着非自然的死亡,这里既有狂野的精神活动也表现出了思想的贫瘠和匮乏,在这种贫乏中仇恨的火山爆发了。

贝娄无法在利文萨尔和阿尔比之间建立一种直接的或社会政治的联系,也不能建立一种浪漫主义的道德关系。整部小说的中心问题是找出一种适合这个世界的道德观。在这个世界里,偶然事件是会必然发生的——贝娄借小说按时间先后顺序排列事件的结构说明了这一点。当利文萨尔来到一家杂志社进行面试时，他认为对方对他有种族偏见，因此，他与未来的老板发生了冲突。按照时间逻辑顺序，这一冲突会加速阿尔比的离职。但是，小说叙事却延迟了这一切的发生，反而呈现出与一个叫阿尔比的人偶遇的奇怪场景。现在的阿尔比落魄潦倒、阴险邪恶，在他的身上根本看不到以前那个阿尔比的影子。从利文萨尔的视角出发，作者强化了震惊的效果。同样，半背离的论调突出了主人公混乱、敏感、有点荒唐的滑稽性格，不完善的感知力和持续不断的痛苦。这种痛苦源自一个有道德、有责任心的人却不能认清道德与责任的界限的苦恼。因为在这座城市里，社会是一个竞争激烈、种族关系紧张、道德不完善的现代人的集合体。在这样一个环境里，主人公的忧虑显得微不足道，甚至从某种意义上说表露出荒谬的意味，这种忧虑不断地受到威胁，并具有了无意义和罪恶的色彩。

《受害者》是一部关于道德责任束缚的小说，这种束缚隐晦而尖锐，在这一点上，它比《晃来晃去的人》表达得要清楚得多。但小说重点强调的是利文萨尔和阿尔比之间奇怪的精神联系，并添加了生存的戏剧性。开始时，利文萨尔感到他"被挑选出来成了某种怪异、疯狂活动的目标"[①]，并联系起他在外部世界所看到的罪恶之事，"多么古怪，多么野蛮的事啊。这些事情就像一串串摆动的坠子悬在他的眼前，平常是看不见的，只有隔一段距离才看得见"[②]。利文萨尔害怕坠子会掉在他的身上。阿尔比步步紧逼，来到了利文萨尔的公寓，引起他的不安、焦虑和混乱的双重人格意识，并唤起了他一直被压抑的性欲，闯入"他要迷失、闷死、了结的生活深处。那儿有恐怖，有罪恶，还有他自己唯恐避之不及的一切"[③]。同时，利文萨尔意识里越来越质疑联系和责任，他感到他正面临"摊牌"的局面，

> 这种危机将终止他对某种他无权抵抗的东西的抵抗。疾病、疯狂、死亡迫使利文萨尔面对自己的错误。他曾经千方百计，尤其是采用麻木不仁和视而不见的办法，来避免承认自己的错误，并且他仍然

① Saul Bellow: *The Victim*, New York: Vanguard, 1947; London: John Lehmann, 1948, p. 31.

② Ibid., pp. 81–82.

③ Ibid., p. 224.

不知道这错误到底是什么。但那是由于他做出了不想知道的安排。他煞费苦心地要使自己轻松一点，把调子降低一点，温和一些，睁一只眼，闭一只眼。但不管他抵制的是什么，他越想制服它，它反而越嚣张，而且现在他的抵抗力眼看就到强弩之末的时刻了。[①]

因此，利文萨尔同时用有序和混乱的准则来看待自己和他人，他发现人们身上既有导致麻痹和迟钝的东西，也有抵制这些东西的倾向。"我们时时刻刻关照着自己，留有一手，藏而不露，这边也得当心，那边也得注意，同时却在拼死拼活地奔跑，好像在进行着一场端蛋赛跑。"[②]

这次摊牌并不意味着道德发现，它是一场无序的洪流，冲破了利文萨尔怀着内疚的心情在自己身上构建的平衡状态。阿尔比把一个妓女带到利文萨尔的公寓里，甚至是他的床上。利文萨尔破门而入，把阿尔比扫地出门。利文萨尔梦里的那个无名女子，以及那些打破他内心平静的性暗示和性场面，都与他的妻子有关。当阿尔比返回公寓后，他试图打开煤气自杀，但他并不想谋杀利文萨尔。在利文萨尔看来，阿尔比既爱他又想杀死他。这是一种突如其来的恐怖，意味着噩梦的结束，自卫的本能取代了混乱的身份，利文萨尔解放了自我，获得新生，投入到普通的日常生活中去了。

当我们在最后一章，即尾声里看到利文萨尔时，他已经交了好运，看起来年轻了许多，一切顺利。现在，利文萨尔认识了两种生活秩序：一种是平日的、普通层面上的，在这一层面上成功是偶然的，人们被分配来担当不同的角色，分属不同的阶级，被安排坐到剧院里不同的位置上，观看生活的戏剧；另一种生活秩序属于"有许多更重要的东西需要许诺"的层面，在这一层面上，生活充满了活力，虽然他没有经历过这种生活。在最后一章里，阿尔比也出现了，他的成功不怎么体面，因为他是靠一名女演员生活。他只是生活列车上的"一名乘客"，处于第一种生活秩序中。小说以利文萨尔的一个问题结束。利文萨尔在阿尔比的身后喊道："等等，你说的谁在左右局面是什么意思？"[③] 阿尔比没有回答这个问题，但这个

① Saul Bellow: *The Victim*, New York: Vanguard, 1947; London: John Lehmann, 1948, p. 224.

② Ibid., p. 85.

③ Ibid., p. 238.

问题却让我们感到两个人物结局的不完满,从某种意义上说,这也是整部小说的不足之处。

小说中的暗示和断言比经验主义故事本身更加重要。这些暗示和断言是由一个叫施洛斯伯格的意第绪语记者传达的。他是犹太社区中的一员,而利文萨尔早就离开了那里。他有时候做做买卖。作为一名戏剧评论家,他对生活准则的乐观态度超出了社会认知的范围,跨越了自然主义和传统的道德主义的标准,像是一首关于人类前景的犹太圣歌,贯穿小说始终。"好的行为恰恰是人性的体现,"在小说开始时,施洛斯伯格说道,"如果你说我是一个尖刻的批评家,那你的意思就是我对不折不扣的人性评价太高。这是我的全部想法。超越人性,对人生有用吗?缺乏人性,也同样没用。"[①] 他说道,大多数演员把人们看成是包装袋,大多数生意人就只相信生意,对伟大和美没有一点概念,但是,

> 我对伟大和美的把握就像你对黑与白的把握一样。如果我认为人生是一件大事,那它就是一件大事。你比我了解得更多吗?我和你的资格一模一样。为什么要自卑呢?有必要吗?难道有人捏你的脖子吗?要有尊严,明白我的意思了吗?选择尊严。没有人渊博到可以把它打倒。[②]

越要到"摊牌"的时刻,利文萨尔越是想到他与阿尔比的关系,怀疑自己对另一场危机的判断。在利文萨尔弟弟家里,这一主题变成了对死亡的思考,而利文萨尔正在一步步逼近死亡。施洛斯伯格先生认为美国人逃避死亡的话题,他们不承认人人都是受客观条件限制的。

> 我是有限制的,但我必须完完全全是我自己。死去的是某一个人,是吧?一开始我就是某一个人。我不是三个、四个人。我生一次,也只能死一次。你想成为两个人吗?超越人性?或许那是因为你不知道如何做一个人。[③]

---

① Saul Bellow: *The Victim*, New York: Vanguard, 1947; London: John Lehmann, 1948, p. 112–113.

② Ibid., p. 113.

③ Ibid., p. 208.

贝娄后期作品的读者对下面的这一说法一定留有深刻的印象：他的作品反对自然主义和偶然性，反对保护措施和平凡的日常生活，其中有宣言，有对选择范围里潜在可能性的肯定。如果说利文萨尔半死亡、半重生的状态没有达到极限的话，那么这种合唱式的修辞风格、意第绪和形而上学式的论调否定了我们所能感知到的关于人性中庸标准的所有可能性。这种人性的中庸不多不少，恰恰是指人性本身，其中混合着邪恶、威胁和死亡，既没有夸张也没有贬损个人和集体的存在。

也正因为此，我们可以把《受害者》看成是一部超越了荒诞主义、具有复苏的道德主义倾向的作品——采用了“新自由主义”小说的形式，这种小说形式发轫于二十世纪五十年代，在马拉默德和塞林格等作家的作品中有所体现。《受害者》传达了现代大都市里的拥挤和种种威胁，人们回归自我的压力和自我统一的怪诞。这部作品也吸收了犹太传统的精华：形而上的探索话语和关于人类困境的语言，借此来折磨那些迷失的现代人。他们生活在一座匿名的城市里，人们的行为冷漠，极权主义势力是社会的主导力量。这种压力下的人道主义现在成了贝娄的主要论调，如伊哈布·哈桑所说，贝娄试图“让我们相信，现实或者说是生活经历——随便我们怎么叫——值得人类生存中的所有焦虑和痛苦，却不需要我们领悟其中的奥妙”。[①]

《受害者》是贝娄探索小说形式新前景的开端。它对自然主义的借鉴是：吸收了美国传统的经验，这种传统代表物质世界的影响和作用、决定性因素的力量和在社会丛林中的生存奋斗史，有的人获益，有的人沉沦。心理现实主义小说的影响则体现在那些承受内心压力，并具有荒诞面的人物身上。但所有的这些都需要进一步的修订。首先，通过对关于人类生活状况的哲学思考的评估，可以使行为风格化、具体化，升华其含义、提高其影响，并传达体验，把新现实主义的感知转变成一种具有理论深度和心理神化色彩、富有诗意、甚至是带有喜剧意味的认识。《受害者》为贝娄在二十世纪五下年代创作的那些背景更为广阔的小说开辟了道路，但这些前期作品，特别是《受害者》，探索了许多现代问题以及形式上

① Ihab Hassan: “Saul Bellow: Five Faces of a Hero”, *Critique*, 3 (Summer 1960). 这其中包含了许多有价值的文章和书目。哈桑的观点在他的著作《激进的天真》(*Radical Innocence*, 1961) 中得以详述。

的张力和种种疑问，这些问题至今仍然是贝娄作品中探讨的主要问题。因此，他的前期作品，特别是《受害者》，居于他最优秀的作品之列。

编后记

本文选自马尔科姆·布拉德伯里的著作《索尔·贝娄》一书，第35—47页（“The Forties Novels: *Dangling Man* and *The Victim*”, in *Saul Bellow*, London & New York: Methuen, 1982, pp. 35–47）。在此文中，布拉德伯里详细分析了贝娄的头两部小说《晃来晃去的人》和《受害者》的主题，认为这两部作品探索了许多现代问题，具有时代前瞻性，居于贝娄最优秀的作品之列。

逃亡者的风格：《奥吉·玛琪历险记》、《抓住时日》和《雨王汉德森》

作者 [英国] 迈克尔·K. 格伦迪
译者 栾述蓉

《奥吉·玛琪历险记》

尽管《奥吉·玛琪历险记》受到大多数同代书评家的赞扬，后来的评论家对其价值的评价要冷静得多。文化历史学家出于便利继续把它划入针对平静的二十世纪五十年代的抗议小说和艾森豪威尔惰性时代的一部行动小说，但是对这部作品更准确的看法是它在肯定的修辞和希望的姿态之下隐藏着主人公存在主义的绝望。一位当今评论家指出："尽管小说当初被认为是成功之作，但没经得起时间考验。"①

现在许多评论家认为它至多是作家文体上的大胆创新，人物缺乏可信性，也考验着读者的耐心。贝娄的目的很可能是通过文体上的自由来传达一种流畅真实、自然无雕饰的感觉，以便使他的流浪汉冒险故事读起来好像一种真实经历。但是他并没达到预期效果。许多读者可能最后都有同感，那就是贝娄滥用了他们的宽容。那些在刚开始的章节（尽管这些章节也没有免于评论家尖锐的批评；马克斯韦尔·盖斯马尖刻地把它们称之为"全书最差劲的部分"；文体"在贝娄的作品中几乎绝无仅有

① David R. Jones: "The Disappointments of Maturity: Bellow's *The Adventures of Augie March*", in French, Warrenc (ed.), *The Fifties: Fiction, Poetry, Drama*, Deland, Florida: Everett/Edwards, 1970, p. 84.

的浮夸、僵硬”[①]）还勉强保持兴趣的读者被后来的章节彻底挫败，用莱斯利·菲德勒的话来说，“小说变得越来越刺激，越来越狂野”，直到“在混乱中四分五裂，变成一篇充斥着狂乱虚假的幸福和满是感叹的散文”[②]。如果考虑到贝娄流浪汉小说的结构，除了奥吉叙事意义上的存在，小说的各个章节之间很少有连续性。如同奥吉混乱的思想（用劳希奶奶的土话说：“就像醉汉撒尿那样，歪歪斜斜”[③]），小说把精力耗费在追求一种令人眼花缭乱的无序上。

在 1979 年的一次访谈中，贝娄自己对他赋予过人生命力的这个人物也表示了不满意，认为太过火了：“这样一个蓝眼睛的天真家伙，过着这样令人着迷的生活，太过于像舍伍德·安德森的风格了，‘哎呀，多么令人惊奇的人们，多么神秘的世界’！全错了。”[④]像许多渴望出人头地的文学新人一样，贝娄一方面迅速走红，另一方面因为他独特、明显的风格成为攻击的目标。诺曼·梅勒在《为自己做广告》中认为贝娄的一夜成名是“近年来人们品位退化”的结果，奥吉是一个毫不可信的人物，他“绝无可能进行书中描写的冒险，因为他太胆小，根本没有勇气走到世界任何一个残酷的角落”。奥吉患有“叙述的失衡……大得不正常”[⑤]。

那些表面上友好的书评家所造成的危害可能更大。比如理查德·蔡斯过高地估计了小说的价值。蔡斯认为《奥吉》一书的情节堪比惠特曼的《自我之歌》。[⑥]德尔莫尔·施瓦茨更夸大地写到奥吉在主题的复杂性上优于《哈克贝里·芬历险记》而在写作的整体性上胜过《美国》。[⑦]尽

① Maxwell Geismar: “Saul Bellow: Novelist of the Intellectuals”, in Malin Irving (ed.), *Saul Bellow and the Critics*, New York: New York University Press, 1967, p. 18.

② Leslie Fiedler: “Saul Bellow”, in Irving Malin (ed.), *Saul Bellow and the Critics*, New York: New York University Press, 1967, p. 7.

③ Saul Bellow: *The Adventures of Augie March*, London: Weidenfeld & Nicholson, 1954, p. 52. 该处引文参考了宋兆霖翻译的索尔·贝娄作品《奥吉·马奇历险记》（《索尔·贝娄全集》第一至二卷）。石家庄：河北教育出版社，2001。此篇以下有关该书引文的翻译均属此种情况，不再另注。——译注

④ Margie Simmons: “Free to Feel: A Conversation with Saul Bellow”, *Quest*, February–March 1979, p. 31.

⑤ Norman Mailer: *Advertisements for Myself*, London: Deutsch, 1965, pp. 402–403.

⑥ Richard Chase: “The Adventures of Sual Bellow”, *Commentary*, 27 (April 1959), pp. 324–325.

⑦ Dlemore Schwartz: “Adventure in America”, *Partisan Review*, 21 (January-February 1954), p. 112.

管上述反馈在文学评判上远失准确，但却向我们展示了其文化背景，解释了二十世纪五十年代的知识分子对于表现挑战和积极生活态度作品的欢迎。在一个文化停滞的时代，贝娄的叙事者一边说着是、是、是，一边发出了大胆的呐喊；这一呐喊植根于深深的自我怀疑和否定中，这一点只有后来少数富有洞察力的评论家才察觉得到。正是这种呐喊稳固了作者在美国文学界的地位。

在《奥吉》一书中，贝娄似乎用一种他从未采取也不会再采取的狂野方式赞颂美国；美国人把这部小说看成是对驯良时代的挑战。一位评论家用霍顿·考费德勒的话来表示对小说基调的支持："当有人对某事表示激动，是件好事。"[①] 艾伯特 J. 格拉德则说到这本书犹如推进器，"迅即产生了巨大影响，也许比其他任何书对持行动主义态度的小说家的影响都要大"。[②] 他并进一步指出《奥吉》带有强烈的不满色彩，这种不满通常在垮掉一代中更为常见。小说的语言态势强调了应当以各种方式唤醒、丰富和加强语言。小说应当像情感那样燃烧。[③] 贝娄自己描述道："当我写作《奥吉》时，感觉到一种无法抑制的兴奋。它溢出了边界。"[④] 如此文体上的洋溢使贝娄在一个处于沉闷和焦渴中的时代深受欢迎，而奥吉对思想批判的苛求在一个强制性要求驯顺、服从的时代无疑颇有英雄气概。

然而像我提到的，小说在当时所引起的即时反应存在着本质的缺陷。到目前为止，诺曼·波德霍雷茨对待它的态度是最具有洞察力、考虑最周全的。他对作品的评价写于小说发表五年之后，评论全面、均衡，刨除了夸大的部分，具有历史准确性：

> 《奥吉》一书试图创造一个新的成语来表达知识分子对与普通的美国生活建立联系的欣喜之情，并且断言在我们这个漂泊无定的社会，个人仍然有可能实现自我。从这两个方面来说，奥吉是1948—1955 年这个年代的代言人。一些人把这个年代叫做称为的

① 转引自 M. Gilbert Porter: *Whence the Power? The Artistry and Humanity of Saul Bellow*, Columbia: University of Missouri Press, 1974, p. 65。

② Albert J. Guerard: "Saul Bellow and the Activists: On *the Adventures of Augie March*", *The Southern Review*, 3 (1967), p. 584.

③ Ibid., p. 592.

④ Chiranta Kulshrestha: "A Conversation with Saul Bellow", *Chicago Review*, 23–24 (1972), p. 13.

年代和新保守主义时代，另外一些人称它为“文化修正主义时期”。

但是小说失败之处在于写作过于随意，人物抽象，从中我们能察觉出这种新乐观主义表层下潜伏的不确定因素和感情上的压抑。奥吉发现美国的欣喜之情无可争议的真挚，但可惜只是暂时的情绪，就像贝娄作品的表层肌质那样具有欺骗性。在这种情绪的背后缺乏足够的信念支撑以对抗原子僵局时代缓慢但无法阻挡的研磨，这种研磨和焦虑是不能否认的。[1]

波德霍雷茨对小说隐含的真理实质和文体风格的似是而非做出了辨别，但只引起了少数几个评论家的重视。约翰·J. 克莱顿跟他的观点相似，也注意到奥吉“嬉笑的外表下”隐藏着“凶险的暗流”，“在‘是’之下，是深深地具有说服力的‘不’——在个人的信念和交流的可能性之下是异化、自虐和绝望。”[2] 就上述评论家简要提到的小说中的“凶险的暗流”，我进一步研究指出，奥吉的肯定的声音在很多方面实际上是阴郁而充满讽刺的，因此应当把这部小说看作是贝娄对流浪汉题材的修正，以便表达现代时期现实不可靠的本质。

作为一个漂泊不定的男人的私生子，奥吉展示了其如何成为冒险文化一部分的过程。尽管他的叙述是回顾性质的（关于这一点的重要性我将在以后的章节中讨论），奥吉仍然无法或不情愿（“我不准备搞清所有的原因”[3]）区分塑就他生活的那些偶然或不定要素。他宁愿把自己当作芝加哥不断增长但又令人费解的人类能量的产物；出自种族的大熔炉，桀骜不驯，吵吵嚷嚷又千变万化：

在这种混合型的人身上有着一种美——比例调和——还有年轻人的狂妄，叛逆型的脸孔，嚼着口香糖的天真，注定的劳工材料和未来的秘书队伍；丹麦人的稳重，意大利人的机灵，患结膜炎的数学天才，塞满耳屎的推销员的孩子；有意施布雨露的商人的女儿——

① Norman Podhoretz: “The New Nihilism and the Novel”, *Partisan Review*, 25 (1958), p. 579.

② John J. Clayton: *Saul Bellow: in Defense of Man*, Bloomington: Indiana University Press, 1968, pp. 74–76.

③ Saul Bellow: *The Adventures of Augie March*, London: Weidenfeld & Nicholson, 1954, p. 125.

> 这些都是庞大人群中形形色色极好的标本，是《圣经》里所讲的众生，受原动力驱使向西方迁移的父母的子女。[①]

在他的叙述中，奥吉自始至终把自己看作是具有民主气质的人[②]，是美国民众中的一员，“一群很难而且不愿接受结果的民众”[③]，并从中获得各种慰藉。年长的奥吉在分析社会时选择了一种特别的冷漠态度。这其中很明显地含有一种自我开脱的逻辑。需要注意的是这位年长的叙述者在何种程度上塑造了他自身的形象，在何种程度上他的叙述态势避开特别的分析以免暴露自己正是被不可抑制、无法辨别的力量驱动下的群体的一员。奥吉怀疑封闭的信仰体系，这经常被用来解释他在小说中奔波不定的生活。这种怀疑往往会导致伪神秘。他可能会给读者一种印象，即试图对环境和自己在环境中的处境做出评判，但他注定是一个流浪汉，他所创造的世界永远在消解中。[④]他的探寻总是把他带离任何确实的发现，并把他带向一个由各种可能性组成的世界，带向虚幻的自由。

奥吉告诉我们说“他生来好像就等着被人塑造似的”，大多数评论家认为他被别人收养从根本上讲是有积极意义的：一方面他乐于满足别人竞相认领他的要求；另一方面是他的典型的美国式意识，认为生活具有多重可能性。但是如果说空间可以代表可能性和积极拓展的经历，它也可以代表逃跑，从令人不快的现实逃离。在我看来，奥吉的活动方式是后者，他从卷入的形形色色的社会中抽身而出，实际上是在逃离真诚的道德和精神。早期的奥吉把艾因霍恩视为导师和楷模，因为在他眼中艾因霍恩是不受任何束缚的叛逆者。下面的段落里，贝娄用空间和束缚做比喻来描述艾因霍恩：

> 当你觉得你通过艾因霍恩的行为和事迹已经追踪到了他，正准备要逮住他时，你却发现自己不是在迷宫的中心而是在宽敞的林荫道上，而艾因霍恩正从一个新的方向走来：一个乘着豪华车的州长，

---

① Saul Bellow: *The Adventures of Augie March*, London: Weidenfeld & Nicholson, 1954, p. 125.

② Ibid., p. 147.

③ Ibid., p. 85.

④ Ralph Freedman: “Saul Bellow: The Illusion of Environment”, in Irving Malin (ed.), *Saul Bellow and the Critics*, New York: New York University Press, 1967, p. 60.

> 被护卫队包围着，显赫而不可或缺，受到所有人的爱慕，死亡只是他个人隐私的一小部分，而且是微不足道的一部分。[①]

在这样一本强调行动和力量所带来的物质利益的书中，奥吉自愿屈服于那些能在某种程度上强化他认为生活充满可能性的浪漫观点的人。上述的英雄崇拜行为显示出奥吉需要把自己与他人的关系浪漫和神秘化，以便最终可以使自己成为心目中的英雄：近在咫尺的哥伦布。[②]

奥吉与贝娄后期更为辛辣的观点形成讽刺性的对照。在后期，贝娄认为要实现真正意义上的存在，需要从被拜物思潮玷污了的美国社会抽身而出。不同于赫佐格、科尔德或克拉德，奥吉不是从腐败的社会生活中抽身而出，而是从对精神需求的深厚意识中抽身。书中的奥吉扮演着人群中普通一员的角色，经常在深思冥想中说出自己的认识，以下段为例：

> 好吧，现在谁会真正指望日常的现实消失，苦役或监狱废除；麦片粥和洗衣店取衣单等等全都一扫而光，坚持要把每时每刻都提升到最重要的高度，要求所有人在最困难的时候，都能呼吸到星星提供的新鲜空气，彻底拆除所有地窖似的砖瓦房屋，扫尽一切沉闷忧郁和凄苦悲伤，而像先知或神祇一样生活？可是人人都知道这种欢庆式的生活只能是昙花一现。因而对此有了分歧。一些人说只有这种欢庆式的生活才是真正的生活；而另一些人则说，只有日常的现实才是。我认为没有争论的必要，我要快马加鞭投奔前者。[③]

上面最后一句中以速度来做比喻，具有重要意义。这个比喻用在这里很恰当，因为速度和空间是奥吉的避难所，借以逃避长久认真思考自己所提出的上述问题。不论是赫佐格玄学的长篇大论或西特林浓厚的神秘主义都不适用于奥吉。奥吉是一个逃亡者，不顾一切地寻求空间，他对“一个在这之外的广阔世界……抽象的，广袤的光芒照耀的加拿大”[④]的

---

① Saul Bellow: *The Adventures of Augie March*, London: Weidenfeld & Nicholson, 1954, p. 83.

② Ibid., p. 536.

③ Ibid., p. 194.

④ Ibid., p. 170.

意识和渴望是个越来越便捷的逃跑渠道。这样一个把生命耗费在稍纵即逝的热情上的人，一个小心翼翼不被"不易倒手的东西"所烦恼的人，"毕竟我没有从事任何确定的工作，我只是在尝试不同的东西"[①]，是很难让我们信服的。

可能有人会说我对奥吉过于严厉，不应该对一个年轻人过于苛求。但是冒险故事的叙述者是年长的奥吉，故事不可避免地经过一双阅历丰富不再单纯的眼睛的过滤。从这个意义上说，整个叙述成了叙述者奥吉对他所强烈感到的失败或不足所做的辩解。这位年长的叙述者极少打断或者更确切地说，极少停下来以公正和忏悔的态度告诉我们他所犯的错误。奥吉懂得所有人都面对的黑暗（有一种黑暗，每个人都要面对[②]）；懂得他是"踩着烂泥、饥肠辘辘、满街游荡、饱受战争创伤，乖戾、辛劳、痛苦、忧伤、软骨头的人类，乌合之众"[③]的一部分，但是他试图宽容、实际是放纵地来看待人类当然也是他自己的弱点。在《奥吉・玛琪历险记》中，贝娄尚未开始（至少未明显开始）从民主和人道主义转向到后来对集体愚妄的谴责。贝娄后来的主人公越来越不能像奥吉那样接受人性的弱点，尤其是当这些弱点和局限开始超过容忍限度，开始伤害、胁迫、甚至害死它们的牺牲品时，例如洪堡。后期的这些主人公都痛恨自己所处的文化环境，而奥吉却把自己看作是社会进程的倡导者，是其活力的代表。赛姆勒、西特林、还有科尔德都"对现实的劫掠"忧心忡忡，而年长的奥吉却把它当作过程的一方面，灵魂与肉体不可避免的堕落。

> 大凡人们交上好运气突然发财致富时，在这骤然之间，往往会使人感到有一种梦境似的威胁，让你以为这不是真的，而只是一场梦。既然人终归要老死，何不舒舒服服地度过这段时间？但这建议并不能让人心安理得，在这奇怪的环境中，事物往往变化得太快，为了克服这一困难，思悟也许是一个补救的方法。拿出魄力则是另一个方法，还有大肆挥霍，周密得无懈可击，组织上一丝不苟，等等。因此存在着各种各样的补救办法，而且还有许多别的老方法……大多数人

---

① Saul Bellow: *The Adventures of Augie March*, London: Weidenfeld & Nicholson, 1954, p. 206.

② Ibid., p. 175.

③ Ibid.

都将就着使用手头有的方法。在现有的有形世界里努力奋斗，这自有其顽强的价值。①

类似上述的话，表面上很合情理（奥吉的口头谚语在这样的段落里令人感觉格外刺耳，好像是一个自作聪明的家长式人物，跷着二郎腿，坐在凳子上），但实际上就像波德霍雷茨所关注和指出的那样，无比抽象。也许我们得再次考虑到小说的历史背景而做出让步，要知道在1953年这样的表达并不像它今天看起来那样容易。因为面对选择无所适从，人们甚至把拥有钱财和大肆挥霍看作是可能通向没有被劫掠的真正现实的道路。

在奥吉看来，如果说富足的时代，肥胖和富有的资产阶级神祇的掠夺伤害到了人的头脑，那么同样的能量也可以作为止痛药来治愈它。在他充满无限可能的世界里，奥吉享受着社会的盈余，要求我们相信不管处于什么样的痛苦中，总还是有一种神圣的平均，使得多数人能忍受生活，一个"大多数人"的世界，"有什么就做什么"。如果说黑暗是特有的，那么希望之泉也是如此，奥吉的"动物王国"永远充满乐观。"踩着烂泥、饥肠辘辘"的人性图景对奥吉来说只是图景而已，是生活伟大陈列的一部分：

我得在警察局等他的电话……在巨大的社会细胞质内部，从黑暗走向光明。可是这个西区分局暗无天日！黑暗异常。它乱七八糟，弊病重重，千疮百孔，脓血横流。这些身体不行、面貌不正的人，有的弯腰驼背，有的蹒跚而行，有的大步流星，有的两眼定神，有的贪生怕死，有的俯首听命，有的什么也不在乎——这是些用不完的、多余过剩的人类原料——你不禁会感到惊异，这一切原料都生为人类，具有人型，却鱼龙混杂，不加选择。也别忘了警方的丑恶勾当，榨取油水，非法体罚。而这还不是闹市区的大新门警察总局，只不过是个街区的小分局而已。②

这一段显示了在奥吉的叙述中，伦理道德如何轻而易举地被充满感叹的华丽文辞所取代，为奥吉的形象塑造提供了很好的例子。《纽约邮

① Saul Bellow: *The Adventures of Augie March*, London: Weidenfeld & Nicholson, 1954, p. 214.

② Ibid., pp. 228–229.

报》在书评中把《奥吉·玛琪历险记》称作“广大人群的书”，奥吉上面所用的比喻也说明了这种描述的准确。莱昂内尔·特里林在小说“展示如何获得并赞颂人类的富有”[①] 中发现了一个道德中心。我的看法主要聚焦于小说赞颂“富有”的方式。奥吉声称富有就是全部，在这种人类积累的富有面前，没有任何弱点和恶意能占据上风。这种说法太过冒险。在富足中，在“人类物质的丰富和过剩”情况下，奥吉说，人类大众会犯错，但最终这只是些多余的“东西”，对巨大的种群不构成危害，后者将容纳它并继续前进。奥吉回避对人类不幸的原因和后果进行有意义的思考，相反却让我们跟他一起赞颂和惊叹“伟大的社会细胞质”（但是暗沉沉的西区分局啊！），在他看来不幸只是这细胞质的一小部分。

莱昂内尔·特里林所说的，奥吉的形象“显示了如何获得并赞颂人类的富有”可能有一定道理，即便如此，我们仍然可以质疑奥吉所使用的手段和这背后的道德压抑。在本世纪接近尾声的时候，我们已有了足够的经验教训让我们来怀疑这样一种语言：它把个体的人看作好币或错币，它熟悉人类的物质生活，却对精神的失调和崩溃漠不关心，认为这是“不变”制度的一部分。芝加哥过去有畜牧场，本世纪有它的德累斯顿和贝尔森集中营。《院长的十二月》中艾尔伯特·科尔德看待人类所用的比喻更为辛辣和真实；他看居住在芝加哥贫民窟的居民生活在“这个令人震惊的城市，数不尽的地区——许许多多平方英里的文明的帕森德尔或索姆”[②]。对于科尔德来说，在奥吉之后的 30 年，人类机构唯一没有改变的就是“损毁的、染病的、伤痛的、逃亡的”人所在的“数不尽的地区”。这些与社会进程的活力毫无联系，而只是反映了“我们内心的贫民窟、我们每个人的内心之城”[③]。

有些时候乐观让我们感觉浅薄，它显示的不是力量或勇气而是软弱。就像奥吉的一位朋友所指出的那样，“哪怕是火车撞了你，你也会想只是撞了个肿块，你会面带微笑站起来，就像六月没膝的草”[④]。阿尔弗雷德·卡津认为奥吉的方式是“渴望在生活最普通的肌质中拥抱实实在在

---

① 《奥吉·玛琪历险记》英国首版活动封套上面的引文。

② Saul Bellow: *The Dean's December*, New York: Harper & Row, 1982, p. 205.

③ Ibid.

④ Saul Bellow: *The Adventures of Augie March*, London: Weidenfeld & Nicholson, 1954, p. 297.

的生存奇迹，拥抱生活这个伟大的礼物，每一次呼吸都是对这个礼物的商讨、肯定和赞颂，比任何辞藻都来得深厚”[①]。卡津的评论是二十世纪五十年代的哈利路亚，写于能够描绘这样的繁荣的最后时刻。不过有一点卡津是对的，奥吉内心确实渴望着全盘肯定生活。但是正如我们看到的，这种渴望就奥吉来说，是受恐慌驱使并具有欺诈性的。读《奥吉·玛琪历险记》非但不能使我们解脱反而强调了约翰·奥尔德里奇所说的“让纯真的人堕落，让英雄的计划落空的力量”。小说的结果就是在无法恢复奥吉式的乐观主义高热时引起另一场“虚无的猛烈发作”[②]。

奥吉离他在芝加哥的家庭，离小说头几章向读者描绘的大家庭越远，他对“奥吉方式”的把握就越不坚决。我们经常能在奥吉对过去的怀旧和篡改了的描述中听到一个绝望的声音，这种绝望源于他长期拒绝承认真正的现实：

> 因为我要是向空中极目望去，我就能回想起高架铁路支柱林立、酷热难当、蚊蝇飞舞的街道——比如像湖滨街，那儿的废品收购站就像一座疯子设想出来的可怕教堂，无数的收购点，朝圣者们拉着一车车破布和骨头，像爬行似的缓缓而来。有时候，我心里感到十分难受，感觉自己也是这地方的产物。为什么人类要忍受以前历史的欺骗，唯有鸟兽才能用天生的眼睛看世界呢？[③]

奥吉之所以认为人类之外的动物王国要优越许多，是因为他不愿承认自己跟堕落的人类世界的联系。他对动物世界的反应基于一种骄傲，这种骄傲使他疏远了他衣衫褴褛、骨瘦如柴的同胞。尽管他敏感，很容易感受到与他人的血脉亲情以及与此相连的痛苦，但是他不肯搞清这些感情的真正缘由，而宁肯把它们归结为残缺记忆的欺骗。卡津认为奥吉·玛琪是“我所知的对于一代人的社会空想主义最深刻的评论。这一代人总是设想能够平定生活的骚动，控制并引导生活达到无害的社会目

---

① Alfred Kazin: “The World of Saul Bellow”, in *Contemporaries*, Boston: Little Brown, 1962, p. 220.

② John Aldridge: *In Search of Heresy: American Literature in an Age of Conformity*, New York: Little Brown, 1956, p. 135.

③ Saul Bellow: *the Adventures of Augie March*, London: Weidenfelf & Nicholson, 1954, p. 330.

标”。[1] 把奥吉对人类痛苦的不满看作是对受挫的理想主义的自然回应，这也许是最宽容的态度了。

大多数评论家都认为墨西哥插曲是本书整体上最不成功的部分。文体风格在这里显得越来越不足，而且在膨胀的文体和单薄的事件之间存在着明显的不相称。我对此的意见与约翰·奥尔德里奇相似，他认为“文体被迫来弥补它意欲评论的经历的不足”[2]。在我看来，我们在这一部分得到的唯一安慰就是最终得以进入了奥吉冒险活动的哲学心脏，并了解这些活动对于贝娄作为小说家的思想发展的意义。

《奥吉·玛琪历险记》中有一段让我们想到贝娄自己的供认，即他在创作奥吉天真朴实的人物形象时带有欺骗性。在这一段中，我们听到了奥吉最真诚的陈述，他在自我反省中透露了一个痛苦的事实：

> 要获取所选择的事物就需要勇气，因为这非常严酷，而严酷是我们软弱的人们所不能长久忍受的。而且选择的东西也不可能是我们已经取得的东西，因为已经得到的东西没有多大的价值，也不会受到多大重视。哦，这使我感到非常丢人，我觉得大为恼火，怒不可遏。这帮该死的奴隶！我心里想。卑鄙的懦夫！
>
> 至于我本人，并不比那些最差劲的人强多少。我的幌子和特长是单纯朴实，我追求单纯，摈弃复杂。在这一方面，我很工于心计，心里有许多秘密招数，而且跟别人一样，时时都在想花招。我干吗要一味追求单纯呢？[3]

这段自白让我们震惊之余不得不把奥吉的叙事看作是任意的修辞，巧妙的惺惺作态。由此不难理解他为何在“伟大的社会细胞质”面前，除了兴高采烈地挥挥旗子，并不想有其他动作；也解释了他令人不快的直率。许多读者留意到奥吉在乱七八糟的冒险经历中表现出不动脑子的特点，实际上这是由于他有意追求单纯而回避复杂的结果。马尔温·穆德

① Alfred Kazin: “The World of Saul Bellow”, in *Contemporaries*, Boston: Little Brown, 1962, p. 219.

② John Aldridge: *In Search of Heresy: American Literature in an Age of Conformity*, New York: Little Brown, 1956, p. 139.

③ Saul Bellow: *The Adventures of Augie March*, London: Weidenfeld & Nicholson, 1954, p. 402.

里克在一篇文章中一针见血地指出小说“在快乐的假面下满是悲哀,在自我改造的假面下是无法改变的厌世者”。但是尽管意识到奥吉乐观主义面貌的虚假,以及他的态度中偶然带出的狭隘思想(“奥吉·玛琪是一个犹太人,这一点几乎纯属偶然,也毫无意义……他回顾起童年受到的反犹迫害只是为了否认其对他的影响”[1]),穆德里克并没有看到假面背后的存在主义理论。

奥吉的“民主气质”现在看来只是他的另一个避难所罢了,帮他逃离存在主义真相和太过严酷而无法长期忍受并忠实面对的现实。事实上,在真相刺痛他的时候,他很可能会责怪众生胡乱顶礼膜拜而不是把自己当作众生的一员。年长的奥吉所做的全篇叙述现在来看有一种可悲的讽刺的色彩。它讲述的是一种缺了一半的生活。基于卑劣的信念“以这种方式他得不到公正,也无法给予公正,但他可以活下去”,这种生活把实现自我的期望值降到最低。奥吉的冒险不是由于爱探索的精神而是出于急于否定自己存在的需要,出于懦弱和恐惧。对自我的毁谤在下段表现得很明显:

> 首先,个性是不安全的,安全的是类型。因此,差不多所有的人都在自己身上弄出些畸形和丑陋,以便让人家见了他们害怕。这算不得什么新花样。那些怯懦的部落人,他们把头顶压平,在嘴唇和鼻子上穿环,或者砍掉大拇指,或者制作出极端恐怖的面具或者是涂彩和文身,这一切都为了唤起那种让你感到生存受威胁的恐惧。
>
> 告诉我,究竟有多少卧石而眠、以石为枕、跟天使摔跤并战胜巨大恐怖以赢得生存权利的雅各似的人物呢?
>
> 至于我,不管是什么人,只要能保护我,使我不受那到处横行的巨大恐怖和乱成一团的野蛮冷酷所侵害,我便会暂时投入他的怀抱。这确实不太勇敢。[2]

即便在像这样坦率的时刻,奥吉也在为自己做无罪辩解,试图以最低

---

① Marvin Mudrick: “Who Killed Herzog? Or, Three American Novelists”, *University of Denver Quarterly*, 1 (1966), p. 73.

② Saul Bellow: *The Adventures of Augie March*, London: Weidenfeld & Nicholson, 1954, pp. 402–403.

等的人性共同点和"大多数人都这样生活"来为自己开释。但是他的供述对于我们正确理解小说仍然具有深远涵义。事实上,应该变更先前对小说意义的理解所依据的判断尺度。认为"个性是不安全的,安全的是类型"解释了为何许多读者感觉《奥吉·玛琪历险记》是一部自以为是的作品,语气和腔调都带着虚伪。以这样的语气讲话的主人公绝不是单纯的人,而是一个油滑和看破红尘之徒,他到处流浪,一系列"暂时投入怀抱"的活动都是为了逃避他称之为"乱成一团而野蛮冷酷"的痛苦现实。他所摆出的为人熟悉的勇敢姿态("我是个美国人,出生在芝加哥,处事待人一向按自己的一套,自行其是")与这副姿态背后畏缩的人物直接对立。难怪读者会觉得奥吉缺乏个性和深度。对奥吉来说,个性和深度都是可以弃之不顾的奢侈品,只要能够获得更牢固、更安全的地盘,"类型"人的地盘。充分意识到自我而生活令他感觉是"到处横行的巨大恐怖"。对此,他的选择既不是荒唐发笑也不是清醒的虚无主义,甚至不是小说表面所表现的英勇的"奥吉方式";他的选择是接受老套的现实,这样做的结果是他成了贝娄所创作的最可悲的人物,比约瑟夫还要怯懦,比科尔德或克拉德还要无用。他看大众在"自己身上弄出些畸形,以便人家见了他们都害怕",殊不知他自己的顽童做派也是一种畸形。

现在看来,作为一个人物,奥吉欺骗了自己,也在大部分叙述中欺骗了读者。这里所引用的段落都是书中的重要部分,足以说明问题。我们有理由怀疑那些对《奥吉·玛琪历险记》持赞同态度的观点。比如基思·奥普达尔写到"奥吉身处何时何地都能坦然接受"[1],他和许多其他评论家都确信奥吉是个"决心在充满未知的、不可预测的当前积极生活"[2]的人,但是他们没有看到奥吉胆怯的逃跑,"暂时地投入怀抱"。关于奥吉的生活,在字面描述和现实之间存在着巨大的差异,不假思索地接受字面的描述并以此为据而做出的判断存在很大的谬误。除了我对《奥吉·玛琪历险记》的解读,还有一种办法就是把奥吉自白性的话语放在一个发展的语境中去考察,把它们看成是一个最终会成熟起来的生命个体所做的某种意义上来讲,最坏的陈述,但是读者若期望奥吉能完全康

① Keith Opdahl: *The Novels of Saul Bellow: An Introduction*, University Park and London: The Peansylvania State University Press, 1967, p. 71.

② Albert J. Guerard: "Saul Bellow and the Activists: On *the Adventures of Augie March*", *The Southern Review*, 3 (1967), p. 585.

复，那将会大失所望，因为结尾的章节也只是强调了奥吉会继续得过且过的生活。他照旧披上惯常的伪装，照旧因害怕复杂可能导致的后果而摈弃复杂，嘴上还要说着："哦，干吗要那么认真？认真是给少数人的礼物或赏赐，尽管大家都多多少少有一点，但只有那些最受宠的才清楚明白地享有它。"[①]

他引用并相信帕迪拉的话："放轻松否则日子就会难过。"[②] 逐渐但不可避免，奥吉重又回到那种随波逐流的生活中去：

> 我整天叼着雪茄到处游荡，一点也没有要想认真做点事的样子，一切都抛在脑后，说话没头没脑，有时嘻嘻哈哈挺高兴，不过，唉，说起来现在总不及以前开心。当我陷入沉思时，常常会在街上拾起一些小东西，因为我把它们当成了硬币……显然是希望碰上个好运气。我还盼望着有个什么人死去，好给我留下一切。[③]

"不过，"奥吉辩解说，"我还是有了一点进展，你可不能光看表面。我正在逐步得出一些特别重要的结论。"[④] 接下去就是他常为人引用的"轴线"的段落，其实意思跟我前面提到过的一段大同小异，只不过那一段人们不太留意罢了。在先前那一段，奥吉谈到自我实现的道路如何艰难，谈到如何需要勇气和严酷来克服叼着雪茄的诱惑。而这一段对如何抓住真实的现实做了明显修正，主要关于如何轻松自在地接近和保持这样一种现实。与此相对，关于探寻自己的轴线的说法听起来像一篇伪神秘主义之作，像帕迪拉写的灵魂的暗夜。奥吉给我们讲述了一个流浪汉的神话，还告诉我们通向更高等"存在"王国的道路可以像他从街上捡起东西那样容易。

> 我觉得，我说，人生的轴线必须是直的，要不你的一生只是一场丑角的表演，或者是见不得人的悲剧。我一定是从小便有这种在轴

---

① Saul Bellow: *The Adventures of Augie March*, London: Weidenfeld & Nicholson, 1954, p. 424.

② Ibid., p. 436.

③ Ibid., pp. 447–448.

④ Ibid., p. 453.

线上生存的感觉，所以我像一个执迷不悟的人一样，对所有想要说服我的人都回答一个“不”字。这只是凭着我对这些轴线的顽强记忆，并不是完全清楚的。但是我最近又感觉到了这些令人激动的轴线。当奋斗停止时，这些轴线仍会像一种天赋一样存在着。刚才我躺在这张长沙发上，这些轴线突然一下子笔直贯穿我全身。真理、爱情、和平、慷慨、有益、和谐！而一切杂念、隔阂、歪曲、饶舌、困惑、勉力、奢望，全都像虚幻的东西似的烟消云散了。我相信任何人任何时候都可以回到这些轴线上来，即使是一个不幸的私生子，只要他能静静地等待它的出现。我一直怀着的雄心，只不过是一种自负自夸而已，它把这种比幼发拉底河还要古老，比恒河还要悠久的最古老的认识，从根本上给歪曲了。任何时候生命都能重振，人都能获得新生……他会被带到中心点上．他会活得真正快乐。[①]

大多数评论家认为这一段最准确表达了奥吉的哲学观，一种认为人类具有超验的可能性的真知灼见。如果我在这一章的论述站得住脚的话，那么很显然，这一段至多是奥吉欲把自己对超越的渴望与天生的懒散、任性调和起来的尝试。他对自身和所有其他人获得新生的可能性深信不疑，相信只须“静静地等待”，然而我们却无法从他先前的陈述中找到任何东西能说服我们接受他的信念。即便我们能找到一星半点，他随后的冒险经历也驳斥了这种信念，从而证实，就发现而言，它过于简单化；就经验而言，它并不可信，说到底不过是一厢情愿地把伪装当成了神秘的智慧。

贝娄在《奥吉·玛琪历险记》中所描绘的是对幻想力量的屈从。奥吉，用他朋友咪咪的话来说，属于那类沉湎于幻想的人，他们喜欢幻想“大大胜过宝藏，幻想是他们最大的希望，因为这样他们便可以怀疑，他们对自己的认识也是不正确的”[②]。小说的结构显示了奥吉·玛琪“主导性的失败模式”[③]，也表明了贝娄对人类不可靠性的认识（在日后的小说中，他越来越多地探讨这一点），还有人类惯常的自我欺骗：制造出自我而不是面对真实的自己。奥吉计划把他的轴线付诸实施（“我的打算是为自己弄

① Saul Bellow: *The Adventures of Augie March*, London: Weidenfeld & Nicholson, 1954, pp. 454–455.

② Ibid., p 437.

③ Henry Popkin: “American Comedy”, *Kenyon Review*, 16 (1954), p. 331.

一份地产，然后安顿下来”[①]），这本来就毫无指望，战争的爆发只不过是以另一种方式给他的计划画上句号。他自己也不无鄙夷地认识到自己突然爆发的爱国激情实际上是源于一个胆小鬼的需要，来逃避更大的责任：

我立刻被卷了进去，一夜之间，个人的一切打算都无影无踪了。它们哪儿去了？全都藏进了心底深处的某个地方。我所关心的只有战争，全身的热血在沸腾……过了一阵子，每当我想到我的宏伟计划时，我便对自己说，等战争一结束，我便要正式开始。可是当整个地球都忙于这项制造苦难的工程……我四处奔走，对我的朋友们宣讲，这使他们大为惊诧。我说要是敌人得胜了，会把全世界建成一堆蚂蚁堆……啊，是的，我像演说家那样站起来，向每个人大声呼吁。[②]

对他最后的那句表白，我们想说，有什么新玩意吗？这让我们不由得回想起《晃来晃去的人》中约瑟夫同样是把兵营生活当作摆脱负担的方式，因为他们无法忠实面对严酷的自我认识。小说中的流浪汉模式是在逃离而不是走向自我认识。奥吉的堂吉诃德式行为是用虚假的理念来代替真实。奥吉偶尔会承认自己的软弱，而许多评论家在评论小说时却意识不到。贝娄微妙而带有讽刺地修改了传统流浪汉主人公形象，这一点值得称道。他让这一传统模式适应了时代的需要，让它能够在讽刺的伪装下表达出这个时期有精神追求的人所受的创伤以及不得不作出的妥协。

在小说的后半部分，奥吉在佛罗伦萨游览的时候，一位老妇人缠着他，要向他推销导游服务。这个事件证实了奥吉几乎已经成功地把“个性”的概念从他生活中抹去了。奥吉把老妇人看作是总爱纠缠他，找他麻烦的那类人，粗暴地要把她赶开。老妇人为此气愤不已：

“人们！我可不是别的人！你应该明白这一点。我是……”她气得连话都说不上来了，“碰上这种事的竟是我！”她说……这是怎么回事？事情不是过了很久了吗？这样逐渐地变化难道还不够？我

① Saul Bellow: *The Adventures of Augie March*, London: Weidenfeld & Nicholson, 1954, p. 456.

② Ibid., pp. 457–458.

是说，皱纹越来越多，白发赶走黑发，皮肤逐渐松弛，肌肉日益萎缩……她仿佛仍然陷于她刚刚一落千丈时的悲痛之中，这是怎么回事？

稍后，奥吉逐渐意识到老妇人话里的意思：

> 这位老太太也对，碰上这种事的往往是我。死亡才能消除我们之间的界限，我们就不再是什么个人了。这就是死亡的作用。而当生存也想起这种作用时，除了反抗之外，还能有什么呢？[①]

问题在于奥吉要逃离的正是"我"。一开始他把老妇人坚持自我当成可悲的虚荣。跟老妇人不同，奥吉不想要独特的个性，而只想做无名的"类型"。

最终，奥吉漏洞百出的幼稚方式反映了他所代表的软弱人性。当战后他回到斯泰拉身边时又开始着手实施他的轴线计划，虽然早在当初他构想这个计划时，他就明白他"根本不知道如何进行下去。当然这只不过是所有不了解自己也不知道自己能干些什么的人的空洞幻想"[②]。这个轴线的概念就像奥吉说的，只是"上千个轻率想法中的一个"[③]。

小说的意义更多在于它代表了梅勒所说的一种不懂鉴别时代的低级品位，而不是像当初设想的那样成为一部伟大的美国小说。有书评家认为《奥吉·玛琪历险记》是对美国文学传统的变革，"第一次在小说中，美国的社会能动性被转化成一种不会消逝、放弃、流亡和废止的精神力量"[④]，这位书评家明显是大错而特错了。奥吉的力量恰恰是被精神和生命的消逝、放弃、流亡和废止所替代。作为一个逃离现实者，奥吉可以因其不断努力攀登逃跑的新高峰和牢牢抓住任何可以消解他恐惧的幻想来避免面对自我，从而获得奖章。奥吉留给我们的最后一瞥是他努力在即将到来的风暴之前跑开的身影：

---

① Saul Bellow: *The Adventures of Augie March*, London: Weidenfeld & Nicholson, 1954, p. 519.

② Ibid., p. 515.

③ Ibid., p. 516.

④ Delmore Schwartz: "Adventure in America", *Partisan Review*, 21 January-February 1954, p. 115.

> 沿着长长的沙滩，波涛不断拍打着，掀起一排排雪浪，又裂成朵朵碎片。我看见从那凶蛮的灰色海水中扑来的白色愤怒的幽灵。我驾着车飞快地朝北驶去，急于想赶到布鲁日，好摆脱掉这条漫长的白线，这条白线就像永恒似的展开在当今世界的废墟近旁，白发苍苍，发出喃喃的怨言。我想，要是我能在天黑之前赶到布鲁日，我便可以看到碧绿的运河和古老的宫殿了。在这样阴冷的天气，我不妨享受一下这个城市的舒适。①

这是奥吉要不断逃离的存在主义的骚乱。奥吉是一个精神上的流浪汉，他被阴郁的现代意识包围着，认为世界是"乱成一团的野蛮冷酷"；他寻找外力以求排解，永远试图在"碧绿的运河和古老的宫殿中"寻找暂时的庇护。作为贝娄的第一部小说，他的主人公在结尾放弃了自决而屈从于外界的支配。对此，约瑟夫毫无遗憾地赞同说"下一步行动将是世界的行动"②。也许奥吉的历险至多作为事例向我们展示了放弃自我，随意屈从于外力的危险性。贝娄随后的小说越来越显示出他修正这种投降行为的决心。

《抓住时日》

夹在外向型风格的《奥吉·玛琪历险记》和《雨王汉德森》之间，《抓住时日》是"两片厚厚的美国店售面包之间的熏肉"③。显然，瑞典皇家学院对熏肉情有独钟，因为他们在诺贝尔颁奖评语中特别提到这部作品。甚至连向来爱挑贝娄刺的梅勒也颇不情愿地赞美小说的"结尾出人意料的优美"，"第一次让我感觉到贝娄并不是毫无达到最高水平的希望"④。殊不知，毫无希望正是贝娄这部作品的主题，在我看来，经常被人提起的

---

① Saul Bellow: *The Adventures of Augie March*, London: Weidenfeld & Nicholson, 1954, p. 536.

② Saul Bellow: *Dangling Man*, London: John Lehmann , 1946, p. 191.

③ Marvin Mudrick: "Who Killed Herzog? Or, Three American Novelists", *University of Denver Quarterly*, 1 (1966), p. 78.

④ Norman Mailer: *Advertisements for Myself*, London: Deutsch, 1965, p. 402.

小说的最后一幕加深了这种浓重的无望感。贝娄完美的线性情节使得读者预料到了戏剧化的结尾，得到了对叙述中所有悬念因素的解答。“他意识到他的常规生活将会被打破；他察觉到长期以来他预感到但直到现在仍未显形的麻烦就要到了。在夜晚来临之前，他就会全明白了。”[①] 许多评论家受《奥吉·玛琪历险记》所给的错误信号的影响，执意要从作品结尾段落找出人文主义的积极态度来。他们把汤米的眼泪看成是赎罪的、疗伤的眼泪，是重生和洗礼之水。[②] 其他人对结尾则不甚满意，认为它的意义不明确或是艺术上的误判。[③] 我认为从贝娄结尾一段的语言不能看出它包含有积极意义，尽管很多人通常这么认为。并且在汤米一天中所遭遇的一系列不幸事件中，也找不到这种积极意义的存在。评论家因此不得不曲解最后一段原本平实的意义和清楚的语言，以便让它看起来具有修辞的两极性，具有足够的说服力来抵消小说整体累积的逻辑。这样的阐释起到的作用就是把水搅浑，要不然的话，小说就会清楚反映出汤米的绝望之深，这对上述评论家来说，是难以接受的；另外还会反映出贝娄对人文主义者可能性的态度，这同样会令评论家烦恼。“汤米是为自己在哭，还是为死去的陌生人，或是为他所代表的人类的最终处境而哭？”[④] 有人颇为恼怒地诘问本来明显的事实。他和一些人不谋而合，都认为“最后迸发的抒情是为了掩盖问题的悬而不决”[⑤]，这使他摆脱了困境而把球踢回了贝娄一方。马尔科姆·布拉德伯里对同一个问题“汤米为什么哭泣”则给出了多重回答：

他的最终发泄可以看作是他的复原、救赎、他对自己的道德还有

① Saul Bellow: *Seize the Day*, Harmondsworth, Middlesex: Penguin, 1966, p. 8.

② 例见 M. Gilbert Porter: “The Scene as Image: A Reading of *Seize the Day*”, in Earl Rovit (ed.), *Saul Bellow: A Collection of Critical Essays*, Englewood Cliffs, New Jerscy: Prentice, 1975; Malcolm Bradbury: *Saul Bellow*, London and New York: Methuen, 1982, pp. 55–56; Clinton W. Trowbridge: “Water Imagery in *Seize the Day*”, *Critique*, 9, No.3 (1967), pp. 62–73。

③ 例见 Marvin Trowbridge: “Who Killed Herzog? Or, Three American Novelists”, *University of Denver Quarterly*, 1, 1982; Ruth, Raider: “Saul Bellow”, *Cambridge Quarterly*, 2 (1966–1967), pp. 175–176。

④ Andrew Waterman: “Saul Bellow’s Ineffectual Angels”, in B. S., Benedikz(ed.), *On the Novel*, London: Dent, 1971, pp. 228–229.

⑤ Ibid., p, 228.

其潜力的发现。汤米为一个陌生人哭泣,也为自身的不足和卑微而泣。他哭因为他发现自己一整天都在考虑的“戕杀”是有意义的,是生命与无生命争斗妥协的一部分;他哭还因为他发现自己是这个城市流动的人群中的一员,一个他一直绝望地想接近的人群;他哭更因为他意识到死亡把生者和死者联合到一起,让生命失去意义,但却赋予生命活动一种价值,因为这就是它所有的全部。①

我怀疑最后一段的意思或暗示是否足以支持这种多重解释。自然,这一段富有深意。它抒情而优美地唤起汤米强烈的“内心的呼喊”,并且像我在本文中试图论证的那样,它提供了一个解决方案,但并没有放弃对非人性的美国现实的最终谴责。这个谴责既没有措辞含糊,也没有迟疑不决,有的只是贝娄对盛行一时的规范条件的最阴郁的否定。

因为这部作品写于《奥吉·玛琪历险记》之后,评论家也许期待着从中能发现更多的类似前者的那种表面上的积极态度。但是正如我在评论前部作品时所论述的,确切地来看,奥吉是个惯于以转移注意力和隐瞒之术来逃避自我认识的人。鉴于此,无须惊诧《抓住时日》开头第一句话就告诉我们,“汤米在隐瞒自己的麻烦方面,不逊于任何人”,或者“至少他自以为如此”②。叙述者所补充的这句话是个重要的限定词,它把汤米和奥吉鲜明地区分开来:奥吉既有精力也有风度来实现自我欺骗;而汤米与此相反,没有风度更没有剩下多少精力。贝娄的叙述者自始至终在强调汤米为他的笨拙、没有风度的举止(金发的河马)、在物质世界的失败,还有缺乏情绪自控所付出的高昂代价。与奥吉不同,汤米不懂如何掩饰。叙述者对他努力保持体面不无嘲讽,并告诉我们:“汤米曾经当过演员——不,不对,是群众演员——他知道怎样表演,并且他抽着雪茄。当一个男人抽着雪茄,戴着帽子,他就有了某种优势;就很难弄清他的感受。”③

---

① Malcolm Bradbury: *Saul Bellow*, London and New York: Methuen, 1982, pp. 55–56.

② Saul Bellow: *Seize the Day*, Harmondsworth, Middlesex: Penguin, 1966, p. 7. 该处引文参考了王誉公翻译的索尔·贝娄作品《抓住时日》(《索尔·贝娄全集》第十卷)。石家庄:河北教育出版社, 2001。此篇以下有关该书引文的翻译均属此种情况,不再另注。——译注

③ Ibid.

汤米知道规矩，知道在别人面前该如何举止，他从父亲那里学到，尽管“不走运、疲惫、软弱、失败”，他必须仍然要能用低沉的声调，“绅士般地、低声地、优雅地”[1]讲话。汤米知道规则但却总是玩不转：“我是个傻瓜。我憋不住话……我得讲出来。我必须要跟人讲话。每个人都想着能亲密地交谈，但是聪明的家伙不会发表看法，只有傻瓜才会。”[2]从许多方面来看，艾德勒医生讨厌他儿子是颇有道理的，贝娄对此精心做了描绘。在医生看来，他的儿子汤米是个懒鬼、无赖、蠢材，最大的能耐就是做错事。但是就像某个评论家所指出的那样，艾德勒医生“没有错，当他懒惰、一事无成的儿子卑躬屈膝地向他苦苦哀求时，他感到并且说出自己的厌恶，没有错，但却没有人性”[3]。贝娄在这里作为主题的不光是汤米自己的可悲，而是包括所有譬如他父亲和塔姆金等让他相形之下显得不合时宜的人。这也是小说最大的反讽：唯一一个要在现实中保持人性的人，在世界的眼中，却是不合时宜者。如果说《晃来晃去的人》中的约瑟夫是有意识地反抗美国现实的清规戒律——“如果你有困难，你得无声地跟它们抗争”[4]。汤米的悲哀则在于他不加鉴别地接受戒律。他的眼泪表现了他的无能，而他生活的现实世界是瞧不起眼泪的。《抓住时日》出版数年之后，贝娄在一次访谈中谈到他相信感情宣泄的严肃性和其中蕴涵的生命活力；他并且谈到当代生活的苛刻礼仪如何阻止了这种宣泄：

> 难道感情毫无意义，只是自我放纵吗？那么怎么理解威廉·布莱克所说的眼泪是“智力的活动”呢？……当人们真情流露时，经常会感觉像在装假。他们骄傲的是能够克制自己的感情，并视此为诚实。现代文学很少迸发出纯净动人的情感或道德力量……在《洪堡的礼物》中，当西特林在法庭上被殴打和凌虐时，他有愤而疾呼的冲动……但是他克制住了自己，因为他意识到这只会让他的处境更糟糕。[5]

---

① Bellow Saul: *Seize the Day*, Harmondsworth, Middlesex: Penguin, 1966, p. 15.

② Ibid., p. 43.

③ Gerald Nelson: “Tommy Wilhelm”, in *Ten Versions of America*, New York: Knopf, 1972, p. 135.

④ Saul Bellow: *Dangling Man*, London: John Lehmann, 1946, p. 9.

⑤ Margie Simmons: “Free to Feel: A Conversation with Saul Bellow”, *Quest*, February–March 1979, p. 32.

《抓住时日》的结尾“迸发出动人的情感”。考虑到小说对文化规范的批判,这个结尾也具有巨大的道德力量。

汤米付出痛苦的代价学来的就是这样的道理:“对那些讨厌感情发泄的人,发泄自己的感情,不会有任何益处。”西特林、赫佐格还有科尔德都意识到在公众场合必须要谨慎地关闭自己感情的阀门,而汤米却既不够聪明,又不够灵活,学不会这样复杂的隐藏之术。许多评论家相信最后一幕表现出“交流的可能性”[①],因为汤米“身处人群中央”,这一观点连同其他对这部作品的肯定性解读都忽略了文本语言中重要的具有澄清意义的要素。贝娄在作品中强调的是汤米“隐藏”在人群中央。他只有在置身于陌生人之间时才最终敞开了心扉,而引发他感情的是一个陌生的死者。这幅画面,正如一位评论家所说,暗示了汤米“无人分享的生活将会是永久性的”,“真正的情感只能产生于自我之中也只能面向自我”[②]。尽管他在大庭广众下痛哭,但具有决定意义的是他仍然像以前一样是隐藏起来的,在葬礼这个“特殊场合的保护下”[③],旁观者永远无法了解他的孤独与痛苦的真正实质。这些旁观者既没有生气,也没有窘迫不安,或以任何方式被他的悲哀所影响。他们只是好奇甚至有些嫉妒——“‘他一定跟死者关系很近,所以才会这样哭’。‘老天呀,被人这样追悼’,一个男人眼睛睁得老大,闪着嫉妒之光”[④]。具有讽刺意味的是汤米此处戏剧化地展现了贝娄的观点:“当人们真情流露时,经常会感觉像在装假。”一位吊唁者在猜想汤米“也许是他们在等的来自新奥尔良的死者表兄”[⑤]。在最后一幕中,语言连同语境所表明的不是“交流的可能性”,不是一种“向上,向上,直至进入渴望的隐喻的苍穹”[⑥]的运动;也不像布拉德伯里可能认为的那样是汤米新发现的与城市人群的联系,它们所表达的是汤米在

---

① M. Gilbert Porter: *Whence the Power? The Artistry and Humanity of Saul Bellow*, Columbia: University of Missouri Press, 1974, p. 70.

② Andrew Jefchak: “Family Struggles in *Seize the Day*”, *Studies in Short Fiction*, 11 (1974), p. 301.

③ Ray B. West: “Six Authors in Search of a Hero”, *Sewanee Review*, 65 (1957), p. 505.

④ Saul Bellow: *Seize the Day*, Harmondsworth, Middlesex: Penguin, 1966, p. 125.

⑤ Ibid.

⑥ Marvin Mudrick: “Who Killed Herzog? Or, Three American Novelists”, *University of Denver Quarterly*, 1 (1966), p. 82.

人群中的极度孤独。他的情感的宣泄是一种下沉，直到完全被湮没。

在上面引用的同一个访谈中，贝娄谈到他的短篇小说《如烟往事》时提到，在像《如烟往事》中那样的家庭环境下，人们可以动情地“发表意见”。但是在汤米的生活中，他的父亲拒绝接受这一可以鼓励交谈的“古老制度”，即家庭责任。而在贝娄看来，这样的交谈是道德上的必须。在他最近一部作品《院长的十二月》中，他进一步强调了这一观点，尽管在此部作品中，颇有深意的一点是家庭的和谐只在母权制的管理下得以维持。在《抓住时日》中，艾德勒医生放弃了做父亲的责任，汤米因此哀痛地说：“他的亲生儿子，他的独生子，不能向他敞开心扉，不能从他那里得到心灵的抚慰。”[①] 艾德勒医生“属于这样的一类人……他们讨厌流露感情，他感觉他的儿子太过于感情用事”[②]。具有讽刺性的是，汤米所认识的人中，只有两个人鼓励他表达自己的感情，其中一个就是莫里斯·维尼士，好莱坞的经纪人。他鼓动汤米去试镜，让他放开自我，“不要怕做鬼脸和动情。要不遗余力。因为当你开始表演时，你就不再是个普通人”[③]。这又一次表达了贝娄的观点，那就是当人们释放情感能量时“感觉在装假”。只有演员会哭，但普通人如果这样做的话，会感觉像在演戏。所以“一个人微笑，成亿的人跟着微笑；一个人哭，另外那一亿人跟着抽抽搭搭”[④]。普通人受到他们所处的文化现实对情感上的压抑，深受中庸之道的束缚，“别人怎么干，自己也怎么干”[⑤]。只有电影明星能摆脱中庸的铅律。他们扮演感情，他们的观众得以扮演他们。现实是建立在理性的律条上的，而理性是人要真正抓住当前所需要的。艾德勒医生是现实的完美代表，“社会行为的大师”[⑥]，他是理性的化身；塔姆金也鼓吹理性。爱情、感情主义、感觉对老威尔海姆之流来说都是讨厌透顶的东西。艾德勒医生跟他的同名者，《晃来晃去的人》中的麦隆一样，都唯方便是举，把方便置于诸事之上。这种思想在他的信条、他对儿子的告诫“不要把任何人扛在背上”[⑦] 中暴露无疑。具有感情是一个弱点，在商业世界是一个不

① Saul Bellow: *Seize the Day*, Harmondsworth, Middlesex: Penguin, 1966, p. 14.

② Ibid., p. 52.

③ Ibid., p. 26.

④ Ibid.

⑤ Ibid., p. 4.

⑥ Ibid., p. 33.

⑦ Ibid., p. 60.

折不扣的缺陷。只有不够成熟的人才会有感情。威尔海姆认为他的父亲“也许是在试图教导我,那就是一个成熟的男人应当能治愈自己爱动感情的毛病。感情用事让我在乐嘉芝公司陷入困境。我感觉自己属于公司,所以当他们提拔了基伯而不是我,我的感情受到了伤害”[①]。

汤米的父亲拒绝考虑儿子的感情,至少表现出了一种冷酷的直率。除了莫里斯·维尼士这一次要人物,另一鼓励汤米自我表达的人就是骗子塔姆金了。塔姆金实在是本部小说里的一个重要角色[②],并且还是贝娄其他作品中许多人物的原形。他是典型的美国人物(与艾里森《无形人》中的莱因哈特,《第二十二条军规》中的米洛·明德宾德,还有品钦小说中多个普罗蒂斯式千变万化的人物不无相似之处),是“当代头脑的模型,一只装满无足轻重的事实和想象的破布袋,管它是公众的还是私人的,五花八门、乱七八糟,像一堆被截下来的胳膊、腿,跌跌撞撞地迈向虚无的地平线”[③]。《赫佐格》中的瓦伦丁·格斯贝奇和《院长的十二月》中的杜威·斯潘格勒都很明显带有他的影子。像前面这两人一样,塔姆金自称是诗人,并“吹嘘自己是狂热的脑科学家”[④]。艾德勒医生(被描绘成一个相当不错的老科学家)还有塔姆金,后者以“科学”的方式赌博,两人都属于一种反人文的唯科学主义论者。贝娄在后来的小说中不断描写这种主义,厌恶之情越来越甚,在《院长的十二月》中,对其的憎恶描写到达了顶峰。像斯潘格勒那样,塔姆金可能“只是为了讲话而讲话”[⑤],但对于汤米来说,找到像塔姆金那样能“谈论有意义的事情”[⑥]的人是一个巨大安慰。要知道,在汤米的世界中,即便是与熟人之间的交流和表达也处处受限。(以汤米和旅店里的卖报人鲁彬的关系为例:鲁彬属于那种“没有他不知道的。当然威尔海姆也知道鲁彬很多事,比如他的妻子,他的生意还有他的健康。但这些都不能提,这种说不出口的重负让他们两人

---

① Bellow Saul: Seize the Day. Harmondsworth, Middlesex: Penguin, 1966, p. 62.

② 贝娄承认说:“我感兴趣的……不是汤米·威尔海姆而是那个骗子、伪君子塔姆金医生。”(Margie, Simmons: “Free to Feel: A Conversation with Saul Bellow”, *Quest*, February/March, 1979, p. 32.)

③ Marvin Mudrick: “Who Killed Herzog? Or, Three American Novelists”, *University of Denver Quarterly*, 1 (1966), p. 79.

④ Ibid. 1, p. 67.

⑤ Ibid., p. 99.

⑥ Ibid., p. 10.

几乎无话可说”。[①]）科尔德在布达佩斯将内心的隐秘对斯潘格勒全盘托出，这对科尔德来说是致命的；同样汤米也心甘情愿地成了塔姆金的猎物。在被父亲拒绝之后，汤米就一头扎入了塔姆金的怀抱，感觉至少他找到了一个能“同情我”，能试图“拉我一把”的人[②]。塔姆金的格言就是“及时行乐”，这也是小说要表现的。跟马德琳·赫佐格、格斯贝奇、斯潘格勒、柯比·阿尔比一样，塔姆金是个成功的掠食者，非常适应美国大都市的丛林，那个“世界的末端，由机械、砖瓦、管道、电线、石头、洞窟和高楼组成的复杂体”[③]。但是正如一位评论家所指出的那样，塔姆金对环境的适应机械得令人恐惧：

> 他知道人类处境的薄弱之处。他把自己的知识都派上实际的用场。他不仅缺乏同情心和理解，而且根本不认为这种东西可能会存在。贝娄所刻画的塔姆金的形象是当代文学中对堕落的现代人最深刻的谴责之一。塔姆金的口说出了此部小说中一些最深刻、最尖锐的见解……然而对于他来说，见解只是一个工具，而不是道德上的成就。[④]

在《赫佐格》中，那些缺乏“头脑、条理和真理”[⑤]的人去听格斯贝奇的演说，希望他能给他们注入“情感的血浆”[⑥]。同样，汤米祈祷塔姆金能“给他一些有用的建议，改变他的生活”[⑦]。赫佐格所认识的那些困惑的人想的是“一天结束时，能带回家点实实在在的东西”[⑧]。塔姆金则知道他自己是“一个吸血鬼，要从那些谈论生活深层意义的人身上吸到点什么，尽管他自己也这么谈论”[⑨]。塔姆金的主要伎俩（这一点在汤米身上很容易就奏效）就是满口心理学行话，把平淡无奇的东西神秘化、深奥化，上升

---

① Saul Bellow: *Seize the Day*, Harmondsworth, Middlesex: Penguin, 1966, p. 88.

② Ibid., p. 14.

③ Ibid., p. 89.

④ William Handy: “Bellwo’s Seize the Day”, Modern Fiction: A Formalist Approach. Carbondale: Southern Illinois University Press, 1971, pp. 124–125.

⑤ Saul Bellow: *Herzog*, London: Weidenfeld & Nicholson, 1965, p. 28.

⑥ Ibid., p. 215.

⑦ Ibid. 1, p. 78.

⑧ Ibid., 5, p. 28.

⑨ Ibid. 1, p. 74.

到科学和精神的高度，让整个事件显得无与伦比地复杂以至于“你不先花上几年研究人类和动物的终极行为，还有生命化学、生物学和精神层面的奥秘，你根本就搞不懂。我是个心理诗人”[①]。与之类似，格斯贝奇被称做“大众传播的诗人”，他的掠食手法与塔姆金有异曲同工之妙：

> 像格斯贝奇那样的家伙可以兴高采烈、清白无辜、虐待成性、手舞足蹈、直觉冲动、冷酷无情、又搂又抱、头脑迟钝、调侃搞笑，也可以故做深沉。总是高喊着“我爱你”或“我相信是这样”，一边感动于自己的这些“信仰”，一边不假思索地偷窃你。他让现实变得任何人也无法理解。[②]

在塔姆金身上也体现出这种理解方面的问题。像格斯贝奇一样，塔姆金除了获取的冲动和引人注目的欲望之外，并没有什么实质的东西。他的成功是因为他多变的本质（“有趣又无趣、真诚又虚伪、漫不经心又勤勤恳恳，这就是塔姆金”[③]），还因为他虚假的深刻，使现实变得无法被人理解，因此，“当这位医生的讲话，变得如此奇怪的实际时，威尔海姆不得不把他的话翻译成自己的语言，但他的翻译速度要么跟不上，要么就是找不到跟他听到的相对应的词”[④]。

对于汤米而言，这种语言和意义上的混乱扩展到了整个知识、智慧领域，把个体引向了完全不可理解的现实噩梦，在那里唯我论占据永恒的优势。

> 是不是这儿的所有人都疯了？你看到的是一个什么样的民族？每个人都讲着自己的语言，你得费劲心思地去想他们都在讲些什么；每个人都有着自己的想法和古怪的方式。如果你想谈论一杯水，你得从上帝创造了世界开始，从苹果、亚伯拉罕、摩西和耶稣开始，再到罗马、中世纪、火药、大革命，再回到牛顿、爱因斯坦，然后是战争、列宁和希特勒……要是别人听懂了你的话，你运气就算不错了。这种

---

① Saul Bellow: *Seize the Day*, Harmonds worth, Middlesex: Penguin, 1966, p. 75.

② Saul Bellow: *Herzog*, London: Weidenfeld & Nicholson, 1965, p. 193.

③ Ibid., 1, p. 71.

④ Ibid., p. 73.

情况发生在你遇到的每个人身上。你得翻译，前前后后，解释再解释。不能理解也不能被人理解，分不出疯子和正常人，分不出聪明人和傻瓜，分不出年轻的和年老的，也分不出有病的和没病的，这简直就是在地狱里活受罪。父亲不是父亲，儿子不是儿子。在大白天你要自言自语，晚上要自己给自己说理。在像纽约这样的城市里，你还能跟谁说上话？①

这一部分是贝娄作品中的精彩篇章之一。它表达了小说对社团解体的担忧，极具说服力。段落的字里行间流露出一种严峻的意识，那就是即便在志趣相投的人中间，也存在着完全的隔阂。正因为此，这一段为最后的结尾奠定了基础。结尾进一步强调了汤米的恐慌，他惟恐自己除开自我，想寻求他人共鸣的努力是白费工夫。

塔姆金是造成上述情形的始作俑者也是受益者。他一视同仁地靠猎取受害者而自肥。贝娄对塔姆金的描写显然强调了他内在的兽性还有他的骗子本性。另外还暗示了他魔鬼般的粗野和淫荡：

当塔姆金摘下他的帽子时，老天爷，他是个什么样的家伙啊！反射在他身上的光照出他的秃脑壳，傻瓜一样又圆又大的鼻子，眉毛还算好看，八字胡显得自命不凡，而他褐色的眼睛让人感觉他是个骗子。他的体型矮壮、僵硬，脖子短粗，枕骨突出的球状关节直顶着衣领。他的骨骼生得颇为稀奇，正常人的骨骼只是打一个弯，他的骨骼却好像被弯了两下。他的肩膀突出像两个塔尖，腰粗臀圆。他站着时，脚内八字分开，给人的印象是他可能很狡诈，要不然就是有很多见不得人的秘密。他的手皮肤苍老，指甲灰暗而凹陷，像动物爪子，连半月痕都没有，而且仿佛已经松动了。他的眼睛是像海狸皮的那种褐色，布满奇怪的纹路。眼睛中有一种能将人催眠的力量，但是这种力量并不总是这么强，并且威尔海姆不相信它是完全自然的。他感觉塔姆金是专门研究过，是有意让自己的眼睛显得突出，而他眼睛的催眠效果也是他竭尽全力才取得的。偶尔，这种催眠术会失灵或减弱，每当这时，他的面部表情都汇聚到他厚重的（也许是愚蠢的？）猩红

① Saul Bellow: *Seize the Day*, Harmondsworth, Middlesex: Penguin, 1966, pp. 89–90.

的下嘴唇上了。[1]

有趣的是格斯贝奇也有些畸形，他安着一条假肢，而且也被描写成一个粗野、淫荡的人，“长着一个像喷火的炉子那样的脑袋”[2]。在赫佐格的意识中，他总是把格斯贝奇同恶俗联系在一起——“当我想到瓦伦丁……我好似看到乌合之众破门而入，冲进宫殿和教堂；洗劫凡尔赛，在奶油甜点中打滚，或是往自己生殖器上泼酒”[3]。塔姆金扭曲的躯体显然具有比拟意义，因为他惯用的伎俩就是扭曲原本自然的一切。“如果你相信塔姆金所说……旅店的每个人都头脑不正常，都有秘史和隐疾……就像扑克牌上的脸，不管怎么看，都是颠倒的。每个社会名人都有神经官能症。”[4] 小说暗示了塔姆金代表着一种几乎无法掩饰的可怕的兽性，与这种暗示相称的是塔姆金的观点，他把世界看成一个充满痛苦和折磨的地狱之地：

> 威尔海姆说道：“但是这就意味着整个世界到处都是杀人犯。那就不再是世界而是某种地狱了。”
>
> “当然，”医生答道，“至少是某种炼狱。你踩在人的身体上走。到处都是。我能听到他们惨痛欲绝的呼喊，绝望地扭绞着手。我听得见，可怜的畜生。我无法不去听。我的眼睛也看得到那一幕幕。我也不由得呼喊。这就是人类的悲喜剧。”[5]

事实上，正是塔姆金踩在那些不幸沦为他牺牲品的人们的身体上行走。他所描述的畜生其实就是他自己。

塔姆金本身并不复杂。贝娄的叙事者让我们（就像《赫佐格》中那样，让我们通过格斯贝奇浴室门上的一个小洞望见他正给赫佐格的小女儿洗澡；在这样的情境下，赫佐格意识到格斯贝奇的真正面目“不是一个个体，而只是一个碎片，一群乌合之众身上掉下的碎片”[6]）感觉到支撑塔

① Saul Bellow: *Seize the Day*, Harmondsworth, Middlesex: Penguin, 1966, pp. 67–68.
② Saul Bellow: *Herzog*, London: Weidenfeld & Nicholson, 1965, p. 217.
③ Ibid., p. 215.
④ Ibid. 1, p. 69.
⑤ Ibid., p. 77.
⑥ Saul Bellow: *Herzog*, London: Weidenfeld & Nicholson, 1965, p. 258.

姆金假面的那种恐惧，并且因为意识到他像汤米一样也是"世界商业"[1]的猎物而对他产生些许同情：

> 他的面孔表情很少变化。总是谈论那老一套，什么自发的情感、敞开的感受、自由的冲动，这种时候，他并不比个针垫更善于表达。而当他的催眠法术失灵时，他过大的下嘴唇让他显得很弱智。他眼瞪着，满是惊恐，有时候他看起来如此卑贱，你忍不住替他难过。有那么一两次，威尔海姆见过他那种表情。像条狗，威尔海姆心里说。[2]

贝娄对塔姆金的描写强调了他的畸形和粗鄙，同时也暗示了他是个线牵的木偶和玩具娃娃，特别是当他的眼睛"垂下"并且"他脸上的表情都汇聚到他厚重的（也许是愚蠢的？）猩红色嘴唇上"时，这种暗示更为明显。他的深不可测，经常让汤米心烦意乱，但实际上却并非包含有什么智慧和深奥，而只是掩藏了他空空的头脑还有受惊动物特有的卑贱、鬼祟。

《抓住时日》消除了《奥吉·玛琪历险记》中的那种虚假乐观主义。作品描写了分离和消解，描写了艾德勒医生以衣冠楚楚的和蔼（"他在远离商业区的大学城里的商店买他的衣服"[3]）压倒了他儿子的绝望，还描写了塔姆金高效的江湖骗术。小说其实本来还可以多写一点来消除普遍认为的观点，那就是他的作者是坚定的人文主义者。

《雨王汉德森》

我们有明确的理由把《雨王汉德森》看成是《奥吉·玛琪历险记》的自然接续，而《抓住时日》以它的正式、严厉，还有主题上的冷峻，使得从年代顺序上来看它显得很古怪。曾有采访者就此向贝娄提出过疑问，而他的回答似乎肯定了这种年代上的错置：

> 我对如何"安置"《抓住时日》，一直很困惑。从年代顺序上看，

---

① Saul Bellow. *Seize the Day*, Harmondsworth, Middlesex: Penguin, 1966, p. 41.

② Ibid., pp. 103–104.

③ Ibid., p. 43.

它出版于1956年，在《奥吉·玛琪历险记》(1953)和《雨王汉德森》(1959)之间，但我更倾向于把它与《晃来晃去的人》(1944)和《受害者》(1946)归为一类……我总感觉小说写于更早的时期，然后被搁延，但是我无法证实这一点。是的，小说写了有好几年。我现在记不得什么时候开始的了。你的想法也许是对的。[1]

近年来，贝娄自己对《奥吉·玛琪历险记》进行了批判性重新评价，但是对《雨王汉德森》他却不情愿这么做，尽管此部小说与前者犯有类似的毛病：

在我现在看来，《奥吉·玛琪历险记》有两个缺陷。第一，它在我手里失去了控制。当时我找到了一种新的写作方式，我自己独特的方式。但是我无法控制住它。我无法对任何过火的部分说不……在一定程度上它很有效。读过这本书的美国人感觉正是这种过火把他们解放出来。但是我认为随着时间的推移，这本小说可能不会那么继续受欢迎。小说的另一个缺陷在于它不够真诚。我所了解的黑暗远比我透露的多。我也很清楚虚无主义是什么。对此，我无法为自己开脱，我好像就是想那样做。[2]

一些评论家认为《雨王汉德森》"始于奥吉止步的地方"[3]，我赞同上述说法，却不认为这是荐举之词。这部小说同样因脱离了作者的控制而显得薄弱，这一点在主题的表达、对某些中心意象糟糕的处理上，以及在一些段落中表现得尤为明显。贝娄有写作伟大喜剧的才能，但是在那些段落中他的这种才能沦落为对事件和观点的琐碎化描写和极不适当的滑稽。

对这部小说做出肯定评价的人，有些是把它当作一部成功的妙趣诙谐之作，认为它是作者喜剧性声音的最佳表达；而另一些人则站在传统

① Chiranta Kulshrestha: "A Conversation with Saul Bellow", *Chicago Review*, 23–24 (1972), p. 12.

② Mathew C. Roudane: "An Interview with Saul Bellow", *Contemporary Literature*, 25 (1984), p. 279.

③ Richard G. Stern: "Henderson's Bellow", *Kenyon Review*, 21 (1959), p. 658.

主义者的路线上，把汉德森看成是美国原型的化身，认为汉德森堪与汉克·摩根、康涅狄格扬基佬，当然还有哈克贝里·芬一类的人物并列。贝娄自己也认为这部小说具有解放性的影响。1979年，他对一位采访者谈到他“在《雨王汉德森》中取得了巨大突破。这个人物可以信口开河，想说什么就说什么，堪称是雄辩家”[①]。对此，我们想说我们为什么要花时间听这样一个人物夸夸其谈呢？如果我们不同意贝娄对他雄辩力的判断时，尤其如此。还有一些人争论说《雨王汉德森》有戏仿的成分，部分是针对海明威非洲背景的小说。评论家托尼·坦纳向贝娄提出了很多有益的疑问：

> 但是当作品从否定转向歌颂，当我们充分感受到贝娄拒绝接受绝望时，它就以一种肯定的方式抓住了我们，而不再仅仅是戏仿而已。我们感觉某种重要的东西在酝酿当中，尽管我们无法通过小说纷繁芜杂的表面来辨别出它来。[②]

相比较而言，马尔温·穆德里克就不那么客气了。他的观点从任何方面来看都很准确：

> 到《雨王汉德森》时，这种伪装出来的喜悦已变得异常古怪。作品充斥着狂乱的说教但却根本不能令人信服。贝娄沦落到让他的主人公跟非洲人交谈。那些人的英语水平根本让人不知所云。即使当谈话扩展到雨王关于狮子的牛津式的演说，汉德森继续用一种奇怪的风格讲话，大谈诸如“生活的强有力礼物”等等。贝娄是很希望汉德森成为真正的美国人的，(首先是)一个血统纯正的地地道道的盎格鲁–撒克逊人，一个神经紊乱时代的保罗·班扬[③]；但是书中的汉德森一半是奥吉，另一半是麦田里的守望者，不由得使人纳闷贝娄是否清楚自己在态度和虚假的渴望方面从塞林格那里借来了多少，而后者地位是远远在他之下的。小说的结尾尤其让人替贝娄感到困窘：

① Margie Simmons: “Free to Feel: A Conversation with Saul Bellow”, *Quest*, February–March 1979, p. 31.

② Tony Tanner: *Saul Bellow*, Edinburgh: Oliver and Boyd, 1965, pp. 85–86.

③ 保罗·班扬是美国民间传说中的巨人樵夫。——译注

汉德森怀里抱着个塞林格式的孩子追赶飞机，那个孩子将拯救我们所有人。[①]

在涉及写作的诚实问题时，贝娄谈到他所遇到的困难是如何为他的缪斯——或者用他自己的词“激励者”——创造一个“适当的场合”。他告诉一个采访者说：

> 时机不对，他是不会开口的……我不得已掺了很多假，也耍了一些手段，因为有时我很难创造出一个“适当的场合”。这就是为什么我的上两部小说写起来如此费劲的原因。（我已经提到过《抓住时日》实际在写作上要早于《奥吉·玛琪历险记》，所以这里贝娄所指的应该是《奥吉·玛琪历险记》和《雨王汉德森》。）[②]

贝娄在写作《奥吉·玛琪历险记》时遇到巨大困难这一事实，正好佐证了我们先前所引用的他对小说“不够真诚”的自我评价。而他承认在《雨王汉德森》的写作过程中遇到了相似的困难，这也许可以解释我的感觉，那就是汉德森确实是在“信口开河”。但是贝娄要求我们承认汉德森的求索在本质上是严肃的；就像他说的那样，“我感觉我（在《雨王汉德森》中）耍的花腔是相当严肃的”[③]。

值得注意的是，在贝娄评论自己“不得已掺了很多假，也耍了一些手段”时，认为应该把它记录下来，因为大多数针对《雨王汉德森》的批评都跟作品的虚假和故做姿态有关，尤其是结尾部分。罗伯特·博耶斯声称自己不知道“任何一个对结尾满意的严肃的评论家……”[④]。在这里，他跟伊哈布·哈桑等人站在了同一阵线上。后者言辞激烈地抨击汉德森的求索缺乏“沉默的抗争”，因此“感觉很虚假……他与生活的最后达

---

① Marvin Mudrick: “Who Killed Herzog? Or, Three American Novelists”, *University of Denver Quarterly*, 1(1966), pp. 77–78.

② Gordon Lloyd Harper: “ Saul Bellow”, in Earl Rovit (ed.), *Saul Bellow: A Collection of Critical Essays*, Englewood Cliffs, New Jersey: Prentice, 1975, p. 10.

③ Ibid., p. 13.

④ Robert Boyers: “Nature and Social Reality in Saul Bellow’s *Mr. Sammler’s Planet*”, *Critical Quarterly*, 15(1973), p. 257.

成的和解似乎是自己硬造出来的”[1]。博耶斯则批评说：“《雨王汉德森》的结尾给出了一个决定，但这个决定不是从小说中自然引出的……它更是一种主观臆造而不是客观得到的结果，把它硬塞给读者的结果就是损害了小说展现给读者的现实的本质。”[2] 基思·奥普达尔发表了类似的看法，指出尽管“汉德森自夸取得了主题上的巨大成功……他在传达这些主张上的困难——他最终所坚持的限定条件和暧昧的态度——助长了小说的喜剧精神但却制造了主题上的混乱”[3]。丹·雅各布森也认为因为“我们从没看见汉德森回到美国……他的转变最终也只不过是自己声称的罢了”[4]。诺曼·波德霍雷茨在为《纽约先驱论坛报》所写的书评中说道：“贝娄先生在结尾处流露的积极腔调一点也不令人信服。”[5] 当然，假如说贝娄的意图就是写作一部喜剧本质的小说，那么上述的批评对他可能就有失公允。也许汉德森确实是“所有寻求拯救的贝娄人物的漫画”，可以借此让“贝娄嘲笑他自身的求索精神”[6]。我对小说结尾的看法是赞赏它的眼花缭乱和情感的强烈，也就是贝娄所说的“迸发的动人情感”，但是它过度的抒情终让人倒胃口，它的昂扬向上让我们感觉有点恶心而不是安心。我们好奇于汉德森不正常的喜悦，想知道它从何得来又能持续多久。正如马尔温·穆德里克所说，这种喜悦中含有一种古怪的东西，我们很难想象它能持续下去。事实上小说没能给出一直让读者期待的结尾：汉德森回去后能更容易接受美国了吗？对这个问题，小说没有给我们答案。贝娄拒绝顺着设定的逻辑完成创作，使我们的阅读体验只能用“挫败”来形容。

在本篇关于贝娄小说的研究中，我想指出它所主要抨击的一点是人情感潜能的萎缩。因为缺乏真正的感情生活而使得个体对现实的体验残缺不全。尤金·汉德森有着过剩的错位的情感，以至于有评论家认为

---

① Ihab Hassan: *Radical Innocence: Studies in the Contemporary American Novel*, Princeton: Princeton University Press, 1971, p. 321.

② Robert Boyers: “Nature and Social Reality in Saul Bellow’s *Mr. Sammler’s Planet*”, *Critical Quarterly*, 15 (1973), p. 257.

③ Keith Opdahl: *The Novels of Saul Bellow: An Introduction*, University Park and *London*: The Peansylvania State University Press, 1967, p. 119.

④ Dan Jacobsen: “The Solitariness of Saul Bellow”, *Spectator*, May 22, 1959.

⑤ 引自坦纳：Tony Tanner: *Saul Bellow*, Edinburgh: Oliver and Boyd, 1965, p. 80。

⑥ John J. Clayton: *Saul Bellow: in Defense of Man*, Bloomington: Indiana University Press, 1968, p. 167.

汉德森的冒险经历就是为了教会他自己用理性来控制这些情感。"泛滥的情感导致汉德森迟迟不能理解现实。"[①] 然而我们只需看一下小说的结尾,就可以相信这样的观点论据并不充分。结尾显示汉德森仍然富有情感活力。当然他不会满足于只是绕着机身跑圈而已,但这一行动富有象征意义,让我们记住他是旺盛的精力和动能的化身。小说似乎坚持认为汉德森需要跟现实接触,需要极端的或暴力的现实体验来维持他独特的感情生活。他记得当兵时,踏上过一枚地雷"让我的心感到一种巨大而真正的情感。我持续需求的情感"[②]。他所寻求的现实在二十世纪五十年代的美国是找不到的。从这个意义上讲,整部小说从叙事上试图为脱离美国社会在做辩护,并进一步探讨了这种脱离的成果。从这个角度,《汉德森》跟贝娄其他的小说联系到了一起,那些小说中的主人公同样有理由不满并脱离现实。汉德森多次引用但以理对尼布甲尼撒的预言:"你必将被赶出去离开世人,与野兽为伍。"[③] 在小说前 40 页,汉德森古怪地吞吞吐吐地试图解释他因何与美国闹翻,为什么他最终成为了现代的但以理,与瓦利利的狮子拴在了一起。

他内心强烈的不满,不断呼喊着"我要,我要",但是小说前 40 页所描写的生活环境无法缓解他的吁求。这一部分清楚显示了汉德森和他所处文化的极端不调和。但是一些评论家却不愿意承认贝娄创作的汉德森有可能是个非美国人和叛逆者。他跟异教徒的有色人种的共同点比跟他有血统关系的新英格兰贵族更多。这些评论家认定了汉德森是个狂热的爱国分子,远走他乡为的是探寻自己的国家即美国的命运:

> 汉德森希望的是唤醒主导的民族意识,达到灵魂真正的伟大。他不知道如何能达到这种伟大,但他确信专家们都错了。"专家"是那些毁灭论和荒原论的宣扬者,他们预言西方文明的坍塌和美国工

---

① Duane Edwards: " The Quest for Reality in Henderson the Rain King", *Dalhousie Review*, 53 (1965), p. 247.

② Saul Bellow: *Henderson the Rain King*, London: Weidenfeld & Nicholson , 1959, p. 22. 该处引文参考了王敏渚翻译的索尔·贝娄作品《雨王汉德森》(《索尔·贝娄全集》第三卷)。石家庄:河北教育出版社,2001。此篇以下有关该书引文的翻译均属此种情况,不再另注。——译注

③ Saul Bellow: *Henderson the Rain King*, London: Weidenfeld & Nicholson , 1959, p. 21.

业社会的崩溃。对这种简单排斥科技,预言绝望的观点,贝娄并不接受。他对当代文明怀有信心,相信人类最终可以渡过危机,这一点在《赫佐格》中表达得很清楚。[①]

当然,这是对贝娄价值取向的流行观点的一个简单概括。因为我的整篇研究就是针对上述观点的,所以在此我无需再举例反驳。我想指明的一点是在《汉德森》出版时,贝娄的作品已经被认为是表达了一种保守的神秘主义,而他的人文主义思想被看成是对美国进步主义的信心,是对那些诋毁美国者的驳斥,那些人认为美国的命运显然是虚无和绝望面团里的酵母:

> 汉德森体现了一种形象,这是美国或者说美利坚和众国能够向或应当向世界所展示的形象。它与早先时候的山姆大叔或是近些时候主要出现在小说中的丑陋的美国人都不同。后者是美国的敌人、叛国者还有绝望的朋友所勾画出的美国的负面形象。贝娄的汉德森是对上述形象的颠覆,是正面的积极的。他像觉醒的巨人,处于一个崭新意识的边缘,代表着人们的希望和决心。那些人仍然怀有美国梦,仍然把美国看成是能最终把自由和爱带给世界的酵母。[②]

就像我在引言部分所指出的,这种观点坚持认为贝娄在小说中保有正统思想,同样也解释了为何评论者对《洪堡的礼物》这样的小说反应不佳。就像上述引文所渲染描绘的,他们把贝娄仍然当成主流意识的代言人,因而对"他小说中最具否定意义的作品"[③]感到吃惊。至于另外两部作品,《院长的十二月》和《更多的人死于心碎》,前者表现了美国在许多方面和东欧等同的堕落,很可能使得原本把贝娄视为"社会的拥护者"[④]

---

① Eusebio Rodrigues: "Saul Bellow's Henderson as America", *Centennial Review*, 20 (1976), p. 191.

② L. Moffitt Cecil: "Bellow's Henderson as American Imago of the 1950's", *Research Studies*, 40 (1972), pp. 296–297.

③ Howard Eiland: "Bellow's Crankiness", *Chicago Review*, 32, No.4 (Spring 1981), p. 104.

④ Melvin J. Friedman: "Dislocations of Setting and Word: Notes on American Fiction Since 1050", *Studies in American Fiction*, 5 (1977), p. 81.

的人转而把他当成卖国贼。

贝娄所创造的汉德森是一个美国贵族。他的祖先中曾有人当过国务卿、驻英和驻法大使,他的父亲和"威廉·詹姆斯还有亨利·亚当斯是朋友"①。但是汉德森的财富只加重了他的不满。美国的商品文化制造和奖赏实利一族,而汉德森感觉到的是资本主义动力下他的无用:

> 你拿自己怎么办呢?拥有三百多万块钱。除掉缴税、抚养费和其他开销,我还有十一万元收入,那是绝对清楚的。就缴税而言,即便是养猪也是赚钱的。我根本不会亏本。这些猪给屠宰,被吃掉。它们被制成火腿、猪皮手套、动物胶和肥料,那我又被制成了什么呢?对了,我想,我被制成了某种战利品。我把自己洗得干干净净,穿上了昂贵的衣服。屋顶下安着隔热材料,窗户上是隔热玻璃;地板上铺的是地毯,地毯上是家具,家具上蒙着套子,罩在布套子上的是塑料套子,还有糊墙纸和窗帘。可是谁住在这儿呢?谁坐在这儿呢?人,一个人。②

他感觉自己是有闲阶级的懒汉。他的富有像柩衣遮盖了一切,掩去了他的自我。二十世纪中期的美国盛行的是拜物主义,汉德森的唯一作用就是作为成功的象征,为其大做广告。促使汉德森跑到艾德威尔德机场搭乘到非洲班机的最终契机是汉德森家的帮工老伦诺克斯小姐的去世。贝娄在此又一次抨击了拜物主义给人带来的毁灭性压力。当汉德森进入伦诺克斯家时,他看到的是一间又一间堆满垃圾的屋子,这些大量的无用的东西让他震惊地感觉到死亡的象征,而伦诺克斯小姐对收集废弃物的狂热又一次令人想起早先对美国商品文化的控诉:

> 在小屋里,我得跨过一堆堆她收集的破烂盒子、童车和篓子一类的东西,才能从这个房间爬到另一个房间去。这些童车很旧,是上一世纪的玩意,所以也许我的那辆也堆在那里,因为她的破烂是从那一带乡间,四面八方捡来的。空瓶子、破灯、旧的黄油碟子和吊灯等等都堆在地上;购物袋里装满了绳子和破布片,还有一些牛奶公司赠送

① Saul Bellow: *Henderson the Rain King*, London: Weidenfeld & Nicholson, 1959, p. 7.
② Ibid., pp. 23–24.

的开瓶启子……深口大篮里盛满了纽扣和瓷制球型门把手。墙上挂满了日历、小三角旗和陈年照片。[①]

汉德森突然明白了这些人类废弃物在现实生活中的意义。那就是告诉人们他们“只是这个世界进程的工具,除此之外,他们什么也不是”[②]。他意识到那些成堆的垃圾与伦诺克斯小姐,这个收集童车的老处女的空虚生活形成了鲜明的对照:

于是我想,可耻啊,可耻,真是大大的可耻。我们怎么能这样干呢?怎么能容许自己这样干呢?我们在搞些什么呢?最后那间小泥屋在等着我们,连窗都没有一扇。所以看在上帝面上,汉德森,采取行动,做出努力吧。你也会死于这种瘟病呢。死亡会消灭你,除了一堆垃圾,什么也不会留下来。本来将来无所谓有,也就不会有什么东西留下。而还能抓住的是——现在!为了一切,走吧。[③]

汉德森是贝娄主人公中第一个明确割断与美国社会联系而跑开的人,用他自己的话说,“与一切断得干干净净”[④]。他离开不是因为“不适合在世人中间生活”[⑤],而是因为他意识到美国所创立的规范环境不适合人生存。就像他临走之前所说:“这片土地受到了诅咒。一种腐败正在蔓延。有什么地方出了岔子。这片土地受到了诅咒。”[⑥] 这里所强调的不是汉德森内心的衰朽而是美国内部的邪恶。小说的开头,交待了汉德森非洲之行背后的深层原因,正是这样的开头令结尾显得毫不可信。汉德森可能从他非洲的经历中获益颇多,但我们没有理由假设他故土所受到的诅咒已经被解除。因此我们感觉难以接受小说在叙事的末尾对未来的憧憬。

尽管一些评论家把汉德森当成一个象征,认为他代表着整体上的美

① Saul Bellow: *Henderson the Rain King*, London: Weidenfeld & Nicholson, 1959, pp. 39–40.

② Ibid., p. 132.

③ Ibid., p. 40.

④ Ibid., p. 46.

⑤ Ibid., p. 61.

⑥ Ibid., p. 38.

国[①],他在非洲所受到的大部分的启迪和教诲关注的都是如何建立个人的正直。基于对现实的新的意识,认识到现实是相对的处境,他采取了一种乐天的唯我论:

> 旅行是精神活动……我们所谓的现实不过是迂腐的空谈罢了……现实的世界是实实在在的,没错儿,而且是不容改变的。物质世界全在这里,它是属于科学范畴的。可是,此外还有本体的部分,我们在那里不断创造、创造再创造。[②]

但是当我们试图理解他的非洲经历时,我们很快发现由于他的那种混乱思维,我们根本无法做到这点。我们明白他在寻求精神上的圆满,寻求能适应他精神和感官本性的现实,但是直到小说结尾我们也不能确定他的追寻是否给他提供了新的方向,或者他是否愿意接受接触到的新知识。达弗国王的智慧是一种不可思议的不甚调和的原始和文明理论的古怪大杂烩。后者主要来自赖希。他的精神疗法强调肉体和头脑的联系。这种自成一体的智慧勉励汉德森认识内在的真实。达弗要求汉德森"从自我制造的意识状态转向自然的状态"。在汉德森写给妻子的赫佐格式的信中,我们能从下列的字句中看出达弗对他的影响:"我们看不到星星的真面目,那么我们为什么要爱它们呢?它们并不是小小的金饰物而是一团团无穷无尽的烈火。"[③] 但是就在同一封信里,他又显得似乎要接受不可避免的失败和渴望的徒劳:"我认为按照愿望去努力奋斗从来都不会成功。年复一年的期望和意愿,意愿和期望,到头来是怎样一个结局呢?一场平局,统统化成灰烬。"[④] 像赫佐格的许多信一样,这封信也并没有付邮,但汉德森对其内容的回忆显示了他的领悟:"是爱才使现实成为现实的,反之亦然。"[⑤] 这其中所包含的基本真理令人可喜地推翻了贯穿

---

① 例见 Eusebio Rodrigues: "Saul Bellow's Henderson as America", *Centennial Review*, 20 (1976), p. 191; L. Moffitt Cecil: "Bellow's Henderson as American Imago of the 1950's", *Research Studies*, 40 (1972), pp. 296–297。

② Saul Bellow: *Henderson the Rain King*, London: Weidenfeld & Nicholson, 1959, p. 167.

③ Ibid., p. 285.

④ Ibid., p. 286.

⑤ Ibid., p. 5.

叙事始终的自负和啰嗦，也推翻了被某个评论家称之为“反非洲化的”达弗的谚语以及汉德森自己的不成熟的哲学，那种哲学听起来像“沃巴克斯老爹[①]在试图解释斯宾诺莎”。[②]

小说充满了对立和矛盾，严重妨碍了读者的理解。比如，在高潮部分的一段中，汉德森和达弗面对一头暴怒的狮子并试图把它关进笼子时，他告诉我们他“曾怎样向我亲爱的莉莉吹牛，说我如何热爱现实……可是空想啊，空想，空想！苦难而又永恒的生活是我孜孜以求的。而今我却被这狮吼吓住而终止了我往日的实践。它的吼叫犹如在我脑后猛击一掌”[③]。而在之前，他曾说过另外令我们印象深刻的话：“说穿了，没有多少人像我一样历经艰辛，体验到真正的生活。这是我最基本的忠实。”[④]我们是否该猜想面对狮子的怒吼，汉德森因震撼而达到了一种稍纵即逝但却是绝对意义上的自我认识？如此一来，这之前的全部叙事都应看作是对他“空想”生活的冗长展示？那么“终止了我往日的实践”后，他应从此更有能力过上真正的生活了？

对上述问题很难得到一个答案，部分是由于贝娄对主题和意象把握不稳固。我们了解贯穿小说始终的汉德森的信念，那就是“真理总是伴随着打击而至”，所以他在上述引用的高潮一段中所用的比喻看起来很协调。他的这种痛苦加速认识真理的观点在第三章中首次出现。在那一章，汉德森说道：“去年冬天我在地下室门旁边劈柴……一块木片从木砧上飞起来击中了我的鼻子……当我感到木片打在我鼻子上时，我唯一能想到的却是真理。难道真理总是伴随打击而来吗？”[⑤]这个意象在他跟伊特罗礼节性的摔跤比赛中再次被使用，只是“采用了不同的形式”，不再是“真理伴随打击而至”，而是运用了其他的字眼，古怪得不能再古怪的字眼：“我清楚地记得唤醒我沉睡心灵的那个时刻。”[⑥]在小说叙事的其他地方，汉德森再次肯定了各种形式的“打击”向他传达的真实和真理。

---

① 美国二十世纪二十到六十年代流行连载漫画《孤女安妮》中的主要人物。——译注

② Melvin Maddocks: “The Search for Freedom and Salvation”, in Stanley Trachtenberg (ed.), *Critical Essays on Saul Bellow*, Boston: G. K. Hall, 1979, p. 26.

③ Saul Bellow: *Henderson the Rain King*, London: Weidenfeld & Nicholson, 1959, p. 307.

④ Ibid., p. 232.

⑤ Ibid., pp. 22–23.

⑥ Ibid., p. 67.

然而狮子的吼叫“犹如在我脑后猛击一掌”,使汉德森对现实的追寻在高潮处终结于“空想”,这就与贝娄先前使用的打击意象相冲突。读者不禁要问如果打击确实能预言并招致真理,那么在汉德森所受的一系列打击中,哪一个含有最大的“真理”?难道说他先前所有的开悟时刻都被最终这令人震惊的发现所削弱?如果是这样的话,贝娄频繁使用的“真理即打击”的比喻就令人困惑,因为它暗示了所有这些时刻都是等同的,都与发现真理相连。

在汉德森最后的宣告中,这种困惑变得愈加复杂。他告诉他的同伴洛米拉尤说,尽管达弗国王“以为他能改变我……我今生遇见他太晚了……我太粗俗。陷得太深了”[①]。这表明了那个将全文推向高潮的领悟不过是片面的或稍纵即逝的。达弗代表着一种理想,但这种理想并没有内化为汉德森自身。汉德森谈到达弗时说的是:“我要是当初能够向那位可怜的人敞开我全部的胸怀就好了。”[②] 在小说结尾,我们有权期待一个清楚的观点,但遇到的还是这种含糊其词。

小说最后几页没有说明汉德森回到美国除了有可能与妻子和孩子重逢是否还有其他机会。他自己把回去的热望解释为“严重的思乡病”,需要“回到莉莉和孩子们身边”[③]。而贝娄在此未提供任何证据证明他的主人公和他要回返的美国社会之间达成了任何和解:

> 据说我们应该认为高尚的品质是不真实的,事实上也确实如此。幻想站在另一只脚上。人家要我们以为我们总是在渴求更多的幻想。唉,我是根本不渴求幻想的。人们说要想得远一些,那当然是瞎扯淡,不过是另一套生意经罢了。[④]

他对自己和老熊史莫拉克关系的回忆也似乎表明了他对社会持续的不满。他和史莫拉克同乘一辆马戏团轨道滑车,“那些脸色红红的加拿大乡巴佬在下面兴高采烈地观赏着……我们互相搂抱在一起,熊和我,

---

① Saul Bellow: *Henderson the Rain King*, London: Weidenfeld & Nicholson, 1959, p. 314.

② Ibid., p. 318.

③ Ibid., p. 328.

④ Ibid., p. 318.

怀着一种比恐惧更伟大的感情，在镀金的滑车里飞行着”[①]。

《雨王汉德森》主题上含混不清，措辞上摇摆于肯定和绝望之间，最终孤注一掷地冲向美国故土想跟它和解。小说是贝娄向他写作生涯中不尽满意阶段的不尽满意的告别。回想起来，奥吉·玛琪和汉德森都是修辞的产物而已。我们之所以记住他们是因为其独特的声音和矫揉造作的性格，却并非是因为他们说出了任何令人信服的真相。只有当下一部小说《赫佐格》问世时，贝娄才能够重新控制过度的修辞，并显示出他不仅“了解更多的黑暗”也同样有能力跟它坦诚地正面交锋。

编后记

本文选自迈克尔·K. 格伦迪的著作《索尔·贝娄和人文主义的衰落》，第 54—91 页（“A Fugitive Style: *The Adventures of Augie March*, *Seize the Day, Henderson the Rain King*”, in *Saul Bellow and the Decline of Humanism*, Houndmills, Basingstoke, Hampshire RG 21 and London: The Macmillan Press Ltd, 1990, pp. 54–91）。在这篇作品中，格伦迪分析了《奥吉·玛琪历险记》、《抓住时日》和《雨王汉德森》三部小说中的“逃亡者”风格，提出贝娄的主人公面对物欲横流、精神匮乏的社会现实，被迫选择隐居和孤独来躲避堕落的社会，现代美国文化剥夺了他们人文主义启蒙的可能性。

① Saul Bellow: *Henderson the Rain King*, London: Weidenfeld & Nicholson, 1959, p. 339.

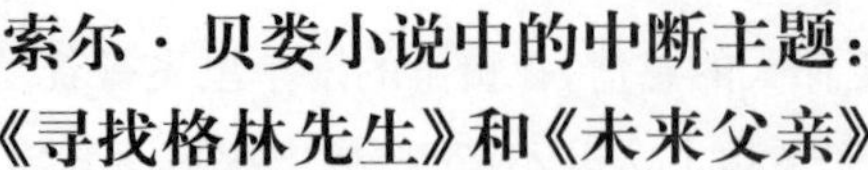

索尔·贝娄小说中的中断主题：《寻找格林先生》和《未来父亲》

作者 [美国] 大卫·P. 德马雷斯特
译者 李霄垅

索尔·贝娄的两部短篇小说《寻找格林先生》以及《未来父亲》，恰像是他打出的招牌，旗帜鲜明地介绍了作者对于生活的看法。这两部小说都在寻求对于两种生活的反思哪种是恰当的——其一是对于知识的求索，其二是把生活就当作生活的意愿。这两部短篇小说都给出了典型的索尔·贝娄式答案：这两种观点都是必然的，而且都是恰当的。这两者间的人性变化通常是突发而没逻辑联系的，如果有人不能识别它，那他就只能被生活蒙蔽而不能够通透地认识生活。简而言之，贝娄把人性放在蒲柏式的中间位置。并且和蒲柏相近，贝娄也瞄准了颇具讽刺意味的道理：人最终的智慧就是接受并确定自己位置的矛盾性。尽管他们之间的观点有差别，但是约瑟夫、利文萨尔、汤米·威尔海姆、汉德森以及赫佐格，他们都在贝娄小说结尾处突然改变了自己的观点，从而直指这种智慧。虽然他们中没有谁解决了因为道德痛苦而引起的种种问题，但是他们都做出了一种对于生活的反馈。《寻找格林先生》建构了贝娄用语中的术语：小说主人公葛里贝，总是想把知识世界和经验世界通过逻辑联系在一起（“成为”和“看起来像”就是这部短篇小说里具体用到的术语）。《未来父亲》中的罗根预示了小说中的主人公经历了自己态度上的不统一：他在近乎滑稽地对自己的物质生活进行了微弱的反抗后，把自己浸泡在温暖的洗涤香波中，向这个世界妥协了。两部短篇小说都表明了贝娄在强调生活的中断以及人性的不统一。两部小说都镌刻出一种狭义的、关于生活应该是有序逻辑的期望。

《寻找格林先生》在两部小说中是更复杂的一部，这部小说展现了大萧条时期芝加哥贫民窟的真实景象，而且揭示了城里黑人的异化。这些实实在在的社会话题此时成了哲学主题的象征，黑人的生活环境（这里有点像拉尔夫·艾里森的《无形人》的结尾）代表了萌初状态的经验世界，而所谓城市缓压机构则是模版，在时代变化中起到推动作用。葛里贝，作为建构的使徒，得以在芝加哥这两种截然不同的世界中，去验证充满希望的教育和哲学之间的联系。

小说中间部分的主要内容是回忆。贝娄在这部分贯用了对于哲学术语的探讨。雷纳尔作为解压机构的负责人，对葛里贝的象牙塔式的大学生教育给予了经典的嘲讽："你是不是一直娇生惯养？当你走出去，唯一视而不见的就是现实世界，而对于其他的事物却好像无所不知。在此时，别人好像是在你那个世界之下，他们在你追求这些东西的时候就已经开始劳动了。"[①] 这个问题的提出，实际上是在探讨哪个世界更加真实——是理想世界还是现实世界？一个人，他应该是简单地汲取别人抑或是自己的经验，还是去探索事物发展的规律，从而反作用于经验？对于这个问题，雷纳尔宣读了他对于现实生活的看法：

> 作为一个有修养的人，我要对你们说，虽然一切都看起来是假的，任何事物代表了其他一些东西，可以是另外一件事物，也甚至可以是更深入的一样东西，然而，如果撇开最后一个事实不谈，那么每周收入 25 美元和 37 美元是没有任何可比性的。对于你们希腊人来说这样还不够清楚吗？他们是善于思考的一类人，然而他们却摆脱不了内在的奴隶精神。[②]

雷纳尔是一位很有幽默感的讽刺家，他笑着认为"物质世界是表象堕落后的世界"，这个物质世界的特性符合葛里贝观点。雷纳尔在贝立兹语言学校就读时，被文明的强大吸引力征服，曾把自己想象成是"中国的

---

① Saul Bellow: "Looking for Mr. Green", in *Seize the Day*, New York: Viking Press, 1956, p. 133.

② Ibid., p. 132.

办公室打工族和坦噶尼喀勇者”的伙伴，葛里贝因此而嘲笑过他不务正业。雷纳尔不再相信思想可以与经验紧密相关，他认为话语和物质事实不一致。

葛里贝的立场和雷纳尔截然相反，然而他并不是一个头脑简单的唯心主义者，他被雷纳尔这个有趣而迂腐的观点“物质世界是表象堕落后的世界”逗乐了。这并不代表葛里贝没有去认真看事物。他认识到了未经组织的物质事实这一原生力量。他的消极经历扫除了他大学生般的天真，斯蒂克（联邦大街上的卖血母亲）在扶贫办公室烫衣服，他从她身上看到了“让人们聆听的力量”，就在这个地方，这样局势下的血肉战争。但是鉴于葛里贝有资格去回避他的唯心主义，他坚信思想确实而且一定会使经验条理化。这则故事里他最关心的一个人，也是名副其实的一个人，塔利弗·格林先生，生动地描述了他的信仰：“一定有一种方法可以找到一个人”，“如果没人找到你，名字就代表不了什么，起了也没有任何意义”。葛里贝强烈地意识到，要给贫民区的无名人士身上贴标签是多么困难。“怎么才能让你一看到他们，会认识他们呢？他们又没背包，看起来也没有与众不同的地方。你就看到一个黑人和其他人一样在街上走或者坐在汽车里，手里捏着一张换乘票，你说要怎么去区分他们。”和雷纳尔不一样，葛里贝从未放弃相信一个人的思想可以和物质信息相符合，真羡慕他这样的执著。我们还会感觉到葛里贝已经从经历中认识到物质世界与可以支配物质世界的那些思想之间的中断程度。

正如贝娄在《受害者》、《奥吉·玛琪历险记》、《晃来晃去的人》、《赫佐格》和《寻找格林先生》所使用的手法，他用城市环境来强调他的主题。芝加哥，一座被毁灭了的城市，经济萧条带来了荒凉，而周边城市却一直在发展，生动地展示了表象世界是如何堕落：“路一边是结了很厚一层冰的荒废了的空场子，另外一边是一家自动垃圾处理场，升在半空的架子，看起来很脆弱，一边瞪着焚烧垃圾的火苗，一边还在不知疲倦地工作着，旁边还有两间三层高的斜砖门廊和一条下地窖的水泥楼梯。”事物总在变化，这加强了处理贫民区生活的难度。一间破烂的宿舍里，挤满了一群黑人民工，葛里贝描述道：“一架钢琴和报纸堆在一起，高得快抵到天花板了，屋里还有一张芝加哥全盛时期的老式餐桌。”在雷纳尔的扶贫办公室里，“一条铁梁横穿过这狭小的临时房间，以前是挂机器传送带的。这原来是座旧工厂”。 葛里贝的想象力又反映了人类物质世界的经历是怎样嘲弄文明秩序的。宿舍里的黑人和钢琴，这一画面就像大家坐在长椅上开议会。这些建筑的大厅让人为之做出荒诞的评论：

> 他点燃了一根火柴，借着昏暗的光线，他看着墙壁上那些涂鸦，在里面找着名字和号码。他看到墙上写着："胡迪—道迪去见上帝"，墙上的涂鸦有歪七扭八的，有夸张讽刺的，有黄色淫秽的还有谩骂诅咒的。所以，即便金字塔密室也是有"装饰"的，就跟原始洞穴里的壁画一样。[1]

弥漫于公寓楼房之间街道里的黑暗，随着夜幕的降临愈发深沉，令目标明确、规范严谨的生活之光变得怪异而微弱，"一座小棚里有人正侍弄着蜡烛，另一人在从轮子压歪的童车里卸引火柴"[2]。在中间，一位身份扑朔迷离的黑人——一位黑人妇女瞥着葛里贝，"脸上睡意蒙眬，显得松软、漆黑、若隐若现"[3]。

这就是葛里贝仍然希望通过理念的模式去了解的现实。他像"一位披上要打猎物皮毛的经验不足的猎手"出发了，所带的武器是官员齐整的用具，"在他的军用防水衣服的口袋里，装的是支票和卡片，卡片上打了以备串入文件夹钩的孔"[4]。一开始，曾经当过语言学家的葛里贝深深地感到，他的一个"缺陷，就是没有研究过任何一例案子的卷宗"[5]；如果他"有一小时的时间研究卷宗，做点笔记，……他就不会处于如此不利的地位了"[6]。葛里贝所面对的混乱不堪的世界与构成其行事方式的用来抽象化把握世界的工具之间有很大的不一致性，这种不一致性使这个故事有了滑稽的色彩。葛里贝自己也时常感觉到自己的怪诞处境，而且不断地强抑自己的绝望和自怜；读者同情他，同时也对他不合时宜的装束忍俊不禁，"他站不那里没动，等待答复，深红色的毛围巾缠在脖子上，搭在

① Saul Bellow: "Looking for Mr. Green", in *Seize the Day*, New York: Viking Press, 1956, p. 127.

② Ibid., p. 139.

③ Ibid., p. 129.

④ Ibid., p. 123.

⑤ Ibid., pp. 125–126.

⑥ Ibid., p. 130.

军用防水衣外面，口袋沉甸甸的，尽是支票和表格"[①]。读者逐渐期待葛里贝会更明确地承认，那些整齐有序的社会符号与这混沌不堪的贫民窟风马牛不相及。

《寻找格林先生》的高潮象征性地集中体现了葛里贝的哲学问题——他能否在观念的世界与外部粗野的力量之间发现有意义的联系。两个黑人——那位老人，菲尔德和葛里贝最终遇见的赤裸的女人——显然是象征物，但是贝娄却能让他们显得完全真实。菲尔德先生是理想主义者，是秩序和文明的至信信徒，这里的"文明"指的是其创造性。尽管葛里贝从未怀疑过菲尔德的身份，但是菲尔德仍不断地堆砌官方证明，而这些证明恰是葛里贝自始至终所认同的：

> 菲尔德拿出了他的文件：社会保险证、救济证、来自曼蒂诺州立医院的信件，还有一份注明"1920年，圣地亚哥"的海军退役证明……"你想知道我是谁吗？"老人说道。"你是政府的人。这不是你的支票，这是政府的支票，你没有必要证明一切之后再发支票。……我做过的事多了。再加一张死亡证明，他们就能让我盖棺论定了。"[②]

葛里贝接受了这公事公办的一切"仪式"，内心不免感到几分滑稽：菲尔德简直就是自己的翻版，事事依靠数字、姓名和证件。然而听着老人往下说，很显然，这位老人不仅仅是位口袋里装着证书的学究。当他描述自己的"计划"时，听上去他是位柏拉图式的人物，梦想建立现世的乌托邦，给贫民窟的角落送来光明：

> 老人说出了他的计划。就是要通过捐助的方式每个月制造出一位黑人百万富翁。每月都选出一位聪明、好心肠的小伙子，让他签一份契约，承诺将钱用来开办雇佣黑人的公司。这一计划可以用接力写信的方式或者口口相传的方式进行宣传，每一个挣工资的黑人每月都要捐出一美元。五年之内，就会产生六十位百万富翁。

---

① Saul Bellow: "Looking for Mr. Green", in *Seize the Day*, New York: Viking Press, 1956, p. 129.

② Ibid., p. 137.

> “这样会赢回尊重，”他说道，“……你一定要把浪费在投保和赛马的钱集中起来利用好。……钱，那是人类的太阳……”他在这一黑暗的房间里说起金色的太阳，……听上去就像神话里讲到的地下国王，就像冥府判官米诺斯本人。[①]

葛里贝不至于天真到相信老人梦幻世界的所有细节，但是在整整一天碰壁气馁之后，他本性中对理想主义的偏爱却被菲尔德重新点燃了；他开始长时间地审视自己所面临的哲学问题。

葛里贝从菲尔德的院子里走了出来，贝娄突出描写了城市的细节，以此作为葛里贝最终确定其态度的具有催化作用的场景。越过眼前的废墟，葛里贝看到了“高压电塔顶上像针眼大小的红灯，在河水和工厂几百米冰冷的上空闪烁”[②]。透过周围的黑暗所看到的这些“醒目的光点”象征性地闪烁在易损的钢铁与电线构架的顶端，似乎对人类忽生忽灭的组织的不可靠性进行了概括。这一印象令葛里贝想到了芝加哥本身，其周期性的建设和腐朽。他内心所缺乏的就是一种恒稳的思想，一种（像菲尔德的计划）那样的模式，这种模式能将城市拢到一处，使其长存并能让其坚固的表象变成某种永恒的真实——“大火劫后重建的，城市的这一部分在不到五十年的时间里又变成了废墟，工厂关闭了，大楼无人居住了，或者已经倒塌，建筑物之间是荒原。不过，并不是这种凄凉的景象让你感觉不爽，而是某是组织机制的停滞”[③]。在葛里贝看来，物质世界对理念的依赖比以往都显得清晰。当各个社区新建成的时候，它们仍是“具体得不能再具体的东西，人们很难想到它们代表着其他的事物”，然而现在，很明显，它们的存在靠的是某种“共识或公约”[④]。

葛里贝的想象落到了高架铁路上，将其作为思想力量的最好象征。他理解了为什么这种骷髅似的结构能给菲尔德的计划带来启迪：

> 从他的厨房窗口看得到一种图示，一种成功企划的基本架

① Saul Bellow: “Looking for Mr. Green”, in *Seize the Day*, New York: Viking Press, 1956, p. 138.

② Ibid., p. 139.

③ Ibid.

④ Ibid., p. 140.

构——这便是信号灯五彩斑斓的高架铁路。人们愿意掏钱坐进匆忙制成的箱式车厢，因此那计划便成功了。不过，高架铁路看上去是多么荒诞不经啊，首先说，它是多么不真实啊。[①]

葛里贝信马由缰，又想到了高架铁路的建设者，耶基斯先生。他把耶基斯先生想象成一位哲学家，在光的领域寻找一片形式与内容永远相互交融的天地：

葛里贝还记得，耶基斯先生曾经建造过耶基斯天文台，并捐赠了数百万美元。当他在宫殿似的纽约博物馆或者在他驶往爱琴海的帆船里，是怎么想到要给天文学家捐钱的？难道他对自己古怪的企业（高架铁路）感到敬畏了，所以要弄清楚宇宙间的什么地方本质与表象是一致的？[②]

这些想象中玩世不恭的成分表明，葛里贝对自己热衷于意念的荒诞性有所警觉；葛里贝一度对自己进行无情的批判，自问道：最真实、最永恒的东西是否恰是他所亲眼目睹的周围破败不堪的建筑物：他、菲尔德先生以及建造高架铁路的天文学家耶基斯，是不是都对转瞬即逝的白日梦要求太多？葛里贝强压住这种幻灭感，接着去寻找格林先生，手抓紧支票，至少这件小物件能让他坚持思想的真实性，"他口袋里有给格林先生的真实的支票，格林先生毫无疑义是真实的"[③]。

葛里贝与赤裸的黑人妇女的相遇击碎了他的幻想：在理念与客观经验之间会有某种可预知的关联。这个女人长得"膀大腰圆，赤身裸体，酩酊大醉"，听到葛里贝按门铃前来开门，在楼梯上绊了一下，"她与葛里贝撞了个满怀"[④]。葛里贝从她的眼睛里看到了那位卖血养家的母亲的影子，"一个血点挂在她因愤怒而大放光彩眼睛里"。女人硕大的躯体挡住了葛里贝以为可以找到格林先生的路，女人直截了当地告诉他这一可笑

---

① Saul Bellow: "Looking for Mr. Green", in *Seize the Day*, New York: Viking Press, 1956, pp. 140–141.

② Ibid., p. 141.

③ Ibid.

④ Ibid., p. 143.

的场景所说明的问题——他是个可诅咒的傻瓜;因为格林先生永远都不可能被确认,所以这张支票是送不出去的。此时,面对证明其理念信仰过于乐观的最终证据,葛里贝仍不认账。打破常规,他把支票交给了"格林太太"。葛里贝一直想在黑人当中找到格林先生,当读者为这一滑稽事实发笑时,他自我安慰道:

> 重要的是有那么一位真实的格林先生,葛里贝看上去像是敌方派来的使者,所以人们设法让他找不到格林先生,可是他们的努力是不会成功的。尽管自嘲的心理不会很快消失,而且他的脸还在因此而发热,然而他却也有一种兴高采烈的感觉。"不管怎么说,"他说道,"格林先生还是可以找到的!"①

最终,我们对葛里贝的态度是复杂的。非常明显,不管怎么说,格林先生还是找不到的;另一点也是清楚的,即葛里贝也确实知道他找不到格林先生,他是在故意欺骗自己。我们不能羡慕葛里贝拒绝承认观念与经验的非连续性,然而在另一方面,我们一定会同情葛里贝的困境。葛里贝顽固地坚持其唯心主义与人类想以聪明的道德原则建设世界的需求别无二致。他的努力令人羡慕(他实践了这篇故事的开篇辞:"手头找到什么事情,就全力去这件事情"),即使他没能接受一种具有平衡作用的知识——承认人生的非逻辑性和非一致性。

《未来父亲》中的罗金所面临的哲学选择与葛里贝相同——是从道德或秩序的角度来看待世界,还是说服自己对现实不论好坏一股脑儿地接受。不论葛里贝采取的是否第一种种观点,罗金也是个有趣的人物,因为他一个人反映了两种态度,还因为他在个人的角度转换过程中反映了人的情绪的非逻辑性和非连续性。这篇故事暗示,人不能解决意识方面的问题;人只是改变其对于解决这些问题的重要性的看法。

像在《寻找格林先生》中一样,《未来父亲》的场景具有重要的主题意义。展示给我们的城市是有职业的中产阶级的居所。琼,罗金的未婚妻,集中反映了这一世界的物质主义内核,代表的是富足生活的闲言碎语——"琼给他买了一件抽烟用的有盘扣的天鹅绒外衣,一支漂亮的烟

① Saul Bellow:"Looking for Mr. Green", in *Seize the Day*, New York: Viking Press,1956, p. 144.

斗，还有一只烟荷包。她给菲莉丝买了石榴石的胸针，意大利产的绸布伞，还有一只金制香烟架。给其他的朋友，她买了荷兰产的器皿、瑞典产的玻璃用具”[①]。这类细节反映出故事发展的基准线——对从物质追求获得乐趣的现代美国的讽刺。不过，贝娄再一次让场景代表主人公心中的某种更广意义上的哲学困境。从对琼挥霍习惯的具体反感——过个圣诞节，“她花掉了罗金的500块钱”——罗金将自己的问题概括为一种物质需求的观念：

> 当那个女人在化妆品店里包起那瓶洗发香波的时候，罗金突然明白了一个道理。当你活着的时候，金钱堆拥着你，就像泥土在死后堆拥着你一样。强人所难是普遍的规律。谁是自由的？没有人是自由的。谁没有负担？所有的人都生活在压力之下。[②]

罗金的问题是：向外在的、物质的东西投降，还是反叛，将理念秩序强加到外在的、物质的东西之上。

罗金在反叛还是屈服之间摇摆不定形成了故事的结构。故事开始的时候，罗金正在抱怨自己的命运——他的生活为盛气凌人的女性所困扰：“他的母亲越来越难处。星期五的晚上，她忘了给他把肉切碎，他挺伤心……”[③]“他记起了前天夜里做的两个梦。在一个梦里，一位殡仪人员要给他理发，他拒绝了。在另一个梦里，他头上顶着一个女人。”[④]呈现在我们面前的不仅是罗金反叛性的郁闷，还有与葛里贝相比他性格的偏狭。贝娄从一开始也确定了故事叙述的滑稽腔调。对于一个要求其母亲为他切肉的人，我们不能期待他会做出什么有意义的反叛举动。甚至在他抱怨琼物质至上的时候，我们也觉着他实际上认同琼的价值观：

> 琼欠了债他帮她还，因为她没有工作。她在寻找适合她的工作。她人长得漂亮，受过良好教育，颇有贵族气质，她不能到廉价商品店

---

① Saul Bellow: “A Father-to-Be”, in *Seize the Day*, New York: Viking Press, 1956, p. 112.

② Ibid.

③ Ibid., p.115.

④ Ibid., p.117.

里去当职员，也不能去当衣服模特（罗金认为那种职业会使女孩子变得虚荣、僵硬，他可不想让她干那个）……[①]

罗金肤浅的高尚道德虚饰本身也是讽刺喜剧所嘲讽的对象。在化妆品店和熟食店里，罗金的态度发生了180度大转弯，乐于向物质需求低头。即使在此时，读者也不会对他的转变当真：

意识到所有的人都生活在压力和苦难，没有使他感到悲伤，其效果恰恰相反，令他感觉好极了。他很有幸福感，而且眼明心亮了。这真是个奇迹。他的眼睛看清楚了周围所发生的一切。他欣然地看到化妆品店员和那位包洗发香波的女人正在微笑着调情，女人脸上忧愁的皱纹化作欣喜的笑纹，尽管店员的牙龈萎缩却不影响他友好地逗乐。[②]

罗金肯定现世的新的心情，似乎肤浅得可笑，而且不免牵强——“看透了我们的无知，他的心被一种喜悦撕扯着”[③]。

罗金在地铁上看到一个中年人，他觉着这人就是他与琼结婚会生下的儿子的未来形象，此时故事里不同心情转换的节奏变得严肃了起来，罗金再一次想做出反叛的选择。几分钟前令他感到欣喜的物质需求，现在看来是一种令他以及他的儿子平庸不堪的生活压力。

承受痛苦，当牛做马，拼命杀出生活的血路，爬过生活最黑暗的峡谷，冲过最糟糕的时期，顶住经济的压力，去赚钱——只是为了像这般成为一个这个世界里四等人的父亲，相貌平平，一张从根本上说是资产阶级的脸，普普通通、乏味、踌躇满志。生活的压力在满足自己的过程中轮番落到我们的肩头，蹂躏我们的个体人性，……迫使我们……屈服于压力的法则，普遍的阶层法则、强迫法则！[④]

---

① Saul Bellow: “A Father-to-Be”, in *Seize the Day*, New York: Viking Press, 1956, p. 112.

② Ibid., pp. 112–113.

③ Ibid., p. 115.

④ Ibid., p. 118.

罗金发誓要摆脱琼：他不想当"他妈的工具"，他"不想被别人利用"。但是，甚至这种更显清醒的挫折感也不能使读者将罗金看作一位有效的反叛者：他的论据太过夸张，太过怪诞，他的愤怒太多是由其对未来儿子长相的不乏势利的排斥引起的。罗金仍然只是个跳梁小丑。

直到故事的最后几页，贝娄所做的似乎只是对美国富足阶级及其代表的讽刺。这位代表肤浅、非逻辑，一方面对物质主义有反叛情绪，一方面却屈从于物质主义。读者感到罗金最终会向琼让步，不过读者也会感到：贝娄自己依然具有辛辣的批判性——这篇故事想要说的话是：美国人应当从明智、道德的角度，比罗金更加透彻地认识自我。故事最后一幕起初是按读者的这些期待进展的。罗金四周打量着寓所，对反叛与否拿捏不定："这个铺着地毯、灯火辉煌、窗帘掩护的房间好像在反对他的看法。"[①] 当琼用洗发香波扮演大利拉[②]的时候，他的反叛激情无影无踪了，"他坐在那里，胸口抵在凉凉的搪瓷浴缸上，下巴抵在浴缸沿上，绿绿的闪亮的热水映出玻璃和瓷砖，甜甜的、凉凉的、芳香的洗发香波泼到了他的头上"[③]。这里讽刺的锋芒直指罗金：他曾几度闪过反叛的念头，但是现在却向物质需求屈服了；贝娄将罗金的以理论视角指导其生活揭示为肤浅的借口。如同葛里贝一样，罗金在最后也与一种强有力的经验不期而遇。不过，葛里贝是顽固坚持理念的立场，而罗金沉溺于快感，无条件地接受了物质的立场。

如果读者所期待的莫过于对罗金人生的讽刺，那么故事最终讽刺的便是读者。因为故事结尾处的效果令我们吃惊，但却无可否认：罗金的屈服是正确的选择。但琼在为罗金按摩头部的时候，我们不由得为这一幕中浓浓的声色成分感到某种暖意：

> "不过，你一点错也没有。"她说道，把身子贴紧他的后背，双臂拢住他，轻轻地往他头上浇水，直到他感觉水是从他内心深处流出的，似乎是由他心田溢出的隐秘的爱心温泉，流入水池，绿绿的，泛着泡沫，他准备好要说的话，忘了；他对未来儿子的愤怒，烟消云散

---

① Saul Bellow: "A Father-to-Be", in *Seize the Day*, New York: Viking Press, 1956, p. 120.

② 大利拉，《圣经》中参孙的妻子。——译注

③ Ibid. 1, p. 121.

了……[1]

客观经验的力量与此时理念视角的不合时宜性，均显而易见。贝娄同时向罗金和读者展示了一个观念：有时候对客观经验的抗议是多么没有意义。不过，如同在《寻找格林先生》的结尾，贝娄在这篇故事中所留下的态度是爱恨交加的。先是通过罗金心情的转换，最后是通过迫使读者骤然放弃道德方面的期待，他向我们展示了观念与经验的非连续性。贝娄指出，人们并不能够用观念来整齐地切割经验。人们在某一时刻义正辞严批判的东西，在另一时刻，由于环境和心情的改变，会变得合情合理。不过尽管罗金最终所受的物质主义洗礼会让我们感到温暖，但我们却并不喜欢罗金的自我意识；罗金仍然是个思想肤浅的人物。要想了解贝娄这一主题深入展开的情况，我们还须去阅读他篇幅长些的作品。

贝娄长篇小说中一种时常出现的效果便是刻意形成的非连续性。像在这两个短篇故事中一样，贝娄在长篇小说中似乎也是瓦解读者期待的典型，这种期待就是小说会展现主人公符合逻辑的对事物的理解过程，小说的结尾会呈现出道德问题的最终解决方案。最突出的例子便是《受害者》和《晃来晃去的人》。《受害者》的结尾章是起后记作用的，写的是前一章高潮事件发生后多年的事情：阿尔比企图自杀。通篇有一种使自己备受折磨的超级意识将利文萨尔和阿尔比捆绑到了一起，对于这种意识没有转折的描述，没有明显的解决方案。但是两人却都过得很好；都避免了上一章中所面临的崩溃危险。在他们艰难探索理解生活的道德责任的途径之后，阿尔比在后记章里似乎懒散地说出了两人所共同的某种对现状的认可：

> 我不是那种管事的人。永远也不会是。这一点我早就意识到了。我是那种与管事的人能够和谐相处的人。我担心什么？这个世界不是完全按我的需要而创造的。对此我有什么办法呢？……这个世界大致符合我的要求就不错了。所有以前那些宁折不弯的想法，都已经远去了，远去了。[2]

---

① Saul Bellow: “A Father-to-Be”, in *Seize the Day*, New York: Viking Press, 1956, p. 121.

② Ibid., p. 294.

贝娄并不是想说这本书里所提到的道德问题是没有意义的，不过他想说明，生活也需要平淡与放松，在放松的时候，那些困扰人的难题看上去并非十分紧要。人们不去寻找答案。心情、视角会改变一切。《晃来晃去的人》的结尾更加突兀：军队终于要招约瑟夫入伍了，约瑟夫最后的一番话是对军队生活前景的赞歌：

> 我不再对自己负责了；我为此而喜悦。我掌握在别人手中，卸下了自决的包袱，自由取消了。为有规律的生活而欢呼！
>
> 为精神监督而欢呼！
>
> 兵团组织万岁！

贝娄又一次巧妙地把小说主人公放到了一种自己暂时不用做判断，可以不假思索接受一切的境地。

不过《寻找格林》和《未来父亲》的模式得以充分展开的著作还得算《赫佐格》。赫佐格承受着理想主义者、浪漫主义者的痛苦，一定要通过分配道德责任给自己和他人来使自己的世界具有意义，这一点像葛里贝。赫佐格与葛里贝一样，但比他表露得更加公开，感觉到了其努力不合时宜：他的许多信甚至不是写给活人的。在小说的后部，赫佐格遇到的问题，像葛里贝的问题一样，被说成是法律程序与现实生活脱节——首先是在法庭上，赫佐格目睹法庭想理解一个孩子为什么被杀，后来，在一天下午，赫佐格本人在准备带女儿郊游的时候被警察处罚。与罗金一样，赫佐格最终放松了道德要求。在最后一章，赫佐格突然回到乡间的家中，随后便是逐渐的思想变化，最后他慨然说道："可是你想要什么呢，赫佐格？就那么一回事——不是什么实实在在的东西。人家让我怎么我就怎么，对此我已经很满足了，只要我还在位。"[①] 赫佐格像葛里贝一样喜欢进行理性思考，像罗金一样经历了视角的不断转换。但是赫佐格却获得了短篇故事的主人公所未曾获得的自我认识：他承认了观念与经验之间的非连续性，明白了承受道德折磨和接受现状是人类本性基本的转换形式。通过赫佐格这一人物，贝娄将《寻找格林先生》和《未来父亲》中所酝酿的

① Saul Bellow: "A Father-to-Be", in *Seize the Day*, New York: Viking Press, 1956, p. 340.

人物变成了一个对自己有透彻认识的人物。

编后记

大卫·P. 德马雷斯特（David P. Demarest, 1931—2011），美国当代知名的文学学者，作家。他生前任教于卡内基梅隆大学，教授文学以及社会学，论著极广，尤以在工人文学、文学社会学方面的研究最为人所熟知。德马雷斯特在普林斯顿大学获得学士学位，在康涅狄格大学获得文学硕士学位，最终在威斯康星大学获得文学博士学位。尽管游历丰富，但最让他魂牵梦萦的地方还是匹兹堡这座工业城市，钢铁工厂里辛劳工作的人们最能激起他的研究欲望，他在论著中多有涉及工人权益以及弱势群体利益。他的文学研究方向更注重与社会学相结合。

本文出自文集《小星球：索尔·贝娄以及短篇小说艺术》，格哈德·巴赫和格洛丽亚·L. 克罗宁主编，第31—42页（"The Theme of Discontinuity in Saul Bellow's Fiction: *Looking for Mr. Green* and *A Father to Be*", in *Small Planets*: *Saul Bellow and the Art of Short Ficion*, Gerhard Bach and Gloria L. Cronin (eds.), MI: Michigan State University Press, 2000, pp. 31–42）。该文集搜罗了多篇美国当代知名学者对于索尔·贝娄及其短篇小说的论著，其中的视角，切入点和研究方法不一而足。本文就中断性主题解读了贝娄的《寻找格林先生》和《未来父亲》。

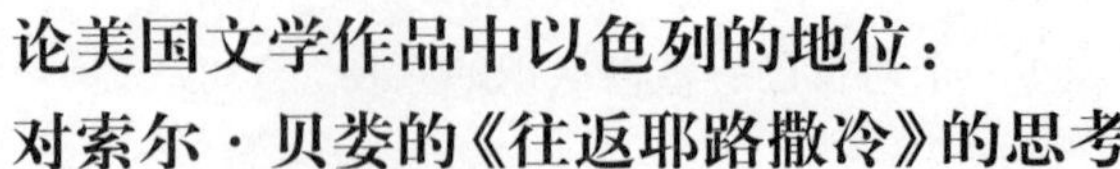

论美国文学作品中以色列的地位：对索尔·贝娄的《往返耶路撒冷》的思考

作者 ［美国］埃米莉·米勒·布迪克

译者 李莉莉

我们普遍认为，索尔·贝娄是美国首屈一指的犹太作家。然而，贝娄本人一直反对犹太作家的称号，他宁愿被看作是一个美国人。我们不能否认，犹太历史对贝娄的作品产生了影响。事实上，贝娄本人也绝不否认自己的犹太身份。但是，我们仍然很难确定贝娄作品中的犹太成分。

《往返耶路撒冷》可能是检验贝娄"犹太性"的一个简单的实例，这部作品写实性地叙述了贝娄1976年往返耶路撒冷的旅程。从叙述的一开始，贝娄就指明了他和犹太国家之间的特殊关系。(也许）贝娄只是作为一个犹太人去了解犹太历史，但他完全真实地叙述了世界对犹太人和犹太人状况的态度。然而，即使在这部明确的"犹太"作品中，贝娄还是展示出了他作品中明显的非犹太、美国化的方面。我认为，《往返耶路撒冷》以奇特的和巧妙的方式继承了美国人对待圣地的态度，而这种态度显然不是犹太人的态度。事实上，一些犹太人（包括美国和以色列的犹太人）甚至可能会认为这种态度与犹太人、特别是在以色列的以色列人的目标是对立的。我认为，《往返耶路撒冷》揭示了一种关于以色列的更为广泛的美国式的思维传统，这种思维传统反对那种把以色列看作是世俗之地的观点。

一些文学作品的文本举例论证了反对效仿以色列的这种传统。而贝娄的作品似乎反驳了这些文本，尤其是赫尔曼·麦尔维尔的《克拉瑞尔：朝圣之旅》(基于麦尔维尔1856年的游记于1872年出版)和马克·吐温的非常受大众欢迎的《傻子出国记》(1869)。[①] 在美国大量叙述圣地之旅的作品中，这两部是非常重要的作品。[②] 他们在两方面与众不同。首先，在十九世纪和二十世纪，美国大多数描写朝圣的作品都表达了对圣地的虔诚和忠诚，而这两部作品所表达的对巴勒斯坦的态度显然同这种虔诚和忠诚是大相径庭的。其次，这两部作品是由十九世纪两位重要的作家创作出来的，他们归属于贝娄所继承的正统文学。实际上，对于这两位作家之一——马克·吐温，贝娄在《往返耶路撒冷》中虽然表面上是为了反驳他，但实际上他也明确地表明了自己的观点。在本文中，我认为，贝娄没有反驳马克·吐温。当然，我们普遍认为，马克·吐温对贝娄的作品也产生了重大的影响；批评者认为贝娄的《奥吉·玛琪历险记》改写了马克·吐温的《哈克贝里·芬历险记》中的要素，而《雨王汉德森》则与《亚瑟王朝中的康涅狄格美国佬》有联系。

那么，研究美国传统中早于贝娄的这两次重要的朝圣之旅，可能会帮助我们理解贝娄的朝圣之旅。《傻子出国记》和《克拉瑞尔》不同于十九世纪其他叙述圣地之旅的作品。因为这两部作品不仅谨慎地远离了宗教动机——这些宗教动机是其他作品的主要特点，而且他们还产生了并且自觉地构成了对另外一种十九世纪之前美国与以色列之间关系的反应，这是一种他们想要反驳的关系。美国与以色列之间的关系是在美国历史开始形成的时候建立起来的。这种关系深刻地影响了美国人意识中以色列的地位问题，包括那些同样拥有最初渴望的美国人和那些没有这种渴望的美国人(如马克·吐温和麦尔维尔)。就像萨克文·伯科维奇[③] 在其有创意的研究——《美国的清教起源》中的主张一样，十七世纪定居在新英格兰的清教徒打算要建立一个“上帝之城”，

① Sara Blacher Cohen: “Saul Bellow’s Jerusalem”, *Studies in American Jewish Literature*, V (1979), pp. 16–23. 文章探讨了贝娄的圣地之旅与麦尔维尔和马克·马克·吐温的圣地之旅的不同点。

② 参见 Robert T. Handy: *The Holy Land in American Protestant Life 1800–1948: A Documentary History*, New York: Arno, 1981; 另参见 Miron Grindea: *Jerusalem: The Holy City in Literature*, London: Kahn and Averill, 1981。

③ 萨克文·伯科维奇 (Sacvan Bercovitch, 1933—)，出生于加拿大的蒙特利尔，美国犹太学者，曾翻译了许多意第绪语作家的作品，教授过犹太文学课程和犹太思想，主编了多卷本的《剑桥美国文学史》。—— 译注

一个所有国家都能看到的“山上之城”。[①] 在伯科维奇的作品中，这些清教徒不仅仅有一点像二十世纪的犹太复国主义者。他们认为以色列不是一个只属于历史的古老王国。他们认为以色列是要在美国实现的一种生动的现实、一种承诺和一种预言。美国清教徒把他们经过的海洋一再地描述为荒漠，把他们的领导人叫摩西、约书亚和尼希米，他们这是在用《旧约》中的措辞来构思自己的经历。他们把自己称为选民，把他们逃离英国的奴役描述为出埃及。他们认为，对《圣经》的类比不仅仅是比喻。他们相信他们是在重温《旧约》的历史，是在改写契约。伯科维奇指出，用他们自己的话来说，美国是他们的“应许之地”，是他们的“新英格兰以色列”。 在这里，他们会建立一个由圣徒组成的社会，这些圣徒要建立的是一个完全“新耶路撒冷”式的社会 。

正如我曾经论证过的，从十九世纪开始，美国文学文化的一个很大的组成部分就持续性地回应了美国早期的犹太复国主义运动。几十年来一直致力于阐述民族文学的十九世纪的几位主要作家，例如纳撒尼尔·霍桑、赫尔曼·麦尔维尔和马克·吐温，都把战胜导致了宗教狂热和民族主义狂热的民族冲动作为自己的任务，而那种想要把美国以色列化的想法则助长了这两种狂热的情绪。这些作家反对那种认为美国历史重演了《圣经》历史的观念；实际上，他们怀疑以色列——这一精神上的理念和基督教、犹太教的中心，是否还是美国效仿的那个以色列。[②]

正是因为这种情况，我们必须得阅读麦尔维尔的《克拉瑞尔》和马克·吐温的《傻子出国记》。这两部针对巴勒斯坦、耶路撒冷的长篇大论并没有简单地、没有偏见地报道圣地。确切地说，他们明确地削弱了美国人想要成为耶路撒冷的愿望。下面是马克·吐温对耶路撒冷的描述：

① 参见 Sacvan Bercovitch: *Puritan Origins of the American Self*, New Haven: Yale University Press, 1975, pp. 35–71。以下引文均来自本书，不再另注。另参见 Emily Miller Budick: *Fiction and Historical Consciousness*: *The American Romance Tradition*, New Haven: Yale University Press, 1989。书中探讨了这种思维传统及其对美国作家的影响。另参见 Robert T. Handy: *The Holy Land in American Protestant Life 1800–1948: A Documentary History*, New York: Arno, 1981，pp. xi-xiii。作者也注意到美国清教徒效仿以色列的兴趣，但认为十九世纪的朝圣是对这种兴趣的回应，或者是对这种兴趣的反驳。

② Emily Miller Budick: *Fiction and Historical Consciousness*: *The American Romance Tradition*, New Haven: Yale University Press, 1989, pp. 18–78.

我们愈往前走，太阳愈热，岩石愈来愈多，景色就愈来愈讨厌，愈来愈荒凉……四下简直看不到一棵树。甚至连荒地的患难之交，橄榄树和仙人掌也几乎跟这地方绝交了。没有景色比通往耶路撒冷道路两旁的景观让人看了更讨厌的了。道路和周围地带的唯一区别，恐怕就是路上的岩石比周围地带还多罢了……

最终，将近正午，沿途才出现一段段古老的断垣残壁，一座座倒塌的古老拱门 —— 我们费力地又爬上一座山头，个个香客和个个罪人就都高举帽子挥舞！耶路撒冷！

这座历史悠久的古城，高踞几座流传千秋的山头，白似瑞雪，满城圆顶，聚集一堆，灰色高墙团团环抱，在太阳下闪烁发光。那么小！①

我们绝不是想要否认，在谈及耶路撒冷时候，马克·吐温有幽默的权利。我们也不能忘记，在马克·吐温的文本中，也有表达对耶路撒冷的热爱的时刻（例如，在第 52 章的末尾）。然而，还有对圣城含蓄的指责，这一点是再清楚不过的，它“惨绝人寰，满目凄凉，死气沉沉”，全市有的是“破衣烂衫、悲惨贫困、肮脏污秽”，“麻风病人、瘸子、瞎子、白痴”，“断臂缺腿、畸形怪物、浑身病痛”②。“我可不想住在这里。”他断定说，这显然是一个毫无生机的地方。③

在《克拉瑞尔》中，麦尔维尔察觉到了，马克·吐温所描述的圣城死气沉沉的景象背后存在着一定的历史条件。他指出耶路撒冷的死气沉沉——马克·吐温也曾经风趣地回应了这一点——对于这个地方来说也许不是偶然的，而是耶路撒冷决定将自己埋葬在过去的直接后果。

① Mark Twain: *Innocents Abroad or The New Pilgrim's Progress*, New York: Signet, 1966, p. 402（该段引文参照陈良廷，徐汝椿译的《傻子出国记》，第 484—485 页。北京：人民文学出版社，1985。此篇以下有关该书引文的翻译均属此种情况，不再另注。——译注）；另参见 Philip Schaff. Qtd. Robert T. Handy: “Though Bible Lands”, *The Holy Land in American Protestant Life 1800–1948: A Documentary History*, New York: Arno, 1981, p.112。其他的香客也注意到了此地的凄凉，但是，他们观察的深入点却不相同。例如，文中指出：“以色列人在荒野之中流浪了四十多年，巴勒斯坦对他们来说确实是一个富饶的应许之地。虽然现在是荒凉的、无人照管的状态，但是仍然处处能看出以前繁荣的痕迹，也能看出此地拥有较好的政府和较好的人民，具有将来能够复苏的能力。”

② Mark Twain: *Innocents Abroad or The New Pilgrim's Progress*, New York: Signet, 1966, p. 404.

③ Ibid.

《克拉瑞尔》揭示了自我牺牲这种渴望是一种美国并不陌生的冲动。[①]从《克拉瑞尔》重视描写耶路撒冷“空空的、空空的塔”的那一刻起，他就发现了马克·吐温所描述的那种荒凉、空洞的生活。[②]在耶路撒冷，克拉瑞尔的向导名字叫“尼希米”，这也是在意料之中的。尼希米是《圣经》中受委托来实现以色列契约命运的许多领导人之一。具体地说，他领导以色列人从巴比伦来到了应许之地。尼希米这一名字也被指定给予了美国最重要的清教神学家之一——约翰·温斯洛普[③]。这之后，麦尔维尔的尼希米转化为一股清教犹太复国主义运动——一种认为美国将会成为以色列的观念，也就是美国将会实现以色列的命运的观念。这样耶路撒冷这个地方，也就是克拉瑞尔现在居住的地方就会复苏。在诗中，和尼希米相似的犹太人——内森，揭示了所效仿的耶路撒冷和精神上的耶路撒冷共有的狂热与困惑，这些也是清教犹太复国主义运动展示给麦尔维尔的。下面是麦尔维尔描述内森的犹太复国主义梦想：

在异国的土地上，一些狂热的犹太人，
他们仍然畏惧非犹太人的习俗，
却忠实地坚守着梦想，
明年将在耶路撒冷，
迎接复活节的到来！
此刻内森转身面对她的妻子，
在晨曦中问候她，
说出庆祝逾越节的一些话语，
但她，静静地、惊愕地躺在那里，
发现了原来的措辞中引入了一些新的词汇，
在欢快的语调中也存在着痛苦的欢呼，
这确实压抑着他的话语。

① 在《哈克贝里·芬历险记》中，当寡妇道格拉斯对死去的摩西表示同情的时候，马克·吐温通过描写哈克对此的反应，特别指出了基督徒所具有的冲动的特点。

② Herman Melville: *Clarel, A Poem and Pilgrimage in the Holy Land*, *Standard Edition of the Works of Herman Melville*, 16 vols, New York: Russell & Russell, 1963, 14: 4.

③ 约翰·温斯洛普（John Winthrop，1588—1649），著名清教领袖，马萨诸塞州首任总督。——译注

她了解她丈夫一丝不苟的才智，
也看到了他庄严的幻想，
他没有纯粹的情感的修饰。
那怎么办？又如何保持？
谴责吗？那将抹杀掉他的信仰。
容忍他吗？但她温柔地爱着。
就这样，在这里，与阿加一起证实，
正如经常证实的那样，坚强的意志
战胜了神秘的告诫。[①]

虽然语言是有点过时，但是情感，甚至某些影响，在今天的犹太复国主义者中还完全可以看得到。简单地说，内森效仿了"明年在耶路撒冷"这一指令。他带领他的家人，离开伊利诺伊州的农场，前往耶路撒冷。从他们在耶路撒冷的经历中，内森、阿加和他们的女儿露丝学到的，从他们的身上克拉瑞尔认识到的，是我们熟悉的宗教狂热所需要付出的高昂代价。到了故事的结尾，内森和他的家人——在圣城他们的生命一开始就是垂死的，全部都死去了。麦尔维尔认为，若要尝试重温过去，可能会过上一种行尸走肉般的生活。

在这里，麦尔维尔不是沉浸在某种疯狂的反犹主义之中。他是在表达一种明确的反犹太复国主义的态度，这种态度直接回应了美国的清教历史。麦尔维尔十分清楚，内森——一个从基督教皈依了犹太教的清教徒的后裔，就像作品中相对应的人物尼希米一样，代表着一种"清教徒"的心态。[②] 事实上，麦尔维尔叙述的犹太移民前往巴勒斯坦的历史，也积极地回顾了清教徒逃离到美国的历史。[③] 那么，麦尔维尔感兴趣的便是某种需求，他认为这种需求在美国的历史上反复地出现过，那就是效仿耶路撒冷，从而使耶路撒冷重现并且复苏——如果不是在美国，那么就是在

① Herman Melville: *Clarel, A Poem and Pilgrimage in the Holy Land*, *Standard Edition of the Works of Herman Melville*, 16 vols, New York: Russell & Russell, 1963, pp. 14: 76–77. (此处为本篇译者的译文。——译注)

② Ibid., 14: 75; cf. 14: 69.

③ Ibid., 14: 10–11.

以色列。[1] 麦尔维尔认为,耶路撒冷代表了一种精神上幻想的实现,这是有思想的人们最好抵制的。

他的态度使人们想起了亨利·沃兹沃斯·朗费罗在《新港犹太墓》[2]中的态度。朗费罗的诗不是反犹主义的,至少在简明的理性层面上不是反犹太主义的。“他们是怎么来到这里的?”朗费罗写道,“迸发出来的基督教徒的怎样的憎恨/怎样的迫害,无情和盲目/漂浮在海洋上——这荒凉的沙漠——/这些人类的以实玛利和夏甲?”朗费罗对于反犹主义和仇恨非常熟悉,他并不希望增加犹太人的痛苦。但是,正如犹太人与以实玛利和夏甲的结合已经暗示的那样,朗费罗,还有很多把犹太人看作是以实玛利的后裔,而不是以撒的后裔的基督教作家,都认为犹太人绝对不是选民。(在麦尔维尔的诗中,犹太人阿加也将犹太人与以实玛利,而不是与以撒联系起来。)像《克拉瑞尔》一样,最终,这首诗也将犹太种族与死亡,而不是与生命联系起来:“可是啊,一旦已经有了就不会再有!/呻吟的地球在阵痛和疼痛中/产生了种族,但是不会回复,/灭亡的国家也永远不会再复活。”[3]

和马克·吐温和麦尔维尔不同的是,索尔·贝娄是作为一个朋友和一个犹太人来到耶路撒冷的。他希望能够履行他后来描述的自己对犹太人民的责任。[4] 事实上,在关键的时刻,贝娄引述马克·吐温和麦尔维尔的话,这在表面上是为了对他们表示怀疑。但是,贝娄同时也表达了自己对耶路撒冷的态度,这种态度实际上再现了马克·吐温和麦尔维尔文本的突出特点。与自己的前辈们一样,贝娄开始戳穿效仿以色列这个危险的神话。因此,当贝娄开始叙述他和一群哈西德教徒前往耶路撒冷的旅程的时候,我们并不感到意外,他明确地把他们比喻为十七世纪的“清教徒”。和马克·吐

① Emily Miller Budick: *Fiction and Historical Consciousness*: *The American Romance Tradition*, New Haven: Yale University Press, 1989, pp. 58–62. 文中指出,《克拉瑞尔》与麦尔维尔的另一部更有名的作品《比利·巴德》都对这一主题感兴趣。《比利·巴德》也可以被看作是一个期望重复历史的故事,这里重复的是堕落和复活的历史。试图重复《圣经》的结果是故事描述了主人公让人恐怖、毫无意义的苦难。

② 1852 年夏天,美国诗人朗费罗和家人在罗得岛的新港度假,参观了新港的犹太墓地。此诗于 1854 年出版。——译注

③ Henry Wadsworth Longfellow: *The Writings of Henry Wadsworth Longfellow, with Bibliographical and Critical Notes*, 11 vols, Cambridge, MA: Riverside Press, 1886, 5: 33–35.

④ Ibid., p. 211.

温和麦尔维尔一样，在耶路撒冷，贝娄也感受到了一种非常熟悉的美国式的冲动。因此，反犹太复国主义的偏见，就以一种通常非常微妙的和难以捉摸的方式注入到了他的作品中，这与麦尔维尔和马克·吐温是非常相似的。从贝娄乘飞机前往以色列的那一刻起，他就身处于这些"比比画画，大呼小叫的哈西德教徒"中间，这些人"都深藏在茸茸的毛发之中"，他已经进入了一个让他恐惧的世界。[①] 事实就是这样，这不仅仅因为他接着列举了一些客观政治现实(当然，这些就够令人沮丧的了)。而且，以色列还使他回想起了一套信念和承诺，这些与他的理性设想是相矛盾的。以色列还使贝娄回想起了犹太人的童年时代，虽然他在加拿大出生，但是他在美国长大成人。他要使自己的犹太同胞和美国同胞都尽快地摆脱以色列的影响。"他们那宽沿帽子、鬓发和流苏对我来说，并不陌生，"他承认说，"它们勾起了我对童年的回忆……上帝指示摩西对以色列的子孙们说，'要他们在衣边上饰以流苏'。四千年后的今天，他们仍然是这样的穿着。"[②]

贝娄认为，哈西德教徒是滑稽的。像美国早期的清教徒一样，他们是受压抑的、效仿以色列的人，几乎认识不到时间的进展和人类的进步。他们是"单纯的"[③]，甚至是幼稚的。为了反驳他们，贝娄似乎仅仅在说明，他至少是成熟的和理性的。但是，当贝娄引述《圣经》文本中的"以色列的子孙们"的时候，他攻击的更大范围的、未说明的目标便出现了。因为贝娄的耶路撒冷之旅，是一次针对所有"以色列的子孙们"的旅程，不管这些子孙是否还继续在他们的衣边上饰以流苏。因为从简单、重复的意义上来说，所有的以色列人——无论是世俗的还是宗教的，当然都是"以色列的子孙们"。虽然他们可能不会在流苏的问题上继续相信上帝的话，但是在土地问题上他们确实还会遵从上帝的指示。[④] 因此，贝娄认为，他们

① 该段引文参照王誉公、张莹翻译的索尔·贝娄作品《耶路撒冷去来》(《索尔·贝娄全集》第十三卷)第9页。石家庄：河北教育出版社，2002。此篇以下关于该书引文的翻译均属此种情况，不再另注。——译注

② Saul Bellow: *To Jerusalem and Back: A Persoral Account*, New York: Avon, 1976, p.211.

③ Ibid., p. 4.

④ 当然，政治角度上的以色列不同于疆域意义上的以色列，但是，几乎所有的以色列人都认为，不论是由《圣经》中的契约规定的，还是最近由国际法规定的，确实有一块属于以色列的土地。另参照《托拉·民数记》第13至15节的这一部分指示以色列的子孙们在衣服上饰以流苏，犹太教堂每周都会诵读这些内容，在这一部分中，上帝也提出警告，将惩罚那些害怕进入应许之地的人。

效仿了以色列。贝娄拒绝承认那些在他回应哈西德教徒的时候只是间接出现的观点：对于这些子孙们，他还抱有深刻的美国式的矛盾心理。“你可以完全相信，”贝娄引用了他的一个向导的话说，“先知耶利米曾经来过这里，正是我们现在所站立的地方。”[①] 贝娄这是在呼应马克·吐温的《傻子出国记》中同样滑稽的时刻：“这段十字架是在十六世纪发现的。据天主教神父说，多年前就被另一派神父偷走了。这话说得未免刻薄，可我们非常清楚，那确是被偷走了，因为我们在意大利和法国几座大教堂中都亲眼见过那段十字架。”[②] 和马克·吐温一样，贝娄要求要具有那种效仿神圣的历史性，他这么做不是为了表达敬畏，而是为了达到幽默的效果。[③]

其他的朝圣者爬上耶路撒冷，而这个朝圣者则来到“……希诺姆山谷，希诺姆山谷曾经是崇拜莫洛克神的人们献祭儿女的地方……耶路撒冷当局已经把希诺姆山谷改建成了公园……只见卡车的挡泥板正在那里生锈，二十世纪的金属碎屑就这样掺杂到了伟大的耶路撒冷的尘埃之中了”[④]。贝娄声言支持把耶路撒冷看作是一个繁荣的大都市的二十世纪的看法。耶路撒冷当局已经把死亡谷变成了游戏场。但是，贝娄不能肯定那一切是让他感到震惊，还是觉得好笑。之后突然出现的年轻的阿拉伯“小痞子”[⑤]，表明了震惊更恰当地表达了他的情感。同样，他也赞同这种观点，那就是在耶路撒冷和世界其他地方之间存在着精神上的差异。“在其他地方，人死而瓦解；而这里，人死而融合。”他这样认为。[⑥] 但是，他很快就削减了这微弱的差异可能带给人们的小小的慰藉：当人们在这新

① Saul Bellow: *To Jerusalem and Back: A Personal Account*, New York: Avon, 1976, p. 13.

② Mark Twain: *Innocents Abroad or The New Pilgrim's Progress*, New York: Signet, 1966, p. 407.

③ 转引自 Robert T. Handy: “Tented Life in the Holy Land”, *The Holy Land in American Protestant Life 1800–1948: A Documentary History*, New York: Arno, 1981, p. 108。文中注意到了马克·吐温和贝娄与另外一个香客的区别。这个香客指的就是马克·吐温在《傻子出国记》中嘲讽的那位十九世纪的作家威廉·C. 普莱姆。他曾说：“在巴勒斯坦的土地上每走一步，我都得到全新、让人吃惊的证据去证实那神圣故事的真实性。每次当我们惊呼历史一定是真实的时候，我们眼前的证据是如此的完美。”马克·吐温对普莱姆的态度参见 107 页。

④ Ibid. 1, pp. 12–13.

⑤ Ibid., p. 13.

⑥ Ibid., p. 12.

的死亡谷死而融合的时候，人们共享的是命运，不是成为先知和圣人，而是成为用尽燃料的汽车。

在耶路撒冷，他写道："宇宙在你眼前诠释自我。"但是，终结于"乱石巉岩的山谷及其尽头的死水的空阔中"，耶路撒冷给出的诠释很难让人感觉舒服。[①]"圣人说，耶路撒冷的空气，就是这里的空气，能让人产生灵感。我倒愿意相信……柔和的光线也令我动心。"但是，"颜色…… 都跟土地一个颜色，融融的空气就像一个人的体重那样压迫在一片奇怪的死寂之上"[②]。空阔和光线只能遭遇到死亡；死亡弥漫在空中和海上。贝娄从来没有从死亡的阴影中走出来，从他到耶路撒冷的那一时刻起，这个阴影就萦绕着他。像麦尔维尔和马克・吐温一样，贝娄认为耶路撒冷就是没有明确的生命迹象的地方。和马克・吐温一样，他也不希望生活在这里，原因很简单，这个地方没有生气。因此，他主要是描述绝望，他认为，这种绝望似乎渗透着整个耶路撒冷。贝娄创造的形象一个挨着一个地摞在一起，排斥着其他的东西，削弱了对圣城生活的描述，这些形象不只是慎重地反映了现代以色列的社会、政治和经济现实。而且，它们还发挥着战略功能的作用，从而使得那种认为耶路撒冷是一个生动、有明确生命迹象的实体的观点变得不那么重要了。

贝娄描写的特别绝望的例子不胜枚举。一个朋友刚刚失去了一个儿子。贝娄的文本没有减少对这种悲剧性情节的描写。贝娄描述了父亲的痛苦，使生活本身就成为痛苦的始作俑者。耶路撒冷是生活中最荒谬的、充满欺诈的地方："即使是在阳光灿烂的上午，耶路撒冷的石头建筑物依然使你觉得手脚冰凉。刚走出来时，我感到有点麻木，就像秋天的马蜂。"[③]在贝娄的描述中，耶路撒冷不仅仅见证了哀悼和悲痛。它还与死亡一起合谋。几页以后，贝娄写到：傍晚的阳光照射在石头上，只能增加它们的坚硬感。它们呈现灰黄色，已经达到了最终的颜色，太阳对它们起不了任何作用了。"[④]"我的一位朋友已经死了，"一位出租车司机对贝娄和他的妻子说，"我们就是这样过日子，先生！……我们就是这样生活。"[⑤]

---

① Saul Bellow: *To Jerusalem and Back: A Personal Account*, New York: Avon, 1976, p. 12.

② Ibid..

③ Ibid., p. 30.

④ Ibid., p. 27.

⑤ Ibid., p. 57.

贝娄十分清楚，这种生活方式就是导致死亡的方式。[①]“我刚到耶路撒冷的时候，”贝娄后来承认说，“是想轻松一下。可是这里没有一个人是轻松的。”[②]

事实上，在耶路撒冷，几乎没有明确的生命迹象，以至于贝娄即使回到美国，他还不能从耶路撒冷死亡的阴影中走出来。问题并不像一位评论家所说的那么简单，“麦尔维尔在游览耶路撒冷的时候，能够把它当作‘一堆毫无生气的岩石’……然后就不再去想它了”，或者“在《傻子出国记》中，马克·吐温可以不在乎耶路撒冷…… 然后继续他快乐的……行程，”而“贝娄作为一个犹太人，不可能把耶路撒冷从他的头脑中抹去”[③]。确切地说，耶路撒冷让贝娄感到如此绝望，以至于他简直不能再行使自己的职责。一读到《奥德赛》，贝娄就想到以色列。更令他不安的是，他不能再对生活中的冲动和他认为存在于古典文化中的（不是在犹太文化中的）生活做出回应：“能有什么比这更美丽、更动人的呢？——奥德修斯在筋疲力尽中向河神祈祷，河神为他放慢了水流，让他上岸。奥德修斯来到岸上，手上的皮肤都划破了，海水从嘴和鼻孔中喷出。他又呼吸了，心中生出一丝温暖。”[④] 但是，对于贝娄来说却并非如此，“我心中充满的却是关于以色列的念头，没有心思去想荷马”，他简明地说。[⑤] 贝娄不能向上帝祈祷。没有人能够使事态的进展缓慢下来。从死亡谷里“融融空气奇怪的死气沉沉的状态”让他感到压抑的那一刻起，他就不能呼吸。麻木、冰冷，他的心里没有温暖。“这就是我带回到芝加哥的一切。”[⑥]

马克·吐温写道：“巴勒斯坦在披麻戴孝呢。整个地方笼罩着灾祸的阴影，田地因此枯干，活力就此受到束缚…… 巴勒斯坦在这个劳碌的人世间不再存在了。只是诗歌传说中的圣地——只是一个梦里天堂。”[⑦]

---

① Saul Bellow: *To Jerusalem and Back: A Personal Account*, New York: Avon, 1976, pp. 77–78.

② Ibid., p. 104.

③ Sara Blacher Cohen: “Saul Bellow’s Jerusalem”, *Studies in American Jewish Literature*, V (1979) p. 22.

④ Ibid. 1, p. 189.

⑤ Ibid.

⑥ Ibid., p. 187.

⑦ Mark Twain: *Innocents Abroad or The New Pilgrim’s Progress*, New York: Signet, 1966, pp. 441–442.

贝娄引述了耶路撒冷的衰败迹象[1]，他显然是要反驳耶路撒冷："在丑陋的梦幻之地上，犹太复国主义者种植果树、开垦土地，建立了欣欣向荣的社会。第二次世界大战后新生的国家很少有这般成功的，以色列便是其个之一。"[2] 但是，马克·吐温笔下的"灾祸的阴影"是不能轻易地被消除的。即使贝娄宣告"灾祸的阴影"已经终结，而且他的宣告不断地回响在他往返耶路撒冷的旅程中。但是，他还是及时地提醒读者，"黎巴嫩是，或者曾经是另一个"成功的国家[3]。如果以色列不是一个梦里天堂，它可能像黎巴嫩一样，是一场噩梦。

事实上，贝娄主要是把耶路撒冷看作一场噩梦。贝娄认为，犹太历史是噩梦反复发生的沉睡的历史：

> 从苦难、屠杀和战争中归来的以色列人知道如何拯救自己吗？灾难的经历教会他们该做些什么了吗？我读过关于大屠杀的一些作家的作品，他们对欧洲犹太人横加指责，认为他们活该如此，因为他们不愿意放弃他们舒适的生活方式、他们的财产、他们那被动的习惯和他们对官僚主义的习以为常，这就不可避免地导致了屠杀。我不明白他们责备死去人们的目的何在。但是，如果历史真如卡尔·马克思和詹姆斯·乔伊斯所说的那样是一场噩梦的话，那么该是犹太人民，一个具有历史意义的民族，从历史的沉睡中惊醒的时候了。但是在我看来，以色列的政治领导人似乎并未醒来。[4]

有一种与先验论批评家不同的观点，认为贝娄更是一位历史作家，这是人们始终在争论的问题。[5] 正如贝娄的其他作品一样，在《往返耶路撒冷》中当然也有证据表明当想象力以先验的方式发挥作用时，他情愿抵制它。[6] 事实上，贝娄只是批评犹太历史脱离现实。贝娄认为，犹

---

① Saul Bellow. *To Jerusalem and Back: A Personal Account*, New York: Avon, 1976, p. 203.

② Ibid., 203.

③ Ibid.

④ Ibid., p. 167.

⑤ Judie Newman: *Saul Bellow and History*, New York: St. Martin's Press, 1984. 书中探讨了贝娄对历史的兴趣，这与先验主义者信仰的某些事实是相对的。

⑥ Ibid. 1, p. 121.

太历史在悲剧的祭坛上和过去的创伤中牺牲了自己，而且它拒绝从中醒悟。过去的以色列曾经被大屠杀所控制，整个国家处于像死亡谷一样的阴影之下，贝娄认为，当代以色列似乎还故意顽固地和死亡联系在一起。因此，贝娄认为，从精神病理学方面去理解，犹太历史无意识地重演了历史的悲剧。

但是，当贝娄用这种方式来看待以色列历史的时候，他分析的是美国，而不是以色列对历史的态度，尤其是对《圣经》历史的态度。具体地说，像许多美国作家一样（包括霍桑、麦尔维尔和马克·吐温），他是在回应他所理解的美国的非历史主义，这种非历史主义是把美国视为效仿以色列的美国早期观点发展的结果。贝娄所直接继承的那些作家认为，美国把自己看作是以色列的这个问题，也就是混淆了比喻义和原义的问题，表现出来的不只是某种道德上的傲慢。而且，就像我曾经指出的那样，他们认为这个问题构成了阻碍美国真实历史年代的一道主要屏障。它指责美国历史成了他人历史（古以色列历史）的幻想或虚构，而不是实现自己独特的社会和政治前景。许多美国作家认为，当美国效仿以色列的时候，往往会把美国生活中的事件理解为重复《旧约》中的事件。这种非历史主义写实的结果在一些文本中被夸大了，例如查尔斯·布罗克登·布朗[①]的《威兰》，詹姆斯·费尼莫尔·库珀的《草原》，霍桑的《罗杰·麦尔文的葬礼》，麦尔维尔的《比利·巴德》以及福克纳的《去吧，摩西》等。在这些故事中，美国将自己看作是以色列，这样新世界中的人们就被迫采用了《旧约》中的模式。这种努力的结果是，重演的不是那些《圣经》中的片段——尽管故事中的主人公喜欢用这些片断来诠释美国（例如，救赎和复活的时刻），重演的只是那些《圣经》中的事件——例如人的堕落——他们正努力回避这一事件。[②] 这些故事中的主人公与可能的美国真正历史演变的逻辑性和方向是相对的，他们混淆了效仿意义上的和比喻意义上的美国和以色列。这样，他们把美国置于一条可能的自我牺牲的道路。例如，在上述的每部作品中都有一位父亲或父

① 查尔斯·布罗克登·布朗（Charles Brockden Brown, 1771—1810）是美国第一位重量级的作家。他以美国社会为背景，写作哥特式小说，强调道德和心理问题。《威兰》发表于1798年。——译注

② Emily Miller Budick: *Fiction and Historical Consciousness*: *The American Romance Tradition*, New Haven: Yale UP, 1989, pp. 55–78. 文中探讨了这些被作者称为“akedah”（捆绑认撒）的作品。

亲类型的人物形象，他们误解了契约条款以及人类历史中耶稣介入的事件。因此，他效仿地重复了捆绑以撒[①]的时刻，也就是被称为“akedah”的时刻。在基督教的历史中，儿子的牺牲被推迟到了耶稣在十字架上被钉死的时刻，但是，在美国人重复《旧约》中事件的时候，一个人类的儿子却往往被杀害了。其结果是契约终止了，因为契约承诺了儿子的存在。我们要从心理分析的层面去分析主人公的错误。因为创造这些美国原型的作家认为，美国希望保持以色列的特点，而这种期望明显地证明了一种被压抑的精神错乱，一种不愿长大的心理。当贝娄把犹太历史当作一场噩梦的时候，他全身心地参加到了反对把美国以色列化这个传统之中。这就像当贝娄登上飞机并且开始重新审视自己的童年生活的时候，他也不知不觉地进入噩梦之中一样。而成年之后，他明确地斥责了这种童年生活。事实上，他加入到了麦尔维尔和马克·吐温的行列之中，并且扩展了这一传统，他反对现在的以色列效仿原义上的以色列。像霍桑和美国文学传统中的其他作家一样，他谴责一种压抑、非历史的想象。他认为，以色列就是这种非历史化的最新体现。以色列似乎是在反常地步美国的后尘，就像美国曾经错误地步以色列的后尘一样。

当然，问题是，对于美国来说，引入的不是自己的历史，而对于以色列来说，引入的却是自己的历史。“有时我想，存在着两个以色列，”贝娄写道，“现实的以色列在领土上毫无意义。另一个精神上的以色列则是辽阔的、具有无可估计的重要性的一个国家，在世界上扮演着一个主要角色，它像历史一样辽阔——也许像沉睡一样深沉。”[②]和霍桑、麦尔维尔以及马克·吐温一样，贝娄认为，重要的是精神上的以色列，就因为它是精神上的，确实不需要进行重新塑造。事实上，贝娄认为，精神上的以色列是沉睡着的，就因为以色列的领土问题让人感到困惑。作为一个犹太人，贝娄也属于那些认为“保护”以色列“微不足道的领土”是“犹太人社会的首要任务”[③]人中的一员。这是贝娄与传统中他的前辈们的不同之处。然而，保护领土仅仅有助于使贝娄的态度偏向圣地。由于保护的是微不

① 《圣经·创世记》第22章中，神要试验亚伯拉罕，指示他把自己的独生儿子以撒，作为祭品。亚伯拉罕捆绑自己的儿子，放在祭坛的柴上，要杀他。耶和华的使者从天上呼叫他说：“一点不可害他。现在我知道你是敬畏神的了。”——译注

② Saul Bellow: *To Jerusalem and Back: A Personal Account*, New York: Avon, 1976, pp. 167–168.

③ Ibid., p. 211.

足道的领土，效仿以色列这一问题就激起了贝娄觉得以色列失落的悲剧感。贝娄这样论证，就使效仿犹太历史中以色列“地位”的这一观点发生了变化，从犹太民族命运有机、不断发展、不可分割的一部分，变成为一方面歪曲了犹太精神，另一方面也只是实际地解决了历史上的反犹太复国主义的问题。[①]“但是人们很难对大屠杀的幸存者提出什么公正合理的要求，”贝娄承认说，“或许经历过死亡集中营的恐怖的许多人都希望以后生活在一起。……无论谈别的什么都没有意义，建立一个国家是必要的。正是这个最迫切、最真实的需要把犹太幸存者带到了中东。他们不是抽象地解决历史问题。他们不得不面对灭绝。”[②]贝娄观念中的以色列是一种不幸、历史的必然。在最不利的情况，它也只是一种困扰美国清教徒的幻想。

《往返耶路撒冷》是最持久地探讨美国人（犹太人或基督徒）和以色列之间关系的当代文学作品之一。然而，在美国人和犹太人如何思考以色列的这个问题上，贝娄的态度并不代表着一种新的发展。相反，他的态度揭示了美国文学创作的一种传统，而效仿以色列的观念则困扰了这种传统。在这里，我没有足够的篇幅来探讨其他当代美国犹太作家是如何论述以色列的。但是如果在这些作家的作品中，也发现根深蒂固、反犹太复国主义、美国式的思想传统，这也不令人感到意外。贝娄、伯纳德·马拉默德和菲利普·罗斯这些作家认为，犹太性象征着更为广泛、更为普遍的，或者至少是更多的美国化的问题，这几乎是文学研究中的一个普遍现象。随着以色列成为犹太作家创作的一个主题，它也很可能同样受到美国人的关注。就像作家们在创作中使用犹太种族身份一样，以色列现实的去异化也会在沃纳·索勒斯识别美国种族性的时候发挥重要的功能。[③]

贝娄的《往返耶路撒冷》是二十世纪对美国圣地朝圣文学的一个重要的贡献。在作品所属的传统内来阅读它，会使其发挥多种功能。特别

---

① Robert T. Handy: *The Holy Land in American Protestant Life 1800–1948: A Documentary History*, New York: Arno, 1981, pp. xxi-xxii. 文中指出当贝娄把以色列的生存状况和反犹太主义的问题联系起来的时候，他也把自己要做的事情同十九世纪晚期、二十世纪早期的那些新教香客所做的事情结合起来。

② Saul Bellow: *To Jerusalem and Back: A Personal Account*, New York: Avon, 1976, p. 204.

③ Werner Sollors: *Beyond Ethnicity: Consent and Descent in American Culture*, New York: Oxford University Press, 1986.

是作品可以提醒我们，在美国文学中，存在着一种将愤世嫉俗普遍化的倾向，这就像传统怀疑先验和神秘在其历史中是否可以成为衡量所有时代和所有场合的一种标准一样。美国迷恋着一种可能摧毁历史的神话，以色列则对历史做出了一个承诺，对于这些，麦尔维尔和马克·吐温不能做出应答，因为他们还处在历史的早期；贝娄同样没有认识到这些，因为他专心研究了这种传统。贝娄重新利用十九世纪反对效仿以色列的观点，描述了二十世纪前往以色列朝圣的旅程，他说明了传统中前辈们警告过的那个问题：把别人的命运强加给自己。贝娄要使以色列像美国一样，抵制使用《圣经》中的比喻。但是，对于以色列来说，《圣经》就是历史。人们如何去延续历史，又如何去解释其规则，这是另外一个主题。然而，这也是贝娄的作品没能处理的一个主题，他的作品是通过另一个国家的神话来认知一个国家的历史。贝娄能去耶路撒冷，但还要回到美国。但是，当他回到美国之后，当他远离了并脱离了特定地点和时间条件下的历史的时候，贝娄——不是以色列，为了神话而牺牲了历史。

编后记

埃米莉·米勒·布迪克（Emily Miller Budick），现任耶路撒冷希伯来大学英语教授，英语文学研究中心主任和协调员。她主要从事美国小说、美国犹太小说、大屠杀小说以及以色列文学与美国文学比较研究。

本文译自《中南部评论》1991年春季第8卷第1期，第59—70页（"The Place of Israel in American Writing: Reflections on Saul Bellow's *To Jerusalem and Back*", *South Central Review*, Vo1.8 No.1, Spring 1991, pp. 59–70）。作者认为尽管贝娄曾经多次表述自己不是真正意义上的犹太作家，但是犹太历史还是对他的创作产生了重要的影响，《往返耶路撒冷》就是证实这种影响的典型实例。布迪克在文章中回顾了美国文学作品中以色列的地位——赫尔曼·麦尔维尔的《克拉瑞尔：朝圣之旅》和马克·吐温的《傻子出国记》中对以色列的论述，认为这两部作品有助于读者理解贝娄的这次朝圣之旅。她指出，贝娄创作《往返耶路撒冷》的目的在于揭示"犹太历史无意识地重演了历史的悲剧"，同时警示美国不能在精神上"仿效以色列"、"步以色列的后尘"。

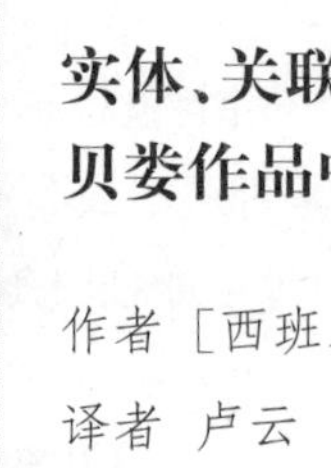

实体、关联和过程：贝娄作品中反复出现的基本要素

作者 ［西班牙］皮拉尔·阿隆索·罗德里格斯

译者 卢云

在贝娄的作品里有一系列的修辞学[①]方面的要素，这些要素互为关联，反复出现。从中我们得以从话语语言学[②]的角度把他的所有作品看作一个整体文本，组成这个文本的所有小说都是一个更高层次的大构架的组成部分，它们互相衔接、连贯，共同实现作者想要通过这一系列作品的主人公而塑造一个人物典范的企图。在这个人物身上人类内在的价值

① 在这里使用“修辞”这个概念，是在亚当斯使用该词时的那种意义上来说的，我们姑且以“修辞”来命名作为创作者的本文作者，或者说作为说话者的小说的主人公们所挑选出来使用的话语，以此给读者传递一种不能直接从字面产生的另一种可能的信息。请参阅 Jon-K. Adams: *Pragmatics and Fiction*, Philadel phia: John Benjamins Publishing Co., 1985. pp. 59–72.

② 在这里我们基本上遵循伯格兰德所著的《文本、话语和过程》（Robert-Alain de Beaugrande: *Text Discourse and Process*, Norwood, New Jersey. Ablex Publishing Corporation, 1980）以及伯格兰德和德雷斯勒合著的《话语语言学导论》（Robert-Alain and Wolfgan Dressler: *Introduction to Text Linguistics*, London: Longman, 1981）这两本书中提出的话语成构的标准。在《话语语言学导论》中提出七个话语成构的标准，即衔接、连贯、意图、可接受性、信息度、情境性以及互文性。前两者，衔接和连贯是语篇的中心第三个意图，指的是创作者 —— 作者 —— 通过一定的规划创造出一个衔接、连贯的交流整体从而达到预期的目的。其他的概念则在语篇要素之外，它们的整合程度标志着接受者 —— 读者 —— 的接受程度、它们提供信息的能力、对某特定局势含义的揭示度，以及它们和其他话语的关联程度。因为我们的目的是分析那些把贝娄所有的作品衔接、连贯到一起的要素，并证明贝娄有想要达到某种目的的企图，所以本论文只分析前三项：衔接、连贯和意图，至于其他几项，我们确信贝娄的作品已经达到了所需的要求。

要高于社会习俗[①]。

这些反复出现的修辞要素贯穿他的所有作品，它们像是明确的指示灯，反映出主人公们所处的不同状态和过程，并且根据主人公和他自身的关系，以及和他所身处的环境的关系的变化而变化。对这些反复出现的要素的分析和对比，展示出贝娄所有作品的衔接性和连贯性，这些作品组成一个话语交流整体，有其明确的意图。

为了做此分析，我们只从这些要素中挑出能够反映本文作者撰写本文需要的一系列基础构成，即那些能够反映下列句法学上的衔接以及语义学上的连贯程度的要素：(1) 相关的实体及它们之间的关系；(2) 影响这些不同实体的发展过程，这个过程将被用一种动词的方式进行研究，在特定的情况下则会使用名词化的方式；(3) 上文提到的各实体之间在哪种空间范围产生了关联。[②]

一

在索尔·贝娄的第一部小说《晃来晃去的人》里已经出现了本文作者这篇文章的基本要素。在这部小说里首次清晰完整地给出了两种实体的定义，这两个实体在贝娄以后所有的作品中不断地冲突对抗：一个我们不妨称它为“个体”，人类传统价值的捍卫者；另一个是一群被系统化的实体，他们按照自身所处的社会历史时刻的价值观体系生活，这群人构成一个整体，我们称之为“社会体”。下面我们就来看一下在这部小说的开头两个实体是如何反映出来的，并且观察一下他们之间的关系：

---

① 本人之前已经写过一篇论文，分析了索尔·贝娄作品从主体到文学性上的一致性。请参阅《索尔·贝娄的人类构建：内部界限的三个方面》，萨拉曼卡大学出版社，1987。

② 我们的意思同 J. 米勒在他的《语义学和句法学》(*Semantics and Syntax*, Cambridge University Press, 1985, p.52) 中讲到的下面这段话相同：“我主张合适的语义级别应该是实体和叙述者，我很关注状态和事件的结构，也就是说，在这样的状态和事件中的参与者 (在最广泛意义上的) 以及他们之间的关系。”伯格兰德和德雷斯勒在我们之前提到的两本著作中也用到了同样的级别，不过更系统、更具体。为了避免不必要的概念混淆，我们在此处用的是米勒的概念，而只有在伯格兰德和德雷斯勒对该级别进行系统而具体的解释的情况下，才能使用他们的概念。

从前,人们习惯于经常表白自己,对记录他们的内心活动并不感到羞耻。而今,记日记被认为是一种自我放纵、软弱无能、低级趣味的表现。因为这是一个崇尚硬汉精神的时代。今天,运动员、硬汉子的一套法则——我相信,这是从英国绅士那里继承过来的一项美国遗产——空前盛行。这是一种拼命精神、苦行主义、严酷作风的混合物,追根溯源,来自亚历山大大帝。你有感情吗?表达感情有正确的和错误的不同方式。你有内心活动吗?这与别人毫不相干。你有激情吗?扼制下去吧!在某种程度上,人人都遵循这套法则。它倒允许一种有限的坦白,一种守口如瓶的直率。但对于真正的坦白,他还是有一定的抑制作用的。最严肃的事,与硬汉们无缘。他们不懂得反省,因此,碰到一些敌手,如不能像打猎那样凭武力制胜,他们便穷于应付了。

如果你有了困难,那就不声不响地进行斗争,这是他们的戒律之一。见鬼去吧!我要诉说我的困难。(……)眼下我心灰意冷,很有必要记点日记——也就是说,把要说的话讲给自己听——我毫不感到有放纵之嫌。硬汉对自己的沉默另有补偿,他们坐飞机、斗牛、抓鱼,而我却几乎足不出户。[①]

约瑟夫,《晃来晃去的人》的主人公,以"从前"这么一个过去时态("There was a time")来作开场白,来为自己"写日记"这个在文本中的现在("nowadays")非正常的和遭谴责的行为辩护,主人公自动被放置在现行的社会行为准则之外。对这一段的语言和它所用到的修辞做一个分析,我们很容易看出哪些是强大的"社会体"的价值观,哪些是主人公约瑟夫,这个作为没有被系统化的"个体"的代表准备去维护的价值观。

在叙述中,约瑟夫把"时代(era)"定义为一个实施行动的社会历史时刻。字典上这个词指的是"由一些突出的人物或形象为典型特征的时期。而在这一段中,有一个修饰词来突出修饰"时代"的含义:"硬汉(hardboiled-dom)",这是个逐渐流行起来的新词,原文由形容词"hardboiled"和后缀"-dom"构成。用这个特定的词来解释"时代"这个

① 引自蒲隆翻译的索尔·贝娄作品《晃来晃去的人》(《索尔·贝娄全集》第九卷)第3页。石家庄:河北教育出版社,2002。此篇以下有关该书引文的翻译均属此种情况,不再另注。——译注

概念在特定时期所表达的特定含义，在如下几个方面都意义重大：(1) 因为在形容词 "hardboiled" 后面附加后缀 "-dom" 使该词产生了一种贬义[①]，表达了主人公对被该词所修饰的 "这个时代 (this era)" 的一种否定的态度；(2) 因为该形容词的名词化 ("of hardboiled-dom") 改变了它的基本修饰功能，使它从修饰名词 "特征"[②] ——通常跟自己所修饰的对象的特征保持密切的联系 —— 变成了修饰名词的 "状态"，表示非名词固有的，而且经常是暂时性的特征[③]。约瑟夫用这个词使这个时代特殊化，并和另一个时代相对立，文章中明确表达出来的他对过去那个年代的偏爱可以证明这一说法；(3) 因为 "硬汉" 这个词的定义 "严格、头脑冷静、缺乏感情" 排除了 "这个时代" 这个语义单位的情感因素，反而强化了它注重实际和物质主义的价值观 ("严格、头脑冷静")。约瑟夫在首次提到 "这个时代" 时给它的这个 "'感情'因素的缺失或者压抑" 的定义，正是我们以后理解和阐释索尔·贝娄所有小说创作的基础，因为正是这种被格式化的 "社会体" 对情感的压抑把他们和贝娄的主人公们 —— 也就是 "个体" —— 区分开来，这些 "个体" 将要开始一场持续不断的对 "个体" 的人类价值观的追寻和收复。文中，约瑟夫刚说完一句简短的开场白，把 "崇尚硬汉精神" 赋予他所生活的 "现如今"，为了重申它这种 "暂时性的、非固有" 的特征，紧接着他又列举了一系列组成 "社会体" 的关键词："法则 (code)"，"正确的和错误的方式 (correct and incorrect ways)"，"表达 (indicating)"，"遵循 (obeys)"，"允许 (admit of)"，"抑制作用 (inhibitory effect)"，"不懂得 (unpracticed)"，"戒律 (commandment)"，所有这些词都跟 "限制性法则" 这个概念关联，而且用主人公的话 "在某种程度上，人人都遵循这套法则"，其他的词语用来具体说明此 "社会体" 的构成因素，从语义学的角度进一步明确并划出界限："硬汉精神"、"运动员 (athlete)"、"硬汉子"、"拼命精神、苦行主义、严酷作风"。但当在这些限定词中出现了一个很明确地强调这个 "社会体" (被系统化的 "实体") 的

① 请参阅 R. Quirk, S. Greenbaum, G. Leech and J. Svartvik: *A Comprehensive Grammar of the English Language*, London: Longman, 1985, pp. 1547–1548。

② 此处，我们使用的是的概念类型学中的概念，参见《文本、话语和过程》第 77—80 页，《话语语言学导论》第 95—97 页。

③ 请注意 "一个崇尚硬汉精神的时代 (an era of hardboiled-dom)" 和 "一个硬汉 (a hardboiled man)" 两个短语语义上的差异。第二个短语形容词指的是名词内在的固有特征，因此，建立了一种修饰 "特征" 的关系。

情感含量时，这个词的含义被明显削弱。这个词就是“坦白（candor）”，此词前面加上了一个从语义学上来说代表“部分品质”的限定词“一点（kind of）”，与此同时还有另一个限制性的词“有限的”。“守口如瓶的直率（closemouthed straightforwardness）”这个语段情形类似，该语段由两个反义词构成：“直率”，本质上具有“自发”的含义，而新词“守口如瓶”，则有“抑制”、“阻止”的含义，它可用作某名词的“定语”，也就是说，对于名词来说，它表达一种固有的品质。

而与该“社会体”的严酷和被系统化相对应，我们看一下为了填充“个体”的含义而使用的词：“感情（feeling）”，“内心生活（inner life）”，“激情（emotions）”，“真正的坦白（truest candor）”，“严肃的事（serious matters）”，“反省（introspection）”，“困难（difficulties）”，“心灰意冷（demoralization）”，“自我放纵（self-indulgence）”。所有这些词都跟前一段所用的词对立，它们属于一个“多愁善感（sentimentality）”的语义范畴，显而易见是被排除在“硬汉精神”的定义之外的概念。

“社会体”是“规范体”，而明显具有自省风格的“个体”则跟它分割开来。这一概念在选中的这一段中也得到了体现。描写社会典范的句子都是陈述式和命令式，因此这些句子都是正面、肯定的“果断自信（assertive）”。而与此相反，与“个体”相关联的句子都是疑问句，迷茫的条件句，目的从句，感叹句，大部分都属于“不那么果断自信（non-assertive）”的领域，因此就会引发疑问、假设，还有为适应“社会规范”而做出的调适。另外，第一类句子中的“施动者”，无论是现实中的还是语义学上的，都是表示某种类别的词（“这个时代”、“准则”、“它”、“那里”、“每个人”、“硬汉”，），它们都指的是社会现实或者它的组成部分；而在第二类句子中，“施动者”则被具体化，首先通过人称代词“你”，如果说这个词的所指依然不确定，暗含着说话人直接请求被质询人的个人经验的帮助，那么接下来这个被质询人则完全和第一人称代词“我”重合，两者都指的是主人公本人。

在对这些不同“实体”的描述下结论之前，约瑟夫引入了最后一个具有揭示性的信息：和组成“社会体”的这些被系统化的实体（“硬汉”）相对应的是行动的范畴（“他们坐飞机、斗牛或者抓鱼”）；而与此相反，他本人则以“不行动”（“我却几乎足不出户”）为特征。反省的范畴属于约瑟夫——“硬汉们”，用主人公的说法，是“不懂得反省”，而“反省”字典上的解释是这样的："检查一个人自己的思想和感情"，这个定义进一步强化了两者之间的差别。

随着小说的发展，我们知道约瑟夫面临的境况，也就是冲突的直接原因，来自于当时的社会局势，这个局势改变了他的生存状况。主人公的过去是这样的：

> 在过去的七八年里，他一直在按照一个既定的总方案办事。如何对待朋友、家庭、老婆，都包括在这个总方案中。在对待老婆方面，他用心良苦。他鼓励她阅读由他选定的书籍，教她赞赏他认为值得赞赏的事物。至于这样做的效果如何，他就不管了。

虽然先不说这些语言所描述的场景跟约瑟夫文本上的"现实"已经愈行愈远了，这里值得我们注意一下一个统治着主人公生活，并且他还想扩大到周围人（"他的朋友"、"他的家庭和他的妻子"）身上的"总方案"到底暗指什么。这个方案，以我们看，应该是理论上的，因为其基础是"他选定的书籍"，而其结果，他不确定（"至于这样做的效果如何，他就不管了"）。由约瑟夫孕育的这个存在主义方案的理念在索尔、贝娄最近的一部小说《更多的人死于心碎》里再一次得到了明确。设法证实一下约瑟夫这个早期人物的最初方案如何通过他的继承者和后来人——贝娄其他作品的主人公们——的多种多样的发现和领悟，而从内容上到涉及范围上逐步得到更深入的发展和修正，将会非常有趣。

正如我们之前所说，改变了约瑟夫正常生活轨道的正是第二次世界大战。在主人公等待奔赴战场的这几个月，他暂时游离于他的日常行为之外。在此期间，在"个体"约瑟夫和"社会体"之间产生了不可避免的对抗。实际上在作品中他身边的所有人都属于这个"社会体"，只有约瑟夫感觉自己与其格格不入。正如我们之前所说，"个体"为了捍卫自己的价值观和需求而采取了一种挑战的态度（"见鬼去吧……，"主人公这么说，"眼下，我心灰意冷，很有必要记点日记……我毫不感到有放纵之嫌"）。但随着故事的推进，他的姿态渐渐软弱下来。

在小说的最后三分之一，主人公的个体自我分裂，他求助于这个被自己创造出来的被称为"替身精灵（the spirit of alternatives）"或者"tu as raison aussi[①]”的“第二自我”，以此来解决他面临的危机并对内心交织着的不同的想法进行疏导。我们看一下约瑟夫和这个“第二自我”的一段对话：

约瑟夫：“你要我信任非理性？”

替身精灵：“我什么也不要。我建议……”

“情感吗？”

“情感你有，约瑟夫。”

“本能吗？”

“本能你也有。”

“我知道这种议论。我明白你所追求的东西。”

“什么？”

“人力太微小，不足以同无法解决的事情相抗衡；我们的性格，思想的性格，十分软弱，只有感情尚可依赖。”

“你太冒失了，约瑟夫。我并没有那么说。”

“但你一定有这个意思：理性必须征服自己。那么为什么我们还要理性呢？为了发现非理性的神圣吗？这是一个站不住脚的理由。”

在这段对话的开始，约瑟夫把自己归于他的个体所代表的“知识”和“理性”（“理性必须征服自己”）而与他的“第二自我”相对立，因为这个“第二自我”代表着情感品质（“非理性”、“感情”、“本能”）。由此我们可以看出和上一段所分析的结果的差异。在上一段中，还是这个约瑟夫，当时的他还是一个没有分裂的完整体，坚定地捍卫“个体”的那种内省能力，也就是说，对“思想”和“感情”的坚持。我们发现，这个最初的“被系统化”的兆头随着对话的继续而不断增长：

约瑟夫：“人人奢谈异化，这是傻瓜的口实。（……）你可以同老婆离婚，把孩子抛弃，可是你怎么对待自己呢？”

替身精灵：“如果世界在你心中，你就不能用法令取缔它。是吧，约瑟夫？”

---

① 法语，意为“你也有理”。——译注

"怎么能呢？你已经上了它的学校，看了它的电影，听了它的广播，读了它的杂志；如果你宣称你异化了，说你摒弃好莱坞的迷梦、肥皂剧、廉价的恐怖小说，那又怎么样呢？这种否定就把你牵扯进去了。"

"你可以下决心忘掉这些东西。"

"世界就跟你形影不离。它送给你一支枪或者一把工具，它把你挑选出来干这干那，给你带来关于灾祸和胜利的特大新闻，把你推来搡去，剥夺你的权利，葬送你的未来（……）不管你做什么，你都无法排除它。"

在后面这一段，主人公的妥协更明显。最初的他可是跟整个"社会体"（"世界"）还有所有其他看起来已经被系统化了的个体都保持对立态度的。对于主人公来说，同其他的个体保持距离很容易（"你可以同老婆离婚，把孩子抛弃"），但是当初在他这个"个体"和"社会体"之间如此清晰的界限现在开始变得模糊。对于他的问题"可是你怎么对待你自己（即"个体"）呢？"，他的"第二自我"这么回答："如果世界在你心中，你就不能用法令取缔它。"在这里，两个实体的身份首次重合（"世界在你心中"）。在他的两次插话中，约瑟夫多次表达了这种身份上的重合："你已经上了它的学校……"、"世界就跟你形影不离……"，表达对"异化"这个概念的排斥也佐证了这一点，因为这个词包含着一种"跟社会环境格格不入"的含义。

同样，我们用分析第一段时所持的观点来证实主人公如何用行为动词（"去了"、"听了"、"读了"，）来加强他同"社会体"的联系，而在对"异化"概念表示排斥时所用的词则都在该词的常用搭配范围之内（"谈"、"宣称"、"说"、"否定"），这也是饶有兴趣的。

在两者对话的时刻，"个体"和"社会体"之间存在的关系是一种空间的重合。"它（世界）—— 在（被包含在）—— 你（约瑟夫）心中"。之后，当被完全打垮的主人公（"我必须投降"，这是他的原话）即将奔赴战场并意识到社会已经承认他是"局内人"的时刻，这种身份的重合得到了进一步重申。在这句话中，所有"个体"身份的迹象都被一个属性词"人"所擦掉，并且和上一句的词序颠倒，变成了"人（约瑟夫）—— 在（被包含在）—— 它（世界）中"，暗含着"个体"终于被"社会体"吞没。

在接下来的四部分里[①],论文作者又列举了《受害者》(1947)、《奥吉·玛琪历险记》(1953)、《抓住时日》(1956)、《雨王汉德森》(1959)、《赫佐格》(1964)、《赛姆勒先生的行星》(1970)、《洪堡的礼物》(1975)、《院长的十二月》(1981)以及《更多的人死于心碎》(1987)里出现的基本的话语要素,通过对其进行句法和语义上的分析,展示所有贝娄的主人公们所代表的"个体"和他们与之格格不入的"社会体"的冲突,展示出贝娄所有作品的衔接性和连贯性,最后实现贝娄想要通过把所有的作品搭建一个大的构架来创造一个典型人物的意图。比如通过分析《抓住时日》的主人公汤米·威尔海姆,将他和葬礼上那个陌生的死人重合,然后把有关死者的一句话"最后他(死者)终于和它(死亡)在一起了(Now at last he was with it)"和《晃来晃去的人里》那句"a man who was 'in it'"进行比较,发现在前一句中"它"指的是"死亡",而后者中"它"指的是"这个世界,这个时代,现如今",即约瑟夫最后认可的现实是可感知的外在真实现实,而威尔海姆则生活在人类最本质的现实中,即"死亡";两个句子的介词由原来的"之中(in)"变成了"一起(with)",从而展现了一个从"被社会吞没"到"同死亡在一起"的演变过程,说明汤米·威尔海姆超越了自己而变成了一个"世界人",并且这种变化也暗含着威尔海姆的继承人奥吉·玛琪的愿望,而威尔海姆踏出的这一步也使得汉德森拒绝社会给他贴的任何标签,也不愿意使"个体"受到任何压制成为可能。在经过详细、全面的分析之后,作者在文章的最后得出结论:在《晃来晃去的人》里出现的第一个主人公的妥协之后,贝娄试图建立起某种典型人物的形象,用《更多的人死于心碎》里本舅舅的话说,就是一个"以自己的麻烦天性而工作的"人,任何时候都不会成为"产品(product)"。这里有两组贯穿贝娄作品的对立的概念:"生产(product)"和"使得(make)","存在(be)"和"天性(nature)"。论文作者认为"存在"和"天性"是贝娄作品的两个重要概念。

① 以下为该论文作者主要观点陈述。——译注

编后记

皮拉尔·阿隆索·罗德里格斯（Pilar Alonso Rodríguez），西班牙萨拉曼卡大学语言学系英语语言文学教授。本文节选自发表于1989年《亚特兰蒂斯》期刊第六卷的论文，第89—112页（"Entidades, Relaciones y Procesos: Constituyentes Básicos y Recurrentes en la Narrativa de Saul Bellow", *Atlantis*,Vol. XI, n°s. 1–2, jun. -nov., 1989, pp. 89–112.）。该期刊由西班牙英美研究协会出版，创办于1979年，每年6月和11月各出版一期。

本文从语义学角度具体分析了贝娄作品中反复出现的要素，从文本中选取词语和语段进行了细致的分析。

第三辑

贝娄作品研究

《赫佐格》

作者 ［美国］罗伯特·F. 基尔南
译者 王丽艳

他是一个了不起的老人，虽然有时候也骗骗人，但谁不是这样呢？

——摩西·赫佐格

《赫佐格》曾获得美国全国图书奖和国际文学奖，而且人们普遍认为这是贝娄最有成就的一部小说。布伦丹·吉尔曾经说，这是“一部几乎毫无缺陷的小说”[①]，在马尔科姆·布拉德伯里的心目中，《赫佐格》是贝娄“表达最彻底、最有深意的书”[②]，是“对现代人类生活经历最全面、最有探索性的表达”[③]。不过，《赫佐格》受到了赞许，也遭到了辱骂。特别是批评家理查德·普瓦里耶于1965年在《党派评论》上强烈指责说贝娄的小说自命不凡，充斥着幼稚的时髦语，令人无法忍受[④]，此举震惊了文学界。大众媒体上的不同意见与此交相呼应，使人觉得《赫佐格》已经颇有点像是批评界的试金石了。一位没有公布姓名的评论员在《新闻周刊》上称赞《赫佐格》“有深度、有广度、有强度，辞藻优美，想象力丰富”，宣称

① Brendan Gill: “Surprised by Joy”, *New Yorker*, 40 (Oct. 3, 1964), p. 218, 221, 222.

② Malcolm Bradbury: *Saul Bellow,* New York: Methuen, 1982, p. 69.

③ Malcolm Bradbury: “Saul Bellow’s *Herzog*”, *Critical Quarterly*, 7 (Autumn 1965), pp. 269–278.

④ Richard Poirier: “Bellows [*sic*] to Herzog”, *Partisan Review,*32 (Spring 1965), pp. 264–271. 修改后以“《赫佐格》或困境中的贝娄”为题重新出版，见 Earl Rovit(ed.), *Saul Bellow: A Collection of Critical Essays*, Englewood Cliffs, New Jersey: Prenticd-Hall, 1975, pp. 81–89。

《赫佐格》是“一部注定会名垂青史的著作”[①]。但是有反对者在《时代周刊》上嘲笑这部小说“感伤无力，太过甜腻”[②]。《共同福益》评论员认为《赫佐格》是“有活泼精巧外表的喜剧，同时意蕴深广，令人回味无穷”[③]。但同一期的《美国》杂志上评论说《赫佐格》没有文学修养。[④]值得注意的是，名望较高的文学评论家大都意见分歧或者没有突破个人局限。在《新共和》杂志上欧文·豪声称《赫佐格》是“一个奇迹般的、充满活力的展示”，但也指出小说题材显得“智力不足”[⑤]，《纽约时报》奥威尔·普雷斯科特认为《赫佐格》毫无章法、自命不凡、矫揉造作，但同时又卓越超群[⑥]。

《赫佐格》描述了摩西·埃尔卡纳·赫佐格的故事。赫佐格是一位大学教授，曾离婚两次，他正蜗居在马萨诸塞州西部山区破败的房子里追忆自己的一生。赫佐格在小说中特别回顾了以他回到路德村的伯克夏为最高潮的五天之旅。他曾经顺从第二任妻子马德琳的意愿离弃了伯克夏的房子，而此时马德琳正和瓦伦丁·格斯贝奇以及赫佐格的小女儿琼妮住在芝加哥。现在，过去的日子又浮现在赫佐格面前。第一天，他决定去访问马萨葡萄园的朋友莉比·西斯勒，以避开他的情妇雷蒙娜·多塞尔，因为很显然她想和他结婚。但他一到西斯勒家就意识到自己犯了错误。他装模作样地住下后，又逃往纽约，给朋友留下了一张便条，上面写了狂乱的、欠考虑的借口。“我得回去了，”他写道，“在这种时候，我不能承受对我的爱护和关怀。感情、良心，一切都处于奇异的状态中。我尚有许多未了之事。祝你们俩幸福。”

他第二天和雷蒙娜待了一段时间，第三天他想去见自己的律师哈维·辛金，问问自己能否取得琼妮的监护权。他们约好在法院见面，但是他却被法院里的一系列听证会所吸引。一位实习医生受到审问，因为他在男厕所里对一个侦探实施了性侵犯；一个易装癖者企图用玩具手枪抢劫一家商店；一个年轻的母亲被指控和情人一起谋杀了自己三岁的孩子。

---

① “The Altered Heart”, unsigned review of *Herzog*, *Newsweek*, 64 (Sept. 21, 1964), p. 114.

② Unsigned review of *Herzog*, *Time*, 84 (Sept. 25, 1964), p. 105.

③ Thomas Curley: “Herzog in front of a Mirror”, *Commonweal*, 81 (Oct. 23, 1964), pp. 137–139.

④ William B. Hill: “Review of *Herzog*”, *America,* 111 (Nov. 28, 1964), p. 718.

⑤ Irving Howe: “Odysseus, Flat on His Back”, *New Republic*, 151 (Sept. 19, 1964), pp. 21–26.

⑥ Orville Prescott: “Review of *Herzog*”, *New York Times*, (Sept. 21, 1964), p. 29.

这最后一件案子使他对女儿的安全产生了恐惧，他立即赶往芝加哥，在已故父亲的房子里找到一把手枪，开始寻找马德琳和她的情人，一心要杀死他们。他透过窗户看到了格斯贝奇像父亲一样温柔地给琼妮洗澡——这次谋杀因而得到了终止。第四天他带琼妮去芝加哥谢特水族馆，途中发生了车祸，他随后被指控私带武器。哥哥威尔寄来保释金，赫佐格于第五天返回了伯克夏，为小说画上了一个句号，其终点也是出发点。

为期五天的奥德赛之行里，赫佐格从纽约出发到马萨葡萄园，又回到纽约，然后去芝加哥，最后来到路德村，但这些只是他幽居伯克夏时回忆之旅的一小部分。作为一个精神上、同时也是身体上的巡行者，赫佐格回想起他与马德琳结婚又离婚，回想起他与名叫黛西的女孩的第一次婚姻，回想起他与瓦伦丁·格斯贝奇的关系，他修葺伯克夏房屋的努力，他先后与情人园子和雷蒙娜的关系。这些回忆中笼罩着失败的阴影。读者发现，他在路德村的房子上投入了两万美元遗产，却得不到任何收益；他抛弃了温顺的、支持他的戴西，却被任性、破坏性十足的马德琳抛弃。他努力在"白种盎格鲁-撒克逊清教徒的美国"站稳了脚跟，却发现自己只是"路德村的老犹太"；他的事业如同他的财产一般陷入颓败，曾写过引发争论的《浪漫主义和基督教》的他现在写下了八百多页既无论点又没有主题的手稿。

赫佐格天马行空的思想尤其表现在他给各行各业的人写的信中，包括政客或是政治家、家人、活着的或者死了的哲学家、精神病学家、神学家、大学教师、《纽约时报》、他自己，甚至包括上帝，但他却一封也没有寄出。这些或者出现在脑海里或者写在纸上的信似乎是他内心骚动的火山大爆发。他给在第五大街开店的布匹销售商写信，向他宣扬文明礼貌；他给包厘街圣马克教堂的首席神父写信，向他推荐拉撒路和戴夫斯的故事；他还给维诺巴·巴维写信，他一直都很崇拜这位印度"捐地运动"的创始人。还有马丁·路德·金、威利·萨顿、泰亚尔·德·夏尔丹、海德格尔、尼赫鲁、尼采等各种各样的人。他还写了一封编造出来的信，指控他的精神病医师对马德琳产生了淫欲，所以终止了对他的治疗。阿德莱·斯蒂文森在 1952 年的总统大选中败给了艾森豪威尔将军，赫佐格写信劝慰他说："将军赢得大选是因为他表达了低级的马铃薯式的爱。"他告诉十七世纪的哲学家斯宾诺莎说，在二十世纪自由联想被用来揭示心理最深处的秘密，而他认为自由联想是一种束缚。有些信写了厚厚的一摞信纸，有的在第一句话中间就戛然而止。这些信件的语气或幽默、或凄惨、或气愤，或机智、或心酸、或尖锐、或温和，似乎是癫狂的剖析图。

这些各式各样的信件表明，赫佐格的思想游移不定，但也不是完全没有方向。赫佐格的愤怒可以说是贯穿这些信件的主旨。他愤怒是因为他感到自己认为是“天才的想象”的东西变成了“知识分子的罐装食品”。他一次又一次地抨击“斯宾格勒的‘普鲁士社会主义’的罐装泡菜，平凡的荒原景色，廉价的异化思想刺激物，小人物关于虚伪和凄凉的夸夸其谈”。促成他五天之旅的主要原因是他的婚姻问题，但知识分子的低下地位困扰着赫佐格，因此婚姻问题演化成了知识分子的争论。如同患病一般，他在信中和那些在智力上与他的问题结合在一起（或者他认为如此）的精神医师、律师和牧师争论，以此取代了他曾经与两个前妻的争吵。他所做的成了智力游戏，而不是人际关系。

赫佐格的信件是躲避现实，还是对现实的正面攻击，这一点尚无定论，但是，横亘在他的个人回忆和信件上的公共地址之间的鸿沟显然表明，他不能在自己的知识和经历间协调，除非他放弃其中一个。的确，贝娄强调的就是这些各种各样的压力。他巧妙地描述的癫狂症状有一定代表性，但不会让人觉得疯狂，同时也不那么典型，暗示这一痼疾没有简单的治疗方法。贝娄的主人公并不抵制疯狂，但也没有完全跨越疯狂的界限，而是一个处于疯狂边缘的人。“如果我真的疯了，也没有什么，我不在乎。”赫佐格在小说开篇踌躇地说道。

小说一直悬而未决的问题是，赫佐格的癫狂到底在多大程度上预示了他是一个受害者？贝娄知道自己被誉为描写“受害者”的小说家，他在1964年坦率地说自己觉得《赫佐格》改变了所谓的“受害者”小说模式[①]。但是，主人公赫佐格仍然具备了贝娄小说中传统受害者的特质：晃来晃去的人徘徊在疯狂和理智的边缘，阿萨·利文萨尔感觉有人要改变他，奥吉·玛琪以多变的跑腿活来迎接对自尊心的攻击，汤米·威尔海姆沉浸在周围崩塌的伟大计划中，尤金·汉德森在苦难中提出关于人生的最大难题。乔伊斯的《尤利西斯》中“独眼巨人”一章里的摩西·赫佐格

---

① “我认为《赫佐格》是受害者文学的一个突破。作为这一流派的领头人，我有权这么说。受害者文学目的在于展示普通人的虚弱无力。写作《赫佐格》我感觉自己是在完成一个走向文学敏感性终点的发展过程。”贝娄对大卫·博罗夫（David Boroff）的谈话，见“The Author”, *Saturday Review*, 47 (Sept. 19,1964), pp. 38–39。

也能在贝娄的主人公身上找到他的影子，但却是作为暗指的学生的熏青鱼出现的。贝娄的人物清晰可辨地从彼此之间演化而来，甚至超过了从整个文化中的发展演化。赫佐格可以被看作一个更有文化的利文萨尔，一个更成熟的威尔海姆，一个更加文明的汉德森，赫佐格从他们的苦难中借用了受害者的外表。

确实，赫佐格生活中不加渲染的事实是如此可怕，几乎使得贝娄早期小说中的受难情节变得平凡无奇。汤米·威尔海姆的父亲说除非汤米死了才肯借给他钱，赫佐格的父亲更加过分，当花钱无度的儿子来借钱的时候甚至对儿子挥起了手枪。奥吉·玛琪遭到了伦林夫人迷人的诱惑，赫佐格小时候在路上被人搭讪，如果他不是屈服于这个人几乎是强奸的手淫，他就被掐死了。几乎每一个出现在赫佐格生命里的人都以看似极端而吓人的激情虐待过他。赫佐格向律师桑多·希梅斯坦咨询争夺琼妮的监护权，却遭受了对他的性能力和现实感残酷且完全非专业的评价："你一个星期要能上去那么一次，就该值得庆幸了！"希梅斯坦冲他喊道。然后，他转向妻子比阿特丽斯，毫无根据地评价说：

> 他想要人人都爱他。要是不，他就会大叫大嚷。好吧！一九四六年六月六日，同盟军发动总攻后，我负了伤，躺在一家英国佬的医院里，成了个残废人。嗨，老天爷！我不得不靠自己的力气走出来。你那位朋友瓦伦丁·格斯贝奇怎么样？他简直是一个男子汉！他这个红头发的瘸子就知道真正的苦难。可是他的日子过得挺不错，三个人六条腿也比不上他这个木头腿的瘸子。没问题，比阿，摩西·赫佐格受得了。

希梅斯坦指责说赫佐格没有经历过他和格斯贝奇受过的苦难，这一点无可争议，但重要的是希梅斯坦的谩骂如此猛烈，还欺骗性地假定赫佐格"能够受得了"。小说中没有人像赫佐格这样毫无来由地经历如此暴烈的精神伤害。马德琳的行为中甚至有一丝妖魔化色彩，她企图榨干赫佐格的男性精神。赫佐格在小说结束时说她是"从他身体上切下来的"，她刺伤了他的生殖器，就像童年时候那个鸡奸者一样。她确实耗尽了他的财产和才智。他们刚结婚时，赫佐格为了取悦她，放弃了优越的教职，在路德村买了一座废弃的房子。很快，赫佐格发现在这里无法写作计划中的巨著。房子和手稿一起成了泡影，马德琳却购买了墙壁承受不了的银制浴室装置，而且拒绝考虑最基本的房屋卫生设施问题。在这所房子上投入两万美元之后，马德琳改变主意，决定搬去芝加哥，弄得他们不得不抛弃了路德村的房产。一年后，马德琳决定要离婚。她非常谨慎，一直等到赫佐格给她租了一座昂贵的房子，清理了院子，装好了防风窗，然后才宣布要离婚。她告诉他自己从来没有爱过他，以后也绝对不会爱他。她霸道、蛮横、自私。她在丈夫失去了职业、遗产和心理平衡后离弃了他。

如果说马德琳是个妖魔，赫佐格觉得格斯贝奇是个双性的恶鬼，侵入并威胁占有他的世界。他在路德村刚刚进入赫佐格的生活的时候，赫佐格就发现他学习自己的讲话和举止并且模仿自己，似乎显示出一种病态的变形的需要。格斯贝奇向赫佐格保证说他在这个世界上最爱的就是马德琳和赫佐格，把他的妻子抛诸了脑后。他紧紧地依附在赫佐格夫妇身旁，因此赫佐格迁往芝加哥的时候不得不给他也安排了工作和住所。赫佐格婚姻出现问题的时候，格斯贝奇建议他说，不再用婚姻的义务来约束马德琳，因为她需要找到自我。格斯贝奇在这个建议里倾注了更多的热情（“你的任性把这一切都弄砸了”），超过了他之后与马德琳私通的激情。不同程度的热情以及他复杂的性倾向表明，格斯贝奇并不是想与马德琳做爱，而是想要使赫佐格远离性爱，击垮他的自尊，占有他在马德琳和琼妮生活中的地位，在完成了心理上、身体上的渗透之后最终变成摩西·赫佐格。“格斯贝奇什么也不肯放手，”格斯贝奇的受害者抱怨说，“他尝试了所有方法。例如，他夺走了我的妻子，是不是也要替我受苦？因为他这也能做得更好？如果他是这样一个悲剧性的爱人，几乎是他自己眼中的超人，他是不是也一定是最伟大的父亲和最伟大的有家室的人？”赫佐格最后写的信件中有一封是给格斯贝奇的，其中重复了他认为马德琳是妖魔的话，“是从他身上切下来的”：

> 格斯贝奇，欢迎你接收马德琳。享受她吧，占有她。但是，你不能通过她接触到我。我知道你在她的身体上寻找我，但是我已经不在那里了。

在弗洛伊德主义盛行的年代，人们很自然地会想到，赫佐格在多大程度上自我虐待。赫佐格采用双重思想来解决这个问题。一开始他承认自己对马德琳的爱里“有一种被征服感”，但又含蓄地否认了性受虐狂的标签，争辩说马德琳天生霸道。在他的逻辑上，既然他爱她，他就只能接受这种感觉。有的时候他也承认，根据“普通行为中潜行的心理分析”，他的性格中的确有受虐狂的成分。一方面，他迷恋马德琳的鞋跟，暗示了典型的受虐狂恋物情结；另一方面，他对生活在世界末日的受虐狂观念难以忍受。在很多场合，他以自我惩罚的方式向自己解释自己的行为。当他看出希梅斯坦在职业托付上背叛了他，他想：“我怎么会和他混在了一起？肯定是我自己愿意发生这种可笑的事。”有一次，他发现自己的脸显露出岁月的沧桑，说：“他自己让人家打击他，还假人以力量。”还有一次，他拒绝去雷蒙娜给他找的精神病院，因为怕它变成一个“地牢”。地牢确实是受虐狂者的祈愿词语——这里却奇怪地失效了。仿佛是对痛苦崇拜的轻视，他大胆地宣称：“我永远也不为任何人的痛苦解释，也绝不要求苦难让我们变得严肃和诚实。”

此类矛盾思想难以赘述。对往日情人的回忆促使赫佐格在笔记本中写下如下的句子：“上帝眷顾虔诚的人……我的运气太差了。”他在狂热的信念中在运气两个字下面画了好几道横线。他也担心出现明显的妄想症症状，所以向精神病医生要了一份精神失常的临床症状列表（“骄傲，愤怒，过度‘理性’，同性恋倾向，好斗，猜疑，不能忍受批评，仇恨投射，幻觉”）。就像很多批评家注意到的，赫佐格在一定程度上表现出了如上所有症状，他发现这些症状后激动得叫道：“全都有，全部都有！”也许是为了削弱这种发现的公众性，因为这是个私人的独白，也许是为了终止这种发现，他宣布自己每一种症状说的都是马德琳，给读者留下了恼人的歧义。另一点含混不清的是，他还坦陈格斯贝奇比他忍受了更重的苦难：“他在棚车车轮下（轧断了他的腿）受的痛苦肯定比摩西·赫佐格遭受的任何苦难都重。”赫佐格放纵地说：“他的伟大的、激烈的悲痛！灼热的悲痛！”但是他的语气显然不太清楚。他是在嘲笑？嫉妒？对他行为的理解有太多可能性，难以找到一个确切的解释。

关于赫佐格的受虐狂问题深入下去，便得出了一个人们普遍接受的理论，那就是赫佐格失去了理智。赫佐格一开始就声明说格斯贝奇和马德琳在他的家人和朋友中间散播他精神失常的谣言，似乎没有理由怀疑他的话，因为他随后加上了一个坦白得惊人的问题：“这（精神失常）是真的吗？”他没有因为自己可能疯了这件事而惊慌，也没有受虐狂地因此而高兴，反而审视了这个想法。的确，他就像一个现代李尔王，向精神病医生抱怨自己为什么没有疯掉。但是，还没到马萨葡萄园的莉比·西斯勒的家之前，他就以典型的矛盾思想描述自己“经常性的心智失常”。尤其当他处于幽闭状态的时候更有心智失常的强烈预感，比如说马德琳和希梅斯坦向他的精神病医生咨询，想知道是不是需要把他送进曼特诺或者是埃尔金的精神病院。“突然之间，就因为马德琳决定要解除婚姻，我一下子变成了一只疯狗。”赫佐格解释说，他的直率和无怨无悔使得马德琳和希梅斯坦过分夸张的姿态变得令人怀疑。赫佐格的哥哥威尔，一个比马德琳和希梅斯坦这些欺凌者更可信的人，在第五天催促赫佐格到医院去，但是威尔对于精神病问题的温和和羞怯与赫佐格的矛盾思想一致，造成了读者倾向于不做判断的模式。[①]

赫佐格的体魄顽强地与忧郁症抗争，他的理智的力量似乎也对抗着自虐般的卑下和绝望，阻止他滑向最终的疯狂。贝娄用许多方法来协调这种对应。凭着他的判断力，赫佐格风趣地问自己是否在多年以前就在内心里决定了一项交易，一个精神上的贿赂，“用温顺换取了优先的待遇”。完全不同于自怨自艾，也不同于绝望的浪漫主义宿命论有时唤起了他禁欲主义的评论：“人生来就是孤儿，然后在身后留下孤儿。”他以良好的心态看待自己经济上的困境，有一次嘲弄地说钱对他来说不是一个媒介，他是钱的媒介，钱直接从他身边溜走了。这样的眼光，这样的宿命论，这样对待自我的风趣不是精神崩溃的标志，反而正好相反。但是，这些暗示着自我分裂成了二元的我和它，接近于精神错乱了。

在写给黛西的信中，赫佐格说：“我病了——在医生的关照下。”带着知识分子对显而易见的手段的嫌恶，他注意到了自己对同情心的含蓄的诉求。“个性有自己的道路，”读者立即获得了这样的说明，“有才智的人可能在未获准许的情况下注意到。赫佐格不关心自己的个性，在当时他对于自己的冲动显然毫无办法。”但是，在否认冲动的声明中他对于内心厌恶的冲动还是采取了措施。视角是他的媒介，学者的超然是他的方法，通过这两者他巧妙地构建了有明显治疗作用的第一人称和第三人称的叙述。正是通过说“赫佐格不关心自己的个性”，贝娄的主人公才能够

① 当然，并非所有评论家都持这种意见。朱迪·纽曼认为《赫佐格》“核心人物的心智是否健全非常值得怀疑”。（Judie Newman: *Saul Bellow and History*, New York: St. Martin's Press, 1984, p.95.）

在精神上与自己的经历疏离，同时依然承认那是自己的过去。这种矛盾思想使他拥有了广阔的智力空间，同时也使得困扰的自我从主观中逃离出来，而不必去治疗精神分裂症。实际上，赫佐格分离性地将自己的个性当成"赫佐格"的个性而不是他自己的，从而缓和了厌恶自己个性所带来的创伤。"我是感知的囚徒"，他说过这样一句重要的话，"一个被强制的见证人。"和大多数囚徒一样，他学会了在囚禁中玩自由游戏。因为他必须做自己感知的见证人，因为他的感知正遭受折磨，这种双重观念的游戏成为他的平衡杆——这不是精神失衡的症状，而是一种维持平衡的方法。

为了确保对赫佐格心理动态的理解，贝娄尽力使读者感受到主人公在第一人称层面上和第三人称层面上的感知的冲突。通常，"我"用于赫佐格的斜体字书信和引用的部分，但有许多次"我"也闯入了不是斜体的叙述和似乎是第三人称的叙述领域。当引号和引句不能够表明这种侵入的时候，就会产生歧义。当调节的逻辑被感知的时候，这种方法最为有效，交谈就在规则的步骤中变得更深入内心：

> 十五年后，在第八街相遇时，纳克曼却跑开了。他看上去苍老颓败，弯腰曲背。一见赫佐格，就急忙跑到乳酪店门前去了。他的妻子在哪儿呢？他肯定是为了避免解释躲开了赫佐格。他愚蠢的爱面子思想促使他这么避开。或者，他把一切都忘得一干二净了？还是他乐于忘掉这一切？可是我，我的记忆力把所有死去的人和疯子，都监禁起来，连可能被忘掉的人我也不放过。我把他们全都捆绑在我的思想中，而且折磨他们。

视角上如此缓和但却引人的转变表明赫佐格平衡行为的复杂多样。他打破了传统的叙事规则，随意地安排叙述者和受述者，大胆地将直接叙述和间接叙述混在一起。他给艾森豪威尔将军的信与一个框架话语交织在一起，这个框架话语有时是非个人化的（把读者当作受述者），有时形式上是直接的但却是潜在的间接话语（赫佐格是隐讳的听者）：

> 死亡的知识使我们希望牺牲别人来延续自己的生命。而这是权力斗争的根本原因。可是这完全是错误的！赫佐格想道，他在绝

望之余仍不失其幽默感。我在打扰这些人——尼赫鲁、丘吉尔,而现在又是艾克……在阅读您关于国家目标的报告时,我产生了这些想法。因此,我好像有一种非常强烈的欲望要给你写信表示我的意见……我想到要把著名的葛氏定律改变一下,改成:公共生活驱逐私生活。

赫佐格视角的变换配合着他时涨时落的自我认同。从他打算给雷蒙娜写信却没有实施,可以明显地看出这一点。直接的交谈(以雷蒙娜为谈话对象)被隐讳的非直接交谈(以读者和赫佐格为隐讳的谈话对象)所打断,然后又被与作为叙述者或受述者的赫佐格的直接交谈打断。在他第一次插话时,他维护自己的浪漫理想,但是在第二次插话中,他讥笑浪漫感性的习俗,从自己的话中寻找暗示,拒绝被"驱逐到个人生活中"。但他依然带着信件沉重地踏步前行,双重视角使他能够继续下去:

真理之光从来没有远去,没有人卑微到或堕落到不能进入真理之光的地步。我找不出理由不这么说。但是要接受无力、被驱逐的个人生活、迷茫……赫佐格,为什么你不试试隔壁的夜行者,这些裸露的长满丘疹的下流小猫头鹰。自从最后一个,也是最初的一个关于死亡的问题给我们提供了有趣的选择……

如果"被驱逐的个人生活"对赫佐格来说是一种情感上的谜团,促使着他进行视角的变换,那么这也是他智力上关注的事情。他职业性地认为自己是在挑战一切浪漫主义的和后浪漫主义的自我吹嘘。他的论文标题为"十七和十八世纪英法两国政治哲学的性质",他自己也忙于在学术上宣扬"生命是如何通过更新宇宙联系而进行下去",以为这"颠覆了关于自我独特性的浪漫主义谬误"。他对集体的忠诚更有甚于他对自己崇拜的启蒙主义哲学家的忠诚,他宣称个人生活"是一个耻辱",个人是"可鄙的"。虽然他不是信教者,他也几乎在向上帝祈祷说"把伟大的、累断筋骨的自我的负担拿开"。就像之前的汉德森,他渴望"给自己一次失败,返回到原始人种进行原始的治疗"。

但是赫佐格也不是像这些情感显示的那样完全反对浪漫主义自我。他关于自我的一个早期的意象是"制造个人历史的专题研究",通过实践他明白了自我不能简单地被哲学观点所压制。他可以朝着“赫佐格”微笑并且玩弄视角的游戏,但是自我仍然令人难以驾驭地控制着智力。“我是赫佐格,”他提醒自己,“我必须是那个人。没有别人会做那个人。”他随后运用更易于做出这种坦白的第三人称总结说:“笑过之后,他必须返回到自我,把一切看个清楚。”

实际上,虽然赫佐格渴望摆脱自我,但是可能出现的自由却如同“凄凉的空虚”击中了他。对这个话题散见的重复更进一步突出了他对解放的恐惧。他告诉雷蒙娜,摆脱掉他的希伯来清教主义会发展出落逃奴隶的心理(一个显著的对道德自由的负面评价);他看着格斯贝奇,做出结论说有些自由会生出疯狂。这一进退两难的处境使得他面对镜子发出了典型的满腹牢骚,话题是非常私密的,但视角上却是客观的:

> 我的天哪!这个东西是什么?这东西认为自己是个人。可究竟是什么?它不是个人,但是渴望做个人。像一场烦扰不休的梦,一团凝聚不散的烟雾。一种愿望。这些都是从哪儿来的?这是什么东西?它可能是什么?这并不是永恒的渴望,不是,它完全是会死的,但是有人性。

把赫佐格从可怕的矛盾拉扯中解救出来的是消化无关紧要经历的一种奇怪而杂乱的能力。读者被迫在很多场合认识到这种能力。例如,赫佐格想起坐火车经过新泽西州时曾骚动不安地阅读和质疑克尔凯郭尔的《致死的疾病》:“所有活着的人都陷入绝望。(?)那就是通往死亡的疾病。(?)人拒绝自己的现状。(?)”在叙述者的角色上,赫佐格同时也记录了工业化的磨坊掩映在草地和城市当中,过往景色生动而坚韧的召唤表明了新泽西州和克尔凯郭尔在赫佐格的思想中占据着未被注意却贴心的一角:

> 清冷的秋日阳光照在新泽西的磨坊上。火山状的矿渣、灯芯草、垃圾场、精炼厂、可怕的喷枪,眼前的草地和树林。矮橡树像金属一般直竖。草地变成了蓝色。每一个无线电台的尖顶都像针眼里滴了一滴血。阴暗的伊丽莎白砖落在了后面。黄昏时刻塔伦顿像煤炭火焰的中央出现在面前。

环境能够捕捉至少一部分赫佐格的意识，使他能够重新回到一个比他愿意理解的更加复杂的现实。实际上，最后给赫佐格带来对现实安宁的认可并不是来自理性的推导，也不是来自实验，而是在更受关注的聚焦行为之间的裂缝中偶然发现的。纽约治安官的法庭带来了这种发现，它尤为重要。[①] 虽然赫佐格的关注点是找到辛金，他却被看到的审讯所吸引。我们不得不设想，在他的潜意识里正义法庭处理的人类失败和他个人的失败交相呼应。一个实习医生因为向警方密探进行同性恋侵犯被拘留，使赫佐格回想起他选择毁灭性性伴侣的天赋，也许甚至想起了他被压抑的同性恋倾向。[②] 一个异装癖者，淤痕累累，木然无知，紧抓住"奇异的、仅有的一点真理观和荣誉观"，使得赫佐格想起了内心对自我的审讯，一个同样分裂的伤痕累累的自我——比木然无知还要绝望——紧紧抓住真理和理性限定下的荣誉。法庭审讯中最可怕的是对一对非婚夫妇的陪审团审讯，他们杀死了这个女人与另一个男人生的孩子。他们的罪行使得赫佐格担心琼妮的安全，因为有一份报告说马德琳和格斯贝奇虐待孩子。这一幕终于使他意识到自己将琼妮遗弃给了他们。法庭的见闻引起了赫佐格可怕的想象：性欲自我毁灭、意识反常、含蓄同性恋的冷酷。赫佐格感受到了格式塔压力，但是意识里却只承认对琼妮的担心，他立即冲向芝加哥要杀死马德琳和格斯贝奇。

当赫佐格手里拿着枪，从马德琳和格斯贝奇住的房子的浴室窗户看进去，看到格斯贝奇在给琼妮洗澡，他突如其来的杀人念头迅速消失了。那一刻，现实的两面性将他劈成了两半，他一下子被迫面对复杂混沌的状态：格斯贝奇既是一个侵入的梦魇，又是一个溺爱的继父；他自己既是一个自由主义知识分子，又是一个杀人者，还有一堆其他隐含的复杂事件。由此而产生的迷惑直到第二天他带琼妮去水族馆时才消失。他看到一个巨大的海龟缓缓地碰撞着水箱玻璃，预示着"永世的漠然"。海龟的努力与赫佐格在镜子前的满腹牢骚和他在浴室窗前的挣扎有着讽刺性的相似。虽然他看不到这些相似性，他明白那一刻是发人深省的。"人的灵魂

---

① 此处为失误。纽约市并无地方法庭。

② 我认为关于赫佐格是同性恋的观点很有独创性，但是这种观点的说服力在这里还有其可能的重要性。支持赫佐格有同性恋倾向的观点还可见于：John J. Clayton: *Saul Bellow: in Defense of Man*, 2nd edition, Bloomington: Indiana University Press, 1979, p.213。

是个两栖动物，我已经接触到它的两个方面。”他宣布说。这是一个达到高潮的理解——认为人类可以生活在善恶交缠、理智和疯狂不分的意想不到的维度里。海龟意识到了却并不在乎自己被囚禁的状态，这为陷在矛盾感知中的赫佐格提供了可行的榜样。像海龟一样，他可以挣扎得轻一点，冷静一点，漠然一点。

约翰·克莱顿提示说，赫佐格从水族馆回来的路上发生的车祸是一起道德受虐狂自己安排的车祸，实际上根本不是车祸。[1] 如果克莱顿是对的，就像我想的那样，那么应该这样理解赫佐格，他失去了在水族馆的顿悟，然后为此惩罚自己。他以海龟般的缓慢速度开进飞速而过的车流中，可能是一种死亡的愿望，一种想要抢先实现使得海龟长寿的“永世的漠然”的努力。他的失败是暂时的，这次事故将赫佐格从“最后几天奇怪的、盘旋的飞行状态”拉回到了海龟般的正常的生活圈子中。确实，螺旋状是他救赎的基调。在其他地方，读者还读到“他练习在随机的事情中盘旋的艺术，来攫取本质的东西”，这很恰当地预示了他在小说中的历程。他讲给琼妮的关于“最最”俱乐部的喜剧故事很好地暗示了他重新接受了矛盾现实。在故事中，头发最多的秃头的人必须与秃得最厉害的多毛发的人区别开来，最弱的强者必须与最强的弱者区别开来，诸如此类，不一而足。故事既是对他在信件中表现出的学术荣誉的拙劣模仿，又证明了在矛盾多样的社会中任何一种分类都是困难的。

从地方治安官的法庭中的奇遇到他在芝加哥被捕，这一系列事件达到顶点后导致了赫佐格对待现实的重新定位——智力和个性的冲突停止了。最后离开路德村的时候，他变得更加宁静，他拥抱孤独，仿佛那是一个外壳。他厌倦了贯穿整本书的与无理性的浪漫主义倡导者的争论，他厌倦了突发的声明，厌倦了一遍又一遍发泄的痛楚，他最终停止了写信。小说在耗竭和安宁的静默中结束：“现在他对任何人都不发出任何信息；没有。一个字都没有。”

《赫佐格》是关于一个人最终和现实达成暂时和解的故事。主人公不但成功地避免了精神崩溃，平息了自我防卫的智性，而且接受了无法解决的、有时极为矛盾的经历。在那次车祸之前他并没有从哲学层面上思考这种经历。马德琳看起来既充满魅力又令人厌恶，格斯贝奇既富有侵

① John J. Clayton: *Saul Bellow: in Defense of Man*, 2nd edition, Bloomington: Indiana University Press, 1979, p. 221.

略性又有一副热心肠，这对赫佐格来说只是一个刺激——一个更深入洞察他们的性格就能解决的感知问题。他的妻子和情妇们是形成平衡的对立物，他模模糊糊地感受到了这里面的含义，但是他没有追问这种含义是什么？一个名叫阿斯弗特的动物学家不顾实验程序给患结核病的猴子实施嘴对嘴呼吸。在赫佐格眼里，他只是一个怪人，而不是他后来变成的大脑—心灵复合物的范本。按照惯例，赫佐格崇拜布莱克的《天国与地狱的联姻》和他著名的格言："对立是真正的友谊。"但是，更有心理寓意的是他错误地引用了T.E.休姆关于浪漫主义的定义，他将其描绘成分裂的信仰，而不是衰落的信仰。[①]

和他以前的自我不同，变化了的赫佐格宣扬接受多样化的现实，不再试图拒绝这种接受。他告诉哥哥威尔："上帝将各种各样散乱的绳头结在一起。谁知道为什么！……你只能说'有一根红线与绿线或者蓝线结在一起，可是我不知道为什么'。"他认为哥哥"安静、有责任、有规律"，他自己是"荒野世界里噼啪燃烧的火焰"，他感到了而且接受"奇怪的职责划分"。给一位已故朋友写最后一封信时，他想道："他是一个了不起的老人，只是有一点点爱骗人，但谁不是这样呢？"倒数第二封信不是写给某个特定的人，他对自己的要求和对那位老人的要求一样低："我自己就是这样，而且会一直这样。为什么要挣扎？我从反复无常中得到平衡。"

赫佐格最后的沉默是他重新接受现实的富有表现力的证据，因为语言是他的壁垒，被用来对抗威胁他个人分类的复杂经验。在需要适度感情投入的场合，他一次又一次地开始言辞激烈的、基本上是内心的旅行。就像他向前几步迎接笑容满面的莉比·西斯勒的时候，他回想起他的手（"天生的砖匠或者粉刷房屋的匠人"的手），他的脸（"热切的，伤心的，幻想的，威胁的，疯狂的"），时髦的外表（"十字架，通过它你可以知道意识和个体的痛苦"），最后，还有"后文艺复兴、后人文主义、后笛卡尔瓦解的近乎虚无"的整个巨大的泥潭。他在想象中与或死去或活着的人交流。与口头表述代替直觉认识的需要相似，他对书籍学究气的爱好暗示了他倾向于文字描述的经历而不是真实事件。在这方面他最可怕的回忆是被

---

① 该定义还可见于休姆被不断重印的文章《浪漫主义和古典主义》，于休姆死后出版于赫伯特·里德（Herbert Read）选编的《猜测：浪漫主义与艺术哲学文选》（1924）一书。此处的错误引用可能是一处印刷错误，如果是这样的话那么所有版本的《赫佐格》都出现了这个印刷错误。

选出阅读奥斯瓦尔德·斯宾格勒的《西方的没落》，而隔壁房间里他的母亲正走向生命的尽头。

正如赫佐格向阿斯弗特承认的那样，他极力使用文字，仿佛文字是回到现实、塑造进入最终理想建构的武器，他玩弄视角的游戏也说明了这一点。“我一直在乱七八糟地向各处写信，”他解释说，“我用语言追求现实。也许我愿意把现实都转化成语言。”作为一个学者，他怀疑操作的顺序正好相反——是语言变成现实，而不是现实转化成语言。我们被告知“他非常看重亨利希·海涅的观点，认为索绪尔的话变成了罗伯斯庇尔血腥的机器，康德和费希特都比军队更有毁灭性”。对这样一个人来说，沉默表明决心不把理性的秩序强加给经验，与其说他是回避社会，不如说是向经验打开了大门。

赫佐格的世界中几乎每个人相对来说都是失败的，突出了他冲入沉默的意义，超越了固定的倾向性。他们的婚姻结束后，马德琳对赫佐格的憎恨陷入疯狂。赫佐格越来越倾向于经验，马德琳却陷入越来越冷酷无情的愤怒和偏执。最不经意的问题赫佐格也会给以完整的回答，这让雷蒙娜觉得很好笑，而且她似乎认为这是癫狂的症状。赫佐格认识到“愿意回答所有问题是确实无误的愚蠢的标志”。雷蒙娜没有看到这一点。实际上，赫佐格许多想象中的交流都是正式的道歉信。“瓦伦丁·格斯贝奇承认过有任何事情是他不知道的吗？”他有理由这样问。给了赫佐格许多烂主意的希梅斯坦有这方面的问题吗？雷蒙娜自己承认过无能或者停止过展现作为她公共面孔的为妻技巧吗？这张培养出来的面孔和赫佐格看到马德琳在梳妆台上制造出的皈依天主教的面孔一样疯狂。他们一个比一个更健谈，因此赫佐格排在了最后，他们一起创造了一个环境，赫佐格在其中最终的沉默似乎是暴风雨后的平静：“没有给任何人的信息。什么也没有。一个字都没有。”

从文本阐释的困境中退后一步，就一定会发现《赫佐格》是贝娄最丰富、最有艺术价值的小说之一。他的著作中没有任何一部像《赫佐格》这样以抒情和真实可信的幸福结尾，也没有任何一部像《赫佐格》这样如此地深入内心世界来探索精神经历。贝娄在《赫佐格》中描述了一个受过高等教育的有才智的思想家，他面对太多的思想和哲学，同时要学习接受一个思想和哲学都无法应对的多样化现实，贝娄在其中表现出来的敏感性使得《赫佐格》尤为感人。贝娄比其他任何一位同时代的小说家有着更加清醒的意识，他想象着这位智者发现了思想的和谐是没有价值的；对现有思想体系的接受就是一切。正如赫佐格在最后一封信中所说：

> 我们过于喜欢启示录之类的东西了，还包括危机伦理学和有着令人激动的语言的绚丽的极端主义。不，请原谅。我已经经历了想要经历的一切最丑恶的事情。在人类的历史上，我们已经到了这样一个时期：我们可以向某些人打听，“这东西是什么？”不，不！我可不愿再干这种事了！我只不过是个人，勉勉强强是个人。

编后记

罗伯特·F. 基尔南（Robert F. Kiernan），曼哈顿大学教授，著有《戈尔·维达尔》和《索尔·贝娄》等。

本文选自《索尔·贝娄》一书，第 94—112 页（“Herzog”, in *Saul Bellow*, New York: The Continuum Publishing Company, 1989, pp.94–112）。在这篇文章中，作者分析了《赫佐格》主人公的“受害者”特征，指出赫佐格在经历了精神上的混乱之后重新接受了现实，最终和现实达成暂时的和解。

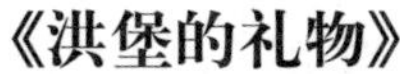

《洪堡的礼物》

作者 ［美国］乔纳森·威尔逊

译者 高莉敏

《洪堡的礼物》里的中心人物不是与小说同名的冯·洪堡·弗莱谢尔，而是一个名叫查理·西特林的人。考虑到贝娄喜欢用小说中主人公的名字来命名作品，像《奥吉·玛琪历险记》、《雨王汉德森》、《赫佐格》和《赛姆勒先生的行星》，我们也许会认为洪堡也是小说里的中心人物。这个容易让人产生误解的小说名引发了贝娄小说中一个十分重要的问题。因为贝娄在小说创作中正逐渐把主人公置于一种后现代的背离状态中，但在《洪堡的礼物》里，他却开始尝试把一个更加真实（但缺少自传色彩）的人物放在重要位置上。在小说开始的大约三十页里，似乎洪堡这个喜怒无常、才华横溢、具有自我毁灭品质的诗人是小说的中心人物。但是，无论是贝娄，还是小说的叙述者西特林，他们都不能保持对冯·洪堡·弗莱谢尔的强烈兴趣。最终，《洪堡的礼物》变成了《查理·西特林历险记》，由一位大家所熟知的贝娄式的主人公来扮演主要角色。

贝娄没有深入地探讨这个受逼迫和折磨的人物弗莱谢尔，对于这一点，我们并不感到惊奇。[①] 在贝娄的作品中，那些具有自我毁灭性质、善于讽刺模仿的浪漫派艺术家们，他们对于自我形象的矛盾心理显示了其自身的散漫性，这也表明贝娄并不情愿把小说中的主人公塑造成

① 詹姆斯·阿特拉斯在《德尔莫尔·施瓦茨》一书中指出，贝娄的朋友、诗人德尔莫尔·施瓦茨是冯·洪堡·弗莱谢尔的原型。我认为弗莱谢尔是一个复合型人物，他的身上也有贝娄的挚友约翰·贝里曼的影子。（James Atlas: *Delmore Schwartz: The Life of an American Poet*, New York: Farrar, Straus & Giroux, 1977, p. Ⅸ .）

艺术家。贝娄自身的困扰——因为要做出一连串不可能的选择，人物的命运常常坎坷多舛——使他放弃了让弗莱谢尔不断出现的企图，而这一企图本身就是三心二意的。贝娄回到了自己擅长的领域中——描写那种“晃来晃去的人”——这不可避免地成了《洪堡的礼物》中的主要内容。

“我不得不重复。”[①] 在小说中，查理·西特林在解释他对一件事时有时无的重复时说出了上面的话。但在很大程度上，这句话不仅对《洪堡的礼物》，而且对贝娄的所有作品来说都是一句恰当的题词。《洪堡的礼物》中的不断重复（这种重复的程度远远比西特林对弗莱谢尔挥之不去的记忆要强烈得多，当时走投无路的弗莱谢尔正在曼哈顿街头吃饼干[②]）正是贝娄小说的主要形式。

作为一名历史学家，或是一名传记作家兼剧作家，西特林“主张秩序、理性（和）谨慎”[③]。他像赛姆勒先生和奥吉·玛琪一样，莫明其妙地与一个暴力的、怪里怪气的黑社会人物里纳尔多·坎特拜尔扯上了关系。西特林接触了鲁道夫·施太内尔博士的神智学，对精神能够超脱肉体的论述十分感兴趣。然而，西特林像赫佐格一样，卷入了一件复杂而漫长的风流韵事中，从表面上看这件风流韵事就像是一场性爱游戏。在《洪堡的礼物》中，西特林的贝娄式困境——寻找“秩序”，他寻找的方式决定了他不可能成功——借助对内外部世界的示意性分隔得以揭示。

在《奥吉·玛琪历险记》中，奥吉的梦想代表了“秩序”，他希望能够住进郊区的一所大房子里，有一个让人羡慕的大家庭陪伴他，家庭成员相互关心、爱护。同样地，对于《抓住时日》中的汤米·威尔赫姆，他的梦想就是罗克斯伯里花园，它代表了和平和宁静。甚至连摩西·赫佐格也想要把外部秩序当作内部秩序的伴随物。查理·西特林更进了一步。对于西特林来说，内部世界存在于他的头脑中，是奥吉和威尔海姆的快乐花园。西特林对“秩序”的定义是构成其存在的一个不可言喻的要素，是他

---

① Saul Bellow: *Humboldt's Gift*, New York: Viking, 1975, p.112.

② 约翰·贝里曼的《梦歌》记录了《洪堡的礼物》中西特林不断重复的一件事，这件事发人深省。在贝里曼为施瓦茨写的 12 首挽歌里，这是第 5 首。(John Berryman: *The Dream Songs*, New York: Farrar, Straus & Giroux, 1969, pp. 169.)

③ Ibid. 1, p. 378.

自身的一个独立的部分，不依赖于其与外部世界的任何关系。

> 然而，我想清楚地表明，我说起话来就像接受到或体验到光的人一样。我指的不是“光线”，我说的是一种“生命之光”，一种难以确切表达的东西，特别是在这样一类描写中，有如此多好斗的谬误的愚蠢的虚妄的人物行动和现象处于突出的地位。①

在《洪堡的礼物》中，西特林叙事中的“退后”和“突出”与他的内心、外部世界相对应。这种分裂具有决定性的意义，而且隐喻地代表了充满秩序与混乱的世界。西特林在贝娄塑造的人物中属于比较超前的一位，他想要让生活回归正轨的愿望与解决他和前妻丹妮丝之间的感情无关，与是否和他的情人莱娜达结婚也无关，更与寻找财政平衡、建立一个稳定的家庭、甚至是和自己的神经妥协无关。发现“生命之光”已经变成了他生命中最重要的事。

如果可以释义的话，那么在西特林的“生命之光”中比较有趣的一点是它与童年有关。西特林重新获得的是华兹华斯式的纯真。在五十年的时间里，西特林早已忘记了如何找寻光辉灿烂的景象，现在他重新获得了这种能力。

> 只不过我仿佛忘记了在生命的前十年我就晓得这种“光”并且知道怎样把它呼吸进去。但由于成熟和实在论（实用性，自我保护，生存竞争）而放弃的这种早年的才能，或者天赋，或曰灵感，现在却徐徐返回了。②

通过西特林对待内、外部世界的两分法，我们可以看出童年与成年的对立。这种对比是十分鲜明的，“成熟”和“现实主义”像“客体、行动、现象”一样，代表世界消极的一面；“童年”，带着对不朽的超验式的、华兹华斯式的暗示，代表了世界积极的一面，而西特林有幸所重获的正是这

① Saul Bellow: *Humboldt's Gift*, New York: Viking, 1975, p. 177. 该段引文参考蒲隆翻译的索尔·贝娄作品《洪堡的礼物》第 202 页。上海：上海译文出版社，2006。此篇以下关于该书引文的翻译均属此种情况，不再另注。——译注

② Ibid., pp. 177–178.

积极的一面。[①]

西特林对童年价值的肯定(这种肯定与奥吉的“轴线”和赫佐格的“真理”相对应,呈现出虚幻的特点)伴随着他对自己“孩子气”的一种妥协,这是贝娄作品中最显著的特点。在《洪堡的礼物》之前的贝娄小说中,主人公的“孩子气”既呈现出积极乐观的一面,也有消极颓废的一面。“积极”意味着“幼稚”、“纯真”、像孩子似的,与之相关的是,女性意味着敏感、对世界的领悟、感知和有理有据的断言。“消极”意味着萦绕在主人公心头的怀疑和猜忌,他是真正的傻瓜、不负责任的人,无法看清世界的本来面目,因此,他注定会失控。贝娄笔下的主人公往往不愿意经历成长的挣扎,但在《洪堡的礼物》中,作者摒弃了这一模式。西特林性格中最厚颜无耻的部分是他的经济依赖和缺乏家庭责任感。既然知道自己是一个什么样的人,西特林就可以与他那一类的人达成认同,而不需要做什么改变。“我是一个多么典型的人啊!没什么大的渴求。我只希望有人陪我做哭诉祈祷。”当西特林千方百计想要找到一个人,帮助自己解决那些乱七八糟的计划和构想时,他说出了上面的话。西特林不像贝娄笔下其他人物那样强调依靠自己的力量,他很高兴能够依赖别人。西特林在“外部”、“成年人”的世界里扮演的角色并没有让他自己感到过分地困扰,因为在与西特林相关联的世界里——他头脑中的世界里——他认为自己很独立。

在《赛姆勒先生的行星》中,主人公试图摆脱外部影响,回归内心世界的希望因其自身的兴趣而破灭。这种兴趣扰乱了主人公良好的判断力,体现在他不断保持与外部现象和事件的联系上。更进一步说,这个“世

---

① 也许我扯得太远了,但我认为这也展现了西特林所描述的他小时候在结核病病房中度过的时光(在《赫佐格》中这段时光也被提及,毫无疑问这是贝娄的亲身经历):“我认为我的肺病已经转变成一种情感的混乱。有时我感到,现在我也仍然有这种感觉,侵染我全身的是一种狂热的情感,这种情感由意气的冲动和热烈的晕眩混合而成。因为结核病,我的呼吸也变得快乐起来;因为阴郁的病房,我的快乐散发出光芒;因为我的感性,墙上的光与我内心的光合二为一。”(Saul Bellow: *Herzog*, New York: Viking, 1964, p. 65.)西特林的回忆不仅解释了贝娄笔下成年主人公的那种“激情的晕眩”(Saul Bellow. *Herzog*. New York: Viking, 1964, p. 231)和其他主人公们看到墙上的光线时得到的晦涩感悟(Saul Bellow: *Henderson the Rain King*, New York: Viking, 1959, p.101; Saul Bellow: *Mr. Sammler's Planet*, New York: Viking, 1970, p.298),也阐明了贝娄小说中所有主人公都具有的“幼稚”、“天真”的乐观态度。对于年轻的西特林(贝娄?)来说,呼吸就是快乐的。有趣的是,这种自由、单纯的乐观态度是在主人公躺在病床上时获得的。

界”由匪徒、学生激进分子和鲁莽的女儿组成，它容易影响主人公隐秘的内心世界。查理·西特林对这个世界的兴趣没有像赛姆勒那样强烈，因此，他的“逃避”更加成功。从象征意义上来讲，西特林与哈里·胡迪尼的认同证明他成功地摆脱了外部世界的影响。[①] 像胡迪尼一样，西特林出生于威斯康星州的阿普尔顿，他用自己的方式，想象自己是一个“伟大的犹太流亡艺术家”[②]。

我们可以通过西特林和赛姆勒在探索哲学（或者神智学）的道路上，面对那些意外的“冲击”时，所表现出的不同反应来衡量西特林的“成功”。当赛姆勒遭到抢劫时，这个事件刺激了他的思想，而且把整个世界都带回到了他的面前，“这件犯罪案件拓宽了他的视野”[③]；但是，当西特林受到罪犯坎特拜尔的羞辱时——坎特拜尔用枪指着西特林，迫使西特林看他排便——西特林发现“每逢这种情况，我总要转换思路，全面思考人类的状况”[④]。

西特林擅长他称之为的“关掉”[⑤]，不管外部世界发生了什么事，似乎都与他的内心活动无关。西特林与赛姆勒不同，外部环境没有对西特林内心的隐秘世界造成多大的影响。当坎特贝尔袭击西特林时，西特林仍然能够把自己的注意力集中在鲁道夫·施太内尔身上。与贝娄笔下的其他主人公相比，西特林更加接近约瑟夫在日记里描述和宣扬的境界——在这种境界里，个人已经摆脱了这个污染思想的世界的影响。[⑥]

如果说与贝娄笔下的其他主人公相比，西特林已经在很大程度上免受了外部世界的影响，但是，他仍然在内心的和谐世界与外部的混乱世界之间“晃来晃去”。因为西特林具有超验主义的倾向，而不是一个像苦行僧一样的人。而且，他性格中的这种倾向会让他把所有的麻烦都寄存在自己的头脑中。像贝娄作品中那些芝加哥人物一样（除了《晃来晃去的人》中的约瑟夫），西特林喜欢与无赖和黑社会的人混在一起。他与一个小瘪三——里纳尔多·坎特拜尔玩扑克牌，结果输了钱，还拒绝给钱。坎特拜尔的第一反应是用垒球棒砸烂西特林的梅赛德斯车，但这仅仅是坎

① 赫佐格也对胡迪尼非常感兴趣。（Saul Bellow: *Herzog*, New York: Viking, 1964, p. 177.）

② Saul Bellow: *Humboldt's Gift*, New York: Viking, 1975, p. 435.

③ Saul Bellow: *Mr. Sammler's Planet*, New York: Viking, 1970, p.12.

④ Ibid. 2, p. 83.

⑤ Ibid., p.260.

⑥ Saul Bellow: *Dangling Man*, New York: Vanguard, 1944, p.15.

特拜尔的第一步。同时,西特林又与一个名叫莱娜达的年轻美貌的女子纠缠在一起。虽然西特林和莱娜达在一起,但他拒绝和她结婚(另外一种拒绝还债的形式?),最终他为他的推诿付出了代价。当他们在西班牙度假时,莱娜达无耻地抛弃了西特林,更糟糕的是,她把自己与前夫生的儿子丢给了西特林。

作为鲁道夫·施太内尔的信徒,人们认为西特林应该具有某种个性,但实际上,在西特林的行为举止中,似乎没有什么能与这种个性相匹配。西特林知道他正在朝着一个相反的方向发展,但像赫佐格一样,西特林没有因为这个事实而感到困扰。西特林也明白他是"自找麻烦。为什么?……会让我陷入更加荒诞而又必要的思想领域"[1]。西特林意识到危机刺激了他,而且那种到处蔓延的"晃来晃去"的精神使他"不在那儿了"。西特林无法对他生存的这个世界产生一种持久的兴趣,而且他也无法实现他想要达到的那种超然物外的程度,因此,西特林认识到他正在把自己变成一个看不见的人。

> 我意识到我惯于弄清楚自己置身于何处(把宇宙当作参照构架),然而我错了。不过,我至少可以这样说:我在精神上有足够的能力而不至于被无知压垮。此刻,我清楚地意识到,我既不属于芝加哥,也没有完全摆脱它。对我来说,芝加哥平日现实的兴趣和现象,既不够真实生动,也没有什么象征意义。因此,我既没有生动的真实感,也没有象征的明确感,此时此刻我只有完全置身于乌有乡。[2]

意味深长的是,西特林知道他正在背离自己的行为和性格,而这种背离具有潜在的约束作用。

> 也许,当我学会如何回避自己性格中的脆弱与荒唐的时候,这一事实本身就意味着我已经部分地死了。[3]

查理·西特林是他自己最好的分析家。对于他为什么不能非常地自

① Saul Bellow: *Humboldt's Gift*, New York: Viking, 1975, p. 433.
② Ibid., p. 260.
③ Ibid., p. 439.

觉这一点是没有什么道理可讲的，但这对贝娄小说产生的影响却十分有害。在贝娄的早期作品中，主人公前进的动力来自于他对事实的忽视，这一事实就是他受相互排斥的两种欲望的折磨。从约瑟夫到汉德森，贝娄笔下的主人公们不断地进行抗争。从表面上来看，他们这样做的目的是为了追寻"我是谁"。假使他们知道自己想要什么，明白秩序、和谐的意义及其他，他们会克服自己的无能达到目的。对于贝娄后期小说中那些深刻意识到自己双重人格的人物来说，这种影响使他们具有了一种参观意识，贝娄作品中的人物常常威胁要反主为客。赫佐格、赛姆勒，特别是西特林，他们很高兴地承认并接受这样一个事实：他们被边缘化了。对于贝娄来说，他们的满足比其早期作品中人物的痛苦更可取，但是同时，这种抗争的缺失也极大地减弱了贝娄小说的活力。西特林知道自己是谁，却丧失了贝娄笔下其他人物身上的探索精神，最终，他的经历（像赫佐格和赛姆勒的一样）失去了任何意义。从某种意义上说，西特林非常熟悉我刚才阐述的贝娄小说的套路。西特林的视角与贝娄的视角发生冲突，又融合在一起，最终产生了这种效果，贝娄小说中那些具有创造性的张力似乎都消失了。

也许是为了弥补作品主题张力的缺失，《洪堡的礼物》中的情节比贝娄近来作品中的情节都要复杂。但是，尽管情节中充满了创新性和各种荒唐的因素——西特林发现了洪堡的遗赠物：两部电影剧本，其中一部是由这两个人物共同创作的——这部小说仍然给人以似曾相识的感觉。这种熟悉感源自于这样一个事实，《洪堡的礼物》中的人物大部分都是我们之前见到过的，虽然他们的名字不同，但他们的情况颇为相似。《洪堡的礼物》让我们想起了《赫佐格》，但同时它与贝娄其他作品的联系也十分密切。查理·西特林本身像摩西·赫佐格，与漂亮但尖酸刻薄的丹妮丝离婚，却与性感苛刻的莱娜达纠缠在一起。

作为马德琳和雷蒙娜的化身，丹妮丝和莱娜达并不是我们唯一熟悉的人物。西特林的哥哥朱利叶斯比赫佐格的哥哥威尔年长几岁。有趣的是，甚至连里纳尔多·坎特拜尔，这个魅力四射的无赖也与"拉摩的侄儿"[①]有几分相似。这种人物塑造的方法把他与贝娄作品中最早的骗子阿尔夫·斯忒德勒联系在了一起，阿尔夫·斯忒德勒也是一个"卑鄙无耻的疯子"[②]。

① Saul Bellow: *Humboldt's Gift*, New York: Viking, 1975, p.174.

② Saul Bellow: *Dangling Man*, New York: Vanguard, 1944, p.127.

毕竟所有的小说家都有一份人物名单，如果我们能辨识出贝娄作品中人物的类型的话，那么他塑造人物的方法也就众所周知了。在《洪堡的礼物》中，贝娄通过揭示和描述人物性格中固有的矛盾来塑造人物（不管是主要人物还是次要人物）的方法，已经成为了一个普遍的策略。

西特林自身就是一个非常典型的例子，可以说在很大程度上正是他性格中孩子与成年人、愚蠢与理智的矛盾成就了他。像赫佐格一样，西特林花费了很多时间来思考他的性格问题，但就像赫佐格那样，他不知道自己是不是"一个明智的人"[①]。西特林的前妻丹妮丝"容貌美丽却没有人性"[②]。冯·洪堡·弗莱谢尔在许多方面都像达弗国王，"下身好像在踢踢踏踏地演滑稽剧，上身却俨然是一位王公贵族的派头，着实令人倾慕"[③]。

黛米·冯格尔是西特林早年的一个恋人，她的活动都记录在案："偷轮盖、吸大麻、性侵犯……"[④] 但是，像马德琳（《赫佐格》中的人物）和苏拉（《赛姆勒先生的行星》中的人物）一样，她"相信有罪"[⑤]，而且能够背诵"大约三千节《圣经》"[⑥]。甚至连莱娜达，这个"《性经》里的姑娘"[⑦]，以前她也像雷蒙娜一样，至少从表面上讲是这样，但在《洪堡的礼物》中，她变成"在性方面决不是完全轻松愉快的"[⑧]，而且"在性欲方面，她并不是自己标榜的那个样子"[⑨]。在小说中，西特林把他的记者朋友萨克斯特描述成"或者是个善良的人，或者是个残忍的人，但要确定是哪一种人，着实让人头疼"[⑩]。对于贝娄来说，似乎让他头疼的是人物塑造。

贝娄常常用"非常绝对"的矛盾来塑造人物，特别是那些次要人物。

---

① Saul Bellow. *Humboldt's Gift*, New York: Viking, 1975, p. 64. 西特林的回忆和沉思大多是当他躺在芝加哥公寓里的沙发上时发生的。他与赫佐格的相似之处在于：西特林的沉思往往是因为莱娜达的到来而被打断，她拜访的形式是通话；在《赫佐格》中，雷蒙娜的电话常常让赫佐格从想象的世界回到现实（Saul Bellow: *Herzog*, New York: Viking, 1964, p. 150）。

② Ibid., p. 40.

③ Ibid., p. 260. 具有号召力、能给人留下深刻印象、能说会道，洪堡对西特林保持着一定的吸引力，就如同达弗相对于汉德森。但是，也如同后者，西特林感兴趣的是洪堡那富有吸引力的性格，而不是他所说的话。"如果你相信洪堡（我不信）……"（Ibid., p. 27.）

④ Ibid., p.19.

⑤ Ibid., p.29.

⑥ Ibid., p. 4.

⑦ Ibid., p. 191.

⑧ Ibid.

⑨ Ibid., p. 404.

⑩ Ibid., p. 252.

因此，贝娄的小说世界往往与主人公对这个世界积极乐观的看法相左。在贝娄的小说中，没有“对生活的肯定”，没有“仁慈”的人，因为像萨克斯特这样的人在大部分时间内不是潜在的、就是实际上很“残忍”。贝娄在小说世界里无情地展示了“什么也没有就意味着什么也不是”的客观事实。西特林对萨克斯特的苦恼与《晃来晃去的人》中约瑟夫对世界的真正本质的苦恼相对应。约瑟夫解决“晃来晃去”的方法就是认为这个世界既是仁慈的也是邪恶的，因此，它“两者都不是”①。最终，贝娄的主人公们用这种方式得出结论，人类的境况就是晃来晃去。晃来晃去意味着“哪儿也不在”②，这种痛苦只有通过超然物外或者背离自己个性的方法才能得到缓解。但是，按照贝娄和西特林的说法，这个决定意味着选择死亡而不是活着。贝娄的主人公们面对的选择都是十分困难的，在最极端的情况下，他们往往无法做出选择。

在塑造自己的性格方面，西特林面对的“选择”并不像刚开始时看起来那么难。因为，像赫佐格一样，西特林对自己性格中“孩子气”的评价在表面上看很严厉，但从整部小说的价值取向来看是乐观积极的。一个“具有高超思想的小丑”③，他在“感情上的”依恋是十分“幼稚的”④，西特林认为，“在我自己的心目中，我清白得可笑”⑤。但西特林像赫佐格一样，他对自己性格中的愚蠢感到十分骄傲。

> 决不要忘记，四十岁以前我是个彻头彻尾的白痴，四十岁以后还是个半白痴。我总是有些痴劲儿。⑥

西特林周围的那些奇怪、可笑的人认为他“有点儿精神错乱”⑦。他的哥哥朱利叶斯，一个讲究实际的生意人，认为他“有点儿白痴”⑧，而且“奇怪的是，他还没有发育成熟”⑨。所有这些都让读者感到西特林的白痴行

---

① Saul Bellow: *Dangling Man*, New York: Vanguard, 1944, p. 29.
② Saul Bellow: *Humboldt's Gift*, New York: Viking, 1975, p. 260.
③ Ibid., p. 391.
④ Ibid., p. 299.
⑤ Ibid., p. 37.
⑥ Ibid., p. 396.
⑦ Ibid., p. 406.
⑧ Ibid., p. 245.
⑨ Ibid., p. 354.

为蕴涵深意，它们体现了他那孩子气的深刻，天真的智慧，具有女性气质的男性理智和柔弱、没有发育成熟的强烈情感。

在《洪堡的礼物》中，主人公对自己性格中的孩子气或者女性气的担忧很少表现出来，但有时候，我们却可以看到一些能够证明西特林男子气概的例子。比如说，在小说中，西特林回忆起他在新墨西哥度假时曾经救过一名溺水的男子。他叫泰格勒，颇具男子汉的气概，是洪堡遗孀的丈夫。人们渐渐知道泰格勒不会游泳，身为作家或者城市男孩（也就是女孩）的西特林成了主要的男性人物。但在大部分时间内，西特林并没有因为自身的孩子气或者女性气而过度困扰。

这一点在我们考察西特林与坎特拜尔的关系时会变得十分清楚，西特林与坎特拜尔的关系有一种同性恋的言外之意，这与《受害者》中利文萨尔与阿尔比之间的关系较为相似。在西特林看到坎特拜尔排便时，西特林感到，"他本想惩罚我一顿，但结果却让我们更加亲密了"①。当坎特拜尔提议他、西特林和一个女人三个人来玩一场性游戏时，我们意识到存在于西特林和坎特拜尔之间的决不仅仅是敌意。与此相对应，西特林虽然拒绝了这个提议，但他没有因此而感到愤怒。

> 我意识到，他提出的我们俩跟波莉搞的那种名堂，其中就有点儿同性恋的味道，不过那倒不十分严重。②

利文萨尔为自己对阿尔比的那种模棱两可的吸引力和阿尔比对自己的吸引力而感到害怕。就像在对待自己的"孩子气"上一样，西特林在性取向上也是自由自在、无所顾忌。

西特林与坎特拜尔的关系也解释了贝娄主人公的无能。坎特拜尔是塔姆金——他"哪怕与任何一个聪明人的些微利害有关的事，都是不会放过的"③与赫佐格的"现实指导者们"——"你们所有的人（即知识分子们）在现实面前都软弱了"④的结合体，同时，坎特拜尔也是一个富有攻击性，让人无法拒绝的人物。从西特林第一次见到坎特拜尔起，他就意识

---

① Saul Bellow: *Humboldt's Gift*, New York: Viking, 1975 p.83.

② Ibid., p. 287.

③ Ibid., p. 64.

④ Ibid., p.173.

到在他们之间有“一种天然的联系”[①]。这种“天然的联系”对于理解贝娄的作品是十分重要的。因为坎特拜尔以一种占主导地位的“父亲的形象”来控制着西特林。

> 为什么这个世界上的尤利克们(还有坎特拜尔)能够那样子摆弄我,就是因为他们清醒地知道自己的欲望。[②]

西特林的哥哥与坎特拜尔的关系强调了男性关系中根本的同一性,这种男性关系是西特林为自己而建立的。从一开始的“晃来晃去”,慢慢地西特林像贝娄作品中的大部分主人公一样,向那些意志坚定的个体靠拢。这些个体的存在让西特林感到了自己的无能,而且只要和他们在一起,他就只能表现得像个孩子。但需要注意的一点是,西特林(像所有的主人公一样)成功地把这种无能转化成了某种积极因素——这是西特林以及贝娄笔下主人公们最为重要的自我保护措施之一。当坎特拜尔强迫西特林和他一起爬上一座正在兴建的摩天大楼的顶端时,西特林脚下踩的是空荡荡的木板,他从这个让人眩晕的高度看下去——这一场景象征了西特林“贝娄式”的无能——他的反应是出人意料的乐观。

> 总之,不管多么令人担惊受怕,我爱好刺激的心灵算是得到了满足。我知道我为这种满足付出了多大的代价。然而,我心灵满足的门槛升得过高了,我必须把它降下去。它超越了限度。我知道,我必须改变一切。[③]

冒着“走得太远”的危险,我想要说西特林喜欢的这种“感觉”并不是一种危险,而是一种耻辱和无能。像赛姆勒和那个黑人窃贼,赫佐格和马德琳,汉德森、达弗和狮子,威尔海姆和父亲,奥吉和西蒙,利文萨尔和阿尔比,约瑟夫和军队的关系一样,西特林从与一个深深地吸引自己,但只能让自己感到无能的人的关系中得到力量、获得满足。对于贝娄笔下的主人公来说,非常矛盾的一点是,一个有价值的关键点同时也是一个无

---

① Saul Bellow: *Humboldt's Gift*, New York: Viking, 1975,p. 91.

② Ibid., p. 396.

③ Ibid., p. 102.

效的转折点。[①]

从象征性的角度来说，贝娄的主人公们希望达到的境界就是成为一个孩子。就像是火车上的乘客，贝娄作品中的主人公们被那些盛气凌人的兄弟、妻子、朋友、父母或者是朋友们牵着鼻子走，他们使自己相信他们不再为自己的行动负责。当主人公在西蒙、达弗，或者是坎特拜尔的控制下时，所有关于离婚、金钱、家庭的问题，即整个成年人的世界都处于一种待定的状态。在贝娄的世界里，童年阶段就是伊甸园阶段，这倒不是因为自由的缘故，而是因为这是一个受控制的阶段，这种控制甚至是一种监禁。

查理 · 西特林有一个"孩子般的灵魂"[②]，但他的问题是，在大部分时间里他周边的人都宣称他们被他成年人的身体欺骗了，而后他们对此做出了反应。结果，像贝娄笔下其他的人物一样，他找到了一个专制独裁的人来扮演父亲的角色 —— 他知道这个人会把自己当孩子看。在有些情况下，贝娄小说中的大多数人物会反抗，或者是重申自己作为成年人的独立精神，但西特林对实现"外部"独立不感兴趣。西特林想要建立的世界是一个完全孩子式的世界，这更多是指在形式的层面上，而不是从内容上说（西特林的思想深邃而复杂）。保持了内心世界的独立，西特林很高兴能在外部世界依赖别人，甚至受别人控制。西特林喜欢依赖别人，因为他内心世界的自由是自主而牢靠的：孩子隐秘的内心世界是一个延续的天堂。

冯 · 洪堡 · 弗莱谢尔扮演了西特林的导师和父亲的角色，在西特林与冯 · 洪堡 · 弗莱谢尔的一段真情流露的对话中，弗莱谢尔敏锐地注意到：

> 我想，在气质上，你属于阿克塞尔[③]式的人物，只注重内在的灵感，而与现实世界毫无关系。现实世界只会亲你的屁股。……你只叫我这个可怜虫去考虑金钱、地位、成功、失败、社会问题和政治，而你对这些却根本置之度外。[④]

---

① 西特林的结核病经历似乎又发挥了重要作用。

② Saul Bellow: *Humboldt's Gift*, New York: Viking, 1975, p. 3.

③ 阿克塞尔（Axel），法国著名诗剧《阿克塞尔》中的主人公，是个背弃世俗生活的人物。美国一些文学批评家后来把他当作象征主义遗世独立倾向的代表。—— 译注

④ Saul Bellow: *Humboldt's Gift*, New York: Viking, 1975, p.122.

西特林回答道："如果是真的，那为什么这样糟呢？"[1] 西特林"充分意识到作为一个个体的自我，也就是区别于其他一切人"[2]。但准确地说，似乎只有当西特林像奥吉那样"屈从于别人的安排"时，他那种"不受任何东西影响的力量"[3] 才能被激活。从上述引语来看，洪堡像汤米·威尔海姆的父亲那样莫名其妙地担负起西特林的"成年人"责任。而西特林也像贝娄作品中的其他主人公一样，无意中选中了洪堡，因为这正是他想要得到的结果。

非常有趣的一点是，西特林对于自己对洪堡、坎特拜尔和类似人物的吸引力的解释，几乎已经形成了一种对贝娄把主、次要人物联系在一起的创作方法的公式化论述。

> 久而久之，事情更明显了：他曾经是作为我的代理人而活动的。我自己是个镇定自若的人，曾经让洪堡代表我疯狂地表现他自己，以满足我的某些愿望，这正好说明我喜欢洪堡，或者乔治·斯威贝尔，甚至坎特拜尔这样的人。[4]

但是，西特林的视野没有延伸到能够看清洪堡、斯威贝尔、坎特拜尔的程度，虽然他们表现出了西特林性格中狂野、荒谬的一面，但同时他们也以艾因霍恩、希梅斯坦和塔姆金的方式扮演了西特林父亲的角色。在他们"表现"西特林"混乱"的品质的过程中，他们也对西特林想要成为一个成年人的欲望做出了回应，但这一欲望本身就悬而未决、模棱两可。

当西特林被要求为自己的行为负责时，就像在他与丹妮丝无休止的司法矛盾中面临必须要为自己辩护、做自我戒备的情形时一样，事情就开始出问题了。

在审判室里，面对着报复心极强的厄巴诺维奇法官，西特林试图让自己的精神游离在整个司法程序之外。

---

① Saul Bellow: *Humboldt's Gift*, New York: Viking, 1975, p.122.

② Ibid., p. 203.

③ Ibid.

④ Ibid., p. 107.

人智学正在发生肯定的效力。我不能对此过于执著。一切都染上了来世观念的色彩，而我的精神好像分离了。它好像离开了我，穿过窗户……[①]

当这位愤世嫉俗的大法官——“现实的指导者”——提醒西特林他的“责任”时，魔咒被打破了。

“西特林先生，……你多少总是过过某种豪放不羁的生活的，而现在你也尝到了结婚的滋味，家庭的滋味，中产阶级社会地位的滋味，你想中途易辙。我们不允许你这样玩世不恭。”

突然，我失去了超然自若的心情，觉得自己十分激动。[②]

当西特林面对自己作为一个“成年人”的行为结果时，他意识到不论他多么努力，他都逃不出一个“晃来晃去的人”的命运。在《洪堡的礼物》中，西特林在内心世界和外部世界之间晃来晃去。其中内心世界里充满了精神秩序，而在外部世界中，成年人的责任和行为表现出混乱的状态。

就像西特林所说的那样，他“在神智学的幼稚园里仅仅是个初学者”[③]。但他却如莱娜达所言，“花费了很多工夫想要在人类的现状中另辟蹊径[④]”。西特林想要知道“我什么时候才能超脱这充满巧合、充满假象的、浑浑噩噩的人生，取得进入更高尚的境界的资格”[⑤]。西特林仍然受到“个人和性爱的羁绊”[⑥]，但你也许会说这不会很久。西特林需要性爱的快乐和个人本能的满足，他很难接受那些对“成年人”的要求，因为文明社会要求他扮演一个丈夫、父亲，或者仅仅是爱人的角色。像奥吉·玛琪一样，对西特林来说“爱的纽带是绞刑索”[⑦]。

当那个充当保护人角色的父亲形象消失时，西特林不得不为自己的行为负责，但他却背离自己的行为，或者是“把这种卑劣的想法提升到

① Saul Bellow: *Humboldt's Gift*, New York: Viking, 1975, p. 231.
② Ibid., pp. 231–232.
③ Ibid., p. 356.
④ Ibid., p. 430.
⑤ Ibid., p. 291.
⑥ Ibid., p. 356.
⑦ Saul Bellow: *The Adventures of Augie March*, New York: Viking, 1953, p. 322.

理论的高度”[①]，或者是凭借通神论的观察方法“从外部看到受约束的自我”[②]。对西特林来说，理智的抽象概念和通神论的超验主义都具有隐含的致命性。徘徊在日常生活的迫切需求和“背离”或者说是“超脱”之间，西特林没有选择任何一方。隐晦地说，西特林徘徊在生与死（这仅仅是对“超脱”概念的一种弱化的表现）之间。

有趣的是，在这一点上，贯穿于《洪堡的礼物》中的主题张力之一就来自于主人公对睡觉和清醒之间关系的思考上。像汉德森一样，西特林想要唤醒自己沉睡的精神[③]。但是，对西特林来说，“清醒”并不能让他开心地回到社会大集体中，只会让他挤进超然物外的内心世界中。对西特林来说，日常生活就像是睡觉，但矛盾的是，他不想醒来踏进成年人世界的噩梦中，却想要进入到一个非物质世界的精神之光里。

对贝娄小说中的人物，包括查理·西特林的“两分法分析”到了最后关头。我们对西特林内外部世界关系的思考指引着我们探讨生与死的关系。对西特林来说，死投射出来的是最终的“秩序”，而生表现出来的是持续的“混乱”。这也解释了为什么他很难在两者之间做出抉择。

贝娄后期小说中的人物逐渐战胜了物质世界，捍卫了精神世界。对这些人物来说，世俗世界已经越来越不重要，在某种程度上，这能够减轻他们内心世界分裂的痛苦。与贝娄前期小说中的人物相比，赫佐格、赛姆勒和西特林内心世界的分裂程度没有他们那么剧烈，但他们仍然受到两重世界的折磨。一方是他们渴望的超凡的宁静世界；另一方是他们无法适应的平凡世界。他们无法拿到自己想要的东西——是要遵循外部世界的秩序、内部世界的秩序，还是超脱这个世界——反而陷入混乱的婚姻，虚假而危险的冒险经历，以及与罪犯和坏女人的纠缠中。赫佐格、赛姆勒和西特林仍然是那种“晃来晃去的人”，因为他们总是背离自己的行为，因此他们比前辈们经受的折磨要小得多。

贝娄后期小说中的主人公们生活在一个自我、向心的世界里，这个世界本身就证明了他们对世界的看法，它处于一种绝对的分裂状态中。围

① Saul Bellow: *Humboldt's Gift*, New York: Viking, 1975, p. 181.

② Ibid., p. 393.

③《洪堡的礼物》中多次提到瑞普·凡·温克尔。当西特林带着两个孩子参加圣诞节游行时，幕布拉开，《瑞普·凡·温克尔》上演。这出剧引起了西特林的遐想：“如果我在精神上没有沉睡这么久，我能做什么？”（Saul Bellow: *Humboldt's Gift*, New York: Viking, 1975, p. 292.）

绕在这些主人公周边的人物不仅扩大了他们自己内心的矛盾(格鲁纳和窃贼[①]、坎特拜尔和邓沃德),而且他们本身就是矛盾的集合体(马德琳、格鲁纳、丹妮丝、萨克斯特等)。

在贝娄的前五部小说中,主人公从本质上说是孤独寂寞的,但他们却寻求社会的温暖。约瑟夫在自己的房间里等待着入伍,利文萨尔与妻子在剧院里即将开始新的生活,奥吉驶向北欧,希望能找到自己想要的东西,汉德森登上飞机准备开始新的生活。在《赫佐格》、《赛姆勒先生的行星》和《洪堡的礼物》中,情形就大不一样了。赫佐格孤单地待在伯克夏花园里,"没做任何事,甚至没有(对任何人)讲一句话"[②];赛姆勒在医院的太平间里自我祈祷;西特林在墓地里见证了贫民诗人洪堡的重葬,他被安置在一个符合他身份的墓穴中。站在墓边,西特林注意到一枝报春花亭亭玉立,这枝花象征性地缓解了死亡的阴郁气氛。赫佐格、赛姆勒、西特林这三个人物别无所求,满足于他们在生命的碎片中发现的小花,而这些小花朵朵饱含深意。他们只赞美他们所拥有的:独一无二的思想和唯我论。但贝娄笔下的其他主人公们却想忘记自我。

赫佐格、赛姆勒和西特林对他们周围的事物以及他们生存的世界都有一个清醒的认识,他们表达了贝娄自己的看法,并且参与其中。进一步说,他们越来越像自传式的人物,我们很难把他们与塑造他们的艺术家分割开来。这种"窄化通道"的做法对小说产生的影响就是使它们进入"闭合状态"。特别是在《洪堡的礼物》中有一种终结的味道,因为小说缺乏虚构的"张力"。查理·西特林对于自己性格和外部世界中的静态矛盾"了如指掌",却无法从中获得前进的动力。西特林缺乏探索的精神,因此,《洪堡的礼物》中没有一种辩证的力量。一部分原因在于西特林的自我认知与小说透露出的见解融合在一起,另一部分原因在于他不是一个想象出来的人物——其中暗含着差异和张力——而是作者的化身。[③]

在《洪堡的礼物》中,贝娄似乎最后毁灭了自己。或许是因为这个原

---

① 格鲁纳是贝娄小说《赛姆勒先生的行星》中的人物。——译注

② Saul Bellow: *Herzog*, New York: Viking, 1964, p. 341.

③ 弗兰克·D. 麦克奈尔指出,在《洪堡的礼物》中,"故事片段不断在……自传与挽歌间转换"(Frank D. McConnell: *Four Postwar American Novelists: Bellow, Mailer, Barth and Pynchon*, Chicago: University of Chicago Press, 1977, p. 49)。如托尼·坦纳所写,"赫佐格的许多经历就是贝娄自己的经历,这并不是什么秘密……"(Tony Tanner: *City of Words*, London: Cape, 1971, p. 295.)

因，当贝娄创作《院长的十二月》时，他在塑造中心人物上尽量避免自传式的写作，至少表面上是这样。艾尔伯特·科尔德有着胡格诺派教徒的背景，是一名爱尔兰美国人，但他却具有赫佐格或西特林的思想——这是一种封闭式的复杂思想，它固守原地，自给自足，在日益含混、危险的世界里孤独地自我运转着。

编后记

本文选自乔纳森·威尔逊的《贝娄的行星》一书，第157—171页("Humboldt's Gift", in *On Bellow's Planet*, London & Toronto: Associated University Presses, 1985, pp. 157—171)。在此文中，威尔逊围绕《洪堡的礼物》中的主人公查理·西特林对小说的情节、主题和相关人物展开分析，并从整体上对贝娄在不同阶段塑造的主人公们进行了分类、评述。

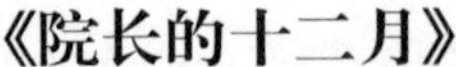

《院长的十二月》

作者 [美国] 罗伯特·F. 基尔南
译者 王丽艳

没有任何东西会怪得让人不敢相信。

——艾尔伯特·科尔德

和《洪堡的礼物》一样,《院长的十二月》也是一部关于两个城市的故事,这两部作品的相似性几乎一直持续到结尾的信件。但是,大多数评论者都宣称,与《洪堡的礼物》循环的力度相比,《院长的十二月》的力度显得呆滞不前。《院长的十二月》通常被认为是比较"笨重"而非"重量级"的作品。休·肯纳尖锐地指出,我们期待的贝娄特有的作品活力被主人公过多的沉思冥想淹没了,他把这部小说看作"低级的贝娄作品"[①]。英国评论家乔纳森·拉班认为《院长的十二月》是"一部充满热情和沉思推论的作品……既华丽宏伟又呆滞无趣"[②]。通俗媒体更加激烈地质问,如果他不是因为诺贝尔奖而傲慢自大,那么这位美国桂冠小说家是否在训斥自己的同胞?贝娄给自己做了很不寻常的开脱,他指出,一开始他想要写一部有关芝加哥的非虚构作品,但他发现用新闻体太受限制,就把原先的构思转换成了小说,代价是未加说明的离题。[③] 他又指出说,这部小说受害于出版社最后交稿期限的压力。

---

① Hugh Kenner: "From Lower Bellovia", *Harper's*, February 1982, pp. 62–65.

② Jonathan Raban: "The Stargazer and His Sermon", *London Sunday Times*, (March 1982), p. 41.

③ Michiko Kakutani: "A Talk with Saul Bellow: On His Work and Himself", *New York Times Book Review*, December 13, 1981, pp. 28–30.

《院长的十二月》的主人公和沉思推论的实施者是艾尔伯特·科尔德，一个新闻工作者，后来变成了新闻学教授，随之成为一所名称不详的芝加哥大学的院长。作为院长，他写了一系列文章谴责芝加哥的种族歧视、俱乐部政治，谴责芝加哥缺少他所谓的“道德进取心”，从而将自己卷入了辩论。他被迫承认一个黑人杀害了学校的白人学生，也因此失去了学校教务长的尊敬，失去了学校年轻的自由主义者的尊敬，其中包括他的侄子。总之，对芝加哥来说，院长的道德感太过强烈了。他完全以道德标准来评价事物的冲动危害了他作为新闻工作者和大学领导的职业声誉。①

院长和妻子米娜前往布加勒斯特看望米娜弥留中的母亲瓦勒丽娅·拉瑞什，一位出色的精神病医师。他们在那里度过了十二月份。院长在思想上没有远离芝加哥的激烈争论，但在地理上远离了芝加哥。他们刚刚来到布加勒斯特就发现一个罗马尼亚官员阻碍他们去看望米娜将死的母亲，显然是因为瓦勒丽娅鄙视社会主义政府。三十年前，她作为卫生部长受到冷遇；多年后她被免除了职务，婉然拒绝再次加入共产党。政府官员敬重米娜作为天体物理学家的国际声望，但是她二十年前在西方学习的时候叛离了罗马尼亚，罗马尼亚官方无意忽视瓦勒丽娅在其中的作用。实际上，因为米娜成为美国公民的时候没有正式放弃罗马尼亚公民权，她理论上似乎还隶属于罗马尼亚官方，这种情况让科尔德很担心。他警告说，在她母亲装满窃听装置的公寓里绝不能随意进行粗心的谈话。瓦勒丽娅在圣诞前夜死去后，他急着要立即离开。

瓦勒丽娅去世的时候，科尔德童年时期的朋友杜威·斯潘格勒恰好也在布加勒斯特。科尔德向他吐露了心事。他这样做的时候不假思索，因为斯潘格勒是一个国际新闻工作者，幻想自己是沃尔特·李普曼。院长回到美国后尴尬地发现，他竟然接受过斯潘格勒的采访，成为斯潘格勒一个专栏的主题。这个专栏阴险地模仿院长写芝加哥的文章的语气和风格。斯潘格勒以假冒的分析和雄辩总结说科尔德的“热诚超出了自己的能力范围”。斯潘格勒的控诉如此可恶，他的暗示如此盛气凌人，以至于科尔德瞥见学院外的世界的时候大吃一惊，觉得自己的学术信誉毁掉了，至少在道德方面如此。他立即辞去院长职务，意欲写作不再引起争论的

① Al Eisenberg: “Saul Bellow Picks Another Fight”, *Rolling Stone*, 363 (March 1982), p. 16.

文章。小说末尾,他陪伴米娜去帕洛马山天文台。他和她一起乘坐悬挂在圆屋顶拱形线上的吊车,沿着弧度坐到顶点,然后回到地面。他醒悟到,类似于他从道德权威上的坠落,他所在意的不是天文台超乎寻常的寒冷,而是从顶点上再落下来。

在某种意义上来说,科尔德是一个我们熟悉的贝娄式人物。他不停地思考关于人类的大问题,使我们想起《晃来晃去的人》中的约瑟夫,《受害者》中的阿萨·利文萨尔,《赫佐格》中的赫佐格,《赛姆勒先生的行星》中的阿图尔·赛姆勒,《洪堡的礼物》中的查理·西特林。和这些思考者一样,他既是理想主义者,又是圣哲,还是梦想破灭的理想主义者。与之前这些人不同的是,科尔德关注对立面之间的联系,正如他的姓“Corde”所显示的,他用“线(cord)”来捆绑它们。他想起瓦勒丽娅身上琐碎的深渊曾经触怒了他强迫性的开阔心胸,虽然如此,他仍然在情感上向她靠近,因为他总是被和他明显不同的人所吸引。对其他人来说,被自己的姻亲监视会激起反抗,但是科尔德却被激发出了更大的视野,他感激地用全新的眼睛审视自己。在苏联控制下的罗马尼亚的恐怖生活使他更多地考虑两种政治势力之间共生的联系,而不是想起美国的生活是多么美好。“民主制度不健全导致独裁。”他对米娜说,末后又解释地加上一句:“你会不由自主想起这个。”

科尔德想寻找两个对立势力之间的联系,以辩证的经验方法证明了这本身是个冲动。他没有完全理解这种冲动,因此积极地寻找另一种经验,希望发现一些终极的综合体。作为《芝加哥论坛报》一名有着国际声誉的记者,他放弃了其他人可能会嫉妒的职业,寻求学术界的安静。成为知名大学的院长后,他献身于揭发丑闻,使学校陷入了尴尬。在新闻界建立了自由主义揭发丑闻的成就之后,他改革性地将一个黑人绳之以法,从而被指控有种族偏见。“他无法解释自己为什么在这个案子上如此积极”,读者得到了这样的信息。详尽了解科尔德的职业逆转也不能理解科尔德这个人物。在漫长的大学岁月里,科尔德在达特茅斯的一个阁楼里阅读柏拉图、修昔底德和莎士比亚的著作,这正是他日后又回到学术界的原因。他喜欢思考,他从许多方面思考自己写芝加哥的原因,终于得出了一个非常模糊的结论,那就是“这个经历,这个难题,这个一生的折磨需要解释”。

是什么让科尔德院长备受折磨?在这一点上外人比科尔德自己看得

更清楚。在教务长亚力克·维特看来,他只是一个傻瓜,一个尚未完成博士历练的外行,所以在行政职务上必须让人牵着鼻子走。维特的结论是“乱七八糟的高度严肃认真”。教务长还进一步下结论说科尔德不可教,他“有情感障碍,有问题,有宿命论”。亚力克·维特的名字英文为“Alec Witt”,一半暗示亚力克(“Alec”为亚历山大的缩写)的聪明,一半暗示他学术上的才智(wit),他似乎很愿意让科尔德知道他的观点,同时让他相信他是完全同情他的。科尔德鄙视教务长的奸诈,但却不能轻视他的评价。实际上,他基本上同意维特认为他在《哈泼斯杂志》上发表的文章不明智的观点。小说最后,他决定从更大的视角重写这些文章。维特逼迫他放弃院长职务,科尔德向米娜承认教务长一直都是对的,学术界不适合他,他“不是当院长的料”。读者不情愿承认维特的洞察力,但是,科尔德既不反驳也不憎恨维特的判断,维特是科尔德行为的一个重要的阐释者。

在评价是什么折磨着科尔德院长这一点上,杜威·斯潘格勒起着和维特一样的重要作用,而且他还有和科尔德一起在芝加哥长大这个优势,能够确保《哈泼斯杂志》上的文章都“完全保持特色”。他问院长:“你难道不知道用一生的愤怒来放纵吗?”但是斯潘格勒在很多方面和亚力克·维特一样愚蠢,也同样是一个不能令人满意的评判者。他毫无诚意地对科尔德说:“如果我能解释为什么你写这些东西我就该死。”因为他非常清楚地解释了为什么科尔德写这些文章。实际上,斯潘格勒提出了多样化的推测解释科尔德的行为,却没有意识到他的自我矛盾。除了“一生的愤怒”的推测,他还暗示科尔德正在反抗学术界的象牙塔。他说:“你从积极走向了消极……现在你厌倦了被动,变得高度活跃,扭曲了自己,纠结不清。”有时候他认为科尔德在《哈泼斯杂志》的文章里放纵自己对天启诗歌的喜爱:“龙从深渊里飞起,太阳变成了麻布般的黑色,天空如漩涡般卷来,死亡骑在灰白的马匹上……哇!”斯潘格勒还在别的地方暗示科尔德地狱般的反常,说科尔德“还不如用十英寸的杆子搅动冒泡的小河,然后强迫全城的人来闻味道”。如此变化多样的分析表明对于斯潘格勒来说,一个建立了如此声望的人竟然毁掉了自己的声誉,简直令人费解。

科尔德家的男人们在评判他的时候不像斯潘格勒和维特那么明断。扎和纳,他故去的内兄,认为院长是一个不谙世事的傻瓜。扎和纳认为他自己招致别人来骗他,这些人尤其包括他的堂兄曼科斯·德里安。科尔德知道这个评判是正确的,他不知道自己为什么仍然允许这样的欺骗发生。德里安是一个不择手段的律师,他隐瞒财产,逃避法庭的决议。院长曾给他钱让他做投资,不肯真正面对德里安骗了他两千多美元这个事实。德里安还变本加厉,在谋杀案中代表被告证明科尔德学术败坏。德里安的侵犯行为几乎没有触动科尔德。他表示,只不过看到一个像自己堂兄这样的人将要进入他的生活,这个人对联系的迷恋超过了逻辑。也许扎和纳和德里安在其他方面都有分歧,但是他们都同意将科尔德看作H.L. 麦肯笔下的"傻瓜美国人",科尔德自己也并不强烈反对这个判断。

扎和纳的儿子梅森从大学退了学,成为一个专门挑剔院长的评判者。他自称是杀死白人学生的黑人卢卡斯·艾伯瑞的亲密朋友。他将自己看作贫民窟居民的代表,擅自教他的叔叔认识芝加哥的社会现实。他的基本观点是,像他叔叔这样的官方知识分子不能理解他时髦地冠之以"社会底层"的群体。不过,因为混杂着一个孩子对常常被誉为榜样的叔叔的憎恨,所以他对科尔德的反对显得漏洞百出。他过于成熟地从多方面考虑科尔德,把他看作一个"智多星复仇者",一个种族主义者,一个死亡之舞的隐秘刺探者,通过观察比他自己更黑暗的生活而从中取乐。科尔德从梅森所有的指控中都找出了特有的真实因素。实际上,他认为梅森的声音是"真实的芝加哥的声音,从最底层的音域发出了反映时代精神的声音"。

说到梅森反映了芝加哥真正的声音,他的声音与扎和纳、德里安的声音混和在一起。他的指控加强了维特认为科尔德有"乱七八糟的高度严肃认真"这个观点,也加强了斯潘格勒认为院长正在平反芝加哥的冤情这个观点。不过,这些不同声音的相似性不但没有证实自己的正确,反而使人产生了怀疑,因为在他们联合的倾向中有一丝流氓行径的迹象。他们全都拼命强调科尔德自己承认的不足和缺点,这都是令人不快的。其效果是科尔德被描写成了一个被冒犯的人而不是犯过的人。读者不怀疑加诸科尔德身上的批评的细节,但是会憎恨这种过度的表达方式。科尔德通常不反驳批评者的观点,这更加深了读者对他的遭遇的愤恨。

这里并不是说科尔德是一个胆小鬼,虽然他如此温顺,以至于不加考虑地同意对他性格的任何评价,接受任何关于他人生的计划。一位名叫比彻的地质学家对院长发表在《哈泼斯杂志》上的文章印象深刻,于是邀请他来写一写他的发现,即内城区人口的犯罪和社会的瓦解可以追溯到铅中毒的影响,让他做"人文主义者的阐释员"。这样一个角色对科尔德来说应该具有吸引力。他实际上对这个建议受宠若惊，觉得比彻是一个“了不起的人”、“一个大好人”。科尔德发现，“考虑到他负载的沉重重担，还有他对这种可怕发现（地球能幸免于难吗？）的责任，他的温和显得那么高贵”。但是，在面对人们认为地质学家对社会疾患的阐释太过简单的判决时，科尔德拒绝了比彻给他安排的角色。正如院长在应对芝加哥批评者的时候保持了真实自我，他也不会在一个更愉快和谄媚的关系中因为自己对人际联系的喜爱而被人愚弄。科尔德在判断上确实犯了错，但是在自我决定上不肯妥协。

贝娄给这伙芝加哥男士们设置了一群对立的东欧女性，形成了很明显的对称结构。这个群体以瓦勒丽娅为中心，包括她的女儿米娜，她的妹妹吉吉，比彻的塞尔维亚助手芙拉达，瓦勒丽娅的看门人伊昂娜。这些女士和其他妇女一起组成了科尔德所谓的“爱心社团”，“一个扩大的女性集团”。她们的爱心社团令人难忘，因为她们克服了利己主义和自尊自大，同时也不否认它们存在的现实。伊昂娜向秘密警察汇报其他女士的活动来维持看门人的职位，但是她却完全忠心于瓦勒丽娅和吉吉，在勒索她们的同时也保护着她们。瓦勒丽娅声称自己是社团的女家长，她将吉吉当成优柔寡断的小妹，把伊昂娜当作解放了的女仆，但是她对两人的感情是真挚的。爱心女士社团令人感动地克服了地理距离和职业差别：芙拉达从事化学行业，米娜是一个天体物理学家，虽然她们住在芝加哥，不能做给彼此改衣服的例行工作，也不能参加轮换排队，她们仍然在情感上共生存。这个女性团体给了芝加哥团体有力的打击。在一个强制性的政体里，人人都被迫揭发自己的同事，但这些女性超越了个人利益，恪守着人类的道德准则。生活在仁慈的政治制度下的芝加哥男人们却陷入自我的枷锁中，成为彼此的敌人。

在科尔德看来，女士们的品德高于男士，她们更富有人性，对于人类社会的诉求更有感受力。但是，她们的品德虽然使得她们有资格做评判者，但是也使得她们不像贝娄的男性人物那么倾向于说出推论，甚至都不做推论。她们似乎更愿意收集感想。她们的眼睛在问科尔德：“真的真的能够信任他吗？”但在这个问题上她们没有发表看法。如果吉吉和瓦勒丽娅在院长的脑子里开一个假释法庭，她们会没有结果地争论自己唯一关心的问题：“他真的能和米娜结合吗？”对于她们对他性格的观察，科尔德的憎恨并不比对芝加哥男人对他的判断更多。不过，作为对她们的道德的敬意，他在情感上给她们留下了一席之地，但对斯潘格勒、维特和梅森却不一样。

瓦勒丽娅在科尔德的感情中占有尤其重要的位置。他决心和他建立起一个最终的联系，于是在她弥留之际悄声对他说他爱她。在她死后，他觉得她好像还活着，像一个保护神一样在掌管着她的女性团体。他思考后认为她的博爱“来自于古老的才智”，来自于“更深刻的生活”，来自于隔代遗传的某个如同母亲力量源泉的东西。对科尔德来说，她代表了现代意识遗失的意识整体。他对“先进的现代意识”没有敬意。

> 为什么？因为先进的现代意识是一个退化的意识，因为它只具有文明能够提供的最小的内容（实用的判断，无遮蔽的道德外形，滑稽丑态，卡通代替了人类）；对于人来说意识是如此贫乏，如此抽象，因此意识本质上是残忍的。

瓦勒丽娅给科尔德的最后一件礼物是一件很适宜的古董怀表，象征着时间不仅往前走，而且也会往后走。她留给罗马尼亚的遗产是罗马尼亚最好的医院，但其中也包含了要命的意识。但是瓦勒丽娅对科尔德最后的判断比这象征性的赠与都更加神秘莫测。当他在她临死时说爱她，她经受了触电般的疾病发作，是什么引起了这次发作，是因为高兴还是恐慌？读者不得而知。科尔德明白他玩弄女性的历史一直困扰着瓦勒丽娅。她认为这个表白是因为他对米娜的爱？或者证明他在爱情上过于随便？和《院长的十二月》中的所有女人一样，同时和科尔德周围所有的男人不同，她不愿做出道德推论，在她好像终于明白了自己的时候，她的表达却含混不清。对于科尔德对她的敬重，她小心遮盖，这迫使读者怀疑她的道德开明和科尔德对联系反复无常的兴趣之间的联系。和科尔德世界里的所有其她女人一样，她是一个灵感的典范。

但是科尔德对女性有着花花公子般的轻视。他编造理论和设计种类，但通常认为女性不能实现普通的职业生活。[①] 虽然沉浸在悲伤中，吉

---

① 艾伦·查夫金（Allan Chavkin）比我更肯定科尔德对待女性的态度。见 Allan Chavkin: “The Feminism of *the Dean's December*” *Studies in American Jewish Literature*, 3 (1983), pp. 113–127。我不同意约瑟夫·科恩（Joseph Cohen）认为科尔德是一个完全被改造的花花公子，“对身边的女性充满爱和赞美”，但科恩关于这本书对（转下页）

吉仍然立即走上瓦勒丽娅的位置，以科尔德称赞为“歇斯底里”的效率来管理布加勒斯特的大家庭。带着既嘲弄又钦佩的语气，她的病床被描述为一个“指挥站”，她在床上指挥干瘪的老太婆到早晨四点开始的黑市排队，以便于让科尔德吃上葡萄、柑橘及其他奢侈品。类似地，他赞扬芙拉达作为比彻助手的才干，将她的泰然自若简化为天生的东西，“一个健壮妇女的完全自信”。他把她的智力归类于精明，又自相矛盾地认为她的女性特质不足。在他这个男子至上主义者的眼中，她的眼睛不够柔和。“她不会邀请你参与梦想中的事业。”他抱怨说。

科尔德还赞扬自己的妹妹艾弗瑞达，她总是拒绝他乐于提供给她的保护。他承认她天生是个怀疑主义者，一个“实际的妇女”、“一个优秀的金钱管理者”，但他故意屈尊地将她看作“一个可爱的女孩”，她的信件显示出“环形的、散漫的、天真的魅力，严格说来不算有文化，用女性的花体字写成”。正如他经常说的那样，科尔德喜欢女性，但是他认为她们“严格说来不算有文化”的想法蒙蔽了他，使他看不到女性能够比男性更加成功地应对日常的世界。

科尔德尤其不能理解米娜在现实世界中的纠缠。他喜欢将妻子看作超脱尘俗的天文学家，认为自己在婚姻中的职责就是管理她在人间的事务。实际上，指导她应对日常事务给他很大的乐趣。他比米娜更擅言辞，所以不停地训教她，就像他内心里训导自己一样，他幻想她很感激这种指导。是她的耐心使得他们基础牢固的婚姻挺过了这种折磨。有一次她破例失去了耐心，她说：“我告诉你妈妈的死有多么可怕，而你给我的安慰却是告诉我一切都是恐怖的。你给我做了一次演说，这种演说我已经听过了许多次。”他的训导被证明“有时对他自己都是有益的”，这正是恰到好处的拙劣模仿。①

伊昂娜对米娜的看法与科尔德互相抵触，她清楚地表示科尔德误解了米娜，错看了米娜。虽然米娜的职业需要她规律性地进行天体观测，他仍然认为“她不是一个观察者”。“将来有一天她必须回到地面上来”，他

（接上页）贝娄第四次婚姻的影响很有启发性。见 Joseph Cohen: “Saul Bellow’s Heroes in an Unheroic Age”, *Saul Bellow Journal*, 3 (Fall-Winter 1983) pp. 53–58。

① 艾伦·查夫金认为贝娄写作《院长的十二月》的本意是写作一部“主人公思考个人和公共问题的反省小说”，并得出结论说院长的漫谈离题受到了不公正的批评 (Allan Chavkin: “Recovering ‘The World That Is Buried under the Debris of False Description’”, *Saul Bellow Journal*, 1 (Spring-Summer 1982, pp. 45–57)。

几次做出这样的预先警告,没有想到最后的戏剧性场面:他将米娜留在帕洛马山天文台的高处,自己回到了地面上。科尔德认为自己在米娜应对罗马尼亚官方的过程中起到了促进作用,但是米娜最终自己做了所有必需的安排,而他却坐在卧室里沉思芝加哥的事情。

虽然科尔德特别不赞成米娜在工作上的狂热和专心,她人性的敏感却得到了很好的发展,完全可以和他相媲美。她模模糊糊地注意到:"我的妈妈象征着……"科尔德迫切地问:"象征着什么?"他似乎期待一个天真的、政治性的回答。但是,米娜感到了他的意图,坚持说:"不是政治性的,只是关于生活该怎么过,只是在人性上有叛意的人。"科尔德还是没有抓住她的主要意思,即瓦勒丽娅是一个人性的象征,而不是政治的象征。他问她为什么政府官员害怕医学院的示威游行,米娜以热诚而不是他认为她习以为常的科学家的冷漠说道:

> 我告诉你了。也许是伤感情绪。赞成瓦勒丽娅自己代表的东西。在人性的基础上……亲爱的,你干吗不去歇一会。你累了。这对你来说太难了,我能理解。

科尔德婚姻的力量建立在两人完全匹配的大脑和感受力上,即使院长坚决不承认米娜的感受力的发展。科尔德细心观察的习惯正与她的科学经验相当,他对人类意识的关注也与米娜深沉的人类意识形成了共鸣。他们之间的关键不同在于:米娜没有把科学认识和人性认识做有目的的连接,而科尔德试图将自然感知当作人性认识的一个工具。他的努力堪比现代画界的高聚焦写实主义者,这个比较也指出了他此番努力的缺陷。就像安德鲁·怀斯的画作《克里斯蒂娜的世界》中夸张的清晰一样,科尔德高强度的观察产生了一种重要的感觉而不是可说明的意义。正如他模模糊糊认识到的那样,自始至终,他充满激情的关注产生的不是新闻"真实"而是直觉理解、想象的真理和洞察力。旅居罗马尼亚早期,他遇见了米哈·皮特斯苏,一个政党监察员,这人假装是瓦勒丽娅的朋友。知道了皮特斯苏的现实身份之后,科尔德典型性地对他形成了一个想象的、直觉的结论:

> 皮特斯苏个子矮胖,小眼睛,费多拉软帽完全遮住了头发,因此

帽檐的绒毛和耳朵上的绒毛混合在一起，暴露在展现一切的阳光下。有关瓦勒丽娅的每一次对话他的话语都有一种潜伏前行的方式，他的音调升到了嗓子所能忍受的最高点，然后突然降下来，情感失去了控制。他对瓦勒丽娅有一种戏剧般的狂热。看着他的脸，科尔德立时估计，大约四分之三的褶皱是非常凶恶的性格的褶皱，很容易想象到这样的人在审讯中会拍桌子，也许还会扣扳机。不只是在雷蒙德·钱德勒的小说中才能碰到凶恶的人。

科尔德在罗马尼亚之旅的最后一段时间碰见杜威·斯潘格勒的时候思绪也是这样。激烈的现实认识再次滑入了幻想中的格式塔：

因为某种原因，他毫无突兀感地对杜威产生了好奇心：蓝眼睛，肿眼睑，龟壳胡须，双臂抱在肥胖的胸前，手指藏在腋窝下，胡子修整过的地方皮肤有刮伤的痕迹，他呼出的气体如此温暖，他的体味是一种稍陈旧的甜甜圈的香味——斯潘格勒整个人在透过玻璃的温暖的冬日阳光下带着有洞察力的印象来到了科尔德面前。

科尔德思绪飘浮在超感的忧虑中，预示着他需要将大脑和感受力相联系，需要把推论和观察相联系，需要把经验的每一个方面和其他方面相联系。这种需求虽然感人，但在小说分裂的世界里这种需求是没有结果的。芝加哥和布加勒斯特之间的区别象征东西方不可调和的政治分歧。城镇和长袍表明了芝加哥内部存在同样的分歧。一个不可逾越的深渊在男性和女性的性格之间裂开，就像性爱和精神之间的分歧一样。① 科尔德陷入了历史和政治的坚实大地；米娜则陷入了无边无际的太空；他们每个人都发现了对方在追求不可理解的东西。自由主义者和保守主义者在追求同样目标的时候都没有共同点。科尔德和比彻都以启示性的眼光看待世界，但是他们最终的启示却不一样。或者说，这是科尔德得出的结论。

科尔德忙于一项理想的事业，要在这样一个世界上追求一致性。他坚持认为，如果他不去认识，综合推理不可能是真实的。"现实不是'在

① 关于小说中性心理（Eros-Psyche）主题的讨论见朱迪·纽曼的论文"Bellow and Nihilism: *The Dean's December*", *Studies in the Literary Imagination*, 17 (Fall 1984), pp. 111–122。

那边'存在的，"他说，"只有当思想找到了潜在的真理，现实才变成了真的。"但是科尔德对待这种理想主义和对其他任何事情一样反复无常。他嘲笑维特和斯潘格勒对智力的忠诚更有甚于嘲笑女士对智力的无动于衷。"大多数智力和智力统治世界的习惯没有一致性的力量，"他总结说，"它是分离性的。它分离是因为它本身是分离的。所以精神分裂症既有道德感，又有美感，而且还是分析性的。"

科尔德知道自己的反复无常暗示了精神分裂，但是他极少正视自己的内部分裂。他表面上承认自己是半个胡格诺派教徒、半个爱尔兰人，承认自己是"豪华列车车厢绅士"和"人类堕落分子"的子孙。他有时候提出自己是一个虚无主义者，另一些时候又说自己是一个信徒。[①] 他既是学院领导又是新闻记者，两者显然不可调和。但是对科尔德来说，这种分裂通常被更大的关于他代表了什么的问题所蒙蔽，这种分裂的面纱表明了他的身份危机。他似乎没有想到，他可能就是分裂的。斯潘格勒问他为什么会成为芝加哥的教授，科尔德回避地回答说："这的确是一个棘手的问题。"因为他倾向于将自己的身份和职业等同起来。对于所有问他为什么成为一名芝加哥教授的问题，他都给出了模糊的、表面的答案。"最新思想到达芝加哥的时候，已经弱化了，很容易被看透。"他对艾弗瑞达的提问给以了这样的回答。有的时候，他说自己变成了一个老师是因为自己的现代性都用光了，他想要治疗自己的无知。有一次他说，也许只是因为怀念大学生活。

对于他是谁、是什么人，科尔德很感激地从其他男人对他的评论中寻找线索，这些评论只是提供了暂时性的启示，因为它们在细节上很少一致。自由主义者认为院长是一个反动分子，根据是他在《哈泼斯杂志》上发的文章；保守主义者宣布他是个疯子；梅森认为他是个坏蛋。在这些分裂的看法中，科尔德似乎很自然地陷入了分裂，同时不再担心自己代表什么的问题。但是他需要将对立的观点转化成某个终极的真理。生活在悖论中令人无法忍受，不管他是不是时断时续地生活其中。实际上，他好像觉得悖论的证实是精神失衡的症状，正如他发现自己使用东正教的语言

① 在梅尔维·布拉格的采访中，贝娄认为科尔德是"对世界的怀疑主义质问"("An Interview with Saul Bellow", *London Review of Books*, (May 4, 1982, p. 22)。 朱迪·纽曼在《贝娄和极端怀疑论：〈院长的十二月〉》("Bellow and Nihilism: *The Dean's December*")一文中讨论过小说中的怀疑主义。

时所指出的：

> 什么是纯粹精神？对于曾在这里住过的五十多岁的美国人来说，至福的语言是不真实的。使用这个语言泄露了他是一个极度骚动不安的人，是一个有些疯狂的人。那是异质的、迂腐的——是陀思妥耶夫斯基的东西，所多玛的邪恶和对圣索菲亚的爱慕同时存在。

正因为这种折磨的意想不到的结局，科尔德才最终和分裂达成了和解。[①] 米娜、瓦勒丽娅和芙拉达等女性的自制力表明和解是可能的。虽然没有清晰的因果关系，但是我们可以推断女性的精神感染了科尔德，虽然他对她们抱有自己都不承认的轻视。毕竟，他是一个容易受影响的人。他自问："为什么他科尔德和某些人紧密联系在一起，以至于他对她们的感知成了一种束缚？他被她们所吸引，关系变得如此紧密以至于他几乎被她们同化了……一种催眠状态的联合发生了。"当然，科尔德的反复无常使得他能够接受女性的影响。他不喜困惑，总是批评自己"断断续续的觉察力"和"时断时续的洞察力"，和他不一样的女性的沉着对他总是有很大的吸引力。受到思想困惑的烦扰，他觉得自己"读书太多，结交太多，在画廊溜达得太多"。因此，严格说来不算有文化的女性吸引了他的兴趣。

科尔德和妻子之间"催眠状态的联合"似乎对他最终适应分裂有特别的影响。因为她将自己的科学认知和人文认知分离开，科尔德对她没有像他对瓦勒丽娅那么钦佩。他还把自己当作妻子与现实联系的纽带，他从来不指望米娜变成他想要做的那种榜样。科尔德认为妻子专业上太专注，我们怀疑这其实正是他在新闻业上的缺陷。他最后打算再次从事新闻业。但是他把它当作一个职业而不是一项改革运动。他还限制自己的领域，认为这样就不会无知地附和比彻等改革者，这使人想起他对米娜的下意识模仿。"用不着聪明，用不着演说"，小说末尾，他再次提醒自己该怎么应对芝加哥人。这个告诫可能也是米娜对她自己的告诫。"我不喜欢辩论"，他向妻子保证说，仿佛这是他生活中的既定事实，而不是她

① 马修·C. 拉丹尼通过不同的论证得出了相似的结论 (Matthew C. Roudane: "A Cri de Coeur: The Inner Reality of *Saul Bellow's The Dean's December*." *Studies in the Humanities*, Dec. 11, 1984, pp. 5–17)。

的。“我没太难过……我不是做院长的料。”他接受维特最后一期访问后喃喃地说。这与米娜对局势的认识一样。

瓦勒丽娅的葬礼在布加勒斯特火葬场举行。科尔德与米娜及女性社团之间“催眠状态的联合”在火葬场寒冷天气里盛开的仙客来那里找到了象征。科尔德回想起有人说过这种植物在睡眠状态下长叶子，在睡眠状态下开引人注目的花，它们代表着“没有意识的完美，没有活力的图案”。此后，反常的瞌睡就找上了科尔德，但是，用一个词来说，他并没有随之就睡。“他从它们（仙客来）身上得到了启示，放弃了意识。”读者被这样告知。晚上，米娜在他身边睡着了，但是科尔德却陷入了“空虚”，使人想起仙客来未睡的睡眠。他显然进入了一种适宜“催眠状态的联合”的无意识生活。他在如同开花植物一般的神秘的、华丽的状态中实现了自我。

小说的几个圆屋顶也是他和米娜及女性社团的联合的象征。瓦勒丽娅和米娜都和圆屋顶有关。瓦勒丽娅和火葬场的圆屋顶有关，米娜和帕洛马山天文台的圆屋顶有关。两个圆屋顶都荒凉冰冷，至少在科尔德的感觉中是这样。这两个地方他都进去过，都落在了陪伴在身边的人的下面。他在火葬场火热的下方验明了瓦勒丽娅的尸体，在天文台他回到了温暖的地面上，将米娜留在了冰冷的高处。后来有一次他想起这“刺骨的寒冷”就像斧子一样简直要把第三个圆屋顶劈开，这第三个圆屋顶指的是头盖骨。“那个屋顶从未打开，”他仔细想道，“你只能像烟一样飞过。”人们会想他的联想是否与火葬场的烟雾有关，因为对他来说，向米娜和瓦勒丽娅的更大的世界打开他自己的头是一个死亡之旅，正如睡眠的仙客来、刺骨的寒冷、劈开屋顶的斧头这些加在一起所暗示的那样。打开自己的头表明放弃对推理的忠诚，放弃对统一现实的追求，以及放弃在支持者那里经历的热情。这种放弃不能由意志来完成，只能由“催眠状态的联合”来完成，就像仙客来在寒冷中的短暂绽放，就像烟雾消散在天空。

小说中没有描述科尔德发现能够放松地接受分裂的那一刻，这种沉默展现了叙述的力度，而不是缺陷，因为科尔德自己都找不到这一时刻，也不知道它神秘的演变。当他在小说末尾决定要和比彻进行有限制的合作，也就是只给他语言上的建议，他已经明显地打破了自己对无分裂真理的忠诚，去接受未解决的、有疑问的和意外的事情。他能与比彻联合仅仅因为他喜欢他，但是他排斥“人文主义者阐释员”的令人恐惧的联系。他是而且大概仍将是一个分裂的人，但是不再那么强迫自己遮蔽这一认识，或者强迫自己解决这种紧张状态。小说最后一段他说他不喜欢帕洛马山天文台上米娜的世界的寒冷，也不喜欢回到地面，这表明他的双重思想不那么紧张了。他终于进入了分裂的世界需要他进入的状态。

科尔德真的经历过死亡之旅吗？丈夫和妻子在去帕洛马山天文台的路上在一个加利福尼亚老教区的修道院里休息了十分钟，贝娄促使我们从另一个方面认识院长的宁静。如果他们随后去往天文台的访问暗示着米娜将继续聚焦在最大意识上，遭受了磨炼的科尔德将继续升到高空然后回到地面，这段修道院的小插曲表明，在与世界搏斗中偶尔隐退也会给人们带来休憩。贝娄最后好像在说，他们与冷酷分裂的世界的和解是一种隐退；这不是智力和精神的死亡，而是人类在世界上的必要调整。

编后记

本文选自罗伯特·F. 基尔南的著作《索尔·贝娄》一书，第173—189页（“The Dean’s December”, in *Saul Bellow*, New York: The Continuum Publishing Company, 1989, pp. 173–189）。作者在这篇文章中剖析了《院长的十二月》中女性团体的感人力量和男性世界的勾心斗角，剖析了女性人物对男主人公的积极影响。

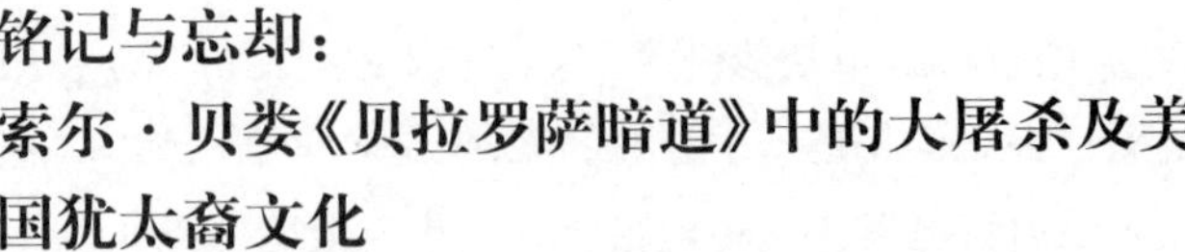

铭记与忘却：索尔·贝娄《贝拉罗萨暗道》中的大屠杀及美国犹太裔文化

作者［美国］艾伦·L. 伯格
译者 李霄垅

索尔·贝娄的中篇小说《贝拉罗萨暗道》于1989年出版，这部小说对后奥斯维辛记忆的影响进行了深入的思考。事实上，小说反映的主题是对那段浩劫的记忆，就像石蕊试剂可以测试出酸碱度一样，记忆也同样可以检验犹太人的民族正宗性。小说还讲述了在奥斯维辛劫难之后犹太人是如何致力于保护和传承自己的犹太裔身份的。难能可贵的是，尽管作者贝娄并没有亲历那场劫难，但是他对大屠杀执著的关切使得他在小说中将诸多相悖概念融为一体：欧洲犹太教和美国犹太文化——不管后者听起来是多么突兀，犹太人的真爱以及表面的关怀；幸存者以及局外人；感激以及淡漠；铭记以及忘却。所有这些矛盾都与那场大屠杀有关。科拉尔·芬斯特说得没错："故事的主角就是大屠杀本身。"[①] 与斯蒂芬·斯皮尔伯格执导《辛德勒的名单》不同，贝娄既不想创造一段本来并不存在的记忆，也不想引起轰动。但是，他精心编织的故事精彩地刻画了人物的性格，在这个过程中，作者强调了记忆的作用以及美国文化对犹太民族的核心精神造成的威胁。

尽管披着世俗的外衣，但贝娄是一个玄学家，他认为仅仅对欧洲犹太人惨遭屠戮之前的反思是远远不够的。这位诺贝尔奖获得者在《往返耶

---

① Coral Fenster: "Ironies and Insights in *The Bellarosa Connection*", *Saul Bellow Journal*, 9, No. 2 (1990), p. 21.

路撒冷》中写道：

> 大屠杀也许为人们上了严肃的一课，并且使得人们重新思考它在哲学层面的定义："笃信宗教的开明的人们，基督徒，犹太教徒，人道主义者，自由、尊严以及启蒙的信仰者——你们认为自己理解了人是什么。我将告诉你人是什么，你是什么。看看那些集中营和焚尸炉，你是否能够真切地体会到那些在大屠杀中惨死的上百万犹太人苦痛。"[①]

那么，人们怎么才能意识到打败人性的究竟是什么？

在他早期的小说《赫佐格》和《赛姆勒先生的行星》等小说中，没有亲历大屠杀的主人公摩西·赫佐格以及大屠杀幸存者阿图尔·赛姆勒试图对那场劫难进行反思；赫佐格从犹太人的苦难经历中间接吸取了教训，而作为幸存者的赛姆勒则直接获得了启示。然而，贝娄坚持认为那场浩劫是永远无法理解的，这个观点在《贝拉罗萨暗道》中体现得最为淋漓尽致。故事的匿名叙述者是费城摩涅莫辛涅研究训练中心的创始人，他逐渐认识到对于人道显得淡漠的记忆是无用的，对那场大屠杀根本一无所知的不仅是他自己，还包括那些与外族通婚并且被同化了的犹太人，尽管他们曾经为自己"新世界的宠儿"[②]的身份付出过（犹太人的）代价。

后文中，我首先介绍一下小说的脉络，同时对贝娄的艺术技巧对小说编排的影响做出评价。然后，我会讨论记忆、目睹大屠杀事件的过程，以及在大屠杀过后的角色，并且区分以下三种人表现出的反应：幸存者本人，幸存者未曾亲历大屠杀的妻子，以及与大屠杀毫无关联的本土美国人。随着新老犹太教徒关系的发展，犹太人身份中超理性这一性质日益显现，接下来我将会探究贝娄对这种超理性性质的理解。最后我用一些关于美国塑造大屠杀记忆的观点总结此文。

《贝拉罗萨暗道》：形式及内容

贝娄大部分的中篇小说一直没有引起评论界应有的重视，他的这

---

① Saul Bellow: *To Jerusalem and Back*, New York: Viking Press, 1976, p. 126.

② Saul Bellow: *The Bellarosa Connection*, New York: Penguin, 1989, p. 89.

部中篇小说也是如此。但是在贝娄看来，短篇小说“尤其适合反映现代生活方式”①。我只知道有三篇学术文章是关于《贝拉罗萨暗道》的：一篇是有关反讽和启示的文章，出自科拉尔·芬斯特，一篇则是关于喜剧反讽的，出自伊莱恩·B. 塞弗，另一篇是雷吉纳·罗森塔尔写的关于记忆的概念的文章。此外，露丝·米勒在她备受争议的作品《索尔·贝娄：想象的传记》中简略讨论了这部小说。② 这些研究以及大量的书评在《贝拉罗萨暗道》这部伟大的作品面前显得是那样的无足轻重，小说以一种讽刺的、敏感的以及引人注目的视角审视了美国犹太文化的状态，把它和早已消亡的纯正犹太文化做对比，重点是达到一种喜剧效果并突出犹太群体的团结。确实，贝娄曾在1990年接受采访时说：“不管怎样，我竟然忽略了一些重大事件的意义。当时的我对那些事件的了解十分肤浅，从写作《贝拉罗萨暗道》起直至今时，我的了解才深入了许多。”③

小说中的匿名叙述者是个百万富翁，他述说着贝娄的心声：二十世纪四十年以后的人们（《圣经》的一代）希望自己“不再铭记”。如贝娄短篇小说《如烟往事》中的队医布劳恩一样，叙述者从两个层面做出了令人惊异的坦白并总结了自己生命中的重大事件：他了解的事情都是鸡毛蒜皮、微不足道的，比如，欧洲犹太人惨遭屠戮，不应仅仅去收集数据，利用记忆充当见证是相当必要的。把摩涅莫辛涅研究训练中心交由儿子打理，叙述者开始反思自己一生所钟情的事，他说：

> 等到你垂暮之年，挂起手套（或是收起手术刀），你不会再留恋自己毕生所做的事情：你渴望改变，改变——你在自己的王国里寻求改变！律师尽量躲避旧主顾；大夫不爱治宿疾；将军改行去漆瓷器；外交官放弃俗世的功名，去发掘自己独有的记忆潜力——“独有”是一个很巧妙的词，它是所有真正有意义的事情的不为人知的

① 转引自 Marianne M. Friedrich: *Character and Narration in the Short Fiction of Saul Bellow*, New York: Peter Lang, 1995, p. 4。

② Ruth Miller: *Saul Bellow: A Biography of the Imagination*, New York: St. Marin's Press, 1991. 众所周知，贝娄对于这本书的观点是不能认同的。

③ Saul Bellow: *Interview of Saul Bellow in Bostonia*, New York: Viking Press, 1990, p. 47.

源泉。[①]

过去，他常常和病人讲："如果记忆即是生命，那么生命中便没有退休，除非生命终结了。"

贝娄使用了喜剧手法，这是《贝拉罗萨暗道》中的独到之处。伊莱恩·塞弗的研究很有启示性：贝娄天生就是善用喜剧效果的作家。她把贝娄与肖洛姆·阿莱赫姆作比较，发现贝娄能将"神圣和世俗、神话和平凡"完美地融合起来。[②] 她认为："这种效果就是通过运用喜剧手法体现出来的……贝娄能够展现我们时代的主导话题，使得我们更容易接受我们未实现的渴望。"[③] 事实上，贝娄本人认为自己是一个"缺乏思想的喜剧作家"。他说："如果我能再多活二十年，我一定会弥补这个不足。"[④] 贝娄运用讽刺达到幽默效果的例子不计其数，其中一个就是他对叙述者的反讽描绘。他在费城拥有一座20英尺高的豪宅，室内摆设的家具几乎都是十八世纪风格的家具，由他的亡妻生前精心挑选。置身于这样奢华的环境，他时不时会想起自己的贫贱出生。他的父母来自新泽西州，是俄裔犹太人，他们鄙视虚伪的行径，厌弃那些忽略"真实"的作秀。据他回忆，每当自己"受到种种诱惑想要去掩饰一些事情时，我就会扪心自问，'新泽西州的事情发展到什么程度了？'"这让人想起了摩西·赫佐格写给同窗夏皮罗的信，夏皮罗如今是一位学者，喜欢刻意强调自己的盎格鲁-撒克逊血统。赫佐格在信中说："你是一个富于智慧的人，劳您大驾做这件事实在是太屈才了。你出生显贵，父亲是买苹果的。"揭示真相的是灵魂，而非物质。有一个典型的贝娄式的例子：叙述者回忆起在"一分为二的床上醒来——半犹太，半瓦斯普（WASP）。"[⑤]

---

① Saul Bellow: *The Bellarosa Connection*, New York: Penguin, 1989, p. 2.

② Elaine B. Safer: "Degrees of Comic Irony in *A Theft* and *The Bellarosa Connection*", *Saul Bellow Journal*, 9 No. 2 (1990), p. 2. 贝娄对于漫画的观点，请参见Sarah Blacher: *Saul Bellow's Enigmatic Laughter*, Urbana: University of Illonois Press, 1974。

③ Elaine B. Safer: "Degrees of Comic Irony in *A Theft* and *The Bellarosa Connection*", *Saul Bellow Journal*, 9 No. 2 (1990), p. 3.

④ Robert Boyers: "Moving Quickly: An Interview with Saul Bellow", *Salmagundi* 106–107 (Spring–Summer 1995), p. 41.

⑤ Ibid. 1, p. 88.

记忆与见证:三种模式

叙述者记得死去的哈里·范斯坦以及他的亡妻索莱拉,当然他的记性从不会出现差池。然而,那些记忆与他赖以发家致富的记性显然有很大差别。到了古稀之年,他坦白自己内心"充斥着各种各样的情感和渴望,情感的记忆绝非造火箭或是创造国民生产总值"。与《如烟往事》中的队医布劳恩一样,《贝拉罗萨暗道》中的叙述者需要学会感同身受,这样才能触及自己的情感和感受:比如一些能凸显犹太文化区别于当代荒谬文化(荒谬体现在否定身份,自我放纵,自我疏离——就如比莱·罗斯性格当中体现出来的一样,反映了美国商业文化的面貌)的一些特点。[①]

哈里·范斯坦是一位大屠杀幸存者。叙述者的父亲认为哈里树立了一个很好的榜样,他希望自己的儿子能向他学习,并且铭记欧洲的犹太人在现实世界里遭受了怎样的苦难。他的儿子在美国出生,32 岁的人行为举止与一个"12 岁的小孩没什么两样,成天在格林威治村里闲逛,总是长不大,在外漂泊,懒惰,和本宁顿的很多女子同居过,把聪明才智全部投入到荒诞的蜚短流长之中"。叙述者说:"我总是被父亲评头论足,父亲斥责我和美国小孩一样幼稚。"[②] 在这里,贝娄首次将一组相悖的概念融合在一起:美国犹太人和欧洲那些幸免于难的犹太人。

为了使小说的内容更充实,贝娄把范斯坦描绘成"犹太历史上苦难最深重的一个人"。叙述者认为范斯坦是一个典型的中欧犹太人,没有人"想要作弄范斯坦"。他很有教养,在贝娄笔下,范斯坦认为主人公是一个"性情多变的不成熟的犹太裔美国人,不但和许多人一样傲慢,而且生活散漫放荡:人类文明史上出现了一个全新的人种,也许他并没有看上去那么坏"。在贝娄看来,美国的犹太裔文化尚未成形,发育还不健全,他写小说的动因就是要为叙述者的犹太灵魂吹响战斗的号角。

至于美国文化对犹太人敏感度以及对大屠杀记忆的侵蚀,贝娄并没有进行批判。在写作《奥吉·玛琪历险记》时,他在采访中说:

---

① 关于《贝拉罗萨暗道》中的商业文化问题,请参见 Elaine B. Safer:"Degrees of Comic Irony in *A Theft* and *The Bellarosa Connection*", *Saul Bellow Journal*, 9, No. 2 (1990)。

② Saul Bellow: *The Bellarosa Connection*, New York: Penguin, 1989, p. 5.

那些事情早已离我远去，大屠杀也是这样。我知道得并不全面。也许甚至我还蒙在鼓里，因为我在巴黎居住时结识了很多大屠杀亲历者，我了解了究竟发生了什么。不管怎样，我依旧脱离不了美国的生活。①

此外，据贝娄说，在1959年去奥斯维辛之前，“大屠杀就对我产生了深刻的影响”，他“如今依然一心一意地过着美国的生活，这点我已无法改变。不知道为什么，我还没有准备好回顾犹太人的历史，事情就是这样”。②然而如今的贝娄已回到了原地，他自身就是由犹太历史所塑造的。叙述者说，事实上他开始并不情愿和她（克莱拉）谈及犹太的历史，“它让我感觉无比难受——但是是她让我克服了这种抗拒”③。他意识到：“除此之外，在纳粹德国发生了这么多事以后，你不可能缄口不提犹太的历史。”④

正如上文所说，贝娄的目的并不是想引起轰动，但是他依然生动地讲述了很多细节。比如，范斯坦穿着四英尺长的矫形鞋——叙述者称他为“跛子犹太”——他一直没有脱下矫形鞋，因为如果鞋子被盗，“他就会被抓然后暴尸荒野，露出短腿。纳粹党卫军会不厌其烦把他丢到牲畜拖车上”⑤。和母亲一道逃出波兰以后，他们去了意大利，母亲在那里逝世。哈里独自去了米兰，学会了意大利语。他当过口译员，还为希特勒的宴会当过服务员。范斯坦回忆说，这个暴君面色晦暗，“他那天没有屠杀任何人的计划”。

经由古巴辗转到了美国以后，范斯坦经人介绍结识了索莱拉，此后二人结为夫妇。书中规定了一种过继婚俗，即活着的男丁必须迎娶自己兄弟的遗孀，他们沿用此习俗，同时也做了一些调整。萨尔金德是索莱拉的叔叔，一直没有娶妻，他努力促成侄女成婚，最终了却了自己的心愿。她身材肥胖，受过良好的教育，记忆力也很好。和丈夫一样，索莱拉可能也是“残疾人”，但是他们都是大屠杀的见证人。与《如烟往事》中肥胖的蒂娜不同，索莱拉的身材还是比较适合的，“在贝娄看来，肥胖还是非常招人

---

① Saul Bellow: *Interview of Saul Bellow in Bostonia*, New York: Viking Press, 1990.

② Ibid.

③ Saul Bellow,: *The Bellarosa Connection*, New York: Penguin, 1989, p. 28.

④ Ibid., p. 15.

⑤ Ibid., p. 21.

喜欢的”。[①] 战争爆发以后，哈里和索莱拉明白了哈里的生命是比莱·罗斯带领的黑手党拯救的。他们本被关押在罗马的监狱里等候处决，在罗斯的庇护下，组织才得以安排营救哈里和其他犹太人的行动。尽管范斯坦多次尝试要亲自去感谢这位对于自己有救命之恩的企业家，但是一直遭到罗斯的拒绝。和奥斯卡·辛德勒不同，比莱·罗斯不希望和自己拯救的犹太人扯上任何关系。

贝娄选取的比莱·罗斯这个角色听起来有点不可思议。罗斯是一个经营演出团的千万富翁，行为举止无异于一个无赖。他长相平平，身材矮小，据说生理上发育不成熟，还是个阳痿。罗斯看上去绝对不像有能力营救这么多犹太同伴的人。然而，贝娄描述了“柔弱的比莱的内心其实隐藏着深邃的情感”。这个演出名人说话“结结巴巴，就像杰克逊·波洛克的画一样不知所云，但是他体内流淌的是犹太人的血液”[②]。贝娄这样描述罗斯：“上帝在他心目中仍是重要的。”罗斯“发起”了麦迪逊广场花园集会，在那里人们可以公开地进行无记名哀悼。因此，贝娄认为犹太文化并没有完全被美国文化吞噬。不管犹太文化怎样发展变化，它的根源是恒久不变的。此外，尽管他热切地期望自己的名字能够见报——“他渴望成名”——但是，他依然坚持隐瞒自己营救欧洲犹太人的事迹。

贝娄使用了喜剧手法，将索莱拉的性格刻画得惟妙惟肖，同时也反映了他对大屠杀亲历者的深刻理解。起先，她那肥胖的身材和“滑稽的夹鼻眼镜”让叙述者望而生畏。他怀疑这样的人是不是“女性扮演者，或是男扮女装”？[③] 然而，叙述者很快认识到自己“完全错了，彻头彻尾地看错了索莱拉”[④]。索莱拉这个名字意为悲伤或是烦恼——她不停地诉说犹太历史和大屠杀的记忆——但是体型庞大。因此，贝娄这样描述她：“她站在门口，你禁不住会再看她一眼。进门之后，她就像进入运河闸口的货船一样，房间立刻显得拥挤起来。”[⑤] 然而，正是庞大的体型支撑着索莱拉去面对那场浩劫。[⑥] 在贝娄看来：“也许索莱拉是想将（丈夫）失去的东

---

① Ruth Miller: *Saul Bellow: A Biography of the Imagination*, New York: St. Martin's Press, 1991, p. 180.

② Saul Bellow: *The Bellarosa Connection*, New York: Penguin, 1989, p.13.

③ Ibid., p.19.

④ Ibid., p.20.

⑤ Ibid., p.48.

⑥ 大卫·邓比把索莱拉的忧伤和喜感联系在一起，他这样写道：“《贝拉（转下页）

西——他的家庭成员，化为自己身体的一部分。”[1] 这样看来，贝娄刻画了这样一个体型庞大的人，因为这样的人才能够承受欧洲大量的犹太人惨遭屠戮的事实。

还有一种理解，索莱拉是英勇女神爱谢特·海耶尔的化身。英勇女神起源于谚语书上，后来卡巴拉信徒认为她就是舍金娜（女上帝）。在十六世纪艾萨克·卢里亚领导的卡巴拉教看来，爱谢特·海耶尔指的是犹太妇女以及安息日。这位英勇女神“比红宝石高贵得多”，有如下美德：“她一生善待丈夫，从未起过歹心”；“她给人感觉十分高贵且充满力量”；“她说话富于智慧”；“受人恩惠是不对的，美丽也是无用的”；“但是敬畏上帝的女人值得称道”。把这些用来理解索莱拉，我们不能忽视她被称作“母老虎”并执著于让比莱·罗斯接受哈里的致谢。罗斯在大卫王酒店里与她碰面，认为她是一个“强大且聪明的妻子，范斯坦躲避希特勒的迫害时，再也不能受到我们在大西洋这边给他的保护了”[2]。她甚至还尝试勒索威胁来达到目的。索莱拉为了“帮助丈夫”，不知疲倦地调查大屠杀的历史。[3] 而且她还帮助丈夫大赚了一笔。范斯坦获得了温度调节器的专利权，“他变成了富人，索莱拉功不可没”[4]。范斯坦承认：“没有她，我也得不到专利。”[5] 叙述者“建议”他要“迎合美国人”，当然哈里和索莱拉用不着别人建议，他们很快就“由小康步入富翁行列了”[6]。

比莱·罗斯不像范斯坦和索莱拉那样善于铭记。在努力回忆起范斯坦给自己写了大量的信，而自己却一封都没有回复时，他说：“铭记，忘却——对于我来说又有什么差别呢？”[7] 罗斯对于自己营救范斯坦和其他

（接上页）罗萨暗道》的喜感来自于其中貌似不可能发生的事情，一个女人，既强大到足以代表年迈者的忧伤，又肤浅到美国式犹太性的极致。”（David Denby. “Memory in America”, *New Republic*, Jan. 1, 1990, p.39.）因此，给人感觉是悲伤的。索莱拉，作为一个回忆者，也是一个反对漠视新世界的角色。大卫·邓比在为贝娄的中篇小说写的评论《旧世界犹太人和索莱拉》中这样说道：“（旧犹太人）大致都是这样，开端很悲惨，他们始终也不能看穿所谓的尊严和义务，而新世界的犹太人则前进地太快，他们不允许自己落后半步。”

① Saul Bellow: *The Bellarosa Connection*, New York: Penguin, 1989, p. 48.

② Ibid., p. 53.

③ Ibid., p. 28.

④ Ibid., p. 21.

⑤ Ibid.

⑥ Ibid., p. 29.

⑦ Ibid., p. 53.

许许多多犹太人的事迹一直都是轻描淡写，他对索莱拉说："女士，我一生中做过这样的事不计其数。我为什么要回忆呢？"[①] 至此，读者回忆起贝娄的格言：记忆即是生命，忘记意味着死去。而罗斯身上体现的就是典型的美国式倾向。叙事者认为这个演出名人也许是潜意识里在仿效华盛顿的做法，那就是"不与任何一方扯上关系"。

但是贝娄很巧妙地描绘了比莱·罗斯。这位企业家的性格绝不是单一的，比如，他就很清楚地记得一件事，他告诉索莱拉："我已经尽我所能，那个节骨眼是根本无法用语言来述说的。"通过罗斯，贝娄在为大屠杀寻找历史原因，指责罗斯福的"救援政策"；丘吉尔是纳粹的帮凶；犹太人领导不力，这在作品中是从拉比斯蒂芬·外斯身上体现出来的；以及罗斯福的犹太顾问，如塞缪尔·罗森曼，一个被历史学家亨利·法因戈尔德称为"怯懦的犹太人"的人。在他们眼里，他们的犹太出身完全是一个意外。鉴于此，比莱告诉索莱拉他放弃了"单方面的救援行动"，开始筹钱用以购买船只，帮助那些幸存者逃往英国管辖的巴勒斯坦地区。比莱这样做一方面是出于自我保护，另一方面也是十分冷静的做法。他本可以也应该见一见范斯坦。在范斯坦看来，他拒绝会面是因为他被美国同化了，不再是曾经的那个比莱了。同时，这个演出名人的讲述显示了西方官僚作风实际上成了纳粹德国实施"最终解决"计划的同谋，由此可见营救行动的复杂程度。

叙述者向索莱拉给出了自己对罗斯拒绝与他们会面的理解。也许见面会成为一个"回忆犹太人创伤的时刻"，把"他从彻头彻尾的美国人拉回到那段不堪回首的记忆"[②]。但是事实却是，美国政府对纳粹德国的暴行不闻不问，更不用说默许纵容希特勒屠杀欧洲犹太人了，美国政府的所作所为也是大屠杀的一部分。[③] 同样，贝娄也质疑了当时在美国的犹太人是否竭尽所能去拯救他们的受难的同伴。

小说中索莱拉在耶路撒冷的大卫王酒店与比莱会面的情节描写包含

---

① Saul Bellow: *The Bellarosa Connection*, New York: Penguin, 1989, p.53

② Ibid., p. 23.

③ 这里的参考文献非常庞杂。以下仅是庞杂文献的几个代表：Henry Feingold: *The Politics of Rescue: The Roosevelt Administration and the Holocaust*, New Brunswick: Rutgers University Press, 1970; Morse Arthur: *While Six Million Died*, New York: Secker & Warburg, 1968; David Wyman: *The Abandonment of the Jews: America and the Holocaust 1942–1945*, New York: Pantheon, 1984。

了至关重要的一些内容，比如他们二人都是那么怪异，索莱拉的长相和行为都是这样；强调了淡化发源于金色麦地那的犹太身份的罪魁祸首是有关大屠杀的美国文化与犹太记忆。索莱拉带来了大量的指证罗斯罪状的档案，目的是为了能和他见上一面。这些档案由罗斯雇佣多年的私人秘书哈密特女士秘密整理，哈密特女士现已离开人世。档案显示，罗斯曾经篡改账目，生活淫乱放荡。索莱拉通过正当手段无法邀请比莱出来见面，她便给他写了一封威胁信。在这之前，他们讨论过哪些档案证明比莱之前篡改账目，哪些是揭露他的性丑闻的；比如，索莱拉认为美国犹太人没有遭受过灾难，“在大屠杀问题上应该担当一种特殊的责任”[①]，比莱回应说，其他人比范斯坦所承受的苦难要深重得多，他没有在奥斯维辛待过，也没有被文身，更没有被逼迫去焚化那些被毒气毒死的犹太人。在罗斯看来，这件事已经成定局。不管怎样，他与一位日本建筑家野口勇一起在耶路撒冷，建筑家帮助他设计一座雕塑品花园，捐献给耶路撒冷市。

在索莱拉看来，这便是美国文化淡化犹太身份的例证。她告诉叙述者：“不管欧洲人怎样对待犹太人，他们都会生存下去，我指的是那些幸存的犹太人。”但是她也非常肯定地补充道：“现在轮到下一场考验了——美国。他们能够坚守自己的阵地吗，或是美国对于他们来说太强势了？”[②] 贝娄用他笔下的比莱·罗斯回答了这个问题，美国给犹太人以及犹太教带来了严峻挑战。索莱拉与比莱的会面“充满了美国色彩”。尽管比莱身体虚弱，爱慕虚荣，见识狭窄；但是他——带点孩子气地——“胸怀大志，心胸宽广……为耶路撒冷，犹太文明的核心以及世界文明的中心，修建一座集休闲和文化意蕴于一身的花园投资一千五百万至两千万美元”[③]。贝娄在证明这个观点：在美国，犹太文化“只有一英里宽，一英尺深”。

贝娄小说中的叙事者能够很准确地铭记过去，但是他到晚年才明白记忆的意义和目的。在《贝拉罗萨暗道》的第一部分中，叙述者回忆了范斯坦是怎样努力去见上比莱一面的。然而第二部分讲述的是叙述者寻找范斯坦夫妇的故事，他们曾经在耶路撒冷因偶然的机会照过面，但是那以后三十年间，他们再也没见上面。以色列人希望叙述者能够创建摩涅莫

① Saul Bellow: *The Bellarosa Connection*, New York: Penguin, 1989, p. 60.

② Ibid., p. 65.

③ Ibid., p. 75.

辛涅研究训练中心,但是在以色列这个已有纯正的犹太民族记忆的国度里,这样一个机构实在没有必要建立。

犹太身份的超理性特征

尽管叙述者与索莱拉有着质的区别,但是他们关于犹太身份都有一种超理性的理解。叙述者说:“她的心跳随着她的信仰一起搏动(我也是这样),她坚守着忠诚,相信犹太人与生俱来的奥秘,并且这种奥秘务必要传承下去——这个问题不要要求我详细解释。”[①] 因此,小说中,犹太人的存在本身就显得十分神秘,因此它的意义是无法仅仅用理性思维去理解的。在伊利·威塞尔看来,“犹太人本质上是神秘的,是非理性的”,叙述者受他的影响,认为犹太人的存在是超理性的。然而叙述者和范斯坦一样,和比莱·罗斯有种千丝万缕的联系,只不过叙事者没有受过比莱的救命之恩,而是他和比莱一样渴望发家致富,渴望融入新世界,他们起初都不屑于为过去寄托哀思。

叙述者有三十年没见过范斯坦夫妇。“我还清楚地记得他们,我需要见他们吗?”他若有所思地说道。其实他内心是十分渴望见一见他们的,尤其是见一见索莱拉。他想起自己曾经设想他们在逾越节相遇的情形,但是他马上又把世界放在美国语境下去分析,比如,逾越节意味着抛开家人以及感情的束缚。叙述者忽然接到一个从耶路撒冷打来的电话,“x/y拉比”要求为一个叫范斯坦的幸存者寻求经济援助,这位幸存者精神错乱,自称认识哈里。拉比希望叙述者帮助他找到哈里,来证实这个幸存者所说的话。

来自耶路撒冷的电话为以色列群体之间建立了联系,在叙述者看来,这种联系已不可逆转,且只可意会,不能言传。而且这个电话标志着他向一个幸存者的联系人的转变。贝娄为这一出喜剧设置了一个场景,叙述者开始唱起了《老人河》,但却发现自己根本想不起歌中的河名“斯旺尼”了。这时我们又想起了那句格言,“忘记意味着死亡”,从这个意义上说,贪图安乐的理性主义者已经死去了,他们这样给自己定位:如果我们“不是社会同化的拥护者……主张和谐地融合,最后……满足于这二十间房

① Saul Bellow: *The Bellarosa Connection*, New York: Penguin, 1989, p. 40.

子——在费城的豪宅”[1]，那么我们终究还是人的一分子；尽管这个定位很不讨好，但是还是基本精准的。

拉比在努力寻找范斯坦夫妇，还让叙述者打了许多电话，其中两个证明了一件事，那就是索莱拉对犹太人是否能在美国站稳脚跟的的疑问已经有了答案，那就是不能。第一个电话是打给海曼·斯维尔德洛的，他是范斯坦的亲戚，如今已是一名成功的投资顾问，待人彬彬有礼、热情周到。斯维尔德洛的性格让贝娄确信："一个人即使没有皈依别的文化，他也是可以被同化的"。斯维尔德洛以为叙述者"从他与生俱来的古老的犹太人模样发现了解决'犹太人的控诉'的方法"。犹太人并不是这个投资顾问的命运，而仅仅是一个可供他选择的选项而已。有例为证，在叙述者看来，对斯维尔德洛讲大屠杀毁坏了人们对正义的信念无异于对牛弹琴。作为政府官员，斯维尔德洛是称职的，他可以抛开任何私人感情，与犹太群体完全决裂。

后来叙述者讲述了自己做的一个梦，梦里他和约瑟夫一样，发现自己被困在一个黑暗的洞里，不管自己怎样挣扎，都无法逃脱。而且，这不仅仅是一个简单的洞而已，而是一个为他专设的"陷阱"，设计他的那个人在黑暗之中看着他挣扎着想要出去的样子。叙述者觉得这个梦给了自己启示，他"确信自己错了，我错误地估计了自己的力量……我的一生都活在我犯的错误之中，我却没有发现，而如今错已完全暴露出来了"[2]。这个启示让叙述者醒悟了，使他得到了转变。他说："过去得到的启示可以颠覆你预想的一切。"[3] 新的启示与原来他天真的想法形成鲜明的对比，比如叙述者原先对美国犹太人扮演的角色的理解，在他得到启示之前，叙述者认为，在美国，犹太人"和其他美国人是平等的"，他们是坚强的，"他们不会沦落到像欧洲犹太人那样被灭绝的境地"。后来，他认识到自己的这种观点是多么地愚蠢，他一直受到掌控，根本理解不了范斯坦当时所处的情形。"我一直没有理解范斯坦和罗斯，……作为新世界的新生儿，你是要付出代价的"[4]。

叙述者终其一生都在逃避"不堪忍受的……对过去的认识——充满

① Saul Bellow: *The Bellarosa Connection*, New York: Penguin, 1989, p. 79.

② Ibid., p. 87.

③ Ibid.

④ Ibid., p. 89.

杀戮，对犹太人的折磨，残忍的低沉余音在耳边回荡，失去了这余音，人类的乐章也就无法演奏下去"[①]。他还想起自己已故的父亲生前对这场由政府策划的谋杀持完全不同的看法。驾车行走在宾夕法尼亚广袤的土地上，叙述者的父亲告诉他欧洲的犹太人本来是可以逃到美国的，这样就可以幸免于难了。听了这席话，叙述者感觉就像"牙槽还记得当年的牙齿一样"[②]。

第二个电话是打给范斯坦夫妇的，电话是年轻的男管家接的。那时，叙述者已经知晓的一些事情，当时哈里和索莱拉已经因为在新泽西高速公路上的一场车祸而罹难。叙述者若有所思，"哈里在美国生活了四十年，一直为在波兰被纳粹拆散的家做补偿"[③]。还有，范斯坦的儿子吉尔伯特写过一本传记，反映了美国文化语境下犹太文化的衰落。这位幸存者的儿子小的时候有着过人的数学和物理天赋；哈里还和叙述者商量过怎样培养儿子的问题。而如今，他住在拉斯维加斯，沉湎于赌博和风流韵事。吉尔伯特已经写了一本书，内容是关于怎样赢黑杰克的，尽管他不否认自己的犹太身份，但是管家认为"他只在乎怎样过美式的生活"[④]。因此索莱拉的儿子就是美国"侵蚀"犹太文化的例证，这让叙述者觉得，吉尔伯特"骨子里像比莱·罗斯要比像哈里·范斯坦多得多"[⑤]。

在美国塑造大屠杀的记忆

叙述者在结尾处接受了"犹太人"给记忆下的定义，他指出，"记忆源自感受——那些能引起回忆的感受"。此外，铭记过去不仅仅是人类的义务，同时也是上帝的责任。犹太人甚至要求他们自己的上帝去铭记，"如果沉睡即是忘记，忘记也意味着沉睡，那么意识的沉睡就好比生命走向了终结"[⑥]。因此，铭记就意味着生命还在继续，有能力去感知，和上帝还有联系。但是这所有的一切对于正往二十一世纪基督主宰的文化迅速靠拢

---

① Saul Bellow,: *The Bellarosa Connection*, New York: Penguin, 1989, p. 90.

② Ibid., p. 97.

③ Ibid.

④ Ibid.

⑤ Ibid., p. 100.

⑥ Ibid., p. 102.

的美国犹太文化来说是不是同样适用呢？

优素福·伊姆·耶路沙尔米指出，铭记这个词“在《圣经》中以各种各样的形式出现过 169 次以上，通常伴随着以色列或是上帝一起出现，因为二者都肩负着铭记过去的使命”[①]。但是，耶路沙尔米还说过，记忆“(随着《圣经》的传播)流淌，大体上通过两种渠道：仪式以及叙述”[②]。耶路沙尔米的主要观点是，“在现代，犹太人的集体记忆正在衰退……这只是犹太群体之间的联系正在瓦解的症状，也是实践的一种机制……过去被呈现在眼前”[③]。当然贝娄比任何人都清楚犹太人的传承性已被打破，犹太人的集体记忆正在衰退。其实小说的主题就是反映美国犹太人已经很难回忆起关于大屠杀的过去了。

贝娄用自身与历史事件的联系来代替集体纪念仪式。哈里·范斯坦并非叙述者有血缘关系的亲戚，这反映了欧洲和美国各自的犹太人对于大屠杀的不同见解。美国犹太人与事件有关联，但是他们的立场改变不了。贝娄强调，除了理性思考以外，感知的作用也不容忽视，他想起一句犹太谚语：“心灵乃半个先知。”叙述者认识到记忆理论就像一个没有灵魂的躯壳。索莱拉就是一个很好的例证，她铭记、感知，并且采取行动。[④]她的立场与比莱·罗斯的完全相反，与叙述者茫然的生活也是格格不入的。此外，贝娄强调亲情是记忆的强大动力，小说在使用喜剧手法的同时严肃地直面丑恶。最后，尽管上帝是第一个学会铭记的，但是铭记那些大屠杀罹难者是神圣的。复述那些被大屠杀的魔爪触及的故事能让我们铭记那些死去的人们。忘记意味着我们和那些受害者一样死去了，而那些受害者们再一次罹难了。

① Yosef Hayyim Yerushalmi: Zakhor: *Jewish History and Jewish Memory*, Seattle: University of Washington Press, 1982, p. 5.

② Ibid., p. 11.

③ Ibid., p. 94.

④ 关于索莱拉是否是贝娄式的女主角的讨论，请参见：Coral Fenster: “Ironies and Insights in *The Bellarosa Connection*”, *Saul Bellow Journal*, 9, No. 2 (1990) p. 22, p. 27。

编后记

艾伦·L. 伯格,现任教于美国佛罗里达大西洋大学,主要教授犹太大屠杀研究、美国犹太文学、神学等课程,他是第一位在佛罗里达大西洋大学开设犹太大屠杀研究课程的教授。伯格的著述甚多,内容基本集中在犹太研究以及犹太大屠杀研究。

本文出自文集《小星球:索尔·贝娄以及短篇小说艺术》,格哈德·巴赫和格洛丽亚·L. 克罗宁主编,第 316—328 页("Rememebring and Forgetting:The Holocaust and Jewish-American Culture in Saul Bellow's *The Bellarosa Connection*", in *Small Planets: Saul Bellow and the Art of short Fiction*, Gerhard Bach and Gloria L. Cronin (eds.), MI: Michigan State University Press, 2000, pp. 316–328)。本文从大屠杀与犹太记忆的角度分析了索尔·贝娄的文学作品,尽管这种研究角度与手法是分析犹太作家的惯用方式,但该文仍可作为这种方式的典范。

《赫佐格》，疯癫的人文主义者

作者 [秘鲁]马里奥·巴尔加斯·略萨
译者 卢云

尽管索尔·贝娄之前已经出版了六部小说，其中的《奥吉·玛琪历险记》和《雨王汉德森》，尤其是后者，受到评论界的一致好评。但是使得作者声名大振的却是这部《赫佐格》。这部小说在美国取得的巨大胜利是一个饶有趣味的现象。至今距这部小说出版已经过去了四分之一个世纪，但它仍然多次再版。确实，它是贝娄最好的小说，也是美国现代文坛最具野心的作品之一。但是在这部小说里，至少第一眼，找不到任何畅销小说所特有的元素。这是一部很"书本"的小说，文中大量论及并引用哲学、科学、历史和艺术范畴的东西，其中很多都超出了普通读者的理解范围。这些普通读者（不纯粹的读者），他们读书不是为了担忧天下事，不是为了学习和长见识，而仅仅为了休闲而已。奇怪的是，《赫佐格》虽然受到了那些纯粹的读者群的吹捧，学院派的评论界却有所保留地看待这部小说，并指责它是虚无主义的、保守的、反女性主义的，并且对犹太世界的漫画讽刺太过分。出现这种奇怪的现象，也许是因为赫佐格即便是在最悲剧性的时刻，其独白里仍然流露出来的那种幽默，以及他在绝望和痛苦时说出来的那些讽刺话语，那些语言游戏，那些淋漓尽致的谩骂，那些粗鲁的妙语连珠，凡此种种，使得他所受的痛苦看起来不那么庄重，并且给人留下一种玩世不恭的深刻印象。而这正是贝娄在这部小说里取得的最大成就：得以用喜剧的外衣包装一个悲剧的故事，以此作为手段来应付日常生活和普通人的各种问题。这个悲剧，从另一个角度看，其实是一个关于知识分子文化——思想文化——的严肃问题。结婚两次离婚两次；

写了一本在学术界里小有影响的题为《浪漫主义和基督教》的论著；两个孩子的父亲——两个前妻一人一个，赫佐格，这个47岁的、来自一个先是安顿在加拿大后来又迁居芝加哥的俄国犹太人移民家庭的男人，为焦虑所困，位于歧途和偏执的边缘。他的妻子马德琳和他所信任的最好的朋友瓦伦丁·格斯贝奇勾搭在了一起，并把他赶出了家门。看起来，和妻子分开对于赫佐格来说是一个无法承受的打击。整件事情让他迷茫，不知所措，自我封闭。在他感到孤独的时刻，赫佐格自我分裂，以便自己和自己对话，以此重新审视自己的生活、自己的不幸和所犯的错误。他也试图通过写想象中的信和所有活着和死去的人，那些他认为或多或少都应该为自己的不幸负责的人——家人、朋友、敌人、政客、科学家、名人等等——建立不可能实现的对话关系。小说的叙述从主人公受伤和痛苦的主观内心世界时不时地游离到外部客观世界。这个可疑的叙述者——即赫佐格的意识——总是一腔痛苦和怨恨。但是他并不是故事唯一的叙述者，尽管他的独白占了小说的很大篇幅。还有一个无所不知的全能叙述者运用自由间接引用语的方式在离赫佐格很近的地方描述他。这两个叙述者，一个主人公用第一人称自言自语，一个全知的叙述者用第三人称叙述，两者之间的栅栏会经常性地蒸发不见，“我”混同于“他”，这个时候读者就会感觉有些晕头转向，虚构的世界此时处于完全无序的状态，使人觉得，这种叙述者和被叙述者的身份纠缠象征着赫佐格的精神已经完全崩溃。但是这只是混乱的假象而已，因为小说的虚构现实马上又恢复常态，重新出现，坚固而又井然有序，尽管依然具有欺骗性。为什么说“欺骗性”呢？因为我们听到的赫佐格的悲惨生活正是以赫佐格本人的视角讲述的，他一方面是法官，一方面又是当事人。我们应该像那个谨慎的、阿谀奉承的全知的叙述者那样完全相信他吗？这个叙述者即使是在赫佐格显然在夸张或撒谎时还是假装相信所有他说的一切，永远不敢去反驳他，甚至是纠正他。是的，我们必须相信他，因为，正是在赫佐格所说的这些谎言和他讲的恐怖故事中，在这个他受自己的怨恨和无能促使而去故意歪曲的事实中——正如构成所有的文学作品的那些谎言一样——隐藏着一个深刻的真相，一个隐秘的、触不到的真相，像水银一样倏忽不定，超越了情节，无法客观地进行验证；一个微妙的真相，他自己钦点谎言来勾勒它的形状。随着故事的发展，从主人公夸张的戏剧性的抱怨中，从他那些在脑子里假想而从来没有付诸笔端的一封封信中如此明确无误地表现出来的那种想要被倾听、被同情、被理解的可怜的渴求中，读者渐渐发现他悲剧人生的罪魁祸首并不是像他认为的那样是他的前妻，也不是他那个不忠实的朋友瓦伦丁·格斯贝奇，抑或那个面目可憎的律师希梅斯坦、下作的心理医生埃德维，或者其他几十个被他神经质地认为秘密纠结在一起想要使他不好过、要为他的不幸负责的各色人等，而正是他自己造成了自己的不幸。或者说，造成他不幸的是某个人，某个并不是他本人的人，这个人吸收了最能代言赫佐格的个性，并一直与其休戚与共。事实是，赫佐格，除了是一个被戴了绿帽子的男人，一个受虐狂，甚至一个犹太人，他首先是一个知识分子。他的理智一直处于运动之中，不断地整理着包围他的这个世界，他同别人之间的关系，甚至是他自己内心的情感和愿望。他是一个做人用理念的人，就好像有的人用本能，有的人用习俗一样。这些理念就好像是一层表皮，一道通往他的大脑或内心所必经的屏障。尽管他本人可能永远都不会理解到这一点，但是我们这些对他的故事了如指掌的人却已经看出来了：赫佐格的失败不在于他没能挽留住马德琳，或者是没能写出他渴望写出的作品，或者是不能维持一段长久的富有创造性的关系，而在于他缺乏那种如何在世界上正常生活的技巧，没有那种适应世界本来样子的能力。这才是他身上发生的所有不幸的本源，而这些不幸，只不过是赫佐格和他所处的社会格格不入所产生的必然结果罢了。他的失败正是他理念的失败，这些理念已经变成第二个他：他的理念，于生存而言，毫无用处。如何在他所处的世界正常生活并且功成名就，想要达到此目的的基本要求，赫佐格所化身的这种文化类型无可救药地与之背道而驰。赫佐格做出了错误的选择。而他的兄弟们，威利和瑞拉，或是生意人，或是建筑商，都很富裕并且完全适应社会，可能也是幸福的。对于一个卑微的移民家庭来说他们做得已经很不错了。当初困难的日子里父亲得靠走私威士忌来养家糊口，而仅仅用了一代，这个家庭就得意地在美国社会的阶级金字塔上向上攀了许多级台阶。但是赫佐格却做错了。他所选择的那个人文主义——费尽脑汁进行哲学思索，沉迷于故纸堆——对于他所生活的这个现实世界来说，本来还可以加以利用以得到那么一点好处，就像投机主义者格斯贝奇所做的那样，把它作为晋升的手段和在学术界获得权力的工具，而且毫无疑问，如果马德琳读上博士，也会如此去做。但是天真的赫佐格所做的却与之相反：他竟然真的相信这个人文主义，并且把它作为一个宗教去实践。人文主义已经变成赫佐格的道德观。这就是赫佐格犯下的罪过，如今他正在为此付出代价：时至今日，人文主义理念的社会功用只是用来装饰、美化而已，当今社会的文化已经把它们变成文学虚构。而赫佐格却把这些理念变成生活本身。人文主义的价值观，赫佐格所代表的思想和信念与当今这个现实世界是格格不入的。他不幸的生活正反映了另一个不幸：知识分子传统的不幸。这个传统尽管还在象牙塔里某个角落间或出现，照旧保存于图书馆内，也不乏某些怪癖的知识分子依然会受之鼓舞，像本小说的主人公一样，但是在集体生活中它已日益失去其赖以生存的靠山，对社会进程的影响力也是日薄西山。但是把《赫佐格》这部小说归结为一部用象征手法描写了人文主义文化在一个现代工业文明中的逐渐消亡未免太干巴巴。尽管事实确实如此，但是这部小说描述更多的是一个虚构的人生，读者会情不自禁被其妙笔生花的语句（这里的妙处在翻译成西班牙语的过程中有所丢失）、其嬉笑怒骂的嘲讽所诱惑，在读者面前展现的是一幅广阔的社会生活画卷，被描绘得栩栩如生，疯癫的知识分子摩西·赫佐格就生活在其中。一部深刻的小说没有理由不能同时也是生动优美的。这部小说正是如此，里面有大量对曼哈顿的繁华——它的街头生活，它的法庭和公寓——以及芝加哥的生活、马萨诸塞的大片田野的生动描写，小说还展现了一个俄国犹太家庭努力适应美国新生活的一些令人缅怀的往事，刻画得生动、细致，如同作者亲身经历过一样。小说中隐藏的悲观主义的苦涩味道被一些令人发笑的人物形象所冲淡，比如科学家卢卡斯·阿斯弗特，他试图用嘴对嘴的人工呼吸来救一只患了结核病的猴子的命，还有粗鲁的讼棍希梅斯坦，书中最好笑也是最奸邪的滑稽人物。但是小说中描述最生动的人物形象还是赫佐格。他除了是一个象征人物，也是一个活生生的有血有肉的形象。他做事荒唐古怪，总是热切地想要得到一切，怀抱着不切实际的想法，信马由缰没有控制，头脑聪明行为夸张，一举一动极其文雅，说话做事拐弯抹角，感情脆弱，给我们留下深刻而矛盾的印象。读者不可能不同情他，因为他确实遭受着痛苦，更是因为他的不幸在于相信了"伟大的理念"，并把它们作为人生的信条。但是另一方面，毫无疑问，他所面临的问题一大部分也是他自找的，甚至可以这么说，也许没有这些问题他就活不了。因为可以肯定，赫佐格除了喜欢抱怨，他同样喜欢受苦。如果不是这样，他为什么还要那么爱着马德琳呢？那些温柔对他的温顺女性，比如日本女人园子，还有为了让他幸福什么都愿意去做的雷蒙娜，只会让他觉得索然无味，很快就对她们失去了兴趣。而与之相反，马德琳，控制他，虐待他，剥削他，却被他放在心灵深处，也许永远也不会从那里把她拿出来。这种喜欢受虐、惯于悲悲戚戚的爱好是他自身的还是遗传的呢？赫佐格所做的精神剖析大部分都是为了分析自己所遭受的一切的根源是否就是他所从之而来的犹太传统，这个被他抛弃却依然藕断丝连的传统，在他对事物做出反应时，在他回忆时，这个传统不断重新出现。或者不如说，是否正是犹太传统和美国现代文化的碰撞以及两者在赫佐格身上艰难的共存使得他成为一个性格分裂、与环境格格不入的人物？这个问题在书中没有答案。也许赫佐格根本不愿意找到答案，因为这样他才能得以继续受苦，也就是说，继续展示他的痛苦。受苦和展示痛苦，两者并不等同，也不互为因果，但是在赫佐格身上，两者却紧密相连。一种合理的解释是这样的：赫佐格之所以受苦，是为了能够向世人展示痛苦，因为——他本人并没有意识到这一点——他首先是一个戏剧演员。痛苦，通过被展示而中和，成为另一种痛苦，一种公众的痛苦，脱离了它的源头而成为一场表演。也许知识分子赫佐格，受虐狂赫佐格，绝望的赫佐格是一个自己都没有意识到的戏剧演员，他把自己的生活变成一场舞台表演，一场悲喜剧，娱乐自己（也娱乐读者），让自己（也让我们）暂时忘掉现实世界而沉溺于虚构世界。做这样的影射并不是无缘无故。在看完这部小说的最后一页时，读者有一种甜蜜又忧郁的感觉，这种感觉同一个观众看完一场他喜欢的戏剧表演时的感觉一样。那个故事发生了，但是，实际上它并没有发生：只是一场戏剧而已。一场对生活辉煌而又短暂的模拟，而非生活本身；一场欺骗我们的幻影，感动了我们，好似它就是真正的生活。如果读者觉得只不过是读了一部优秀的小说而已，这对于作者，是成功还是失败？也许提出这样的问题并不公平。事实上，为什么要要求一部小说不仅仅是一部虚构的小说呢？因为确实有那么一些小说——数量极其之少，就已经写出来的所有小说的数量总和来说——不仅仅是小说，它们是小说界的捣乱分子。它们有能力用沸腾的力量让我们在读了它们之后神魂颠倒并受到感染，从文学角度使我们脱离我们所生活的这个悲惨的现实，而居住在小说所描述的这个诞生于想象力和语言的另一个现实，这个现实更丰富，更完美（有时更残忍、更可怕），继而从某种意义上来说，改变了我们。尽管没办法证明，那些读过《巴尔马修道院》、《战争与和平》以及《八月之光》的读者们知道重新回到现实世界的他们,跟开始这场虚构世界冒险之前的他们已经不一样了。正是因为文学史上为数不多的这么一些非常规作品使得我们变得如此不公平,以至于要求小说不应该仅仅是优秀的而已,正如这本《赫佐格》,而且还应该具有别的品质。

1988 年 4 月于伦敦

编后记

马里奥・巴尔加斯・略萨(Mario Vargas Llosa , 1936—),诗人、作家,生于秘鲁,拥有西班牙和秘鲁的双重国籍,2010 年诺贝尔文学奖得主。代表作有《城市与狗》、《绿房子》、《公羊的节日》等。

本文选自略萨的创作谈《谎言中的真实》一书(“Herzog, EI Humanista desbaratada”, *La verdad de las mentiras*, PEISA, 1993),评论了贝娄的代表作《赫佐格》,分析了赫佐格这个人物身上所包含的人文主义内涵。

世纪末的蓝色星球：索尔·贝娄《赛姆勒先生的行星》

作者［日本］新美澄子

译者 何建军

一

十九世纪的一位诗人说过，事实比诗更奇妙。本世纪比过去任何一个时代更真实地验证了这句话。我从未像现在这样强烈地意识到，一切事物的发生皆与各种各样的原因紧密相关。在我们这个时代，即使决定一件单纯的事情，也必须考虑众多的条件。身处世纪末，分析动荡的世界形势，抓住其背后难以理解的潮流真相，这类工作变得日趋重要。

索尔·贝娄的第七部长篇《赛姆勒先生的行星》，是在二十世纪六十年代完成的一部力作。在当时还没有任何人能预测世界会发生如此戏剧性变化的时候，作者预测了地球在即将到来的世纪末的命运。二十世纪六十年代也是个动乱的年代，在那种背景下，人们认为科学的世界观是近代宿疾的原因。贝娄以他颇为微妙和细致的感受力和头脑，对我们所属的这个时代做出了敏感的反应。[①] 从出道时完全埋头于自己的内心世界，到追求存在于世界内的自己这一大课题，这种变化离不开二十世纪六十年代的政治、社会和文化动乱。贝娄作为当时纽约知识分子的一员，直接经历了二十世纪六十年代的大动乱。

《赛姆勒先生的行星》的主人公阿图尔·赛姆勒 72 岁，是一名出生

---

① Jane Houard: "Mr.Bellow Considers His Planet", *Life*, April 3, 1970, p.59.

于波兰的犹太人。他长大成人后移居英国，在伦敦生活了近二十年。其间有机会与当地的知识分子密切交往，但在第二次世界大战爆发的同时，身为犹太人的他开始与家人在欧洲各地的死亡线上挣扎。他被纳粹夺去了妻子和一只眼睛，战后与独生女儿苏拉一起移民到美国。

在故事开始的二十世纪六十年代后期，他与侄女生活在曼哈顿的公寓里。二十世纪六十年代的美国，是出生于生育高峰时期的、最能切身感受到越南战争带来的时代动荡的一代人占主导地位的时代。当时毒品与性解放文化的潮流在蔓延，正在进行与后来被总称为对抗文化的媒体和表达有关的意识革命。

在赛姆勒所居住的纽约，充满了热衷于各种疯狂之举的人。从时尚到建筑样式、出版、美术界，人们在各个领域追求快节奏的变化。在这个城市，各种新奇的尝试都会在数日之间失去新鲜感，改革以各种各样的形式进行，如前卫艺术的大胆试验、情景剧场等等。

二十世纪是由"浮士德式的抱负"[①]引领的。这种冲动成为各种发明、发现和革新的原动力。科学技术取得了显著的进步，计算机产业自不待言，高技术产业城市、光纤维、转基因等，这些给我们的日常生活带来巨大变化的发现、发明，以日新月异的速度不断出现。随着城市化的发展，曾经作为天然生物宝库的野生土地，变成了公园、动物园和世博会的场馆。

现代社会要求人们发挥各种能力。甚至可以说来自各个领域的期待沉重地压迫着我们。抽烟、喝酒、听音乐，与数人保持性关系的时候，也不得不被迫解读不断袭来的符号。对人类能力的过度期待正成为现代人的负担。因为对未知事物的恐怖，我们正变得越来越神经质。即使偶尔听说人类拥有的伟大潜力也无法相信，总觉得个人所拥有的与生俱来的能力正在日渐消失。

> 一个人走去乘公共汽车时，在百老汇大街上看到了些什么呢？他看到了复制出的各种各样的人：有外国人、印第安人、斐济人、纨绔子弟、水牛猎手、暴徒、同性恋者、性空想家、印第安婆子、女学

---

① Saul Bellow: *Mr.Sammler's Planet*, New York: Viking, 1970, p.135. 引自汤永宽、主万翻译的索尔·贝娄作品《赛姆勒先生的行星》(《索尔·贝娄全集》第五卷)。石家庄：河北教育出版社，2002。此篇以下有关该书引文的翻译均属此种情况，不再另注。——译注

生、公主、诗人、画家、勘探人、行吟诗人、游击战士，那个新的托马斯·艾·贝克特、切·格瓦拉。

在百老汇的十字路口，赛姆勒与各式各样的人擦肩而过。那里有狂妄自大的野蛮人，也有毫不掩饰攻击性的危险人物。还有狂热的宣教士、同性恋者、想当演员的年轻人。性空想家更是比比皆是。各种类型的人以各种形式主张着自己的独创性阔步走在大街上，赛姆勒见状不由得生出一种感慨。他感到那群无名小卒中的每个人都是一种形而上的存在，他们亲身诠释着复杂的现实坚强地生活着。住在大城市中的他们似乎时常在渴望着什么，同时又被什么追赶着。血气方刚的年轻人把热情投入奇特的事情中，年长者则追求智慧型的活动。然而，无论是谁，都感觉不到满足或者平静。

但是，与曼哈顿的狂乱完全相反，赛姆勒老人的日常生活非常平淡，甚至可以说是单调。他喜欢英国那种有规律的平静生活。曾经长时间生活在英国的赛姆勒，虽然身处曼哈顿，却仍保留着像外国人一样既朴素又自制的生活态度。尽管周围总是充满喧嚣，但无论发生多么令人气愤的事情，赛姆勒都不慌不忙、态度冷静。他总是留意着不要踏入别人的地盘。自从退职以后，他离开公寓的场合仅限于去图书馆，或者去看望生病住院的亲戚。

这种性格也招来了一些批评，说他对周围的人冷漠，有种优越感。他虽然是一面对时代极其敏锐的反光镜，但无意去积极地改变外界，始终保持冷静的反光镜的角色。①

即使行走在百老汇大街上，赛姆勒的表情也让人觉得他仿佛正在大英博物馆看书。百老汇总是不停地向他挑战，尽管他从未理睬过这种挑战。纽约这个城市似乎总在发表什么声明。所有的头脑和各种运动汇集在这里，这条街上的人们试图诉说什么。

交通络绎不绝，风也不停地吹拂，太阳，在曼哈顿来说，显得相对地灿烂，照耀着并且透进了他身体上的孔穴和罅隙。他好像给亨

---

① Jonathan Wilson: *On Bellow's Planet: Readings from the Dark Side*, Fairleigh University Press, 1985, p.144. 据与贝娄熟悉的朋友本·迪迦罗说，当时贝娄的思想与赛姆勒的发言基本一致。

利·摩尔抛弃了。因为有洞,有空隙。[①]

这是他在哥伦比亚大学的演讲遭到反体制派学生的破坏,在大庭广众之下受到谩骂后不久走在曼哈顿时的身影。他的身体"简直就像亨利·摩尔的雕塑,浑身都是窟窿和坑坑洼洼"。曼哈顿的阳光和风穿过了他千疮百孔的身体。大城市的孤独,不经意间给人留下了深刻的印象。

> 一个柔软的沥青的肚皮正在升起,在肚子里铺设着冒着水蒸气的下水道的肚脐。裂开的人行道上一堆堆垃圾箱。褐色的建筑物,像他自己住的那样一幢幢黄砖砌的装着电梯的大楼。电视机的天线构成的一片片小小的丛林。像鞭子一般,优美的颤抖的树枝形的神经细胞,从太空摄取形象,把兄弟情谊和交往,带给幽闭在公寓里的人们。[②]

一天清晨,赛姆勒得到了上帝的启示,认为应该在黎明前的曼哈顿总结当代形势,并预知人类的未来。从奥斯维辛的地狱中生还的赛姆勒,有责任(通过直觉和分析)揭发引发战争的文明和社会机构。他是当代的拉撒路,被杀后又活了过来,再一次被命运之神排在了队伍最后。[③]纽约这座巨大城市,让人联想起文明的毁灭,联想到所多玛和蛾摩拉。文明的自杀性冲动正在不断加剧的传闻看来是真的。从这座末日城市所能看到的各种前兆中找出历史的必然性,预示地球的未来,将会是怎样的结果呢?

为登月成功的消息而狂喜不已的美国人的狂热状态暗示着一件事。那就是二十一世纪所追求的后工业化社会,将进入惊人的速战速决的信息化时代,时间和空间之轴将比以前更短。这早在二十世纪六十年代初已初现端倪。现代人的头脑像海绵一样吸收并吐出来自各方面的信息。月球上的漫步者、电视中的战场、通过卫星转播传来的外国核试验的消息。此外,随着信息的浪潮蜂拥而至的各种东西都必须吸收和消化。由于大量让电脑代劳也处理不完的信息,我们的神经已濒临崩溃并大叫道:

---

① Saml Bellow: *Mr. Sammler's Planet*, New York: Viking, 1970, p.43.

② Ibid., p. 9.

③ Ellen Pifer, *Saul Bellow: Against the Grain*, Philadelphia: University of Pennsylvania Press, 1990, p.12.

“已经够了”……

二十世纪六十年代的特征之一是反文化的登场。对抗文化的策略是实施信息心理战，并不否定体制本身，而是通过把自由媒体散播到各个文化领域，来悄无声息地改变文化价值。

与作为新型文化创造的对抗文化几乎同时登场的是二十世纪六十年代的性解放运动。[①] 例如赛姆勒的远方亲戚、富豪之女安吉拉，就是亲身实践性解放的一员。她所属的富人阶级的奔放的性，因为受到私有财产的权利和先进的科学技术等由文明所产生的秩序和机构的保护而获得了特权。二十世纪六十年代的文化，因为积极地吸收并利用了由文明所带来的各种财富和机会而日渐繁荣。即便是对体制进行激烈批判的摇滚乐手，在使用文明所提供的电子设备和道具时，也未曾显示出丝毫的犹豫。对他们而言，文明的产物不可或缺。浪漫主义文学和神秘主义的流行，音乐和影像文化的大量流通也做出了巨大的贡献。此外，令性解放愈演愈烈的还有迷幻药和印度大麻等致幻剂的流行。为了通过幻觉的扩大来获得新的圣性，年轻人的叛逆使运动逐步升级。

不停地追求日益加剧的快感的现代性解放运动，最终意味着将废除所有禁忌。赛姆勒不由得感叹，在二十世纪六十年代性的满足竟然成为了个性的唯一评价标准。之前被作为禁忌而回避的行为，也许会被打着恢复人权的旗号卷土重来。能力衰退的现代人不会吝啬各种努力，就连是安吉拉和布鲁赫所追求的恋物癖也不再被看作是病态。就算仅仅为了证明“跟人有关的任何事情都没有真正的禁忌”，也可能做出各种各样的事情。但是，一旦朝着打破禁忌的方向发展，性倒错的程度就会无限加剧，以性为目的的色欲则可能超越厄洛斯的范畴转为变态。那样的话就会如赛勒姆所担心的那样，人类的性将堕落为“为了克服相互之间的厌恶感而做出的共同努力”。

一天，赛姆勒在百老汇大街的一辆公共汽车上，目击了一名黑人小偷的盗窃现场（奇特的是赛姆勒对那个小偷心怀好感）。[②] 他下车后想打公用电话报警，但是能找到的电话亭都被损坏，打不通电话。电话亭内变成了小便场所。纽约已经成为世界上为数不多的恶名远扬的犯罪城市，而

---

① J. Bakker: *Fiction as Survival Strategy*, Rodopi,1983, p.146. 巴克认为贝娄“美国的民主主义赋予了大众以贵族特权”这句话指的是二十世纪六十年代的性解放。

② 威尔逊认为这个小偷是赛姆勒的分身。

这里曾经是文明和荣耀的象征。曾遭强盗入室的赛姆勒的侄女,在窗户上钉上了木板,拉上厚重的窗帘,门上安装了双层防护锁。住在这个城市里的所有人都体会到安全必须由自己来保障。

赛姆勒唯一的散心场所图书馆也变得不再那么安全。穿着肥大的裤子、留着络腮胡子的新潮年轻人开始在图书馆放火。听到这个消息,赛姆勒痛感文明的荒废已到了不可挽回的地步。那时又恰逢大学生学潮的高潮时期,作为学问圣地的大学被卷入了骚动的旋涡之中。除了纯粹的犯罪者,年轻人的暴动也威胁着人们,市内一片喧嚣。意欲摆脱现代社会体系束缚的年轻人,开始思考如何把现实社会改变成自己理想中的社会。

二

二十五年前的一天,死神突然降临到赛姆勒身上。那是一个万里无云的晴天。他与妻子和其他人一起赤身裸体,将要在一个巨大的墓穴内被枪杀。那天赛姆勒已经被枪托打瞎了一只眼睛。被剥光衣服时,他蜷缩着身体,感觉自己似乎已经死了。

> 艾希曼在一座类似的新坟坑上面曾经证实,自己走过那座坟坑,鲜血在他的鞋子下涌了上来,使他感到厌恶。有一两天,他不得不躺在床上。①

但是,赛姆勒从墓穴中推开多具尸体,扒开土爬上来并成功逃离。之后,在扎莫希特森林中,轮到他去射杀德国的掉队士兵。他用抢来的枪,杀死了那个向他乞求饶命的德国兵。

自古以来杀人便是精英们的特权。统治者们必须通过杀人的能力来证明自己的优秀。能留在史书上的统治者们无不精通杀人。民众因为不具备独立的价值观,无法完全抵抗拥有杀人能力的统治者的魅力。赛姆勒本人也曾剥夺过别人的生命。他也了解其中的快乐。人类因为无比惧怕万事皆休的死亡而相互残杀,仿佛不满足于肉体的自然死亡。埋伏在大雪覆盖的森林深处等待敌人的时候,赛姆勒体会到了杀人的快感。

---

① Saul Bellow: *Mr. Sammler's Planet*, New York: Viking, 1970, p.137.

一旦开始战争，以前被禁止的行为就变成了受赞赏的行为。人们怀着敬意迎接杀人者的到来，掠夺与暴力也不再是犯罪。扣动扳机的时候，赛姆勒对敌人的怜悯之心已荡然无存。但是，自己差一点被杀死，和后来杀人的两种体验已过去近三十年，现在仍像噩梦一般固执地缠着他不放。

> 在赛姆勒看来，那个人已经到了地下。他已经不再需要穿着衣服生活了。他已经给标明出来，死了，不得不走，要走了。“别杀我。把这些东西拿去。”赛姆勒没有回答，只站在他接触不到的地方。“我有儿女。”赛姆勒扣动了扳机。接着，那个尸体就躺在了雪地里。[①]

1967年夏天，发生亚喀巴湾危机[②]，赛姆勒在同一时间飞往以色列。在那之前，他从未关心过他的同胞犹太人的问题，却在72岁高龄取得了记者资格，奔赴前线。他的动机竟然是想重新看看扎莫希特森林和最根本的人性，想再一次确认究竟在何时事物看起来才是现实、才是真相。

在中东沙漠的银白色月光下，赛姆勒回到了1939年。为了理解已经做好死的精神准备的那天所发生的事，他在心中发誓，无论1967年的战场如何残忍，自己也要毫不畏缩地面对。但是，看到敌军狙击手被蒙上眼睛推倒在卡车上的时候，他还是不得不极力忍住想要哭泣的冲动。

> 要使行凶杀人不为人所诅咒，最高明的办法岂不就是把这种罪行变成看起来是稀松平常，使人感到厌烦或者老一套吗？[③]

赛姆勒从战场上回来后，坚信人们发起战争是因为喜欢战争。少数特权者享受杀人游戏的乐趣，一般民众则渴望屈服于他们的权威。虽说现代大众的作用日趋强大，但是大众的启蒙总是伴随着危险的赌博。越

---

① Saul Bellow: *Mr. Sammler's Planet*, New York: Viking, 1970, p. 139.

② 赛姆勒虽然提到了中东的亚喀巴湾危机，但是就当时的美国市民最关心的越南战争问题却只字未提（例如逃避兵役）。正因为如此，对这部作品有两种不同的评价。关于这一点，可以参考盖洛威或格伦迪的分析。戈德曼认为，处女作《晃来晃去的人》中的主人公对战争毫不关心，但在赛姆勒身上可以明显地看到成长。引自L. H. Goldman: *Saul Bellow's Moral Vision: A Critical Study of the Jewish Experience*, Irvington, 1983, p. 157.

③ Ibid. 1, p. 18.

南战争和海湾危机的报道证实了媒体的威力和取向。电视把战争传送进了人们的客厅，但是画面所传递的战争与现实的悲惨相距甚远。信息为了便于流通，往往被格式化和商品化。为了便于大众理解，国际政治复杂的原因也被简单归纳成单纯的图形。媒体这种只能给予人们不完整信息的缺陷，被巧妙地隐藏到大众视线的背后。

三

1969年7月20日，美国终于成功实施了阿波罗计划。1961年，苏联的加加林少校在世界上首次成功进行了载人宇宙飞行。人们问及他的感想时，他说："天空很暗，但地球很蓝。"他从宇宙飞船看到的黑暗广袤的大宇宙还被许多谜团包围着。无边无际的夜空中有一颗散发着蓝色光芒的星球，这正是地球。所谓"赛姆勒的行星"广义上是指我们现在唯一的生活场所地球，狭义上应该是指主人公及其周围的人所构成的生活环境吧。那正是纽约这座巨大城市的空间，它作为高度真实的幻影成为人们憧憬的地方。

> 他看见月亮离开那个丝泼莱广告牌不远，圆得像一个交通指示灯一样。这个月球形象或是圆形余像还跟随着他。而我们现在从宇航员拍的照片上知道了地球的瑰丽，地球的白色、蓝色，那种了不起的光辉在漂浮着。一个光辉灿烂的行星。可是是否人们正在做出的件件事情使居住在这儿变得无法容忍，使你不自觉地跟所有人合作，来散布疯狂与毒害呢？把我们强行赶走吗？并不是太大的浮士德式的抱负，赛姆勒先生这么想着，作为一种焦土战略。[①]

因为人造卫星或阿波罗计划的成功，美利坚合众国正逐渐成为科幻型娱乐的最大输出国。但是，也有人批判媒体从不报道宇宙开发所带来的各种危险和公害，只是一味歌颂伟大的成就。二十世纪也是一个以两次世界大战为首，战争、内乱、恐怖主义、肃反等破坏性行为多发的世纪。现在我们不得不为污染了生养我们的大地付出代价。在全球化不断加速

① Saul Bellow: *Mr. Sammler's Planet*, New York: Viking, 1970, p. 135.

发展的二十世纪，为了保护“不可替代的地球”，将越来越需要我们掌握“地球管理技术”吧。

赛姆勒通过两次世界大战目睹了世界的崩溃，他认为地球极有可能面临再一次的崩溃。在不安与颓废中隐藏着对新艺术热情的十九世纪末，成为通往产生高科技的二十世纪的跳板。然而，如今站在世纪末的我们，即使预测即将来临的二十一世纪，也感觉不到令人激动的希望，只有模糊的末日预感。赛姆勒觉得人类正陶醉在对末日的恐惧中，恐惧死亡的人类把疯狂当作最后的宣判来临前的遁词。整个西欧文明社会，都带着疯狂这一逃避责任的假面。但是，从战场生还的赛姆勒却看透了隐藏在疯狂这个假面背后的人类对死亡的恐惧。对死亡的恐惧激发了人类追求永恒的热情。集中了所有高科技对宇宙进行挑战，也无非是人类因为受到死亡的限制，无法克服时间，因此转而去征服空间。赛姆勒觉察到了飞往浪漫的月球世界背后所隐藏着的虚无的末世论的绝望。没有人可以保证西欧文明在传播到全世界以后仍然可能存在。这个地球既是我们的母体，也是我们的葬身之地。

从一个行星出发到另一个行星的瞬间，因为要有什么来告别，因此需要几个决定性的判断和归纳。想到这些，赛姆勒的大脑里会闪过末日的预感。他觉得好像所有的事物同时、并且以各自不同的方式在体会终极感受。

> 一切迟早必然会改变。人类会凭借其他的太阳来校准他们的表。再不然时间会消灭。在恒星的未来，我们会不再需要那种老式的个人的名称，因为没有什么是固定的。我们会被一些其他的名词来表明。白昼和夜晚就会属于博物馆了。地球是一片陵园，一个旋转木马式的公墓。海洋使我们骨头上盖满了粉末，像石英那样，形成了砂土，通过千百万年来为我们磨得安宁。[①]

赛姆勒就像被命运之线牵着似的从波兰到伦敦，又从伦敦到奥斯维辛，最后来到纽约。这是因为，他觉得通过自己体验中的精华弄清事物的真相是一种使命。贝娄本人也相信，表现自己所属时代的时代感是小说

① Saul Bellow: *Mr. Sammler's Planet*, New York: Viking, 1970, p.134.

家的使命。各种社会现象正朝着人性的灭亡和个人无名化的方向发展，在这样的现代社会中，贝娄以知识分子的良心，对这种倾向表示出强烈的抵抗姿态。他以满腔热情记录下来正在发生急剧变化的美国城市，以及居住在这里的人们的意识和生活的变化，也是因为作为同时代的人希望提出一些建议吧。

近二十年生活环境的巨变带来了意识的变化。谁都无法否认，支撑着现代生活的框架本身，也在发生着无法逆转的巨大变化。用我们至今所使用的语言，已经无法准确表达当代的感性和欲望。最深切地感受到这种焦虑的，正是像贝娄这样对时代敏感的作家们。为了抓住新事物，需要创造新的表达方式和新的词语。二十世纪七十年代出版的《赛姆勒先生的行星》，融入了诸多的当代话题，让人根本感觉不到这是发表在二十年前的作品。它今后也必将作为让人兴奋的文本存在下去。

编后记

新美澄子（Niimi Sumiko,），日本索尔·贝娄协会会员。本文选自《青山学院女子短期大学学报》1991年12月第45期，第103—116页（世紀末の青い星：ソール・ベロー『サムラー氏の惑星』，『青山学院女子短期大学紀要』45，1991年12月，pp. 103–116）。

作者在本文中探讨了《赛姆勒先生的行星》一书与美国二十世纪社会剧变的紧密联系。

声　明

由于条件限制，经过多方努力，本社仍未能与本书部分作品的权利人取得联系，在此恳请权利人予以谅解和支持。相关权利人可随时与本社联系，联系邮箱：rights@yilin.com。我们会立即向权利人补偿相关版权费用。

译林出版社

Notice

The proprietors of some articles in this book could not be reached after numerous attempts and the best efforts of Yilin Press. Please contact us at rights@yilin.com for licensing fees for these pieces. Many thanks for your understanding and support.

Yilin Press, Ltd.